JN219207

三階書記室の暗号
北朝鮮外交秘録

元駐英北朝鮮大使館公使
太永浩(テ・ヨンホ)

鐸木昌之［監訳］
李柳真・黒河星子［訳］

Password from 3rd floor
Thae, Yong Ho

文藝春秋

三階書記室の暗号　北朝鮮外交秘録　目次

※北朝鮮では、組織名及び組織内での肩書（呼び名）が年代によって細かく変わることも少なくない。そこで本書では、著者の意向も踏まえ、いくつかの組織名については原則、現時点での名称で表記を統一した（外交部→外務省、人民保安部→人民保安省など）。また、著者が所属していた外務省については、第一副部長にあたるポストは副相、その他の副部長にあたるポストは次官で、肩書を統一した。

三階書記室の暗号　北朝鮮外交秘録

日本語版への序文

韓国で多くの読者の関心を集めた私の手記が日本で刊行されることになり、言いようのない大きな喜びを感じている。

二〇一六年夏に韓国に亡命して以来、私は北朝鮮の実情を伝えるために、できるだけ多くの人やマスコミに会ってきた。

その中にはもちろん、かなりの数の日本人、日本のマスコミも含まれる。彼らからはこんな質問を受けることが多かった。

「北朝鮮はどんな社会ですか」
「北朝鮮ははたして核放棄するんでしょうか」
「北朝鮮に拉致された日本人はどれくらいいて、彼らはまだ生きているんでしょうか」
「拉致被害者を日本に連れ戻す方法はあるんでしょうか」

私は知っていることをすべて伝えたが、日本人にとっての最大の関心事である、日本人拉致被害者の消息については具体的に示すことができず、申し訳なく思っていた。

北朝鮮が日本人を拉致したという事実を知らない北朝鮮の外交官はいない。だが、拉致された日本人が北朝鮮でどんな人生を送っているのか、生存者がどれくらいいるのかは、誰も知らない。金日成（キム・イルソン）、金正日（キム・ジョンイル）政権下では、拉致被害者の居場所は極秘事項とされ、北朝鮮社会から徹底的に隔離されていたからだ。

そのとき答えられなかった申し訳なさもあって、私は北朝鮮と日本の外交について、外交官として知り得るすべてをこの本に収めようと努力した。

本書では、近くて遠い国である日朝両国の外交の歴史、北朝鮮の核問題の真実について触れているが、少しでもお役に立てたなら幸いである。

二〇一九年二月二八日、ハノイでの米朝首脳会談が決裂し、北朝鮮の非核化協議は新たな局面を迎えた。北朝鮮は、アメリカとの非核化交渉のテーブルに着いて時間稼ぎをしながら、自国を核保有国として認めさせようとし、要求を通そうとしたが、結局失敗に終わった。それでもなお北朝鮮は核を放棄しようとしていない。

二〇一九年四月一二日の施政演説で金正恩（キム・ジョンウン）は、アメリカとの長期的な対峙を予告し、北朝鮮の国民に自力更生を訴えた。

核兵器を放棄しない金正恩政権への対北制裁が長期化することで、国民の暮らしはますます厳しくなることだろう。

金一族による世襲統治が続く北朝鮮で、もう七〇年以上、北朝鮮の国民は奴隷のような人生を送っている。北朝鮮に連れ去られた日本人も同様に、厳しい生活を送っているだろう。

北朝鮮の国民と日本人拉致被害者がそんな日々から解放される日を一日でも早めるため、私の人生を捧げるという気持ちに迷いはない。

北朝鮮に自由を！

二〇一九年五月

太永浩(テ・ヨンホ)

序　章　脱北後に見た世界

北朝鮮を脱出して韓国に行く決心を固めると、妻はパン作りの本を買い集めはじめた。ソウルでパン屋をやれば生活できるのではという素朴な考えからだ。脱北は現実的な問題だった。自由を得ると同時に生計への責任が伴う。脱北後にどうやって暮らしていけばいいのか、心許(こころもと)なかった。大学に入る息子二人を見ると、何よりため息が出た。

駐英北朝鮮大使館の片隅で、私は同僚に隠れてインターネットを見ていた。脱北者に対する韓国政府の支援は一人当たり定着資金として七〇〇万ウォン［約七〇万円］、住居支援金一三〇〇万ウォン［約一三〇万円］、これがすべてだった。けっして少ない額ではなかったが、その後は北朝鮮式表現で言うところの「自力更生」しなければならない。特別な貸付規定もなかった。

私は、韓国政府から仕事を与えられることはないと思っていた。どうにかして妻と私は二人の息子を育てて生きていかなくてはならない。あれもこれも駄目なら、二人でクリーニング店やコンビニをやろうと考えていた。どこの国でも、移住した一世は二等国民に分類される。私たちはそれでもかまわない。二世になる息子たちに自由が与えられ、彼らが豊かに生きていける道が開けるのだから、それくらい何でもなかった。

韓国に初めて足を踏み入れた瞬間は頭が真っ白になった。夢の中を歩いているような、自分の足でないような感覚だった。出迎えの国家情報院［韓国の大統領直属の情報機関］の役員たちも声をかけてこなかった。緊張していたせいだろう。必要な手続きを経て車に乗り込むと、車窓から見える野山は北朝鮮と同じだった。もっと早く来るべきだったと思いながらも、ただ早く宿舎に入ってぐっすり眠りたかった。

ところがちっとも寝付けなかった。今でもときどき北朝鮮の「逮捕組〔最高指導者の指示の下で、特定の人物を逮捕するために作られる組織。黄長燁（ファン・ジャンヨプ）（後述）亡命時に北京に派遣された〕」に追われる夢を見るが、韓国に到着して最初の数日は悪夢にうなされつづけた。夜通し逮捕組に追われ、ようやく目をさましたときに初めて、韓国に来たという現実感を取り戻した。病室にかかった太極旗を見て安堵を感じたという、脱北したＪＳＡ〔共同警備区域〕の北朝鮮兵士の心情がよく理解できた。

毎日のように悪夢に悩まされながら、二〇一六年夏から一二月末まで、国情院の調査を受けた。ある職員からは、なぜパン作りの本が多いのかと訊かれた。生計を立てるためだと答えると、ソウルはパン屋だらけだから、うまくやらなければ難しいと言われた。そんなふうに調査されている間も、私の頭から一瞬たりとも離れない思いがあった。――これから何をしていくべきなのか。

さいわいにも、またありがたいことに、韓国政府は私に国家安保戦略研究院〔国家情報院傘下のシンクタンク〕の諮問研究委員という身に余るポストを与えてくれた。あえて言葉には出さなかったが、脱北を決心したころから夢見ていた、統一のために力を尽くせる仕事だ。もう何をしようかと悩むことはない。

韓国に来たとき、長男は満二六歳だった。三十数年前にちょうどその年齢だった私は「社会主義の祖国」への確信と情熱に満ち溢れていた。北朝鮮外務省の「赤い戦士」として働きはじめたころだ。北で生まれた者の宿命だと思っていただきたい。

今は、そのときとは違っている。韓国という新たな祖国と、南北統一という手ごわい仕事ができた。そして三十数年前の、若き二〇代の青年の確信と情熱もよみがえった。新たな祖国で与えられた役割が、時間をさかのぼって私に返してくれた贈り物に違いない。今の私の歩む道はただ一つ、統一だ。

第一部　平壌心臓部の内幕

第1章　核兵器開発はこうして始まった

ローマ教皇招聘計画／中ソの圧力で国連加盟／日朝国交正常化に失敗／イタリアと接近／毛沢東の牽制／核拡散防止条約脱退／金日成の死／米朝枠組み合意で時間を稼ぐ／深刻化する食糧危機／イギリスの秘密接触／義父の粛清／駐デンマーク大使館へ

金日成が指示した「ローマ教皇招聘計画」

私が北朝鮮の公職者としての第一歩を踏み出したのは、二度目の中国留学を終えて帰国したあとのことだった。一九八八年一〇月二五日、私は外務省（当時の外交部）ヨーロッパ局イギリス・アイルランド担当に正式に任命された。その年、韓国はソウルオリンピックの感動と余韻に浮き立っていたが、同じく北朝鮮も世界青年学生祭典［一九四七年にチェコのプラハで開かれた第一回大会を皮切りに、「反帝・反戦・平和・親善・連帯」をスローガンに不定期に開かれている世界規模の祭典。第一三回となる「平壌（ピョンヤン）祝典」の開催期間は一九八九年七月一日から七月八日だった］の準備の真っただなかにあった。

二七歳だった私は、日ごとに建設が進む万景台（マンギョンデ）区域の祝典洞（チュクジョンドン）青春通り［一九八九年の世界青年学生祭典のために整備された街路］の様子を目にしながら、たぎる若さを社会主義祖国に捧げる決意を固めていた。だが無謀な祭典準備の後遺症で北朝鮮経済が急速に悪化することも、その影響が東欧圏の崩壊と重なり「苦難の行軍」と呼ばれる大飢饉へとつながっていくことも、そのころの私はまだ知る由もなかった。

当時の外相（外交部長）は金永南（キム・ヨンナム）。だが、実権は姜錫柱（カン・ソクチュ）外務副相が握っていた。外務省の規律はきわめて厳格で、すべてが軍隊方式で動いていたものの、省のメンバーは外交官なので思想的には開かれている人も多く、先輩たちからアドバイスしてもらうこともよくあった。

外務省内で行われる党生活総括［所属組織において自己批判、相互批判をする党員の集会］がどんな雰囲気だったかは今も強く印象に残っている。毎週土曜の朝に開かれる党生活総括では、先輩たちは自己批判はもちろんのこと、相互批判にも積極的だった。党細胞［党員を指導する最末端の党組織］が金日成（キム・イルソン）や金正日（キム・ジョンイル）の「労作［国家指導者の自著］」、「徳性実記」（首領の徳性についての記録）、抗日パルチザン参加者たちの回想記などの内容を解説すると、党会の出席者たちは真剣に討論した。当時は、今のように党細胞で解説したことを全党員が丸ごと書き写すなどということは想像もできなかった。

四半期ごとに行われる党生活総括は、一人ひとりが全党員の前で事前に準備してきた自己批判を行い、それに対して党員たちが代わる代わる立ち上がり、相互批判をするという形で進められる。準備してくるように誰に命じられたわけではなくても、全員が自分から熱心に相互批判をした。党員たちは、相互批判を自らの党性［党への忠誠心］を見せつける機会とみなしていたのだろう。一九九二年ごろ、金正日の指示の下、党組織指導部が姜錫柱副相を全面的に再検討する［その人の思想や事業能力を分析・検証して批判する］ことになった。姜錫柱が相互批判の標的にされると、ある女性は涙を流して彼を批判し、断罪した。その結果、彼は農場送りとなって革命化［業務上の過ちを犯した党や軍の幹部を一時的に解任して、農場や炭鉱などで重労働をさせて思想改造を図る一種の謹慎処分］の処罰を受けて、一カ月以上経ってようやく復帰した。

生活総括は、北朝鮮という奴隷社会を維持するためのいちばんの中心となる制度で、自己検閲と相互検閲によって体制に順応する人間をつくりあげることを目的とする。だが私がそのことに気づくのはずいぶんあとになってからで、当時は生活総括が理想的な党生活の基本であると思い込んでいた。外務省の四半期ごとの党生活総括は、時とともに大きく様子が変わっていった。今では集会中にうとうとする人が大半だが、あのころはほんの一瞬の居眠りですら考えられないほど緊迫した雰囲気だった。共産主義の頂上が目前であるかのように、誰もが情熱に駆られていたのだろう。

外務省に入省し、一年ほどすぎた一九八九年一一月九日、東西ドイツ分断の象徴だったベルリンの壁が崩壊する。北朝鮮外交は危機を迎えていた。東欧諸国が相次いで崩壊し、八九年六月には天安門事件も起こっていた。北朝鮮は、世界青年学生祭典を成功させれば対外関係も改善するものと期待していたが、九〇年代に入ると状況は切迫し、ますます厳しくなっていった。

一九九〇年九月、韓国とソ連が外交関係を樹立し、一〇月には東西ドイツが統一され、同月、韓国と中国は貿易代表部〔領事機能をも含む民間の貿易事務所〕の相互設置に合意する。盧泰愚(ノ・テウ)政権の「北方外交〔従来の対共産圏敵視政策を改め、中ソとの国交樹立を通して北朝鮮を開放に導こうという韓国の政策。九一年の南北朝鮮国連同時加盟につながった〕」はペースを上げ、もはや中韓の国交樹立は時間の問題だった。北朝鮮の外務省は一時、呆然とした状態だった。急変する情勢にどう対処していいかわからず、夜通し会議を重ねていた。

翌年一二月、北朝鮮の庇護者のような役割を果たしていたソ連が崩壊する。それでも、北朝鮮では、それが社会主義の敗北であるとみなす者はほとんどいなかった。ましてや、理念や体制において南との対決に負けたなどとはまったく思っていなかった。力を失ったソ連の突然の崩壊による一時的な困難としか見ていなかったのだ。だが、実際には北朝鮮は孤立を深めていく。最後の頼みの綱だった中国も、一九九二年八月、ついに韓国との間に国交を樹立する。北朝鮮と北朝鮮外交は八方ふさがりとなった。中韓の国交樹立を知った北朝鮮の外務省職員は、けっして大げさではなく血の涙を流した。

このときの金日成の焦りぶりを示すエピソードがある。当時、金日成はローマ教皇庁と接触することも考えていた。ローマ教皇が外国を訪れるたびに大歓迎される様子をニュースで見て、教皇ヨハネ・パウロ二世が北朝鮮に来てくれれば外交的な孤立を解消できるのではないかと期待したのだ。金日成は金永南に指示し、一九九一年、ローマ教皇を平壌に招くための「常務組」（プロジェクトチーム）を外務省内に組織させた。私もその一員として活動した。

カトリック教徒の女性をバチカンに送り込む

常務組内の任務と役割は各部署が分担することになった。外務省は教皇訪問に関連した儀典を、党の統一戦線事業部（以下、統戦部）は宗教行事と関連した業務を担った。思いがけず私は後者に属することになった。ところが統戦部の職員たちの勤務態度にはがっかりした。本を読んだり雑談をしたりして、ただ終業時間になるのを待っている。外務省の職員だったら、即座に上から雷が落ちるだろう。

数日はただその様子を眺めていたが、ある日、統戦部の職員に、なぜ仕事を進めようとしないのかとそれとなく訊いてみると、答えはこうだった。

「教皇の訪朝は、すでに金正日指導者同志が駄目だと結論を下された問題だ。これ以上は進められないのに、（金日成）首領様がやれとおっしゃるから仕方なくここにいるのだ。やれるものなら外務省でやってみたらいい」

当時の北朝鮮は、表向きには金日成政権だったが、実際には金日成・金正日の二元指導体制になっており、すでに内政や軍事のすべての権限は金正日に移っていたのだった。となれば、教皇の訪朝はかなうはずがない。だが私も、教皇が平壌に来れば北朝鮮の外交的孤立状態の解消に大きく役立つと思っていた。ところが統戦部の職員はこう言った。

「教皇が北朝鮮に来たら、その後始末は統戦部と保衛部〔スパイや反体制派の摘発を主任務とする秘密警察〕がしなくちゃならんのだ。外務省は国内にカトリック信者がいるのかどうかも、いるとしたらいったいどれぐらいいるのかも知らないだろう。教皇が訪朝すれば、カトリックの信者が急増するに違いない。その責任は誰がとるというんだ」

私は子どものころから「宗教は悪だ」と教育されてきた。北朝鮮の映画『崔鶴信（チェ・ハクシン）の一家』や、『城隍堂（ソンファンダン）』などによって、反宗教的な思想が植え付けられてきた。そのため、北朝鮮にカトリック教徒がいるかもしれないという彼らの言葉はにわかには信じがたかった。

当時、北朝鮮の代表団が自国のカトリック教徒をバチカン教皇庁に連れていったこともある。教皇庁に「北朝鮮に本物のカトリック信者がいるのならバチカンに連れてきてほしい」と求められたためで、カトリック教協会〔朝鮮労働党の外郭団体。統一戦線部の傘下組織。カトリック教徒として外部活動をする〕が一人のおばあさんを見つけ出してきた。社会安全部（現在の人民保安省）の住民登録簿をひっくり返し、朝鮮戦争前まで信心深かったカトリック信者を選びだしたのだ。

労働党のカトリック教協会幹部がおばあさんのもとを訪ねていき「今でも神を信じるか」と訊いてみた。おばあさんは「首領様と労働党があるのに神を信じるとは何ごとか」と真顔で言い、党幹部を安心させた。

「正直に話してもらって大丈夫だ。今でも神を信じている信者を探して、ローマ教皇庁に送る必要があって訊いているのだ。信仰心の篤い者を探し出せば党と国家にとってむしろ助けとなる」

　おばあさんはそこでようやく心を開き「一度、心の中に入ってきた神様はけっして離れない」と言った。党幹部がどうやって信仰を守ってきたのかと尋ねると、おばあさんは彼らを家の裏の塀に連れていった。塀の前には礼拝のための祭壇が設けられ、そこが宗教的な場所であることがすぐにわかった。

　党幹部はおばあさんが信者であることを確信し「革命の利益のため、代表団のメンバーとしてバチカンに行かなくてはならない」と告げた。おばあさんは天を見上げてこう答えた。

「神よ、生涯熱心に祈りを捧げていれば、こうして小羊を呼んでくださるのですね」

　あわてた党幹部は「神が呼んだのではなく、革命の利益のためにバチカンへ行くのだ」ともう一度言い聞かせたが、おばあさんは相変わらず神に呼ばれたと信じているようだった。そして「私が毎晩ここで祈っていることは息子も知らないので、どうか息子の耳には入れないでほしい」と言った。

　代表団とともにバチカンに行ったおばあさんは、北朝鮮には宗教の自由と家庭礼拝所［少人数で集まり礼拝を捧げる小規模共同体。北朝鮮のカトリックでは中枢的な役割を果たす］があると証言し、教皇の前でカトリックの礼式どおりに敬意を表した。教皇庁はおばあさんのまなざしを見ただけで本物の信者に間違いないと認めたという。そんなこともあって労働党は宗教の「恐ろしさ」を痛感した。統戦部関係者が教皇招聘に熱心でない理由もそこにあった。教皇が平壌に来れば、実際に北朝鮮にカトリック旋風が起こるだろうと恐れていたのだ。教皇招聘のための常務組は、発足から二カ月でひっそりと解散した。

青天の霹靂だった「国連同時加盟」問題

金日成のローマ教皇招聘の企ては立ち消えとなり、北朝鮮の外交的孤立はますます深まっていった。一九九〇年代に入り、金日成は生涯最後の挫折を味わっていたのではないかと思う。一九九一年初め、北朝鮮は中国から青天の霹靂(へきれき)ともいえる知らせを聞く。おおよその内容はこうだった。

「ソ連と韓国の外交関係の樹立で、北東アジアの勢力図に大きな変化が生じた。中国は今後、北東アジア諸国がアメリカだけに有利に再編されるのを防ぐため、韓国との外交関係を樹立することに決定した。ただしなんの見通しもなく行うわけにはいかない。国連加盟国でもない韓国を、中国が国連より先に正式に国として認め、国交を結ぶのは法的にも問題がある。そこでまず南北朝鮮がともに国連に加盟し、その後、中国と韓国の外交関係を築き上げるという順序でいきたい。そのため朝鮮労働党も『二つの朝鮮』に反対する従来の政策を撤回し、南北国連同時加盟のプロセスに合流してほしい」

しばらくすると駐北朝鮮ソ連大使も似たような方針を伝えてきた。中国とソ連が南北朝鮮の国連同時加盟の問題について、韓国やアメリカとすでに申し合わせをしていたのは明らかだった。もともと一国二制度の連邦制による統一を目指していた金日成は、分断の固定化につながる「二つの朝鮮」を認めておらず、南北朝鮮の国連同時加盟を「二つの朝鮮」をつくろうとする帝国主義国家の策略であるとして生涯、反対した。金日成が真っ向から反対したのも当然だった。一方の金正日はこの問題は避けられないプロセスだと見ていたが、父、金日成を説得するのは容易ではなかった。

北朝鮮が中国とソ連の要請を受け入れないと知ると、中ソ両国からより具体的な圧力がかかるようになった。

「北朝鮮の同志が事態を冷静に見つめるよう望む。一九九一年九月に開かれる国連総会において、韓国とアメリカは、韓国の国連加盟を推し進めるだろう。中国とソ連も、理由もなく北朝鮮側に立ってそれに反対するわけにはいかない。だが、北朝鮮さえ同意してくれれば、南北朝鮮の国連同時加盟としてアメリカと調整できる。万一、北朝鮮が最後まで南北同時加盟に反対すれば、結局は韓国だけが単独加盟することになるだろう。その場合、韓国は国連が認めた朝鮮半島唯一の合法的な政府ということになる。そういう事態だけは食い止めなくてはならない。南北朝鮮の国連同時加盟はもはや避けられないプロセスだ」

一九九〇年九月、ソ連のシェワルナゼ外相が訪朝したとき、金正日はソ連が韓国との国交樹立を決定したと聞き、激怒したことがある。さらに驚いたことにシェワルナゼ外相は南北朝鮮の国連同時加盟をこれ以上引き延ばしてはいけないと主張した。金正日は同年一〇月に行われた第一回南北閣僚級会談で、単一国家としての南北単一議席での国連加盟を韓国に提案し、合意を引き出そうとしていた。だが韓国政府の反対で実現には至らなかった。中国にも背を向けられた状況のなかで、二国二議席方式での南北同時加盟を遮断しようとしたのだが、北朝鮮の戦略は失敗に終わっていた。

一九九一年五月、国連総会の議長国だったマルタ政府から知らせがきた。マルタの外相が国連総会議長の名目で北朝鮮を訪問して金日成に会おうと考えているので、国連加盟問題についての最終的な結論を出してほしいという内容だった。北朝鮮外務省内に国連加盟問題に関する常務組が組織され、私はマルタの外相に随行する通訳兼案内役に選ばれた。そこからはすべてが金正日の意思どおりに進む。まもなく金正日の指示が外務省に下りてきた。

「首領様が国連同時加盟に同意する決断を下した。中国とソ連からはその対価を引き出さなくてはならない。アメリカが北朝鮮と外交関係を結ぶという保証を中ソ両国から引き出し、われわれはそれを貫徹しなければならない」

日本との国交正常化を企むも失敗

一九九一年五月二七日、北朝鮮は外務省の声明を通じて国連同時加盟の意向を明らかにした。ところがそれを推進するにあたっては大きな問題があった。国連加盟申請書を先に北朝鮮が出せば自己矛盾に陥ってしまう。それまで南北国連同時加盟は朝鮮半島の永久的分断の始まりだと否定的に宣伝してきたからだ。かといって韓国が申請書を提出するまで待つのも難しかった。韓国が先に加盟して、アメリカが北の加盟案に拒否権を行使すれば、こちらとしては大惨事になるからだ。

北朝鮮は中国・ソ連と、加入の順序について議論した。中ソは、アメリカは口では南北同時加盟を支持するとしながらも、実質的な保証は示していないと言うのだった。そこで北朝鮮は、加盟申請書を韓国より先に提出することにし、アメリカが北朝鮮の加盟に同意した場合だけ、中ソも韓国の加盟を承認するという約束を取り付けた。

金正日は金日成に、先に加盟申請書を提出すると報告した。金日成は、それを聞いた当初は怒り心頭に発していたが、まかりまちがえば韓国だけが加盟しうるという論拠に押され、結局はため息をついて同意したという。七月、北朝鮮は韓国より先に、不意を突くように申請書を提出した。予想外の北朝鮮の出方に韓国とアメリカは意外だという反応を示した。八月、南北朝鮮の国連加盟問題は国連安保理事会を通過して九月の総会で満場一致で採択された。

韓国と国際社会は大喜びした。だが北朝鮮としては喜ぶべきことではなかった。このニュースは北朝鮮市民にはごく簡単に報道されたにすぎなかった。金日成が生涯こだわりつづけた南北国連同時加盟反対の政策が一瞬にして崩れ去ってしまったのだ。先に申請書を出したことで、金日成はさらに「朝鮮半島の永久的分断の責任」まで抱え込むことになった。

私にはまだ謎が解けない。南北国連同時加盟を積極的に進めていた韓国が、北朝鮮より遅れて申請書を出した理由は何なのだろう。朝鮮半島の永久的分断の責任を取りたくないがためだったのか。さっぱりわからない。

当時、北朝鮮の外務省は、韓国が、申請書を先に出すことによって、アメリカを利用し北の加盟を妨げるのではないかとおそれていた。盧泰愚（ノ・テウ）政権の基本外交政策は「北方外交」だったので、もちろん韓国は北朝鮮の国連加盟を支持していたはずだが、北朝鮮の核問題を徐々に水面上に引っ張り上げていたアメリカは、北朝鮮の国連加盟を支持していなかった可能性がある。

金正日が南北国連同時加盟を決定すると同時に、中ソに米朝国交正常化の仲立ちを要求したことは、南北朝鮮のクロス承認反対という、金日成の二つめの原則までも踏みにじる行為だった。南北クロス承認とは、中ソが韓国を、日米が北朝鮮をそれぞれ承認するという意味で、金日成は、分断が固定化するおそれからこれに反対してきた。だが、金正日はこのクロス承認を進めようとしたことになる。

それまで北朝鮮のすべての教科書には、南北国連同時加盟と「二つの朝鮮」策動に反対すると記載されていた。そのためこの二つの「策動」を受け入れるには、党の説明が必要だった。東西ドイツの場合、基本条約を締結し、両者が国家間ではなく特殊な関係であることを内外に公布したあと、国連に加盟している。

だが南北朝鮮の場合はドイツと異なり、何の条約や協定もなしに休戦状態のまま、それぞれが国連に加盟したのだ。そのため南北は二つの別々の国家ではないという点を北朝鮮の国民に納得させる必要があった。この問題は一九九一年一二月「南北間の和解と不可侵及び交流、協力に関する合意書」の締結により解決する。「南北基本合意書」とも呼ばれるこの合意書では、南北関係を「国と国の関係ではなく統一を目指す過程で暫定的に形成される特殊関係」と定めている。死後に薬を処方するかのような合意だったが、北朝鮮にとっては南北国連同時加盟を合理化する契機になった。

残された課題は、中ソの支援を受けてアメリカ、日本と国交正常化することだった。そうなれば金正日が初めから目指していた南北クロス承認が達成できる。だがすでに韓国との外交関係を樹立したソ連は、北朝鮮の要求に後ろ向きだった。中国は「クロス承認のため最善を尽くしているが、アメリカと日本が北朝鮮を認めようとしない」と泣き言ばかり言ってきた。

南北基本合意書が締結されたその月に解体したソ連は、北朝鮮にとって、もはや頼みの綱ではなかった。中国もまた、アメリカから米朝国交樹立の確約を取り付けることができないまま、韓国と国交を樹立した。金日成と金正日にとって、今やソ連と中国は信じるに値しない同盟国だった。とくに中国は米朝の外交関係設定の仲立ちをしないばかりか、むしろアメリカ寄りになった。中国は、北朝鮮が核疑惑を解決しなければアメリカと外交関係を結ぶことは不可能だと傷口に塩までぬってきた。

中国・ソ連とは距離を置き、イタリアと接近

ソ連と中国の「裏切り」に頭を悩ませていた北朝鮮に思いがけない朗報が飛び込んできた。一九九二年一一月、イタリア政府は、駐中国イタリア大使のオリビエ・ロッシと外務省アジア州局長フィニーを平壌に送るとして、両国関係の発展についての協議を申し入れてきた。フィニーのフルネームは思い出せない。

韓国は、北朝鮮の主要同盟国であるソ連、中国と外交関係を結んだが、北朝鮮はアメリカ、日本はもちろん西側のどの国とも国交を樹立できていない状況だった。外務省はこのとき、金日成と金正日に逆の発想の報告をした。

「韓国と中国の国交樹立は今後、北朝鮮外交に新たな活力を吹き込むだろう。北朝鮮は自主的な対外政策についてこれまで何度も宣伝してきたが、国際社会は北朝鮮をソ連と中国の衛星国としか認識していない。ところがソ連は崩壊し、中韓は国交を樹立した。北朝鮮がどれだけ自主的な国家であるか、はっきりと示す機会が整ったのだ。今後、北の対外的な地位はさらに強化されるだろう。これからはアメリカとの対話の扉を開ける一方でヨーロッパやアジア、ラテンアメリカ国家との関係発展にも拍車をかけたい」

金日成と金正日は報告案どおり進めるよう方針を伝えてきた。これに先立ち一九九二年九月にはイタリア対外交流財政グループ理事長カルロ・バエリを招き、一億ドル借款協議を行った。ソ連から分かれて誕生した独立国家共同体の一一カ国とも同年、集中的に新たな外交関係を樹立した。その結果、ソ連と東欧諸国の衰退による外交的損失が埋められたかのように見えたものの、実質的な成果はほとんどなかった。

こうした状況でイタリア政府が駐中国大使を平壌に寄こすと提案してきたのである。金日成と金正日が大喜びしたのも無理はない。イタリアには李種革（リ・ジョンヒョク）が国連食糧農業機関（ＦＡＯ）の北朝鮮代表として駐在していたが、非常にうまくやっていると評価されていた。李種革は越北作家である李箕永（リ・ギヨン）の息子で、現在は北朝鮮アジア太平洋平和委員会副委員長を務め、韓国との会談にもときどき顔を見せている人物だ。

イタリアの国会は伝統的に社会党と共産党の影響力が強かった。冷戦体制崩壊後、イタリアの国会は政府に対し、北朝鮮との国交樹立を検討するよう要請していた。イタリア政府としても北朝鮮への一億ドル借款の問題を決定しなくてはならない時期であり、両国間に一定の外交的成果があってもおかしくない雰囲気だった。金日成はおおいに期待し、こう語った。

「イタリアは西ヨーロッパの中でも自主性の強い国だ。イタリアがわが国に大使を派遣するというのは、ただやってきて『匂い』だけかいで帰ろうというのではなかろう。南北国連同時加盟で今や『二つの朝鮮』が発足したようなものだ。イタリアの計算は、南北朝鮮との関係を同時に発展させる『等距離外交』をしようというものだ。今回うまくやればイタリアと外交関係を結ぶことができる。私が直接イタリア大使に会ってやろう」

金正日も浮かれていたのは間違いなかった。彼は事細かに具体的な指示を出した。

「イタリア大使一行に対する首領様の期待は大きい。イタリアと外交関係を結べるよう、党ではあらゆる支援を行う。大使一行をうまくもてなしてこそ一億ドル借款も順調に引き出せる。大使一行には高麗（コリョ）ホテル最上階の国家元首クラスが使用する部屋を用意し、乗用車と食事も最上のものを提供しろ。公演の観覧も万寿台（マンスデ）芸術劇場ではなく姜錫柱（カン・ソクチュ）副相が直接、党中央委員会の宴会場、木蘭館で開催しろ。普天堡（ポチョンボ）電子楽団、旺載山（ワンジェサン）軽音楽団の公演を私が取り計らってやろう。

イタリア大使一行の最大の懸案事項は、われわれとどのような経済的関係を結べるかということだろう。私が三九号室（党中央委員会直属の外貨を集める専門組織。金正日の登場とともに組織された。三八号室が金日成・金正日一族専用の食品等の必需品を集めたのに対し、三九号室は外貨を集めたが、金正恩時代に統合された）に伝えておくから、大使一行を江原道（カンウォンド）の文川（ムンチョン）金剛製錬所にお連れし、金の倉庫（保管所）を見せてやれ。倉庫を見せれば驚いてこちら側にすり寄るだろう。文川製錬所には、ヘリコプターを利用して行くように。へたに乗用車で行けば道路事情も悪く、落ちぶれた北朝鮮の現実を見せてしまうことになる」

金正日より先に金日成に報告してはならない

姜錫柱（カン・ソクチュ）は一九九二年秋、金正日に批判され、検閲総括で革命化を命じられた。それにより平壌近郊の農場で豚小屋の糞の始末をしていたが、ひと月あまりで金正日に呼び戻された。イタリア大使一行の訪朝は彼の復帰後まもないころで、金正日との関係も気まずかった。そんな折に金正日から、普天堡（ポチョンボ）電子楽団と旺載山（ワンジェサン）軽音楽団まで動員するとして重大な任務を任されたのだ。両楽団は事実上、金正日の「喜び組」だった。姜錫柱はとてつもない恩義に対して忠誠心を発揮しなくてはならない立場に置かれた。

姜錫柱は、ヨーロッパ局長のキム・フンリムにイタリア代表団の案内役を任せた。通訳には崔善姫（チェ・ソンヒ）と私が選ばれた。崔善姫は大使夫人の通訳、私はロッシ大使とアジア州局長フィニーの通訳を担当した。崔善姫はよく韓国のテレビにも顔を出すほどの有名人だったが、現在は外務省の米国担当局長から外務次官に昇進している。

イタリア代表団到着の前日、姜錫柱副相の事務室で会議が開かれた。彼はキム・フンリム局長と私にこんな指示を出した。非常に興奮した声だった。

「今回の事業に対し、（金日成）首領様と（金正日）指導者同志の関心がどれだけ高いかはよくわかっているはずだから、多くは語らない。指導者同志には私から随時報告する必要があるため、大使一行の一挙手一投足を観察してほしい。とくに首領様と指導者同志は代表団の一人ひとりに関する具体的な情報を求めている。大使一行の到着直後から彼らの性格、趣味、家族関係などを具体的に報告するように。また首領様が全熙正（チョン・ヒジョン）人民武力省対外事業局長を通じて、代表団の動向を報告しろと求めることもある。だが指導者同志より先に首領様に報告がいけば大ごとになる。この点、肝に銘じておくように。外務省がすべての事案をまず指導者同志に報告し、その後、指導者同志から首領様に報告するのが党内部の報告秩序だ。これを厳守することを忘れないように」

一九八〇年代末から、すべての情報をまず金正日に報告しなければならなくなったというのは知っていたが、実際自分で経験してみると斬新に感じた。平壌の飛行場から高麗（コリョ）ホテルまでは車で三〇分だ。私は代表団の車に同乗して、彼らの個人情報を要領よく聞き出さなくてはならなかった。車内ではロッシ大使夫妻はイタリア語で会話していた。内容はわからなかったが、大使夫人のイタリア語は流ちょうではなさそうだった。そこでイタリアのどこで生まれたのかと尋ねると、夫人は「イタリア人ではなくエジプト人」だと答えた。当時、国連事務総長だったブトロス・ブトロス＝ガーリのいとこだということだった。

　ホテルに到着し、手続きをしながらフィニーアジア州局長と一言二言交わした。どうやら韓国語を理解しているように思えたので、韓国語ができるのかと尋ねたところ、少しできるという。「どこで習ったのか？」と訊くと、局長は「妻が韓国人なので少しできる」と説明した。会話はしばらく続いた。

「あなたの訪朝はローマの韓国大使館も知っているはずだが、何か言われなかったか？　そちらとは関係も深いはずだが……」

「私は韓国の女性と結婚したが、政治的には朝鮮半島の南と北、どちらとも同じように接するべきだと考えている。平壌に来る前、ローマの韓国大使に会った。今回の訪朝目的を訊かれ、訪朝の結果も知らせてほしいと求められた」

　私はフィニー局長に韓国大使の名前を尋ねた。李祺周（イ・ギジュ）と言っていたように思う。じつは彼と話しているときにホテルの受付が電話を受けろと大騒ぎしていた。人民武力省対外事業局長の全熙正が電話を待っているとのことだった。けっして金日成に先に報告してはいけないと指示されていた私は、代表団を部屋まで案内しなくてはならないと言い訳し、その場を逃れた。そして外務省の常務組に代表団の情報を報告した。

全熙正対外事業局長の電話を取ったのは、私の報告が金正日まで伝わったことを確認したあとだった。全熙正対外事業局長は本来物静かな性格で、けっして大声を出すような人ではない。だが私は電話を取るなり、苛立ち（いらだ）の混じった叱責の言葉を聞くはめになった。

「きみの名前と職責は何だ？　なぜ電話を取らない？　外務省にはいつ入ったのか？　首領様が関連の報告を待っているのに、叱られたいのか？」

もちろん彼も金正日に先に報告するという「内部秩序」は知っていただろう。それでも金日成から催促されつづけ、そのため気をもんで苛立っていたのは当然だった。私は「申し訳なかった。まず大使一行を部屋に案内しようとして電話にも気づかなかった」と弁明した。あとで聞いたところによると、金日成と金正日が喜んだ情報は、大使夫人がガーリ国連事務総長のいとこだという部分だったらしい。ガーリ国連事務総長は反米感情が強いことで知られていたからだ。一方で、金父子が不愉快になったくだりもあったようだ。フィニー局長夫人が韓国人だという点である。

イタリア大使一行に金塊を見せつけようとするも、倉庫は空

二日後、金日成がイタリア大使一行と接見した。金日成は「冷戦が終わり、南北どちらも国連加盟国になったので、北朝鮮とイタリアも、これからは既存のブロックという概念から自由になり外交関係を結ぶべきだ」と強調した。ところが、イタリア大使は「まずは北朝鮮が国際原子力機関（ＩＡＥＡ）やアメリカを通じて核疑惑を解決しなければ、両国は外交関係を結べない」という思いがけない答えを返してきた。イタリア政府が大使を送ったのは、北朝鮮との外交関係樹立を打診するというよりも、核疑惑を解決する意志が北朝鮮にあるかどうかを探るためだったのだ。

代表団は金日成に会った翌日、江原道（カンウォンド）の文川（ムンチョン）製錬所を訪れた。金正日の指示どおりヘリでの移動だった。工場の労働者が出てきてヘリの着陸を見守った。労働者のほとんどが出迎えたようだった。製錬所の幹部らは「これまでヘリが降り立ったことなどなかったのに、ヘリまで飛ばすとはどれほど重要な代表団なのか」と気になっている様子だった。

工場の支配人が代表団を案内した。金塊と亜鉛を生産する工程を説明しながら、つぼに金泥を注いで金塊をつくる具体的な工程まで見せた。大使は冗談っぽく「金塊を一つくれないか」と言ってきた。私に代わって返事をしたのはキム・フンリム局長だった。彼は笑いながら「イタリアと外交関係を結ぶことになったら金塊を一〇個差し上げよう」と答え、大使も大笑いした。

残りの日程は、金正日の指示でもあった金塊保管所の視察だった。ところが支配人は工場見学の日程は終了したと思ったようで、代表団を見送るような素振りを見せた。キム・フンリム局長が「代表団に金の倉庫を見せるために来たのだが、工場側ではそういった指示を受けていないのか」とこっそり聞いた。支配人はこう答えた。

「倉庫には金がない。金塊は生産されてすぐ平壌に運ばれる。今日見た金塊は、代表団に見せるため、数日前から生産を中断して集めた鉱石でつくったものだ。今日のように金塊を毎日生産できるなら、わが国の暮らしがこんなに厳しいわけがない」

金正日もそうした事情を知らなかった。ヘリまで出動させたのが気恥ずかしくなるほどだった。イタリア代表団も面食らっていた。たかだか金塊の生産を見せるためにここまで連れてきたのかという様子だった。イタリアは北朝鮮が肩を並べることもできない先進国だ。そんな先進国の人々に共和国の経済的な威力を金塊で見せつけようという考え自体、時代錯誤だった。たとえ数百の金塊があったとしても、イタリア代表団の特別な興味を引くことはなかっただろう。

夜は木蘭館で代表団との晩餐会があった。宴会場に入ると姜錫柱（カン・ソクチュ）がすでに到着していて、国際部と内閣の幹部数人の姿も見える。主賓席に代表団が座り、それぞれのあいだに姜錫柱とキム・フンリム、崔善姫（チェ・ソンヒ）と私が座った。姜錫柱、ロッシ大使、フィニー局長の隣には世話係の美しい若い女性たちが着席した。

うわさでしか耳にしたことがない「喜び組」ではないかと思った。最初は好奇心から一人ひとりの顔をじっくり観察した。大変な美人だった。そのうちに目を合わせることすら気恥ずかしくてぎこちなくなった。宴会が始まる前に言われた姜錫柱の言葉を思い出した。

「監視カメラで指導者同志が見ているかもしれないので宴会を盛り上げなくてはならない。それには通訳の役目が重要になる。雰囲気をうまく盛り上げてほしい」

料理が運ばれてきた。喜び組の女性たちが大使と一行にワインを注ぐ。美しい女性のあいだに座って食事をするのは私も初めての経験だった。しばらく料理が供され、まもなく公演が始まった。

喜び組の接待と嘘を並べた報告書

普天堡（ポチョンボ）電子楽団と旺載山（ワンジェサン）軽音楽団の演奏、歌、踊りが始まった。前半は北朝鮮の歌と音楽が中心だった。そのうちにジャズ、ディスコ音楽が演奏され、明るかった天井の照明が暗いネオンに変わった。そして妙な衣装のダンサーたちがステージに現れた。アメリカ映画などで見たブロードウェイに来ているような感じがした。出演者が変わるたび、脇で待機していたウェイターがこちらに花束を渡して、出演者に贈るようにとけしかけた。

今や、ユーチューブでも『愉快な踊り』『アロハオエ』『タンバリンの踊り』などといった北朝鮮の踊りの動画がずいぶん出回っている。その日、私が見た踊りはユーチューブに出ているのとほぼ同じだったが、明らかに違う点もあった。音楽はもっとねっとりして、衣装もずっとお色気たっぷりでビキニより露出していた。そこに黒い帽子に黒い靴下、黒いステッキまで持つのだから、なんともあやしげな雰囲気だ。

宴会が行われた木蘭館は朝鮮労働党中央委員会の庁舎内にある。朝鮮労働党は共産主義の道徳と革命的文化芸術を唱えながら、資本主義の文化芸術は腐敗し堕落していると宣伝してきた。このときは、共産主義の道徳と革命的文化芸術の「殿堂」である木蘭館で「腐敗し堕落した文化芸術」を見ているようだった。

アメリカ映画などで扇情的な踊りを目にするときは、そんなものかと愉快に見ることができた。ところが北朝鮮の女性たちがへそを出しながら、尻が見えるビキニ姿で脚を上げたり下ろしたりする姿を前に、どこか罪の意識を感じてしまった。私もまだそのときは純真な共産主義者だったのだろう。

そしてある瞬間、雰囲気がおかしくなった。ロッシ大使は出演者に合わせて拍手もしていたが、フィニー局長はあからさまに気まずそうな表情になり、何も反応しなかった。出演者が下がると、ステージには音楽だけが流れた。社交ダンスにぴったりの曲だ。盛り上げなくてはならない時間だった。

隣に座っていた若い女性たちが大使と局長をダンスに誘った。大使と夫人はフロアに進み出てワルツやタンゴなどを踊った。局長は席にじっとしたまま、再びダンスを促されても動かなかった。姜錫柱(カン・ソクチュ)が私にサインを送ってきた。局長をそそのかして踊らせろという意味だ。大使も局長を誘ったが、局長は宴会の雰囲気を一瞬にして凍り付かせる言葉を放った。

「大使、私は『妓生(キーセン)パーティ』には慣れてないので、こういう場は落ち着きません」

英語だったが「妓生」という単語だけは朝鮮語ではっきりと発音した。瞬間、私は肝を冷やした。局長の前に座る女性の目をまずうかがった。局長が「妓生パーティ」云々と言ったことが金正日に知られたらとんでもない騒ぎになる。大使は余計なことを言うなと局長に目で訴えた。姜錫柱とキム・フンリムは聞こえなかったふりをして大使と会話した。音楽とダンスが続いたが、目にも耳にも入ってこなかった。出演者全員に花束を渡す時間になってようやく公演が終わったことに気がついた。

宴会後、外務省に戻って報告書を作成した。私だけでなく姜錫柱、キム・フンリム、崔善姫(チェ・ソンヒ)も外務省に戻った。われわれにとっては宴会どころではなかったのだ。報告書のタイトルは「木蘭館行事の進行状況報告」だった。いいことばかりを書いた。

「宴会は非常に盛り上がるなか進められた。ロッシ大使とフィニー局長などは『このような公演は初めてだ。北朝鮮の芸術は大変高いレベルだ。声楽の本場イタリアよりもずっと素晴らしい』という反応を示した」

報告書を提出しながらもキム・フンリム局長と私は少し不安だった。後日、イタリア大使一行のうちの誰かが「北朝鮮で金正日の喜び組を見た」とマスコミに流したら大問題になるだろう。想像するだけでぞっとした。実際にそんなことが起こって、金正日の「批判のお言葉」まで出てくれば、過酷な処罰が待ち受けるかもしれないのだ。

さいわい大使一行は口を閉ざしたが、私はいまだに理解に苦しむ。なぜ金正日は妓生パーティのようにも取られる夜の宴を開いたのだろう？　どうせならイタリア人の文化レベルに合わせた『血の海』『花を売る乙女』といった革命的オペラでも見せるほうがずっとよかったのではないか。しばらく私は、その日の宴会に出演し、露出度の高い服で踊っていたダンサーたちを思い出したりした。彼女たちの親は自分のかわいい娘が党中央委員会の庁舎に閉じ込められ、毎晩こうした行事に動員されていることを知っていたのだろうか？　知っていたとしたらどう思うのだろう？

金正日は自分なりに最上の歓待をしたつもりだろうが、かえって北朝鮮指導部の醜悪な姿だけをさらけ出してしまった。イタリア大使一行が帰ったあとも、北朝鮮とイタリアは外交関係の樹立に踏み出せなかった。主な理由は一九九三年三月、第一次北朝鮮核危機が勃発したせいだろうが、とんでもない喜び組の公演とも完全に無関係ではない気がする。イタリアとの外交関係はそれから八年後の二〇〇〇年一月に結ばれた。

核開発のきっかけとなった朝鮮戦争のトラウマ

一九九三年一月、韓国とアメリカは一年間中断していた米韓合同軍事演習「チームスピリット」再開を公式発表した。北朝鮮はそれを口実に、同年三月、核拡散防止条約（ＮＰＴ）脱退を宣言する。数十年間潜んでいた北朝鮮の核問題が水面上にのぼり、第一次核危機が勃発した瞬間だった。その危機が四半世紀経った今でも続いている。

北朝鮮の核問題は根が深く、歴史的な見地から見ていく必要がある。北朝鮮の核問題の根源から核拡散防止条約脱退までのプロセスを追ってみることにする。

核兵器が心理的に及ぼす威力を金日成が体感したのは朝鮮戦争においてである。北朝鮮の仁川（インチョン）上陸作戦の成功後、国連軍は鴨緑江（アムノッカン）まで進撃してきたが、中国共産党軍の介入で戦勢が不利になりはじめ、後退していたアメリカ主力軍が長津湖（チャンジンホ）近郊で中国軍に包囲される。このとき北朝鮮では、アメリカのトルーマン大統領が満州か朝鮮半島北部に原子爆弾を投下しようとしている、といううわさが広まった。

金日成も、毛沢東も、スターリンもその情報を信じていなかったが、北朝鮮の国民は原爆が落とされるかもしれないという不安と恐怖にかられて南に避難した。私は北朝鮮の学校でそんなふうに教わった。父と祖父からも似たような話を聞いた。

「アメリカが原爆を落とせば全員死ぬ」

「家族全員は避難できないから、息子だけでも生き残って血筋を継いでくれ」

これが当時の国民の雰囲気だったという。もちろん原爆に対する恐怖からではなく、自由を求めて南に渡った避難民も多いと聞く。韓国でもそう思っている人は多いだろう。朝鮮戦争後に生まれた私がどちらが真実に近いかを断言することはできないが、言いたいのは、原爆に対する当時の北朝鮮の国民の恐怖心は、われわれの想像以上だったという点だ。

金日成は核兵器に対する国民の恐怖心をもう少し違った角度から見ていたようだ。当時、朝鮮労働党の国民統制力は今とは比較にならないほど緩かった。党がどんなに「アメリカはけっして原爆を落とさない。南下しないように」と宣伝しても、避難民を統制できなかった。全員を銃殺するわけにもいかなかった。手をこまねいて避難民の行列を眺めていた金日成は、そのとき核兵器の威力を痛感する。物理的、軍事的威力ではなく、人間に与える心理的な威力に対してだ。金日成が原子爆弾の開発を決心し、核に執着しはじめたのもこのときからだ。

北朝鮮は朝鮮戦争中の一九五三年三月に「原子力の平和的利用協定」をソ連と締結し、一九五〇年代末には、すでに原子爆弾開発のための核研究所をつくっている。米軍の爆撃で北朝鮮全土が灰になった状況で核研究所を建設したというのは、金日成の核に対する執着をはっきりと示す例だろう。

ところがソ連は北朝鮮の核開発を容認しなかった。共産圏内の原子爆弾と原子力発電技術はソ連だけが保有すべきという方針が確固としてあった。ソ連が共産圏国に原子力発電所を建ててやり、技術と原料、運営要員までコントロールし、核物質をまた持ち帰るという方式だった。これによって北朝鮮と中国、東欧圏国家は、ソ連のドゥブナ合同原子核研究所に研究員を送り、原子力発電技術を学ばせた。北朝鮮の場合、一九五六年に物理学者三十数名を派遣したとされている。主に金日成総合大学物理数学部の学生だったらしい。名目上は原子力発電技術を学びにいった連中だったが、党からは「核兵器開発を念頭に置いて勉強してこい」と指示されていた。北朝鮮が実質的に核開発を開始した瞬間だった。

北朝鮮は一九六二年、平安北道(ピョンアンプクト)の寧辺(ヨンビョン)に原子力研究所を完成させ、核兵器の開発に一歩近づいた。だが重化学工業の基盤がない北朝鮮の技術力と経済力では原子炉一つつくることすら難しかった。一九六三年六月、研究用小型原子炉(IRT－二〇〇〇)がソ連から導入された。すべてをソ連に頼るしかない状況だったのだ。

「核兵器を持とうなどとは夢にも思うな」と毛沢東から牽制される

中国もやはり核開発を急いでいたが、毛沢東はただソ連を見ていただけではない。ソ連の核独占政策におおっぴらに反旗を翻(ひるがえ)し、独自に核兵器開発を試みた。このとき、世界の共産主義国家のうちで唯一北朝鮮だけがソ連から莫大な援助を受けていたというのに、金日成は中国、毛沢東の側についた。アメリカと戦うのであれば、それぞれが核兵器を所有すべきなのに、なぜソ連だけが独占するのか、矢面に立った中国が核兵器を開発するなら北朝鮮もそれに倣う、という腹づもりだった。

一九六三年一〇月二八日付の朝鮮労働党機関紙「労働新聞」は、ソ連を現代修正主義［マルクス・レーニン主義を今の時代の新たな事態や国の情勢に応じて適用すること］だと非難する社説を掲載した。社説にはこんな一節がある。

「（ソ連は）兄弟国家間の協定を一方的に破棄し、経済的、技術的な協力関係をほぼ断絶するかのようにしており、援助に対しては自慢ばかりで、それを政治的干渉と経済的圧力の手段として利用している」

　当時ソ連は、アメリカ、イギリスなど、核保有国との核実験中止合意をかなり進めていたが、この合意に中国を引き込もうとしていた。一見、中ソの理念紛争の様相を帯びていたが、その裏にはソ連の核独占政策に対する中国の反発もあったのだ。こうした状況で金日成が毛沢東を支持したのは、中国を後ろ盾に北朝鮮も核開発をしようという計算の現れだった。

　一九六四年一〇月一六日、中国は核実験に成功し、核保有国となる。金日成は内心快哉を叫んだかもしれないが、彼の計算が間違いだったことに自ら気づくことになる。一九七五年四月一八日、北京で毛沢東と会談した金日成はそれとなく尋ねた。

「原子爆弾の開発にどれくらいの費用がかかったのか？」

　毛沢東は同席した官僚にどれだけかかったか金日成に教えるよう指示した。二〇億ドルという報告があった。白酒（パイカル）まで添えられた和気あいあいとした席だったが、毛沢東は冷たく言い放った。

「北朝鮮は核兵器を持とうなどと夢にも思うな。中国は独自に核開発をしたが、ソ連との関係が悪くなり、経済も悪化して数千万人が餓死した。北朝鮮のように経済が脆弱（ぜいじゃく）な小国で核兵器をつくれば、経済が破綻し、国民の生活は厳しくなる。そうなれば社会主義体制を維持できなくなる」

　北朝鮮の経済や体制を心配しての言葉ではなかった。北朝鮮の核兵器開発を牽制（けんせい）する狙いがあったのは明らかだ。金日成は「われわれが核兵器を開発するという意味ではない」とはぐらかしたが、帰途の列車内で党政治局会議を開き、こう言った。

「毛沢東の言葉を聞いただろう？　今後、われわれが核兵器をつくるうえでの最大の敵はアメリカではなく中国だ。超えるべき最大の山は中国という意味だ。中国は最後までわれわれの核兵器保有に反対するだろうし、そうなれば核開発は不可能だ。だからわれわれは中国を脇にはさんで進まなくてはならない」

ここで「脇にはさんで進む」というのは「なだめる、機嫌をとる」という北朝鮮式の言い方だ。金日成と毛沢東のこのエピソードは北朝鮮の小説にも登場する。北朝鮮の核兵器開発の秘話を描いた小説だったと記憶している。私もずっと昔から知っている内容だ。

「朝鮮半島の非核化」を主張しながら、裏で核武装を続けた金日成の戦略

北朝鮮の核兵器開発において、もはや中国は助けにならないと確信した金日成は、帰国後、緻密な戦略を立てた。この戦略は以後、長期にわたって漸進的に推進されるのだが、こんなあらましだ。まず韓国からの戦術核兵器撤去だ。最初は中国とソ連を通じ、アメリカとの協議を要請した。中ソの反応は冷ややかだった。一言でいえば「アメリカがわれわれの話を聞くと思うか」ということだった。とくにソ連は難色を示した。ソ連が韓国の戦術核撤去をアメリカに要求すれば、アメリカから「ソ連も東欧圏から核兵器をなくせ」と言われるにきまっているというのだった。そのころソ連はヨーロッパ内の戦術核撤去問題でアメリカと協議に入っていた。

そこで金日成は中ソに頼らず、自力で韓国からの戦術核撤去を推進することにする。中ソから核問題についての決定権や主権を取り付けたという意味だ。金日成は訪中直後の一九七〇年代半ばから「朝鮮半島の非核地帯化」を主張しはじめた。非核化というスローガンを掲げて、アメリカと中国に疑われることなく核兵器を開発するという戦略だった。一九八一年、北朝鮮は日本の社会党と

朝鮮半島の非核化を共同宣言の形で発表した。また一九八五年に「朝鮮半島の非核化、平和地帯化」を主張し、同年一二月、核拡散防止条約に署名した。

金日成の二つめの戦略は、北朝鮮に対して核兵器を使用しないという「核不使用宣言」をアメリカから引き出すことだった。アメリカは韓国から核兵器を撤去させたとしたが、北朝鮮はこれを確認するわけにいかず、また事実だとしても北朝鮮がアメリカの核の攻撃圏内から外れたわけではないという理屈だった。そしてアメリカが北朝鮮の立場を認めて「核不使用宣言」をしなければ、北朝鮮も核兵器を開発せざるを得ないという決意をさらに固めたのだった。

北朝鮮はこうした二つの戦略を立て、秘密裡に核開発に全力を傾けた。ソ連解体危機、湾岸戦争勃発といった状況が起こらなければ、北朝鮮の核開発は順調に進んでいたかもしれない。アメリカは一九九一年二月、湾岸戦争の勝利で核拡散防止を最大の外交安全保障課題とした。そのころソ連は崩壊へと向かっていたが、アメリカの望みは、ソビエトの一五の連邦共和国に分散配置された戦術核をロシアに集結させ、廃棄することだった。

この問題がアメリカの思惑どおりに流れていくと、アメリカの関心は徐々に北朝鮮の核疑惑解決に集中していった。金正日としては、北朝鮮の核疑惑を暴こうとするアメリカを少しでもなだめながら、できるだけ時間を引き延ばすことが重要だった。金正日は南北会談を利用して、アメリカの圧力を緩和させる戦術をとった。孤立と危機に陥るたび、北朝鮮がきまって取り出すカードが南北会談だった。

その結果、一九九一年七月三〇日、南北当事者による朝鮮半島非核案が発表された。アメリカはアメリカで、核拡散防止レベルで九月二七日に「全世界に配置された戦術核を撤去する」と発表した。北朝鮮とアメリカにはそれぞれ別の魂胆があったが、まずは「朝鮮半島の非核化」という名目のもとに集ったようだった。一二月一三日には「南北基本合意書」に南北の首相が署名し、三一日には南北当局が「朝鮮半島の非核化に関する共同宣言」に合意し、それを発表した。

だが一九九一年一二月の朝鮮半島非核化宣言の時と似た状況が、二〇一八年になって再現されている。

一九九一年の非核化宣言の協議の際、最大の争点は「査察対象の選定の問題」だった。韓国側は「相手側の選んだ対象の査察」を主張し、北朝鮮はこれを「自主権の蹂躙」だとして頑なに拒否した。結局、非核化宣言には「相手側が選定し、双方が合意する対象を査察」するという折衷案が盛り込まれた。

査察対象を「双方の合意する対象」に狭めた北朝鮮外務省のチェ・ウジン外務次官は、金正日に称賛されたが、外務省内ではこの非核化宣言が、学生と教授とであらかじめ合意した上で行われた大学の試験のようだと言われていた。思惑どおりに運んだ北朝鮮の「勝利」というわけだった。

当時、核兵器もなく核実験場もなかった北朝鮮が、なぜこれほどに韓国とアメリカが提示した「強制査察」に反対したのだろう。

南北会談で、査察対象を選ぶ権限は相手国にあるべきと韓国側が切り出すと、北朝鮮の外務省の条約局などは、今後どうせ国際原子力機関に寧辺核施設を見せなければならないのだから、その提案に同意しても問題ないのではないかと首を傾げた。

だが外務省人権課の職員や国家保衛部などは、査察対象の「選定の権限」を韓国に与えれば、結局最終的には「政治犯収容所」まで見せろと言い出しかねないとして、査察対象の「選択権限」をけっして渡してはならないと強硬に主張した。

今後、北朝鮮の核廃棄の最終段階は、結局、ＣＶＩＤ（完全かつ検証可能で不可逆的な非核化）

により検証されることになるだろうが、北朝鮮内部の政治犯収容所と、金一族だけが使用する「特殊地域」が数えきれないほどある北朝鮮としては、何があってもＣＶＩＤを受け入れようとしないだろう。

二〇一八年四月二七日の南北首脳会談でも、北朝鮮の非核化の具体的なロードマップは含まれなかった。

米朝首脳会談でも、ＣＶＩＤではなく「双方の合意する対象」とすることによって査察対象を限定する「折衷案」が示されたとしたら、それはもう茶番であり、数年後、われわれはまた新たな核の危機に陥らざるを得ないだろう〔一八年六月に行われた米朝首脳会談では結局、共同声明文にＣＶＩＤの文言は盛り込まれなかった〕。

「われわれが負けたらこの地球は破滅させなければならない」

国際社会は「非核化」といういう聞こえのいいスローガンに惑わされてきたが、アメリカは違った。北朝鮮の核開発への疑惑を抱いたまま警戒を解くことはなかった。結局、アメリカが正しかったのだ。金父子には核開発を放棄する意志などこれっぽっちもなかった。それは後日「労働新聞」で伝えられた金正日の「戦争に負けたら地球を破壊する」という発言からも立証される。ソ連の解体が正式に宣言されたこの年の一二月二五日、金日成は人民軍幹部と抗日革命闘士〔旧満州で中国共産党満州省委員会の指導下に組織された東北抗日聯軍（れんぐん）に参加した朝鮮人〕を集めてこう訊いた。

「もはやソ連まで崩壊し、中国も韓国にすり寄っている。今後、どうすれば祖国統一が実現できるだろう？　韓国とアメリカに攻撃されたら、われわれの力だけで戦って勝てると思うか。正直に答えてみろ」

軍幹部らと抗日革命闘士が「首領様、心配なさらないでください。数十年間、祖国統一を準備してきたのだから、われわれが間違いなく勝利します」と答えると、金日成がもう一度質問した。「祖国解放戦争（朝鮮戦争）をしたではないか。戦争は考えているとおりにはいかない。もしわれわれが負けたとしたら、どうするか答えてみろ」

誰もが答えをためらっていると、金正日が立ち上がり、はっきりと言った。

「首領様、われわれが負けたら、この地球を破滅させます」

ようやく金日成は机をドンと叩き「私が聞きたかった答えはそれだ。われわれが負けたらこの地球は破滅させなければならない。われわれのいない地球など必要ない」と満足そうに言った。

朝鮮労働党は翌年（一九九二年）初めから、こうした内容の講演を国内で進めていく。その目的は、北が核兵器開発に向かう以外ないことを党全体に浸透させることにあった。当時は私も「北朝鮮のない地球など必要なく、そのためには核兵器を保有するしかないのだろう」と思っていた。

だが北朝鮮は、対外的には国際社会の核査察を受け入れる立場を表明した。一九九二年一月、韓国とアメリカはこの年の米韓合同軍事演習を中止すると宣言し、同じく一月、北朝鮮はＩＡＥＡ保障措置協定を締結した。核査察代表団の訪朝を受け入れたのだ。韓国とアメリカは核兵器撤去と米韓合同軍事演習中止の対価として、北朝鮮から核査察受け入れなどの譲歩を引き出したとアピールした。だが、核問題解決の最重要課題である、強制視察に基づく「南北相互査察」を取り付けることはできず、火種は残る。

同年五月、北朝鮮は核物質と核施設に関する「冒頭報告」を国際原子力機関に提出する。そこまではすべて朝鮮半島非核化宣言に沿って進められているかのようだった。アメリカもそれ以上は圧力をかけてこないように見えた。

ところが問題はその冒頭報告から持ち上がった。北朝鮮は報告書で九〇グラムのプルトニウム保有を申告したが、アメリカは北朝鮮がすでに一〇～一四キログラムのプルトニウムを抽出しているという疑惑を表明。北朝鮮がその点を透明にしないかぎり、核兵器開発の明白な証拠になるというのがアメリカの主張だった。国際社会は北朝鮮が冒頭報告への疑惑を解明すべきだと圧力を加えてきた。

疑惑は事実だった。北朝鮮の原子力工業省の核専門家は、核物質の計算は非常に複雑なので、一定量を隠して申告しても国際原子力機関とアメリカを騙（だま）せると考えた。金正日の指示による計算だったのかもしれない。外務省は原子力工業省の予測に疑問を抱き、議論にまでなったが、核物質を徹底的に隠して申告しろという金正日の指示に背くわけにはいかなかった。

気が進まないまま外務省は国際原子力機関に冒頭報告を提出し、あげくのはてに問題が起こってしまった。あらゆる事案に関する報告を受け、本人が直接下した決断であるというのに金正日は責任を回避し、原子力工業省と外務省に責任をなすりつけた。国際原子力機関への冒頭報告提出で、利益を得るつもりが害をこうむったと激怒した。

外務省もとばっちりを受けた。まず国際原子力機関との事業を担当していた条約法規局に非難が殺到した。それによって、条約法規局の責任者であるオ・チャンニム参事（副相クラス）の立場が弱まり、祖国統一担当局の長であるチェ・ウジン外務次官の発言権も縮小された。南との非核化宣言採択と実行、米韓合同軍事演習中止についての問題を担当していた祖国統一担当局とチェ・ウジンは、非核化共同宣言を採択すればアメリカの圧力を弱めることができると主張していた。アメリカ担当の米国局、冒頭報告提出の問題を全体的に統括した姜錫柱（カン・ソクチュ）副相も、金正日ににらまれるのを避けられなかった。

原子力工業省の報告だけを信じて進められた、金正日が仕組んだ茶番劇があらわになったが、国際原子力機関とアメリカに対してプルトニウムについて正しく申告するというのはありえないことだった。それは北朝鮮の核開発計画の放棄を意味するからだ。北朝鮮が核物質への疑惑を透明にしなかったことから、韓国とアメリカは一九九三年、米韓合同軍事演習の再開を宣言し、北朝鮮に対して核査察を容認するよう求めた。これに反発した北朝鮮が核拡散防止条約を脱退したことで、第一次北朝鮮核危機が起こったのである。

「米朝枠組み合意」は時間稼ぎの欺瞞劇だった

一九九三年七月、ジュネーブで米朝閣僚級会談が開かれた。アメリカは北朝鮮が特別査察を受け入れなければ戦争は避けられないと脅した。アメリカ代表団団長ロバート・ガルーチは「両国間の望ましくない武力衝突を避けようと最後まで努力したが結局失敗した」と述べた。会談に出席した姜錫柱（カン・ソクチュ）外務副相など、北朝鮮の代表団は表には出さなかったが、戦争は避けられなくなったという思いで帰国した。北朝鮮が屈しない限り、戦争に向かわざるを得ない状況だった。

金正日は姜錫柱を呼び、ガルーチの言動について一つひとつ具体的に尋ねた。そしてアメリカの戦争強行の意志を確認すると不安におびえた。北朝鮮の実質的な統治権は、金日成が亡くなる十数年前からすでに金正日に移っていた。そのころの金日成はあやつり人形と同じだった。

ジュネーブでの米朝会談決裂後、米メディアはクリントン大統領が寧辺（ヨンビョン）核施設の攻撃計画を進めていると報道した。韓国の金泳三（キム・ヨンサム）大統領はクリントンのサージカルアタック［外科手術的攻撃。精密誘導兵器で目標をピンポイントで攻撃すること］案に必死に反対した。情勢は一触即発の危機に向かっていた。このときカーター元米大統領が訪朝して危機を解消すると発表し、一九九四年六月、金日成・カーター会談が実現する。カーターは金日成にアメリカの対北朝鮮制裁の中断、軽水炉供与などの意思を伝えた。カーターの仲立ちで南北首脳会談まで実現するが、ここで金日成が急死する。

　金日成の死で北朝鮮はもう長くもたないだろうと世界中が予測した。だがそれは北朝鮮をよく知らないからだ。私は一九八〇年四月に国際関係大学に入学したが、そのときすでに北朝鮮の実質的な指導者は金正日だった。金日成は象徴的な存在にすぎなかったのだ。

　金日成の死亡が発表された一九九四年七月八日、私は外務省の講堂に緊急の召集をかけられた。テレビで金日成の死亡を伝えていた。みんな講堂から泣きながら出てきた。母は近所の人たちと万寿台（マンスデ）の金日成の銅像のもとまで行き、長いこと泣いて下りてきた。外務省職員も毎日花を携え万寿台の銅像に上って黙とうして泣いた。それだけの重大事だった。それから一〇〇日間は追悼期間とされ、毎日、万寿台に上がって泣いたり、追悼集会に参加した。

　一〇〇日を過ぎて追悼の熱も少しは収まるだろうと思っていたが、続いて総括事業が始まった。金日成に対する追慕姿勢についての総括が行われて、再び粛清が進められた。当時、外務省内の主要部署のメンバーは帰宅できずにしょっちゅう当直をして、海外からのさまざまな問題を処理していたのだが、その過程で数人が引っかかった。

　国内対外事業局の職員四人は夜間の当直でカード（トランプ）をやったことが発覚し、地方に追放された。電報整理室の職員の一人は、駐中国北朝鮮大使館からの電報を読んで独り言を言い、やはり地方に飛ばされる。電報は「高麗（コリョ）航空機で金日成の銅像に献花するための花を送る」という内容だったが、何気なく「近ごろ中国人はだいぶ花で稼いでるだろうな」と言ってしまったばかりに辱（はずかし）めを受けたのだ。対外宣伝局職員は服喪期間中に引っ越したという理由で、もう一人は頭が痛くてサウナに入ったという理由で、それぞれ地方に追われた。北朝鮮では今でも幹部文書把握（幹部評価）のとき、金日成と金正日死亡時にどんな行動をとったかが重要な評価項目になっている。

いずれにせよ金日成が死の前にカーターと会談した成果はあった。この年の一〇月、ジュネーブで「米朝基本合意文」が採択されたのだ。いわゆる「米朝枠組み合意」である。北朝鮮は核開発を放棄し、韓国とアメリカは、北朝鮮に経済的補償と安全保障を約束し、米朝関係の完全な正常化と南北対話を引き続き推進するという内容だった。第一次核危機はこうしていったんは封印されたかに見えた。

だが、その後の展開は知ってのとおりで、米朝枠組み合意は北朝鮮の時間稼ぎ用の欺瞞（ぎまん）劇でしかなかった。協議のためジュネーブに向かう姜錫柱に金日成が下した指針は「われわれに必要なのは時間だ。時間を稼げ」だった。最初から金正日は合意を守る気などさらさらなく、時間だけ稼ごうという戦略だった。協議に臨む北朝鮮の態度がどれほど欺瞞的だったかを示す例がある。

韓国とアメリカが約束した経済的補償の一番のポイントは、北朝鮮への軽水炉提供だった。北朝鮮とアメリカはただちに協議に取りかかった。そこには電力工業省の専門家らも出席していたが、彼らは米朝枠組み合意の内容を聞き「外務省が合意を誤った」と反発した。要はこういうことだった。

「軽水炉をつくるという合意だけを取り付けてどうするのか？　変電所の建設費、燃料棒や送電施設はどこで用意するのか？　合意文にそういった内容は含まれていない。変電所と送電施設の建設、燃料棒購入に対する韓国とアメリカの援助が約束されなければ完璧な合意文とは言えない。再協議すべきだ」

外務省はこのとき「時間稼ぎのための詐欺なのだから、わからなければ黙っていろ」と対応した。

外務省内でも北朝鮮が米朝枠組み合意を守ると信じる人は誰もいなかった。それまで北朝鮮は対外的に「われわれの目標は朝鮮半島の非核化であり、核開発ではない」と宣伝してきたが、内部的には正反対だった。「何が何でも核を保有しなくてはならない」ということだった。公式的ではなかったが、暗黙の指令と同じだった。

骨と皮だけで餓死寸前の子どもたち

「米朝枠組み合意」で北朝鮮は時間を稼ぐことができた。アメリカの合意は、北朝鮮の核開発を少しでも先送りすれば、経済が先に破綻するだろうと見込んでのことだった。経済が破綻すれば核開発の能力自体が失われると見たのだ。アメリカはアメリカで時間を引き延ばすための合意をしたわけだ。実際に当時の北朝鮮経済は崩壊寸前だった。私は外務省の役人としてその惨状を直接目撃している。

米朝枠組み合意があった一九九四年は北朝鮮にとっては実に不運の年だった。七月に金日成が死亡し、八月に黄海道（ファンヘド）で大洪水が発生。北朝鮮の食糧不足は一九九〇年初めから始まったが、洪水の被害まで重なりさらに深刻になった。自国だけで難局を打開するには力が足りず、食糧援助が切実に必要だった。だが誰も金正日に国際社会に食糧援助を求めるべきだと申し入れることができなかった。一つ間違えば首が飛ぶところだが、当時スイスで金正日の息子、金正哲（キム・ジョンチョル）、金正恩（キム・ジョンウン）兄弟の世話をしていた、スイス大使の李洙墉（リ・スヨン）が勇気あることにその役を買って出た。現在の朝鮮労働党副委員長だ。

彼は金正日に「北朝鮮が国際社会に食糧支援を訴えれば、北朝鮮の経済が難局に直面しているという印象を与えるだろうが、同時にこれを契機に西側諸国との交流や接触を広げることで北の外交的孤立を打破できる」という意見を示した。食糧支援より外交的孤立の打破に重点を置くことで金正日の顔も立てたのだ。子どものことでたびたび李洙墉に会っていた金正日は、その主張にも一理あると判断し、進めてみるよう指示した。

一九九四年八月、李洙墉は国際機構の代表団とともに北朝鮮に到着した。外務省はただちに常務組を組織した。国際機構局とヨーロッパ局からは私が選ばれた。

初めて経験する事業だった。北朝鮮外交でよく準備される発言原稿や活動計画書などもなく、とりあえず代表団と会うなかで対策を立てていくことになった。それまでは外国代表団に北朝鮮の「輝かしい現実」だけを紹介してきたが、初めて北朝鮮の荒廃した姿、洪水被害地の凄惨な様子を見せることになり、苦しさを覚えた。

外国代表団はひどく驚いた。社会主義の地上の楽園と触れ込んでいた北朝鮮の農村が、これほど落ちぶれているとは思わなかったのだろう。病院や幼稚園、託児所などで臥(ふ)せている栄養失調の子どもたちを見て彼らは涙を流した。私を含め、随行した外務省の職員らもこらえきれずに泣いた。北朝鮮が世界に宣伝していた社会主義文化農村〔社会主義化され、文化的生活が保障された集団農場〕、地上の楽園の実態と虚構が完全にさらけ出されたのだった。

食糧援助の外国代表団によって北朝鮮の現実が知れ渡ると世界中が驚愕した。骨と皮だけで餓死寸前の子どもたちを目にした国際機構と世界のNGOが、北朝鮮に食糧を送って寄こした。そして、米朝枠組み合意直後に進められた国際社会の食糧援助は、北朝鮮と西側諸国のあいだに雪解けをもたらしはじめた。李洙墉が金正日に主張したとおりだったのだ。

イギリスからの秘密接触に興奮した金正日

国際社会の食糧援助がもたらした雪解けの雰囲気を体験する機会があった。一九九五年一月、北京の北朝鮮大使館から電報が送られてきた。イギリス政府が秘密裡の接触を望んでおり、三月にジュネーブのイギリス大使館で両国の外務省局長が会えないかという内容だった。意向を打診してきた北京のイギリス大使館は身の安全を守ってほしいと念押しした。

関連の内容はすぐさま金正日に報告された。金正日は興奮していたようだ。姜錫柱（カン・ソクチュ）にこう話したと伝えられている。

「西側諸国で最もアメリカと近いイギリスが、それも向こうからわれわれに接近してきたことは興味深い。所詮アメリカの合意を経ているのだろう。アメリカは、われわれと核合意（米朝枠組み合意）を結び、道筋をつくったから、今後はイギリスを引き入れて、われわれに対する聞き込みをしようというのだろう。悪い話ではない。うまくやればイギリスと外交関係を結べる。そうなればヨーロッパの他の国もあとに続くだろう。そうすればフランスとも楽に関係を結べる」

金正日の言葉からとくにフランスとの修交の意志を読み取れるが、これについては後述する。

金正日の指示が下るとすぐに代表団が編成された。外務省ヨーロッパ局長キム・チュングク、イギリス及び北欧担当課長ムン・ボンニョ、そして私が選ばれた。北京とモスクワにしか行ったことがなかった私は、生まれて初めて西側の国へ行けると思うだけで、夜も眠れないほどだった。

一九九五年三月二一日火曜日午前一〇時、北朝鮮代表団はジュネーブのイギリス大使館の会議室に座っていた。現地の代表部の参事だったハン・チャンフンも代表団に合流していた。イギリス側からは外務省アジア太平洋地域局長、韓国担当部署長、そして北東アジア担当情勢研究官ジム・ホーアが参加した。彼はのちに駐北朝鮮英国大使館の初代臨時代理大使となる人物だ。私は彼をジェームズ・ホーと呼んだ。イギリス代表団の発言の要旨はこうだった。

「両国は長いこと交流がなかった。最近北朝鮮がアメリカと米朝枠組み合意を結び、国際社会の一員に加わる決定をしたことをイギリスは歓迎する。北朝鮮が合意文を誠実に実行し、いずれはイギリスと北朝鮮が外交関係を結ぶ日が必ず訪れると信じている」

要は北朝鮮が米朝枠組み合意を誠実に実行すれば、両国関係の正常化も可能だという話だった。条件をつけてはきたが、時間をかけて徐々に関係を進展させるのがイギリス流の外交術だった。北朝鮮代表団はこう回答した。

「冷戦時、両国は非常に疎遠な関係にあった。だが冷戦体制も崩れ、理念と体制に基づいたブロックも解体した。イギリスもうアメリカの対北敵対政策にとらわれる必要はない。国連安保理常任理事国らしく、対北朝鮮政策にも自主的に取り組んでほしい」

イギリス代表団は「両国は長期間、接触も対話もなかったので、互いによく知らず、政策的な相違点も多い。交流を拡大するために少なくとも年二回以上は公式対話を続けていこう」と提案してきた。断る理由はなかった。次回会談を秋に北京で行うことにして会談は終了した。会談結果の報告を受けた金正日は、イギリスとの対話を続けていきながら外交関係の樹立を促すよう指示した。

その年の秋、二度目のイギリス代表団との会談にも私は出席した。北朝鮮とイギリスは五年後の二〇〇〇年一二月一二日、国交を樹立することになる。偶然にも、私はその直前の最終会談にも代表団として臨んでいる。両国修交協議の初回と最後、両方に出席したわけだが、のちに駐イギリス公使として在籍中、亡命にまで成功したのだから、イギリスは私にとって何かと縁が深い国のようだ。

スイス側の案内で原子力発電所を見学

ジュネーブでイギリスとの秘密会談を行ったが、スイス当局がわれわれの入国を知らないはずがない。スイス側からは滞在期間中の原子力発電所の見学とミーティングの提案があった。その意図をくみ取るのは難しかったが、いったん応じることにした。

イギリスとの会談を終えた翌日、スイス側の案内でジュネーブから一〇〇キロほど離れた原発を見学した。私も初めてだった。思っていたのとはまったく違った。学生が大多数を占めてはいたが、数百人の観光客が見学中だった。ガイドは原発がどれだけ安全かを説明していた。

見学後、互いに対面して座り、スイス側はあれこれ遠回しに言いながら、核エネルギーの平和的で安全な利用について強調しているようだった。だが本音が含まれていそうな部分を拾ってみると、こういう話だった。

「アメリカから軽水炉を供給されても、北朝鮮のエネルギー問題が解決するわけではない。生産される電気を送電しなくてはならないのに、米朝合意文にはその内容がない。燃料棒も問題だ。スイスも燃料棒はフランスから輸入している。費用は電気料金で充当している。北朝鮮は燃料棒をどの資金で購入しようというのか。電気料金も総原価を反映せずに、単に形として徴収していないか。発電所を運営するには、定期的に稼働をストップしてメンテナンスしなくてはならない。スイスの場合、発電所を建設した米ウェスチングハウス（WH）が保守を担当しているが、北朝鮮は韓国やアメリカの技術者を定期的に呼んで保守しなくてはならない。そういった問題をすべて理解した上でアメリカと合意したのか」

表面上は、軽水炉が建設されるにしても北朝鮮がエネルギー面で韓国とアメリカに依存しなければならないという点を指摘したかのように見える。だが裏を返せばまるで違う話にも取れた。こうした問題をわかっていながら、北朝鮮は時間を稼ぐために騙しているのではないか、そうでなければばアメリカが北朝鮮を騙しているのではないか、それを探ろうとしていたのかもしれない。以下が北朝鮮代表団の回答だ。

「軽水炉さえできれば、あとはこちらで解決する。発電所で電気さえ生産できれば、北朝鮮の経済発展に大きく役立つはずで、そのときは借款を使ってでも送電や発電設備を近代化することができる。燃料棒の問題は今後アメリカと別途協議することもできるだろう」

きわめて外交的な回答だった。平壌に戻り姜錫柱（カン・ソクチュ）副相に報告すると「アメリカがスイスを使ってこちらの意中を探ろうとしたもの」だとして、よく処理したとねぎらわれた。この経験で、外交は銃声のない戦争だということに改めて気づかされた。

スイス大使・李洙墉という男

ジュネーブでイギリスと秘密裡に接触するなかで、駐スイス大使の李洙墉（リ・スヨン）との関係も深まった。金正日の最側近だった彼は、金正恩体制下でもその役割を果たしているという点で、注目すべき人物だ。当時は李徹（リ・チョル）という通名を使用していた。

李洙墉は北朝鮮から派遣されたわれわれをインターラーケンのスキー場など、スイスの名所に連れていってくれた。夜は酒場でチーズフォンデュをふるまってもくれた。そういった席でも話題は北朝鮮外交に関連した話だった。驚いたのは彼が高い地位にいるにもかかわらず、私のような若い外交官の考えや意見にも耳を傾けてくれたことだ。ただ聞くだけにとどまらず、自分の考えも具体的に話してくれた。人間的な面を備えた人物だと思った。

スイスから帰国するとき、多くの大使館員から北朝鮮の自宅に荷物を持っていってほしいと頼まれた。李洙墉は「初めてスイスに来た人間にそんな面倒をかけて」と咎（とが）めながらも、われわれ代表団に自分の革のバッグを寄こした。少なくとも数百ドルはしそうな高級バッグだった。その中に頼まれた荷物を詰めていけという意味だったが、大使館員と私、どちらの気持ちにも配慮した行動と読み取れた。

一度、海外出張中、李洙墉に偶然会ったことがある。フランクフルト空港の乗り継ぎ施設で次のフライトを待っていると、彼が現れたのだ。われわれ一行を見ると、空港内の飲み屋に連れていき、生ビールをごちそうしてくれ、小遣いまで持たせてくれた。その後も私はスイスに出張するたびに彼に会った。車で何時間も一緒に移動することもあったが、たとえ私が疲れてウトウトしても、彼が居眠りする姿は一度も見たことがない。移動中に大使館員から報告を受けたり、新たな指示を出したりする姿が印象的だった。

李洙墉がいつからいつまで金正哲、金正恩兄弟の面倒を見ていたのかは、じつは私もよく知らない。ただ彼が一九九〇年代初めから金正日に何度か会って、かなりの影響力を発揮していたのは知っていた。金正日が外務省に指示する「お言葉」の大部分が李洙墉を経て下りてきた。彼が金正日の指示をどうまとめるかによって、外務省の事業の方向が変わることもありえたのだ。その力は結局、金正日の息子たちの面倒を見ているというところからきているとも考えられるが、私は李洙墉本人の能力も優れていると思っている。

李洙墉が金正日から承認をもらった事項の中には、外務省があえて提起できなかったものも多い。代表的な例が、海外勤務する外交官とその家族が必要により金日成の肖像徽章（バッジ）を「外させていただく」ようにした措置だ。金日成バッジをスーツから外してもいいということだが、こうした措置はずいぶんと革命的な変化だといえた。

一瞬でも「首領様の肖像徽章」を肌身から離さないというのが北朝鮮外交の鉄則だった。理由がどうであれ金日成バッジを「外させていただく」などと言えば、即座に首が飛んだ。李洙墉は金正日にこう申し入れたという。

「スイスに大使として出向いて仕事をしていると、外交官の給料も多くないため、仕方なく安い店に行くこともある。それが恥ずかしいわけではないが、そうした場所に首領様の肖像バッジをお連れするのは申し訳なく思う。飛行機でも南朝鮮の傀儡(かいらい)どもの目に留まりやすく、身辺の安全上、不利な点でもある」

李洙墉が勇敢にもこの問題を金正日に提起することができたのは、彼が金正恩兄弟を連れて何度もスイスに通ったからだ。金正恩兄弟の身元を隠す必要がある彼としては、金日成バッジを常に着用しなければならないという規定はかなり厄介だったはずだ。彼の申し入れのおかげで、北朝鮮外交官とその家族は必要に応じて金日成バッジを外せるようになった。

李洙墉は金正日に外交官の生活費の問題も提起した。北朝鮮の外交官の給料は、西欧諸国はもちろん、韓国の外交官に比べてもとてつもなく少なかった。それでも党に言えない理由があった。北朝鮮の一般市民に比べれば外交官の生活は「天国」だったからだ。李洙墉の申し入れで給料が上がったわけではなかったが、数年に一度、国際価格と常駐国の物価に合わせて給料が調整されるようになった。

「革命外交戦略」から「牽制外交戦略」へ

外務省は、金日成死亡の直後の一九九四年八月に内部機構を大幅改編した。外務省内のブロック不加担局(非同盟局)を解散し、国際機構局の一つの部署に縮小した[「非同盟とは、東西冷戦期に東西どちらのブロックにも加わらなかった国のこと」]。非同盟局の指導員から外務省の参事にまで昇進した金桂寛（キム・ゲグァン）［金桂冠・金桂官との表記もある］はアメリカ担当参事を任された。

私が勤務していた西ヨーロッパ局は東ヨーロッパ局とともにヨーロッパ局に統合された。西ヨーロッパ局は組織改編前までは東ヨーロッパ局に比べて人数も少なく仕事量も多くない部署だった。目立たない部署と言えたが、統合ヨーロッパ局が発足すると元西ヨーロッパ局職員が格上げされた。ヨーロッパ局局長といった重要なポストを占めるようになったのだ。米州局の「米国課」は米国局に昇格して独立した。アジア局の「日本課」は副相クラス（宋日昊（ソン・イルホ））が直接指導することになり、アジア局副局長のポストは日本専門家（日本課長）に任された。

外務省の大幅な組織改編は金正日のいわゆる「猪八戒外交（チョパルゲ）」の原則に応じるためだ。猪八戒外交とは、理念に基づいた外交から脱却して、実利を取る外交に向かうというものだ。中国の小説『西遊記』に出てくる猪八戒（ちょはっかい）のように、正直なふり、馬鹿なふり、悔しいふり、鈍いふりをしながら、どこに行っても得られるものはすべて手に入れるという意味だった。金正日のこうした外交方針は時代の変化に順応している。南北国連同時加盟、ソ連解体、中韓国交正常化、第一次核危機などを経て、金正日は中ソの弱点と限界を把握したのだ。

利益さえ確保できれば、理念に関係なく敵とも手を組む。腹の中では原則を守りつつ、北朝鮮外交が何を求めているのか、その戦略と目標が何なのかは表に出してはならない。すべてを不透明に処理しなくてはならず、実利のためなら敵対国のアメリカや日本とも大胆に接触する必要がある。

こうした猪八戒外交の登場は、金日成が死亡し、彼の非同盟国重視の政策が幕を下ろしたことを意味した。金日成の外交は、非同盟国家と連携した世界各地での「アメリカの殻を剝（は）がす」世界革命戦略の路線上にあった。だが金正日は、ヨーロッパを利用してアメリカを牽制する戦略へと外交路線を修正した。金正日の「牽制外交戦略」が金日成の「革命外交戦略」に取って代わったのだ。

金正日はアメリカ一極化された国際秩序を多極化すべきだという「世界多極化」戦略も示した。フランス、イギリス、ドイツなど西ヨーロッパ諸国が中心となったEU（欧州連合）は多極化戦略の重要な軸であった。外務省の基本ラインは、以前のソ連と非同盟国専門家からアメリカ・中国・日本とヨーロッパの専門家に変わりはじめた。アジア、アフリカ、中東、中南米は次第に後回しにされていったのだ。

たばこの密輸で生活費を稼いだ外交官たち

一九九五年になると北朝鮮の状況は急激に悪化しはじめた。それは外務省も同じだった。文書作成用の用紙が補充されなくなり、党が自力更生を求めてきたため、外務省内に紙工場がつくられた。捨てられた紙をタンクに入れて薬品処理をすると紙が再生産できることをそのとき知った。紙質は情けないものだったが、それでも文書は作成できた。家での入浴すら思うようにできない状況だったので、外務省内に浴場が備えられた。

この年の初めから、平壌市の配給所でも米がもらえないことが多くなった。外務省内でも米が支給されず、配給票だけが配られていた。各自で洞（トン）［行政区画の単位。町にあたる］の配給所で米を受け取らなくてはならなかった。チャンマダン［闇市］ができる前の話で、配給所で米をもらえなければ、ほかに手に入れられるところもなかった。

外務省は生活が厳しい職員に昼食を無料で提供する非常策をとった。昼食といっても、とうもろこしのスープだけ。そんななかでも、海外勤務で外貨を貯蓄していた職員の暮らしぶりは悪くなかったが、海外勤務の経歴がない人は外務省の食堂で出されるスープ一杯で一日の食事をすませた。四〇人ほどいるヨーロッパ局でも五人くらいが外務省の「貧民救済食堂」を利用せざるを得なかった。私は海外勤務の経験がなかったものの、妻の実家の援助もあったので、そのスープの世話にまではならずにすんだ。

あとはみんな弁当を持参していた。「ベントー」という単語は日本の植民地時代の残滓だが、北朝鮮の人たちは気兼ねなく使っている。海外から戻ってまもない人は、国内で厳しい生活を強いられてきた同僚のために、二つの弁当箱にそれぞれご飯とおかずをたっぷり詰めてきた。生活は苦しくても情にあふれていたのだ。

昼休みが一日のうちで一番幸せな時間だった。大きな事務室に一〇人ほどが集まって座り、それぞれ持ってきたおかずをみんなで食べる。それが何よりの楽しみだったのだ。とくに昼休みを楽しみにしていた同僚の一人を思い出す。七〇を過ぎ、退職を控えた人だったが、一二時になる前から弁当を取り出して、みんなに集まるよう促す。生活が厳しく、ご飯しかない日が多かったからなのかもしれない。

その人は毎日一番に出勤しては事務室を掃除し、仕事も熱心だった。私は心の中でその人のことを尊敬し、好きだった。ところがある日、彼は昼食のあとで「きみたちには私のように生きてほしくない」とため息をつき、自分の身の上を嘆いた。

戦争のときにヨーロッパに留学し、帰国して外務省で働きはじめたという。これまで何不自由なくお金の心配をせずに暮らしてきた。外務省では、三～四年ごとに海外と平壌を行き来した。金日成を神のように思い、毎晩「党の唯一思想体系確立の一〇大原則」を反芻したという。「金日成首領と金正日指導者同志の教え」どおりに生活していたのか、一日を総括（反省）したのちにようやく眠りにつく毎日だった。

一九八〇年代末、ある国で参事官として勤務していたときだった。大使も党書記も安全代表（保衛員）なども、与えられた仕事をせず、私的に金稼ぎをしていた。物価が安い国でたばこを買いつけ、高く転売していたのだ。東欧圏の国では、北朝鮮外交官だと言えば取り締まりもされなかった。

彼は、首領の教えに背くそういった行為にがまんならなかった。土曜日の生活総括の時間になると「大使館で商売するなと首領様に言われたのに、一部の人たちはそれを破っている」と批判した。すでに金の味を占めていた大使と同僚たちはその言葉に反感を持った。

ある日、彼は大使に呼ばれると、パスポートを渡され、近隣国に行ってたばこを買い、売るように言われる。生活費の足しにしろというのだ。彼はそんなことはできないと大使の申し出を断った。ほかの人たちはたばこの密輸をしていたが、彼は最後まで生真面目に首領の教えどおりに勤務し、帰国した。

だが帰国して数年後、「苦難の行軍」が始まる。海外で荒稼ぎしていた人たちは、いい弁当を持ってきているが、彼はお金がなくてご飯しか持ってこられなかった。退職の日も近づき、残りの人生を思うと目の前が真っ暗になるという。

彼の身の上話を聞きながら「私のように生きてほしくない」と言った彼の言葉が、遅すぎる後悔のように感じられた。

北朝鮮外交を支えた金正日の勝負勘

韓国に来てみると、北朝鮮外交に対する評価が大変高かった。私もやはり北朝鮮にいたときは、外務省の一員としての自負心をもち、北朝鮮の外交術に感嘆したことも多かった。それでも、韓国でまで高く評価されているとは思わなかった。

北朝鮮が外交に強い理由はいくつか分析できる。「がけっぷち外交」という表現が象徴するように、基本的には生き残りをかけた外交であるため、常に追い詰められていて強く出ざるを得ないのだ。外交ラインは長く継続され、外交官の専門性を重視する。政権が代わっても外交ラインがそっくり交代したり、キャリアを積むために外交官をあちこち送るというのはありえない。

事実上、王朝国家である北朝鮮では、外交と安保を担当する国家首班が二〇年でも三〇年でも居座りつづけることができる。金日成と金正日は外交と安全保障という側面においては、いわゆる海千山千の「ベテラン」だった。その例を一つ紹介する。

金正日は、ソ連共産党ゴルバチョフ書記長が提唱したグラスノスチ（情報公開）とペレストロイカ（改革）について共産主義体制を崩壊させるものだとして批判し、かなり否定的に見ていた。ソ連の混乱と無秩序が頂点に達したなかで、一九九一年八月一九日「国家非常事態委員会」を自称するソ連共産党の強硬勢力はクーデターを起こす。彼らはゴルバチョフが健康上の理由で大統領の職務を遂行できなくなったとして、モスクワ市内に空輸部隊と戦車を配置。クーデター勢力は放送を通じて、ゴルバチョフの改革開放政策がソ連の崩壊を招く可能性があるため、今後は軍部が混乱を収拾すると宣言した。

その夜、北朝鮮はソ連の国家非常事態委員会の宣言を具体的に報道した。アナウンサーの声を聞くだけでも北朝鮮がソ連のクーデターをどれだけ望んでいたかがわかった。盧泰愚（ノ・テウ）政府の北方政策に乗せられて韓国と外交関係を樹立したゴルバチョフへの怒りの表れだった。この日一日、北朝鮮の外務省は緊迫していた。平壌駐在のソ連大使が外務省にやってきて、クーデター勢力の方針を伝えた。大使はクーデターを支持しながら「革命の赤旗」は下ろせないと付け加えた。夜遅くまで外務省の幹部と三局（ソ連担当）職員は帰宅できず、金正日に状況を報告した。

翌八月二〇日の朝、姜錫柱（カン・ソクチュ）は金正日からの電話を受けた。ゴルバチョフに不満を抱き、クーデターを歓迎するかに思えた金正日は、淡々とこう指示したという。

「外務省の文書は、クーデター勢力が成功してソ連情勢が安定するだろうとしているが、私から見れば成功は難しいだろう。クーデターが成功するには市民と労働者を動員した支持集会が組織される必要がある。空輸部隊と戦車を前面に出すのは資本主義国家の軍人が使うクーデターのやり方だ。共産党がそんなことをしてはならない。共産党大会を開いてゴルバチョフを批判し、市民と労働者で群衆集会を開かなくてはならない。非常事態委員会が党を動かせないのは、すでにソ連共産党が変質しているからだ。非常事態委員会が党員を動員せずに軍隊に頼っているのを見ると、クーデターは失敗するだろう。われわれがクーデターを公に支持しているかのようには見せるな」

この日の午後から、北朝鮮メディアのソ連情勢についての報道は、解説や論評のない事実関係中心のものに変わった。事情を知らない市民はなぜ朝鮮労働党がクーデター支持の声明を発表しないのか理解できなかった。クーデターから三日目の八月二一日、モスクワ市民は戦車と装甲車を占領した。デモを鎮圧するはずの特殊部隊が鎮圧を拒否したことで、クーデターは「三日天下」で幕を下ろした。金正日の予測がぴたりと当たったのだ。

「二重戦術」で核危機問題の収拾を図る

金正日が生まれつき外交的な判断力や見る目をもっていたわけではもちろんない。長い間、外交の現場でそういった力を磨いてきたおかげなのだろう。また北朝鮮では金正日に見放されない限り、外相を一〇年、二〇年と務めることができる。それだけでも自由民主国家が真似できない部分であり、北朝鮮外交の強みとみなすことができる。

国家生存の危機を乗り越える過程で北朝鮮の外交力が強くなったという面もある。当時、北朝鮮外交は、東欧圏崩壊、ソ連解体、南北国連同時加盟、中韓国交正常化、第一次核危機と続く流れのなかで方向性を定められずにいた。外交の専門家も中ソ、東欧圏に偏っていて、西側諸国と交渉できる人材が不足していた。

核戦争危機の回避が北朝鮮外交の絶対的課題だったが、外務省内でも意見は入り乱れていた。チェ・ウジンなど南北会談と韓国の役割を重視する者もいた。「韓国の役割重視派」である。南北会談を利用して韓国との非核化宣言を採択すれば、韓国の支援を取り付け、アメリカから核不使用宣言を引き出すことができ、さらに米朝の国交樹立も可能だという意見だった。

一方、姜錫柱（カン・ソクチュ）は南北会談と韓国の役割には限界があるという見方だった。情勢を緊張させることで、アメリカに北朝鮮との直接会談に臨ませるべきだと主張した。彼の意見に党国際部長の金容淳（キム・ヨンスン）も同意し、党国際部が米朝関係を主導するという話になった。

金正日もやはり、どこに重心を置いていいか判断しかねていた。一九九〇年代に入ると、北朝鮮の核問題は国際原子力機関を中心に議論されるようになるが、次第にアメリカが背後で操作するようになっていく。金正日は、核問題解決の操縦舵を姜錫柱に与えるか金容淳に与えるかで迷っていた。国際原子力機関を中心とした国際社会とともに解決していくのか、米朝間の協議に絞って解決するのかという問題にも結論が出せずにいた。

当時、姜錫柱のほうが金容淳よりも頭がいいと評判だった。実務陣も姜錫柱の外務省のほうが、金容淳が率いる党国際部より優秀だった。ところが姜錫柱は言われたとおりに指示に従うタイプではなく、創造的すぎる面もあった。金正日はその点を考慮し、国際原子力機関など国際社会との交渉は姜錫柱に、米朝関係の調整は金容淳に任せるという「二重戦術」を取った。

金容淳は一九九二年一月に訪米し、アーノルド・カンター米国務次官と会談している。その際、

「在韓米軍の撤収を求めない見返りに、米朝国交正常化を求める」と思い切った提案をしたが、米朝合意文や声明文は出されなかった。金正日は金容淳のチームを未熟だと見ていた。そして核問題を国際原子力機関との交渉よりは米朝間の対話に絞っていくべきだと考えながらも、その役割は金容淳よりも姜錫柱に任せるという決意を固めた。

姜錫柱以外に第一次核危機を打開できる適当な人物がいないのも事実だった。だが金正日は、その任務をただ彼に任せることはしなかった。そのころ金正日は外務省に不満を抱いていた。北朝鮮外交の危機的状況で外務省の対処が不十分だと評価していたからだ。とくに外務省主導で国際原子力機関に提出した冒頭報告が発端になり、第一次核危機が起こったことも問題だった。金正日は外務省の「大物」を一人つるし上げて規律を正そうとした。外務省の「大物」とは、言うまでもなく姜錫柱である。

外務省に四〇人の検閲グループが押しかける

一九九二年九月、規律を正す機会が偶然訪れた。この月、国際原子力機関定例理事会がオーストリアのウィーンで開かれる。主な議題は北朝鮮核安全協定の内容の検討で、韓国と北朝鮮とアメリカの三者協議も行われた。北朝鮮の代表団団長は外務省参事のオ・チャンニムだった。

韓国側の団長はオ・チャンニムに非公式の会食ミーティングを提案してきた。韓国側の意図は、アメリカという相手はいるが南北対話の窓口を開いて「通米封南」（アメリカと通じ、韓国を封鎖すること）を事前に遮断しようというところにあるようだった。オ・チャンニムは「韓国側の団長に会い、米韓でどんな内容が行き交ったか探ったほうがよさそうだ」という電報を外務省に送ってきた。もっともだと思った姜錫柱（カン・ソクチュ）は「韓国側と会うようオ・チャンニムに指示する」と金正日にメールで報告した。当時は核問題の解決に関する明確な方針がなく「韓国の役割重視派」と「アメリカとの直接解決派」に分かれていた時期だった。韓国を利用すべきだというチェ・ウジン外務次官もかなり大きな発言権をもっていた。

しかしどういうわけか、金正日の決断はすぐに下りてこなかった。現地指導に出たのか、考え込んでいるのかわからない。すると、一日経ってようやく「南の代表団に会う必要はない」という金正日じきじきの文書が下りてきた。姜錫柱は、金正日の指針を含んだ電報をただちにオーストリアにいる北朝鮮代表団に打電するよう指示した。

有線電信と国際電話という手段もあったが、国家の安全にかかわる事案は無線電信にこだわっていた時期だった。だが短波無線機で北朝鮮からオーストリアに電報を送るにはモスクワ駐在の北朝鮮代表部を経なければならない。しかも好きなときに無線電信できるわけではなく、一日に二回の交信時間が決められていた。そうした事情もあり、外務省からの電報は、オ・チャンニムが韓国代表団と会う時間までに間に合わなかった。

オ・チャンニムは平壌からとくに指示がないものと考え、韓国代表団に会って意見交換した。その内容は平壌に報告された。だがそれは外務省の規定に背いた行為だった。指示が下りるまでは待つか、指示がなければ会うべきではなかったのだ。

姜錫柱は窮地に立たされた。韓国代表団に会う必要はないという指示を送ったのに、逆に会ったという電報が上がってきたのだ。すでに起きてしまったことで、姜錫柱はありのままを金正日に報告するしかなかった。会うなと言うのになぜ会ったのかと金正日は激怒した。姜錫柱は大変な罪を犯したと謝りながらも、無線電信が遅れたのだと言った。そうでなくても外務省を引き締めようと考えていた金正日は姜錫柱を懲らしめるいい機会だと考えた。

「無線電信の手続きを持ち出して言い逃れするつもりか。私の指示に従う気があれば、すぐにオ・チャンニムに電話してでも中止させるべきだった。おまえは秩序（規定）どおりに行動したというが、そんなふうに働くのであれば、金輪際、外務省からの報告文書には目を通さない。おまえ一人ですべてやるがいい」

電話で報告をしていた姜錫柱の耳に、金正日が受話器を乱暴に下ろす音が聞こえた。翌日から外務省は金正日にメールで連絡できなくなった。金正日がパソコンの電源を切ってしまったのだ。

数日後、中央党組織指導部と国際部のメンバーで構成された党中央委員会検閲グループの四〇人が外務省に押しかけた。検閲グループの責任者は党国際部副部長クォン・ミンジュンだった。姜錫柱は職務停止となり事務室から追い出され、クォン・ミンジュンが姜錫柱の役目を代行した。

さらに、検閲グループのメンバーが外務省の各局に一人ずつ配置された。彼らは金正日の指示の実行状況を記録する台帳から調べはじめた。北朝鮮では金正日の指示とその実行結果を各部署別にまとめて記録しておく。「方針執行登録台帳」と呼ばれ、検閲が行われるたびに真っ先に調べられる書類である。金正日が指示を出した瞬間からそれを関係部署に伝達し、実行するための対策をどう討議し、時間別にどう実行されたかが記されている。記録が少しでも遅れることは許されず、毎日一時間間隔で必ず記録することになっていた。

北朝鮮外交は粛清で鍛えられる

方針執行登録台帳は、外務省の局ごとに一年で数冊分になった。私がいたヨーロッパ局で党国際部の検閲を担当したのは対外政策課長だ。ひと月に及んだ検閲の末に、外務省の講堂で検閲総会が行われた。検閲総会は中央党経済事業部書記の桂応泰（ケ・ウンテ）が仕切り、隣で中央党国際部長の金容淳（キム・ヨンスン）が補佐した。外務省の党員たちは、将軍様の指示をどうしてそんなふうにいい加減に実行できるのかと涙ながらに姜錫柱（カン・ソクチュ）とオ・チャンニムを批判した。普段から姜錫柱に恨みを抱いていた何人かの局長は、姜の党籍剝奪を提案するほどだった。そこまでには至らなくても、最低でも地方に追放されるものと思われた。

検閲総会で、金容淳は姜錫柱に対する個人的な憎しみを隠さなかった。金容淳が国際部副部長だったとき、姜錫柱はヨーロッパ担当課長にすぎなかったが、今や姜錫柱は外務副相に昇進し、金容淳よりも発言権を高めていたからだ。金容淳はこう批判した。

「姜錫柱君は高慢になった。党の政治局会議でも政治局委員でもないくせに一番前の席に座る。そこは政治局委員の座席だ。自分がどこに座るべきかもわからなくなったのか」

だが姜錫柱が勝手にそこに座ったわけではないと思う者もたくさんいた。会議のたびに金正日が姜錫柱の意見を尋ねるので、金正日の近くに座るしかなかったのだろう。

総括の結果、姜錫柱には農場での革命化教育、オ・チャンニムには平安南道（ピョンアンナムド）の平城（ピョンソン）市に家族とともに追放される措置が下された。姜錫柱はそれから農場で働き、豚小屋の糞を掃除した。だが、金正日にとって、その措置は姜錫柱の態度を引き締めることが目的であって、完全に見捨てるつもりはなかった。ひと月ほど経って、金正日宛の詫び状を自筆でしたためた姜錫柱は元のポストに復帰した。この事件をきっかけに、外務省の方針はアメリカとの直接対話の方向に向かっていく。南北会談を主導していたチェ・ウジンは次第に一線から外れていった。

物議を醸した当事者のオ・チャンニムは平城市に住みつづけた。彼は有能な外交官でもあったが、たとえ天が崩れても生きる道はあるという信念をもっていた。一九九〇年後半、「苦難の行軍」が始まると、オ・チャンニム夫婦はパンをつくってチャンマダンで売りはじめた。そのパンは「オ・

チャンニムのパン」と呼ばれるようになり、よく売れた。今は二人ともこの世を去っている。

　起死回生した姜錫柱は以後「がけっぷち外交」の主役になる。粛清は北朝鮮の恥部ではあるが、北朝鮮外交が強い理由の一つでもある。もちろんショック療法にすぎないため、北朝鮮の外交が一時的に強くなったとしても、それが永続するという保証はない。

「戦争が差し迫った状況へと追い込むべきだ」

　姜錫柱（カン・ソクチュ）が対米交渉を導いていくプロセスの背後で戦略家として存在したのが、現在の外相である李容浩（リ・ヨンホ）だ。外交官としての彼の成長ぶりは外務省内では職員の鑑（かがみ）といわれている。一九九〇年代以前、中ソ、東欧圏を中心に外交を行ってきた北朝鮮には、まだ、西側諸国と対話できる軍縮専門家がいなかった。ところが一九九〇年、国連の公文書が外務省に届いた。アメリカで半年間の軍縮専門家養成プログラムを実施するので、加盟国から一国につき一人派遣してほしいという内容だった。

　外務省の軍縮課課長だった李容浩はこの文書を手に、姜錫柱を訪ねる。自分を派遣してほしいと頼んだのだ。ちなみに国際機構局軍縮課は一年中やることがなく、無為に日々を送っている部署で、そこで働きたいという者など誰もいなかった。北朝鮮の実質的な権力中枢である「三階書記室」のリ・ミョンジェ室長の息子である李容浩がなぜ軍縮課にいるのだろうと、誰もが不思議に思っていた。

　外務省の決まりで、海外研修は最低二人一組で行かなくてはならなかった。一人だけという前例はほとんどなかったので、姜錫柱は悩んだ。原則は守るべきだが、リ・ミョンジェ室長の息子の頼みでもあり、むげに断るわけにもいかない。姜錫柱は金正日に「李容浩をアメリカの軍縮講習に送りたい」と報告を上げ「リ・ミョンジェ室長の息子」であるという注釈をつけた。リ・ミョンジェを信頼していた金正日はすぐに承認した。

こうして李容浩は、一九九〇年、アメリカの軍縮専門家養成プログラムに参加、半年間でさまざまなシンクタンクを回った。帰国時に持ち込んだ本だけでもリュック一つ分あった。そのころは米朝間で核戦争が起こると予測する人はまだそれほどいなかったが、李容浩は早くもその危機を予測し、米研究者の核協議関連書籍を徹夜で読破した。

しばらくして国際原子力機関が北朝鮮の核開発疑惑を提起し、第一次北朝鮮核危機が起こる。米メディアは寧辺（ヨンビョン）核施設に対するサージカルアタック（局部攻撃）が差し迫っていると報じた。北朝鮮内部でも「ついに戦争が起こるのか」という雰囲気が支配的だった。外務省ですらうろたえ、どうしていいかわからない状況で、それを取り仕切ったのが李容浩だった。

彼は「北朝鮮は核拡散防止条約脱退と準戦時体制を宣言し、戦争が差し迫った状況へと追い込むべきだ」と主張した。普段は物静かで温和な彼がこうした強硬策を主張したのは、実力と経験に基づく確信があったからだ。第一次核危機は彼の主張どおりに展開し、北の思惑どおりの結果を引き出した。強い外交力が再びその底力を発揮したのだった。

粛清の嵐に巻き込まれた義父

外務省に勤務しながらも、私はヨーロッパへの赴任の辞令が下りるとは期待していなかった。一九九〇年代までは、外国語ができれば三、四年目に海外赴任の辞令が下りることもあった。私がいたヨーロッパ局はデンマーク語、スウェーデン語など、各言語の専門家が多数いた。そうした人たちはわりと簡単に赴任辞令をもらった。だが私のような英語しかできない者は党幹部の子でもない限り、ヨーロッパに出るのは難しい。私のような者はアジアやアフリカに送られやすかった。そして、私のヨーロッパ赴任をさらに難しくさせる事件が起こる。義父がフルンゼ軍事大学留学組事件による粛清の嵐に巻き込まれ、地方に追放されたのだ。

北朝鮮はそれまでつねに、体制の危機を粛清で切り抜けてきた。東欧圏崩壊、ソ連解体などによって北朝鮮内部が揺らぐと、金正日には恐怖心を植えつけるための新たな事件が必要になった。その一つがフルンゼ軍事大学留学組事件だった。フルンゼ軍事大学はソ連赤軍創設者の一人ミハイル・フルンゼの名前からとった旧ソ連の軍事大学だ。一九八六年から九〇年までに二五〇名以上の北朝鮮軍エリートが留学していた。ところが八〇年代後半、東欧圏が崩壊すると、北朝鮮はソ連と東欧に送った留学生をあわてて帰国させた。留学生を通して改革開放の波が北朝鮮に入り込むのを懸念していたのだ。フルンゼ軍事大学の留学組は北朝鮮の独裁体制に批判的だったようだ。

一九九二年初め、私は外務省代表団の一員としてロシアを訪問したことがある。映画で見たモスクワとは違って、あまりにも寂しい風景だった。広場では連日群衆のデモが続いていた。商店の陳列棚は空っぽで、地下鉄と地下道では女性や老人が、靴、バター、パン、コートなど売れるものならなんでも手に持って立っていた。

外務省代表団はクレムリンのレーニン廟にも行ったが人の姿はほとんどなかった。ロシアの小説『鋼鉄はいかに鍛えられたか』の主人公パーヴェルのような人たちが命がけで建てた社会主義の祖国は、生気を失い、崩れかけていたのだ。モスクワ出張から戻ると何人かにロシアの状況について聞かれたが、とても話せなかった。私は疑いと不安を覚えた。ソ連と東欧圏が崩壊したのに北朝鮮はどうやって生き延びるのだろう。その疑念は家族に対する心配へとつながっていった。

「KGBのスパイ」として無実の留学組が次々と逮捕される

　一九九三年二月、フルンゼ軍事大学出身の人民武力省のメンバーが処刑される「フルンゼ軍事大学留学組事件」が起こった。北朝鮮に亡命した旧KGB（ソ連国家保安委員会）の職員が、反体制的な親ソ連派の北朝鮮将校のリストを北朝鮮側に渡したのだ。北朝鮮当局は軍内部で暗躍したKGBスパイ団を摘発したと公表。それによって、一九九八年までに多くの人が追放、逮捕され、処刑された。

　火の粉は留学組全体にまで飛んできた。海外生活を経験したという罪だった。パルチザン血統［貴族階級で、金日成と抗日闘争に参加した同志の子孫］の呉克烈（オ・グンニョル）ですらソ連空軍大学出身だという理由で、金正日の警戒の対象になった。八八年、ソ連のイジチェフ軍総政治局長が北朝鮮を訪れ、呉克烈総参謀長が出迎えた。このとき、金正日は呉克烈の執務室、乗用車などに盗聴器を仕掛けて、彼の一挙手一投足を監視した。

　八九年、ソ連軍事大学代表団が訪朝したときは、私の義父が被害にあった。私が結婚してまだ数カ月しか経っていないころだ。ロシア語ができた義父は金日成政治軍事大学総長としてソ連代表団を迎えた。代表団とあちこち見学しながら、義父はソ連への親近感を示すために自分の留学生活について語った。ソ連代表団との事業をうまくやるようにという金正日の指示を忠実に実行するためだった。

　ところが義父の言葉を盗聴していた人民軍保衛司令部は、義父がソ連に並々ならぬ愛着をもっていると金正日に報告する。義父は理由も告げられないまま、一九九〇年、総長の職を解任され、祖国解放戦争勝利記念館副館長に左遷された。義父が盗聴に引っかかり左遷された一件は、一九九九年七月五日付の聯合ニュースの報道で韓国にも伝えられた。聯合ニュースは「オ・ギス中将（私の義父）は金日成政治軍事大学総長を突然解任され、祖国解放戦争勝利記念館副館長に左遷された理由について、今も知らずにいるだろう」というチェ・ジュファル［元朝鮮人民軍上佐で九五年に脱北］の証言を引用した。駐ソ連北朝鮮大使館の駐在武官だったチェ・ジュファルは現在、脱北者同志会会長を務めている。

義父は一九九四年、朝鮮人民軍体育指導委員会委員長に再び昇進したが、一九九五年に突然、転役命令を受けて咸鏡南道徳城郡（ハムギョンナムドトクソン）人民委員会副委員長として地方に行かされる。追放理由はこうだった。

義父はベルギーで開かれる予定だった世界軍隊体育オリンピックを準備していたとき、平壌市郊外のソサンホテルで寝泊まりした。夜は将校としょっちゅう酒を飲んだが、ある日、北朝鮮の現実を悲観する発言をしてしまった。これが盗聴に引っかかったのだ。非難でも批判でもなく単なる悲観だった。もちろん、金正日に反対する発言ではない。さいわいにも、義父は党籍剝奪も解任もされず、徳城郡人民委員会副委員長に左遷されるという革命化の措置を受けた。子どもやその配偶者にもとりたてて不利益はなかった。

義父だけでなく私の知人にもフルンゼ事件で追放された人がいた。外務省のアラブ担当局のチェ・ガンスもその一人。若いころシリアに留学した彼は、国際関係大学を卒業した。ある日、私を訪ねてきて、実兄がこの事件の巻き添えになって逮捕されたために、自分も故郷の咸興（ハムフン）に戻ると言う。平壌で結婚した妻とは離婚し、一人で戻るということだった。外交団事業総局のオム・チョルホも離婚して地方に転出させられた。彼もまた、シリア留学組で国際関係大学を出た友人だった。

親族がこの事件で逮捕されれば本人は地方に追放され、妻方の親戚が捕らえられれば強制的に離婚させられる。それが普通だった。地方に追放された男性はたとえ結婚していても、ほとんどが一人でその地へ行くことになった。平壌で苦労を知らずに育った妻を厳しい外地に連れていくことはできなかったのだ。そして現地で出会った女性とまた結婚をして、二つの家庭を養わなければならない場合も結構あった。

外務省職員のうち何名かがフルンゼ事件で追い出されたり、不利益をこうむったりした。私もけっして安心できなかった。留学組とその家族は不安におびえる日々だった。自分でも知らないうちにスパイ団や反体制勢力の容疑をかけられるかもしれないのだ。「ロシアカザン留学生事件」もその一例だった。

カザンはロシア連邦タタールスタン共和国の首都である。一九八〇年代末から北朝鮮の学生数十名がこの都市に留学した。その彼らが集まって北朝鮮体制の虚構性について論議し、帰国してもたびたび集まっては反体制の陰謀を企てたというのだ。私からすれば事実無根の容疑だったが、カザン留学生は全員逮捕され、家族は地方に追いやられた。友人のキム・ジョンホは平壌外国語大学在学中にカザンに留学した。帰国後は貿易省で働き、私の妻の同僚でもあった。だがカザン留学生事件に巻き込まれ逮捕されると、結局銃殺された。彼の義兄は、二〇一三年一二月「張成沢（チャン・ソンテク）事件」が起こったときに北朝鮮に召還された、駐仏北朝鮮前総代表のユン・ヨンイルだった。

半年間におよぶ異様な身元照会の末、初の海外赴任が決まる

こうした雰囲気のなか、私が海外赴任辞令を受けるというのは夢にも思えないことだった。だが、運命というものがあるのか、思いがけない幸運が訪れた。

一九九四年、金日成の母方の親戚で、姜成山（カン・ソンサン）総理の婿である康明道（カン・ミョンド）が脱北した。彼は私が通っていた平壌外国語学院の何年か先輩だった。康明道の脱北は一般市民には公開されなかったが、外

務省など対外事業部署には党幹部の子の海外旅行や派遣を見合わせるようにと指示が出された。私は党幹部の子どもでもなく英語しか話せないので、ヨーロッパの辞令は下りにくい立場だったが、この脱北事件によって私の辞令を妨げてきたそうした「障害物」が一気に消えたのだ。

海外に送る外交官を交代するとき、外務省はその半年前に後任を決めて「幹部事業」を始める。「幹部事業」とは身元照会などをする人物評価のことだ。

私の場合、ヨーロッパ局に所属する同僚全員が私の生活状況（勤務態度）について評価した。このとき五人以上が私を保証する文書に署名し、指紋捺印した。それだけではない。中学校、大学、社会生活など全課程で一緒に勉強したり、仕事した人たちから、私が裏切るような人間ではないという保証をもらった。

外交官として選抜されるには、本人の父方の家系の六親等、母方の家系の四親等、妻の父方の家系の四親等までもが、北朝鮮の核心階層に属していなければいけない。親戚に刑事法違反や党籍剝奪、解任といった政治的過ちを犯した人がいてもいけない。自分一人が北朝鮮体制に忠実なだけでは足りず、一家親戚数十名、思想的になんら欠陥があってはいけないのだ。

こうしたプロセスを経て幹部文書が準備されると、外務省幹部処［人事部］長を経て、党書記、第一外務次官（外務副相）、外相のサインをもらって中央党幹部部に提出する。幹部部は担当職員を外務省に送り、もう一度全面的に幹部文書を点検する。問題ないことが確認されたら幹部部課長が該当者を呼び面接したのち、幹部部部長と副部長が最終的に人物審査を行う。最後に金正日への報告が行われ、金正日の「方針」を受けてようやく外交官一人が選抜される。韓国では想像もできないほど複雑で緻密な手続きだ。

駐デンマーク大使館書記官に選定されるも「子どもを平壌に残していくように」

私に対する幹部事業は一九九五年六月ごろから始まったが、当時は康明道(カン・ミョンド)の脱北で幹部の子の海外辞令や派遣が保留されていた時期だった。そのころヨーロッパ局内で英語を専門とする者は私しかいなかった。私にとっては天運だった。翌年一月、私は中央党幹部部から駐デンマーク北朝鮮大使館三等書記官に選任されたという通知をもらった。

一つ問題が残っていた。北朝鮮外交官はわが子ですら勝手に海外に連れていくことはできない。まず小学校（人民学校）就学年齢や在学中の子は海外には出られない。北朝鮮内で小学校教育を受けろという趣旨だが、親の立場では過酷な仕打ちでしかない。満一四歳以上の高等中学校四、五、六年の生徒も連れて出国することができない。三年前から大学入学試験の準備をする必要があるというのがその理由だ。大学生の子は親の世話を受ける必要のない成人であるから、当然行けない。

同伴出国が可能なのは、小学校就学年齢以下か、高等中学校一、二、三年生だ。子どもが二人以上のときには一人しか出国できない。双子も例外ではない。高等中学校一、二、三年生が同伴出国を許されるのは、大学進学前に北朝鮮に戻ってこられるからだ。

当時、二人目の子がまだ生まれる前で、上の子は満六歳だった。小学校就学年齢に当たるので原則的には一緒に出ることはできなかった。中央党幹部部と外務省は「子どもの成長過程で北朝鮮の言葉を学ぶ初等教育は重要であるため、外交官の子も人民学校教育は祖国で受けるべきと首領様が教示された。子どもを平壌に残していくように」と言っていた。

長男は三歳のときに発病した病気が治らず、当時、病状も重い状態だった。私は長男を連れていくためにあらゆる手を使った。大学病院で診断書をもらい中央党幹部部に訴えた。私は「六歳の子が親の保護を受けられなければ、病気がぶり返し、命にかかわるかもしれない。この機会に子どもを連れていき病気を治したい」と祈るように訴えた。幹部部担当指導員は大学病院の医師にまで会って確認し、上部の承認をもらってようやく許可してくれた。そうして私は長男と妻と一緒にデンマークに行くことができた。

第2章　対イスラエル極秘ミサイル交渉

北朝鮮外交官がたばこを密輸／公表されなかった「張成沢逮捕」／デンマークからの食糧支援／金一族への献上品／主体思想創始者が脱北／医療費が払えない／スパイリスト捏造／同僚の粛清／金正日の激賞／金大中当選／イスラエルとの極秘交渉／帰国

北朝鮮外交官がエストニアで逮捕される

事前教育と出国準備を終えて、家族とともにデンマークのコペンハーゲンに到着した。一九九六年六月のことだった。韓国に亡命後、一部メディアでは、私がデンマークで金正日（キム・ジョンイル）の一号通訳研修課程を経たと報道されたが、それは事実ではない。私より先にデンマークで書記官として勤務し、のちに金日成（キム・イルソン）のデンマーク語通訳も担当したハ・シングクと混同したようだ。ハ・シングクは英語にも堪能で、イギリスでは私も一緒に働いた。

デンマークに来てまもなく、駐スウェーデン北朝鮮大使館が事件を起こした。当時、駐スウェーデン大使館にはキム・フンリム大使、ハン・チャンヨプ参事官、チョン・ドッチャン参事官、書記官、通信員（暗号を解くための要員）、無線手などがいた。このうち書記官と通信員がエストニアの首都タリンで逮捕されるという事件が起こったのだ。経緯はこういうことだった。

彼らは大型乗用車で旅客船に乗り込み、エストニアのタリン港に向かった。現地でたばこを大量購入し、車に詰め込んで再び船でスウェーデンに戻ろうとしたところ、乗船の際に検挙された。一言で言えば密輸事件の摘発だが、行為を繰り返していたため発覚したのだ。

そのころ北朝鮮は「苦難の行軍」の最中にあった。外交官の給料ももう何カ月も支払われていないときだった。キム・フンリム大使は「祖国が苦しんでいるのに、助けを求めるばかりというわけにもいかない。自分たちで『外貨稼ぎ』をして大使館を運営し、施設も補修しよう」と言い出した。スウェーデン専門家だった彼は、平壌(ピョンヤン)では私の直属の上司でもあった。外務省局長を務めていたときも机に向かってじっとしている性分ではなかった。不可能を知らない人だった。

キム・フンリム大使は、たばこの値段が高いというスウェーデンの実情に目をつけた。そしてバルト海周辺国家から安たばこを密輸し、スウェーデンの密輸組織に売り渡すことにしたのだった。一九九五年末から翌年初めまで、ほぼ毎月エストニア、ラトビア、リトアニアに行って、たばこを積んで運び、数万ドルを稼いだ。そのお金で老朽化した大使館の建物を補修し、生活費として外交官に等しく分けた。ともあれ大使館の建物を自力で補修するというのは、奇跡のようなことだった。

キム・フンリム大使としては外交官生命をかけた「北朝鮮式の愛国」だった。外務省は他の海外代表部に「スウェーデン代表部の自力更生精神を見習うように」と褒め称える電報を送った。名分は「自力更生」「忠誠心の督励」を掲げていたが、法を犯してでも大使館は自らの生存を維持すべきという黙示的な圧力だった。不法行為で捕まれば本人の責任、捕まらなければ本人も国も万々歳という論理だった。

問題はその不法行為を繰り返し行ったという点だ。スウェーデンは早くから北朝鮮大使館の行動を注視していた。何度かは目をつぶったが、度が過ぎると判断したのか、北朝鮮大使館の密輸を阻止する断案を下した。だが外交特典と特権がある北朝鮮外交官をむやみに取り締まることはできない。そこでスウェーデンの政府機関は、北朝鮮と外交関係のないエストニアで摘発しようと決めたのだろう。北朝鮮大使館の職員がしょっちゅう立ち寄っていたリトアニア、ラトビアは北朝鮮の修交国だった。

スウェーデンの情報機関は、事前にエストニア側に情報提供していた。そして北朝鮮大使館の書記官と通信員がタリン港で車ごと乗船した瞬間、現地の税関当局と警察がその場を取り押さえた。北朝鮮の外交官たちは、外交官の免責特権も主張できず、なすすべもなく捕まってしまった。強制的に車から降ろされ、トランクの中のたばこは箱を破られた。この場面は、すでに情報を入手し待機していた報道カメラマンに写真に撮られ、世界中に公開された。

外交官追放後の駐スウェーデン大使館へ

逮捕された外交官はたばこを没収され、抑留から一日経ってエストニアから追放されてスウェーデンに戻ってきた。スウェーデンでは以前にも北朝鮮外交官が関連した事件が何度かあった。一九七六年、駐スウェーデン大使だった吉在京（キル・ジェギョン）が麻薬密輸事件で追放され、一九九二年には駐チェコ北朝鮮大使館の参事官だったキム・ヒョングが麻薬と偽造パスポートを所持したままスウェーデンに入って逮捕され、懲役に服していた。

スウェーデン政府は一九九六年七月、キム・フンリム大使、ハン・チャンヨプ参事官などをはじめとする外交官のほとんどを国外追放した。密輸に一切かかわらなかったチョン・ドッチャン参事官と無線手だけが残された。チョン・ドッチャン参事官は平壌から派遣されてまだひと月しか経っておらず、無線手は外交旅券を所持していなかったため、密輸に加担できなかったのだ。

キム・フンリム大使はその後、駐イタリア大使を経て外務省経済局長となったが、胃がんで死亡した。ハン・チャンヨプは金日成、金正日のスウェーデン語一号通訳で、張成沢（チャン・ソンテク）の姪の夫だ。外交官として前途洋々だったが、密輸事件で外務省から外されて、人民武力省対外事業局の指導員になった。以後、キューバの駐在武官を務めるなど、再び出世街道を歩むかのように見えたが、張成沢の処刑とともに収容所に送られた。生存しているかどうかは今も定かでない。

駐スウェーデン北朝鮮大使館に残された外交官はチョン・ドッチャン参事官だけだった。彼はノルウェー語専門で英語ができなかったので、デンマークの北朝鮮大使館にいた私に、スウェーデンに行くよう命令が下った。スウェーデンの北朝鮮大使館に新たな職員が来るまで手伝うようにという指示だった。家族をデンマークに置いてスウェーデンに行ったのは一九九六年七月だった。北朝鮮の外交官たちが追放されたその月だ。

スウェーデンに到着して数日後のこと。スウェーデン北朝鮮親善協会委員長のリンストラムが北朝鮮大使館にやってきてこう言った。

「スウェーデンのマスコミが北朝鮮外交官のたばこ密輸事件を連日報道するのを見て、たまらずやってきた。スウェーデン政府は密輸事件をでっち上げて反共和国（反北朝鮮）攻勢に出ている。当協会の名義でこれを即刻中止するよう求める抗議書簡を送ろうと思う。マスコミにも関連の声明を発表する。私の娘は毎日テレビを見ながら泣いている。なぜスウェーデンはあんなに善良な北朝鮮を非難し攻撃しつづけるのかと、悔しがっている」

彼は私に「北朝鮮大使館名義で『たばこ密輸事件』を否定してほしい」と求めてきた。厄介なことになった。密輸事件後、北朝鮮大使館はマスコミとの接触を一切拒否し、肯定も否定もしない立場を守っていた。彼の望みどおりにスウェーデン政府の主張を否認すれば、さらに事件に関連した資料が出てくるおそれがあった。彼にはこう答えた。

「たばこの密輸があったのは事実だ。アメリカの対北制裁の圧迫が極限に達し、今祖国では苦難の行軍が進んでいる。じつは大使館の維持費も出ないありさまだ。こうした状況で何も手を打たないわけにいかなかった。手段と方法を探して、とにかく生き残らなくてはならなかった。そういう次元で理解していただければありがたい。今はスウェーデン政府と争うのでなく、無視してじっとしているべきだ。革命にはつねに上昇期と下降期がある。今は下降期と言えるだろう。だがわれわれはすぐにこの難局を乗り越え、東方の社会主義の砦(とりで)としてよみがえるだろう」

　私の話を聞いた彼はたばこ密輸事件を認めないわけにいかなかった。だが革命の上昇期と下降期という部分には共感を示し、スウェーデン政府への抗議声明発表は取りやめると言った。面会後、私は北朝鮮がどんなまねをしても、アメリカの「対北朝鮮敵視政策」を持ち出して正当化するのが最も効果的だと思った。

「ノルウェーで張成沢逮捕」との衝撃の一報

　スウェーデンに来て数日後のことだ。チョン・ドッチャン参事官が、一緒にちょっと仕事するので作業服に着替えるようにと言ってきた。車で一五分ほど行くと二階建ての別荘が見えた。規模はそれほど大きくない。チャン・ドッチャンは家の中や外を掃除すると言った。誰の家なのかと尋ねると、彼はこう話した。

「ここで見たことは誰にも言ってはいけない。口外すれば、きみはもちろん私もおしまいだ。ここは張成沢(チャン・ソンテク)と金敬姫(キム・ギョンヒ)同志の娘、張琴松(チャン・グムソン)の家だ。彼女はここから中学校に通う。今は夏休みで平壌にいるが、新学期が始まる前の八月末には戻ってくるだろう。それまでわれわれが週に一回掃除して、庭の芝を刈らなくてはならない。張琴松が戻れば大使館にもしばしば立ち寄るだろう。会ったら腰をかがめて挨拶し、呼称が必要なときは必ず『大将同志』と呼ばなければならない」

そう聞いて、張成沢がノルウェーで逮捕された事件を思い出した。時はその五年前の一九九一年一二月にさかのぼる。当時、平壌の外務省に出勤すると、キム・フンリム局長から重要な面会があるから準備するようにと言われた。午前九時ごろ、キム・フンリム局長と私は外務省の面会室に下りていき、平壌駐在のスウェーデン臨時代理大使（以下臨時大使）に会った。彼の話は衝撃的だった。


「昨晩ノルウェーのオスロで、偽造パスポートを所持して滞在中だった北朝鮮人を警察が逮捕した。この人物は自分が金正日の義弟の張成沢だと言い張り、北朝鮮の外務省に自分が抑留されていることを知らせてほしいと要求している」

スウェーデン臨時大使によれば、ノルウェー当局からそうした要請があったという。北欧国家のうち平壌に大使館がある国はスウェーデンだけだった。

「われわれ（ノルウェー）の判断でも張成沢に間違いなさそうだが、北朝鮮の高官級の人物が偽造パスポートでノルウェーに入国するというのが理解できない。駐スウェーデン北朝鮮大使をノルウェーに派遣し、本当に本人なのか確認してほしい。また偽造パスポート所持は刑法犯罪に該当することを北朝鮮当局に伝えてもらいたい」

私は臨時大使の言葉を通訳しながら、まったくとんでもない話だと思った。誰が偽造パスポートで捕まったからといって、わざわざ張成沢同志だと詐称するだろう。でも張成沢同志がなぜあの遠いノルウェーまで行かなければならないのだろう。私は臨時大使の話が信じられなかった。

北朝鮮では通常こうしたあきれるようなことで外国の大使が確認を求めてきても、それは確認できないと即座に否定する。ところがキム・フンリム局長の回答はさらに私を驚かせた。局長は「確

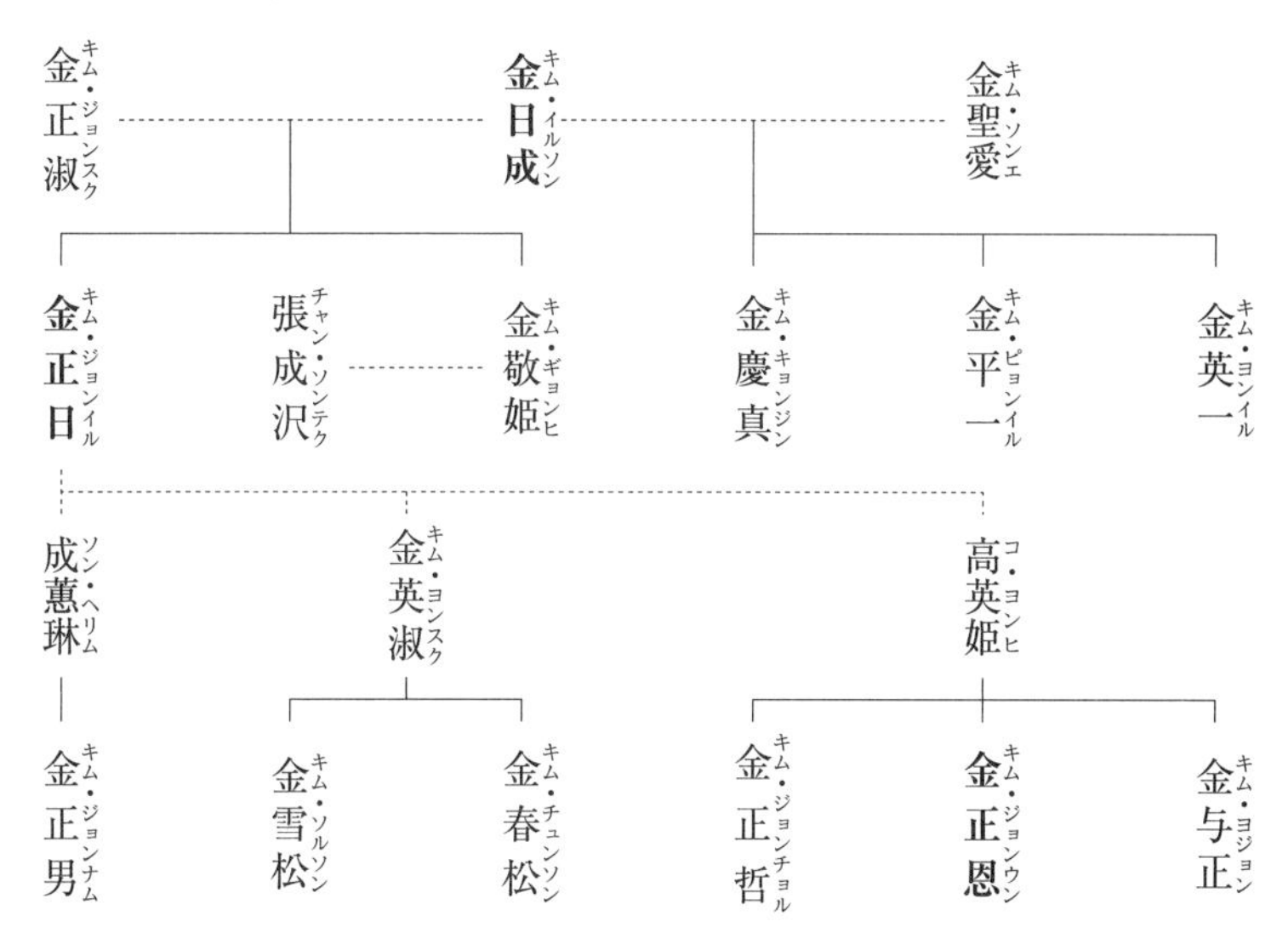

本書に登場する主な金一族。直線は親子関係、点線は婚姻関係を示す。

認してみる。ただし一旦確認が取れるまでこの事実は公にしないよう、ノルウェー政府に必ず要請してほしい」と言うのだった。臨時大使は急を要するので速やかに確認してほしいと言い残して帰った。

　面会後、局長は徹底的なセキュリティの確保を念押しして、姜錫柱（カン・ソクチュ）外務副相の部屋に走っていった。しばらくして戻ってきた局長は「将軍様に報告する文書を早急に準備するように」と指示した。外務省にパソコンがなかった時代で、最終決裁が下りるまですべての文書は手書きだった。局長、外務次官、姜錫柱副相、金永南（キム・ヨンナム）外相の順で手書きの文書を往復させながら修正作業を経る。外相の最終サインが下りると、ようやくタイプされた文書がファクスで金正日に上がっていく。

　そんなふうにして張成沢逮捕事件の最終文書が金正日に報告された。ところが金正日から姜錫柱副相にどんな指示があったのか、数時間もしないうちに局長は再びスウェーデン臨時大使を呼び寄せた。局長が臨時大使に告げた内容だ。

「ノルウェーに抑留されている人物は張成沢に間違いない。ノルウェー政府はこれをマスコミに公表せず張成沢を即座に釈放してほしい。万が一ノルウェー側がこれを公表したり、彼に刑法を適用したりすれば、韓国やアメリカなど敵対勢力が反共和国の宣伝に利用することもありえる。そうなれば朝鮮半島情勢は収拾もつかない方向へと激化するだろう。ノルウェー政府がこの事件を朝鮮半島の平和保障の見地から解決することを願う」

張成沢の娘は転校先のパリで自殺

局長の言葉をそのまま書き取った臨時大使は、ノルウェー政府にすぐに連絡すると言った。この日の午後、駐スウェーデン北朝鮮大使の全英鎮（チョン・ヨンジン）が「大使親展」で打った電報が平壌に送られてきた。彼は張成沢（チャン・ソンテク）の義兄だった。北朝鮮で大使親展というのは大使しか知らない内容を直接報告するという意味だ。全英鎮の電報は一足遅い状況報告だった。ノルウェーのオスロ警察から「張××が抑留されている」という連絡を受けて現地に向かったという内容だった（名前部分は暗号で伝えられたので、ここでは「××」と表記した）。

スウェーデンの北朝鮮大使館から平壌に電報を送るのに、ほぼ一日かかるころだった。短波無線機を使用して、中間でモスクワ駐在の北朝鮮大使館を経なければならず、互いに交信時間を合わせる必要もあった。だがその間に、平壌駐在のスウェーデン臨時大使は何本かの電話で事件の把握と関連の措置を終えていた。在外公館と外務省の電報対応に関して見るだけでも、そのころの北朝鮮のシステムの遅れが十分にわかるだろう。

翌日、スウェーデン臨時大使は外務省に「ノルウェー政府は、この事件は刑法犯罪に該当するが北朝鮮政府の要求を慎重に受け止め事件を公表せず、現地に到着した駐スウェーデン大使に張成沢を引き渡す」と通告してきた。当時私は、張成沢がどんな理由でノルウェーまで行ったのか、彼の逮捕の事実を知ってもキム・フンリム局長はなぜ驚かなかったのか、理解できなかった。

だが張琴松（チャン・グムソン）のスウェーデンの別荘を掃除しながら、その謎が解けた。張成沢は娘に会うためにスウェーデンに来ていたのだ。その際にノルウェーを観光しようとしたが、北朝鮮にはノルウェー大使館がなかったので事前にビザを申請できず、偽造パスポートを使用した。こう推測すればつじつまが合う。

張琴松の家の掃除は週に一度欠かさず行われた。八月末、新学期が近づいたが、彼女は戻らず、警護員が一人でスウェーデンに来た。警護員は張琴松が通っていた学校に行き「彼女は事情があって学校に出てこられない」と伝えて、銀行で関連口座も解約した。チョン・ドッチャン参事官は英語ができないため、私がそのたびに通訳に入った。二カ月近く張琴松の家を掃除し、後始末までしながら複雑な心境になった。金正日の息子たちがスイスで勉強しているという話はなんとなく耳にしていたが、張成沢の娘まで留学しているとは知らなかった。私は長男を連れて赴任するためあれほど大騒ぎしたのだ。金父子や親族にとっては何も特別ではないことなのに、自分はまるで戦争でもするかのように苦労したことを思い出し、しばらく怒りがこみ上げた。外交官の子は祖国で初等教育を受けるべきだと言った金日成や、自分の子は外国で勉強させている金正日が一瞬、癪（しゃく）に障（さわ）った。だがそんな反発心も長くは続かなかった。

九月初め、スウェーデン語専門家のチェ・チュニョンが参事官に任命されてスウェーデンに赴任すると、私はデンマークに戻った。その後も張琴松についてのうわさはときおり耳にした。彼女はとうとうスウェーデンには戻らなかった。スウェーデン大使館のたばこ密輸事件のせいで北朝鮮人に対するイメージが悪くなったため、フランスの学校に転校したという。

スウェーデンで生活していたとき、張琴松は大使館員の子として身分を登録し、ストックホルムのインターナショナルスクールに通った。警護員一人と女性の料理人一人が世話をした。通学路の四つ角にあった大使館にも、ときどき立ち寄ったという。あるときは自分の家の料理人がつくったそばを持ってやってきた。金敬姫(キム・ギョンヒ)と張成沢も娘に会いに交互にスウェーデンに来たという。私が赴任する前の話だが、大使館の職員はずいぶんと苦労したようだ。金正日の姪、妹、義弟が何の前触れもなしに出入りするのだから、その世話が面倒なのは見なくとも容易に想像できる。

張琴松は二〇〇六年、フランスのパリで自殺した。二〇〇九年、金正恩(キム・ジョンウン)が初めて北朝鮮の表舞台に現れたとき、彼の名前は公表されず、ただ「大将同志」とだけ呼ばれていた。大将同志という呼称を聞いた瞬間、私は、チョン・ドッチャン参事官に、張琴松を大将同志と呼ばなければならないと言われたことを思い出した。金正日一族の子は一律に「大将」と呼ぶようだとそのとき思った。

最近、私は故・李韓永(イ・ハニョン)氏が書いた『金正日が愛した女たち——金正男の従兄が明かすロイヤルファミリーの豪奢な日々』(徳間書店)という本を読んだ。李韓永は、金正日とのあいだに金正男(キム・ジョンナム)をもうけた成蕙琳(ソン・ヘリム)の甥だ。この本には金正男の子どものころの様子が描かれている。金正日は金正男の誕生日に毎年軍服を着せた。最初は大将の階級章をつけた軍服、次の誕生日には元帥服、その翌年は大元帥服を着せて、名誉衛兵隊を査閲させた。周囲の人間は軍服を着たちびっこの金正男を徹底して「元帥」「大元帥」と呼ばなければならなかった。

私も最初は中学生にすぎない張琴松を大将同志と呼ぶことにあきれていたが、まわりの同僚がみんな大将同志と呼び、大使館の子どもたちは「大将姉さん」と呼ぶのを聞くうちに、自然と呼び慣れた。私も大将同志という呼び名を自然と口にしていたのだった。

デンマークからの食糧支援に涙

北朝鮮では多くの人が飢餓に瀕しているときだった。地方では数十万人が餓死したという話まで聞こえてきた。だがデンマークは本当に平穏で豊かな国だった。うらやましかった。教育と保健はすべて国で管理していた。無償教育、無償医療と変わりなかった。資本主義社会では貧しい者はますます貧しく、富む者はますます富むと教わってきたのに、そういう現象は見当たらなかった。北朝鮮では何かものすごい財産のように思われている自転車も、デンマーク市内では無料で貸し出されていた。

以前は毎日、外国の代表団に随行しながら、北朝鮮の地方のあちこちを回っていたので、その対比がなおさら克明に感じられたのだろう。北朝鮮の国民は「苦難の行軍」の最中にいるのに、自分だけデンマークのような恵まれた国で贅沢に暮らしているようで申し訳なかった。

そのころ北朝鮮は活発な対米外交を繰り広げていた。米朝枠組み合意（一九九四年一〇月）以後、クリントン政権の対北朝鮮のソフトランディング政策が定着した結果だった。北朝鮮が経済的な難関を乗り越えられるよう助けてくれたのは、中国ではなくアメリカだった。

一九九六年初めから、アメリカの支援による食糧が入りはじめた。北朝鮮の外交目標は、最大限の「実利」を引き出し当面の経済的難局を解消することへと転換していた。社会主義守護戦が始まったのだ。北朝鮮のすべての在外公館に、食糧を送れという平壌からの指示が毎日のように下りてきた。

三等書記官だった私は、デンマーク到着の初日から大使のリ・テギュンとともに「食糧工作」に乗り出した。デンマーク外務省のアジア局と国際協力局、赤十字や民間慈善団体などを訪ねて食糧支援を訴えた。北朝鮮外務省からは、祖国が「苦難の行軍」の最中であり、外交官全員がさらに多くの米や医薬品を祖国に送るため邁進（まいしん）するように、という指示が毎日送られてきた。

デンマークの北朝鮮大使館は「食糧工作活動」を猛烈な勢いで展開した。本当に必死にやっていたように思う。デンマーク外務省アジア局長がリ・テギュン大使に「コペンハーゲン駐在の外交団の中で一番、北朝鮮大使館が熱心だ」と言うほどだった。

そのおかげか九月に、デンマーク開発協力相のニールセンからリ・テギュン大使に会いたいという連絡がきた。ニールセンは大使に会うとこう言った。

「北朝鮮大使館の活動を高く評価する。デンマーク政府は世界食糧計画を通じて一〇〇万ドル相当の食糧を北朝鮮に提供することを決定した。今後も毎年、国際機構を通じて北朝鮮への食糧支援に参加する」

その言葉を聞いた瞬間、思わず涙が出た。大使の目にも涙が浮かんでいた。二人が涙ぐむ姿を見た開発協力相はしばらく何も言えずにいたが、今後、北朝鮮がこの難局を必ず乗り越えると信じていると励ましてくれた。大使館に戻ると二人で万歳を叫んだ。国際機構を通じて一部の国から少しずつ食糧支援を受けた例はあったが、デンマークのように、一度に一〇〇万ドルの食糧支援など受けたことがなかったからだ。食糧を受け取って喜ぶ、北朝鮮の人々の姿が目に浮かんだ。

金正日への献上品を買い漁る平壌からの代表団

このことをすぐに平壌に報告した。一日経って、大使館の活動を高く評価するという電報が送られてきた。各国駐在の大使館には「駐デンマーク大使館のように高い忠誠心を発揮し、祖国が苦しんでいる今、実績で報いよ」という指示の電報が伝達された。

デンマークで「食糧工作」に必死になっていた一九九六年九月、江陵(カンヌン)浸透事件［韓国の江陵で工作員を回収しようとした北朝鮮小型潜水艦が座礁し、乗組員と工作員が韓国内に逃亡、潜伏した事件］が起こった。デンマークのメディアは一一月初めまで韓国軍の討伐作戦を連日報道していた。北朝鮮武装共産ゲリラが何人射殺され、何人が逃走、何人は自決といった、ソウルからの報道を利用した内容だった。デンマーク外務省はリ・テギュン大使を呼び出して強く抗議した。北朝鮮大使館はこのことについて肯定も否定もせずに、朝鮮半島分断の特殊性を強調するしかなかったが、内心ではデンマークに食糧支援を中断されないかと心配していた。ところが外交筋の反応は想像とは違っていた。「食糧を送ってほしいと必死にすがる北朝鮮を見て、北朝鮮はもう長くはないと思っていた。裏でそうささやきあっていたのは事実だ。ところが北朝鮮の要員が最後まで帰順せずに自爆したのを見ると、北朝鮮の崩壊はまだずいぶん先の話のようだ」

左翼系の人々は「この世で本当の軍隊は北朝鮮軍だけだ。それに比べたら韓国軍は軍隊なんかじゃない」と手放しで煽(あお)り立てた。そのたびに亡くなった潜水艦乗組員を思い胸が痛んだが、一方では誇らしかった。江陵浸透事件は北朝鮮の変わらない対南赤化戦略を世界に見せつけた例だったが、北朝鮮の軍隊の強い精神力を示したという面もあっただろう。北朝鮮の早期崩壊説を鎮めるのに相当の役割を果たしたようだ。

北朝鮮大使館の心配とは裏腹に、さいわいにもデンマークとの関係は順調で、食糧支援も引き続き行われた。われわれは勢いを弱めることなく非政府組織とも接触し、デンマーク赤十字、国際カリタスなどから年間数十万ドルもの食糧援助を取り付けた。

活動によって、飢餓に苦しむ祖国の人々に食糧を送ることができ、やりがいも感じた。だが北朝鮮体制に対する恥ずかしさのようなものが私の心に芽生えていた。外交官がわずかな食糧でも本国に届けようと東奔西走する一方で、平壌からの「購入団」は金一族に献上する品目だけに関心を傾けていた。もちろん彼らのせいばかりではない。金正日の指示に従っただけのことだからだ。

あるときは雲谷農場に牛肉と乳製品を供給する牧場だ。牛の精子を購入するための代表団がやってきた。雲谷農場は金一族に牛肉と乳製品を供給する牧場だ。錦繡山記念宮殿の床に敷く木製タイルを購入しにきた代表団もいた。さらには金日成逝去三周年の追悼行事後に幹部が飲むデンマーク産ビールを買うために代表団が来たこともあった。どれも国民の食糧事情改善とは無縁の品だった。

英語の通訳ができる人間が私以外にいなかったため、平壌から購入代表団が来るたびに手伝わされた。私はもちろん、大使館の他の職員まで苦しい思いをした。何人かの同僚は酒に酔った勢いで、祖国の人々が飢え死にしているのに、いったいこれは何のまねなのかと露骨に不満をぶちまけた。表面では国民や軍人の生活を気づかうふりをしていたが、金正日は自分の一家の贅沢な生活のことしか考えていなかった。党の幹部もそう大きく違わなかった。

主体思想の創始者が脱北し粛清の嵐

金正日と北朝鮮体制を恥じる気持ちが強くなっていた一九九七年二月、黄長燁(ファン・ジャンヨプ)先生が北京駐在の韓国総領事館に亡命申請した。世界中のメディアが関連報道を流しはじめたが、それでもまだ私は信じられなかった。黄長燁は北朝鮮の主体(チュチェ)思想［マルクス・レーニン主義を基にした北朝鮮の国家理念。政治・経済・思想・軍事のすべてにおいて民族の自主性を保つため、絶対的指導者への服従を唱える］の創始者だった。彼の亡命は主体思想の亡命だった。

北朝鮮大使館に事実確認の電話が殺到した。大使館は平壌の指示どおりに韓国情報機関による拉致だと強弁しながら、今すぐ黄長燁を釈放しなければ厳しい結果を招くだろうと警告した。大使館も沈痛な雰囲気に包まれた。大使はすぐに会議を招集し指示を出した。

「南朝鮮の傀儡どもの、度を越した策動だ。デンマーク政府はもちろん左翼団体を動員して黄長燁同志の救出作戦を行わなくてはならない」

大使は慌ただしくデンマーク副外相に会った。そして「デンマーク政府による韓国の傀儡の拉致行為を糾弾する声明発表」を求めた。私は主に左翼政党を訪ねて糾弾声明の発表や書簡を求めた。

数日後、フランスの北朝鮮代表部から電話がかかってきた。ファクスで重要な文書を送るから、今から黄長燁釈放運動を中止しろとのことだった。本国の指示だと言う。全員がファクシミリの前に集まった。

「黄長燁が革命に背反して敵側に傾いたので、今後は釈放運動を中止し、すべての対外活動の中心を『卑怯者よ、行くなら行け』にしろ」

その指示文を読んだ大使はその場にへたり込んでしまった。今でも目にはっきりと浮かぶ、けっして忘れることのない場面だ。

また数日後、平壌の中央党［党中央委員会］から連絡が来た。すぐさま党会議を開き、全党員の決議を祖国に報告するようにという指示だった。会議のテーマは「卑怯者よ、行くなら行け。われわれは赤旗を守る」だった。大使館内で党会議が開かれると、全党員が激憤し、黄長燁を非難した。会議の結論もやはり「黄長燁は去ったが、われわれは赤旗を最後まで守る」だった。

党会議では私も声を高めて討論したが、家に戻ると考え込んだ。北朝鮮の人間で黄長燁先生が主体思想をつくったということを知らない人はいない。主体の思想的基礎をつくった人物の脱北という事実が北朝鮮のエリート階級に与える影響は、大きくないわけがない。外務省に勤務しながら私は黄長燁先生に何度か会ったことがある。彼の人となりも知っている。西ヨーロッパ政党の代表団が平壌を訪問して黄長燁書記に接見したとき、何度か通訳したことがあったのだ。

彼は物事に明るく理路整然としていた。他人を思いやることのできる人だった。食事を兼ねた接見のときは、先に通訳に食事するよう言ってくれて、食事が終わるまで相手国の外国人に了解を求めた。いい人だという印象が刻まれている。たくさんの活動をしていることを知らせようと、通訳が食事をしようがしまいが意に介さずに話しつづける他の幹部たちとは、明らかに違った。

韓国に来て、黄長燁先生がソウルの顕忠院〔国立墓地〕ではなく大田（テジョン）の顕忠院に埋葬されたことを知った。いつかソウルの顕忠院に迎え入れるべきだと私は思う。統一されたら、北朝鮮の民主化のために闘った烈士たちの墓地を平壌につくり、黄長燁先生を迎えたいという願いもある。

黄長燁先生の脱北は北朝鮮に今一度、粛清の嵐を呼び起こした。万景台（マンギョンデ）区域の主体思想研究所は解散させられ、建物は軍隊に渡った。そこにいたほとんどが収容所に送られた。災いを免れたのは、金日成の血筋の金昌柱（キム・チャンジュ）副総理の息子をはじめとする高官級の子どもくらいだった。金正日は、主体思想研究所が学術研究と対外事業を並行したのが間違いだったと批判した。彼は「対外事業はアメリカと南朝鮮の傀儡どもとの激しい闘争だが、学術団体である主体思想研究所が主体思想の対外宣伝普及事業まで担ったために、黄長燁が思い通りにできた」として「今後、主体思想の対外普及事業は対敵闘争に対する経験と覚醒がある外務省に任せて、学術研究は社会科学院が担当するように」と指示した。その指示どおり、現在は主体思想と関連した対外普及業務は外務省七局（対外宣伝局）が、学術研究は社会科学院が担当している。

金正日肝いりの朝鮮切手社、ずさんな二重契約

一九九七年の夏だったと記憶している。中央党の宣伝煽動部から「朝鮮切手社の社長がデンマークに行くので、誠意を尽くして手伝ってやってくれ」と指示があった。しばらくして大使館を訪ねてきた朝鮮切手社社長は六〇代後半の温厚な人物だった。党中央委員会宣伝煽動部出版指導課長として数十年間働き、社長になってまだまもないと言った。

社長は北朝鮮大使館に到着した翌日から朝六時に起床し、大使館の庭を一人で掃除した。私の公用車まで洗車してくれたこともあった。そこまでしなくても大丈夫だと言っても、我を折らなかった。北朝鮮でよく見かける「中央党幹部」の見本といえる人だった。

朝鮮切手社の主な事業は、海外に切手を売り、外貨を稼ぐことだった。直属の上級機関である外国文出版社の「金づる」役だった。外国文出版社は党の宣伝煽動部の傘下機関として主体思想の紹介資料を外国語で出版する。外国文出版社が切手を刷ると朝鮮切手社が販売するという仕組みだったが、こうした体系をつくったのが金正日だった。

社長がデンマークに来た理由を聞いて私は驚愕した。デンマークの切手会社に北朝鮮の切手四トンを発送したのに、販売代金をまだ受け取っていないというのだ。だが理解できない部分もあった。販売代金が六〇万ドルほどにすぎなかったのだ。切手四トンなら六〇〇〇万ドルにはならなければ価格として納得いかない。ともあれ切手代金は容易に受け取れそうだった。

北朝鮮大使館で英語ができるのは私だけだったので、朝鮮切手社の社長と一緒にデンマークの切手会社を訪問した。厳重に抗議しようと待ち構えていたのに、むしろデンマーク会社側のほうが朝鮮切手社の社長を見て「ペテン師」「いかさま師」と激怒した。会社側の説明を聞くと、私もあきれてしまった。顚末はこうだった。

朝鮮切手社は、デンマークの切手会社にヨーロッパ独占販売権を与える契約をし、切手四トンを発送した。輸送費まで負担したデンマーク切手会社は、朝鮮切手の販売を見込んでヨーロッパ各国の切手商に見本を送った。ところが購入の意思を示した切手商は一カ所もなかった。事情を調べると、スイスローザンヌの切手会社がすでに北朝鮮との独占販売契約を結び、一二〇トンもの朝鮮切手を保有していたのだ。

デンマーク会社側の抗議が続いた。

「切手は貨幣のようなものだ。一二〇トンもの切手を印刷して世界市場に出すとはどういうことか。独占販売権をあちこちに与えるのも違法だ。北朝鮮を訴えることだってできる。われわれは北朝鮮の切手は必要ないから、すべて持ち帰ってくれ」

正しい言い分だった。切手は貨幣に近い性質のものであり、切手を数百トンずつ販売するのは、それだけの貨幣を取り引きするのとほとんど変わらない。だが朝鮮切手社の社長の反応は情けないものだった。彼は「六〇万ドルが難しければ一〇万、六万ドルだけでももらっていこう」と私に交渉を押し付けた。仕方なく彼の言葉を伝えたが、デンマーク側は一銭も支払う気はないと言い切った。

朝鮮切手社の社長は追い詰められた。私が「切手を持ち帰って北朝鮮で売ってはどうか」と訊くと、「北朝鮮にも切手が倉庫に山積みになっている。わずかな代金でも受け取らないと、持ち帰ったところで始末に困る」と答えた。あまりにもどかしくなって、大して役にも立たなそうなことを言ってみた。

「わずかな外貨を稼ぐために、そんなに切手を印刷してどうするのか。北朝鮮の切手が捨て値で売られれば、ほかの国の人たちに見くびられる。北朝鮮は崩壊の危険にさらされているから切手を印刷しまくっているのではないか、そう聞かれたら何と答えるのか」

朝鮮切手社の社長は「上部からの命令なのでどうしようもない」とため息をついた。私は、外貨さえ稼げれば何でも売り、国の根幹まで揺るがす指導者のために働いていたのだ。急に自分の身の上が悲しくなった。デンマークとスウェーデンには、そのとき持ち帰れなかった北朝鮮の切手がまだあることだろう。

デンマークで生まれて初めて韓国映画を見る

北朝鮮の体制を恥じる気持ちは強くなっていった。そんな一九九七年のある日、デンマークで生まれて初めて韓国映画を見た。北朝鮮で「苦難の行軍」が始まり、数十万人が餓死していたときだ。生涯初めての韓国映画だったせいか、今でも場面や台詞の一つひとつをすべて覚えている。

デンマーク現地の新聞を見ていたら、その日の夜九時にテレビで韓国映画が放映されることを知った。一般的に大使館の職員は夕食を食べてから、また事務室に戻って遅くまで残業するが、その日だけは残業をする人がいなかった。つまり家で静かに韓国映画でも見ていたのだろう。

映画は『太白山脈（テベク）』だった。とても驚いた。朝鮮戦争前後の南朝鮮労働党のパルチザン闘争［南朝鮮労働党の指導下で、朝鮮戦争前から戦争中にかけて、韓国で展開されたゲリラ戦］を扱っていた。わずかな土地を手に入れるために命がけで戦う南朝鮮労働党パルチザンの姿を見ながら、まるで祖父や父の世代を改めて見るようだった。私の祖父も、貧しい小作農で文字を知らない無学な人だったが、共産党が土地を無償で与えるというので入党した。朝鮮戦争のときも北朝鮮共産党の側についた。祖父と父の世代はこの世を去るまで社会主義、共産主義が科学だと信じていた。

最初は容共映画なのか反共映画なのか区別がつかなかった。共産主義者は道徳的に健全な人間、反共分子は汚れた人間として描かれていた。ところが映画が進むなかで感じられた思想（メッセージ）はじつに奥深かった。正義にあふれる理想を掲げながら自分の思想と対峙するあらゆる人々を無慈悲に消してしまうのは、北朝鮮の実像とあまりにも似通っていた。当時、北朝鮮では深化組が組織され、数多くの人々が捕らえられて収容所に送られる物々しい粛清が続いていた。海外勤務者は自分の家族が本国でひっかからないか気をもんでいた。

映画のラストシーンはとくに印象的だった。金範佑（キム・ボム）（安聖基（アン・ソンギ））が共産党郡党委員長に「あなたたちは人の命を大切に思わないから失敗するだろう」と言う言葉と、無数の粛清を見守り「どこから何を誤ったのか」と悩む廉相鎮（ヨム・サンジン）（金明坤（キム・ミョンゴン））の姿に自分自身を重ねた。

韓国に来てすぐ、私は国情院に『太白山脈』を演出した林權澤（イム・グォンテク）監督に会わせてほしいとお願いした。南北の体制対決、理念対決は終わったというメッセージをどうして一編の映画で投げかけることができたのか、訊いてみたかったのだ。映画が制作された一九九四年に、すでにそういう判断を下したという事実が驚きだった。

二〇一七年三月一七日、林權澤監督との対面が実現した。そして思いがけない答えを聞かされた。監督は映画を制作しながら右翼の批判と政府の干渉を何度も受けたという。それでも自分の家族が一時期身を置いた共産主義の理念に対し、自分なりに総括（整理）したかったのだという。彼は二〇〇〇年代、実際に北朝鮮にも行っている。自分の家族が命をかけて実現しようとした社会を見るために。彼が目にしたのは共産主義社会の虚像と、信じがたいほど惨憺（さんたん）たる、失望するような北朝鮮の現実だった。

国民の不満を逸らすための大粛清が始まる

デンマークのテレビで『太白山脈（テベク）』が放映されたころ、北朝鮮では、一晩寝て起きれば誰かは捕らえられ、誰かは収容所に連行されたという話ばかりだった。一九九七年から、北朝鮮では「深化組事件」という大規模な粛清が始まった。ほぼ三年間進められたこの粛清は、二〇〇〇年ごろになってようやく終わる。北朝鮮の食糧事情は一九九六年に入ってさらに悪化し、一九九七年ごろには地方で餓死による集団死が発生した。平壌でも食糧の配給が途絶えた。

国民の不満が高まると金正日は奇妙なことを思いつく。国民の関心をほかに向けるために深化組事件を起こしたのだ。社会安全部総政治局長の蔡文徳（チェ・ムンドク）などがこの事件の先頭に立った。

蔡文徳は社会安全部内に「深化組」を組織し、全国民の人的事項を再調査した。とくに党中央委員会の幹部らが朝鮮戦争で何をしたか、経歴に空白はないか、一つひとつこまかく調べはじめた。真っ先に党中央委員会書記局農業担当書記の徐寛熙（ソ・グァンヒ）が逮捕され銃殺された。続いて農業相だった金万金（キム・マングム）の死体が剖棺斬屍（プグァンチャムシ）に処された。墓を掘り起こして死体を取り出し銃で撃つ刑を加えるという意味だ。全党的に行われた批判会議では、この二人が党の主体農法をきちんと執行しなかったために食糧飢饉が起こったとし、すべての矛先が彼らに向けられた。

深化組は党指導部内の大規模スパイ網も摘発した。党本部党責任書記［中央党本部にいる、党員の党生活を管理する責任書記。本来、金日成・金正日・金正恩も本部党に所属するはずであるが、彼らは最高指導者として位置づけられ、所属していない］の文聖述（ムン・ソンスル）［文成述との表記もある］、平壌市党責任書記徐允錫（ソ・ユンソク）、黄海南道（ファンヘナムド）党責任書記ピ・チャンニン、開城（ケソン）市党責任書記キム・ギソン、江原道（カンウォンド）党責任書記リム・ヒョングなどが相次いで逮捕された。外交官もこの事態を免れることはできなかった。文聖述の婿、ピ・チャンニンの婿、剖棺斬屍された金万金の姪、リム・ヒョングの息子などが外務省に勤務していたが収容所に送られた。リム・ジンスは駐ジャマイカ北朝鮮大使館参事官を務めたこともある。

全国的に西北青年会［米ソ軍政期の一九四六年、北から南に渡った青年らを中心に組織された反共主義団体］の遊撃隊員を探し出す粛清作業が進められ、多くの人が被害にあった。北朝鮮では、西北青年会の遊撃隊は朝鮮戦争時に韓国軍と米軍が組織したと宣伝されている。黄海（ファンヘ）製鉄の労働者が工場の鋼板や設備を取り外して中国に鉄スクラップとして売る事件が起こったときは、ただちに戦車が投入された。戦車が市内を回って恐怖感を植え付けるあいだ、軍人たちは、工場の物品を元の場所に戻さなければただではすまないと労働者を脅した。平壌中央機関の幹部たちは恐怖に震えて身じろぎもできず、一般市民もやはり米がなくても不平すら言えなかった。

　恐怖で不安を押さえつけただけのことだったが、深化組事件で北朝鮮体制は安定を取り戻したかのように見えた。金正日は蔡文徳など社会安全部幹部に英雄の称号を与えたが、その事件が招いた社会的被害と後遺症はあまりにも大きかった。恨みが噴き出さないはずがなかった。かといって、それを言い出すのは誰でもいいというわけにもいかず、出身階級の確かな元老が矢面に立ったようだ。金正日を幼いころから世話してきた抗日パルチザンの黄順姫（ファン・スンヒ）が「深化組事件はやりすぎではないか」という手紙を金正日に送ったという。ほかの抗日闘士たちも深化組事件に疑問を抱きはじめていた。

　安定を取り戻したことを確信した金正日は刃先を逆にし、今度は蔡文徳と社会安全部をターゲットにした。国家安全保衛部と人民軍保衛司令部に対し、共同で深化組事件と社会安全部を調査しろと命令した。蔡文徳などの主導者が処刑され、一部は処罰された。深化組事件を捏造（ねつぞう）し、罪のない人々を殺したという理由だった。

　すでに遅すぎた措置もあった。全党会議を開いて深化組事件の不当性を公布し、生存する被害者たちを復帰させたのだ。金正日の指示で社会安全部は人民保安省と改称された。金正日は自らが無念の犠牲者の汚名を晴らしてやるのだという名目で、政治犯収容所に収容された人々を最高司令官訓令で釈放した。だがすでに大きな傷を負った被害者たちには何の意味もない措置だった。家族が散り散りになったのはもちろん、精神疾患や重病にかかっている場合も多かった。既婚者の多くは離婚して戻る家庭がなかった。家庭の崩壊は被害者にとって何より耐え難かった。以前の居場所を奪われた彼らは、釈放後、集団住宅に収容され、わずかばかりの米と油を支給された。

収容所にいた外交官も復帰し、外務省に戻ってきた。ピ・チャンニンの婿はのちに駐マレーシア北朝鮮大使にまで昇進したが、文聖述の婿は病気を患って戻り、退職した。

医療費が払えず現地の病院にも行けない

デンマーク駐在中の一九九七年六月、二人目の息子が生まれた。上の子とは七歳離れている。

上と下の年が離れているのはそれなりの理由がある。私の両親は、子どもはやはり二人いたほうがいいと、長男が生まれて三年も経つと二人目を見たがっている様子だった。今は変わったが、当時は北朝鮮の外交官は子どもを一人しか海外に連れていけなかった。双子がいる友人は南米駐在の公館に派遣されたとき、一人は平壌に置いていかなくてはならなかった。家族全員、泣きながらの出発だった。妻と私はそんな苦痛に耐えられそうになく、二人目は海外で出産するつもりだった。そして一年二年と待つうちに、年の差が七つになったのだ。

一九九六年六月、デンマークに赴任後、私はリ・テギュン大使に子どもをもう一人つくろうと思うと話した。海外では子どもを産まないという規定だが、子どもがほしいという私の意志はそれくらい固かった。私が韓国に亡命してから、リ・テギュン大使は「わが民族同士」（北朝鮮の対南宣伝メディア）で私と私の脱北を非難したが、今でも彼に対する感謝の気持ちと、申し訳なさが残っている。

妻はまもなく妊娠した。海外での出産自体が規定に背く行為で、ましてや妊婦検診を受ける金銭的な余裕もなく、妻は一度も病院に行けなかった。出産で数日入院したのが唯一だった。

北朝鮮は海外駐在外交官の医療費を国で負担してくれない。入院や手術費用は自己負担だ。そのため海外辞令を受ける前に健康診断をかなり念入りにやる。病気があったり、健康状態がよくなければ海外には出るなという話だ。だが海外に出てこそお金も少しは稼げるため、体調がすぐれなくても病気ではないと書類を偽造する。

二〇一六年一月、駐イタリア北朝鮮大使のキム・チュングクが現地で死亡した。私の一番近しい友人だった。肝臓がんで数カ月の闘病の末、苦しみながらこの世を去った。当時韓国のメディアは、なぜ大使が健康診断を一度も受けずに、がん末期になってようやく病院に行ったのかと訝しんだ。本人が健康に気をつけなかったせいもあるだろうが、おそらくは経済的に苦しくて病院に行けなかったのだろうと思う。

ドイツから渡された留学生名簿を国家保衛部がスパイリストに捏造

「深化組」による大規模粛清が進む渦中に、似たような事件がまた起きた。「ドイツ留学生事件」だ。のちにやはり不当な事件だったとして関係者は釈放されたが、前後の事情は本当にあきれるものだ。

一九九〇年の東西統一後、ドイツ政府は、旧東ドイツが各国と結んだ協定や関係は尊重するとしながらも、北朝鮮との外交関係の協定だけは否定した。そのうえで北朝鮮との外交関係が樹立されるまでは、既存の大使館の地位を利益代表部の形で維持し、大使館の建物と外交官の特典と特権は認めるという、臨時措置に合意した。ドイツは平壌の旧東ドイツ大使館をそのまま使おうとし、北朝鮮もベルリンの北朝鮮大使館から出る考えはなかった。どちらの大使館も規模が相当大きかったので、双方の利害関係が一致したのだ。これにより平壌の旧東ドイツ大使館は「駐北朝鮮スウェーデン大使館ドイツ利益代表部」、ベルリンの北朝鮮大使館は「駐独中国大使館朝鮮民主主義人民共和国利益代表部」という名称を使うことになる。大使という称号は利益代表部代表に変更された。

一九九〇年代末のある日、ドイツ利益代表部代表が北朝鮮外務省を訪ねてきた。代表は東ドイツに留学した北朝鮮の学生数百名のリストを持ってきて「留学生と連携して両国関係を発展させたい。彼らの住所と連絡先を教えてほしい」と求めた。よくある交流の仕方だった。ところが大使館の通訳からこのことを聞いた大使館担当保衛員は、通訳にそのリストを盗んでこいと指示した。自発的に持ってきたリストであり、盗むまでもなかった。通訳はリストを一部コピーして担当保衛員に渡した。

そのころ内部スパイ団事件は、軍保衛司令部がほぼ一手に引き受け解決していた。代表的なのがフルンゼ軍事大学留学組事件だ。一方、国家保衛部は金正日から実績がないと叱責されていた。思いがけずリストを確保した国家保衛部は、金正日にドイツからスパイ団のリストを入手したと報告し、一九八〇年代、東ドイツ留学生の多くを逮捕した。

外務省ヨーロッパ局ドイツ担当者だった同僚キム・グァンシクもそのとき連行された。ただ家族は地方には追放されず、無事平壌に残ったのがまださいわいだった。カザン留学生事件やフルンゼ事件とは異なる部分だ。まだ予審中だから追放されないという話もあったが、数年経っても家族は相変わらず平壌にいた。最初から無理矢理でっちあげた事件だったので、他の事件とは違って比較的短期間で終結した。キム・グァンシクなど被害者は二〇〇〇年代初めに大部分が釈放された。だが一部の留学生は収容所内の労働とストレスに打ち勝てずに生きて戻ることができなかった。

チーズを援助してもらうも輸送する船も資金もない

幸運はまったく予想もしていない状況で訪れるようだ。ある日デンマークの赤十字社から連絡がきた。デンマークの会社でイラン向けに生産したフェタチーズが、欧州連合（ＥＵ）の対イラン貿易輸出禁止措置で港の倉庫に足止めされ、これを北朝鮮に無償で提供したいので引き取ってほしいという内容だった。悲しいことに北朝鮮には船を出す余力すらなかった。平壌に報告すると、予想通りだった。船を送ることは不可能なのでデンマーク側から輸送まで援助を受けろということだった。

フェタチーズは人類史上、最古のチーズの一つとされる。ギリシャとバルカン半島付近で初めてつくられたという。この地域は山々が険しく石だらけで牛の飼育には向かない。羊や山羊の乳でつくるフェタチーズは塩味は強いが栄養が豊富だった。栄養失調の北朝鮮の子どもたちがわずかずつでも食べれば、効果がありそうな気がした。そう思うだけでうれしくなった。

私はチーズ会社の社長に面会を求めた。当時、デンマークの北朝鮮大使館は財政事情により撤収命令が下りて、すべての対外活動を私一人でこなしている状況だった。社長にはこう話したように記憶している。

「貴社の無償援助に謝意を表する。ところが今北朝鮮はチーズを輸送する船も資金もない。テレビで見たと思うが、北朝鮮では数十万人もの子どもたちが栄養失調になっている。フェタチーズが北朝鮮に持ち込まれ、死にかけた子どもたちが救われたら、北朝鮮の国民は貴社の援助を永遠に忘れないだろう。あなたの子どもが飢えていると想像して、どうか助けてほしい」

社長はしばらく黙っていたが、理事会で検討して結果を伝えるとのことだった。半月後、レストランで会おうという連絡がきた。ぴんときた。会議ではなく食事を一緒にというのは、つまりいい知らせがあるという意味だった。空を飛ぶような気分だった。

待ち合わせ場所に行ってみると、社長と理事会の理事たちが全員着席していた。社長は丁重に立ち上がり、飢えた北朝鮮の子どもたちのためにフェタチーズ三二〇〇トンを会社負担で北朝鮮に送ると約束した。工場渡し価格でフェタチーズはキロ一〇ドル以上した。チーズの価格だけで三二〇〇万ドル以上、輸送費まで加えると三三〇〇万ドルになる。涙が出そうになったが、なんとか堪(こら)えて「ありがとう。本当にありがとう」とただ繰り返した。

「太永浩を盛大に表彰し、望みがあれば叶えてやるように」と金正日が激賞

しばらくして約束したチーズ全量が北朝鮮の南浦(ナンポ)港に降ろされた。きちんと包装されて長期間の保管も可能だった。のちに北朝鮮に召還されたときにわかったことだが、このすべての事情が金正日に報告されていて、大喜びした金正日は姜錫柱(カン・ソクチュ)を呼び、次のように話したという。

「人民軍の部隊を現地指導すると毎回気になっていた。食糧事情がひどすぎる。現地指導に向かうときに何か持っていければいいが、何もなくて気の毒だった。外務省は大仕事をしてくれた。太永浩(テ・ヨンホ)を平壌に呼んで盛大に表彰し、望みがあれば何でも叶えてやるように」

その指示に従い私は平壌に戻った。一九九八年二月初めのことだ。このとき私はデンマークを離れて駐スウェーデン北朝鮮大使館の二等書記官として勤務していた。一九九七年末、北朝鮮は財政問題で大使館の数を大幅に減らした。ヨーロッパではフィンランド、ユーゴスラビアとともにデンマークも含まれ、該当国の北朝鮮大使館は閉鎖された。翌年一月、リ・テギュン大使はフランスの

ユネスコ駐在大使となり、私はスウェーデン行きを命じられた。

平壌から帰国命令を受けたとき、私は極度に緊張した。なぜ召還されるのか、はっきりした理由を知らなかったからだ。「デンマークチーズの支援と関連して確認したいことがある」という電報がきたが、その問題なら担当である私だけが召還されればいいことだった。私と一緒に駐スウェーデン北朝鮮大使館に勤務していたペク・スンチョルまで召還される理由がわからなかった。

ちょうど深化組事件の嵐が吹き荒れていたころだった。大使館内ではペク・スンチョルと私だけが海外留学組だった。中国に留学した私よりロシア留学生だったペク・スンチョルのほうが緊張していた。彼は新義州（シニジュ）外国語学院ロシア語科を卒業し、平壌外国語大学在学中にロシア留学生に選ばれ、モスクワ外国語大学でスウェーデン語を専攻した。「カザン留学生事件」以後、海外赴任辞令を受けられず、一九九七年になってようやく制裁が解かれて海外辞令を受けた状況だった。「深化組事件」で海外留学生を再び粛清するといううわさは聞いていなかったが、不吉な予感を拭（ぬぐ）い去ることはできなかった。

二人一緒に召還されるのは、二人のうちのどちらかは粛清対象だという意味だった。北朝鮮に入国するまで互いに監視しろという意味でもあった。帰国の過程で一人が脱北すれば、もう一人は被害を受けることになる。どちらが粛清の対象かはわからない状況では、推測だけで先に脱北することなどできない。

ペク・スンチョルは留学中、政治的な集まりにはけっして参加しなかったと毅然とした態度を見せようとしていた。そういう意味では私もやましいことはなかった。調査されるにしても帰国して応じようではないかという共通の認識をもち、われわれは北京行きの飛行機に乗った。当時、駐スウェーデン北朝鮮大使館の職員はソン・ムシン大使、チョン・ドッチャン参事官、チェ・チュニョン参事官、三等書記官のペク・スンチョル、そして私の総勢五人だった。そのうちの二人が、それも「下っ端」だけが召還されたのだから、二人の不安はとても言葉では言い表せないものだった。

自分が粛清対象だと判明し、天を仰いだ同僚

北京に着いて一泊した。翌日の北朝鮮行きを前にペク・スンチョルが突然、平壌の相婿に電話したいと言い出した。北朝鮮の外交官は海外から私用で平壌に電話することができない。国家機密保護という名目だ。ペク・スンチョルの相婿は、当時、体育指導委員会マスゲーム創作団貿易会社の社長をしていたキム・ヨンナムだった。私の国際関係大学の一年先輩でよく知る間柄だった。

二人で海外に行くときも、一人を団長に任命するのが北朝鮮の慣例だ。ペク・スンチョルが平壌に電話するには、同僚ではあっても職級が一つ上の私の承認が必要だった。どうすればいいか判断しかねた。ペク・スンチョルが相婿と電話して、何か釈然としない気配を読み取れば、平壌に戻らず脱北することもありえる状況だった。かといって電話するなと言えば同僚として申し訳ないだけでなく、気分を害するのは間違いなかった。

悩んだ末、通話を許可して、私はそばで見守ることにした。ペク・スンチョルの相婿はまず「いつ平壌に到着するのか。妻と一緒に空港に迎えにいく」と言った。ペク・スンチョルはようやく安心して穏やかな表情になった。すると私のほうが不安になった。私は平壌に電話したくてもかけられなかった。北朝鮮で海外と通話するには普通の電話機では駄目で、国際電話が別に必要だった。キム・ヨンナムは貿易会社の社長なので事務室に国際電話があったのだが、私にはそういう親戚はいなかった。

次の日、高麗（コリョ）航空機で平壌に到着した。キム・ヨンナム夫妻と外務省の同僚が出迎えてくれた。

会うなり「（粛清対象は）誰だ」と訊いた。ペク・スンチョルだった。私は外務省の同僚に「ペク・スンチョルに何の過（あやま）ちがあるのか。ロシア留学生事件が起こったのか」と訊いた。すると、ペク・スンチョルの父親が社会安全部に連行され処刑されたという答えが返ってきた。キム・ヨンナムから手短に消息だけ聞いたペク・スンチョルは黙って空を見上げ、ただ涙を流した。

　どういう事情なのかまったく理解できなかった。ペク・スンチョルの父親は平安南道（ピョンアンナムド）の人民委員会委員長（韓国の道知事に相当）の秘書として長く働いた。あるとき委員長が秘書の息子、すなわちペク・スンチョルを見て、彼のすらりとした風貌を気に入り、婿にした。北朝鮮式に言えば、ペク・スンチョル夫妻は「幹部の家の子たち」だった。ペク・スンチョルがスウェーデン赴任の発令を受けたころ、彼の父親は平安北道（ピョンアンブクト）のある軍需工場党書記として働いていた。かなりの規模の工場で、何不自由ない日々だった。

　そんなペク・スンチョルの父親が処刑されたという話は信じられなかった。発端は工場労働者の食糧不足とこれを解決しようとした合理的な善意からだった。当局からの配給が途絶え、工場労働者は食糧を自分たちで何とかしなくてはならなくなった。いくら苦難の行軍の時期とはいっても、軍需工場だけは稼働しつづけていた。ペク・スンチョルの父は妙案をひねり出した。砲弾の削りかすの鉄粉を中国に売り、食糧問題を解決したのだ。実際、党書記としてはじつに賢明な措置だった。

　ところが中国への販売を担当した貿易商がしょっちゅう金を横領したので、ペク・スンチョルの父はやむなく彼を解任した。その貿易商が恨みを抱き、「軍需工場の党書記が鉄粉を中国に売り飛ばす方法で、韓国の国家安全企画部に重要な軍事秘密を流した」と申告したのだ。ペク・スンチョルの父は深化組により逮捕され取り調べを受けた。深化組はスパイ名簿を出せと拷問まで加えた。年老いた彼が拷問に耐え切れず死亡すると、深化組はすべての罪を彼になすり付けた。深化組は

「党書記がすべての罪を認めたので銃殺した」という嘘の文書を作成し、事件を終結させた。ない罪をでっちあげた以上、息子のペク・スンチョルにも召還命令を下さないわけにいかなかった。

とりあえずペク・スンチョルと私は外務省内に入って、到着を報告した。幹部たちは二人を見て、何と言っていいかわからないようだった。幹部処の同僚はあとでこう教えてくれた。

「ペク・スンチョルを無事に連れてきてくれてご苦労だった。ペク・スンチョルはロシア留学生としてはほぼ一〇年ぶりに大使館に派遣されたが、万が一、彼が脱北したら外務省内のロシア留学組数十人がまた何年も海外に出られなくなる。召還電報を打ってから、ペク・スンチョルが脱北しないかと一睡もできなかった」

数日後、ペク・スンチョルは私に「故郷には母一人だから、早く行ってあげないといけない。妻への手紙を書くから、スウェーデンに戻ったら、妻に心配せずに早く帰国するよう伝えてほしい」と言った。胸の痛むことだった。北朝鮮はこういう場合、家族全員が脱北する可能性もあるため、それらしい口実をつけて世帯主を先に召還する。次に家族にも召還指示を出し、世帯主を生かすために妻子を平壌に戻らせる。ペク・スンチョルの家族もそのプロセスを例外なく踏むことになった。

支援されたチーズは「将軍様からの贈り物」として軍隊に支給されていた

党が私を召還した理由は二つあった。一つは私自身も知らなかった「ペク・スンチョルを無事に召還させる」というもので、もう一つは「デンマークチーズ」と関連したことだった。

ペク・スンチョルと私が到着を知らせたとき、言葉を失ったようだった外務省幹部たちは、あとで私と一対一になる機会があるたびに、喜びを隠さなかった。外務省は金正日の誕生日（二月一六日）を前に、適当な「誕生日プレゼント」を用意できていない状況だったからだ。人民武力省は炊事兵を呼び集めてフェタチーズを味見させ、調理法の講習まで実施した。塩漬けした豆腐のようだという反応だった。金正日は軍部隊を訪問するたび、フェタチーズを「将軍様の贈り物」として支給した。デンマークが栄養失調の北朝鮮の子どもたちに送ってくれたチーズは、このように北朝鮮軍の武力強化に寄与していたのだった。

姜錫柱（カン・ソクチュ）が私に尋ねてきた。

「苦難の行軍の時期に、人民軍隊の武力強化のため特出した功を立てたきみを将軍様は高く評価された。そのうえで、きみが要求することはすべて聞いてやるようにとおっしゃった。党に求めることはないか」

しばらくきょとんとしてしまった。私は飢えた北朝鮮の子どもたちのために走り回っただけだ。そうしたら幸運のほうから訪れてきてくれたわけだが、「人民軍隊の武力強化に大きく寄与した」という金正日の称賛を聞き、少々きまりが悪かった。北朝鮮ではこうしたときにうまく答えなければならないとよく言われる。

北朝鮮には表彰基準がある。一〇〇万ドル以上の支援を引き出せば労力英雄表彰が贈られる。私も労力英雄表彰を希望すればもらうことはできたが、そうするには面映（おもは）ゆかった。もうずいぶん前から、外務省の基本使命は食糧援助を引き出すことに変わっていたため、自分の仕事をしただけで労力英雄表彰を要求するのはしのびなかったのだ。そこで私はまだ入党できていない妻を労働党に入党させてほしいと答えた。姜錫柱は金正日に報告すると言った。

翌日、姜錫柱副相に呼ばれた。

「将軍様にきみの希望を報告した。あれほど大きな仕事をしたのに、妻を入党させてほしいという政治的要求しかしてこないのを見ると、きみの思想的準備がすばらしいのだろうということだった。

妻は火線入党［複雑な手続きを省き、すぐに入党させること］させ、きみには（金日成）首領様の時計で表彰しろというのが将軍様の指示だ。そのうち後続の措置が取られるだろう」

私は「敬愛する将軍様の信任と配慮に忠誠で報います」と改まって答えた。姜錫柱は今後もさらに精進するようにと重ねて称賛した。

数日後の二月一六日、外務省の講堂で表彰授与式が開かれた。金日成の尊名が入った尊名時計を受け取った。妻は金正日の特別指示により現地（スウェーデン）で火線入党を果たした。火線入党とは、もともとは戦時に士気を高めるために大きな武功を立てた軍人を戦線で党員として受け入れることをいう。

外交官の妻たちの過酷な運命

北朝鮮には「党員になって初めて人の役目を果たす」という言葉がある。男は軍隊に行けば比較的簡単に入党できるが、外交官の中には、軍隊に行かずに外国語学院を経て外国語大学や金日成総合大学外国語文学部、国際関係大学を卒業した人も多い。北朝鮮ではこうした経歴の人を「直通生」と呼ぶ。直通生が社会に出てから入党するには、現職で少なくとも四～五年以上働かなくてはいけない。

ところが外交官夫人の場合は、夫について外国に出れば経歴が途切れてしまう。一つの職場で通して働いた経歴がわずかしかなく、入党する機会があまりない。初めて外国に出るときは書記官夫人なので党員でなくてもそう恥ずかしくはないが、夫が参事官、大使として海外に出るときは夫人の年齢も四〇～五〇代になるので、党員でない場合、体面が保たれないことがある。たとえば書記官夫人が党員で参事官夫人が非党員だと、書記官夫人しか世帯主と一緒に党会議に参加できない。

大使館で働いていると党会議がしょっちゅうあるが、参加したくてもできなければ、かなり恥ずかしい思いをする。

私の妻は一九八九年に貿易省に入り、一九九六年に私についてデンマークに来た。貿易省の男性職員ですら入党したくて列を成しているのに、経歴七～八年の女性が入党の願書を出すのは難しい。私について三～四年周期で平壌と海外を行き来していたら、一生入党のチャンスはなさそうだった。私が金正日に妻を入党させてほしいと頼んだのもそんな理由からだった。

「金日成尊名時計」をもらってから、内輪の飲み会があった。同僚からは「家の一軒でももらえばよかったのに、なんでそう言わなかったのか」と責められた。じつは私も凱旋洞(ケソンドン)の小さな家に両親と暮らしているので、広い家に引っ越したい気持ちがないわけでもなかった。ただほかの人たちが祖国で苦難の行軍の最中にあるとき、海外で気楽に生活している身で家までほしいとはとても言い出せなかった。

平壌に滞在中は用事も済ませて知人にも会った。そろそろスウェーデンに戻らなくてはならなかった。ペク・スンチョルの手紙を彼の妻に渡すことを思うと心が重かった。外務省からは、ペク・スンチョルの家族への召還指示は電報では送らないと、ソン・ムシン大使に口頭で伝えるよう指示された。ペク・スンチョルの家族の護送はキム・ヨングクに任された。キム・ヨングクは、スウェーデンで養成通訳課程を経て、二〇一六年まで駐スウェーデン北朝鮮大使館参事官だった。養成通訳課程とは、大学卒業後、外務省に入った状態で在外公館に出向き、外国語を学ぶ課程をいう。

北京に到着し、ソン・ムシン大使に国際電話をかけた。私一人で戻ると報告すると、大使はペク・スンチョルの妻に何と伝えたらいいのかとため息をついた。ストックホルム空港で大使夫人とチェ・チュニョン参事官が出迎えてくれた。私が戻ったという知らせは、私の妻でさえ知らずにいた。

大使館に到着した。ペク・スンチョルの息子のヨンボクが真っ先に飛び出してきた。車から私が降りると、ヨンボクは当然自分の父親もいるものだと思い「父さんが帰ってきた！」と叫んだ。続いてペク・スンチョルの妻が出てきた。私だけが降りたのを見た彼女は、なぜ夫は一緒じゃないのかとたたみかけるように訊いた。とても答えることができず、とりあえず中に入って話そうと言ったが、彼女はすでにすべてを察したのか、声を上げて泣いた。

なんとかなだめて大使館に入っても、状況は収まらなかった。一方は涙の海で、一方はペク・スンチョルの妻をなだめるのに忙しかった。私がペク・スンチョルからの手紙を渡すと、ようやく彼女は夫が生きていると知って泣き止んだ。保衛部に捕まって死んだのだと思ったという。夫が生きていて故郷に戻ったという知らせを聞いた彼女は、悲壮な決心を固めた。祖国に戻って夫と生死をともにするということだった。

外務省に勤務していると、粛清事件にはしょっちゅう遭遇した。夫婦が粛清に巻き込まれると、平壌に残ることができるほうは離婚を選んだ。夫について地方に行くという女性はペク・スンチョルの妻が初めてだった。彼女は平壌に残れという親戚の反対を振り切って自分の意志を貫いた。夫の故郷である平安北道(ピョンアンプクト)の東林郡(トンリム)に行ったのだ。再び平壌に戻るまではさんざん苦労したという。

ペク・スンチョルの家族は、二〇〇〇年、金正日が深化組事件の不当性を指摘して訓令を下した際に、再び平壌に戻ってきた。父親の問題が解明されたと通知を受け、ペク・スンチョルと家族は「金正日将軍様、万歳！」と声高く叫んだという。だが彼の心の中の、父を失った悲しみと恨みまでが消えたはずはない。ペク・スンチョルは二〇一五年まで、駐スウェーデン北朝鮮大使館参事官だった。今も国のために忠実に働いている。色あせた赤い旗を最後まで守っているのだ。

金大中が韓国大統領に

デンマークをはじめとする国際社会からの支援は、餓死寸前だった北朝鮮の国民を死から救った。人道的な次元では明らかにいいことだった。だが北朝鮮経済が息を吹き返すという結果を生み、一息ついた北朝鮮は再び秘密裡に核兵器開発に全力を注ぎはじめる。そんななかで一九九七年八月、軽水炉建設のための基礎工事が始まったが、本格的な建設は二〇〇一年九月になってようやく着工する。これはアメリカ式「時間稼ぎ」と見ていいだろう。軽水炉建設を口実に核開発を遅らせれば、北朝鮮経済が先に破綻すると見たのがアメリカの計算だった。

ところが北朝鮮にとっては衝撃的で微妙な出来事が起こった。一九九七年一二月、韓国大統領選挙で金大中（キム・デジュン）が当選したのだ。このとき私は駐デンマーク北朝鮮大使館に勤務していたが、彼の大統領当選は私にとっても衝撃的だった。

北朝鮮は数十年間、韓国民主化闘争の象徴だった金大中先生を北朝鮮の味方として宣伝してきた。対南赤化統一戦略の実現という面から、彼を意図的に持ち上げていたのだ。「金大中先生」という呼び方は北朝鮮にいるときから言い慣れた表現だ。北朝鮮では彼の民主化闘争を描いた映画もずいぶんある。

それまで北朝鮮は、韓国の民主化勢力を自分たちの味方とみなし、民主化勢力によって赤化統一を実現するという戦略を維持してきた。赤化統一戦略という面で、金大中の当選は重大な成就であることは明らかだった。ところが彼の当選がはたして北朝鮮にとって有利なのかは誰にも断定できなかった。そうした面から朝鮮労働党の対南赤化統一戦略は修正を迫られることになった。

金大中大統領は就任直後から太陽政策、すなわち包容政策を掲げた。党から、駐スウェーデン北朝鮮大使館をはじめとする各国公館に下りた最初の指示は、金大中大統領の太陽政策を積極的に非難しろというものだった。北朝鮮の外交官は、誰が誰を包容するというのか、包容政策は所詮、吸収統一政策ではないのかという論理で宣伝活動を繰り広げた。

北朝鮮は、太陽政策に対する一種の武力示威を行ったこともあった。一九九八年八月三一日、「光明星一号」が発射される。北朝鮮は人工衛星の打ち上げに成功したと発表したが、韓国は運搬ロケットに焦点を合わせ、ミサイルを発射したものと受け止めた。そのため韓国ではこれを、人工衛星名である「光明星一号」とは呼ばずに、ミサイルの名称である白頭山一号（テポドン一号）と呼んでいるのである。

なぜ金正日は太陽政策にミサイル発射で応えたのか？

海外メディアは北朝鮮がミサイル発射実験を行ったと慌ただしくなった。平壌からは「ただの衛星の打ち上げだと宣伝しろ」という短い指示が下りてきた。打ち上げ当日、ソン・ムシン大使と私はデンマーク国王に信任状を捧呈するためコペンハーゲンにいた。

あくる日の九月一日、デンマーク外相を訪ねると「北朝鮮がミサイル統制規定を破った。厳重に抗議する」と言われた。ソン・ムシン大使が「ミサイルではなく平和的な衛星の打ち上げ」だと主張すると、デンマーク外相の言葉が続いた。

「衛星だとしても発射前に国際社会への事前通告の手続きを経なくてはいけない。むやみに発射して通過する旅客機にでも当たれば大ごとではないか。北朝鮮はまことに予測不可能な国だ」

やられっぱなしのソン・ムシンではなかった。

「何が予測不可能だというのか。われわれの周辺国ロシア、中国、日本などが衛星を打ち上げるのに、北朝鮮に事前通告をしてきたことなど一度もない。だからわれわれも事前に周辺国に通告する必要性を感じない」

スウェーデンに戻った九月四日になってようやく北朝鮮は「八月三一日多段式運搬ロケットで初の人工地球衛星を軌道に乗せることに成功した」と発表した。韓国とアメリカ、日本などは相次いで対北制裁措置の検討に入った。ＫＥＤＯ（朝鮮半島エネルギー開発機構）［一九九四年一〇月の「米朝枠組み合意」を受けて設立された国際機関］は軽水炉支援事業費の負担決議案の署名を中止し、日本は食糧援助を中断すると発表した。米上院議会では北朝鮮のミサイル輸出中断が確認できなければ、重油供給のための予算を支援しないという決議を採択した。

北朝鮮の衛星打ち上げの成否については国際社会の意見が分かれた。アメリカは半月後に「人工衛星は軌道進入に失敗した」と発表しながらも「北朝鮮は今回の発射でさらに遠くの地上の目標物に弾頭を運べる能力を示した」と評価した。もちろん北朝鮮は「人工衛星は軌道を回っている」と主張し、ロシアは「北朝鮮が初の国産人工衛星の打ち上げに成功したことを確認した」と発表した。

北朝鮮の外交官は、当局の指針に従って太陽政策を非難しつつも、内心では和解の糸口が見えないかと期待していたところだった。国際社会からの食糧援助が入り、当選前から北朝鮮との和解と協力を主張していた金大中大統領が本格的に太陽政策を推し進めていた。

こうした状況でミサイルを打ち上げた金正日の魂胆は何だったのだろう。けっして核は放棄しないという意図だけは明白だったが、どうも釈然としなかった。だが、すでに金正日には別の計算があったのだ。

スウェーデンでイスラエルと極秘ミサイル交渉を開始

一九九九年一月、平壌から電報で指示があった。スウェーデン駐在のイスラエル大使が現地にいるか確認しろという内容だった。確認の結果、大使はいた。平壌からの次の電報は私にとって衝撃的だった。ソン・ムシン大使と私がイスラエル大使に会って、極秘裏にミサイル取引を交渉しろという指示だったのだ。そのとき初めて、平和と和解ムードが形成される最中にミサイルを発射した金正日の意図を見抜くことができた。

ソン・ムシン大使は英語ができないので、私が通訳として入り、面会場所を交渉した。イスラエル大使にはすぐに連絡した。保安維持のため相手の書記官や秘書は通さなかった。私はイスラエル大使に電話をかけ「朝鮮民主主義人民共和国大使の書記官」だと身分を明かし、「ソン大使と静かな場所で会ってほしい」と伝えた。イスラエル大使の答えは「本国に問い合わせて承認を得てから会おう」というものだった。

数日後、イスラエル大使がストックホルムのあるコーヒーショップを指定し、会おうと言ってきた。待ち合わせの時間に店に行くと、イスラエル大使が待っていた。ボディガード四人全員が女性なのが目を引いた。まずソン大使が本題を切り出した。

「数カ月前、われわれ共和国が発射した人工衛星が軌道に乗った。これは北東アジアだけでなく中東情勢にも大きな影響を与える」

イスラエル大使の表情が深刻になった。

「どういうことか。具体的に話してほしい」

ソン大使はストレートに言った。

「わが国のミサイル技術に関心を持っている国がある。イランをはじめとする中東諸国だ。ミサイル技術を譲り受けたいとずっと言われている。ご存知のとおり今のわが国の経済状況は非常に厳しい。ミサイル技術を伝えてでも国の体制を守らなければならない状況にある。ところがミサイル技術を中東に輸出すれば、新たなミサイル競争が引き起こされ、イスラエルの安全も脅かされるだろう。われわれはそういった状況は望んでいない。見方によっては北朝鮮とイスラエルは共通点が多い。わが国はアメリカの軍事的脅威に直面しており、イスラエルは敵対したアラブ国家の狭間にある。こうした国であるほど平和を守るためにあらゆる手段を動員しなければならない。もしイスラエルが北朝鮮に手を貸してくれるなら、ミサイル技術の中東への輸出は考え直す。相互合意に至って共生できる結果になるよう願っている」

イスラエル大使は「何にどう手を貸してほしいというのか。具体的な案を示してほしい」と言い、ソン大使は「われわれは中東諸国と一〇億ドルの線で交渉している。イスラエルが一〇億ドルを準備してくれたら、ミサイル技術は輸出しない」とあからさまに答えた。イスラエル大使は「思いがけない提案で何とも言えない。本国に報告してから連絡する」と言った。

本当の狙いは一〇億ドルではなかったのか?

その日はそうして意見交換で終わった。接触の結果はすぐに平壌に報告された。一〇日後、イスラエル大使から連絡がきて、別のコーヒーショップで会った。

「イスラエル政府は北朝鮮の提案を慎重に検討し、原則的に北朝鮮の提案を受け入れることにした。しかし一〇億ドルを現金で渡すのは不可能だ。かわりに一〇億ドル相当の食糧や肥料、医薬品など、北朝鮮が求める物資を提供する。農業や工業分野の最先端技術の伝授を希望すれば、それを提供することもできる」

ソン大使は「われわれがほしいのは物資ではなく現金」だと釘を刺した。二人の会話を続けてみる。

「現金は無理だ。提供しようにもアメリカが反対する。アメリカはイスラエルの同盟国だ。アメリカが反対すればどうしようもない。この点を理解してほしい」

「北朝鮮は基本的に外貨が必要だ。経済回復のために必須だ。そうすれば物資を効率よく計画的に購入できる。イスラエルが現金を支払えなければ、現金で渡すという国と交渉せざるを得ない」

「この問題を慎重に考慮してほしい。現金でなければ物資提供額を一〇億ドル以上に増額できる。北朝鮮がミサイル技術を中東に輸出すれば深刻な問題になる。現在進んでいる米朝枠組み合意の履行プロセスが中断されることになり、北朝鮮の安全保障が深刻に脅かされるかもしれない」

「米朝枠組み合意はアメリカの要求に沿ったものだ。実際、われわれは米朝枠組み合意のために核開発を中断した。失ったもののほうが大きい。アメリカが先に合意を破るのであれば、われわれとしてもただ黙っているわけにはいかない」

　イスラエル大使は、接触の内容を本国に報告して追加の指示があればまた会おうと言った。平壌からは「今後も現金にこだわり、現金でなければ興味がないという点を明白にしろ」という指針が下された。

　また一〇日後、イスラエル大使が連絡を取ってきた。イスラエルの立場に変化はなく、むしろ強硬になった。

「北朝鮮が物資提供の提案を拒否したことを残念に思う。今回の交渉がうまくいけば、イスラエルが米朝関係の早期正常化の仲介役をすることもできる。中国を見てほしい。米中関係正常化の裏でイスラエルが相当の役割を果たしたではないか。その結果、中国のアラブ一辺倒の支持政策にも変化が生まれた。北朝鮮の親アラブ一辺倒政策が変われば、北朝鮮も多くを得ることができる。だが北朝鮮がイスラエルと仲たがいする方向に行けば、北朝鮮とアメリカの関係は気まずくなるだろう」

ソン大使も強気の姿勢を見せた。

「北朝鮮の提案をイスラエルが拒否したことに遺憾の意を表する。今回、相互合意が得られれば、イスラエルの安全保障はもっと平和的な方向に向かっただろう。北朝鮮の提案が実現に至らず残念だ」

その後、ストックホルムでの北朝鮮とイスラエルの追加の接触はなかった。イスラエルから一〇億ドルの支援を引き出そうとした北朝鮮の目論み（もくろみ）は失敗に終わった。イランやエジプトなどにミサイル技術を売り、一〇億ドルを引き出せたかどうかもわからない。

遅まきながら気づいたことがある。金正日ははたしてイスラエルから一〇億ドルの支援を引き出せると信じて、あのような交渉を指示したのだろうか。今から思うとそうではないような気がする。金正日は、北朝鮮がイスラエルと交渉すれば、必ずイスラエルはアメリカと情報交換するだろうと確信していたのではないか。

そのころすでに北朝鮮は韓国と首脳会談の準備をしていた。金正日は、北朝鮮のミサイル技術売り渡しの可能性を漏らせば、アメリカは南北首脳会談に同意するしかないと踏んだのではないか。アメリカとしては韓国を利用して北朝鮮を南北関係に縛り付けておき、北朝鮮のミサイル技術移転を遮断する必要があったはずだ。

北朝鮮の経済難克服のために金正日にとって切実だったのは「ミサイル売買」より南北首脳会談だった。アメリカが「南北首脳会談」に同意せざるを得ない状況が必要だったわけで、そういった状況に持ち込むためにイスラエルとのミサイル交渉を行わせた可能性がある。実際に金正日がそういう計算をしていたとすれば、緻密な戦略であると言うほかかない。

延坪島砲撃事件後、韓国の外交官とサウナで遭遇

スウェーデンの北朝鮮大使館の職員は大使を含め五人しかいなかった。ところが担当する国はスウェーデン、ノルウェー、デンマーク、アイスランド、フィンランド、ラトビア、リトアニア、エストニア、アイルランドと九カ国あった。私がスウェーデンにいた当時は、そのうちアイルランドとエストニアは北朝鮮と国交がなかった。

私にはデンマーク、アイルランド、フィンランド、リトアニア、ラトビア、エストニアの六カ国が任された。駐スウェーデン北朝鮮大使館でこの九カ国に関連した業務をするなかで、ソン・ムシン大使と私は、年一回ほど、スウェーデン以外の残りの八カ国を訪問し、北朝鮮の立場を伝えて両国関係を発展させる対策も講じた。

北朝鮮大使館の主な業務は当該国家についての情勢分析だった。大使館にはインターネットが設置されておらず、毎日、近くの図書館に行き、インターネットで情勢を研究し、戻って本国に報告した。新聞でも購読できればいいのだが、予算上、スウェーデンの新聞一紙しか取ることができなかった。

財政状況がさらに悪化すると、五世帯が寄り集まって暮らしていた大使館の宿舎ではお湯も出ないようになった。大使がやむを得ずひねり出したアイデアは、近所のスポーツジムで風呂を済ませるというものだった。福祉大国らしく、スウェーデンでは五〇〇ドル出せば半年間、五家族がジム、プール、サウナを好きなだけ利用できた。冬場はほぼ一日おきに車でスポーツジムまで行った。

そこで生まれて初めて韓国の外交官を見た。初めて会った韓国人でもあった。こちらは三、四人で通っていたが、その外交官は独身なのか毎回一人だった。第一次延坪（ヨンピョン）海戦（一九九九年六月）

で南北関係がさらに冷え込んでいた時期で、互いに警戒し合っていた。

偶然サウナで会ったこともある。南北の外交官が海パン姿でぽかんとサウナに座っている姿が想像できるだろうか。そのとき韓国に対して聞きたいことがたくさんあったが、ついに声をかけることができなかった。

スウェーデン主催の行事で南北の大使が遭遇することもあった。ソン・ムシン大使がフランス語しかできなかったので私が通訳で同行したりした。当時の駐スウェーデン韓国大使はソン・ミョンヒョンだった。各国の大使が、ソン・ミョンヒョン大使はCNNソウル支局長の孫智愛（ソン・ジェ）の父親だとソン・ムシン大使に紹介し、連絡を取り合うようにと勧めたが、挨拶を交わしただけで、それ以上の進展はなかった。

北朝鮮大使館にかかってくる間違い電話

ソン・ミョンヒョン大使は娘のおかげでスウェーデンの外交筋で人気があった。訪ねてくる人が多かったという意味だ。駐スウェーデンの南北大使はどちらも苗字がソンだったので、北朝鮮大使館にはときどき笑えない電話がかかってきた。各国大使の秘書は「ソン大使とゴルフの約束を入れてくれ」と指示されると北朝鮮大使館にまず電話してきた。外交官手帳に南朝鮮（south）より北朝鮮（north）が先に出てくるからだ。

そのときまでゴルフがどんなスポーツなのか知らなかった北朝鮮大使館は「アンバサダー・ソン（ソン大使）とゴルフの日程を入れたい」という電話がくると、ここは北朝鮮大使館だとぶっきらぼうに答えたりした。そんな電話がかかってくるたび、われわれは「南の外交官たちはやることがないみたいだな。週末のたびにゴルフばかりして」と悪口を言った。外交の基本がそうした付き合いであると知りながらも、どうしてもこぼれてしまう愚痴だった。

二〇〇〇年三月、金大中大統領はドイツのベルリンで太陽政策の輪郭を発表した。北朝鮮の非難は激しさを増した。だが一方で悩みも深まった。一九九九年五月、アメリカ主導のＮＡＴＯ軍が旧ユーゴスラビアの首都ベオグラードを爆撃したとき、中国大使館が破壊された。それなのに中国はアメリカに対して取り立てて抗議しなかった。セルビアの同盟国であるロシアもアメリカの空爆を見ているだけだった。中国とロシアがアメリカの前で文句も言えない状況にあった。

米大統領選の雰囲気も北朝鮮には不利だった。共和党候補が勝利する可能性がかなり高かったからだ。共和党はすでに「米朝枠組み合意を認めない」とする立場を表明していた。共和党候補が当選すれば米朝関係のさらなる悪化は明らかだった。

核実験までまだ相当の時間が必要だった北朝鮮としては、一度事態を落ち着かせる必要があった。金正日は、金大中大統領の太陽政策と対話の提案をうまく利用すれば、数年は窮状を切り抜けられると判断した。

朝鮮半島縦断鉄道が実現しなかった理由

二〇〇〇年六月一三日、平壌の順安(スナン)空港に金大中大統領一行が到着した。この日、私はソン・ムシン大使とともに信任状を捧呈するためリトアニアに行っていた。金大中大統領が飛行機から降り立って、金正日委員長と抱き合い、数十万人の群衆が花を振りながら歓迎する場面をホテルのＣＮＮテレビの中継で見ていた。少なからぬ衝撃だった。

（南北関係が変わるにしても、ここまで急激にひっくり返るとは）

それまでわれわれの「敵(かたき)」だった「南朝鮮軍最高司令官」の金大中大統領が北朝鮮軍の儀仗隊を

査閲するのを見て「よくもあそこまで歓迎できるものだ」と思った。ソン・ムシン大使も「韓国大統領の太陽政策を吸収統一政策だと非難してきたが、今後は金正日委員長の大勇断により今回の南北首脳会談が実現したと言わなければ」と言った。ソン大使はこの日リトアニア大統領に同じ内容で南北首脳会談の意味を説明した。

二日後の六月一五日、金大中大統領と金正日は共同宣言を発表した。統一の自主的解決を宣言し、南と北の統一方案に共通性があることを認めたのだ。当時の六・一五共同宣言の影響は相当のものだった。会う人ごとにすぐに統一するのではないかと尋ねてきた。だが北朝鮮の外交官なら「南北首脳会談」で危機を突破しようという金正日の腹づもりを知らない人はいなかった。

金正日は六・一五共同宣言直後、ロシアとも協力するジェスチャーを見せた。二〇〇〇年七月一九日、ロシアのプーチン大統領が一泊二日の日程で平壌を訪問した。旧ソ連を含めロシアの指導者としては史上初の訪朝だった。金正日は翌年七月二六日から八月一八日にかけて、答礼としてロシアを公式訪問した。

金正日とプーチン大統領は平壌とモスクワでそれぞれ共同宣言を発表したが、どうしてもモスクワ宣言のほうに重きが置かれた。「露朝モスクワ宣言」の中で最も重要だったのは朝鮮半島、ロシア、ヨーロッパを結ぶ鉄道の建設という部分だ。南北経済協力に続いて、朝鮮半島縦断鉄道がつながれば相当の経済的恩恵がもたらされるのは確実だった。金正日もこの計画にかなり期待していたようだ。ロシア訪問から一年後の二〇〇二年八月、ロシア極東地域を再び訪れ、露朝モスクワ宣言の履行について協議している。

ところが「何もかもやってあげてもできない」北朝鮮体制の限界のせいで、朝鮮半島縦断鉄道建設は不可能だということがあらわになる。ロシア側の建設の意思は確実で、韓国はいつでも支援する意思があった。ロシアはシベリア横断鉄道と韓国鉄道をつなぐ輸送路を開き、石炭のコンテナといった重量貨物を輸送するという構想をもっていた。日本統治時代に建設された鉄道をある程度直線化し、トンネルと橋梁もいくつか建設する計画だった。

問題は北朝鮮の東海岸防御部隊の大部分が鉄道に沿って配置されていることだった。朝鮮半島縦断鉄道が建設され鉄道の現代化が進めば、大々的な部隊の移転は避けられなかった。北朝鮮軍部は朝鮮戦争で戦勢が逆転した原因が仁川（インチョン）上陸作戦にあったとして、数十年間にわたり、東海岸鉄道に沿った膨大な海岸防御線を構築した。鉄道の現代化事業が行われれば、海岸防御線を設置し直さなくてはならなかった。

北朝鮮軍部はすでにずいぶん前から自力で生き残らなければならないのが実情だったが、部隊移転を自力で行うのは不可能に近いことだった。開城（ケソン）工業団地建設のときも軍部は新たな駐屯地を用意するのにひどく苦労した。軍部は当然、朝鮮半島縦断鉄道建設と部隊移転に反対した。

部隊移転さえ解決できれば済む問題だったが、北朝鮮にはそうするだけの経済力がなかった。金正日が軍部の反対を押し切れなかった理由がそこにある。東海岸鉄道の現代化計画は自然と力を失っていった。以後、北朝鮮はロシアのハサンから咸鏡北道（ハムギョンブクド）の羅津（ラジン）港までの鉄道のみ現代化することにした。北朝鮮の事情を知らない韓国とロシアは、今でも朝鮮半島縦断鉄道輸送路開通に対する期待が大きい。

グーグル・アースで確認すればすぐにわかる。北朝鮮の東海岸鉄道周辺には大小の飛行場が数えきれないほどある。今も北朝鮮は朝鮮半島縦断鉄道建設が可能であるかのような姿勢を韓国とロシアに見せている。もちろん不可能ではない。韓国やロシアが、北朝鮮の東海岸に無数に散在する部隊の移転費用まで負担すればいいのだ。

コンテナに大量の土産品を詰め込み、帰国する外交官たち

デンマークと違ってスウェーデンではこれといった「食糧工作」の成果を収められなかった。二〇〇〇年六月、私は帰国の召還状を受け取った。金大中大統領と金正日委員長の南北首脳会談が開かれたその月だ。

一般的に大使の海外勤務年限は四〜五年で、大使以下、外交官は三〜四年程度だ。こうした慣例とは別に、長く勤務できる外交官は偵察総局のような特殊機関の人間か、朝鮮労働党「三階書記室」からの特殊な任務を遂行する者たちだ。三階書記室とは、青瓦台(チョンワデ)［韓国大統領府］秘書室のような実際の権力機関だ。

北朝鮮の外交官が帰国準備を始めるのは、だいたい海外勤務期間が満三年を過ぎるころだ。一部の外交官は数カ月でも平壌への復帰を遅らせようと、外務省幹部処と裏で取引する。ときには有力幹部たちと「裏取引」を繰り広げることもある。幹部処や有力幹部が一肌脱いでくれれば、数カ月程度は召還を遅らせることもできる。

一般的なケースであれば、私は一九九九年末に召還されなければならなかった。一九九六年六月、デンマークに派遣され、海外勤務期間はすでに満三年を越えていたからだ。ところが一九九七年末にデンマークの北朝鮮大使館が撤退し、スウェーデンの北朝鮮大使館に異動した点と、デンマークからチーズの無償寄付を引き出して、金正日特別表彰を受けた点が斟酌(しんしゃく)された。そのおかげで半年ほど「恩恵」が受けられたのだ。

北朝鮮はあらゆる物資が不足している。召還時にできるだけ多くの物を購入し帰国しようとするのが人情の常だ。どの大陸、どの国に勤務するかによって少しずつ違いはあれど、おおむね品目は

お土産、食料品、電気製品などだ。

夫婦であれば、両家の親、兄弟姉妹、親戚、友人にお土産をそれぞれ準備する。あげないとてもがっかりされる。平壌の外貨商店では手に入りにくいものや、国内価格が高価な品も喜ばれる。たとえば食用油、砂糖、調味料、テレビ、録音機、カメラなどだ。

運送費はかなりの負担になる。当局からは、赴任地から平壌までの航空貨物一五〇キロ分の運送費が補助される。だがこの程度ではとても足りず、衣類や家財道具を持ち込むこともままならない。そこで貯めておいた私費でコンテナやパレット（貨物運搬台）で荷物を送ることも多い。私の場合はそれほど荷物が多くなく、パレット三、四個を南浦（ナンポ）港まで送ったが、コンテナ一個分の荷物を送る外交官も少なくない。

帰国準備をしながらろうそく十数箱を買ったことが、とくに記憶に残っている。平壌では停電がしょっちゅうあるからだ。今は平壌に太陽光パネルもあり、中国製の一二ボルトの充電灯もあって、ろうそくを灯（とも）す家はほとんどない。だが二〇〇〇年代初めは、まだろうそくが豊かな家の象徴だった。また一般の家庭では食用油に綿の灯芯を入れた油皿の灯火をよく使用した。大きく変化したようにも見えるが、この一七年間で北朝鮮の電力事情はさほど改善されていない。ろうそくと灯火が太陽光と充電灯に変わっただけだ。これは北朝鮮の国民が不十分な電気事情を乗り切るためにそれだけ努力したという意味でもある。

私の後任は駐リビア北朝鮮大使館書記官を務め、外務省情勢局に勤務していたチェ・グァンイルだった。平壌外国語学院と国際関係大学の二年先輩だが、大学時代「金聖愛（キム・ソンエ）時計事件」で大きな波紋を呼んだ人物だ。この事件については後述することにする。

一カ月間、チェ・グァンイルに引き継ぎをした。そのとき担当していたデンマークとノルウェーの事業は現地で引き継ぎ、アイルランド、リトアニア、ラトビア、エストニアの事業については文書で引き継いだ。チェ・グァンイルはその後、赴任先で肝臓がんで死亡し、亡骸になって平壌に戻ってきた。

第3章　金正日と小泉純一郎

徹底した帰国審査／イギリスと国交樹立／ブッシュ政権への警戒／人権問題を隠れ蓑に／金正日の二枚舌外交／九・一一で状況一変／アメリカの意図を探れ／イギリス大使館開設／APTN平壌支局／日朝平壌宣言の衝撃／偽遺骨問題／貨幣改革で大混乱

張成沢の力添えで義父が復帰

スウェーデンから荷物を送ったあと、私たち一家は北京までは飛行機、北京から平壌（ピョンヤン）までは汽車で移動した。平壌駅に到着したのは二〇〇〇年七月だった。海外勤務期間中、私は二度平壌に戻っていたが、妻と長男は四年ぶりの帰国だった。デンマークで生まれた下の子は、生まれて初めて祖国で暮らすことになった。

平壌駅前には、母、姉、弟、甥っ子たちと義父母、妻の兄弟、妻の姉などが一家総出で出迎えにきていた。一九九五年、咸鏡南道（ハムギョンナムド）の徳城（トクソン）郡に左遷された義父とは五年ぶりの再会だった。義父は一九九九年末、金正日（キム・ジョンイル）の指示で平壌に戻り、息子の家で暮らしていた。義父の復権を金正日に申し入れたのは張成沢（チャン・ソンテク）だったという。義父は、金日成（キム・イルソン）政治軍事大学の総長をしていたときから張成沢とは親しい仲だった。

そのときは、韓国の聯合ニュースで義父が保衛司令部の盗聴にひっかかり左遷されたと報じられてから三カ月ほど経っていた。張成沢が、聯合ニュースの報道内容の報告を受けて金正日に義父の復権を申し入れたのかはわからないが、私が伝え聞いた経緯はこうだった。

ある日、張成沢は機嫌がよさそうな金正日を見て、丁重に切り出した。

「金日成政治軍事大学の総長だったオ・ギス（私の義父）が、人民武力省総政治局組織副局長のリ・ボンウォンの策略で咸鏡南道の徳城郡に左遷され、革命化を行っています。人民軍保衛司令部がリ・ボンウォンを通して報告した資料の根拠は、オ・ギスがロシア留学生だったという点だけです。偏った判断の可能性があります。オ・ギスは過誤もはっきりせず年齢もすでに六七歳です。ずいぶん反省しているでしょうから、そろそろ平壌に戻してやってはどうでしょうか」

その場に一緒にいた国防委員会常務局長の玄哲海（ヒョン・チョルヘ）大将も張成沢の言葉に口添えした。玄哲海と義父は、互いの父親が金日成の組織した抗日パルチザンでともに戦った戦友だった。そんなよしみで玄哲海と義父は解放後、万景台（マンギョンデ）革命学院に一緒に通い、朝鮮戦争では金日成の「親衛中隊」に揃って服務した。

金正日は意外にも「オ・ギスはそんなところにいるのか。星を一つつけてやって、もう一度軍服を着せるか、あるいは本人の望むように計らってやれ」と気前よく言った。すぐに人民武力省が動いた。義父を平壌に迎え入れられるようにし、次のように提案した。

「除隊するときは中将（韓国の少将に相当）だったので、将軍様の命令通り軍服をもう一度着るには星をもう一つつけて上将（星三つ）にしなくてはなりません。今、上将の職級にふさわしい補職は慈江道（チャガンド）にある国家文献庫の責任者のポストしかありません。最後まで軍服を着て国のために服務し、上将の称号を受け慈江道に行くか、それとも息子と一緒に気楽な余生を送るか、本人の希望通りにしてやろうと思います」

それまでずっと軍人として生きてきた義父は、もう一度軍服を着たがった。だが子どもたちは強くお願いした。ようやく平壌に戻ってきたのに、また軍服を着て働き、間違いを犯せばそのときは回復のチャンスがないと話した。義父は子どもたちの懇請に勝てずに、上将の職位を諦めた。私も賢明な決断だったと思う。北朝鮮ではどんなに順調に出世している人でも、一瞬にして切り捨てられる。義父の復権に力を添えてくれた張成沢がそれを証明している。永く富貴栄華に浴するかのようだった彼が、金正恩（キム・ジョンウン）の一言で処刑されるなど誰が思っていただろう。

初めて次男に会った両家の実家では、デンマークで子どもを一人「稼いできた」とみんな大騒ぎだった。父はこの間、脳出血で半身不随になり、かろうじて外出できる状態だった。誰もが苦労していたので、私たち一家の帰国をとても喜んでくれた。

明るさを取り戻した平壌市民

私が帰国するまで厳しい生活を送っていた家族に活気が戻った。海外で貯めたお金がこれほど大きな威力を発揮するということを改めて感じた。何の不自由もなかった。ビールが好きな父には毎日ビールを飲ませてあげた。まだそのころは外貨がないとビールは買えなかったので、晩酌にビール一本飲めるというのは大変な贅沢だった。妻は果物や甘いお菓子などをチャンマダンで買ってきて、父と母に食べさせた。毎日、間食が途切れなかった。妻は何年も嫁らしいことをしてあげられなかったので、そうしたいのだと言った。

ところがあるとき、母が妻に静かにお願いした。

「今、国の状況はとても厳しい。まともに食事ができない人たちも大勢いる。こんなふうに毎日チャンマダンで食べ物を買ってきたら、近所の人たちに憎まれるかもしれない。だからこれからは何か買ってくるときは黒いビニール袋に何重にも包んできておくれ。そうすればわからないから」
言われてみれば、マンションに入ろうとするとき、また何を買ってきたのかと、じろじろ見られるという。北朝鮮の社会で初めて貧富の格差が広がっていた時期だった。裕福な人に対する視線はかなり冷たかった。

私は母に、同じマンションの三六世帯に中国産のうどんを一束ずつ配ろうと話した。母は喜び、そうしようと答えた。妻も近所のおばあさんたちにチマ〔朝鮮の民族衣装のスカート〕用の中国製の布を一組ずつ買ってあげようと提案した。そうしてうどんとチマの布を配ったところ、みんなが喜んでくれた。われわれ家族に対する表情からして変わった。妻が重いものを持ってマンションに戻ると、誰もが手伝おうとしてくれた。

私は、外交官として勤務していた一九九七年と九八年の二度、平壌に戻ってきたことがあったが、そのときと比べて雰囲気が違っていた。北朝鮮の状況はずいぶんよくなっていた。電気と食糧事情は相変わらずだったが、暗かった人々の表情が少しずつ明るくなっていた。新たな希望を抱いているかのようだった。

ちょうど南北共同宣言発表の直後だった。毎日、南北間で何らかの会談が行われるという知らせで沸き立っていた。深化組事件で収容所に連行された多くの人が、また平壌に戻って復職した。一九九〇年代初めから危機に追い込まれていた北朝鮮は、六・一五南北共同宣言の採択によって、一〇年と経たずに活力を取り戻したのだ。二〇一八年一月の南北閣僚級会談で、北朝鮮の李善権（リ・ソングォン）代表は「六・一五時代のすべてが貴重で懐かしい」と語った。この一言だけでも、北朝鮮社会での南北共同宣言時代の意味が十分想像がつくだろう。

海外での生活を三カ月間徹底的に調査され、職務に復帰

北朝鮮の外交官は二段階の帰国審査を受ける。まず現地大使館の大使と党書記が、当該の外交官についての評定書と党生活資料を作成し、機要文書（秘密文書）として中央党組織指導部に発送する。文書に不正行為など否定的な内容がある場合、当該外交官は帰国後、総括（自己批判）の時間に辛酸をなめることになる。それで海外勤務期間中、外交官は大使や党書記と良好な関係を保とうとする。「総括」は北朝鮮社会を理解するための核心的な用語の一つで「進行中の事業や生活について、その結果を分析してまとめ、今後の事業と生活に役立つ経験と教訓を見出すこと」という意味だ。

以前は大使や党書記が文書の内容を当事者に見せることはなかったが、最近では本人に見せて、異議がないか訊いてくれる。何年か一緒に働いた仲間を悪く書くわけにもいかないので、首領や党に忠実な人物だと書いてくれることがほとんどだ。もちろん指針には背く行為だ。

次は平壌での総括になる。外交官が平壌に到着すると、まず党中央委員会の幹部部に入り、到着状況（現況）を報告する。すると党中央委員会幹部部が、当該外交官を何月何日付で解任するという辞令を発表する。解任の日から新たな職務が与えられるまでの過程を未配置期間というのだが、その間、手続きに定められた生活総括を行うことになる。党中央委員会組織指導部在外党生活指導課で在外党生活総括を行ってから、保衛部海外局に行き、海外期間の生活総括をするのが常例だ。この過程で何も問題が見つからなければ職務に復帰することになり、そうでない場合は革命化の対象になるか、保衛部の監房行きになる。

生活総括に関しては、私は大きな問題はなかった。金正日から「金日成時計」までもらっているので、政治思想生活や革命任務遂行の面では高く評価されたはずだ。ただ保衛部総括担当者に、韓

国の外交官や民間人と接触したことはないかとしつこく質問されたのが多少気に障った。そういうことはなかったので、ないと答え、私に対する党と保衛部の総括は終了した。帰国から三カ月後の二〇〇〇年一〇月、私は以前いた外務省ヨーロッパ局にイギリス及び北欧課長として配属された。

韓国から送還されてきた長期囚たちの明暗

外務省ヨーロッパ局に復帰直前の二〇〇〇年九月、キム・ソンミョン氏など、韓国の非転向長期囚「朝鮮戦争以来、ゲリラ戦・対南工作等で韓国政府に逮捕されても転向せずに、長期間獄中にいた人々」六三名が休戦ラインを越えて平壌に到着した。北朝鮮全体が歓迎ムードで、かなりの数の平壌市民が街頭に出て彼らを迎えた。北朝鮮のメディアは、彼らの北朝鮮への送還を六・一五南北共同宣言後に収めた「初勝利」だとしながら、非転向長期囚らの「屈しない信念」を見習うようにと訴えた。北朝鮮は彼ら全員に「祖国統一賞」と労働党の党員証を授与した。

ところが北朝鮮は、韓国のこうした迅速な北送を予見できず、彼らの住まいを準備していなかった。そこで、金正日の指示に従って、労働党副部長たちのマンションを明け渡すことになり、大々的な補修工事が始まった。党幹部の家まで明け渡してくれるのを見て、彼らはひどく感動したが、当分は高麗(コリョ)ホテルで、集団で寝泊まりしなくてはならなかった。

北朝鮮に家族が残っているケースもあった。外出はできず、面会という形で家族と再会したが、そのうちいろいろと話が漏れてきた。統一戦線部で働く同僚はこんなことを言った。

「非転向長期囚の経済状況は人それぞれだ。一部は韓国で少し稼いできている。早くに出所していろいろ仕事をしていたようだ。一部は非常に貧しく暮らしてきたらしい」

北朝鮮当局の歓待に感動した一部の非転向長期囚は、北に来るときに持参した全財産を党に納めた。彼らの幻想の中の北朝鮮は、衣食住の問題が解決された場所だった。「着る心配、食べる心配、家の心配」がない北朝鮮では、お金など必要ないという考えだった。

彼らの子どもや家族は、次第に深い内情までさらけ出すようになった。韓国から持ってきたものはないのかと、それとなく尋ねてきた。すべて党に納めたと言うと大騒ぎになった。北朝鮮でもお金が重要だということが、彼らには理解できなかったのだ。党が非転向長期囚の衣食住を解決してはくれても、お金がなくては週末に家族で外食もできず、外貨商店やチャンマダンで必要な品を買うこともできなかった。そういうお金は党からもらえないとは知らなかったのだ。かといって一旦党に納めたお金を返してくれとも言いにくかった。

事情を知った非転向長期囚たちは顔を曇らせた。だが明るい表情になる者もいた。党にお金を納めずに隠しておいた人たちだ。非転向長期囚も次第に北朝鮮の本当の姿に気づくことになった。それは北朝鮮のテレビや新聞の宣伝とは明らかに違うものだった。北朝鮮でも「信念」ではなく、お金があって初めて、人として扱ってもらえることに気づいたが、時すでに遅く、ため息をつくしかなかった。

私がイギリスの外交官とともに、世界最長期囚だったキム・ソンミョン氏を訪ねていったのは二〇〇二年ごろだった。平壌駐在イギリス臨時代理大使ジム・ホーアが彼に会いたがっていたのだ。イギリスの意図は明らかだった。キム・ソンミョンが北朝鮮に来てから一年以上経ったので、彼の考えを直接訊こうとしたのだ。非転向長期囚は党の統一戦線部が管理しているため、統一戦線部にイギリス大使館の要望を伝えると、問題ないとのことだった。立派な家で裕福に暮らし、対外活動もうまくやり、心配する必要がないという話だった。

統一戦線部と申し合わせ、ジム・ホーアと三等書記官のケネディ（女性）、そして私とで、平壌市平川（ピョンチョン）区域鞍山洞（アンサンドン）にあったキム・ソンミョンの家を訪問した。聞いたとおり、家の中は立派な家具でしつらえられていた。韓国で「チョンガー（独身）おじいさん」と呼ばれていた彼は、北朝鮮で結婚した。夫人も美しい人だった。ジム・ホーアは具体的に遠慮なく尋ねた。

「あなたのことはいろいろ話に聞いている。韓国と北朝鮮の両方で暮らしてみて、どちらのほうがいいか。北朝鮮ではすべての人が統制を受けているが、あなたも当局の統制を受けているのか。生活に大変な点はないか。北朝鮮にも人権があると思うか」

キム・ソンミョンは「共和国に来て結婚もし、幸せに暮らしている」と興味深い話を聞かせてくれた。もともと南の出身だった彼は、韓国で過ごした少年時代、四四年間、信念を守った収監生活、出所後、母に会った感慨などを率直に話してくれた。イギリスの外交官二人も、とても感銘深く話を聞いているようだった。

「ひょっとして私にお金が送られてきていませんか」

数時間に及ぶ対談が終わり、ジム・ホーアが立ち上がろうとすると、キム・ソンミョンが尋ねた。

「ひょっとしてロンドンのアムネスティ・インターナショナルから私にお金が送られてきていませんか」

突然、お金の話になり、私も慌てた。ジム・ホーアはもっと慌てて、また座り直した。キム・ソンミョンは机から大きなアルバムを二冊取り出した。一つは韓国にいたときに撮った写真集で、もう一つは彼についての韓国メディアの記事のスクラップだった。写真と記事を見せながら、彼はこんな事情を説明した。

キム・ソンミョンは朝鮮戦争のとき義勇軍に入り、一九五一年一〇月、捕虜になった。ソウル高等軍法会議の裁判で懲役一五年の確定判決を受けたが、一九五三年、スパイ罪が追加され、死刑を宣告された。以後、無期懲役に減刑されたが、一九九五年まで四四年間、刑務所にいた。出所後、「人権弁護士」たちが彼を訪ねてきた。スパイ罪を適用した法律は宣告当時に存在しなかったと言い、国に損害賠償を請求するよう勧められた。ここにアムネスティも介入した。該当する法律が存在するかどうかを確認するため、韓国とアメリカの図書館などを探したが、何の法的根拠も見つからなかったという。

キム・ソンミョンは北朝鮮への送還を前に、少々悩んだ。国家賠償訴訟が進行中だったのだ。訴訟が終わるまで待って、賠償金を受け取ってから北朝鮮に行くか、北朝鮮に行って判決を待つか、判断が難しかった。彼の弁護士たちは裁判に勝訴したら必ず賠償金を送金すると約束してくれた。彼はその約束を信じて北朝鮮にやってきたのだ。

平壌駐在のイギリス大使館の職員が訪ねてくると聞いたとき、キム・ソンミョンはロンドンのアムネスティが韓国政府から受け取った賠償金を渡しにくるものと思った。だがそれとは何の関係もないと知ると、ひどく失望したようだった。ジム・ホーアも大変申し訳ないと謝り、一度調べてみると回答した。

韓国と北朝鮮にはキム・ソンミョンの人生を描いたドキュメンタリーや映画がある。北朝鮮の小説『祖国の息子』も彼の生涯を扱った作品だ。私は今でも気になる。彼が生涯を捧げて信じていた北朝鮮と、実際生活してみた北朝鮮は、どう違っていたのだろう。なぜ彼は人生の晩年に、韓国政府の賠償金をあれほど待ち焦がれたのだろう。単純に韓国政府からの謝罪を受けたかったのか、北朝鮮で改めてお金の大切さを感じたからなのか、彼は何の言葉も残さないまま、二〇一一年、この世を去った。

韓国の要請でヨーロッパ各国と国交樹立の協議が始まる

二〇〇〇年一〇月、ソウルでアジア欧州会合（ＡＳＥＭ）第三回首脳会合が開かれた。六・一五南北共同宣言以後、南北関係は日増しに進展を見せていたが、北朝鮮の外務省や在外公館にはこのときまで大きな事案はなかった。ところがＡＳＥＭ首脳会合の参加国であるイギリス、ドイツ、スペインの首相などがソウル到着と前後して、北朝鮮との国交樹立の方針を明らかにした。北朝鮮外交が俄然、慌ただしくなりはじめた。

金正日にとっても思いがけない展開だった。姜錫柱（カン・ソクチュ）に直接、事態の背景と本質を把握して報告するよう催促した。関連指示は即座にヨーロッパ駐在の各代表部に伝えられ、あちこちから情報が報告されてきた。その要旨はこうだ。

「韓国政府はＡＳＥＭ首脳会合を前に、ＥＵ加盟国のうち北朝鮮と国交がない国を対象に、北朝鮮との修交を求めた。目的は北朝鮮を改革開放に導くためであり、可能なら一〇月のＡＳＥＭ首脳会合のころに修交方針を確定してほしいというのが韓国政府の要求だった」

こうした報告をもとに、外務省が金正日に上げた文書の内容はこうだった。

「将軍様の決断と不眠不休の努力で南北共同宣言が採択されてから、共和国の地位は非常に高まり、この数十年間アメリカの対北孤立政策に盲従してきたヨーロッパの国々も、今では独自に対北朝鮮政策を立てはじめ、われわれとの外交関係樹立を決心したのは明らかである」

一一月中に、イギリス、ドイツ、スペイン、ベルギーなどが外交関係樹立の協議を始めようという書簡を送ってきた。金正日は、好機を逃さず、関係樹立の協議を速戦即決で終えろと指示した。北朝鮮は協議の提案に応じるという書簡を送り、早いうちに行うことを提案した。ヨーロッパ各国から一二月中に始めようという返事がきた。

外務省は、ヨーロッパ局長キム・チュングクとイギリス及び北欧担当課長の私、そしてイギリス担当のパク・カンソンを代表団として構成し、イギリス、フランス、スペイン、ドイツ、ベルギー、オランダに派遣すると金正日に報告した。すぐに承認が下りた。パク・カンソンはのちにオーストリアで三階書記室の仕事を専任し、二〇一四年に召還され処刑された。

「修好協議を決定する全権を委任されてきたのか」

北朝鮮代表団が真っ先に訪問した国はイギリスだった。それには理由がある。当時、北朝鮮と年二回の定期会談を行っていたイギリスから、早く協議をしようと催促されたからだ。

代表団は二〇〇〇年一二月六日夕方、ロンドンに到着した。当時ロンドンには国際海事機関（海運と船舶に関する国際的な問題を扱うために設立された国連の専門機構）駐在の北朝鮮代表部があり、そこに北朝鮮の海事監督局代表と副代表が一人ずつ派遣されていた。副代表のチョン・スンウォンは外務省国際機構局で働く同僚だった。

私は一九九五年三月、北朝鮮代表団の一員として、ジュネーブ駐在のイギリス大使館で開かれたイギリス側との初の秘密会談に出席したことがある。このとき年二回以上、公式対話をもとうという両国の合意がなされ、私はその年の秋、北京で開かれた二回目の会談にも出席した。その後、イギリスとの公式対話は代表団がロンドンに行く前まで、さらに六回開かれた。三回目は平壌、四回目はロンドン、五回目からは平壌とロンドンを行き来して開かれていた。

代表団はイギリスとの九回目の会談を控え、全員が疲れきっていた。前回の会談から推測すると、今度も退屈なマラソン会談になるだろうと予想されたからだ。ホテルで簡単な食事を済ませて休んでいたが、突然イギリス側のガイドが訪ねてきた。彼は、急いで渡してほしいと言われたと文書を一つ差し出した。明日、朝食を一緒にという提案で、アジア太平洋局長と北東アジア韓国担当研究グループ責任者のジム・ホーアなどが出席すると書いてあった。文書を見た瞬間、代表団全員が緊張した。もともとのスケジュールでは一二月七日の午前一〇時に公式対話をもつ予定だった。実務を兼ねた朝食というのは一般的な外交の慣例にないことだった。何かが緊迫して動いているという意味だった。

ベッドに横になって目をつぶろうとしたが、眠れなかった。全員が起きて、この朝食のオファーが何を意味するのか、話し合いを重ねた。最終的な結論は「うまくやれば今回の交渉で、少なくとも修交に対する原則的な合意を引き出せるかもしれない」というものだった。内心、私は最初の秘密会談の記憶を思い出し、なぜかいい感触がしていた。イギリスとの修交のプロセスで、最初のスタートと最後のゴールテープを私が切るのではないかという予感が頭をよぎった。早く夜が明けないかと待ったが、その日に限ってなぜあれほど夜が長かったのだろう。

翌朝八時、イギリス側とのブレックファーストミーティングが始まった。われわれはイギリス側の一語一句に注意を傾けながら、意味を把握しようと集中した。まずイギリスは「今日、北朝鮮代表団がイギリス外務省庁舎に入るときは『大使専用通路』を利用することになるだろう」と言った。外務省の「大使専用通路（Ambassador's corridor）」とは常駐の大使や外国の高官級代表団だけが利用できる出入口のことだ。北朝鮮代表団はそれまで外務省の一般出入口を利用していて、一度もそこを使ったことはなかった。

国交がない国の代表団を大使専用通路から入れるというのは、その国を独立国家として認めるという政治的な意思表示だった。北朝鮮代表団はその意味を理解したが、イギリス側は遠回しに外交辞令ばかりを繰り返した。つまり「北朝鮮を独立国家として認める」とは言い切らなかったという意味だ。

その次に修交協議に関連した実務的な問題が出された。イギリス側は「修交協議を早くまとめたいが北朝鮮の意思はどうか」「修交協議を決定する全権を委任されてきたのか」と質問した。キム・チュングク団長としても答えにくい部分だった。北朝鮮の規定上、外務省局長に国を代表して文書に署名する権限はなかった。外相が発給する委任状がなくてはならないが、イギリス側がこのように急いでくるとは思わず、委任状を準備してこなかったのだ。その場で内部の話し合いを行った。会談の状況は今後本国に報告することとし、とりあえずイギリス側には委任されてきたと答えた。会談がスピードアップした。

記者の平壌常駐をめぐって口論に

イギリス側は大喜びした。ブレックファーストミーティング直後の公式会談で修交問題を本格的に話し合おうと言ってきた。午前一〇時から公式会談が始まった。議題は核と大量破壊兵器全廃問題、人権問題、両国間の借款問題、北東アジア平和保障問題などだった。修交とはまったく関係ない議題となり、イギリス側は部署別に出席して自国の立場を伝えてきた。こちらも聞くだけというわけにはいかず、北朝鮮の公式な立場を明らかにすると、その部署の担当者は出ていって、次の部署の担当者が入ってくるという具合だった。

イギリス側は「われわれの憂慮を北朝鮮にすべて伝えた」という名分を積み重ねようとしていたようだ。そういう部分については、アジア太平洋局長など修交協議の実務陣もあまり興味を示さなかった。

二日目の一二月八日は本題に入った。イギリス側は大きく三つの問題を提起した。一つは平壌に大使館を開設したいが承認にどれくらいかかるか、二つめはイギリス外交官の自由な活動を保障してもらえるか、三つめはイギリスの記者が平壌に常駐できるか、というものだった。

イギリス側はずいぶん焦っている様子だった。最初の二つは平壌に報告して結論を聞けばいいのだが、記者常駐問題はおそらくは承認されないように思えた。北朝鮮の見地からすれば外国人記者の常駐を許可することは、スパイ活動を容認するのと変わらなかった。北朝鮮代表団は、修交を協議する場で記者常駐問題を持ち出すのは、外交慣例にそぐわないとやり返した。こちらの論理はこうだった。

「外交関係を樹立するというのは、互いに国家として認め合い、関係を発展させようという両国の確約を意味する。国家間の関係はマスコミの交流をはじめ政治、経済、文化など、あらゆる分野が含まれる。イギリス側が記者常駐問題のような非本質的な問題を関係樹立の前提条件とするのは理解できない」

するとイギリス側は次のように理解を求めてきた。

「そちらの主張には納得する。だが両国の国交樹立後にイギリスの記者が平壌に常駐できなければ、イギリスのメディアは政府を非難するだろう。この問題はとても重要な問題だ」

北朝鮮側の反論が続いた。

「北朝鮮の外務省は国家間の関係を扱う部署であり、記者の常駐問題を扱う部署ではない。北朝鮮では朝鮮中央通信社がマスコミ部門に対応する。今後、外交関係が成立すればイギリスと朝鮮中央通信社との間で記者交流についても自然と話し合われるだろう。記者常駐問題を外交関係樹立の前提条件とする国は、この世でイギリスだけだろう」

イギリス側はしばらく言葉を失っていた。そして記者常駐問題については、両国間の関係樹立後に継続して議論するという文句を合意文に含めようとこだわった。その程度であれば受け入れられるので同意した。これにより基本的な問題はすべて合意したわけだった。そこからはそれぞれ本国の政府から承認を得る手続きだけが残っていた。会談結果は国際海事機関駐在の北朝鮮代表部を通じて平壌に報告したが、時間が差し迫っていたため、ホテルのファクスも利用した。

イギリスとの国交樹立に成功

協議が詰めの段階に入ると、突然イギリス側が、今、外国の情報機関が北朝鮮代表団の投宿するホテルの様子を探っているので、ホテルのファクスは使わずに、イギリス外務省の特別国際電話線を使うようにと提案してきた。イギリス側も会談機密が流出しないよう相当神経を尖らせているようだった。その後はイギリスから提供された部屋で平壌と連絡を取った。現在、進行状況に注目しているので時間帯を気にせず報告しろというのが平壌の指示だった。金正日が毎日報告を待っているのだと感じた。

イギリス側と最終合意した文書を一二月一〇日の夕方、平壌に報告し、文書に署名するための委任状を送ってほしいと伝えた。一一日午後、平壌から合意文に署名するよう指示があった。イギリス側に伝えると、一二日午前に英外務省の常任代表（副相クラス）ジョン・カーが署名して、その後、共同記者会見を行うと言われた。

ついにその日がやってきた。一二日午前一一時、署名式会場の左側からキム・チュングク局長と私が入場し、右側からジョン・カーが入ってきた。署名する代表のみ入場するのが慣例だったが、キム・チュングク局長がイタリア語しかできないため、私も一緒に署名テーブルに着いた。双方が文書に署名し、これを交換すると、カメラのフラッシュが一斉にたかれた。北朝鮮とイギリスが国交を樹立した瞬間だった。

ジョン・カーは「今この瞬間、両国間の冷戦の遺物が崩れ去った」とし「両国の外交関係が樹立されたのは韓国の金大中（キム・デジュン）大統領の太陽政策のおかげ」だと韓国をもちあげた。キム・チュングクは「今日は両国間の冷戦の遺産を取り除いた非常に意義深い日」と評価し、「朝鮮民主主義人民共和国は今後も両国関係を発展させるために、あらゆる努力を惜しまない」と言及した。

北朝鮮の朝鮮中央テレビが北朝鮮とイギリスの国交樹立を報道した。アナウンサーの格調高い声が国中に響きわたった。東欧圏崩壊、ソ連解体、中韓国交正常化以降、外交的に孤立状態に陥っていた北朝鮮が、一〇年も経たずにそこから抜け出したと宣言した、象徴的なシーンだった。

ブッシュ政権を警戒し、焦る金正日

イギリスとの外交関係の樹立を果たし、二〇〇〇年一二月一三日の朝、スペインに出発しようとしたところだった。国際海事機関の北朝鮮代表から連絡があった。代表は「平壌から緊急無線が来たのだが、代表団の活動を上で高く評価しているので、他国との交渉もうまくまとめて戻れという内容」だと伝えた。ここで「上で」というのは金正日のことだ。

北朝鮮代表団は張り切ってスペイン、ベルギー、オランダを訪問した。ところが予想しなかった問題が起こった。これらの国は「北朝鮮と国交は結ぶが、韓国駐在の大使が北朝鮮の大使を兼任することに同意しろ」という条件をつけてきた。当時の北朝鮮の法規上、受け入れがたい要求だった。

金日成の存命中も似たようなことがあった。一部の国が駐韓大使を北朝鮮の大使と兼任させたいと申し入れてきた。金日成は「ソウルに常駐する大使を平壌に送るというのはソウルを中央だと認めよということであり、たとえ関係を断絶するようなはめになっても、けっして受け入れてはならない」と言った。よってソウルに常駐する大使というのは、けっして受け入れられないことだった。とくにベルギーはソウル駐在大使を認めるよう求めながら、外交関係を樹立しても互いに大使館は設置しないという条件をつけた。外交関係を結ぶための会談で、どこどこにいる大使を受け入れろ、大使館は設置しないという条件付きにしろ、などと言うのは相手国を見下した態度だった。あまりに屈辱的な要求だったので、会場を蹴って出た。平壌に会談の状況を報告したが、原則的にうまく対処したと褒められるものと思っていた。

ところが北朝鮮代表団の活動が金正日に報告されると、突然、雷が落ちた。金正日は姜錫柱(カン・ソクチュ)に電話をかけてきた。

「代表団は何をやっているのか。国際情勢がどう動いているのか知らないのか。米大統領選で共和党のブッシュが当選し、今後、強硬政策が予想されるのに、共和党が対外政策を成立させる前に、ヨーロッパと速やかに外交関係を結ばなくてどうする。共和党政府がヨーロッパに圧力をかけても、ヨーロッパがわれわれと外交関係を結ぶと思うのか。ヨーロッパ各国が、ソウルにいる大使を寄こして信任状を捧呈しようが、北京にいる大使を寄こそうが、それは大した問題ではない。今すぐ電報を送って外交関係を樹立しろ」

姜錫柱は金正日に「ソウル常駐の大使を迎えるなというのは首領様の遺訓教示」とはとても言えなかった。言ったところで叱られるか、ののしられるのがおちだった。北朝鮮代表団がベルリンを発とうとしたとき、平壌から電報で指示がきた。すぐにスペイン、ベルギー、オランダを訪問して、とにかく国交を樹立して戻れということだった。仕方なく再び接触を試みたが、すでにどこもクリスマス休暇で出払ったあとだった。翌年二〇〇一年初めにまた話し合おうとだけ言われ、ため息をつくしかなかった。

平壌に戻ると、代表団に対する態度が冷ややかだった。普段であればイギリスと国交樹立したことだけでも、尊名時計表彰とまではいかなくても、国旗勲章一級くらいはもらえるはずだった。それなのに金正日の叱責はそんな功労すらうやむやにしてしまった。総体的に代表団の活動はうまくいかなかったという評価だった。その後、姜錫柱は所属していた外務省一局の党細胞の生活総括で自己批判をした。

「私は将軍様の偉大な対外戦略を代表団にきちんと熟知させなかった。代表団がヨーロッパに出発する前に米大統領選の状況を説明すべきだったのに、それをしなかった。アメリカの強硬保守派が政権をとる前にヨーロッパとの外交関係を速やかに結ぶべき、という将軍様の戦略を代表団にしっかりと伝えなかった過ちは大きい」

代表団は「ソウル中央説」を認めないという金日成の遺訓教示に忠実に従っただけだった。そんな忠誠心のせいでヨーロッパ各国との国交は二〇〇〇年のうちに結ぶことができず、翌年の春になってようやく大部分が片づいた。

けっして北朝鮮を信用しなかったフランス

二〇〇一年に発足したブッシュ政権は、一九九四年に締結した「米朝枠組み合意」を無効化した。その年九月、アメリカ同時多発テロ事件が起こり、一〇月、アメリカはアフガニスタンに侵攻し、戦争を引き起こした。二〇〇二年一月、ブッシュは一般教書演説で北朝鮮、イラン、イラクを悪の枢軸とし、二〇〇三年三月にはイラクを攻撃した。金正日の言葉どおり、二〇〇一年初めまでに速戦即決でヨーロッパとの外交関係を樹立していなければ、北朝鮮はいまだにEUのほとんどの国と国交がない状態だったはずだ。

ＥＵ加盟国のうちフランス、アイルランド、エストニアは北朝鮮との修交を拒否した。国によってそれぞれ立場が異なった。

フランスは二〇〇〇年一〇月、イギリス、スペイン、ドイツなど西欧の国々が北朝鮮と外交関係を結ぶと発表すると、これを即座に非難した。ヨーロッパの国家はＥＵの規定上、北朝鮮と外交関係を結ぶとき、ＥＵ内の合意を得なければならない。フランスは当時のＥＵ議長国だった。フランスは「核開発を放棄したという明白な証拠がない状態で、北朝鮮を認めれば、核抑制がさらに難しくなる」と主張した。他のＥＵ諸国が北朝鮮の詐欺劇に乗せられているという理屈だった。

伝統的な中立政策を掲げてきたアイルランドは、北朝鮮との修交が自国の政策に合致するかを検討しなければならないとし、修交協議を持ち越そうとした。アイルランドはのちにＥＵ議長国となり、二〇〇三年、北朝鮮と国交を樹立した。

エストニアの場合はかなり特殊だ。北朝鮮とエストニアはすでに一九九二年モスクワで外交関係樹立に関する協定に署名している。協定に署名したエストニア側の人物はロシア駐在臨時代理大使だった。ところがその後、エストニアは国内法を持ち出して協定を無効化した。エストニアの法律上、臨時代理大使は国を代表して協定に署名することはできないというのだ。北朝鮮はその後、モスクワ駐在の両国の大使か、あるいは全権委任された者が再び署名すればいいのではと何度か提案した。エストニアは最後まで拒絶し、いまだに北朝鮮とは国交がない状態だ。

フランスとの国交樹立に関しては依然進行形だ。もう少し正確に言えば、協議自体が中断されてずいぶん経つ。二〇〇二年一〇月に第二次核危機が起こったとき、フランスは「それ見たことか。言ったとおりじゃないか」という雰囲気だった。北朝鮮の核開発放棄の意思を信じないというフランスの主張は正しく、他の国は北朝鮮に騙されたのだということだった。北朝鮮とは国交を樹立しない方針を改めて正当化したフランスは、今もその立場を貫いている。

　フランスは北朝鮮と非常に特殊な関係を保ってきた国だ。冷戦時期、フランスは西欧の主要国のうち唯一、北朝鮮と総代表部クラスの関係を結んだ。ミッテラン仏大統領は社会党党首の時代に北朝鮮を訪問し、金日成とも会談している。北朝鮮と国交を結ぶなら、付き合いが長くて関係も深いフランスが真っ先に名乗り出ていいはずだったが、フランスはけっして北朝鮮を信用しなかった。

　ヨーロッパ諸国との関係で、金正日はとくにスイスとフランスを重視した。スイスは金正哲（キム・ジョンチョル）、金正恩の兄弟が留学した国なので関心があった。スイスとノービザの関係を結ぶために努力したが、ついに実らなかった。

フランスの病院に通いつめていた北朝鮮の高位層たち

　一九七〇年代から、北朝鮮はパリに代表部を置き、西側の豪華商品や贅沢品を買い込んだ。フランスは北朝鮮の高位層の「医療センター」でもある。金正恩の生母、高英姫（コ・ヨンヒ）をはじめ金一族の人々、前人民武力相の呉振宇（オ・ジヌ）を代表とする高位幹部たちがフランスで治療を受けた。北朝鮮で治らないと診断されるとフランスに行くのが彼らの常識であり通例だった。

　フランスが北朝鮮の高位層を迎え入れてくれた理由は何だったのだろう。韓国に亡命後、私はソウルで、あるフランスの外交官と会ったことがある。彼は「北朝鮮の核とミサイルの開発レベルはどの程度か」と訊いてきた。私は「フランスの情報機関のほうが私よりもよく知っているはず」と言い「北朝鮮に関する重要情報を一番多く握っている国がフランス」だと答えた。彼は怪訝（けげん）そうにした。私はこう説明してやった。

「この数十年、北朝鮮の高位層がフランスに通って治療を受けていた。彼らがフランスに数カ月滞在しながらホテルや病院で何も話さないわけがない。あなたたちの情報機関がそれを盗聴しなかったという理由もないのではないか。盗聴した資料からだけでも相当な量の情報が出てくるはずだ」

相手は何も言えなかった。

駐仏北朝鮮代表部の庁舎は二〇〇八年以前までは規模がとても小さかった。北朝鮮から高位幹部がやってくれば決まってホテルに宿泊した。代表部の職員は彼らによく見せようと病院やホテルを往復しながら大騒ぎだった。夜通し飲むこともしょっちゅうだった。機密の話もたくさん行き交っただろうと思う。フランスが北朝鮮の高位層を自由に出入りさせたのは、何かそこに利益があったからなのだろう。私はフランスには北朝鮮関連の重要情報が相当あるだろうと確信している。北朝鮮の核開発の野望を見抜き、今でもフランスが外交関係を樹立していないのもそのせいだと思っている。

金正日はフランスと外交関係を結ぼうと必死だった。北朝鮮からフランスに人を送るには北京のフランス大使館からビザを発給してもらわなくてはならず、とにかく不便だった。金正日はフランスに頭を下げてでも外交関係を結びたがった。これを知らなかった崔守憲（チェ・スホン）外務次官は、金正日に厳しく叱責されたことがある。

崔守憲外務次官が外交関係樹立の協議のためにフランスに行った。フランス側は同レベルではなく部の局長で対応すると言ってきた。崔守憲は自主的な外交をするのだという思いからそのまま戻り、内心、称賛を期待していた。

彼がフランス側と一度も協議することなく帰国したという報告を受けた金正日は、姜錫柱（カン・ソクチュ）副相に詰め寄った。頭を下げてでも関係を結べと言ったではないか、一介の局長でも会ってこい、という叱責だった。崔守憲は自己批判書を書いて、もう一度フランスに飛んだ。局長との面会を申し込んだが、フランス側はこれを拒否する意向を伝えてきた。

金正日がフランスのエアバス機の購入を試みたこともある。専用機が必要だったのだ。金正日のロシア航空機に対する不信感と拒否感は相当強かった。最初は米ボーイング社の中古機でも買うつもりだったのをエアバスに方向転換したが、失敗に終わった。

大英博物館で北朝鮮美術展を開催し、韓国大使と交流

アメリカでは保守強硬派のブッシュが政権を握ったが、イギリスは北朝鮮との関係進展に拍車をかけた。二〇〇一年三月、外務次官ジョン・カーが北朝鮮を訪問し、一一月には北朝鮮とイギリスの共同美術展をロンドン大英博物館の韓国館で開催した。私は北朝鮮代表団の団長としてこの美術展に出席した。団員は駐ウガンダ大使を務め二〇一二年に退職した朴賢在（パク・ヒョンジェ）と二〇一六年末まで国連駐在北朝鮮次席代表を務めた李東一（リ・ドンイル）だった。

会場に入ると、イギリス人も多かったが、半数以上が韓国系の同胞で、韓国大使まで来ていた。北朝鮮とイギリスの共同行事だとしか伝えられておらず、会場に入るまで、てっきりそう思い込んでいたのでうろたえてしまった。あとで知ったのだが大英博物館の韓国館は韓国の企業が後援していたという。イギリス側は、韓国館で北朝鮮美術展を開いて、韓国大使と現地の在英韓国人を招いたのだった。韓国企業が後援したイベントなのでもっともな話だった。

北朝鮮は、外国との共同イベントに韓国が参加することを「二つの朝鮮」策動だとして拒んできた。出席が避けられない場合は事前に金正日の承認が必要だ。困ったことになったが、イギリス外務省の常任秘書まで来ていて、引き返すこともできなかった。多少気まずい心持ちで会場にいるしかなかった。

祝辞が行き交い、鑑賞を始めた。ところが行事が終わると、韓国大使が北朝鮮代表団のほうに近寄り、手を差し出して挨拶してきた。そして、静かな場所に座って少し話しませんかと言ってきたのだ。金大中政権になる前は、韓国の外交官が近づいてきたら、面と向かってきっぱり非難し、近づくことすらできないようにしていた。それが指針だった。南北共同宣言が出されたあとは、その政策が変更された。外国人が見ている前では自然に言葉を交わし、親しげな様子を見せろというものだった。北朝鮮も南北交流や協力に努力していることを示そうという意図だった。だがそうした場合も事前に承認をもらわなければならず、やむを得ず急に接触することになった場合も、事後報告が必要だった。

向こうの好意をむげにすることもできず、廊下に出て、みんなで椅子に座った。韓国大使が私の手を握ってこう言った。

「われわれの対北政策も今や変わって、北との対立は望んでいない。本心だ。互いに協力しながら豊かに生きていこうということだ。大使としてイギリスに来てみると、学ぶべきことがじつに多い。それから少なくとも北朝鮮の学生三、四人程度に、奨学金を大使として用意することができる。学生を送ってほしい。北朝鮮も早く現代化すべきだ。われわれが平和共存を望んでいることを国に戻ってよく説明してほしい」

背が低い穏やかな人で、静かな語り口だったが真心が感じられた。その人こそが羅鍾一（ラ・ジョンイル）大使だ。海外の公式の席で会話した初めての韓国大使だった。後日、私は駐英公使として赴任し、玄鶴峰（ヒョン・ハクポン）北朝鮮大使と林聖男（イム・ソンナム）韓国大使の対話の場に陪席したことがあった。黄浚局（ファン・ジュングク）韓国大使とも、あるイベントの会場で会って、しばし談笑したことがあった。だが羅鍾一大使とのように、長い時間、真剣な話を交わすことはなかった。

北朝鮮代表団が帰国し、行事の状況を報告したが、羅鍾一大使に会った話は省いた。何人かで一緒に会った席なので、報告しても問題はなかったが、事が複雑になる。大使とわれわれの対話を具体的に記さなくてはならず、保衛部は勝手に指図して、事の顚末を確認しようとするだろう。実際、韓国の外交官と偶然に接触して言葉を交わしても、保衛部には報告せず、握りつぶすことが多い。何かあるのではと色眼鏡で関与してくる保衛部は、それだけ恐ろしくて厄介な存在だ。

羅鍾一大使が初めて声をかけてきたとき、私は彼が国情院の出身だと思った。北朝鮮は外交官が海外に出るとき、こう教育するからだ。

「韓国の在外公館には国情院所属の外交官がいる。『ホワイト要員』と呼ばれている。その国情院から派遣された外交官には特徴がある。われわれ外交官に積極的に近づいて『アンニョンハセヨ、誰々です。私の名刺ですが、いつか食事でもご一緒しましょう』というふうに挨拶する。一方、外交部［外務省］所属の外交官はそんなふうには近づいてこない。だから積極的に接近してくる韓国の外交官は警戒しろ。ほとんどが国情院の要員だ」

羅鍾一大使は気兼ねなく私に近づいてきた。ところがとても穏やかな口調で物静かで、本当に国情院出身なのかはっきりしなかった。その謎は二〇一六年春、駐英公使だったときに彼の著書『粛清の王朝・北朝鮮』（東洋経済新報社）を読んでようやく解けた。プロフィールに国情院の経歴が含まれていた。やはりと膝を打った。韓国に来て羅鍾一大使に再会する機会があったが、その話で笑い合った。

ようやく大使館でのインターネット利用が許可される

二〇〇一年の上半期、ＥＵ議長国はスウェーデンだった。スウェーデンは朝鮮半島に三つの代表部がある世界で唯一の国だ。ソウルと平壌、板門店に関連機関があって、駐北朝鮮スウェーデン大使館は、北朝鮮と国交のないアメリカの利益代表部としても活動している。ソウルや平壌はわかるとしても、板門店にスウェーデンの何の代表部があるのかと不思議に思う人もいるだろう。じつは、板門店の停戦協定中立国監督委員会にスウェーデン代表部が厳然として存在するのだ。

朝鮮半島とは特殊な関係にあると自負するスウェーデンは、つねに朝鮮半島問題に関心を寄せ、仲裁役も厭わない。二〇〇一年初め、スウェーデンのヨーラン・パーション首相は、ＥＵ理事会の議長として、ＥＵ代表団を率い南北朝鮮を訪問すると提案してきた。

当時の北朝鮮情勢は穏やかではなかった。その年一月、ジョージ・ブッシュがアメリカ大統領に就任し、ネオコンが台頭しはじめた時期だった。金正日は、アメリカの対北政策が強硬路線になる前に、西欧諸国との関係を確固たるものにしなければならないと強調していた。そうした雰囲気の中で、金正日がスウェーデン首相の提案を即座に受け入れたのも当然だった。

金正日は外務省に「米政府の政策は穏やかでない。共和国史上初めて西側の首相が訪れるこの機会をうまく利用し、アメリカが西側に対北制裁の協力を求める前に国際社会に入り込め」と言って「会談準備のための参考資料は、時間に関係なく準備でき次第提出しろ」と指示した。すぐに常務組が組織され、私が責任者に任命された。

外務省保管の資料は必ず確認し、駐スウェーデン代表部からも毎日資料が送られてきた。政治、経済、文化、軍事はもちろん、スウェーデンの有名俳優、歌手、酒、名勝地、風習などさまざまな資料が網羅された。これらをまとめ、金正日に報告した。金正日は外務省からの資料を熱心に研究した。

そんな最中、駐スウェーデン北朝鮮大使館がインターネットの設置許可を求めてきた。インターネットがあれば、毎日図書館に出かけて資料を収拾するのとは比べものにならないほど、資料検索も速く楽にできるので、数十倍は効率的だ。そのときはまだ北朝鮮大使館でのインターネットの利用は禁止されていた。すでにスウェーデンでネットを経験済みだった私は、姜錫柱（カン・ソクチュ）副相にインターネットの長所を説明した。姜錫柱は、インターネットの利用に関する文書を作成し、金正日に書面で報告をしようと言った。

金正日に報告が上がり、許可が下りた。これが発端となり、二〇〇一年上半期から在外公館でのインターネットの使用が認められた。もちろんこのとき認められなかったとしても、在外公館でのインターネット使用は避けられない流れであり、何年かあとには認められていただろう。だが北朝鮮のように閉鎖的な社会では、このような特別なきっかけがなかったら、インターネットの利用のような政策変化はずいぶん遅れていただろうと思う。北朝鮮国内ではいまだにインターネットの使用は禁止されている。

パーション首相が一泊二日の日程で北朝鮮を訪問したのは、二〇〇一年五月二日だった。EU対外関係担当委員クリストファー・パッテン、欧州連合理事会事務総長ハビエル・ソラナが同行した。彼らの訪朝は、北朝鮮の人権政策に新たな転換を招くきっかけとなった。

パーション首相は、北朝鮮の最高指導者の面前で人権問題を公式に提起した最初で最後の外国人だ。それまで外務省は、金日成や金正日に対して人権問題について申し立てる可能性のある外国人は、招くことすらなかった。たとえ訪朝が許されても、最高指導者との会談や面会などは夢にも思えないことだった。

だが金正日に会ったパーション首相は送別の昼食会で、議題にもなかった人権問題を突然持ち出した。それもかなりの時間、金正日に人権問題解決の重要性を納得させようとしていた。パーション首相は金正日に「核問題がたとえ解決しても、人権問題が残る限り、北朝鮮が国際社会の一員になるのは難しい」として「北朝鮮が人権の分野で国際社会と協力するほうが、長期的に見てもむしろ得になる」とアドバイスした。人権問題を解決しなければ、西側諸国の支援を得られないという意味だが、政治的に攻撃されるのと同じくらい、骨身にしみる言葉だった。

「人権問題も解決できる」と言ってのけた金正日の策略

私はその日、百花園招待所で開催された送別の昼食会に通訳として同席していた。金正日とパーション首相の通訳はキム・チョル、延亨黙（ヨン・ヒョンムク）総理とソラナ事務総長の通訳は崔善姫（チェ・ソンヒ）が担当した。私は白南淳（ペク・ナムスン）外相とクリストファー・パッテン対外関係担当委員の通訳だった。キム・チョルは金正日の一号通訳で、当時中央党国際部で働いていた。

単なる陪席というより、私は金正日と同じテーブルについていた。金正日がパーションに話す言葉を最初から最後まで二時間ほど聞きながら、彼の老獪（ろうかい）な策略に驚きを禁じ得なかった。最初私は、金正日はわれわれが作成した文書のとおりに話すのだろうと思っていた。ところが出だしからして違った。金正日はパーション首相を一号宴会テーブルの、ある席に案内しながらこう言ったのだ。

「今日パーション首相が座ったこの席は歴史的な席だ。南北共同宣言を採択したとき金大中大統領がここに座った。ここに座ると歴史がつくられることもある。そこでパーション首相をわざわざこの席にお連れした」

パーションはその言葉に多少緊張した表情を浮かべながらも「この会場と椅子が金大中大統領を迎えたその場所なのか」と喜んだ。金正日は会談の最初からスウェーデン首相が興奮しそうな急所を突いて、会談に入ったのだ。相当手慣れたやり方だった。

金正日は人権問題についてのパーションのアドバイスにも、不服そうにはしなかった。むしろこんなふうに言ってのけた。

「われわれの体制は以前のソ連とかなり似ているので、西側にとっては受け入れがたい部分が多いだろう。だが人権についての話し合いはできないこともない。やろう。ただわれわれと西洋は人権の社会政治的な概念からして違うため、簡単に合意はできないだろう。対話や意思の疎通で違いを減らしていけば、人権問題も最終的に解決できる。対話には快く応じよう」

パーション首相は「金正日との公式対話で人権問題を提起した」という程度でも会談録に残せれば十分だと思っていたようだ。予想を裏切り金正日が積極的に対話に応じると言うので大層喜んだ。昼食会のあと、スウェーデン側は「金正日委員長が人権問題をめぐる対話に応じると答えたが、すでに対話が始まったのと変わらない」として「対話に必要な費用はすべて負担する」という意思を外務省に伝えてきた。金正日の一言に勢いづき、気が急いている様子だった。

人権問題をあえて対話のテーマとすることで時間を稼ぐ

しかし、それは思い違いだった。金正日には別の下心があった。昼食会が終わると、金正日が姜錫柱に言った。

「パーション首相に人権問題に関するEUとの対話を約束した。その外交をどうやって長引かせるか研究しろ。ヨーロッパが人権問題をめぐる対話を求めるのは、結局、北朝鮮の内部をえぐろうということで、けっして認めることはできない。人権は国権だ。かといって対話に応じなければ、ヨーロッパは意地を張るかもしれない。ヨーロッパとの関係をうまく維持してこそアメリカの強硬保守派も抑え込める。そこでヨーロッパをうまく騙して逃れる対策を研究しなければならない。アメリカとの対話を通して米朝枠組み合意を引き出せたからこそ、危機をかわし、ここまで持ちこたえられたのだ。人権問題も、国際社会をうまく言いくるめて切り抜ける方向でアプローチしてみるのだ」

金正日は北朝鮮の人権問題に関する外交の方向性を示し、外務省はその論理と具体的な方法論を編み出した。外務省の会議でまとめられた内容は次のとおりだ。

「将軍様がパーション首相と会ったときに人権問題に関してEUと対話するとおっしゃったので、むやみにはねつけるわけにいきません。まずEU側に『あなたたちと北朝鮮は人権の概念からして違う。だから互いの人権に対する概念をまず整理しながら、一歩ずつ進めよう』と提案します。さらに事前接触と人権専門家養成のための交流を主張しながら、対話の進展を遅らせます。こうして数年、時間を稼いでみます。

しかし長期的な見地からは遅延戦術ばかり使うわけにもいかないので、外国人に見せる裁判所、刑務所、囚人を今から準備します。今後、条件が整えば一部司法施設も見せるなど、取り混ぜて対処していくのがよさそうです。もしもアメリカとヨーロッパが連合して攻勢に出たら、核実験のような超強硬措置を取る必要があります。彼らの視線を核問題に向けるのです。われわれが核の危機を高めれば、アメリカはやむを得ず『先に核、後で人権』というやり方に戻るしかないでしょう。核で人権問題を覆い隠してしまうのです」

金正日はこれを受け入れ、保衛部と人民保安省、中央検察所、中央裁判所などに別途指示した。裁判所、刑務所など、外国人に見せる施設の建設に着手しろということだった。

北朝鮮は二〇〇一年下半期から、ベルギーのブリュッセルでEUと人権問題に関する対話のための事前接触を開始した。またイギリス、スウェーデンなどに人権専門家を派遣し講習に参加させ、外国人に見せるための裁判所と刑務所を万景台（マンギョンデ）区域に建設した。

　パーション首相は、金正日に北朝鮮経済の脆弱性（ぜいじゃく）も指摘していた。

「社会主義経済の運用システムは現実的に弱点も多い。北朝鮮も中国やベトナムのように経済を改革開放して、システムを変えれば豊かになれる。北朝鮮などは教育された労働力があり、党と国家の住民統制力も非常に強い。改革開放をすればすぐに豊かになるだろう。韓国を見るといい。短期間で世界的な経済大国になったではないか」

　金正日は平然と受け止めた。私は金正日の二枚舌に再び驚いた。

「首相のおっしゃる通りだ。われわれはこれまでソ連のシステムをそのまま真似てきた。見て学んだことがすべてだ。そのシステムが崩壊してしまった。おっしゃるように北朝鮮の経済システムは脆弱だと思っている。だがシステムを変えて改革開放をしようとしても、資本主義のシステムを知る人材がいない。知っていれば変えることもできるが、変えたくてもできないのだ。スウェーデンに力を貸してほしい」

　パーションは驚いて「本当か。それでは経済の専門家を送ってくれ。経済の閣僚をこちらの負担で招き、ヨーロッパ全体の市場経済システムを見せて説明しよう」と前向きに応じた。すると金正日は「パーション首相は北朝鮮の経済改革と人権問題を提起した。ここに一緒に座っている延亨黙（ヨン・ヒョンムク）がスウェーデンに行ったが、本当に発展した国だという。私もスウェーデンでその発展した様子を見れば、経済改革構想もうまくやれるのではないだろうか。私も一度スウェーデンに行ってみたい。あなたが私を公式に招待してくれたらそれで済む。そしてその機会に他の世界の指導者たちとも会えるのではないか」

　じつは金正日は、その年末にスウェーデンで開かれる米EU首脳会談を念頭に置いていた。この会談には米ブッシュ大統領が参加する予定だった。金正日はスウェーデンへの公式訪問の場で、自然な流れでブッシュ大統領と会おうと計画したのだ。

パーションは大慌てだった。首相がいいと言えばすぐに訪問の交渉を進める必要がある。パーションは「金正日委員長の訪問については私一人では決められない。国会で議論したあとに返事を差し上げる」と言って切り抜けた。金正日は「スウェーデンは立憲君主制の国家だから首相が決定すればよいのではないか」と執拗に踏み込んだが、パーションの立場では人権侵害国家の指導者をやたらに招聘するわけにいかなかった。二〇〇七年の南北首脳会談でも、金正日は盧武鉉（ノ・ムヒョン）大統領に、もう一日北朝鮮にいてほしいと要請したあと、「大統領が決定すればそれでいいのではないか」と言ったことがある。パーションを困らせた手をそのまま使ったのだ。

南北問題をめぐる金正日の二枚舌

パーションは昼食会終了の時間になると、金正日に「金大中大統領に伝えるメッセージはないか」と訊いてきた。この日の午後、北朝鮮に続いて韓国を訪問する予定になっていた。金正日はその機会を逃さなかった。

「昨年、金大中大統領と南北共同宣言を成し遂げた。ところが今、韓国はそのときとは違っているようだ。金大中大統領は、私には『わが民族同士』という精神に基づいて統一問題をともに解決しようと言っていたのに、最近の韓国はしょっちゅう相互主義という話を対話に持ち出してくる。相互主義は西ドイツが東ドイツを吸収統一したときに使った方法だ。相互主義を持ち出すというのは、韓国がわれわれを吸収するという意味だ。

われわれに送った米や肥料がどこに渡っているか見ようなどと言う。なぜその必要があるのか。

相互主義は『わが民族同士』の精神にそぐわない。北朝鮮と韓国は統一の途上にある特殊な関係だ。南北交流協力を国家間の関係のように行うなら、われわれは統一できない。金大中大統領に六・一五南北共同宣言の精神に忠実になってほしいと伝えてほしい」

金正日は、自分は朝鮮半島の統一を心から望んでいるが、韓国側が吸収統一の政策を繰り広げているかのように話した。パーションは驚いた様子だった。彼は「私も朝鮮半島で吸収統一は不可能だと思う。金大中大統領に相互主義を諦めて、六・一五の精神に忠実になってほしいという金正日委員長のメッセージを必ず伝える」と言った。

実際にパーションがそう伝えたのかはわからないが、その後、韓国は南北対話のプロセスで相互主義の原則をずいぶん控えるようになった。パーションは金正日に「いつソウルを答訪するのか」とも尋ねた。金正日は「南北関係がもう少し進展したら行くつもりだ」と答えたが、会談後、姜錫柱（カン・ソクチュ）にこう言った。

「パーションが今日、ソウルをいつ答訪するのかと訊いてきたのは、金大中大統領から頼まれたからだろう。彼はまだ私がソウルに行くと思っているのではないか。なんと愚かな」

金正日の二枚舌はこんなふうだ。韓国に来てから、私は多くの人が「南北会談で金正日が駐韓米軍は韓国から撤退しなくてもいいと言った」と、彼の言葉をそのまま信じていることにとても驚いた。

九・一一によってEUの融和的姿勢がひっくり返る

北朝鮮とEUの人権問題をめぐる事前接触は二〇〇一年六月一三日、ブリュッセルで行われた。金正日の指示による北朝鮮外交史上初の人権をめぐる協議だった。パーション首相の訪朝からわずか四〇日あまりあとのことだった。積極的に対話に臨んでいることを見せつけるための戦略だった。

私は代表団の団長として参加したが、一日中、EU側との綱引きだった。会議の終盤にEU側は「北朝鮮とEUは人権問題をめぐる初の対話を行った」という文句を入れようと言い、私は最後まで、これは対話ではなく「接触（contact）」だと主張した。じつは「対話」という文言もEU側が一歩譲った表現だった。実質的には会談（official talk）に近い協議を一日中やったわけだが、北朝鮮の事情を汲んで、会談という単語の代わりに「対話」という表現を使おうと提案し、北朝鮮側に譲歩を求めたのだ。それでも私は「接触」という単語にこだわった。この一つの単語のために会議は夜一一時ごろになってようやく終了した。EU側が白旗を揚げて同意したのだった。

ブリュッセルでの事前接触以後、北朝鮮は外国人のインタビューに応じる収監者を選抜して事前練習まで行った。二〇〇一年から二〇〇二年までの二年間、フランスとドイツの国会議員代表団が北朝鮮に入り、裁判所を見て回り、四人へのインタビューも行った。二〇〇一年一一月にはスウェーデン人権法律家が訪朝し、北朝鮮の人権専門家らと対話するなど、北朝鮮とヨーロッパの人権分野での交流が徐々に行われはじめた。

だが人権に対する国際社会の攻勢を数年間かわそうとしていた北朝鮮の計画は、思いがけない事件に直面し、失敗してしまう。二〇〇一年の九・一一テロ以後、アメリカのアフガニスタン侵攻（二〇〇一年一〇月）とイラク攻撃（二〇〇三年三月）は、北朝鮮に融和的だったEUの姿勢を一気にひっくり返してしまった。二〇〇三年四月、国連人権委員会では、EUと日本の共同提案で北朝鮮の人権状況決議が初めて採択された。

金正日は外務省を厳しく責め立てた。

「大量破壊兵器に対する疑惑だけでアメリカがイラクを攻撃したというのは、今後、人権問題で北を攻撃できることを示している。国連人権委員会がイラク戦争と時を同じくして北朝鮮の人権決議を採択したのは、北朝鮮を軍事的に攻撃できる名分をアメリカに提供するための措置だ。外務省はいったい何をやっているのか」

数年間、時間を稼いで窮状を切り抜けようとしていた外務省の計画は失敗に帰した。金正日の叱咤に言い訳すらできなかった。結局、北朝鮮はEUに正式に通知する。

「EUは北朝鮮との人権に関する対話を進行中に、事前の通告もなく、いきなり国際舞台で人権問題を上程した。これは信義に反する行動ですでに信頼は失われた。北朝鮮はEUとのすべての人権問題に関する交流と対話を中断する」

「北朝鮮は核兵器以上のものをもつこともありえる」

そのときから北朝鮮は人権問題の扉を閉ざし、徹底した「無視戦略」に出た。外務省は「EUや日本などがジュネーブの人権委員会で人権決議を続けても、一〇年くらいは扉を閉ざして『無視戦略』でいけば、反北人権団体と西側諸国の対北圧迫攻勢はおのずと収まるだろう」という内容の提議書を作成した。提議書は金正日に提出され批准された。だが北朝鮮の人権戦略はまたも外れ、二〇一四年二月、国連人権理事会は北朝鮮の人権侵害状況を全面的に調査した報告書を発表した。北朝鮮の「人権問題をめぐる接触」を通じてもわかることだが、金正日の二枚舌と時間稼ぎは外務省官僚の目から見ても、見事な面がある。

二〇〇二年一〇月三日から五日まで、米国務次官補のジェームス・ケリーが率いる交渉団が平壌を訪問した。このときに北朝鮮がケリーに対し高濃縮ウラン（HEU）の開発を認めたことになっているが、その真相はまだ論争の対象だ。もちろんその当時北朝鮮がHEU開発を推進していたのは本当だ。これはその後二〇一〇年一一月、北朝鮮がアメリカのジークフリード・ヘッカー博士一行に遠心分離機による高濃縮ウラン施設を見せ、確認された事実だ。だが実際に開発するのと、開発を認めることは別問題だ。私が知る二〇〇二年当時の状況はこうだ。

ジェームス・ケリーは金桂寛（キム・ゲグァン）外務次官と姜錫柱（カン・ソクチュ）副相に「アメリカは北朝鮮の高濃縮ウラン計画に関連した具体的な情報資料をもっている」として、北朝鮮がこれを認めるよう求めた。ケリーは北朝鮮が外国から特殊鋼管を輸入した証拠書類まで提示した。高濃縮ウラン開発に必要な設備の材料だった。相当の圧迫を加える雰囲気だったが、姜錫柱副相は「アメリカ代表団はここに交渉にきたのではないのか。あなたは交渉ではなく圧迫しにきたように見える。アメリカがこんなふうに圧力をかければ、北朝鮮は核兵器以上のものをもつこともありえる」と反発した。ケリーは自分の主張を姜錫柱が否定しなかったものと判断した。

アメリカに戻ったケリー一行は一〇月一六日、北朝鮮が高濃縮ウラン開発を認めたと発表した。第二次核危機の始まりだった。翌年の二〇〇三年二月、国際原子力機関（ＩＡＥＡ）は北朝鮮の核問題を国連安保理に付託し、北朝鮮が寧辺（ヨンビョン）原子炉を再稼働したとして、北朝鮮核問題は十数年ぶりにまた白紙に戻ってしまう。そしてその翌月、イラク戦争が勃発したという事実に留意する必要がある。

なぜイラク戦争を目にしても北朝鮮は強硬姿勢を保てたのか？

第二次核危機を解消するため、この年の四月、アメリカ、中国、北朝鮮による三カ国協議が行われた。北朝鮮は会談の過程で終始一貫、強硬な立場をアメリカに表明した。金正日には信じるところがあったのだ。それはイギリスの態度と関係がある。

第二次核危機が起こったとき、アメリカはイラク戦争の準備をしていた。このような流れで、先頭に立ってアメリカを支持したのがイギリスだった。イギリスの参戦がなければ、アメリカがイラク攻撃を推し進めるのは難しかっただろう。北朝鮮はアメリカとイギリスの動向を詳しく分析した。アメリカがイラク戦争を終わらせ、すべての戦争物資を朝鮮半島に集結させれば北朝鮮は終わりだった。アメリカは、すでにイラン、イラク、北朝鮮を「悪の枢軸」と名指しした状態だった。イラクの次の標的は当然、北朝鮮だった。

カギはアメリカの朝鮮半島戦争計画をイギリスが支持しているかどうかだった。イギリスが戦争に反対すれば、北朝鮮はアメリカとの対立で強硬手段を取ることができ、イギリスが戦争を支持すれば、柔軟な対話路線に戻さなくてはならなかった。二〇〇三年初め、金正日はイギリスの腹のうちを探るため、ロンドンに北朝鮮大使館開設という餌を投げた。イギリスが北朝鮮大使館開設に協力的であれば、アメリカの戦争計画には反対という意味になる。そうなれば北朝鮮もアメリカに対して強気に出ることができる。

イギリスは北朝鮮大使館設置に前向きだった。金正日は、アメリカは強硬姿勢を見せているが北朝鮮をイラクのようには攻撃しないものと理解した。北朝鮮が三カ国協議に「強腰」の姿勢で臨んだのもそのせいだ。

三カ国協議の成果が十分でないと、中国が乗り出してきた。八月には中国主導で韓国・北朝鮮・アメリカ・中国・ロシア・日本の六カ国協議が開催された。以後、二〇〇五年一一月の第五回第一セッションまでは段階的に進展を見せているようだった。毎回、北朝鮮は蛮勇を奮ったが、第四回六カ国協議第二セッション（二〇〇五年九月）で九・一九共同声明が採択されるという成果を収めた。声明の主な内容は、国際社会が北朝鮮の体制の安全を保障し、経済的に支援する代わりに、北朝鮮は核開発を放棄するというものだった。九・一九共同声明後、第二次核危機は収まったようだった。この声明もやはり金正日の二枚舌と時間稼ぎの成果物と見るしかないだろう。

今でも韓国の一部は、二〇〇五年の六カ国協議共同声明が破綻した責任はアメリカにあると主張する。アメリカが合意を守らずに圧力をかけ、北朝鮮が核開発に乗り出すしかなかったというものだ。だが、これまでただの一度も中断されなかったのが北朝鮮の核開発だ。声明や合意で中断できるものではけっしてないのだ。

「イギリスが大使館開設に協力してくれるなら、アメリカは朝鮮半島で戦争は起こさない」

北朝鮮と国交を結んだイギリスは二〇〇一年一二月、平壌に大使館を開設し、ジム・ホーアを初代臨時代理大使として派遣した。翌年一〇月には、デイヴィッド・スリンが正式に大使として派遣されてきた。

ジム・ホーア代理大使には、運命の不思議な力と縁を感じる。私は第一回と二回、そして第九回の英朝会談に出席した。先にも言及したが、英朝修交の始まりと締めくくりに出席したわけだ。ジム・ホーア大使は第一回から最後の第九回まですべてかかわっている。そして北朝鮮駐在の初代イギリス外交代表である臨時代理大使として赴任してきた。私は二〇〇三年にイギリスの北朝鮮大使館開設を主導し、以後、イギリスで参事官と公使として在職することになる。

ジム・ホーアは平壌にイギリス大使館を、私はロンドンに北朝鮮大使館を開設した。世界の外交史にジム・ホーアと私のように、両国の関係設定のために会談し、大使館開設までこぎつけた外交官はいないだろう。ほぼ一〇年近い歳月、なぜ彼と私が両国の関係進展を主導することになったのかはわからない。私が運命の力と縁を感じるのはその部分だ。マラソンのように長かった英朝会談の出席者として、まだ生存しているのはジム・ホーアと私、二人だけだ。

　現在、ジム・ホーアは英最大のシンクタンク、チャタムハウス（王立国際問題研究所）で北朝鮮専門家として働いている。われわれは今も近況を尋ね合いながら、家族ぐるみで親しくしている。二人には夢がある。北朝鮮とイギリスの修交史を共同で執筆することだ。その夢がいつ実現できるかはまだわからない。

　イギリスは、大使館の敷地を新たに用意せずに、平壌駐在のドイツ大使館が所有する建物を何棟か借りた。ドイツ大使館所有の建物は旧東ドイツから譲り受けたものだった。統一後、ドイツ政府は北朝鮮に多くの外交官を派遣する必要がなくなり、大使館の空いている建物をイギリス、スウェーデンに貸し出していた。北朝鮮も、東独時代から保有するベルリンの大使館の規模をドイツ統一後、縮小する必要があった。北朝鮮はベルリンの大使館の事務庁舎にホテル、スポーツジムの現地企業をそれぞれ誘致した。

　イギリスは簡単に大使館の建物を見つけることができたが、北朝鮮のほうはイギリスでなかなか建物を見つけられなかった。二〇〇三年初め、北朝鮮は駐英大使館開設を決定し、開設隊を派遣した。外務省の外貨部財政担当経理員のキム・チャンシクと私が開設隊に選ばれた。ロンドンに向かう直前、出発の報告のために姜錫柱（カン・ソクチュ）副相を訪ねていった。彼はこんなことを言った。

「長く話す時間はない。アメリカがイラクを攻撃しそうだ。だがイギリスのブレア首相の協力がなければできないだろう。ロンドンに到着したら早めに大使館を開設して、共和国の国旗を掲げるのだ。イギリスが積極的に大使館開設に協力してくれるなら、アメリカは朝鮮半島で戦争は起こさないだろう。イギリスの動向を随時報告してくれ。大使館開設を通して、今後の対米関係でわれわれが主導権を握っていけるかどうか判断できるのだ」

彼の言うことは十分理解できた。だが個人的な見解ではイギリスが北朝鮮大使館開設に反対する理由はないようにみえた。平壌を発つ前に駐北朝鮮英国大使のデイヴィッド・スリンにも会った。イギリス側の動向を打診してみると、積極的に協力する姿勢だった。

イギリス政府の厚意で、ロンドン郊外の住宅地に大使館を開設

金正日がイギリスでの大使館開設に当てた費用は三〇〇万ドルだった。実際ロンドンで不動産価格を調べてみると、三〇〇万ドルでは都心に大使館の建物を手に入れるのは難しかった。建物の所有権を完全に譲るというところもなかった。最長九九年間の長期賃貸が精一杯だった。北朝鮮が求めるのは所有権の移転だった。

ロンドンではとくに大使館の庁舎兼住居として利用できる建物がほとんどなかった。他の国家と違って北朝鮮は、事務庁舎と生活空間を一カ所に確保しなければ大使館を開設できなかった。例外はなかった。当然、互いに監視し合うためだ。そうした建物を見つけようとしたところ、ロンドン西部のイーリングまで行くことになった。じつは大使館の庁舎に決めたイーリングの建物は住宅エリアにあり、大使館が入ることはできなかった。国内法に違反したが、イギリス側が取り計らってくれたのか、認められることになった。

この一連のことに時間と手続きが必要だったが、早く大使館を開設しろと平壌からは矢のような催促を受けた。ようやく建物が準備でき、建物内部を三家族が生活して事務も行えるようリフォームしている最中に、イラク戦争が勃発した。平壌では、イラク戦争に参戦したイギリスが北朝鮮大使館開設を中止するのではないかと危惧していたが、無駄な心配だった。イギリスは積極的な協力を惜しまず、二〇〇三年四月、北朝鮮大使館が開設された。臨時代理大使には、のちに駐独大使と

なる李時栄（リ・シヨン）が、書記官にはハ・シングクが派遣されてきた。八月には李容浩（リ・ヨンホ）が初代駐英大使として赴任した。

小さな戸建て住宅を購入してみると、足りないと思っていた費用が余ったので、外務省から送られた三〇〇万ドルのうち、残った一〇〇万ドルを平壌に送金して戻した。大使館開設を終え、私は北朝鮮に戻ってきた。あとから耳にした話がある。大使館開設後、イギリスの外務省関係者が訪ねてきて、こんなふうに訊いたという。

「北朝鮮は長い間アメリカの経済制裁を受けてきて、経済状況も厳しい中、どのようにしてイギリスに大使館を開設したのか。ご苦労だった。公館の運営予算も足りないはずだが、どうやって維持していくのか。われわれも支援できる部分は検討してみる」

北朝鮮が対外活動資金をどうやって準備するのか、それとなく探りを入れてきたのだった。

北朝鮮が一九九〇年代末に財政事情の関係で、デンマーク、ノルウェー、フィンランド、ハンガリー、旧ユーゴスラビアなどの大使館を閉鎖したのは事実だ。だがわずか数年後の二〇〇〇年代初めに、イギリスはもちろんブラジル、メキシコ、ペルー、コンゴ、アンゴラなどに、新たに大使館を開設した。

密輸や寄付金の詐取で大使館運営費を賄う

一部では、北朝鮮の外務省が麻薬売買のような不法活動で大使館の維持費を稼いでいると報道された。外国人の目からはそういう部分が気になったのかもしれない。大使館を訪ねてきたイギリス外務省関係者もそうだったのではと思う。

もちろん今も北朝鮮の外交官の一部は麻薬や象牙、犀角（さいかく）、たばこ、酒などの売買で外貨を稼いでいる。だが一九七〇年代、八〇年代のように、政策的に麻薬や禁止品の売買をさせているのではない。一九九〇年代半ばから後半にかけて苦難の行軍が始まると、金正日は外交的に重要度の低い大使館を撤退させるようにと言い、党では外務省の予算を保証できないため、自力で生存方法を講じろと指示をした。外務省は部署別に外貨稼ぎの方法について討論したが、めぼしい案は出てこなかった。

ところが一九九〇年代後半、国際社会の食糧支援が始まると、外務省はうまく稼ぐ方法を見つけた。一般的に海外からの食糧支援は、飢餓に苦しむ住民のいる現地まで直接物資が運ばれる。自然災害や内戦などで該当地域に政府の行政力が及ばない場合はとくにそうだ。だが北朝鮮のように行政力が確固として機能する国はその必要がない。南浦（ナンポ）港や元山（ウォンサン）港までは運んでもらい、国内輸送は北朝鮮政府が行うのが通常だ。

ところが北朝鮮は国内輸送費まで負担してほしいと無理を言い、それが聞き入れられた。国際援助団体は、被害地域までの食糧輸送費をアメリカドルで北朝鮮の外務省に支払った。そこで外務省は、該当地域当局に国内輸送費の負担を押しつけるという「妙案」をひねり出した。もちろん国内輸送費を援助団体から受け取っていることは知らせないが、地域当局の立場ではとにかく無料でもらえる食糧なので喜んで国内輸送費を負担する。ときには食糧を配給する様子を海外の支援者側に見せる行事まで行った。そんなふうにしてアメリカドルでもらった国内輸送費は、そっくりそのまま外務省の口座に入った。

外務省はまた別の方法も模索した。ポーランド、ドイツ、ブルガリア、ルーマニア、ロシア駐在の大使館の事務庁舎と内部宿舎を現地の会社に貸し出したのだ。無償で発給していたパスポートも徹底して費用を徴収することにした。このほか一〇ユーロの観光ビザ発給手数料も大きな収入源だった。毎年西側からの観光客は五〇〇〇人以上になり、中国の観光客はほぼ三〇万人にのぼる。ビザの収益だけで数百万ユーロになるが、北朝鮮で一つの機関が毎年数百万ユーロを安定して稼ぐというのはすごいことだった。

イギリス大使館からの二つの要求

イギリスが平壌に大使館を開くと、真っ先に要求してきたことがあった。本国と衛星通信をするために大使館構内に衛星通信用アンテナを設置したいという。それまで北朝鮮駐在の各国大使館は北朝鮮の逓信省から周波数を割り当てられ、短波無線機で本国と交信していた。保衛部がこれを傍受していたのはもちろんだ。北朝鮮が衛星通信を認めなかった理由は、保衛部の電波監督局（傍局）に衛星通信を監視する設備がなかったからだ。

保衛部と逓信省は、けっして衛星通信を認めてはならないと反対した。だがイギリスも引き下がらなかった。イギリス外務省の通信規定を持ち出して、北朝鮮とだけ短波無線機で交信するということはできないと言った。大使館と本国の交信は、必ず衛星通信で行う規定だという話だった。

衛星通信用アンテナの設置については、外務省が単独で決定できる事項ではなかった。金正日にイギリス大使館の要請をそのまま報告すると、意外な指示が戻ってきた。とりあえず許可を与え、そのあと傍受する方法を探せというのだ。保衛部がその後、衛星通信を傍受する手段を備えたのかは知らされていない。イギリス大使館が糸口をつくると、それまで黙っていたロシア、ポーランド、ドイツなど各国大使館も衛星通信を認めてほしいと求めてきた。北朝鮮としてもやむを得ず、認めないわけにいかなかった。

イギリス大使館が次に要請してきたのは、陸路での中国・丹東（タントン）への行き来を認めてほしいというものだった。これはほかの大使館からも言われてきた問題だったが、駐北朝鮮中国大使館のみに許されていた「特恵」でもあった。北朝鮮が陸路での往来を禁止した理由は、外交官が平壌と新義州（シニジュ）を行き来すれば、北朝鮮の立ち後れた実像がばれてしまうからだ。

イギリスは今度も強気の姿勢だった。北朝鮮がこの問題を解決してくれなければ、ヨーロッパ駐在の北朝鮮外交官の活動範囲を制限すると警告してきた。ニューヨーク駐在の北朝鮮代表部の職員は市内中心部から二五マイル以上出ることはできないが、イギリスはEUと協議してアメリカと似たような制限措置を取るという。

外務省は金正日に「イギリスの要求を聞き入れなければ、ヨーロッパ駐在の北朝鮮外務官の自由がきかなくなるので、丹東出張の計画を北朝鮮外務省に一週間前に通知するという条件で認めてはどうか」と報告した。イギリスとの外交に関心が強かった金正日は少しジレンマに陥ったようだった。彼は「今後、われわれが西側に出張するときは、古いロシア式外交を脱却して、イギリス紳士の外交術を学ぶべきだ。イギリス大使館を通して、北朝鮮の立場がアメリカに正確に伝わるようにしなければならない」と言った。そしてイギリスに北朝鮮の実像を知られないよう、きちんと管理しなくてはならないと強調した。

北朝鮮の実像を隠すには、陸路での出入国は阻止しなくてはならない。しかしヨーロッパ駐在の北朝鮮外交官の活動が制限されることまでは受け入れられなかった。ヨーロッパにいる金正日の息子たちが自由に行き来できないという意味だからだ。「国益」と金正日の「利害関係」がぶつかる事案だったが、あっさりと後者が勝ち、すぐに承認は下りた。平壌の外交筋では「イギリス大使館ができてから、数十年来の難題が一つずつ解決された」という話が広まった。

「太永浩に頼めば何とかしてくれる」

丹東（タントン）の陸路出入国の許可と関連して、北朝鮮では奇跡とも言えることが起こった。二〇〇二年ごろ、平壌駐在のイギリス大使館にジョン・ダンという一等書記官がいた。彼の妻は妊娠中だったのだが、中国で出産する計画だった。劣悪な北朝鮮の病院では出産したくないという理由だった。

ところが出産予定日の一カ月前に、突然、陣痛が始まった。あいにく日曜日だった。私が家で休んでいると、イギリス大使館の通訳から電話がかかってきた。ジョン・ダンは北朝鮮の病院に行こうと言ったのだが、妻は丹東で飛行機に乗ってイギリスに戻ると、頑として拒否しているという。ジョン・ダンは通訳に「イギリス担当課長の太永浩（テ・ヨンホ）に頼めば何とかしてくれる」と言って妻を乗用車に乗せ、後先考えずに新義州（シニジュ）に出発していた。

鴨緑江（アムノッカン）を渡るには一週間前に知らせなければ許可が下りなかった。しかも日曜日は国境警備隊が絶対に橋を開けてくれない日だった。国境警備隊がジョン・ダン夫妻の出国を認めず、出産が危険になったらどうするのだろう。あれこれ否定的なことを考えだすと焦ってきた。すぐに外務省に行き、鴨緑江の橋の統制権をもつ人民武力省の総参謀部国境統制課に電話した。具体的に状況を知らせながら、ジョン・ダン夫妻が新義州に到着したらすぐさま橋を開けて通すよう要請した。

約一時間後に総参謀部から電話がきた。「出国を認める決定をし、新義州の鴨緑江の橋の歩哨詰所に伝えた」という返事だった。だがそんな事情を知らないジョン・ダンはひどく心配しながら鴨緑江の歩哨詰所に車で向かっていた。ジョン・ダン夫妻の乗った車がそこに近づいた瞬間、北朝鮮ではありえない奇跡が起こった。北朝鮮軍の将校と兵士らが近寄ると「早く渡るように。安産を祈っている」と言ったのだ。不可能に思えたことが実際にかなったと思ったジョン・ダンは、涙を流しながら橋を渡った。

丹東にはすでにイギリスの救助用飛行機が到着していた。ジョン・ダンの妻は北京で応急処置を受け、夫妻はイギリスに発った。数カ月後、ジョン・ダンの妻が赤ん坊とともに平壌に戻ってきた。イギリス大使館で盛大なパーティが催され、私も招待された。ジム・ホーアなどイギリス大使館の職員とジョン・ダンの妻が順に私のところにやってきて、頬にキスをした。何度もお礼を言われた。とくにジョン・ダンには「ミスター・テ、あなたの助けがなかったら、妻の命はもちろんこの子もこの世にはいなかった」と感謝された。

このことはイギリスのメディアでも報じられ、BBCはドキュメンタリーの特集番組をつくりたいと言ってきた。だが北朝鮮外務省は北朝鮮の人道主義的な美談が知られるのはいいことだが、北朝鮮社会の閉鎖性が注目されると断った。その後、ジョン・ダンはニューヨークに辞令を受けて、平壌を離れた。

W杯で活躍したサッカー代表選手たちも粛清された

イギリスとの国交樹立直後のことなので二〇〇一年初めだったと思う。北朝鮮文化省傘下の映画輸出入商社の関係者が外務省のイギリス担当者を訪ねてきた。イギリス及び北欧担当課長だった私が関係者に会い、訪問の目的を尋ねた。関係者の説明は興味深いものだった。

「イギリスのドキュメンタリー映画の監督、ダニエル・ゴードンと北京の高麗(コリョ)ツアーズ代表のニコラス・ボナーが、北朝鮮で映画を制作したいと言ってきた。一九六六年、イギリスワールドカップでベスト8の神話をつくったサッカー北朝鮮代表の話だという。映画輸出入商社も英朝関係を発展させるいいチャンスと捉えて、映画制作を文化省に申し入れたのだが、認められなかった。そこで外務省レベルで将軍様に承認をもらってほしい」

突き詰めればそう難しい問題ではなかった。ダニエル・ゴードンとニコラス・ボナーはすでに数年前から映画輸出入商社に映画制作を打診しており、その間、外務省主導で英朝の国交が樹立していた。北朝鮮はできることもないかわりに、できないこともない社会だった。すべてが金正日の気持ち次第だった。金正日が英朝関係進展に積極的である以上、文化ではなく政治的な事案としてアプローチすれば、簡単に解決しそうに思えた。

私は英朝関係の発展に焦点を合わせ、提案書を作成した。そして外務省の最終決裁を受けて金正日に報告されると、まもなく承認が下った。ダニエル・ゴードンとニコラス・ボナーは西欧諸国の映画関係者としては初めて、二〇〇一年に北朝鮮に入り、映画を制作した。その作品が二〇〇二年一〇月に公開された『奇蹟のイレブン　一九六六年W杯　北朝鮮 vs イタリア戦の真実（The Game of Their Lives)』だ。この映画は二〇〇四年、釜山(プサン)国際映画祭にも招待され、韓国の劇場でも正式に上映されたという。

北朝鮮代表チームがイギリスワールドカップに出場し、ベスト8に進出したのは私が満四歳のときだった。直接見た記憶はぼんやりとしかないが、彼らの英雄談は小さいころから数えきれないほど耳にした。映画『奇蹟のイレブン』では北朝鮮代表選手の平均身長は一六二センチと出てくる。北朝鮮代表は身長と体格で劣るソ連代表の手荒く紳士的でない反則に苦戦し、ソ連に〇対三で負けを喫したが、前大会三位のチリとは一対一で引き分けた。この対戦ではPKで一点先制されたが、試合終盤に同点ゴールを決めるなど、好ゲームを繰り広げた。

そして北朝鮮は、リーグ戦最後の試合、イタリア戦に一対〇で勝利した。イギリスワールドカップは、現在までイギリス（イングランド）が優勝した唯一のワールドカップ大会だ。ベールに包まれた極東の辺境国家、北朝鮮が、強力な優勝候補の一つのイタリアに勝ったことで、北朝鮮代表に対するイギリス人の熱狂は想像を超えていた。

北朝鮮代表チームは帰国後、熱烈な歓迎を受けたが、総括（自己批判）を逃れることはできなかった。ベスト8の試合でポルトガルに三対〇で勝っていたのに、逆転されて三対五で敗れた点がとくに問題視された。ポルトガルとの試合を前に、一部の選手が飲酒し、宿舎に現地の女性を連れ込んだという疑惑も提起された。

代表選手の中にはいわゆる「地主の息子」も多かった。財力をバックに子どもをスポーツ選手に育てることができたからだ。いわゆる出身階級はいいとは言えず、つつけば何かやましいところが出てくる家柄の息子たちだった。実際に一部選手が酒と女を伴った「乱交パーティ」を開いたかどうかは確認されなかったが、総括を受ける過程で「思想的武装が足りない」という意見が出され、何人かは地方に追われた。

ワールドカップ以外にもサッカーの国際試合は毎年行われるが、「ベスト8神話」の主人公だった一部の選手が突然姿を消し、さまざまな憶測が国際社会でも飛び交った。監督と選手が「阿吾地（アオジ）炭鉱に連れていかれた」といううわさが代表的だ。映画『奇蹟のイレブン』は、朴斗翼（パク・ドゥイク）、朴承振（パク・スンジン）、李賛明（リ・チャンミョン）、林重善（リム・ジュンソン）など北朝鮮のサッカーの英雄八人の回想を中心に、一九六六年イギリスワールドカップの奇蹟を淡々と映し出した。北朝鮮の立場からすれば、彼らがうわさどおり粛清されたのではなく「今も豊かに暮らしている」という〝事実〟を立証してくれた映画だった。当然、北朝鮮でも大きな反響を呼んだ。

ダニエル・ゴードン監督は映画制作後、北朝鮮を訪問して熱烈な歓迎を受けた。このとき映画輸出入商社関係者がダニエル・ゴードンとニコラス・ボナーを私に紹介してくれた。彼らとは今でもときどき連絡を取り合っている。ダニエル・ゴードンはその後、北朝鮮に関連したドキュメンタリー映画をさらに二本制作し、いわゆる「北朝鮮ドキュメンタリー三部作」を完成させる。マスゲームに参加した二人の中学生の少女の日常を描いた『ヒョンスンの放課後（A State of Mind）』（二〇〇四年）と、越北［北朝鮮から韓国側へ渡る「脱北」とは反対に、韓国を去って北朝鮮に入ること］したアメリカ兵たちの北朝鮮での生活を描いた『青い目の平壌市民（Crossing the Line）』（二〇〇六年）がそれだ。

ヨーロッパ各国大使館と北朝鮮外務省でサッカー対決

平壌駐在のイギリス大使館もサッカーを仲立ちに、北朝鮮に異色で画期的な提案をしたことがある。デイヴィッド・スリン大使は、北朝鮮外務省が平壌駐在の外交団の活動を統制しすぎていると して、サッカーなどスポーツを通じて北朝鮮外務省と外交団の親睦を深めようと提案してきた。北朝鮮外務省はイギリス側に隠された意図があると判断した。北朝鮮内部の実情を捉えるために、北朝鮮の官僚との接触の機会を狙ったものと見たのだ。

ところがそのころの金正日は、イギリスから要請された問題はできればすべて聞き入れるという考えだった。イラク戦争でサダム・フセインが力なく崩れたのを見た金正日は、アメリカが北朝鮮に向かってくるかもしれないと強く懸念していた。アメリカの攻撃を食い止める方法の一つは、ヨーロッパとの関係を発展させて、アメリカを牽制することだった。金正日の懸念をよく知っていた外務省は、イギリス大使館が提案したサッカーの試合に応じることにした。

二〇〇三年八月、平壌の綾羅島（ルンラド）で、北朝鮮外務省と平壌駐在のヨーロッパ各国大使館とのサッカーの試合が行われた。ロシアだけは不参加だったが、はっきりとした理由はわからない。今回は親善を図ることが目的だったが、プライドがかかった勝負だった。外務省内である程度サッカーができる人を選んで、何日か練習までしたのだが、いざ戦ってみると力が及ばなかった。ヨーロッパ外交官チームには、平壌で人道支援活動をしていた人たちも参加したが、とにかくサッカーが上手で、とても太刀打ちできなかった。

外務省チームは前半戦で二ゴールを許し、〇対二にもっていかれた。試合結果を金正日に報告しなければならず、絶対に負けられない試合だった。ここで欺瞞戦術を使った。北朝鮮代表選手三名を外務省の選手と偽り後半戦に投入すると、ようやく二対二で引き分けた。試合後、ヨーロッパの外交官たちは、外務省チームに不正の選手がいたと審判に抗議した。審判は世界的なサッカーの英雄だった人物だが、判定は多少偏らざるを得なかった。外務省内から選ばれた選手だと最後まで言い張ってくれた。彼は一九六六年、イギリスワールドカップのイタリア戦で一ゴールを決めた朴斗翼（パク・ドゥイク）だった。

後日、イギリス大使だったデイヴィッド・スリンは記者のインタビューに答え「平壌での最も大きな外交の業績は、北朝鮮外務省とサッカーの試合をしたことだった」と回想した。

西側通信社が平壌支局開設を要請

二〇〇二年六月ごろ、駐北朝鮮イギリス臨時代理大使ジム・ホーアが、初めて見る外国人記者とともに訪ねてきた。ジム・ホーアは、現在平壌から『アリラン』公演を世界に配信しているAPテレビジョンニューズ（APTN）が平壌に支局を開設できるよう、力を貸してほしいと求めてきた。そしてAPTNのイギリス人記者、ラファエル・ウェブを紹介した。彼はAPTNの香港支局長だった。私が英語の専門だったせいか、あれこれとイギリスとの「事業」が増えていった。ラファエルはこう説明した。

「この数カ月、ＡＰＴＮ取材チームの平壌滞在を主管する朝鮮中央放送委員会と、ＡＰＴＮの平壌支局開設について協議したが、まったく進展がなかった。ジム・ホーアに訴えると、外務省のイギリス担当課長と一度会ってみようと言われた。それで一緒に訪ねてきた」

私はジム・ホーアに訊いた。

「ＡＰＴＮは、アメリカのＡＰ通信の子会社ではないか。北朝鮮とアメリカは国交がない。米通信社の平壌支局開設が可能だと思うのか。それにアメリカが出てくるべき問題なのに、なぜイギリス大使館が手助けしようとするのか」

ジム・ホーアの答えはこうだった。

「ＡＰＴＮがＡＰ通信系列の映像配信会社なのは確かだが、正確にはＡＰ通信がイギリスのワールドテレビジョンニューズ（ＷＴＮ）を合併してつくった会社だ。ＡＰＴＮはＡＰ通信と経営が分離され、法人住所もイギリスに登記されたイギリスの会社だ。本来ならＡＰＴＮ代表団が北朝鮮に入ってくるときに、アメリカの会社でないことをはっきりさせておくべきだったが、それができなかった。平壌に行って『アリラン』公演を取材しろとＡＰ本社から指示があったので、とりあえず平壌入りしたのだ。ＡＰ通信の子会社なので、本社から指示されることはあるが、経営上はアメリカとは何の関係もない」

どうやら事情が複雑そうだった。アプローチの仕方、つまり最初のボタンから、かけ違えたのではという印象も受けた。だが彼らの切実さも感じられ、私は二人に「もう少し調べてみるので、後日また会おう」と伝えた。

それまで北朝鮮に支局があった海外のマスコミや通信社は、中国の新華社と中国ＣＣＴＶ、ロシアのインテルファクスくらいだった。北朝鮮と関係が良好だったとき、相互性の原則によって北朝鮮常駐が可能だったのだ。

北朝鮮において、西側の記者は帝国主義の思想と文化を浸透させる斥候（せっこう）隊や突撃隊、あるいはスパイと捉えられる。国民は幼いころからそう教育されるのだ。だが北朝鮮も国際社会と完全に断絶したままでは生きていけず、ときには西側の記者を必要とした。普段は厳格に遮断するが、金日成の誕生日や労働党大会といった大きな行事には海外メディアの訪朝を一挙に許可したりもする。その場合も外国人記者の隣にはガイドの通訳が張り付いて、あらゆることを統制する。

二〇〇二年四月、北朝鮮は金日成生誕九〇周年を迎えて『アリラン』という大マスゲームと芸術公演を始めた。『アリラン』は一九七〇年代の北朝鮮文化芸術界の革命と呼ばれる革命歌劇『血の海』に並ぶ作品だ。内容はこうだ。

「わが民族はアリラン民族だ。国を奪われ苦難を経たが『朝鮮の星（金日成）』に出会って、祖国を取り戻した。金正日時代を迎え『先軍アリラン』が繰り広げられた。国は栄え、統一の道が開かれ、強盛復興を果たしていく」

マスゲームを宣伝するため、AP通信に独占放映権を与える

北朝鮮は『アリラン』の広報のため、AP通信に独占放映権を与えた。世界各地から観光客を呼び込むためだった。AP通信は、公演の中継と取材という特性を考慮して、TVニュース配信社であるAPTNに訪朝を指示した。APTN取材チームは一カ月以上、北朝鮮に滞在しながら『アリラン』公演の関連ニュースを世界に配信した。このときに平壌に支局を開設しようという計画を立てたようだった。

北朝鮮メディアは、AP通信という世界的な、しかも北朝鮮の敵対国であるアメリカの通信社が、

金父子の治世と業績を描いた『アリラン』を世界に配信すると報道した。実際には英ＡＰＴＮと言うべきだが、米ＡＰ通信としても大きな間違いではなかった。国民に対する宣伝効果は期待以上だった。私もやはり北朝鮮メディアの報道に接しながら「これは現実の状況なのだろうか」と首をひねった。

海外通信社の支局開設や外国人記者の常駐問題は、朝鮮中央通信社や朝鮮中央放送委員会が管轄する。二つの機関は、党中央委員会宣伝煽動部の承認を得て、外務省に常駐許可申請書を送らなくてはならない。

そして外務省報道局は金正日に報告するかどうかを決定する。報告が上がり、金正日の決裁が下りれば許可が出るというやり方だ。ＡＰＴＮの場合は、党宣伝煽動部と外務省報道局で最初から議論にすらならなかったという。アメリカの通信社だからという理由だった。

私はジム・ホーアとラファエル・ウェブの頼みを聞くことにした。イギリスは国交交渉のときから常駐記者の問題を執拗に申し入れていた。それについては国交が結ばれたあとに議論しようと答えを引き延ばしていたこともあり、外務省はイギリスに借りがあるように感じていた。実務を担当していた私もそうだった。

ＡＰＴＮは、法人住所がイギリスにある、法的にはイギリスの会社だった。実際、英通信社だと言い張れば言い通せる事案に思えた。局長、次官と話し合うと、うまく文書をつくってみるよう言われた。私はジム・ホーアに会い、イギリス大使館の名義で、ＡＰＴＮはアメリカではなくイギリスの通信社であることを証明する文書をつくってほしいとお願いした。

平壌に支局を開設したら、どんな実益があるか調べるため、私はラファエル・ウェブに会うことにした。彼は、平壌の氷上館（アイスリンク）地下にある銀盤食堂に朝鮮中央放送委員会関係者と外務省イギリス担当職員を招き、私を口説くためのイギリス産高級ウイスキーまで用意していた。北朝鮮ではこのように相手を取り込むために贈り物や賄賂を与える行為を「コイダ〔本来は「支える」という意味〕」と表現する。

ラファエルの話を聞いてみるとＡＰＴＮ平壌支局を開設すれば、北朝鮮にとっても利益がありそうだった。

「朝鮮中央テレビなどが制作するコンテンツの独占使用権をＡＰＴＮがもらえれば、ＡＰＴＮと北朝鮮、どちらにとっても利益になる。海外メディアが朝鮮中央テレビのコンテンツを引用した場合、北朝鮮がその使用を監視し、使用料を徴収するのは不可能だ。ＡＰＴＮがその使用料を代わりに受け取れば、北朝鮮も外貨を稼ぐことができる。ＡＰＴＮが世界に配信するテレビニュースも、無料で朝鮮中央放送委員会に送ろうではないか」

ＡＰＴＮ平壌支局開設の認可を金正日にもらう

金正日は自身の執務室でＣＮＮ、ＢＢＣ、ＫＢＳ〔韓国放送公社〕などをすべて視聴していたが、著作権法上、北朝鮮のテレビがそのコンテンツをそのまま利用することはできない。だがＡＰＴＮと契約すれば、ＡＰＴＮが配信するデータはすべて使用できそうだった。そのほか、事務所賃貸料、北朝鮮の職員二名の給与、取材車一台分などが外貨で入金されるので、朝鮮中央放送委員会にも実益があった。

厄介なのは記者の常駐問題だった。北朝鮮ではけっして認められない部分だった。私はラファエルに逆に提案してみた。

「記者の常駐を条件にすると支局開設は難しくなる。最初は北朝鮮職員が映像を撮って配信するというやり方にしよう。そうやって何年か運営してみて、互いに信頼関係が築けたら、そのときもう一度記者常駐問題を上程してみよう」

　私は「とりあえず支局ができればAPTN記者や幹部の訪朝時に、取材訪問ではなく支局訪問を目的に入国申請書を出せるから、簡単に許可が得られる。入国が自由になれば常駐とさほど変わらない」と教えてやった。ラファエルは「自由な訪朝」という部分に非常に喜んだ。本社に問い合わせてから返事すると言い、数日後、彼からすべての事項に同意するとの連絡がきた。

　私は局長、次官と口頭で協議してから、その協議をもとに金正日に報告する文書を作成した。ポイントだけをかいつまんでみる。

「西側記者の常駐問題は、将軍様が絶対に駄目だと結論を出された問題なので許されない。代わりにAPTN平壌支局に朝鮮中央放送委員会の記者を二名置き、われわれの宣伝に必要なものだけ撮って送ってやればいいのではないか。党宣伝煽動部の事前検閲を経ているので大きな心配もない。何よりイギリス通信社の平壌常駐問題は、外交関係を結んだ当時から提起された懸案事項だが、いまだに進展がなくイギリス側の不満は大きい。APTNの支局を開設すれば、イギリスの不満を和らげることができる」

　金正日に送る文書は「誰がどんな要請をしてきて、あれこれ長短所があるが、メリットのほうが大きいので許可してほしい」というふうに作成してはいけない。そうすると否決されやすい。北朝鮮体制維持の観点から「これは許されないが、これは許される」というふうに綿密に詰めてみた痕跡が含まれなくてはならない。外務省の幹部はとくに文書に異議を示さず、金正日の承認も難なく下りた。APTN平壌支局はこうして開設された。北朝鮮で初めて、西側の通信社の平壌支局開設にこぎつけたという点で、私は今でも誇りに思っている。

リスクを恐れて誰も外国人記者のインタビューに応じない

韓国メディアは、ＡＰＴＮ平壌支局の開設を二〇〇六年六月と報じたが、これは正式に事務所が開所した日を基準にしたものと思われる。ＡＰＴＮ平壌支局の実質的な活動は二〇〇二年下半期にすでに始まっていた。二〇〇二年一〇月、第二次核危機が起こり、世界の注目が北朝鮮に集まると、ＡＰＴＮ平壌支局も多忙になった。平壌支局は第二次核危機と関連して北朝鮮外務省報道官のインタビューを申し込んできた。本社からの指示のようだった。

外務省で報道官の役割を担当する部署は報道局だった。ところが報道局で外国人記者のインタビューを受けてもいいという人はいなかった。インタビューの申し出は何度もあったが、外務省全体でも応じようという人は見つからなかった。

外国人記者のインタビューなら保衛部の盗聴を覚悟しなければならない。保衛部は事案の軽重を判断して、ときにはインタビュー全文を金正日に報告する。うまくやれば金正日の称賛、誤れば叱責や批判を受ける。現在、朝鮮対外文化連絡協会の副委員長兼最高人民会議副議長の洪仙玉（ホン・ソンオク）は前者に当たる。外務省局長時代、ロシア大使に一発食らわせ、金正日のお眼鏡にかなって、その後スピード昇進した。

一九九〇年、韓国と国交を樹立したロシアは、ソウルに自国の大使館があるにもかかわらず、南北関係の状況を北朝鮮の官僚に尋ねたりした。あるとき平壌駐在のロシア大使が外務省の祖国統一局長だった洪仙玉に会い「金泳三（キム・ヨンサム）政府の対北政策をどう評価するか」と訊いた。洪仙玉は「韓国政府の対北政策についてはソウルにいるロシア大使のほうがよく知っているはずだが、なぜ私に訊くのか」と責めた。韓国と外交関係を結んだロシアに対する北朝鮮の不満をそんなふうにほのめかしたのだ。

ロシア大使は何も言えなくなり、顔を上気させたまま帰ったという。その報告を聞いた金正日は、洪仙玉を賢いと何度も褒め称えた。このように外国人記者とのインタビューをうまくこなし、金正日の称賛を受けてにわか出世する夢を誰もが抱いたが、応じる人はいなかった。リスクが大きすぎたからだ。

仕方なく、自分でまいた種は自分でなんとかしようと私が立候補した。APTN平壌支局初の平壌インタビュー、しかも北朝鮮外務省官僚との初インタビューは、そうして世界に配信された。

私が脱北した直後、韓国のテレビは私のインタビュー映像を何度か流した。当時はどうやって韓国メディアがそれを入手したのだろうとずいぶん驚いた。このインタビューがきっかけとなって、私とラファエル、そしてAPTN幹部との縁が深まった。

小泉総理の強硬姿勢に負けて拉致問題を謝罪

二〇〇二年九月一七日は、金正日と日本の小泉純一郎が「日朝平壌宣言」を発表した日だ。「労働新聞」で報じられた「平壌宣言」の主な内容は「双方は国交正常化のためにあらゆる努力を傾け、日本は朝鮮の人々に与えた損害と苦痛に対する反省とお詫びの気持ちを表明し、双方は核問題の解決のために努力する」というものだった。

だが外交官として私が最も注目したのは「北朝鮮は日本国民の生命と安全にかかわる懸案問題について、不正常な関係にある中で生じたこのような遺憾な問題が生じないよう、適切な措置を取ることを確認した」というくだりだった。北朝鮮の日本人拉致を金正日が正式に認めたという意味だった。日本の謝罪と補償なしにはけっして日本を相手にしないと、韓国を非難してきた金正日がそのような声明を発表したことは、私にも衝撃的な出来事だった。

世界のメディアは、金正日が日本人拉致問題について謝罪し、再発防止を約束したと報道した。北朝鮮の外務省内でもこの宣言に対する解釈と今後の対処法については意見が分かれた。そうした雰囲気の中、姜錫柱（カン・ソクチュ）外務副相が直接外務省の講堂で全体に向けた講演を行った。彼の解釈はこうだった。

「小泉の平壌訪問を前に、会談内容の善後策について何度か話し合いがもたれたが、意見の相違を調整できなかった。われわれの目的は日本との関係改善を通じて日本から経済的支援を引き出すことだ。これにより経済的な難局を切り抜け、アメリカの対北圧迫攻勢を緩和させようとした。だが日本は拉致問題の解決なしには一歩も譲らないという立場を崩さなかった。今回の会談でも小泉は予想以上に頑なだった。そして拉致問題に関する日本の要求が受け入れられなければ、日本も他の問題に関して譲歩できないという意志を明確にしてきた」

姜錫柱の説明では、金正日も小泉がそう出てくることは予想していたが、自分が直接、拉致問題に言及することは避けるつもりで会談に臨んだという。代わりに拉致問題を共同声明に一言含める程度の妥協案をもっていたというのだ。だが小泉は強硬な姿勢を崩さなかった。金正日は他の部分で譲歩を引き出して経済的支援を得るために、とうてい口にするはずのない言葉を言うしかなくなった。

「私も最近になって知った。今後はこういうことはないだろう」

事実上の謝罪であり、再発防止を約束する言葉と変わりなかった。北朝鮮の最高領導者が「チョッパリ［日本人の卑称］」の前で謝罪するということは北朝鮮の国民にとってはありえない、想像もできないことだった。小泉との午前の会談が終わると、姜錫柱は金正日に駆け寄り、両手を合わせ、頭を下げて謝罪した。

「将軍様、外交戦士として本当に申し訳ありません。将軍様には拉致問題の話題が及ばないよう、私どもが処理しなくてはならなかったのに、できませんでした。私の重大なミスです」

横田めぐみさんの偽遺骨問題で〝一〇〇億ドル〟の経済協力も立ち消えに

意外なことに金正日は姜錫柱(カン・ソクチュ)を励ました。

「革命烈士陵には、日本の帝国主義に立ち向かい戦死した抗日闘士たちが、日帝から謝罪も受けられないまま眠っている。首領様も生前、日本から謝罪を引き出すことはできなかった。今日、私が日本の総理から正式に謝罪を受け、抗日闘士の同志たちの怨恨を晴らせたのなら、私も日本の総理にその程度の謝罪はできる。大丈夫だ」

その瞬間、姜錫柱は「将軍様!」と涙を流したという。姜錫柱は続けて平壌宣言の意義について強弁した。

「日本政府の首班である総理から反省と謝罪を引き出せたのは、将軍様の大きな業績だ。朴正煕(パク・チョンヒ)も日本の総理から謝罪を引き出せなかった。日本から被害を受けたアジア国家の指導者のうち唯一、将軍様だけが日本の総理から謝罪と反省を書面で引き出せたのだ。日本は植民地統治の被害に対して経済協力という方法で補償すると約束した。最低一〇〇億ドルは入ってくるだろう。一〇〇億あれば北朝鮮の道路や鉄道など基本的なインフラをすべて現代化できる」

「一〇〇億ドル」という言葉に私ですら胸が躍った。外務省の同僚もずいぶんと興奮した様子だった。そのくらい重要で莫大な金額だった。だがその後、状況は完全に違った方向に流れだした。

国際世論は、北朝鮮が拉致問題を正式に認めたと反北攻勢をさらに強めた。日本は北朝鮮が帰国させた拉致生存者五人を北朝鮮に送り返さなかった。そして日本に渡した横田めぐみさんの遺骨が偽物だと判明すると、国際世論は再び激しく揺れた。北朝鮮は、日本が「偽遺骨説」をでっちあげ、流布したと非難したが、外務省内では「どうして本物か偽物かも区別できない遺骨を送還して恥をさらすのか。真偽のほどが確かでなければ送るべきではなかった」という批判が相次いだ。すると外務省の日本担当課の職員はこう説明した。

「横田めぐみは精神疾患により四九号病院で死亡した。拉致問題が日朝会談の争点として取り上げられると、党はその遺骨を探せと指示してきた。しかし四九号病院には彼女についての正確な記録がなかった。死亡者が発生しても病院の裏山に葬儀もせずに埋葬していた時期だった。病院側としても苦しい立場だった。関係者の記憶にだけ頼って彼女を埋葬したと思われるあたりを探し、遺骨を一体発掘した。横田めぐみのものと確信し日本に送ったが、ＤＮＡ鑑定の結果、偽物だと判定された」

日本を騙すために偽物だと知りながら送ったわけではないという説明だった。その後、日本から来るはずだった一〇〇億ドルは影も形もなくなって、拉致問題だけが浮き彫りにされた。金正日は「チョッパリたちはやはり信用できない。まだアメリカの奴らのほうがましだ」と日本との国交正常化を放棄した。

「ＤＮＡ鑑定の装置がないのにどうしろというのか」

イギリスとのあいだにも「遺骨」にまつわる、あまりよく知られていない話がある。二〇一一年五月四日、北朝鮮は朝鮮戦争時に死亡したイギリス軍パイロットのデズモンド・フレデリック・ウイリアム・ヒントンの遺骨を板門店を通じてイギリス側に送還した。この日、北朝鮮メディアは関連内容を大きく報道した。北朝鮮とイギリスは外交関係を結ぶときに、イギリス軍の遺骨送還問題も適切に解決することで合意していたが、目に見える進展はなかった。

イギリスはその後、イギリス軍パイロットが平壌郊外で撃墜されたという資料を北朝鮮外務省に送ってきた。外務省は、関連業務を担当している人民武力省板門店代表部にその資料を見せた。そんなある日、板門店代表部がまるで大きな手柄でも立てたかのように外務省に文書を送ってきた。平壌市の龍城(リョンソン)区域でイギリス軍パイロットの遺骨を発見したというのだった。そのことは外務省を通じて平壌駐在のイギリス大使館にすぐに知らされた。

二〇〇四年初め、パイロットの弟のデイヴィッド・ヒントンが北朝鮮を訪れて、兄が埋葬されている場所を探した。その後、弟はイギリス政府に、兄の遺骨を祖国に持ち帰って安らかに葬りたいと求め、人民武力省板門店代表部は平壌のイギリス大使館と協議を重ねて、パイロットの遺骨と遺品を遺族に返還した。

ところが八月、イギリス大使が突然、外務省に面会を求めてきた。DNA鑑定の結果、遺骨はパイロットのものではなく動物の骨だったというのだ。「めぐみさん偽遺骨」で、すでに赤っ恥をかいていたこともあって、私はあきれてしまった。イギリスにまで詐欺を働いたようには思えなかったが、私も怒りを胸に秘めたまま、イギリス側の抗議を板門店代表部に伝えた。反応はあきれ返るほど堂々として落ち着いていた。

「DNA鑑定の装置がないのにどうしろというのか。飛行機が撃墜された場所の周辺を掘り起こして遺骨を渡したのだから、われわれは最善を尽くしたのだ。本人でないのなら仕方ない。遺骨を発掘していれば動物の骨もまれに出てくる」

この事実が知られたら、また大恥をかくのは明らかだった。外務省の幹部は、イギリスがこの事実を公表しないようあらゆる措置を取れと言って、おろおろしていた。私はイギリス大使にもう一度会い「担当機関にDNA鑑定装置がなくて起こった問題のようだが、今度のことでイギリスとの関係が壊れないことを願う」と伝えた。イギリス大使は意外に淡々として「北朝鮮が故意に動物の骨を送ってきたとは思わない。イギリスは今回のことで騒ぎ立てるつもりはないので、あまり心配しないように」と言ってくれた。「動物の骨事件」はこうして鎮めたが、心の中でため息が出るのはどうしようもなかった。

貨幣を大量発行して外貨を稼ぐも、インフレが悪化

二〇〇三年秋、朴奉珠(パク・ポンジュ)が内閣総理になると、内閣を中心に大々的な経済改革が進められた。その改革案の一つが、北朝鮮の公債と貨幣を海外金融市場に販売し、外貨を獲得しようというものだった。財政相の文一峰(ムン・イルボン)が積極的に動いた。彼は、北朝鮮の貨幣を大量に発行し、それを自らチェコとオーストリアにもっていき、ドルとユーロに交換してくるという計画を推し進めていた。

文一峰はその計画を実現するため、「将軍様に上げる文書草案」を外相の白南淳(ペク・ナムスン)に送ってきた。財政相が金正日への報告前に外相に文書を見せたのは、相（長官）が海外に出るには、事前に外務省との協議を経なければならないとの規定があるからだ。二〇〇三年末、ヨーロッパ局のキム・チュングク局長が協議会を招集し、文一峰が寄こした文書を検討した。

当時、チャンマダンのレートは一ドル当たり一五〇〇〜一七〇〇ウォン程度だった。わざわざヨーロッパに行かなくてもドルを買えたときだった。文書の主な内容は、闇市場のレートよりも不利な条件でドルとユーロを大量に買い込み、北朝鮮の外国為替事情を改善するというものだった。そうした条件を提示すればヨーロッパの金融市場は関心を示すだろうが、仮にそうやって外貨を持ち込めば、北朝鮮の貨幣価値がさらに下がるのは目に見えていた。そうでなくても北朝鮮の貨幣は紙

くず同然になっていた。財政相がやることとは到底思えなかった。自らインフレを悪化させると言っているのと変わりないからだ。

文一峰はもともと財政畑の官僚ではなかったが、モスクワ駐在の北朝鮮大使館で貿易参事官を務め、貿易担当の官僚として外貨獲得を成功させて、財政相にまでのし上がった。文一峰は二〇〇三年から公債を発行し、党組織を通じて国民に売り付けた。党は会議のたびに、公債購入は「愛国主義、忠誠心の表現」だと宣伝し、購入した公債を党に納めれば、忠誠心が高い人物と評価された。このときは文一峰が北朝鮮の貨幣価値を上げたと評価された。

ところが文一峰は金正日への忠誠心を示すために無茶な手を使った。金正日が軍部隊の現地指導を終えると、その部隊に行って懸案事項を解決してやり、金正日に「将軍様が心配していた問題を解決した」と忘れずに報告したのだ。ここまではありうることだが、問題はその解決の仕方だった。文一峰が率いる財政省は、貨幣を印刷してチャンマダンに売り、外貨を集めた。その外貨で食糧や生地を中国から買い付け、軍隊に与えることで問題を解決したと言っていたのだ。

党全体で「財政省を見習え運動」まで展開されていたときだった。文一峰がとんでもない計画を持ち込んできても、外務省としては頭から反対することもできなかった。いずれにせよ文一峰の主張は外貨を稼ぎ、党に捧げるというもので、彼に対する金正日の信任も厚かった。白南淳外相や姜錫柱(カン・ソクチュ)外務副相などはベテラン外交官なので、そうした状況でも真っ向から反対することはしなかった。ただ内部会議を開いた結果、反対意見が多いのでやむを得ない、というふうに処理するのだ。結局、キム・チュングク局長が矢面に立ち、文一峰の文書に同意できないという意見を財政省に送った。

文一峰は、白南淳と姜錫柱に「外務省は国の厳しい状況を考えず、教科書通りの仕事しかしない硬直した態度をもっている」と言ったあと、独自に金正日からの承認を得た。正確な額はわからないが、彼は北朝鮮の貨幣を何袋も詰めて、チェコとオーストリアに行き、一定量をさばいて戻ってきた。

結果は聞かなくともわかりきっていた。北朝鮮の貨幣の価値は暴落した。ヨーロッパの金融市場で北朝鮮の貨幣を買う人はいなくなった。取引は二〇〇七年を最後に中断された。

国はおかしな状況になった。ヨーロッパに売り出した北朝鮮の貨幣は、北朝鮮と中国の国境地域に渡って再び販売され、北朝鮮の内部にまで流入した。インフレはさらに悪化した。文一峰らの売れ残りの貨幣についても笑えないことが起こった。駐オーストリア北朝鮮大使館がそのお金を保管していたのだが、これを狙っている人が多かったのだ。金額は極秘に付されたが相当の金額だったのは間違いない。一部の外交官は、給料として受け取った外貨を大使館に保管している北朝鮮貨幣と交換してくれと言ったりした。もちろん北朝鮮のチャンマダンよりも好条件で両替してくれという話だ。

財政相はインフレの責任を問われて処刑

ヨーロッパの再保険会社から馬鹿にされたこともある。そのころロンドンでは北朝鮮の国営保険会社が起こした訴訟が進行中だった。二〇〇五年七月、高麗(コリョ)航空のヘリコプターが墜落する事故があり、北朝鮮国営保険会社は保険金として所定のユーロを支払ってほしいとヨーロッパ再保険会社に要求した。私の記憶では四〇〇〇万ユーロだった。ヘリが人道支援物資の保管倉庫に墜落したと嘘をつき、支援物資に対する補償まで受け取ろうとしたのだ。そのために北朝鮮は倉庫の物資明細表まで偽造した。再保険会社は事故は信用できないと支払いを拒否し、事件は法廷での争いに発展した。

裁判が北朝鮮側に有利になると、再保険会社らは保険金をユーロではなく北朝鮮貨幣で支払うと言ってきた。市場で北朝鮮の貨幣を捨て値で購入するという意味だったが、侮辱以外の何物でもなかった。さらに手痛いのは北朝鮮国営保険会社がその提案をけっして受け入れられなかったことだ。紙くず同然のお金を受け取ったところでどうにもならない。長びいた裁判は北朝鮮の勝訴で決着し、保険金も受け取ることができたが、北朝鮮の外交官はもちろん、保険総局の官僚も「これが国のやることなのか」と嘆きをぶちまけるしかなかった。

このとき私はロンドン駐在の北朝鮮大使館の参事官だったのだが、何人かのイギリス人にとんでもない提案をされることもあった。彼らは「北朝鮮の貨幣をたくさんもっている。北朝鮮のチャンマダンでドルやユーロに替えたいので手伝ってほしい。一緒にビジネスをやろう」と言うのだった。どう対応していいのか、ひどく困惑した覚えがある。

二〇〇七年ごろ、北朝鮮の闇市場のレートは一ドル当たり三〇〇〇ウォンまで跳ね上がった。インフレに対する北朝鮮の人々の不満は天を衝くほどだった。二〇〇七年、朴奉珠（パク・ポンジュ）は内閣総理を解任され、文一峰（ムン・イルボン）はすべての責任を取って処刑された。金正日の外貨金庫だけは満たしてあげていたのに、突然、首が飛んだのだ。

オーストリアの北朝鮮大使館の金庫に保管されていた北朝鮮の貨幣は、二〇〇九年一一月、正真正銘の紙くずになった。その月、北朝鮮で貨幣改革が行われたのだ。金庫から少しばかり取り出してもわからないだろうと思いながら、一時はこの大使館に勤務していた誰もが注目していたお金だった。おそらくそのお金は破砕するだけでも数日かかったことだろう。

「龍川駅爆発事件」後に携帯電話が使用禁止に

参事官として駐英北朝鮮大使館に派遣される二カ月前の、二〇〇四年四月二二日午後一時ごろ、平安北道龍川郡（ピョンアンブクトリョンチョン）の龍川駅の貨車待避線で大爆発が起こった。いわゆる「龍川駅列車爆発事件」だ。電気作業中の不注意で火花が飛び、中国から輸入した硝酸アンモニウム肥料一〇〇トンが爆発を起こし、郡人民委員会の所在地、龍川郡邑のほとんどすべての公共施設と住宅が爆風で倒壊したり、建物に亀裂が入ったりした。数十人が即死し、死傷者も数千人に及んだ。

北朝鮮は通常、自然災害や非常事態が発生しても海外に援護を求めることはない。だがこのときは事故発生状況について、迅速に異例の発表を行った。北朝鮮の力だけでは事故の収拾と復旧は困難なことも認めた。中国はもちろん韓国など国際社会に救援を要請し、平壌駐在の海外人道支援団体の現場視察も誘導した。全国で突撃隊という志願制の組織が編成された。世界各国からの支援資材も龍川に集まった。突撃隊はそれまであった建物をすべて取り壊し、新しい村を建設しはじめた。

当時、世界のメディアは、中国訪問から帰国した金正日を乗せた列車が爆発の数時間前に通過したことを報じて「金正日暗殺陰謀説」という見方を示した。北朝鮮が外国人にまで現場を公開したのは、そうした陰謀説を遮断するという目的もあった。だが海外メディアは続報を流しつづけた。爆発が起きた午後一時ごろに金正日を乗せた列車が龍川駅を通過する予定だったという報道もあった。英メディアは、事故現場で接着テープが貼られた携帯電話が発見されたとして、携帯電話を利用した爆破説を主張した。

数年後、イギリスの作家兼ジャーナリストのゴードン・トーマスは、イスラエル情報機関「モサド」を扱った『憂国のスパイ――イスラエル諜報機関モサド』（光文社）という著書で、新たな別の説を提示した。彼によれば、当時、龍川駅にはシリアの科学者たちを乗せた列車が通過しており、この事実を握ったモサドが爆破事件を起こしたという推測だった。

当時、私はこうした陰謀論を信じていなかった。北朝鮮社会の雰囲気もそうだった。ただ龍川駅事件があってから、急に携帯電話の使用を中止する措置が取られたのは何か疑わしかった。人々のあいだでは爆発事件と関連があるといううわさが流れた。

龍川駅暗殺計画の真偽に関係なく、金正日がその後、テロ防止のために携帯電話の使用を中止する措置を下したのは事実だ。これにより住民たちが不便をこうむったのは当然で、その経済的被害も相当なものだった。

北朝鮮で携帯電話の普及が許されたのは龍川駅爆発事件の一年前、二〇〇三年だ。このときはタイのロックスレイ社を通じて携帯電話が普及した。価格は一二七〇ドルで、北朝鮮では大変な額だった。現在の韓国のレートだと一四〇万ウォン〔日本円で約一四万円〕以上になる。一大決心をして携帯電話を購入した人々は、お金だけ取られたと不満を募らせた。

携帯電話の使用は、数年後、李洙墉（リ・スヨン）の提案で再開された。彼はジュネーブの国際電気通信連合（ＩＴＵ）の事務総局長から、移動通信網をうまく構築すればテロを事前に防げるだけでなく、社会統制にむしろ効果的だとアドバイスを受けた。

李洙墉はそれとともにほかの部分での活用にも注目した。活力を失い硬直していく北朝鮮社会に、移動通信事業が新しい希望を与えるのではないかと考えたのだ。国際電気通信連合の事務総局長の計らいで、エジプトのオラスコム社のナギブ・サウィリス会長を紹介されたあと、その確信はさらに強まった。

李洙墉は金正日に移動通信事業を提案し、承認を引き出した。一度言葉を誤れば首が飛ぶ北朝鮮社会で、移動通信事業のようなデリケートな問題を金正日に提起できるのは李洙墉しかいないだろう。北朝鮮で移動電話の使用が再開されたのは二〇〇八年末ごろだったと記憶している。このときはエジプトのオラスコム社によって普及した。北朝鮮の携帯電話の普及は、ひとえに李洙墉の手柄だと思っている。

監訳者解説1　本書が明らかにした北朝鮮外交の舞台裏

太永浩（テ・ヨンホ）氏は本書の第1章から第3章で、外部世界からはけっして触れることができなかった北朝鮮外務省（外交部）の内部について詳細に語っている。それらは、北朝鮮外務省の内部で責任ある地位にいたからこそ、知りえた事実にほかならない。ここでは監訳者解説という形をとって、第1章～第3章で太永浩氏が明らかにした事実を簡単に振り返りつつ、それが今日の日本にとってどのような意味を持つのかをみていきたい。

とくに注目に値するのは、西側世界がもっとも知りたがっている核兵器とミサイルに関しての記述である。太永浩氏は外務省、すなわち外交関係を主管する部署に属していたために、核兵器とミサイルの性能・資金などに関しては、限定的な情報しか得られない立場にいた。しかし、それでも極めて興味深い事実が紹介されている。

例えば、核兵器開発の発端と歴史である。北朝鮮の核兵器開発は、朝鮮戦争の際、原爆に心理的恐怖感を覚えた北朝鮮国民が避難民として南下していったことから始まったという。金日成（キム・イルソン）は当時、アメリカが核兵器を使うことはないと判断していたが、それが北朝鮮国民に与えた心理的影響を目の当たりにして、核兵器開発を決心した。この時代に金日成が核兵器の持つ心理的側面に注目したのは慧眼（けいがん）であった。なぜなら、その後西側でも、核兵器の心理的側面に重点を置いた研究が盛んになったからである。

国民が抱いている核兵器への恐怖を打破するためにどんな宣伝煽動をしようとも、彼らが南に逃げていくのを止めることができないという恐怖感。北朝鮮という国家が櫛の歯が欠けたように解体していくのを何もできずに座視せざるを得ないという経験が、金日成をして核保有を決心させたのである。自らの体制を護持するには核を保有するしかないという判断は、金日成、金正日（キム・ジョンイル）だけでなく、現在の金正恩（キム・ジョンウン）にも受け継がれていると見て間違いないであろう。それゆえ、体制の転換がない限り、金正恩が核を放棄するのは不可能に近いと考えられる。

また、核兵器の開発をめぐる毛沢東と金日成のやりとりも、じつに興味深い。中ソ対立の中で金日成が中国の核実験を支持したのは、中国を後ろ盾として北朝鮮も核開発できると考えたからであった。しかし、一九七五年四月の会談では、毛沢東から「核兵器を持とうなどと夢にも思うな」と牽制され、金日成は核兵器を製造する際の最大の敵はアメリカではなく、中国だと気づいた。

そこで金日成は、北朝鮮の核保有に最後まで反対する中国をなだめすかしながら、密かに開発を進める緻密な戦略を樹立した。第一に、韓国からのアメリカの戦術核兵器撤去を求め、朝鮮半島の非核化を宣言する。第二に、核兵器不使用宣言をアメリカから引き出す――という戦略だ。そして金日成は秘密裏に核兵器開発に全力を傾注したものの、アメリカは北朝鮮の核開発に対する警戒心を解くことはなかった。

その後、第一次核危機を経て「米朝枠組み合意」が成立したが、それは「時間稼ぎ用の欺瞞劇」に過ぎなかったと、太永浩氏は明かしている。興味深いことに、この北朝鮮の欺瞞劇に騙されていたのはアメリカや日本だけでなく、北朝鮮内部も同様だった。当時の日本の外務官僚や専門家、そしてメディアが簡単に騙されたのも当然のことだった。

さらに面白いのは、北朝鮮の外交戦略が一九九四年（ソ連崩壊と金日成の死後）から、外務省の組織改編とともに「革命外交」から「猪八戒外交」に変化した、という点だ。これも内部にいなければわからない事実である。「猪八戒外交」とは、「正直なふり、馬鹿なふり、悔しいふり、鈍いふりをしながら、どこに行っても得られるものはすべて手に入れる」、また「北朝鮮外交が何を求めているのか、その戦略と目標が何なのかは表に出してはならない」「すべてを不透明に処理」する外交であった。

北朝鮮の外交が「うまい」とされる理由を、太永浩氏は次のように分析している。▽まさしく「生き残り」をかけたものであるために、常に追い詰められ、強く出ざるを得ない状態にあること。▽外交ラインが長く継続されるなど、外交官の専門性が重視されていること。▽国家指導者は生きている限り外交と安全保障を担当するため、必然的に海千山千の「ベテラン」になること。▽粛清によって外交官が鍛えられること……などである。アメリカをはじめとする西側諸国、そして各国の北朝鮮専門家やメディアも見事にこの外交に引っかかったのである。

一方、北朝鮮の欺瞞外交における例外的な失敗として、小泉純一郎の訪朝が挙げられている。このとき北朝鮮は、日本との関係改善を通じて経済支援を引き出そうとしていたが、拉致問題に関する日本側の頑なな態度のために、最高尊厳たる首領が拉致を認めて「チョッパリ」に謝罪する羽目に陥った。さらに、横田めぐみさんの遺骨が日本側によるＤＮＡ鑑定の結果、偽物であることも判明した。

その結果、外交目標である日本からの支援金が消滅しただけでなく、拉致問題に対しても国際世論から厳しい目が向けられることになった。金正日は、「チョッパリたちはやはり信用できない。まだアメリカの奴らのほうがましだ」と日朝国交正常化を放棄した。この時日本政府は、北朝鮮の「猪八戒」外交に打ち勝ったのである。拉致問題の解決なしに国交正常化はありえないこと、そして小泉総理が交渉の途中でも席を蹴る決心を示したことがその理由であったのであろう。

しかし、本書の監訳に当たって太永浩氏と面会した際、彼は今の日本政府に対しある疑問を呈していた。それは二〇一九年三月一三日、菅官房長官が記者会見において、国連人権理事会への対北朝鮮非難決議案提出を見送ること、そしてその判断は米朝会談の結果や拉致問題を取り巻く諸情勢を総合的に検討した結果であると説明したことだ。拉致問題で頑なな態度を貫き、北朝鮮を追い詰めて金正日から謝罪を引き出した日本が、なぜこのタイミングで人権問題において下手に出るのか、という疑問である。ハノイでの米朝交渉が失敗した今、北朝鮮を追い詰めてこそ拉致問題は解決に近づくはずだ——というのが、太永浩氏の見方だ。

このほかにも、北朝鮮外交官の人事決定過程、北朝鮮で中心的な役割を果たす外交官の性格や言動など、外交の舞台裏を知るためのエピソードが満載だ。また、一九九〇年代以降の金正日時代に北朝鮮内部で起きていた事件に関しても、本書は詳細な事実を明らかにしている。一九九五年から二〇〇五年の「苦難の行軍」時代に起きた深化組事件の内実、粛清が粛清を生むというスターリン以来の共産主義国家の定式を、金正日もそのまま継承していることなど、太永浩氏が明かした新事実は枚挙にいとまがない。

第4章　アメリカの真意は見抜かれていた

駐英大使館に課された使命／利用されたイギリス／韓国人からゴルフレッスン／北朝鮮の中枢機関「三階書記室」／テポドン発射と初の核実験／激怒した中国／有名無実の六カ国協議／北朝鮮官僚がホームステイ／エリック・クラプトンに平壌公演を依頼

健康な子どもを病人に仕立て、海外へ同行させる

二〇〇四年六月、私は参事官として駐英北朝鮮大使館に派遣された。大使館開設準備のためのロンドン出張から一年と二カ月後のことだった。このとき長男は満一四歳、下の子が満七歳だった。長男は大丈夫だったが、下の子は小学校に通う年齢に当たり、原則的には海外への同伴出国が不可能だった。

外交官が子どもを連れて海外に出るには、複雑で緻密な幹部事業（人事検証）を経なければならない。まず子どもを帯同する理由書を作成して、外務省一局の在外代表部指導課に提出する。一緒に提出しなければならない書類もある。子どもの学業成績を保証する書類、少年団や青年同盟といった政治組織での思想の状態を保証する推薦書、身体検査表などだ。同伴出国ができない子どもを連れていくために、健康な子どもを病人に仕立てることもある。医科大学病院のような権威ある病院から虚偽の病歴書をつくってもらえばいいのだ。

在外代表部指導課で検討された書類は、労働党中央委員会幹部部に送られる。そこも通過すれば「旅券発給通知書」が外務省に下りてくる。こうして子どものパスポートをつくれば帯同が可能になるが、なんとか子どもと一緒に海外に出ても、まだ問題が片づいたわけではない。海外で小学校や高等中学校［北朝鮮の六年間の中等高等教育課程で、現在は三年間の初級中学、三年間の高級中学に変わっている］の就学年齢を迎える場合、親の勤務期間が残っていても、子どもはどうしても帰国しないといけない。

毎年一二月初めになると、すべての公館の大使と党書記に電報で指示がくる。管轄区域の小学校、高等中学校就学対象者の名簿を作成、報告して、いついつまでに学校に入れろという内容だ。外務省と中央党のほうでもすでに名簿があるので、虚偽の報告はできない。就学対象の子がいる親は、子どもを戻さないためにさまざまな「運動」を展開する。一番よく使われる手は、正常な子を病人にしてしまうことだ。子どもが治療中なので戻せないと頼み込めば、通じるときもあるし、通じないときもある。

外交官が子どもを帯同できない問題が不満要素として提起されはじめたのは、一九九〇年代初めだった。金正日（キム・ジョンイル）時代の一九八〇年代にも子どもは一人しか帯同できなかったが、さほど大きな不平不満は出なかった。海外勤務中の外交官の子どもの世話や教育をしてくれる南浦（ナンポ）革命学院が健在だったからだ。このころは喜んで子どもを北朝鮮に残していく外交官が多かった。

ところが南浦革命学院の運営状況が厳しくなると、子どもを預ける外交官は次第に減り、祖父母に面倒を見てもらうケースが大幅に増加した。そのため、子どもを連れていこうとする外交官が増えていき、海外で外国語を学んだ子どもが容易に平壌（ピョンヤン）外国語学院に編入できるシステムが整うと、その熱意はさらに高まった。

北朝鮮では、外国語の専門教育は中学校課程の外国語学院から始まる。平壌外国語学院の場合、小学生のときにどんなに勉強ができても、試験を受けての入学や編入は不可能に近いほど難しい。だが外国で勉強して戻ってきて編入するのは比較的楽だった。少しお金をかければできるという話だ。そこでこぞって一人でも多く連れていこうと必死になったのだ。

私もやはり下の子だけを平壌に置いていくことはできなかった。詳しくは明かせないが、とにかく私は非常に運よく二人の息子とイギリスに行くことができた。

平壌からロンドンまで、子どもたちと異例の鉄道旅行

子ども二人を連れてイギリスに行けることが決まると、欲が出てきた。外交官の子どもの帯同基準が変わりつづけている北朝鮮の実情からすると、子どもたちと旅行できる最後のチャンスかもしれないと思った。妻も子どもたちに世界の現実を見せてあげたいという。私は平壌からロンドンまで列車で行こうと決めた。

外務省の規定に従うと、平壌から北京までは列車、北京からロンドンまでは飛行機を利用しなければならない。旅費もその分しか支給されない。別の規定もある。外交官が海外に派遣されるときは一週間以内に派遣地に到着しなければならないのだ。常駐国から本国に召還されるときは二週間与えられるが、それは本国に持ち帰る物品を購入する時間だった。それから、他の国を経由する状況が生じたら、該当国の北朝鮮大使館に到着してすぐに、そのことを平壌に報告しなくてはならない。このすべては脱北を防ぐためだ。

私は鉄道旅行の計画を外務省の幹部に報告しながら「経由国に着くたびに報告するので、ロンドンに着くのに一週間以上かかっても、心配しないでほしい」と頼んだ。私に対する外務省の信頼は

厚かったので、みんなわかったと黙認してくれた。

北朝鮮の大使館か代表部がある国だけを経由地に選び、列車での旅を計画した。平壌、北京、モスクワ、ワルシャワ、ベルリン、パリを経てロンドンまでは約一カ月かかった。北京からモスクワまでは五日間近く列車内で過ごした。私たち家族は、ユーラシア大陸を横断するシベリア鉄道に乗って、ヨーロッパの主要都市に二泊三日ずつ滞在しながら一カ月かけてロンドンに到着した。時間がかかりすぎたと李容浩（リ・ヨンホ）大使に謝ると「子どもに対してずいぶんと愛情深い」と笑い飛ばされた。

子どもたちは今でもその旅行を懐かしがる。私は韓国に来てそのことをまわりに話したりしたが、反応はほぼ同じだった。

「早く統一されて、ソウルからロンドンまで列車で旅行できればいいのに」

その後、北朝鮮は外交官の家族の旅行ルートに対する統制と監視を強めた。私の例に接した同僚たちも、最初からそんなことは考えもしなかった。平壌からロンドンまで列車で旅したのは、わが家が最初で最後ではないかと思う。

ロンドンに到着後、私は息子二人を北朝鮮大使館周辺の中学校と小学校に入れた。内心、英語はもちろん、イギリスの政治、経済、文化なども知ってほしいという気持ちがあったが、それにはまだ幼すぎた。

「盧武鉉大統領の歓迎レセプションに出席してほしい」

ロンドンに来た年の一二月一日（韓国時間）、盧武鉉（ノ・ムヒョン）大統領がイギリスを国賓訪問した。訪英を半月後に控えた一一月中旬、イギリス外務省は李容浩（リ・ヨンホ）大使にドラマチックな提案をした。

「盧武鉉大統領の歓迎レセプションに李容浩大使も出席してほしい。韓国大使とともに入場して、盧武鉉大統領の訪英を歓迎し、拍手する姿を世界に見せてはどうか。李容浩大使が韓国大使の隣に並んで座る姿を見せるだけでも、朝鮮半島情勢を安定させ、両国が南北関係の主人公であるというイメージを与えるだろう」

そのころ、アメリカは北朝鮮に対し「先に核放棄、後に相応の措置」というリビア方式の核解決方式を推し進めていて、北朝鮮人権法の上程、大量破壊兵器拡散防止構想（ＰＳＩ、Proliferation Security Initiative）など、軍事的な圧力を高めていた。北朝鮮は核凍結、不可侵条約、経済支援などの「同時行動」を主張し、それに対抗していたときだった。李容浩大使は平壌にこう報告した。

「韓国大統領の歓迎行事にわれわれが出席すれば、朝鮮半島の中心が韓国であるかのような印象を与えうる。だが北と南が、南北共同宣言の『わが民族同士の精神』に基づき、ともに手を取り合って進んでいく姿を世界に見せれば、アメリカのネオコンにも打撃を与えるだろう。イギリスの提案を受け入れてはどうか」

一週間して返事がきた。平壌でもずいぶん悩んだようだ。

「いくら『わが民族同士』の精神を見せることができる場だとしても、韓国大統領の歓迎行事に北朝鮮大使が出席すれば結局、韓国の傀儡どものいいなりになっているという印象を世界に与える。イギリス側の提案をやんわりと拒絶しろ」

イギリス側に北朝鮮の立場を伝えた。とてもがっかりして残念そうだった。北朝鮮はまだアメリカの強硬姿勢を理解していないのではないか、という反応も見られた。

イギリスを通じてアメリカの手の内を読む

こうした例からもわかるように、李容浩（リ・ヨンホ）大使は合理的な考え方をする外交官だ。彼は二〇一七年九月、外相として国連総会出席のためニューヨークに滞在し、海外メディアの注目を集めた。北朝鮮が主張する超強硬対応措置に対する質問に「太平洋上で水爆実験を行うこともありえる」と発言し、波紋を広げたのだ。韓国メディアはもちろん、ロイターなど海外の主要メディアが李容浩のこの発言について大きく取り上げた。

実際には李容浩はそんなに好戦的な人物ではない。一日中、事務室で本ばかり読んでいた。実力と人格を兼ね備えた、すべての外交官の羨望の対象だった。彼と一緒に働いていたときも、一度も彼が部下に腹を立てたところを見たことがない。たまに部下を問いただすようなことがあっても、そのままではなく遠回しに伝えて、自分で気づくように諭すタイプだ。

じつは彼がイギリス大使として派遣されてきたというのは、示唆するところが大きい。彼が赴任した二〇〇三年八月、北朝鮮は第一回六カ国協議を目前に控えていた。北朝鮮の首席代表には、核問題専門家である李容浩以外に適任者は見当たらなかった。ところが姜錫柱（カン・ソクチュ）は李容浩を駐英大使として派遣し、フランス語専門の金永日（キム・ヨンイル）外務次官を六カ国協議の首席代表として送った。外務省の職員にとっても、突然の驚くような措置だった。

これは北朝鮮が情勢把握を終えたということを意味していた。イギリスではイラク戦争に対する懐疑論と、アメリカを支持するブレア首相に対する非難の世論が高まっていた。イギリスの支援なしに、アメリカが北朝鮮に物理的な力を行使することはないと、北朝鮮は確信したのだ。北朝鮮が李容浩を駐英大使として送る目的ははっきりしていた。イギリスを通じてアメリカの手の内を読むことと、イギリスを利用してアメリカの戦争挑発行為を食い止めることだった。これは李容浩だけでなく、駐英北朝鮮大使館の最大の使命でもあった。

姜錫柱はイギリスに発つ李容浩にこう言ったという。

「イギリスをうまく利用して数年だけ時間を稼いでくれ。二〜三年あれば十分だ。そうすればまた大きなことが起こるだろうから、そのときにまた呼び戻そう」

　姜錫柱が言う「大きなこと」とは北朝鮮の最初の核実験だった。そして彼の言葉どおり、李容浩は核実験後に北朝鮮に戻ることになる。

大使館総出で韓国人プロゴルファーからレッスンを受ける

　ロンドンに赴任すると、ＡＰＴＮ本社から何か力になれることはないかと連絡がきた。大使館の運営費が十分でない北朝鮮の外交官として、そうした好意は無駄にできなかった。大使館で使うノートパソコンが何台か必要だと話すと、喜んで支援してくれた。ＡＰＴＮとの縁は私が脱北するまで続いた。

　ロンドンのラファエルの家にもよく遊びにいった。ラファエルは香港と平壌で主に活動し、ロンドンにいないときも多かったが、彼の父親が喜んで迎えてくれた。これにはわけがあった。二〇〇三年三月、ロンドンで北朝鮮大使館の開設準備をしているときだった。大使館内部の作業の最中だったが、ある日、年配のイギリス人がイギリス産高級ウイスキーを持って大使館を訪ねてきた。

　建物内部の工事中ですっかりほこりだらけだったので、座る場所もなかった。誰かと尋ねるとラファエルの父親だった。平壌にいるラファエルがロンドンにいる父親に様子を知らせ、ウイスキーを一本持っていくよう助言したようだ。とてもうれしかった。私はイギリス人の父子からそれぞれウイスキーを一本ずつプレゼントしてもらった、最初の北朝鮮の人間かもしれない。

　参事官として赴任して一年後の二〇〇五年の夏から翌年一〇月までは、イギリスでゴルフをやった。そうして一年余りやったのがすべてだが、亡命後、一部の韓国メディアは「太永浩（テ・ヨンホ）公使は韓国に来るときゴルフのクラブをもってきた」として「イギリス勤務のときはいつもゴルフ場に通っていたゴルフマニア」と報じた。それは事実と食い違っている。クラブはもってきていないし、ゴルフ場にいつも通っていたわけでもない。ゴルフマニアというには忍びない。

おそらく二〇〇五年七月二一日付の聯合ニュースを読んでそんな記事を書いたようだ。聯合ニュースの記事を抜粋してみる。タイトルは「李容浩（リ・ヨンホ）大使一行、団体でゴルフ入門、全員ずぶの素人で基本レッスンに玉の汗」だ。

「李容浩大使をはじめとする駐英北朝鮮大使館関係者らが団体でゴルフを習いはじめ目を引いている。（七月）二一日、ロンドンの在英韓国人らによれば、李大使は二カ月前から同僚外交官四人とともに在英韓国人が運営するゴルフスクールに入学し、玉の汗を流しながらゴルフを習っているという。ロンドン郊外の住宅街イーリングにある北朝鮮大使館公邸と庁舎に勤務する北朝鮮外交官は総勢七名にすぎず、実際にはほぼ大使館全体でゴルフのレッスンに飛び込んだというわけだ。

李大使一行がゴルフを始めたのは、ゴルフ発祥の地であるイギリスでゴルフを知らなければ外交活動に支障が出るという、現地事情を踏まえてのことだと伝えられた。李大使らは全員ゴルフ初心者で、現地の在英韓国人プロゴルファーの指導で基礎レッスンとコースレッスンを受けている」

聯合ニュースの報道どおり、私はこのとき初めてゴルフを習った。一緒に習おうと提案してきたのが李容浩大使だ。あるとき彼から「ゴルフはおもしろいし、外交官なら必ずやるべきスポーツだと思うのだが、ゴルフを習う方法を見つけてくれないか」と言われた。まず費用が問題だった。ゴルフクラブだけでも二〇〇〇ドルほど必要になり、レッスン費とゴルフ会員権の購入費を合わせると、最低でも五〇〇〇ドル以上ないとゴルフは始められなかった。北朝鮮の外交官の経済力では考えられない金額だった。

しばらく悩んだ末に、アミネックス（Aminex）というイギリスの石油開発会社を訪ねていった。当時、この会社は北朝鮮と石油探査の協議を行っていた。社長のブライアン・ホールに、大使の名前を持ち出してこう話した。

「うちの大使がゴルフを習いたがっている。とりあえずゴルフクラブが必要で、レッスン代もいる。それからゴルフ会員権も、何とかしてもらえないだろうか」

とんでもない要求だったが、社長の答えは「もちろんオーケー」だった。すべて注文して領収書だけ送れという話だった。大使館の外交官五人が一セットずつゴルフクラブを購入した。ホール社長は大使館から一番近いエアリンクス（Airlinks）ゴルフ場まであっせんしてくれた。

お金の問題は解決したが、次はレッスンを受ける場所を探さなくてはならなかった。あちこち調べるなかで、大使館とつながりのある民主平和統一諮問議会のイギリスの諮問委員に訊いてみた。その人が、ロンドンのニューモルデンでゴルフのレッスンをしている韓国人プロゴルファー、クォン・ジョンヒョン氏とつないでくれた。李容浩大使と大使館職員は、彼から一カ月ほどレッスンを受けた。朴（バク）セリ選手を知ったのもそのときだった。そうしてゴルフのおもしろさがある程度わかるようになったころ、外務省からの緊急確認指示文が下りてきたのだった。こんな内容だった。

「ゴルフに通っているというのは事実か。それも『南朝鮮の傀儡』に習っているというが本当か。事実であればすぐに報告しろ」

われわれがゴルフをしていることは外務省に知られてはいけない秘密だった。大変なことになったと思いながらも、最大限にセキュリティを確保しながら習っていたのに、どうして嗅ぎつけたのか不審に思った。インターネットに何か記事でも出たのかと探してみたら、先述の聯合ニュースの記事がすでに数日前にアップされていた。やむを得ず事実どおり伝えるしかなかった。

外務省にこんな内容の批判書を送った。

「イギリスで外交官をしていると、ゴルフができなくては付き合いがなかなか広がらなかった。そういった支障があってゴルフを習おうとしたが、レッスンを受ける場所を探すのも難しく、イギリス国籍の韓国人に習うことになった。『南朝鮮の傀儡』ではなくイギリス人だった。本当に大変な罪を犯した。二度としない。許してほしい」

北朝鮮を動かす重要人物の存在が報道され、金正日が激怒

さいわい事態は収まり、われわれとしては胸をなでおろした事件だった。ゴルフのレッスンはすぐに中断した。あとで知ったのだが、聯合ニュースの記事の中でとくにこのくだりが金正日の怒りを買ったという。

「李（容浩）（リ・ヨンホ）大使は赴任以来、優れた英語力で、北朝鮮の公務員、教師、医師などをイギリスで研修させるなど、活発な外交を繰り広げている。自他ともに認める米国専門家として知られる李大使だが、父親は金国防委員長の最側近として知られるリ・ミョンジェ前労働党組織指導部副部長だ」

リ・ミョンジェは金正日を間近で支える三階書記室の書記室長だった。北朝鮮を動かす実力者中の実力者だった。そんな人物の名前とプロフィールまで韓国のメディアに報道されたので、金正日が激怒したのも当然だった。記事の報告を受けた金正日は、すぐさま電話で姜錫柱（カン・ソクチュ）を怒鳴りつけた。

「李容浩が仕事もせずに毎日ゴルフに通っていると報道された。どうなっているのか。姜錫柱、おまえは知っていたのか。ゴルフをイギリス人ではなく南朝鮮の傀儡に習っているというではないか。気は確かか。それに南朝鮮のメディアがなぜ、李容浩がリ・ミョンジェの息子だということまで知

っているのか。すぐに調べろ」

　以上が、平壌から緊急確認指示文が下りてきた騒動の顛末だ。

　私は韓国に亡命してようやく再びクラブを握り、ゴルフのおもしろさも改めて感じた。イギリスでゴルフのレッスンを受けてから一一年が経っていた。

　それなのに一部の韓国メディアは、私が亡命するときにゴルフクラブをもってきたと誤って報じたのだった。少し前、私にゴルフを教えてくれた韓国人プロゴルファーのクォン・ジョンヒョン氏と久しぶりに電話で話すことができた。彼は一一年経った今でも大使館のメンバーと子どもたちの名前まですべて覚えていた。彼はわれわれのレッスンが終了したあと、知人との酒の席で、自分が北朝鮮の李容浩外相と太(テ)公使、大使館の子どもたちにゴルフを教えたと自慢しても誰も信じてくれなかったと話した。そして自分の人生で北朝鮮の外交官にゴルフを教えたときが一番幸せな時間だったと振り返った。

　韓国では金正日のゴルフの腕前についてスコアが五六という話もあったようだ。金正日も一時ゴルフをやってはいたが、スコア五六というのは根も葉もないうわさだ。金正日がゴルフを始めたのは側近に勧められたからだ。

「将軍様も運動しなければなりません。運動はお好きでないようですが、そんな人でも楽しめる運動がゴルフだそうです」

　金正日もなるほどと思い、ゴルフ場をつくれと指示した。クラブを購入し、側近だった金容淳(キム・ヨンスン)などにも配って、週末のたびにゴルフをすることにした。だがゴルフはある程度レッスンを受けて練習しないと楽しめないスポーツだ。それもせずに、むやみにコースに出たのでストレスだけがたまったようだ。側近たちも同じだった。しばらくすると金正日は「これのどこがおもしろいのか」

とゴルフクラブを放り投げてしまった。

立入禁止エリアに存在する北朝鮮の中枢機関「三階書記室」

「労働党三九号室」は韓国でも比較的よく知られているようだ。労働党中央の外貨獲得のために設立された機関だ。

一方、リ・ミョンジェが一時室長を務めていた三階書記室は、北朝鮮の国民でさえよく知らない組織だ。建物の三階にあるわけではなく、書記室が三階建ての建物を使っていることからこう呼ばれている。もっと正確に言えば、金正日の執務室がある建物が三階建てで、朝鮮中央テレビはこれを「金正日将軍様がいらっしゃる党中央庁舎」と紹介したりしていた。この庁舎で金正日の仕事を最も近くで補佐する部署を「三階書記室」という。韓国にたとえるなら、党中央庁舎は大統領府の青瓦台（チョンワデ）、三階書記室は大統領秘書室に近いと言えるだろう。

党中央庁舎は中央党の幹部も滅多に近づけない完全な立入禁止エリアだ。ところが金正恩（キム・ジョンウン）は二〇一八年三月五日、韓国大統領特別使節団をここで迎えた。北朝鮮のメディアがこの建物を「朝鮮労働党本館」と紹介したのは、このときが初めてだった。

二〇一五年、金正哲（キム・ジョンチョル）がエリック・クラプトンの公演を見るためにロンドンに来たとき、三階書記室から何人か随行してきた。そのときに会った張龍植（チャン・リョンシク）はロシアのチャイコフスキー記念国立モスクワ音楽院を卒業し、万寿台（マンスデ）芸術団の指揮者として活動した音楽家だ。そんな人物がなぜ三階書記室の所属なのか。

たとえばこんな状況を仮定してみよう。金正日がある楽団を訪ねて「この歌曲の和声はこうで楽器構成はああだから、こんなふうに直してみろ」と現地指導をした。金正日が三階書記室から事前

金正日の執務室がある党中央庁舎内に三階書記室がある。三階書記室は、中央党のメンバーでさえ勝手に近づくことはできない、完全な禁止区域だ。金正恩は2018年３月５日、韓国大統領特使らとここで面会した。

に予習を受けていたことを知らない団員たちは「どうしてそんなことまで知っているのか」と驚かざるを得ない。

北朝鮮は、金一族という「神」といくつもの下部組織のあいだの縦のつながりだけが存在する社会だ。横のつながりがほとんどない。省庁間の協議というのが北朝鮮にはない。下部組織から上がってくるときに段階は踏むだろうが、もっぱら金正日に直接報告するという仕組みだ。たとえば外務省と党国際部研究部署の話し合いが必要な事案でも、会議は行われない。外務省は外務省、党国際部は党国際部で、それぞれ金正日に報告する。とくにアメリカ、中国、ロシアとの問題は徹底してセキュリティが保持されなくてはならず、懸案が外務省の外に流出しては困る。金正日と外務省以外に知られてはいけないのだ。党中央組織指導部がどんなに強大な権力をもっていても、これだけは手を出せない。中央組織指導部の力がどれだけすごいかというと、中央組織指導部所属の海外党生活指導課の課長レベルが、外務省の人事の粛清を決定することもできるのだ。そんな権限まで行使できるというのに、対外政策については干渉できない。党国際部も同じことだ。

　このような仕組みが金正日を「神のような存在」につくり上げている。部署の実務者たちもよく知らない事案に対して、金正日が具体的にこまかく指示を出せば「将軍様はどうしてこんな部分まで……」と思わずにいられない。金正日が事前にほかの部署からその事案について聞いているという事実を知らないからだ。このようなシステムは金正恩にもそのまま引き継がれている。

徹底的な縦割り構造が権力を生む

　三階書記室が権力の中心なのは、こうしたシステムを支えるパイプ役になっているからだ。たとえば金正恩が「二〇一五年までに統一するための案をつくれ」と指示したとする。すると三階書記室は金正恩の指示だとして各部署に個別の文書を送る。人民武力省は韓国攻撃計画を作成して報告し、外務省は国連の対北制裁の解決策を講じて提出しろといった具合だ。

　どの部署も、この事案に対して総体的にアプローチすることはできない。だが、それが可能な三階書記室や金正恩にはあらゆる情報と権力が集まることになる。具体的な政策や案を立てる機能がない三階書記室が、背後で強力な権限を行使しているのはそのためだ。こうした組織のトップだったリ・ミョンジェのプロフィールが「ゴルフ騒動」で世界中に知られたので、金正日が機嫌を損ねたのもわからなくはない。

　現在の三階書記室長は、平昌（ピョンチャン）オリンピックで金与正（キム・ヨジョン）とともに訪韓した金昌善（キム・チャンソン）だ。彼の前夫人リュ・チュノクは北朝鮮で有名な抗日革命闘士夫妻の柳京洙（リュ・ギョンス）と黄順姫（ファン・スンヒ）の娘だ。リュ・チュノクは金敬姫（キム・ギョンヒ）とごく親しい間柄だった。金昌善は、韓国大統領府の鄭義溶（チョン・ウィヨン）国家安保室長と徐薫（ソ・フン）国家情報院長などの特別使節団が訪朝したときも重要な役割を果たした。特別使節団と金正恩が会ったとき、案内役を任され、金英哲(キム・ヨンチョル)労働党副委員長との会談にも同席して、会談内容を金正恩に報告する役目を果たした。

テポドン発射と核実験の実施

第一次核危機が回避されるまでには一年七カ月かかった。一九九三年三月、北朝鮮の核拡散防止条約脱退から、翌年一〇月の米朝枠組み合意までということになる。二〇〇二年一〇月、ケリー米特使の訪朝に触発されて起こった第二次核危機は、二〇〇五年九月、第四回六カ国協議第二セッションでの共同声明発表で、約三年ぶりに解決されるものと見られた。もちろん、二〇〇五年二月一〇日の北朝鮮の核兵器保有宣言、同年九月一五日にアメリカがＢＤＡ（Banco Delta Asia、バンコ・デルタ・アジア。マカオに本社がある銀行）を資金洗浄の懸念先に指定して北朝鮮関連の口座を凍結するなど、紆余曲折はあった。実際ＢＤＡ問題は、北朝鮮のミサイル発射と第一回核実験の引き金となる。

私は二〇〇四年六月にイギリスに来たが、平壌にいたときよりも、六カ国協議などの第二次核危機に関連した流れを国際的な視点から眺められるようになった。金正日はたいしたものだと心底思った。韓国やアメリカをどうしてあそこまでうまく扱うことができるのか、感服すらしたものだ。北朝鮮は、朝鮮半島非核化ロードマップである六カ国協議の共同声明が発表されるまで、高圧的に出られるだけ出て、手にしたいものはすべて手に入れたのだ。これはけっして簡単なことではない。二〇〇四年一一月にブッシュが再選し、アメリカの対北政策がいっそう強硬になると予想されていたからだ。

これは李容浩(リ・ヨンホ)大使をはじめとする駐英北朝鮮大使館が、イギリスを通じてアメリカの立場を見抜いていたからこそ、可能だったことだ。イギリスの政局は二〇〇四年下半期から騒然としてきた。ブレア首相がイラクの大量破壊兵器保有の可能性と脅威を誇張し、国会と国民を騙して参戦を決めたという世論が高まったせいだ。イギリスはアメリカの対北強硬策を手放しで支持できない状況に置かれる。ここで金大中(キム・デジュン)政権の「太陽政策」を継承した、盧武鉉政権の対北政策を支持する側に引き寄せる必要があった。

アメリカの圧迫は共同声明発表後も続いたが、イギリスを通してアメリカの動向を予測した北朝鮮は、徹底的に強気に出た。二〇〇六年に入ると、北朝鮮はBDA問題に対する攻勢をさらに強めた。この銀行に預けられた北朝鮮の資金二五〇〇万ドルがアメリカの圧力により凍結されている状態だった。北朝鮮は六カ国協議にも応じないと宣言した。あげくの果てに、その年の七月五日、テポドン二号を試験発射し、さらに一〇月九日には初の核実験を実施した。金正日の時間稼ぎの欺瞞劇が再び成功し、北朝鮮が核開発にぐっと近づいた瞬間だった。

駐英北朝鮮大使館がそのことを事前に知っていたのはもちろんだ。直前に対策会議まで開いていた。

北朝鮮は「核実験をしてもアメリカは攻撃してこない」と読んでいた

「北朝鮮が核実験を強行したら、アメリカは攻撃してくるだろうか」

一見、とても難しく思える会議の議題だったが、答えはすぐに導き出された。イギリスの情勢、イラク戦争後に悪化した世論、イラク国内での大量破壊兵器の未発見、イギリスとアメリカの関係などを考え合わせたとき、アメリカはけっして北朝鮮を攻撃できないだろうという結論になった。

対策会議の結果はすぐに平壌に伝えられた。

このように素早く結論を出すことが可能だったのは、駐英北朝鮮大使館がイギリス政府、外務省官僚はもちろん、チャタムハウスやイギリス国際戦略研究所などと継続的に交流を行ってきたからだ。国際戦略研究所には、米朝の軽水炉交渉のときに米代表団を率いたゲイリー・セイモアが副所長として来ていた。ゲイリー・セイモアはその後、核不拡散担当の国務次官補代理マーク・フィッツパトリックと交代し、二〇〇九年には大統領特別補佐官となって帰国する。

李容浩（リ・ヨンホ）大使は、イギリスはもちろんアメリカの上級職ともミーティングを行いながら、アメリカの対北政策を読み取ろうとした。だが大使はあまりにも公の立場で、話題になりやすいポストなので、突っ込んだ意見交換をするには限界があった。相手は大使を通して北朝鮮の立場を打診しようとするばかりで、心を開いてくれなかった。大使だと誰に会っても公式に近い形になってしまう。イギリス外務省副相や局長クラスと会えば、実際に公式の面会になる。話が四五分以上になることはまれで、お互いの立場を伝え合うと、もう時間になってしまう。

新たな対話ルートが必要だと感じた李容浩大使は、公式的な対話や活動は自分がやるから、非公式の対話ルートをつくってほしいと言ってきた。ちょうど駐北朝鮮臨時代理大使をしていたジム・ホーアがイギリスに戻ってきていた。彼はイギリスの学界で名望を集めていた。私は李容浩大使に、ジム・ホーアと非公式の対話ルートをもとうと考えていると伝え、認められた。

ジム・ホーアは二〇〇二年にイギリスに戻り、すでに退職していた。私の質問に真剣に答えてくれたが、イギリス外務省の現在の雰囲気はわからなかった。そこで「ルート」をさらに開拓した。イギリス外務省対北政策の主な意見は、アジア太平洋局ではなく北東アジア研究グループの対北朝鮮専門家から出されていた。ジム・ホーアはもともと、その北東アジア研究グループを率いていたのだが、私がロンドンに渡った二〇〇四年には、ユアン・グラハムとマイク・コーエンがそのグループでイギリスの対北政策を主導していた。

最初は、ユアン・グラハムに会いに事務室を訪ねていたが、もう少し気楽に非公式に会わないかと提案してみた。彼は喜んで同意し、それから二人が対話する場所は外務省近くのセント・ジェームス・パークになった。ずっと気軽に話すことができた。何時間も公園を歩きながら六カ国協議の進行状況、アメリカとイギリスの立場などについて意見を交わした。互いに心を許しているかのようにふるまいながらも、相手の内情だけを引き出そうとしていたのは、仕方のないことだった。

のちにグラハムは韓国の北朝鮮問題専門家ソン・ジヨンと結婚した。現在グラハムは豪ローウィ研究所で、ソン・ジヨンはメルボルン大学で北朝鮮について研究している。私の脱北直後、グラハムは私に関する長い記事を外国メディアに発表している。その後、グラハムとは夫婦同伴でソウルで会った。互いに探りを入れるために駆け引きをしていた一〇年以上も前のことを回想し合った。私も彼ももう外交官ではないので、より深く真実を語り合えるだろう。

有名無実と化した六カ国協議

北朝鮮の核実験に一番怒ったのは、アメリカではなく中国だった。六カ国協議をリードした中国は、北の核問題の主導権を握っていると信じていた。北朝鮮の核実験は、そんな中国に容赦なく平手打ちを食らわすことになった。

核実験から三日後の二〇〇六年一〇月一二日、中国の瀋陽（シェンヤン）で北朝鮮外務副相の姜錫柱（カン・ソクチュ）と中国の李肇星（り・ちょうせい）外相が秘密裡に接触した。中国が北朝鮮に極秘会談を求めたのは、中国の強い遺憾を伝えるためだった。姜錫柱と李肇星は北京大学外国語学部英語科の同窓で、寄宿舎ではルームメートだった。

　姜錫柱の回想によれば、李肇星は「とんでもない怠け者の友人」だった。当時、寄宿舎の電灯はひもを引っ張って点けたり消したりしていたが、李肇星は就寝の数時間前に自分の足にひもをつけて、電灯のひもと結びつけた。ベッドで本を読んでいて明かりを消すとき、起き上がるのが面倒だったのだ。寝入った李肇星が寝がえりを打つたびに、明かりが点いたり消えたりした。そのせいで姜錫柱は寝不足の日が多かったという。後日、姜錫柱はある記者会見でこんなことを言って場を笑わせた。

「私は李肇星の消灯の仕方のせいで寝不足になって、あまり勉強ができなかった。見てほしい。今、友人の李肇星は外務大臣で、私は副大臣だ」

　そんな間柄だったが、二人が向かい合った極秘会談は重苦しい雰囲気になるしかなかった。北朝鮮外務省内で回覧された会談記録によれば、李肇星は姜錫柱にこんなことを言ったようだ。

「中国人民は、北朝鮮人民の偉大な首領、金日成(キム・イルソン)同志を大変尊敬している。金日成同志は朝鮮半島非核化という、とても戦略的な遺産を残した。だが今、北朝鮮の同志たちは彼の思想と遺産に背いている。金日成同志が朝鮮半島非核化の思想を示したのは、北朝鮮のような小国が核競争に巻き込まれた場合、重過ぎる経済的負担に耐え切れずに崩壊する可能性があると予測したからだ。ソ連のような大国でさえ、アメリカとの過度な軍拡競争に巻き込まれて結局は崩壊した。北朝鮮は今回核実験という、越えてはならない山を越えてしまった。今からでも核開発を中止して経済建設に専念してほしい。核開発を中止すれば中国は北朝鮮に対する経済的、軍事的支援を広げる。核では北朝鮮の体制を守れない。まずは速やかに経済から立て直すべきだ」

　姜錫柱はこう反論した。

「私は今、中国外相の李肇星と話しているのか、それとも清朝の使節、李鴻章と会談しているのか、わからない。ソ連の例を挙げているが、中国の外相がソ連の崩壊の原因すら知らないということに愕然とする。ソ連が崩壊したのはアメリカとの軍拡競争のためではない。党が人民への思想教養事業を怠り、党自体が腐敗して変質したからだ。ソ連がわれわれのように党を強化し、思想事業を重視していたなら、どんなに多くの軍事費を注ぎ込もうと、崩壊などしなかったはずだ。

あなたはまた金日成首領様の卓越した偉大なる朝鮮半島非核化思想に言及した。朝鮮半島非核化とは、われわれだけの非核化ではなく、韓国も含めた朝鮮半島全体の非核化のことだ。アメリカは朝鮮半島で核戦争の訓練を継続しており、いつでも核兵器を持ち込むことができる。このような状況で朝鮮半島が非核化されるはずがない。非核化が可能なのは、われわれの核でアメリカの核を追い出し、アメリカから核不使用の担保を引き出したときだけだ。首領様の朝鮮半島非核化思想が実現できるよう、中国が北朝鮮とアメリカのあいだを取り持ってほしい」

姜錫柱の論理は、以後、中国との核関連の論争でつねに利用された北朝鮮の論理でもあった。李肇星は結局、姜錫柱の要求を聞き入れた。中国は、二〇〇五年一一月の第五回六カ国協議の第一セッション以降、不参加を表明していた北朝鮮を再び引っ張り出し、核実験の二カ月後の二〇〇六年一二月、第五回六カ国協議第二セッションの開催に成功する。第一セッションから一年一カ月ぶりに行われた会合だった。

翌年（二〇〇七年）二月、第五回六カ国協議第三セッションでは「二・一三合意」を導き出した。また同年九月末に開かれた第六回六カ国協議第二セッションでは「一〇・三合意」に至った。二つの合意は、二〇〇五年の共同声明の具体的な履行のためのものだった。この合意により、北朝鮮は核施設の閉鎖と無力化を、残りの五カ国は重油をはじめとするエネルギーと経済的支援を再び約束した。新しい成果があったかのように見えたが、実際は、中国と李肇星が北朝鮮の核実験に尻込みしたのと変わらなかった。

二つの合意では、北朝鮮の核施設申告対象に核兵器と高濃縮ウランが含まれるかどうかがはっきりしていなかった。また中告の履行と五カ国の経済支援の前後関係も明確ではなかった。やはり結果は明らかだった。北朝鮮とアメリカは合意を履行しなかったと互いに責任をなすりつけた。六カ国協議は第六回第二セッションを最後に、その後開かれていない。文字どおり、名前だけが残って実益がなかった有名無実の会談だった。

「お父さん、BBCテレビも北朝鮮が悪い国だと言っていたよ」

国連安保理は北朝鮮の初の核実験を強く非難し、追加の核実験と弾道ミサイル発射の中止を求めた。北朝鮮に包括的な制裁を加える内容の決議案も採択された。イギリス外務省の副相は李容浩(リ・ヨンホ)大使を呼んで強く抗議した。イギリス社会は怒りに沸き立っていた。行く先々で北朝鮮の核保有は許せないと言われた。学校から戻った下の息子は、担任から激しい怒りに満ちた声でこう言われたという。

「あなたの国は間違ったことをしている(Your country has done something wrong)」

その言葉を聞いて私も強い憤りを感じた。いくら外交官の息子だからといって、九歳にしかならない子どもに、怒りをぶつけて言う言葉ではなかった。とうてい受け入れられなかった。李容浩大使に、学校に行って抗議すると伝えると、彼も同意してくれた。

翌日、担任の先生に会い「北朝鮮が核実験をしたのは政治的な問題だ。北朝鮮の外交官の子どもだからといって、小さな子どもに先生がそんなふうに言うのはよくない」と話した。担任は即座に謝罪した。学校から帰った息子には「先生は悪かったと謝ってくれたが、今後はそういうことを言われても腹を立てないように」となぐさめた。ところが息子はこう言うのだった。

「お父さん、ＢＢＣテレビも北朝鮮が核実験をしたから、悪い国だと言っていたよ。北朝鮮は核実験をしては駄目なの？」

私はわかるように言い聞かせるのが難しく、「ＢＢＣは見るのをやめなさい。全部嘘だよ」とはぐらかした。さらに息子に「お父さん、ＢＢＣも嘘つくの？」と言われて、答えに窮した私は「そうさ」と話を切り上げてしまった。幼いときからＢＢＣを見ていた下の子はＢＢＣの言うことを絶対的に信じていたのだ。

李容浩を駐英大使として送り「大きなことがあれば呼び戻す」と言っていた姜錫柱（カン・ソクチュ）の言葉がそのまま現実になった。初の核実験の直後、姜錫柱は李容浩を平壌に呼び寄せた。これは、二〇〇七年から核をめぐる米朝の対立が本格化することを見込んで、その主導的な役割を李容浩が担うという意味だった。

李容浩大使は二〇〇六年一〇月に本国に戻り、翌年一月に後任として慈成男（チャ・ソンナム）大使が赴任した。彼は現在ニューヨークで国連大使をしている。駐英大使館でともに勤務した同僚としては、後日、駐ドイツ大使になった李時弘（リ・シホン）が当時の公使で、彼の後任にチョン・インソンが参事官としてやってきた。書記官ではハ・シングク、リ・ウンチョルがともに働いた。ハ・シングクはその後、外務省を退職して金日成金正日花連盟［金日成花はインドネシア人がセッコクを、金正日花は日本人がベゴニアを品種改良して寄贈された花］の対外事業局長となり、リ・ウンチョルは国連食糧農業機関（ＦＡＯ）の平壌代表部にいたときに保衛部にひっかかり、私が脱北したときもまだ収監されていた。

イギリス外務省の北朝鮮担当課長とパブで口論に

イギリスで働きながら一番やりがいを感じたことは、金正日の誕生日（二月一六日）のたびに行われていた、平壌市の生徒たちによるマスゲームを中止させたことだ。ことの発端はこうだった。

二〇〇五年一二月初め、イギリス外務省の北朝鮮担当課長が交代した。二〜三年周期であることだったが、担当者を四年以上は一つのポストに置かないのがイギリス外務省の規定だった。そうすることで外務省のあらゆる部署を回りながら外交事業全般を把握できるというわけだ。仕事の効率より、個人の成長を重視する考え方が、この規定のもとになっているようだった。

ともかく私は新任の課長にこまめに会って、北朝鮮の政策を説明した。彼は、まもなく平壌駐在のイギリス大使館に派遣され、北朝鮮の現実を見てくるのだと話した。新任課長に任命されると、一定期間、現地で研修を受けるのがイギリス外務省の慣例だった。彼は平壌滞在期間中、北朝鮮の外務省ヨーロッパ局の職員に会い、情勢も話し合って、両国関係の発展について討議して戻ってきた。

彼がイギリスに戻ってくる直前、平壌から指示があった。彼はイギリスの対北政策に影響を与える立場にあるので、訪朝の感想をよく聞いて報告しろということだった。イギリスに戻ってきた彼に会いたいと伝えると、いつもとは違う、イギリス外務省の近所のパブで会おうと言ってきた。

店で彼の平壌訪問について聞きながら、いろいろなことを話した。ところが突然、彼が「一つ訊きたいことがあるのだが、本当のことを答えてくれるか」と真剣な表情になった。私は「そんなに真剣に訊くなんて、どんな質問なのか。誠心誠意答えよう」と言った。彼の話だ。

「イギリスと北朝鮮は制度も思想も違う。当然、考え方も違うだろう。だが北朝鮮に滞在しているあいだ、どうしても一つだけ理解できないことがあった。あの寒い冬に小学校、中学校の生徒たちが平壌体育館の前の広場でマスゲームの練習をしていた。とくに八歳の小さな子どもたちが手袋をはめて、コンクリートの上でタンブリングする姿を見ていたら涙が出てきた。それなのにあの子たちに同情する市民は一人もいなかった。いったいなぜ北朝鮮の人々は、子どもが寒さに震えながら指導者の誕生日の準備をすることに同情しないのか。子どもたちがかわいそうではないのか」

私はこう答えた。

「あなたの言うように北朝鮮とイギリスは思想も制度も違う。北朝鮮は集団主義を重視する。個人は全体のために奉仕する。だが集団主義は自然とつくられるものではない。小さいころから、団体でリズムに合わせるマスゲームのような活動を不断に練習することで、生まれるものだ。マスゲームも結局、集団主義の思想を植え付けるための一つの教育と見なしている」

彼は反論した。

「今ロンドンの小学校で学んでいるあなたの下の子が八歳だったと思う。その子が寒さに震えながらコンクリートの地面の上でタンブリングをすると想像してほしい。それも単に指導者の誕生日を祝うためだとしたら、あなたは同意できるのか」

私は当然、同意すると言った。すると彼は「あなたに父親の資格はない。あなたのような人とは話したくない」と言いながら、席を立って行ってしまった。

平壌へ送った電報文がきっかけでマスゲームが中止になる

苦々しい気持ちだった。私はしばらく考え込んだ。平壌で子どもたちのマスゲームの練習はよく見てきたが、それが間違っているとは一度も思わなかった。大使館に戻って、大使に新任課長の話を伝えると、その内容をそのまま平壌に報告しようということになった。

私は大使の指示どおり電報文を作成しながら「新任課長がそんなふうに考えたのは、平壌駐在のイギリス大使デイヴィッド・スリンから悪影響を受けたからだと判断する」と付け加えた。それとなくイギリス大使のせいにして報告した理由は、ロンドンで北朝鮮の政策を誤って宣伝したと批判されないためだった。

電報文はそのまま金正日に伝えられ、金正日は姜錫柱(カン・ソクチュ)に電話をかけて叱責した。自分の誕生日を祝うために数千人の子どもたちが寒い冬の平壌の通りで震えているという点が引っかかったようだった。金正日はまた姜錫柱に「平壌駐在イギリス大使は悪い奴」だとして「すぐさまそいつを追放するための作戦を立てろ」と指示した。意図するところではなかったが、私が作成した電報文のせいでデイヴィッド・スリンは流れ弾に当たった形になった。

ところがその後、子どもたちのマスゲームの練習は中止された。そうなるとは思いもよらず、期待もしていなかったことだ。金正日が直接指示を下したのかもしれない。体制の非合理性をよくわかっている北朝鮮の外交官たちは、北朝鮮を少しでも変化させるために、陰でさまざまな努力をしている。私が作成した電報もその一つだったと言えるが、そのときは特別な思いはなかった。だが今振り返るとすごいことだったと思う。北朝鮮の子どもたちがもう冬にマスゲームの練習をしなくてもいいのは、私の功労だと自負している。

一方、姜錫柱は、デイヴィッド・スリン大使を追い出せという指示に悩んでいた。彼を強制追放すれば李容浩(リ・ヨンホ)駐英大使も追放される可能性がある。姜錫柱は考えた末に、デイヴィッド・スリンが申し入れる面会や視察などを一切聞き入れない作戦を取るようにと指示した。腹を立てさせ、自分から北朝鮮を離れさせようという計算だった。数カ月間、彼とのすべての面会を拒否し、誰とも会えないように制裁を加えた。ついに彼は本国に申し入れて自ら北朝鮮を離れた。

個人的に私はデイヴィッド・スリン大使ととても親しかった。外務省のイギリス担当課長として、彼と北朝鮮のあちこちの地域を一緒に回り、よく酒も飲んだ。北朝鮮を離れた彼はいくつかの国で勤務する中で、カナダの外交官女性と出会い、オタワ大学国際政治研究センターの専任研究員となってカナダに定住した。私が駐英北朝鮮公使だった二〇一五年一一月、彼がカナダからロンドンにやってきて会ったことがある。そのときも私は彼が平壌から追い出されたわけを話さなかった。

デイヴィッド・スリンはその日、「金正恩をどう思っているか」と私に訊いた。北朝鮮外交官がよく言う「偉大な領導者」とは呼びたくなくて、今はよくわからないと答えた。私の脱北後、二〇一六年八月に彼は韓国の東亜日報とのインタビューでこう語っている。

「二〇一五年一一月、ロンドンで太永浩に会ったが、十数年前に平壌で会ったときとはまるで違う人物になっていた。彼の亡命の動機を断定することはできないが、北朝鮮の体制が進んでいく方向に、間違いなく疑問を抱いていたように思う」

その日の私の態度から何かを感じ取ったようだった。デイヴィッド・スリンとは今もメールでお互いの状況を尋ね合っている。

韓国代表団とウイスキーを酌み交わす

二〇〇七年三月二六日、イタリアのコモで「六カ国協議の結果と北東アジアの協力的安定」というテーマの国際会議が開かれた。北朝鮮式には「コモ会議」と呼ぶ。イギリスにいた私に、イタリアに飛んで北朝鮮代表団と合流しろという指示があった。韓国からは外交部所属の外交官と韓国国防研究院の研究員などが出席した。六カ国協議の当事国であるアメリカ、中国、日本、ロシアの外交官と対北政策専門家も多数出席した。

北朝鮮問題においてとても重要な時期だった。会議ひと月前の二月一三日、六カ国協議参加国は合意案を採択した。二〇〇五年の共同声明から一年五カ月ぶりに、これを実行に移す最初の段階に入ったのだ。この合意の主な内容は、マカオのＢＤＡに凍結された北朝鮮の口座資金二五〇〇万ドルの返還だった。だがアメリカは六〇日以内に戻すとしながら履行を遅らせていた。

コモ会議に出席した北朝鮮代表団の目的は、ＢＤＡに凍結された資金を返還するようアメリカに圧力をかけることだった。北朝鮮代表団は資金が返還されなければ国際原子力機関の査察団を受け入れないと脅した。一方で韓国とアメリカの代表団は、アメリカが重油一〇〇万トンを提供してＢＤＡの資金を返還したら、北朝鮮は核施設を正確に申告し、核の無力化を宣言するのかどうか再確認しようとしていた。

会議に出席した一部の専門家は、アメリカはＢＤＡの資金凍結を解除すると約束しており、今後は実務的な問題だけが残っているのに、なぜそこまで北朝鮮がこの事案にこだわるのかわからないと言った。そこには彼らの知らない理由があった。当時、金正日は姜錫柱(カン・ソクチュ)にこの資金がいつ入金されるのかと毎日のように確認していた。外務省内では、凍結された資金のうち一〇〇〇万ドル以上が、金敬姫(キム・ギョンヒ)が率いる中央党軽工業部の所有で、彼女が金正日を急かしているのだとうわさされていた。六カ国協議で合意さえ得られれば六〇日以内に入金されると明言していた外務省は、窮地に追い込まれていた。北朝鮮代表団がＢＤＡ凍結解除にしがみつくしかなかったのは、そういう理由だった。

アメリカはＢＤＡの北朝鮮の資金を中国の銀行経由で送金しようとしていた。ところが中国は、アメリカの一方的なＢＤＡの制裁のせいでマカオの金融機関の信用が失われたとして、アメリカの謝罪を求める姿勢を示した。米中のあいだで新たな駆け引きが始まったのも注目を要する部分だ。

コモ会議は互いの主張が繰り返されるだけで終わってしまった。

会議後、北朝鮮代表団は外で夕食を取ってホテルに戻った。ロビーでしばらく休んでいると、韓国代表団の一人がこちらに近づいてきた。その日の会議で韓国国防研究院研究委員だと挨拶していた人だった。彼は「お酒でも一緒に」と言ってきた。こちらは三人で、相手は一人だったので避ける理由はなかった。

彼は部屋に戻ってウイスキー一本を携えて降りてきた。その間、われわれは「むこうから近づいてきたのを見ると、国情院の要員かもしれない。一緒に酒を飲んでも警戒を緩めてはいけない」と念を押し合った。

雨の夜だった。ホテルのロビーでウイスキーを酌み交わしながら、あれこれ話をした。韓国に対する質問もあった。別れるときになって、彼はちょっとした記念の品を一つずつくれた。爪切りセットだった。手の爪と足の爪用がそれぞれあって、爪やすりや耳かきなどもついていた。

私は爪水虫で足の爪がかなり厚かった。部屋に戻って足の爪を切ってみると、とてもよく切れた。「南朝鮮の傀儡」からもらったものなので、保衛部に納めるか、その場で捨てなくてはならなかったが、あまりにももったいなかった。同僚たちも同じ気持ちだった。プラスチックのケースに書かれた「韓国国防研究院」という文字だけを消して持っていることにした。

使えば使うほどいい爪切りだった。爪切りはその国の鉄鋼産業のレベルを表す目安だという。当時、北朝鮮で使われていた爪切りはほとんどが中国製だったが、すぐに刃が駄目になる粗悪品だった。そのときもらった爪切りは韓国に亡命するまで使ったので、一〇年近く使ったことになる。

二〇一七年の春に、自由韓国党の議員と食事をする機会があった。店に入るとある議員がうれしそうに私の手を握って「ずいぶんと久しぶりですね。私が誰だかわかりますか」と訊いてきた。顔ははっきりと覚えていたが、どこで会ったのかまったく思い出せなかった。彼は笑いながら言った。

「イタリアのホテルのロビーで酒を飲んだことを覚えていませんか。あなたの亡命が報道されたとき、あの日、一緒に酒を飲んだ人だとすぐにわかった。あなたが公に活動するのをずっと待っていましたよ」

彼が現在の自由韓国党の白承周（ペク・スンジュ）議員だ。この日、彼と一〇年ぶりに酒を飲んだ。「あのときは国情院の要員だと思っていた」と冗談を言うと、彼はこう言った。

「じつは会議の出席者のうち私だけが国防部所属で、あとは全員外交部の連中だった。夕食の時間になると私だけが取り残されて、みんな大使館の職員と食事に出かけてしまった。とても寂しくてホテルのロビーを行ったり来たりしていたら、北朝鮮の代表団が入ってきた。えい、知るもんか、北朝鮮の人たちと食べてやろう、となったわけなんだ」

北朝鮮官僚がイギリスの家庭にホームステイ

イギリスの対北政策は「批判的関与〔クリティカルエンゲージメント。「圧力と関与」とも言われる〕」と表現される。対話と人的交流を通じて北朝鮮の変化を導き出すという、要するに「イギリス式太陽政策」だ。二〇〇五年にイギリスがこの政策を採択するまでには、北朝鮮代表部の粘り強い努力があった。第二次核危機でアメリカが軍事的圧迫と対話を並行していたとき、駐英北朝鮮大使館はイギリス政府を説得しつづけ「批判的関与」政策を引き出したのだ。

イギリスは、北朝鮮の核をはじめとする大量破壊兵器や、人権問題を解決するために対話を優先する。人的交流や北朝鮮の人材に対する教育トレーニングも重視している。北朝鮮を段階的に国際社会に引き入れる効果的な方法だという。この政策によってイギリスは、英語講師三名を自国の負担で平壌に派遣し、また毎年、北朝鮮の官僚をイギリスに招いて英語研修を行っている。北朝鮮に関するさまざまな事業にも積極的に参加する。イギリスはＥＵの対北朝鮮の人道支援事業の一八〜二〇パーセントを負担している。年間約二〇〇万ポンドの規模で北朝鮮への援助が行われているのだ。

イギリスの対北政策の要となるのが英語研修だ。英語研修に来る北朝鮮の官僚は、二人一組でイギリスの家庭にひと月ホームステイする。イギリス人と寝食をともにしながら、自由民主主義を学んでほしいという意向からだ。研修期間中、イギリスの市場経済システムはもちろん二大政党制、司法システム、社会の発展からメディアの役割などを教える。

北朝鮮の見地からすれば、官僚がイギリスの自由民主主義体制を学んでくるわけで、危険な要素がある。それにもかかわらず、北朝鮮がイギリスの語学研修に人材を送りつづける目的は明らかだ。イギリスの対北政策は、武力ではなく関与によって北朝鮮を変化させようというもので、軍事的介入を行おうとするアメリカの干渉政策をある程度抑制する機能を果たしていると見ているのだ。

イギリスとしても、北朝鮮がこの政策に応じる姿勢を見せることで、アメリカに対する発言権が生じ、対北干渉政策にも反対できる。北朝鮮は、アメリカに最も近い同盟国であるイギリスが武力行使政策に反対してくれれば、自分たちに有利になると判断したのだ。イギリスの批判的関与の政策が維持されているのは、こうした両国の利害関係が一致しているからだ。

一〇〇万ユーロを受け取るも平壌公演を断ったエリック・クラプトン

イギリスの「批判的関与」政策は北朝鮮外交の「勝利」の結果だと言える。この政策をうまく利用して、北朝鮮はアメリカの軍事的な圧迫政策を緩和することができた。北朝鮮が第一回核実験を断行したとき、イギリスが外交的制裁を加えてくるのではないかと懸念されたが、イギリスは口では非難したものの、何の措置も取らなかった。これまで北朝鮮は六回の核実験を行ってきたが、イギリスの対北政策は依然として「批判的関与」だ。

私のイギリス駐在が終わろうとするころ、金正日から、イギリスのギタリストでボーカリストのエリック・クラプトンの平壌公演を推し進めてくれという指示があった。よく知られていることだが、金正哲はエリック・クラプトンの熱狂的なファンだ。父親の金正日にせがんだのは間違いない。そのせいかエリック・クラプトンに対しては、金正日もずいぶんとこだわっていた。

あとで平壌に戻って聞いた話がある。金正哲は公演を実現するために、しょっちゅう外務省に出入りしていたという。エリック・クラプトン側との接触は当然、駐英大使館が行うが、駐英大使館を動かすのは外務省だったからだ。

そのころは外務省内で金正哲を知る人は多くなかった。外務省では幹部と一般職員が別の出入口を使うが、平凡なジャージ姿の金正哲が幹部の出入口から入ってきて、姜錫柱（カン・ソクチュ）副相の執務室に直行していたのだ。彼がいなくなると、外務省の幹部たちは「あいつは誰なんだ?」とざわついた。金正哲でさえその程度だったので、金正恩の存在などは言うまでもないだろう。二人の兄弟はそれくらい「隠された皇太子」だったのだ。

イギリスでは私がエリック・クラプトンの代理人と接触した。代理人は担保として一〇〇万ユーロの前払いを要求した。当時の韓国ウォンで一四～一五億ウォンに相当する金額だった。平壌に報告すると、すぐに承認され、代理人に担保を渡した。代理人は、公演計画を立ててから返事をすると言ってきた。

ずいぶん経ってから来た返事は「北朝鮮の人権をめぐる状況から、今すぐには平壌には行けないが、今後、事態を見守ってから決める」というものだった。私が平壌に召還されたあとも、エリック・クラプトン招聘のための事業は続いていた。だがエリック・クラプトンが平壌に来るという確かな回答は、ついにもらえなかった。

第5章　金正恩の変節と粛清

同僚の思想調査／党と行政の権力闘争／金正日の決裁が下りず現場混乱／それは暗殺計画だったのか？／後継者候補から外れた金正男／貨幣改革に国民が抵抗／延坪島砲撃事件／金正日から金正恩へ／束の間の改革開放／戻ってきた恐怖政治／張成沢処刑

「子どもは一人だけ残し、あとは帰国させろ」との指示に抵抗

駐英北朝鮮大使館での勤務を終えて、二〇〇八年一月、私は家族とともに平壌（ピョンヤン）に戻ってきた。とても大きな「お土産」を抱えて帰国した。二〇〇七年に長男の病気が奇跡的に完治したのだ。医療スタッフの心のこもった治療と現代医学の発展のおかげだった。長男は二〇〇四年から三年間、ロンドン都心にあるグレイト・オーモンド・ストリート病院で定期外来治療を受けていた。

担当医師から「お子さんの病気は完治したので、もう病院に来る必要はない」と言われたときは、空を飛ぶような気分だった。医師と別れるとき、私たち夫婦は思わず、また必ず会いましょうと挨拶した。彼は「医者として一番言われたくないのが、また会おうという挨拶」だと言って「私を再び訪ねてくるというのは息子さんの病気が再発するということだから、まずそういうことはない」と笑った。妻と私は何度も頭を下げて感謝の気持ちを伝えた。

帰国の前年の二〇〇七年初め、二人以上の子どもと海外で生活している外交官に、一人だけ残し

てあとは帰国させろという指示が下りた。青天の霹靂だった。私には病気の長男だけを残して下の子を戻すようにという督促がきた。

第一回核実験（二〇〇六年一〇月）の実施後、北朝鮮が国際的に厳しい立場に置かれたことにより、下された措置だった。海外メディアもこのことをかぎつけ、世界中に知れ渡ったため、平壌駐在の各国大使館が北朝鮮の外務省に公式に確認を求めてきた。二〇〇七年二月、慈成男（チャ・ソンナム）駐英大使がエリザベス女王に信任状を捧呈したが、その場に同席した駐北朝鮮英国大使のジョン・エバラードに「二人のうちどちらを戻すのか」と訊かれた。私が「どうせ今年外務省に戻る予定だから、そのとき連れて帰ろうと思う」と言うと、「太（テ）参事官、そんなことができるのか」と心配された。

在外公館のほぼすべての外交官が、涙ながらに平壌からの命令に従ったが、私は最後まで踏ん張った。駐英北朝鮮大使館でこの指示に従わなかったのは私だけだった。大使館一等書記官のイ・グァンナムは小学生だった下の子を北朝鮮に戻し、中学生の子をロンドンに残した。

海外勤務も終わりに近づいていたときだった。私は「どうせもうすぐ家族全員で帰国するのだから、数カ月だけ一緒にいさせてくれ」と訴えながら、当局の仕打ちをとても恨めしく思った。子どもに対する私の愛情は、子どもを育てるすべての父親の気持ちとそう変わりないだろう。帰国後の生活総括での非難を覚悟で、とうとう最後まで子どもを平壌に戻さなかった。

帰国してすぐに総括事業（自己批判）に呼ばれた。ところがいざ行ってみると、批判はおろか、こんなふうに労いの言葉をかけられた。

「気持ちはわかる。仕方がなかった。革命というのはそういう困難がつきもので、ときには胸の痛む犠牲も覚悟しなければいけない。だから北朝鮮の革命は、言語も人種も異なる十数億人が暮らすインドの革命より、さらに難しいというではないか」

私が「子どもが不憫で、一緒にいたいという一心だった。党の方針を執行しないという罪を犯し、深く反省している。許してほしい」と自己批判をしたあとの反応だった。こちらのほうが恥じ入ってしまうほどだった。中央党の官僚たちも家庭に戻ればみんな同じ親であり、理解してくれたようだった。ありがたかった。

同僚の思想状態を調査

しばらくして私は外務省ヨーロッパ局副局長兼部門党書記の辞令を受けた。外務省では、局長は行政の責任者、副局長は党組織の責任者となるのが一般的だ。局の党員数が三〇人未満なら党細胞が組織され、三〇人以上なら部門党が組織される。副局長は党員数によって、細胞書記または部門党書記を兼任する。私が所属していたヨーロッパ局は党員数が三〇人を超え、三つの党細胞が組織されていた。各党細胞に細胞書記がいて、部門党書記が三人の細胞書記を統制するという仕組みだった。

ヨーロッパ局の副局長と部門党書記を兼任するのは、じつは手に余ることだった。部門党書記の一日の日課は、金日成(キム・イルソン)と金正日(キム・ジョンイル)の肖像画のほこりを拭き取ることから始まる。廊下にかかっている金父子の美術品も掃除しなくてはならない。私が直接するのではないが、局の職員を指導監督するのが部門党書記としての私の仕事だ。北朝鮮ではこうした掃除を「真心作業」と呼び、どの機関でもこの仕事とともに一日の日課が始まる。

一番やりたくないのは、同僚の思想状態を把握して外務省の党委員会に報告することだ。毎日午後二時になると四階の党委員会に上がり、その日一日、局で起きたことと、職員の生活で変わったことがなかったかを報告しなければならない。夫婦喧嘩や飲みすぎなど、些細なこともすべて報告の対象だ。そうして報告するには、毎日午前一一時ごろから各部屋を回りながら、前日から何があったかを個別に聞き出さなくてはならない。こうした監視を党、保衛部、保安部などで三重、四重に行っているのだ。

部門党書記として一番大変でやりたくなかったのは、毎週土曜日に生活総括記録簿と党会議状況を整理することだった。

生活総括は、土曜日の午前九時から九時半までのあいだに党細胞別に開かれた。自己批判と相互批判が行われ、その内容を党会議録に記録し、党委員会に提出するのが私の役目だった。記録よりも知恵を絞るのが大変だった。

というのも、いつからか党員は自己批判だけやって、相互批判をしなくなったからだ。毎回、会議が始まる前に、相互批判もやるようにと注意していたが、相互批判に参加する党員はほとんどいなかった。誰も表には出さなかったが、顔を赤くして声を荒げながら相互批判をするのが好きだった人などいないだろう。だが党委員会は、党員が相互批判に参加しないことをかなり厳しく見ていた。党の機能を弱化させる現象と捉えていたのだ。

党委員会は細胞書記と部門党書記の発奮を促しながら、党会議記録簿をたびたび検閲した。党員がずっと相互批判に参加しないので、結局、私が数多くの相互批判をつくりあげて、党会議録にまとめるしかなかった。一言で言うと小説を書いたというわけだ。このように朝鮮労働党の活気は冷めつつあった。

ヨーロッパ局に「共同資金」を設立

部門党書記として、私はヨーロッパ局の「共同資金」を管理した。北朝鮮の社会主義福祉システムと財政の健全性が崩れたことで、逆に活性化したのが共同資金だった。メンバーで蓄えて共同で使う資金なのだが、これは外貨だけで貯めていた。共同資金の最終管理者は局長だ。一ウォン使うにも局長の決裁が下りなければ使えない。

海外から戻った職員は一〇〇ドルを共同資金として局に出す。ヨーロッパ局の場合、年平均七～一〇人が海外から戻って、同じくらいの人数が外国の公館に派遣される。海外出張をしても二〇ドル出さなくてはならなかった。ただし北朝鮮大使館がない場所は例外だ。こうすれば毎年数千ドル以上は貯められる。

北朝鮮の貨幣でもらう月給では米一キロも買えないため、共同資金はかなり役立った。用途もさまざまだ。誰かが入院すると、医師に酒を何箱かもっていくのが北朝鮮の慣例だった。また中央党の幹部たちが来れば、たばこを捧げなくてはならない。彼らは外務省の下級官僚より不自由しているケースが大半なので、外務省に来ると、まずはたばこを欲しがるのだ。

そうした酒やたばこは通常、外貨商店で購入するが、月給ではとてもまかなえないので、共同資金を使うのだ。このほかに各種慶弔時に必要な酒、肉、野菜などの購入にも外貨が必要だった。あれこれ物入りなことが多かった。

ヨーロッパ局のように、対外交流が頻繁な部署は共同資金が多く、一人当たりの負担も少なめだ。だが同じ外務省でも対外交流がない部署は、お金がなくて困っていることも多かった。ヨーロッパ局は課別でも共同資金があったが、外務省内でも貧富の格差が激しかった。

月に二回は葬儀を取り仕切る

部門党書記としてつらかったのは、つねに酒を飲まなくてはならないことだった。北朝鮮で党関係の責任者を務めると、所属する部署や機関の慶弔事をほとんど取り仕切らなくてはならなくなる。労働党は、党のそういった責任者が民衆の中に入るために、所属部署のすべての冠婚葬祭に出席することを求めている。

私が責任者だった外務省ヨーロッパ局（一二局）には五〇名ほどいて、ほぼ毎月、結婚式や葬式があった。結婚式は楽なほうだった。酒でも飲みながら祝えばそれで済んだからだ。だが葬式はわけが違う。もしヨーロッパ局の職員が喪主だとしたら、葬儀は局で執り行う。局でまずは葬儀委員会を組織して、職員を何人か送り、棺をつくって、オボンサン火葬場を予約する。これは始まりにすぎない。葬儀委員会は葬儀が終わるまですべての儀式を取り仕切らなくてはならないのだ。

韓国では自宅での葬儀はほとんどないが、北朝鮮では長男の家か故人の家で三日目の法要を行ってから、亡骸を運び出す。部門党書記の私は、葬儀のたびに初日から行って弔問客を迎え、午前零時の納棺までそこにいなくてはならなかった。そして酒を飲み、カードをして夜を明かしたりした。

つらかったがどうしようもなかった。だいたい月に二回は葬儀を取り仕切らなくてはならなかった。ただし外務省内でヨーロッパ局は財政事情がそれでもましなほうだったので、葬儀のたびに局の一体感や団結力が高まるのはいいことだった。外務省内の体育行事で、ヨーロッパ局がバレーボールや卓球で二年連続一位になったのも、「団結力」のおかげだったのではないか。そんな部分には誇りを感じ、ヨーロッパ局副局長、部門党書記として成し遂げた業績だと思っている。

外務省は年三回の体育行事を行う。金正日の誕生日である二月一六日の「光明星節」、金日成の誕生日である四月一五日の「太陽節」、金正日の生母、金正淑（キム・ジョンスク）の誕生日である一二月二四日だ。この二体育行事が開かれると局長や副局長はバレーボールと卓球に必ず参加しなくてはならない。この二つの種目は体育行事の基本とされているからだ。そのため幹部がバレーや卓球ができなければ「一点失った状態で」参加する形になってしまう。私はヨーロッパ局副局長になってから、熱心にバレーと卓球をやった。

ヨーロッパ局は二〇一一年と二〇一二年、バレーボールと卓球で一位になった。ところが私がイギリスに出た二〇一三年からは一位になれなかったという。韓国に来た今でも、私は国家安保戦略研究院の同僚と卓球をする。週に何度か時間を決めて定期的にやっている。ときどきむなしい想像をすることもある。私が亡命に成功せず、北朝鮮に戻っていたら、ヨーロッパ局は一位を奪還できていたかもしれないと。

人事権、表彰権、処罰権を持っているかで権力が決まる

北朝鮮のどの機関でも、党委員会と行政組織のあいだのあつれきに苦労する。力比べ、権力闘争とも言えるだろう。党委員会の役割を知らなければ、北朝鮮社会を理解することは難しい。韓国に来て以来、よく耳にした質問がある。

「北朝鮮のような非人間的な体制がどうして七〇年も維持されるのか。秘訣があるのか」
「まだ若い金正恩(キム・ジョンウン)が、数十年も権力の中心にいた、叔父の張成沢(チャン・ソンテク)をあんなふうに簡単に粛清できる理由は何なのか。権力の中心はいったいどこにあるのか」

北朝鮮の体制ではつねに党が権力の中心にある。深化組事件のように、中央党組織指導部の主要人物が処刑されることもあるが、北朝鮮の権力が右や左に動くことはありえない。

韓国の多くの北朝鮮専門家は、北朝鮮が苦難の行軍をしていた一九九〇年代後半、金正日が先軍政治を掲げると、権力の中心が党から軍部に移ったと判断していた。そして金正恩が政権を握ってからは、軍部から党に、再びその権力が移ったと分析していた。一部の専門家は権力の序列だけを

見て、誰がナンバー2、ナンバー3だとしているが、これは中央党の役割を知らないがために、もっともらしいことを言っているに過ぎない。

朝鮮労働党の組織指導部は首領の唯一領導体系を、宣伝煽動部は首領の唯一思想体系を樹立することを基本的使命としている。組織指導部は、社会全体に対する掌握と統制、高位層幹部の人事、検閲、処罰の権限をもつ最高の権力機関で、党組織の生活を管理する組織指導部と宣伝煽動部は、北朝鮮の体制が形づくられた日から今日まで、北朝鮮社会を動かす二大軸だ。

北朝鮮の権力の序列には意味がない。朴奉珠（パク・ボンジュ）総理の序列が三、四番目だからといって、彼が内閣の人事を任命したり解任したりすることはできない。北朝鮮では、該当機関や傘下機関の人事権、表彰権、処罰権を持っているかどうかで権力が決まる。内閣省でそのような権限を持っているのが、中央党組織部中央機関担当副部長だ。結局、北朝鮮を動かすのは中央党組織指導部であり、組織指導部が各機関の党委員会を通して、全体を統制している。たとえば、国防委員会は組織指導部を指導できないが、組織指導部は、人民軍総政治局を通して国防委員会の事業を監視、統制できるのだ。

北朝鮮社会に対する理解を助けるために、外務省の党書記と行政職員のあいだの権力争いの例を紹介してみよう。外務省でも権力の中心は党委員会にあった。党委員会の党書記があらゆる権限を行使する。

ところが一九七〇年代半ば、金正日が、自分で直接管轄する必要のある機関に「第一次官、第一副部長」制度を持ち込んだことがきっかけで、外務省の権力構図が変化する。行政職員である第一次官に、金正日の力が付加されたのだ。金正日は外務省、国家保衛部などに第一次官の制度を導入し、人民武力省には総参謀長がいるにもかかわらず、作戦局長に第一次官の役割を与えた。

第一次官は相（大臣）の下、第一副部長は部長の下にいて、相や部長より権力の序列は低いが、第一次官と第一副部長は、金正日の方針を直接執行するポストにある。金正日とどれだけ頻繁に言葉を交わし、金正日からどれだけ力を授かったかによって決まるのが、北朝鮮の権力だ。国家行事や外交活動、各種会議に出席して執務室を空けることが多い外相と違って、第一外務次官（外務副相）は朝出勤して夜一一時に帰宅するまで事務室にいる。

金正日はせっかちな性格で、報告書についての質問や指示事項があれば、すぐに第一次官に電話してきた。第一次官は報告事案に精通していなくてはならないうえに、つねに待機状態でなくてはならず、休日すらない。トイレに行くときも、金正日とつながる電話の前に代わりの秘書を待機させた。第一次官を一〇年ほど務めると廃人同然になってしまうのは、そういうわけだった。

党を出し抜き権力を握った姜錫柱副相

一九七〇年代後半の外務副相はリ・ジョンモクだった。彼の死亡後はキム・チュンイルが一九八〇年代初めまで務め、キム・チュンイルが三階書記室に行ってからは、中央党国際部ヨーロッパ担当課長だった姜錫柱（カン・ソクチュ）が副相としてやってきた。一九九〇年代初めに米朝対話が行われると、外務省内の権力構造は姜錫柱を中心として再編されはじめた。

姜錫柱が真っ先に手をつけたのが幹部事業権だ。もともと規定では幹部事業権は党書記固有の権限で、行政職員は干渉できないものだったことから、よく党書記と行政職員の権力争いに発展した。金正日の秘密パーティに参加した姜錫柱は「党の対外政策をうまく執行するには、海外に優秀な職員を送るべきだが、今は大使らが力不足で、なかなか事業が進まない」と報告した。機転の利く金正日は、外務省の幹部事業権を姜錫柱に与えた。

このときから、外務省では党書記ではなく姜錫柱に権限が集中しはじめた。自然と行政幹部の発言権も大きくなった。他の機関では考えられないことだったが、外務省では党委員会のほうがむしろ姜錫柱の顔色をうかがった。金正日と対面したときに、姜錫柱が党書記の不平でも言おうものなら、即刻、首が飛ぶような状況だった。

姜錫柱は自分の権限を誇示するために、土曜日の生活総括の進行にも干渉してきた。北朝鮮では土曜日は完全に党書記のための日だ。党書記が土曜日の朝から生活総括、方針伝達、学習指導など、外務省の日課を指導する。午前一〇時から行われる金正日の方針伝達の時間はとくに重要な活動だ。この時間には全員が講堂に集まり、党書記の話を聞かなくてはならない。

ところがあるときから、党書記が金正日の方針を伝えている最中に、姜錫柱からのメモが渡ってくるようになった。どこの局長、どこの課長と話し合いが必要なので、すぐに自分の部屋に寄こすようにという内容だった。北朝鮮で、金日成と金正日の「お言葉」は聖書とも同じだ。聖書を読む時間に、誰かが割り込んで信者を一人二人と抜き去っていくようなものだった。外務省の職員は「あんなことしていたら姜錫柱はひどい目にあうぞ」と心配していた。

案の定、問題が起こった。中央党組織指導部がこのことを取り上げ、姜錫柱を検閲した。誤って対応すれば首が飛びかねない状況だったが、非凡な頭脳の持ち主だった姜錫柱は次のように対応した。

「われわれのすべての事業の目的は、偉大なる金正日将軍様の対外活動を補佐することだ。金正日同志が電話である問題についてお尋ねになっているのに、私がよくわからなければどうするのか。その問題についてよく知る実務者を呼んで尋ね、金正日同志に報告をして差し上げなくてはならないだろう。将軍様への報告は一分一秒も惜しまなくてはならない。党書記の方針伝達が終わるまで将軍様をお待たせするというのか」

姜錫柱の首を切ろうと出てきた検閲隊は、逆に窮地に追い込まれ、すごすごと引き下がった。以後二〇〇八年まで、外務省は姜錫柱の天下だった。だが権限を奪われた中央党が黙っているはずがない。中央党組織指導部本部党責任書記の李済剛（リ・ジェガン）はとくに姜錫柱を目障りに思っていた。李済剛は二〇〇八年末、自分の腹心である平壌市牡丹峰（モランボン）区域党責任書記のアン・テグァンを外務省に派遣して、党委員会の権威を取り戻すように指示した。実際、李済剛の言い分は正しかった。北朝鮮体制で、行政が党よりも優位でいられるはずがなかった。このときから姜錫柱と党書記アン・テグァンの見えない争いが始まった。

目まぐるしい権力闘争

アン・テグァンは、やはり金正日の信任を受けていた李済剛（リ・ジェガン）をバックに、姜錫柱（カン・ソクチュ）を抑え込もうとした。アン・テグァンはあらゆることを党の政策的な視点から判断する、北朝鮮でも珍しい、典型的な党官僚だった。鋭い面もあった。

脳卒中で倒れた金正日が回復してからは、健康上の理由で秘密パーティもぐんと減ってしまい、姜錫柱も以前のように金正日と頻繁には対面できなくなった。そのころからアン・テグァンの反撃が始まり、姜錫柱の独走態勢が崩れていった。

アン・テグァンは各局の部門党書記、細胞書記たちを呼び集め、次官、局長などの幹部たちの不正を問いただした。二十数年間、姜錫柱がほしいままにしてきたので、不正は当然あった。アン・テグァンはさまざまな批判集会を組織して行政職員を押さえつけ、キム・チャンギュ外務次官と何人かの局長を不正を働いたとして外務省から追放した。外務省内ではアン・テグァンの機嫌を取ろうとする動きがあり、私もやはり部門党書記として彼に逆らうことはできなかった。

アン・テグァンは私に、所属していたヨーロッパ局のキム・チュングク局長と担当次官の不正を報告しろとしつこく言ってきた。家族のように生活してきた直属の上司について、どうでもいいことまで何もかも報告することほどつらいものはない。アン・テグァンは各局の「方針執行登録台帳」の検閲を行いながら「ただ金正日将軍だけを信じて生きていくのだ」と暗に姜錫柱をこき下ろした。権威を見せつけるため、次官たちを呼び出しておきながら、一時間も待たせることもあった。腹を立てたある次官がそのまま帰ってしまうと、アン・テグァンは「党に対する態度がなっていない」と非難した。

結局、姜錫柱は二〇一〇年九月、党代表者会議で内閣副総理に任命されて、外務省から去った。一見、昇進のようだが、事実上、外交の一線からの追放だった。姜錫柱を追い出したアン・テグァンの横暴はますますひどくなった。外務省全体がアン・テグァンの前でびくびくしていた。姜錫柱の代わりに副相になった金桂寛（キム・ゲグァン）は、姜錫柱のように度胸のある人物ではなかった。外務省の行政幹部たちは党委員会に屈するしかなかった。年のいった次官、局長たちが、党委員会の三〇そこそこの若い部員たちに頭を下げて挨拶する事態になっていた。

だがこうした状況は長く続かなかった。外務省には中央党幹部の子どもが多く、彼らを通してアン・テグァンの横暴が報告されると、組織指導部はアン・テグァンを瀋陽（シェンヤン）駐在の北朝鮮代表部党書記として転出させた。

後任の党書記には許錟（ホ・ダム）の息子、ホ・チョルが来た。金日成一族でもあるホ・チョルは父親に似てかなりの努力家だった。年上の行政職員にもきわめて礼儀正しく接し、表向きは金桂寛副相を表に立たせながら、見えないところで権力を行使した。

北朝鮮の現在の外相は二〇一六年、労働党第七回大会で選出された李容浩（リ・ヨンホ）だ。金桂寛副相は健康状態がすぐれなかった。今は李容浩とホ・チョルが互いに衝突することなく均衡を保ちながら、外務省を率いているはずだ。

脳卒中で倒れた金正日から決裁が下りなくなり、現場は混乱

二〇〇八年八月下旬のことだったと記憶している。金正日の決裁が急に下りてこなくなった。はじめは金正日が中国を非公式訪問しているのだろうと誰もが思っていた。そういう前例があったからだ。

外務省が金正日に文書で報告するやり方は二つあった。一つは毎週水曜に上げる週報で、週間報告のことだ。すぐに決裁をもらわなくてもいい、戦略的で中身の濃い文書だ。もう一つは日々の報告、すなわち日報で、日々提起される問題に関するものや、金正日の緊急の承認が必要な文書だ。

週報と日報はパソコンで金正日の三階書記室に提出される。金正日が文書を読んでサインか日にちを入れれば「親筆批准文書」になる。ただ目を通したという印だけで戻されたものは「見ていただいた文書」あるいは「党中央委員会指示」と表現される。最上級文書は「親筆批准文書」と、金正日が文書の最初のページに具体的な指示を書き込んだ文書だ。

金正日が文書を直接読むか、タイトルだけ見るか、タイトルも見ないかは誰にもわからない。外務省から報告する文書だけでも毎日数千ページになる。他の官署からもその程度上げられるので、金正日が神でない以上、これらすべてを見ることは物理的に不可能だ。多くは三階書記室内の担当者がまず読んで、重要な文書だけを金正日に渡しているようだ。

金正日が姜錫柱（カン・ソクチュ）に電話をかけてきて、文書に関する内容を尋ねたり、指示を下すこともときどきある。重要事項は必ず金正日に報告されていると想像がつくが、実際には金正日の意思が反映さ

れているかどうか、はっきりしない場合もある。金正日が急病になっても、三階書記室がそれを知らせなければ、何事もなく回るのが北朝鮮のシステムだ。

二〇〇八年八月、金正日が脳卒中で倒れたが、これを知っていたのは三階書記室のごく一部だけだった。金正日の決裁が下りてこなくなると、外務省だけでなく他の中央機関も混乱に陥った。外務省が上げた文書は決裁が下りたのかと問い合わせの電話もたくさんかかってきた。決裁がもらえなければ仕事が進まなかったが、かといって仕事の手を休めるわけにもいかなかった。外務省は「～できればと思います」という文句を「～するということで組織の業務を行っています」と修正して再び文書を上げ、関連事業を進めた。

金正日は九月九日の共和国の建国記念行事にも出席しなかった。世間が騒がしくなりはじめ、ありとあらゆるうわさが飛び交った。再び金正日が姿を現したのは一〇月ごろだった。金日成総合大学と平壌鉄道大学のサッカーの試合会場にサングラスをかけて現れた。かすんだ目を隠すためにサングラスを使用したのだろう。当時の映像を見ると、かなり動きが不自由そうに見える。

金正日暗殺を企てたとして鉄道省幹部たちが処刑

金正日は自分の体調が思わしくなく、残された時間がそれほど多くないと直感していたようだ。そのころ、金正日の健康状態と同じく尋常でないことが立て続けに起こった。

一つは金正日の専用列車担当である八、九号担当総参謀長ソ・ナムシクなど鉄道省幹部たちが一斉に逮捕され、一部処刑された事件だ。北朝鮮ではごくまれにしか公式発表が行われず、事件の全貌は明らかにされなかったが、ソ・ナムシクらが龍川（リョンチョン）駅爆発事件で金正日暗殺を企て、また朝鮮戦争時に韓国が派遣したスパイ組織であったことが発覚したといううわさが広まった。龍川駅爆発事件から四年後のことで、朝鮮戦争から六〇年が経とうとしていたときだった。何か釈然としないのは明らかだった。

外務省ヨーロッパ局にも事件の余波が及んだ。同じ年の一〇月のある日の午後、突然、党委員会がヨーロッパ局のソ・チョルを呼び出した。彼は北京大学英語科に留学したのち、一九七九年から国際関係大学で英語教員として働いていた。翌年、私がこの大学に入学したときは、クラスの英語精読担当で、彼から英語を教わったので、私にとっては恩師に当たる。

その後、李洙墉(リ・スヨン)に英語の実力を認められ、一九九二年ジュネーブの国連機構の担当参事官として働くようになり、帰国後は、外務省ヨーロッパ局イギリス担当課長、平壌常駐スイス開発協力省の北朝鮮代表として在職していた。

党委員会に呼ばれていったソ・チョルは戻ってくることはなく、黒い車に乗せられてどこかに消えた。数時間経って、私は党委員会に呼ばれた。ソ・チョルの家族が地方に追放されるので、一〇名ほど連れて彼の家に向かい荷物をまとめてやるようにとのことだった。私は局でも力がありそうな人たちを選んで向かった。

ソ・チョルの家は平壌医科大学病院の隣にあった。すでに保衛員たちが廊下に立って、出入りを統制していた。家族全員が座り込んで泣いていた。ソ・チョルには年老いた母親がいたが「長生きしすぎて、見なくてもいいものまで見てしまった」と嘆いていた。われわれは引っ越しの荷物をまとめながら、彼が、少し前に銃殺された鉄道省総参謀長ソ・ナムシクの甥だということを知った。

ソ・チョルの父親は朝鮮戦争のとき社会安全員〔当時の社会安全省(現在の人民保安省)下部組織の警察官〕だった人で、弟は牡丹峰(モランボン)区域の保安部捜査課長をしていた。北朝鮮でもあまり見かけない「筋金入りの共産党家系」といえる。そんな家系の人物が金正日の暗殺に加わったというのは信じられなかった。

ソ・チョルの家族は夜中の一二時までに平安南道祥原郡に追放されることになっていた。それまでに手あたり次第に荷物をまとめなくてはならなかった。そんななか、ソ・チョルの妻がそっと近づいてきて「家に外貨がかなりあるが、どうすればいいか」と訊いてきた。ソ・チョルはスイスで六年ほど外交官をしていて、そのとき片手間に貯めたお金のようだった。

ソ・チョルはその日の午前まで一緒に仕事をしていた同僚だった。私は彼のお金を闇市場で北朝鮮の貨幣に換金した。ソ・チョルが追放される地域は、アメリカドルが必要ない人里離れた場所だったからだ。そこから鉄道の駅に出るには八〇キロ程歩かなくてはならなかった。

一ドル当たり北朝鮮の貨幣でほぼ四〇〇〇ウォンを超えていたときだ。数千ドル分を換金すると、お金は風呂敷一つ分になった。保衛員がよそ見しているあいだに、荷物に紛れこませた。見つかったらひどい目にあうが、みんなで心を一つにしてうまくやってのけた。ヨーロッパ局の職員五人がソ・チョルの家族に同行して、この日の夜、祥原郡へと発った。

泣きながら平壌を離れるソ・チョルの家族を見ながら、それでもお金をたくさん持っていくのだから数年は耐えられるだろうと考えた。ところがそれから一年ほど経った二〇〇九年一一月に、貨幣改革が実施されたのだ。昨日まで通用したお金が一瞬にして紙くずになるのを目にしながら、私は祥原郡の奥地で苦しい日々を送っているであろうソ・チョルの家族を思い浮かべた。

今でも疑問に思う。龍川駅爆発事件は、本当に金正日が考えていたような暗殺事件だったのか。それともつねに暗殺の恐怖に怯えていた金正日をなだめるための、国家安全保衛部のこじつけだったのだろうか。

経済特区拡大に乗り出した晩年の金正日

金正日が脳卒中から回復して、突然、李洙墉（リ・スヨン）が平壌に呼び戻されたのも、ただごとではなかった。彼がいつスイスから戻ってきたのか正確にはわからないが、二〇〇八年末か二〇〇九年初めごろのようだ。

李洙墉は、経済特区を増やして北朝鮮経済を再生させなくてはならないと主張してきた。そんな彼を急いで平壌に呼び戻すと、合営投資委員会を組織させ、委員長に任命した。金正日の意図は何だったのだろう。先があまり長くないことを予感して、経済回復のためなら何でもやってみようという、最後のあがきだったのだろうか。

李洙墉は張成沢（チャン・ソンテク）とかなり親しいとうわさされていた。北朝鮮の経済を握る張成沢の党行政部が合営投資委員会を担当していたからだ。李洙墉が合営投資委員会委員長になってから、北朝鮮は経済特区拡大という新たな経済政策案の準備に着手した。とくに金正日死亡直後の二〇一二年に入ると、李洙墉を中心に具体的な方法まで検討されはじめた。経済特区を一三新設するという内容だった。

経済特区は、開城（ケソン）工業地区のような資本主義経済の方法を北朝鮮内部に持ち込むというのが大きなポイントだった。金正日の積極的な支持がなければ、すぐにでも首が飛ぶ事案だ。二〇一三年末、北朝鮮は経済特区一三カ所を地方に新設すると公式に発表したが、翌年四月、李洙墉が外相に任命されると、話はうやむやになってしまい、合営投資委員会は力を失って解体への道をたどることになる。

こうした一連の過程を整理してみると、経済回復のための金正日の最後の試みを金正恩が引き継ぐかのようにも見えたが、結局は駄目になってしまったと言える。金正恩が政権初期に改革開放への意志を示したことは間違いなくあって、実際に試みてはいたものの、さまざまな事情を考慮して結局は諦めたようだ。

二〇〇九年一〇月、私は金正日を間近で見たことがある。中国の温家宝首相が訪朝したときだ。金正日と温家宝は、中国古典小説『紅楼夢』を脚色した北朝鮮の歌劇を一緒に鑑賞した。金正日はかなりつらそうで、やっとのことで歩いていた。左側に麻痺があったのか、拍手もようやくしているほどだった。だがそのときも、金正日があんなに早く死ぬとは思わなかった。

息子は金正男しかいないと思われていた

北朝鮮でも相当長いあいだ、金正日の息子は金正男（キム・ジョンナム）しかいないと思われていた。金日成一族のあいだでも金正恩の存在は知らされていなかったという。

ところが二〇〇九年の新年初日、新年の辞から、おかしな気配が漂いはじめた。金日成は生前、新年の辞を直接述べていた。彼の死後の一九九五年からは「労働新聞」「朝鮮人民軍」「青年前衛」の新聞三紙に新年共同社説が掲載され、これが金正日の実質的な新年の辞となっていた。「共同社説」には、昨年の評価とともに政治・経済・南北関係、対外関係など、新年の政策方針が含まれる。二〇〇九年の新年共同社説には「今日われわれは党の革命偉業の遂行における重大な歴史的境界線に立った」という新しい表現が使われた。これが何を意味するのか、そのときはわかる人はほとんどいなかった。

北朝鮮の官僚は通常、一月中旬まで共同社説を学習する。一月中旬からは金正日の誕生日である「光明星節」の準備に入る。外務省の光明星節の準備は、担当国別のバレーボール、卓球競技と芸術公演だ。ところが例年と違って、組織ごとに『パルコルム（足取り）』という歌の普及事業が進められた。朝鮮中央テレビでこの歌が放送された直後だった。外務省では声のいい職員がこの歌を歌う合唱団をつくった。合唱団は午後四時になると講堂に集まって『パルコルム』を歌った。以下はその歌詞の一部だ。

タッタッ　タッタッタッ　足取り
われらが金大将の足取り
二月の気性をとどろかせ
前へ　タッタッタッ
足取り　足取り　力強く一度踏み鳴らせば
国中の人民が従い　タッタッタッ

「二月の気性」とは二月一六日に生まれた金正日の気性を指しているのだろう、とわかる。その気性をとどろかせる「金大将」が後継者になるということも明らかだ。だが当時は、歌を歌うわれわれですら、金大将という人物が誰を指しているのか、さっぱりわからなかった。
『パルコルム』はCNC技術で制作され、ファイル形式で普及した。CNCは金正恩の後継構図とセットで登場したが、先進国では新しくも何ともない技術で、むしろこの言葉はスローガンに近かった。北朝鮮では「工業のCNC化」と宣伝された。コンピュータのマイクロプロセッサーを内蔵した数値制御工作機械のことをCNCというが、金正恩の登場とともにあらゆる文句に「CNC化」という言葉が使われた。小さな食品工場を建設しても生産工程をCNC化して生産力を最大限に高める、といった具合だ。

偽造パスポート事件で後継者候補から外れた金正男

二〇〇九年四月一五日、金日成の誕生日に大同江（テドンガン）で「祝砲夜会（花火祭り）」が開かれた。前例のない大規模なものだった。多彩で新しい演出に誰もが感嘆の声を上げた。数百万ドルは優にかかっているように見えた。党内部では「大将同志が直接指導された祝砲夜会」と宣伝した。「大将同志」の登場のための予告砲に思われた。

私も「金大将」が誰なのか気になった。金正日の息子の一人であるのは確かだったが、そのことについてあけっぴろげに話す人はいなかった。ヨーロッパ局に長くいた私はスイスで金正日の子どもが勉強していることは知っていたが、何人いるのかもわからず、名前すら一度も聞いたことがなかった。

それまでに見たことがある金正日の息子は金正男だけだった。スイス留学を終え、一九九〇年代初めに北朝鮮に戻ってきた金正男は、夕方になると高級ベンツに乗って高麗（コリョ）ホテルにやってきた。「２１６-８８８８」という車のナンバーまで覚えている。金正男は駐車禁止の正面玄関に車を停めてホテルに入った。ホテルの幹部が出迎えて挨拶したのはもちろんだ。

私も高麗ホテルにはよく行くほうだった。案内を任されたヨーロッパ代表団がよくこのホテルに宿泊したからだ。館内を歩き回る金正男を少し遠くから何度か目撃した。最初は金正男だとは知らなかった。三階書記室の人間なのだろうと思っていたが、少しおかしい感じもした。あるとき隣でまじまじと見ていたら、同じ局の先輩につつかれて、行こうと言われた。そして耳打ちされたのが「将軍様のご子息」という話だった。

金正男が金正日ににらまれるようになった決定的な出来事が、偽造パスポート事件だった。金正男は、スウェーデンのパーション首相が平壌に到着する前日（二〇〇一年五月一日）に、偽造パスポートで日本に入国しようとして見つかった。当然、西側のメディアに大きく取り上げられた。外務省は、スウェーデン首相の平壌訪問に関する海外メディアの報道をほぼリアルタイムで金正日に報告していた。西側のトップの訪朝はパーション首相が初めてだった。だが金正男の密入国が宴の雰囲気に水を差した。外務省内には金正男の日本密入国のニュースをけっして口外してはならないという厳命が下った。

この事件で、金正男が後継候補から外れるのは間違いないように思えた。しかも金正男の生母が成蕙琳（ソン・ヘリム）というのは、すでに多くの人が知る事実だった。成蕙琳は北朝鮮でとても有名な女優で、越北作家、李箕永（リ・ギヨン）の長男の妻でもあった。私が平壌外国語学院に在学していたとき、一九七四年と七五年に同じクラスだったリ・チャドルという友達がいたが、彼が李箕永の孫だった。

リ・チャドルの父、李種革（リ・ジョンヒョク）は当時、フランス駐在のユネスコ北朝鮮代表だった。現在は朝鮮アジア太平洋平和委員会副委員長兼南朝鮮問題研究所所長をしている。リ・チャドルは李箕永先生の家から学校に通っていたが、その家に金正男の異父姉であるリ・オクトルがいた。勉強しにいったり遊びにいったりすると、リ・オクトルは果物をむいてくれたり、やさしくしてくれた。ところがあるときから姿が見えなくなったので、リ・チャドルに訊いてみると、南朝鮮革命家養成所に入ったと教えられた。リ・オクトルは目立って美しかったので、私もその言葉をそのまま信じた。

デンマークで勤務していた一九九七年、李韓永（イ・ハニョン）が暗殺されたというニュースが報道されたとき、私は初めて成蕙琳が金正日の女だという事実を知った。そのときの衝撃はとても表現できない。リ・オクトルの近況もまもなくわかった。彼女は北朝鮮に戻ってこられず、外交官の夫についてフィンランド、イタリア、オーストリア、スイスと移り住みながら暮らしていた。

こうした事情を考え合わせると、私も金正男は後継者ではないだろうと思った。そうなると、金正哲（キム・ジョンチョル）か金正恩ということになるが、どちらなのかは最後まで見当がつかなかった。金正日から二人の息子を紹介された最側近は、金正哲が金正恩の兄だと知って、金正哲が後継者とみなされていると考えていた。

金正日の後継者世襲作業は、このように内々に行われた。だが「金大将」を褒め称える歌『パルコルム』が世に出てからは一瀉千里（いっしゃせんり）だった。二〇〇九年後半に入るころ、党会議などで「大将同志」「わが党は歴史的転換期にある」などの表現が使われだした。「金大将」「大将同志」の正体は誰なのか、ますます気にかかった。そのうち金正恩の名前がそっと登場した。北朝鮮の各地で「将軍福、大将福を享受するわが民族の栄光、万景台（マンギョンデ）の血統、白頭山（ペクトゥサン）の血統を受け継いだ青年大将、金正恩同志」というスローガンとともに金正恩を称える『パルコルム』の歌詞が書かれたポスターが貼り出されたのだ。

金正恩登場直後に断行された強引な貨幣改革

二〇〇九年一一月、北朝鮮でまったく予期しなかった出来事が起こった。貨幣改革だった。金正恩の名前が北朝鮮の国民に公表されてから三、四カ月後のことだ。北朝鮮は金日成生誕一〇〇年の二〇一二年までに強盛大国を建設するため、三つの課題を推進していた。憲法改正、核武装、経済建設だ。

このうち憲法改正は二〇〇九年四月に完了し、核武装は二〇〇九年五月の第二回核実験実施でさらに一歩進んだ。だが経済建設は、画期的な成果の達成には至っていなかった。そこで断行したのが貨幣改革だ。

北朝鮮の市民は、お金ができても銀行には預けない。出し入れが自由でないからだ。人々はチャンマダンで稼いだお金を家の中に貯めておいた。北朝鮮当局は、数百万人になる軍人や公務員、国営企業の労働者の給料を支払うために、つねにお金を刷らなくてはならなかった。恐ろしくインフレが悪化する仕組みになっていた。

実際、外務省副局長の私の給料は二九〇〇ウォンだったが、チャンマダンで取り引きされる米一キロの値段は三〇〇〇ウォン以上だった。給料ではチャンマダンで米一キロも買えなかった。それでも生活していけるのは国からの配給があるからだ。外務省などの中央機関は、国家価格の一キロ四〇ウォンで職員に米を配給する。そのため給料をそのまま持ち帰るような公務員はいなかった。また米の配給日が実質的な給料日になっていた。外務省の場合は、局別に女性職員が全員の給料をもっていて、米の配給日に配給価格を差し引くと、残りをまた保管していた。

金正日が貨幣改革で狙ったのは、過度なインフレを防ぎ、国民が家に貯め込んでいるお金を引っぱり出すことだった。チャンマダンによる資本主義経済の拡大も、やはり押さえ込もうとした。貨幣改革の具体的な措置は、旧券一〇〇ウォンを新券一ウォンと交換することだった。ところが交換額に制限があったのが問題だった。制限にひっかかって新券に替えられない旧券は紙くずになってしまったのだ。

私の記憶では、貨幣改革の公布当日は、一世帯当たり一〇万ウォンのみ新貨幣と交換するということだった。ところが数日後には、その一〇万ウォンとは別に、家族一人当たり五万ウォンまで追加された。それでもまだまだ足りなかった。とくにチャンマダンで働いていた人たちの損害は莫大だった。特権層や大商人などはすでにドル、ユーロ、中国元などで貯めたり、取り引きしたりしていたので、被害が少なかった。

国民の激しい抵抗で貨幣改革失敗、党経済書記が処刑

大々的な抵抗が起こった。商店はどこも閉められ市場から商品が消えた。平壌市党責任書記キム・マンギルが住民の前で謝罪し、すべての産業活動を再開してほしいと訴えたが、何の効果もなかった。住民たちの反発に金正日はとても驚いた。指導者の一言に怯えていた住民が、集団で抵抗するなどとは想像していなかったのだ。

人は一度金を稼ぐおもしろさを知ると、後戻りできない。それを奪おうとすれば必死に抵抗する。しかも単純なおもしろさではなく、生存権がかかった問題だ。政治的統制はなんとか我慢してきた人々も、生存権を奪われると命がけで反発した。金正日はそういう理屈がわからなかった。

貨幣改革当時、外務省でも小さな反発があった。それまで一ドル三〇〇〇ウォン程度だった貨幣価値が、貨幣改革の実施当初、一ドル一〇〇ウォンになった。チャンマダンで取り引きされていた米一キロの相場も以前の三〇〇〇ウォンの線から五〇ウォン前後に下落した。問題は、公務員に配給される米価格だけはそのまま四〇ウォンだったことだ。

以前は職場で四〇ウォンを出して米を買い、チャンマダンに三〇〇〇ウォンで売ることができた。実際に一般の人より生活状況がましだった外務省の職員は、配給米を市場に売りに出したり、品質のいい一般の米と一定の割合で交換したりした。だが貨幣改革以降は、配給される米が四〇ウォン、チャンマダンの米が五〇ウォンで、誰も配給米を買おうとしなかった。中央機関から配給される米の大部分は、軍の食糧倉庫で数年間保管されていた米だった。カビが生えて質も悪く「腐った米」と呼ばれていた。外務省の職員が「腐った米」の配給を受け取らないようにしたのは当然だった。

米を配給していた外務省財政経理局は混乱した。党委員会は部門党書記の私を呼び「ヨーロッパ局の職員が配給を受けなければ、金正日将軍様の貨幣改革政策に対する全面的な挑戦と見なし、反

革命的行為だと断罪されるだろう」と警告した。北朝鮮ではこうした過渡期に行動を誤ると首が飛ぶ。ヨーロッパ局全体で話し合い、結局、腐った米を受け取ることにした。

だが住民たちの強力な抵抗で、貨幣改革は施行一カ月で惨憺たる失敗に終わった。完璧な統制社会の北朝鮮で、党の政策がこのように幕を下ろすというのは例がなかった。金正日は住民の不満を収拾するため、党経済政策書記（党計画財政部長）の朴南基(パク・ナムギ)にすべての責任をかぶせ、彼を処刑した。

私は貨幣改革の裏には金正恩が存在したと思っている。貨幣改革は、彼の後継構図を強化しようとして失敗した事業にすぎない。この騒動のあと、北朝鮮は経済問題に関する限り、もはや国民に強制することができなくなった。金正恩にしてみれば、どんなに従順な北朝鮮の国民であっても、その生存権を脅かしたら政権すら揺らぎかねないという教訓を得たわけだ。

延坪島砲撃事件でベルギーとの交渉が吹き飛ぶ

金正恩は二〇一〇年九月二七日、朝鮮人民軍の大将の称号を受け、翌日、朝鮮労働党代表者会で党中央軍事委員会副委員長及び党中央委員に選出された。金正日の後継者として公式に確定したのだ。

北朝鮮の国民が金正恩の顔を初めて見たのは、九月二八日だ。反応の多くは「金日成首領様の姿を見るようだ」というものだった。金正恩の活気ある姿とは対照的に主席壇に座った金正日は生気がなく、拍手もようやくしているほどだった。

金正恩が後継者に確定するのと前後して、韓国哨戒艦「天安(チョナン)」号沈没事件（二〇一〇年三月）と延坪島(ヨンピョン)砲撃事件（二〇一〇年一一月）が起こった。この一〇年のうちで南北関係において最も衝撃的な事件だった。韓国に来てから、私は大勢の人から北朝鮮が哨戒艦を沈没させたのは本当なのかと質問された。外務省にしか勤務していない私にはその真相はわからないが、北朝鮮内部でこんな話が飛び交っていたのを思い出す。

「北朝鮮の海軍力なんて韓国とは比べものにならないほど脆弱なのに、哨戒艦が切断されたのを見ると、海軍もやるんだな」

こんなふうに自信を得たということだ。

二〇一〇年一一月二三日、延坪島砲撃の当日は、記憶も鮮やかに残っている。この日、ＥＵ議長国であるベルギーの外務省アジア太平洋局長が率いる代表団が平壌に到着した。北朝鮮とＥＵは毎年外務省の局長級会談を行っていた。夜には外務省所管の平壌の高坊山（コバンサン）招待所で、グン・ソグン外務次官主催の歓迎晩餐会が開かれた。このときすでに延坪島砲撃事件で世界中が大騒ぎしていたが、外務省内ではＣＮＮを注視している五局（アメリカ局）しかその事実を知らなかった。この日の晩餐会は和気藹々（わきあいあい）とした雰囲気の中で行われた。

翌日午前一〇時、人民文化宮殿で公式会談が行われた。北朝鮮側の団長キム・チュングクがまず歓迎の挨拶を述べると、ＥＵ側の代表が緊張した面持ちで立ち上がった。彼はこう言って代表団とともに退席した。

「昨日、北朝鮮が韓国の領土である延坪島を砲撃した。北朝鮮の攻撃に対する抗議としてＥＵは北朝鮮との会談中止を決定した。よって本代表団は最短の航路を利用し、平壌を離れる。本部からの指示だ。遺憾に思う」

北朝鮮はこの会談にかなり期待を寄せていた。理由は代表団団長がベルギー外務省アジア太平洋局長であり、駐ベルギー大使館開設が当面の課題だったからだ。前日の晩餐会でもベルギー側は

「公式会談の結果によっては、ブリュッセル駐在の北朝鮮大使館開設に関しても進展があるだろう」とほのめかしていた。私も相当の期待をもって会場に向かったが、会談が決裂して、残念に思った。

数日後、延坪島砲撃について聞こえてきたうわさがあった。黄海南道康翎郡ケモリの北朝鮮軍の多連装ロケット砲の部隊が延坪島を砲撃したが、韓国軍の反撃を予測してその場を離れ、大きな被害はなかったという話だった。

盗聴されている面会室でドイツ大使館に決死の抗議

世界中が北朝鮮の延坪島攻撃を非難した。EUも抗議声明を発表した。平壌駐在ドイツ大使館はその声明文を朝鮮語に訳し、大使館前の掲示板に貼り出した。ドイツ大使館は平壌市大同江区域の外交団村にあった。保衛部が取り締まりの歩哨詰所を置いて統制していて、一般住民は外交団村には入れなかった。

大使館の関連業務を担当する外交団事業総局から、抗議声明文掲示の連絡を受けて、外務省は対策を講じた。常駐する大使館が北朝鮮を直接非難する宣伝文を公に貼り出したのは、北朝鮮の歴史上初めてのことだった。これを容認すれば、ほかの大使館も北朝鮮を非難する宣伝文を掲示板に貼り出す可能性があった。外務省は非常事態に陥った。金正日にすぐに関連措置を取ると報告し、担当者を決めた。

外務省を代表してその任務を引き受けた私は、即座にドイツ大使を呼び出した。ドイツ大使は海外出張中で、臨時代理大使が入ってきた。私はEUの抗議文を今すぐ取り下げるように求めた。彼はこう反論した。

「ドイツ大使館がEUの抗議声明を大使館の掲示板に掲示したのは、本国政府の政策的な立場を北朝鮮の国民に知らせる正常の活動だ。北朝鮮外務省が外国大使館の掲示物まで統制するなら、それは明らかな内政干渉だ。ベルリン駐在の北朝鮮大使館は、ドイツの同盟国であるアメリカを非難する掲示物を掲げているが、ドイツ政府は一度も干渉したことはない。声明文は取り下げない」

外務省の面会室で行われるすべての会話は盗聴されている。面会でうまく対処できなかった場合、保衛部が内容をそのまま金正日に報告することもある。面会をうまくやれずに批判されたのは一人や二人ではない。北朝鮮の外交官はけっして相手に押されてはいけない。私はすぐさま反論した。

「大使館が常駐する目的は、常駐国との親善関係を発展させることにある。大使館が掲示物を通して常駐国を直接非難するのは、両国の関係を壊そうという意図にしか見えない。ベルリン駐在の北朝鮮大使館は、アメリカを非難する内容を掲示したことはあっても、常駐国のドイツを非難したことは一度もない。今回、延坪島砲撃を挑発したのは韓国だ。韓国軍が先にわれわれの地域に向けて砲射撃訓練をしたことで、われわれが対応射撃を行っただけだ。こちらが被害者だ。それなのにドイツが被害者であるわれわれを挑発した側として扱うのはどういった理由なのか。事件の真相を知らないためか。それとも知っていながら韓国とアメリカの側につくためなのか。じつに疑わしい。

今、朝鮮半島情勢は、延坪島砲撃戦によって一触即発の危険な状況に向かっている。こうした時に朝鮮半島の平和と安全のために努力すべきドイツが、一方の言い分だけを聞いてわれわれを非難するあまり、大使館の掲示板にまで非難の宣伝文を貼り出したのは容認できない。そちらが措置を講じなければ、激昂した国民が掲示板に何をしでかすかわからないし、こちらの警告にもかかわらず、何の措置も取らないのであれば、今後、何が起きてもおかしくない。ドイツ側はその責任を取らなくてはならない」

私の脅しに臨時代理大使の顔が赤くなった。本国に報告して措置を講ずると言った。内心なんとなく心配だった。もしもドイツ大使館が最後まで聞き入れなかったら、北朝鮮も物理的な力を行使しなければならなかった。そうなるとベルリン駐在北朝鮮大使館にも問題が生じるだろう。さいわい、翌日ドイツ大使館は抗議声明を取り下げて、私は外務省の上の者から称賛された。「ドイツを負かした」という理由だった。

イギリスとの関係改善のため、ロンドンパラリンピック参加を模索

二〇一一年初めから、英国大使が、翌年のロンドンオリンピック直後に開催するパラリンピックに北朝鮮を参加させようと、何度もアプローチしてきた。彼は「北朝鮮がロンドンパラリンピックに参加すれば、北朝鮮の人権イメージを改善するのに大きく役立つだろうし、英朝関係もさらに発展するだろう」と言った。続けて「北朝鮮が参加を決めれば、今年からすぐに北朝鮮への支援も増やすことができる」と喜ばせるようなことを言うのだった。

北朝鮮の障害者が外国に代表団として行くのはもちろん、パラリンピックに出場することなど、夢にも思えない時代だった。それまで朝鮮労働党は「障害者の競技は金持ちの変態的な趣味を充足させるための遊び」という金日成の教示に基づき、障害者スポーツを否定的に宣伝してきた。

一九七〇年代から北朝鮮は、先天性障害のある家族がいる家庭を平壌市内の中心道路沿いのマンションには住めないようにした。障害者の家族を地方に転居させることもあった。

親が抗日革命パルチザンや高位級の幹部でなければ、障害者は大学にも行けなかった。金日成のパルチザンの同志である柳京洙（リュ・ギョンス）、黄順姫（ファン・スンヒ）夫妻の息子と、独立運動家の梁世奉（リャン・セボン）先生の孫くらいが、障害者でも金日成総合大学に入ったと聞いている。若いころ、平壌大劇場の公演で、将棋がとてもうまい美術大学の障害者の学生を見たことがあるが、やはり幹部の息子だった。

私は一九八〇年代初めに平壌市牡丹峰(モランボン)区域の城北洞(ソンブクドン)のマンションで何年か暮らしたが、近所に障害のある子が二人いた。一人は左足を少し引きずっていた。父親が保衛員だったが、地方に転居させられるのではないかと、小さいころにその子を咸興(ハムフン)の叔母の家に送っていた。戸籍まで咸興に移し、成人になるとようやく平壌に戻ってきた。もう一人は先天性の小児麻痺だった。外出はほぼ不可能だったが、「一線道路」の脇に住んでいるという理由で、家族と一緒にほかの場所に引っ越さなくてはならなかった。一線道路というのは金一族専用の道路のことで、一号道路とも呼ばれる。この一線道路沿いには障害者や身分の低い人は住めなかった。

今はそうした政策もずいぶんと緩和され、家族に障害者がいても地方に送られることはない。私は、北朝鮮の障害者スポーツや活動に関する政策もそろそろ変わるべきだという思いと、若いころの個人的な経験もあって、イギリス大使の申し出を積極的に受け入れた。北朝鮮式に一度ぶつかってみることにした。

北朝鮮の障害者連盟にイギリスからの参加要請書を送り、迅速に関連文書をつくるよう依頼した。代表団を派遣するには、障害者連盟が提議書を作成して、体育省オリンピック委員会、外務省国際機構局、党中央委員会科学教育部の同意を経て、最終的に金正日の承認を受けなくてはならない。ところが障害者連盟は提議書の作成をためらった。障害者政策の根本的な変化を求める提議書にならざるを得ず、リスクが大きいという理由だった。

外務省国際機構局はこういう意見だった。

「西側諸国は、北朝鮮の障害者問題を人権攻勢の一環として提起してきた。北朝鮮がロンドンパラリンピックに参加すれば、これまでパラリンピックに出られなかったという部分に焦点が当てられる。また対外事業の経験がない障害者は、初めて海外に出て失敗を犯すこともある。まかり間違って北朝鮮内部の様子が知られる危険も大きい。送らないほうがいいだろう」

党中央委員会科学教育部も、パラリンピックに障害者の選手団を参加させることは、党の政策に反すると結論づけた。体育省オリンピック委員会だけが、党科学教育部の幹部に「障害者スポーツ競技は、金持ちの趣味を満足させる遊びではないし、パラリンピックに出ないほうがむしろ共和国のイメージを損なう」と言って説得したが、通用しなかった。

正攻法で解決できる問題ではなかった。イギリス大使館からの催促も続いていた。悩んだ末に、私は出だしから完全に変えることにした。パラリンピック参加の問題ではなく、両国間の政治的発展問題として考える案を作成した。文書のタイトルも「わが国代表団のロンドンパラリンピック参加問題に関する対策的意見報告」とはせずに「駐北朝鮮英国大使館から提起された問題に関する対策的意見報告」に直した。文書の論理と内容はこう構成した。

「イギリス政府は、二〇一二年のロンドンオリンピックの成功に向けてあらゆる努力をしている。北朝鮮のパラリンピック参加に高い意義を見出し、共和国代表団の参加を継続的に要請している。イギリスは批判的関与政策を堅持しながら、北朝鮮核問題の軍事的解決に反対している。今回イギリスの要請を聞き入れて、借りをつくっておけば、今後、イギリスとの関係発展の助けになる。イギリスの提案を受け入れてはどうかと思う」

そんなふうに文書を作成すると、イギリスとの二国間関係の問題にすり替わり、国際機構局や党中央委員会科学教育部の同意を求める必要もなくなった。外務省の幹部は文書の草案を見て、私がパラリンピック選手団派遣のために策略を練ったことに気づいていた。だが幹部も北朝鮮代表団の参加の必要性を認めており、反対する人はいなかった。

金正日に報告すると、その日のうちにサインが下りた。反対する理由がなかった。こうして簡単に解決できる問題だったが、下手に報告したら首が飛ぶかもしれないという心配から、数十年間、提案すらされてこなかったのだ。

急ごしらえの水泳選手が一名だけ参加

ロンドンパラリンピック参加が確定すると、次の難関は参加できる選手がいるかどうかだった。外務省と障害者連盟、党の高位幹部を除けば、北朝鮮選手団の参加を知っている機関はなかった。とりあえず外務省職員の子どもの中から探してみた。北京駐在の参事官だったリム・ヨンチョルの二番目の息子リム・ジュソンに水泳の練習をさせればなんとかなりそうだった。リム・ヨンチョルは私の幼なじみだ。少年時代の留学、国際関係大学、北京外国語大学でも一緒だった。

父とともに北京にいたリム・ジュソンは、近くのプールで毎日練習した。北朝鮮初のパラリンピック選手であるリム・ジュソンは、左腕と左足がない。それには気の毒な事情があった。リム・ジュソンが六歳のとき、リム・ヨンチョルは瀋陽(シェンヤン)駐在領事として派遣された。子ども二人は帯同できないという規定で、長男だけを連れていった。リム・ジュソンは妻の母親に預けられた。家の近くのマンションの建設工事現場で遊んでいたリム・ジュソンは、クレーンにひかれて手足を切断した。

リム・ヨンチョルの義母はどうしていいかわからず、まず私に事故を知らせてきた。私たち夫婦は急いでリム・ジュソンが入院していた金亨稷(キム・ヒョンジク)軍医大学病院を訪ねた。手足が切断され、麻酔された状態でベッドに横たわっていた幼いリム・ジュソンの姿が、今でも目に浮かぶ。私たち夫婦もベッドの横で一緒に泣いた。両親と一緒に外国に出ていれば、こんな目にあわなかっただろうと思うと、なおさら悲しくなった。リム・ヨンチョル夫妻は翌日、列車で平壌に戻ってきた。夫妻と義母の苦しみと傷がどれだけ深いか、とても計り知れなかった。

二〇一二年八月末から九月初めまで、ロンドンパラリンピックが開かれた。北朝鮮からの参加選手はリム・ジュソン一人だけだった。同行者は一二名だった。大半は障害者連盟を財政的に支援していた会社の幹部だった。

イギリス政府は北朝鮮選手団を大々的に歓迎した。イギリス外務省副相が北朝鮮選手団だけのために開催したパーティが庁舎で行われた。英朝間の修交の歴史上、初めてのことだった。それまでイギリスは北朝鮮の外務次官が訪英しても、同クラスの人物が出てきてパーティを開いてくれたことなどなかったのだ。イギリスが北朝鮮の参加をどれだけ望んでいたかがよくわかる。

水泳競技の当日、リム・ジュソンは出場選手中、一番最後に、ようやくゴールに近づいていた。急ごしらえの彼が、突然水泳がうまくなるわけがなかった。そのとき場内アナウンスの声が会場に響いた。

「みなさん、北朝鮮は今回初めてパラリンピックに参加しました。今、ゴールに入ってきている選手が北朝鮮の唯一のパラリンピック参加者です。彼は北朝鮮のすべての障害者の代表です。全員で立って彼がゴールできるよう応援しましょう」

全員が立ち上がり、拍手して声援を送った。在英韓国人も大勢いたが、みんな立ち上がって最後まで応援した。北朝鮮のパラリンピック参加は大成功だった。ところが北朝鮮代表団がイギリスを発つ日、見苦しいことがあった。

在英韓国人と記者たちが、北朝鮮代表団の見送りで空港に来ていた。ところが代表団に同行した会社幹部たちがロンドンで大量に購入した商品を航空便で送る姿が、彼らの目に留まった。翌日、現地の在英韓国人の新聞はこれを大きく報じた。北朝鮮外務省の幹部は、やっとのことで代表団を送ったのに、会社幹部はついていって自分たちの買い物だけしてきたと、ひどく憤慨した。

それでもこのときのパラリンピック参加がきっかけとなって、北朝鮮の障害者政策は大きく変わった。障害者の国際交流が始まったのだ。その後、私は北朝鮮の障害者の海外進出に人一倍愛着と矜持を抱き、障害者のためにできることは、何でも積極的に協力するようになった。

金正日が死亡、職員の相互監視が始まる

金正恩が二〇一〇年九月、後継者として公式に確定してから、北朝鮮のすべての権力をその手に握るまで、そう長くはかからなかった。実質的な権力を握ってはいたが、父・金日成のもとで、名目上「ナンバー2」の役目を果たすしかなかった金正日とは異なる部分だった。金正日の死亡はそれほど突然の出来事だった。

二〇一一年一二月一九日月曜日の午前一一時だった。正午に重大放送があるので全員講堂に集まるようにという党委員会の指示があった。この日私は、午前九時にヨーロッパ局の朝礼に参加してから、同僚と一緒に北朝鮮障害者連盟の体育館で卓球の練習をしていた。金正淑（キム・ジョンスク）の誕生日（一二月二四日）を記念する外務省の体育行事を前に、卓球の予選競技が行われていたからだ。

重大放送があると聞いて、慌てて外務省に戻ってきた。北朝鮮の重大発表、重大放送にはいくつか意味があるが、全員講堂に集まって聞けというのは、金日成の死後は初めてだった。みんな緊張して講堂に集まりはしたものの、内心ではまさかという気持ちがあった。定刻一二時、朝鮮中央テレビに李春姫（リ・チュニ）アナウンサーが登場した。黒い民族衣装を着ていた。瞬間「ああ」というため息が講堂に響き渡った。それまで李春姫アナウンサーが喪服を着て登場したのは、唯一、金日成死亡のときだけだった。

金正日が死亡したのは一二月一七日午前八時半だった。発表は五一時間後、二日経ってようやく行われた。北朝鮮メディアの説明によれば、もともとは一七日の当日に発表しようとしたという。だがこの日は土曜日で、国民が週末に休めるように金正恩が発表を遅らせたという。国家指導者の死亡を二日間、極秘にできる国は、おそらく世界でも北朝鮮くらいだろう。国のすべての行政業務がパソコンを通して行われるために、三階書記室の数名が秘密にすれば、北朝鮮はしばらくそのまま回っていくシステムになっている。金正恩が病気になっても、同じようなことが起こるかもしれない。

重大放送が終わると、党書記が演壇に上がった。彼は「みなさん戻ってください」と一言投げかけて、演壇の後ろに消えた。みんな立ち上がってそれぞれの持ち場に散っていった。誰一人むせび泣いたり、慟哭したりしなかった。金日成が死亡したときとは違っていた。あのときは重大発表を聞いて、涙を拭う人がたくさんいた。

事務室に戻ったが、昼食の弁当を取り出す人はいなかった。金日成死亡のときに行動を誤って、ひどい目にあった例が多かったからだ。弔意行事が終わってから、サウナに行ったり、引っ越したり、カードをした人たちは探し出され、地方に追いやられた。そんなことを経験しているせいか、今度はどう行動すればいいかみんなわかっていた。だが弔意を表す場所がなかった。今では金正日の銅像も建てられたが、当時は万寿台の丘には金日成の銅像しかなかった。

部門党書記だった私に、どこに行って弔問すればいいのかと職員たちが訊いてきた。党委員会に問い合わせると、指示があるまで待てということだった。午後三時ごろ、党委員会から指示があった。夕方までに、外務省の外国人面会室に焼香所を設けるという。

北朝鮮ではこのようなときにうまくやらなくてはいけない。誰もが引っかからないように過剰な忠誠を示す。金正日死亡の報道に接しても一粒も涙を流さなかった職員たちは、何かに取り憑かれたように、白い紙の花をつくりはじめた。みんなへばりついて花輪をつくった。家には絶対に帰ってはいけなかった。花輪は夜一一時ごろ、やっと完成した。花輪をもってようやく弔意式場に向かった。するとみんな喪に服してその場に留まると言い出した。

そこで局別に時間帯を決めた。輪番制で弔意式場に下りて一時間ずつ金正日の肖像画のそばにいることにした。ほかの場所でも同じだった。金正日広場をはじめとする平壌市のあちこちで金正日の肖像画が掲げられ、弔意行事が行われた。大人、子ども関係なく、弔意式場に行って、数時間見守ってから帰っていった。何時間そばについていたか、翌日、所属する党組織に必ず報告しなくてはならなかった。そうしなければどんな不利益をこうむるかわからなかった。

金正日の遺体が錦繡山（クムスサン）太陽宮殿に安置され、国葬が行われた。このときに初めて金正恩の妹、金与正（キム・ヨジョン）が北朝鮮のメディアに公開された。一方、金正哲は弔意名簿はおろかマスコミにも名前が公表されなかった。弔意行事は事前に書かれた脚本があったかのように、極めて組織的に抜かりなく進められた。私は張成沢（チャン・ソンテク）が陣頭指揮を執っていたと見ている。金正恩は突然の父の死に冷静でいることはできなかったはずで、当時の状況で、支障なく北朝鮮体制を落ち着いて率いることができた人物は、張成沢しかいなかっただろう。

改革開放に前向きだった金正恩

金正日の死後、北朝鮮は金正恩体制に速やかに移行した。まず一号行事の警護規定から変わった。一号行事とは、最高指導者が参加する行事を指す。以前は党委員会が参加者名簿を行事数日前に護衛司令部に提出し、行事当日には私服保衛員と警護員が参加者の身分を確認して終わりだった。だが金正恩が政権を握ると軍服の警護員が身分証を確認した。金日成広場の入口の両側には機関銃が配置され、その横に完全武装した軍人がずらりと並んだ。

参加する群衆は機関銃のあいだを通って、会場である金日成広場に入るしかない。私も何度か経験したが、機関銃の前を通るたびにぞっとした。誤射する事故でも起きたら、なすすべもなく死ぬしかない。「金正恩万歳」と叫ぶため会場入りする参加者に銃を向けるというのは、戒厳令を宣布するのと変わりなかった。恐怖心を煽り、国民を押さえつけようとする意図としか思えない。

実際にも戒厳令を彷彿させることが起こった。一号行事の前日から、金日成広場周辺の官公庁は、庁舎を空けなくてはならない。内閣、外務省、貿易省、農業省、教育委員会などの空になった庁舎は、完全武装した軍人で埋め尽くされる。暴動を鎮圧する軍人を事前に配置するのだ。当然、陰口は出たが、そのときはまだ金正恩の恐怖政治を予測する人は多くなかった。

二〇一二年四月一一日、金正恩は労働党第一書記として迎えられる。四月一三日には国防委員会第一委員長に就任し、金正日のすべてのポストを世襲した。世界史上初の共和政指導者の三代権力世襲が公式にされた。この日、北朝鮮は光明星(クァンミョンソン)三号を発射したが、技術的な原因で失敗する。七月一七日、最高人民会議は、朝鮮人民軍最高司令官である金正恩にそれまでの大将の階級から二段階引き上げた元帥の称号を付与することを決定した。

じつは北朝鮮の上流階級は金正恩の登場にかなりの期待を抱いていた。金正恩はスイスで中等教育を受け、感受性が鋭い時期にともかく西欧の文化に触れていた。金正日は体制維持のためにどうしても改革開放を断行できなかったが、金正恩は前向きに受け入れるかもしれないという期待があったのだ。毛沢東の死後、改革開放を通して急速な発展を成し遂げた中国のように、北朝鮮も同じ道をたどるべきだというのが上流階級の共通認識だった。

留学経験者らしく、開かれた心で金正恩は北朝鮮を現代化させるのではないか。そんな期待が最初は当たったように見えた。北朝鮮には毎週土曜日の午前に開かれる「方針伝達時間」がある。その一週間の金正恩の発言を伝える時間だ。そのころの金正恩の発言を見ると、北朝鮮は今すぐ改革開放に向かうのではないかという気がするほどだった。

「北朝鮮の現在の経済システムではうまくいかない。他の国の経済システムをすべて研究し、いいと言われる経済理論をすべて勉強してみよう。そして一度やってみるのだ」

金正恩は金正日とは完全に相反する考えも、ためらうことなく口にした。

「北朝鮮の経済発展には海外からの投資が必要だが、今アメリカが制裁を加えている状況では、方法は多くない。今、外貨を簡単に稼げるのは観光だ。観光客を大幅に増やして観光を発展させなくてはならない」

金正恩は開城（ケソン）工団の例を挙げて、改革開放の必要性も強調していた。

「開城工団が北朝鮮体制にとって長期的には脅威にならないかと多くの人が心配していた。だが得るもののほうが大きい。まずわれわれに絶対的に必要な資金を稼いだ。二番目に、開城の市民に対する統制と管理が容易になった。ほかの地域はチャンマダンのために住民統制がどれほどしづらくなったことか。開城の市民五万人が毎日一カ所に集まって働き退勤するのだから、特別な管理も必要ない。総合的に見てわれわれのほうにずっと利益がある。こうした経済特区を内陸にも拡大すべきだ。開城工団のような場所をさらに一四カ所つくるのだ」

金正恩はまた「教育が重要だ。区域、郡に一つずつ高等中学校を建設して、秀才教育を強化しろ」という指示も下した。

物腰の柔らかい若き改革者

外務省で直接体験した例もある。金正恩は二〇一二年の新年会を立食形式で開くよう指示した。これは金日成のやり方とは正反対だった。通常、北朝鮮の宴会では、それぞれ席に着いて食事する。金日成も一九六〇年代、ヨーロッパ帰りの党国際担当書記の朴容国（パク・ヨングク）の提案で、立食パーティを開いたが、一度きりで終わったことがある。当時、幹部たちはこう抗議したという。
「今まで着席していた宴会をなぜあえて立ってやるのか。立って食べるのは馬だ。われわれは馬なのか。足が痛くて立っていられない。朴容国の奴がヨーロッパに行ってきたというが、おかしなものを見てきたようだ」

その後、金日成は二度と立食形式でやらなくなった。じつは幹部たちが立食を嫌がるのは、不便だというよりは北朝鮮の体制にそぐわないからだ。立食形式では、自由に会話の相手を選んで近づき、状況に合わせて話題を選ばなくてはならない。対外活動をするときに、誰に会って、どんな会話をするか事前に承認を得なければならない北朝鮮の幹部にとって、立食パーティは、けっして「着ることができない服」だったのだ。

だが金正恩の指示どおり、二〇一二年の新年会は立食形式で行われた。イギリスなど数カ国の大使が金正恩のところにやってきて新年の挨拶をしたが、雰囲気はかなり落ち着かなかった。北朝鮮の幹部や外国大使館の職員は、それぞれ自分たちだけで固まって、そのまま終わってしまったのだ。会が終わり、幹部だけが残った席で金正恩は「対外活動をこんなふうにやる奴がどこにいる」と怒りをぶつけた。私はその姿を見ながら、それでも金正恩は何か新しいことをしようとしていると、肯定的に受け止めた。

権力を手にしたばかりの二〇一二年ごろ、金正恩は今よりずっと物腰が柔らかだった。幹部たちも今のように金正恩を恐れてはいなかった。当時と今の映像を比べると一目瞭然だ。幹部たちは金正恩に気軽に近寄ることができ、金正恩も親しげな様子を見せていた。

二〇一二年六月、平壌の倉田（チャンジョン）通りが完成したときも、金正恩は異例の行動を見せた。最新マンション群がある倉田通りは「北朝鮮版ニュータウン」「平壌の江南（カンナム）［ソウルの高級住宅街］」と言えるだろう。金正恩は李雪主（リ・ソルジュ）夫人とともにマンションに新しく入居した家族を訪問した。年上の相手に対して直接焼酎まで注ぎ、人民の指導者というイメージをつくっていった。

最も反響を呼んだのはマスゲームの『アリラン』を中止したことだ。『アリラン』のマスゲームについては北朝鮮の多くの人が不満を抱いていた。毎年、学校の生徒を動員して半年間も練習させるのだから、不満がないはずがない。だが、誰もおおっぴらには言えなかった。誰が金正恩に申し入れたのかはわからなくても、生徒の動員中止は国民から拍手を受けるに十分だった。

同じ年の八月、金正恩が漁船型の非武装の木造船に乗り、延坪（ヨンピョン）島の向かいの北朝鮮側の島である茂（ム）島と長在（チャンジェ）島を視察したのも、北朝鮮の住民には「感動的」な演出だった。金日成と金正日の生前には想像すらできなかったことだ。護衛もなしに大胆に最前線を視察し、北朝鮮の人々を興奮させた。二七馬力の小さな木造船に乗り、荒波をかきわけて奥地を訪ねていく、若くて覇気に満ちた金正恩の姿に涙した高齢者もずいぶんいた。

「来週の報道計画」を金正恩に毎週報告

金正恩政権になってから、北朝鮮の対外部門でも一定の変化が起こりはじめた。子どものころから外国で教育を受けた金正恩は、メディアの宣伝効果をよく知っていて、海外メディアとの事業を重視した。

金日成と金正日も海外メディアとの事業にはかなり気を使っていた。金日成は「ニューヨークタイムズ」のような世界有数のメディアの直接インタビューを受けるなど、海外メディアを利用していた。金正日は海外メディアとのインタビューは一度も行わなかったが、ヨーロッパはイギリスBBC、アメリカはABCを掌握すべきだという指針まで下していた。

BBCを掌握しろという金正日の指針は理解できる。ヨーロッパでBBCはどのメディアも追随できない影響力をもっていたからだ。だがアメリカで北朝鮮問題にどこよりも関心を示していたのはABCではなくCNNだった。CNNは最も多く訪朝したメディアでもあった。それなのに金正日はアメリカ世論を北朝鮮に有利に動かすにはCNNではなくABCを掌握しなくてはならないとした。その理由はわからない。

北朝鮮の指導者たちが海外メディアとの事業をどんなに重視したとしても、限界がある。言論の自由がない状況でメディアの効率性を期待するのは難しい。北朝鮮の矛盾であり悲劇でもある。外務省は、海外メディアの北朝鮮に対する批判を遮断し、また彼らを広報手段として利用することにつねに苦労してきた。海外メディアの口を借りて北朝鮮の立場を迅速に世界に伝えることも、外務省の当面の課題だ。

だが海外メディアは、北朝鮮よりも韓国のメディアを重視する。延坪島(ヨンピョン)砲撃や哨戒艦沈没といった事件が起きれば、韓国のほうが北朝鮮よりも先に報道する。しかも朝鮮中央通信や「労働新聞」の報道は、断片的でどれも同じで、特別な内容もない。海外メディアは当然、韓国メディアの報道内容を引用するしかない。

北朝鮮メディアの報道や論評が遅い理由は誰にでもすぐ思い当たる。厳格な報道統制があるからだ。仮にセウォル号沈没や朴槿恵(パク・クネ)大統領弾劾のような事件を北朝鮮メディアが報道しようとすると、こんな手続きを踏まなくてはならない。統一戦線部報道課が中央党宣伝煽動部南朝鮮情勢報道課と協議し、金正恩に「南朝鮮情勢報道計画」を報告、決裁を受けるという流れだ。

米同時多発テロ、イラク戦争など国際ニュースもたいして違わない。外務省報道局が中央党宣伝煽動部対外宣伝課と協議して、毎週水曜日、金正恩に「来週の報道計画」を報告し、決裁を受けなくてはならない。それで通常、北朝鮮メディアの国際ニュースは一週間ほど遅れて報道される。

北朝鮮メディアは、話せと言われながら、勝手に口を滑らせないようにされるという、矛盾した状況に置かれている。だから金正日や金正恩は、海外メディアの報道に対して、相反する態度を見せていた。あるときは、外交官は主導的に海外メディアとインタビューやブリーフィングを行い、北朝鮮の立場をアピールしろと言っていたのに、あるときは、外交官が任意に海外メディアと接触してはならず、些細なミスも許されないと言うなど、毎回言うことが変わるのだった。

「それはすでに金正日将軍様が結論を出していることだ」

海外メディアと接触した外交官がミスを犯せば、週別、月別の党生活総括で批判を受けることになる。そこまでは同僚からの批判なので、そう恥ずかしくはない。だが三カ月ごとに開かれる四半期別の党生活総括は、外務省内の党員一〇〇〇人が講堂に集まり、党組織指導部外務省担当副部長が中心となって行われる、数人だけが演台に立たされて行われる批判なので、本人も恥ずかしく、処罰の程度も厳しくなる。党副部長は「生活総括は思想闘争の雰囲気の中で行わなくてはならない」という金正日の指針に忠実だった。四半期別の党生活総括はいつも殺伐としていた。

私がヨーロッパ局副局長だったときは、平昌（ピョンチャン）冬季オリンピックで訪韓した崔輝（チェ・フィ）が外務省担当の組織部副部長だった。朴宜春（パク・ウィチュン）外相も崔輝の前では蛇ににらまれた蛙だった。四半期別の党生活総括で自己批判をしないためには、海外メディアとむやみに接触せずに、言われたことだけやるのがベストだった。そんな自己保身がはびこる環境で、いったい誰が海外メディアのインタビューを受けようとするだろう。

二〇一二年四月、金日成生誕一〇〇周年行事を目前にした時期だった。金正恩は衛星発射場まで海外メディアに公開し、今までにない効果を得ようとしていた。在外大使には、海外メディアのインタビューを受けて、北朝鮮の政策を宣伝するよう指示した。だがやはり大使のほとんどがインタビューを避けた。

この年、私は外務省で開かれた協議会に出席したことがある。海外メディアとの事業に関する会議だった。私はこう提案した。

「現在外務省は、報道官の談話や声明などを通してのみ共和国の対外的な立場を発表している。ただ文書を出すだけだ。仮にこれをアナウンサーが発表するとしても変わりはない。世界に外務省の声明や談話をアナウンサーがそのまま読んだりする国はない。これからはわれわれ外務省も報道官を出して、直接マスコミにブリーフィングもして質問も受けるべきだ。これは世界的な流れだ。平壌は文書でしか発表しないのに、現地の大使たちにマスコミのインタビューも受けろというのは無理がある。迅速性も保障されず、視覚的効果もない」

じつはAPTNからは、外務省報道官へのインタビューや記者会見をできるようにしてほしいと、ずいぶん前から言われていた。当然の申し入れだった。会議での私のこの発言も、外務省報道局が報道官の役割をしろと遠回しに言ったものだ。だが私の言葉に反論したり、支持する意見もなく、みんな黙って座っていた。困惑した様子がありありと見て取れた。会議は何の結論も出ずに終了した。会議後、朝日国交正常化交渉担当大使の宋日昊(ソン・イルホ)が私にこっそり言った。

「外務省の報道官が国内外の記者にブリーフィングをすべきだと言うが、それはすでに金正日将軍様が結論を出していることだ。きみもわかっているだろうが、問題は外務省内で報道官に名乗り出る人がいないということだ。誤れば面倒なだけなのに誰がやるというのか」

私があんなことを言ったところで何も変わらないという意味だった。その後も機会があるたび、北朝鮮の立場を世界に伝える、ＡＰＴＮ平壌支局とのインタビューのシステムをつくろうと提案したが、とうとうやり遂げることはできなかった。

金正恩の演出で楽団が『ロッキー』のテーマ曲を演奏

私もやはり、金正恩が金正日の核開発路線を放棄し、北朝鮮を改革開放に導くのではないかと思い込んでいたことがある。二〇一二年七月六日の夜、平壌で特別な音楽公演が行われた。金正恩の指示で設立された牡丹峰（モランボン）楽団の初公演だ。

驚いたことが二つあった。一つは金正恩の隣に李雪主（リ・ソルジュ）が並んで座り、公演を鑑賞していたことだ。このとき李雪主の名前と身分が公開されたわけではない。もう一つは牡丹峰楽団が演奏した外国曲の中に、アメリカのポピュラー音楽が多く含まれていたことだ。もちろんアメリカの音楽だとは紹介されなかった。たとえば映画『ロッキー』のテーマ曲『Gonna Fly Now』を演奏しながら、ステージの上段のスクリーンに「軽音楽　今すぐ飛び立とう（外国曲）」と紹介されるといった具合だ。この歌は主人公のロッキーが一人でランニングしながらシャドーボクシングをするときに流れるが、牡丹峰楽団のステージ後方のスクリーンには映画『ロッキー』の実際のシーンが流れていた。またフランク・シナトラの『My Way』が「軽音楽　私の道（外国曲）」として紹介され、演奏された。

圧巻は「世界童話名曲集」として紹介されたアニメのテーマソングメドレーだった。ミッキーマウス、くまのプーさん、白雪姫、シンデレラ、美女と野獣など、ディズニー映画のテーマソングがずらりと並んだ。キャラクターに扮したミッキーマウス、ミニーマウス、くまのプーさんが登場し、ステージ上のスクリーンにはその映画がパノラマのように映し出された。「アメリカアニメ名曲集」としてもおかしくないほどだった。

テレビで見た一般の人々は、アメリカの歌、アメリカの映画とはわからなかっただろうが、海外でアメリカの映画をたくさん見てきた私はすぐに気づいた。あまりにも異例ずくめだった。この日の公演は韓国でもずいぶん話題を集めたと聞いた。今はユーチューブでその動画を見ることができる。

数年前から北朝鮮は国立交響楽団のアメリカ公演を交渉していた。牡丹峰楽団がアメリカのポピュラー音楽を演奏し、それをテレビで放映した金正恩の意図は明らかだ。牡丹峰楽団をアメリカに送り込む準備を終えたので、アメリカは北朝鮮に門戸を開放しろというシグナルだったのだろう。

七月二五日には李雪主が北朝鮮メディアに公式に登場した。この日、朝鮮中央テレビは「金正恩が夫人の李雪主同志とともに綾羅(ルンラ)人民遊園地の竣工式に出席した」と報じた。牡丹峰楽団の初公演のときに金正恩の隣に座っていた女性が彼の夫人だろうとは予想していたが、「李雪主同志」と公式の呼称まで出るとは本当に意外だった。

北朝鮮の国民をさらに驚かせたのは、李雪主と金正恩が仲良く腕を組んで歩く姿だった。北朝鮮では夫婦でも道で腕を組んで歩くというのは相当気恥ずかしいことだ。それも年上の幹部たちもみんな見ている国家行事の場だった。ずいぶん軽率な行動に見られる可能性もあった。

開放的な空気も束の間、恐怖政治が始まる

外務省内でもその様子は一日中話題になった。世界のメディアも大きく取り上げた。一部のメディアは、金正恩は自身が開放的で進取的な性格であることを見せるために、わざわざ演出したと報じていた。

この日、李雪主（リ・ソルジュ）はさらに劇的なシーンの主人公になった。金正恩が回転木馬に一緒に乗ろうと劉洪才（りゅう・こうさい）中国大使など外交使節団を誘った。金正恩が先に乗ると、外交使節らも仕方なく乗ったのだが、回っていた回転木馬が突然、止まってしまった。そばにいた幹部たちはどうしていいかわからず、管理者たちはあちこち走り回っていた。しばらくして回転木馬は再び動きだした。

よくあるハプニングだったが、金正恩は回転木馬から降りるなり、管理者たちを怒鳴りつけた。管理者たちはぶるぶる震えて謝ったが、劉洪才ら外国大使たちもうろたえた。そのとき、李雪主が金正恩に近寄ってそっとなだめた。金正恩は冷静さを取り戻し、ほかのアトラクションを見はじめると、ようやく安堵が広がったという。李雪主はその後も金正恩の現地指導に同行しながら、仲睦まじい夫婦のイメージを見事に演出した。

だが金正恩に対する北朝鮮の上流階級の期待は次第に崩れはじめた。二〇一二年後半に入ると、金正恩は党の内部規律と幹部に対する統制を強化した。すべての幹部と党員の一挙手一投足を党組織に事前に徹底して報告するよう求めた。「どんなに些細なことでも党中央にすべて伝わる報告体制をつくれ」というのが彼の指示だった。これによって、外務省の局長クラス以上は、翌日の日程を党委員会に知らせなくてはならず、外務省党委員会は、外務次官クラス以上の高位幹部の具体的な実績を毎日、中央党組織指導部に報告しなくてはならなくなった。

恐怖政治の一端を見せたのもこのころだった。金正恩体制の実際の権力者と評されていた李英浩（リ・ヨンホ）

人民軍総参謀長は、私的な席で金正恩を悪く言ったのが盗聴にひっかかり、粛清されたと言われている。政権が発足したころ、金正恩の改革開放の歩みに対し、李英浩は「将軍様（金正日）は改革開放をすれば豊かに暮らせるということを知らなくて、やらなかったとでも思うのか」と言ったということだ。粛清後、李英浩は革命化教育を受けて処刑されたという。

今、北朝鮮では金正恩が撃てと命令すれば、直ちに銃殺が行われる。金正恩は大規模建設事業や国家的な記念事業を行うときに、必ず一人二人処刑する。それも事業開始の段階で殺すのだが、そうすればみんな怯えるからだ。その始まりは二〇一二年末、錦繍山（クムスサン）太陽宮殿の大々的な改修（リモデリング）のときだった。宮殿前の広場を花壇風に設（しつら）えることになったのだが、機関ごとに作業区域が割り当てられた。三メートルの深さまで土を掘り返してその土を熱し、再びかぶせる作業だった。土を熱するのは虫を駆除するためだ。国家産業美術指導部は期限に間に合わなくなり、一・五メートルしか掘らずに土をかぶせたことが発覚した。局長一人が金正恩の命令で銃殺された。

なぜ張成沢は処刑されたのか？

二〇一二年四月一三日、金正恩は最高人民会議を開き、北朝鮮が核保有国であることを憲法に明記した。核保有国の地位を制度的に明文化することは、金正日時代に出された計画だった。金正日は、金日成生誕一〇〇周年に当たる二〇一二年を強盛大国元年として宣布し、それまでに核保有国の地位を獲得するという計画を立てた。彼自身は二〇一二年まで生きることができずにこの世を去ったが、核への執着だけは彼の死後も生きているようだ。憲法に核保有国であることを明記したのは、その第一歩だといえる。

二〇一二年一二月一二日、北朝鮮は銀河（ウナ）三号を発射し、人工衛星の軌道投入に成功した。人工衛星発射はミサイル計画に沿って進められたものであり、金正恩が金正日の路線に戻ったというサインと見ることができるだろう。翌年二月一二日に第三回核実験を断行して、小型化、軽量化、多様化された精密な核攻撃能力を確保したと主張したのもそれを裏付けている。

そしてついに、三月三一日に開かれた党中央委員会総会で、核開発と経済建設の並進路線が党の政策として公式に決定される。核・経済並進路線とは、経済開発と同時に、北朝鮮の軍事力が今後、非対称的な攻撃手段である核と大陸間弾道ミサイル中心に強化されることを意味する。この決定により、北朝鮮のすべての財源は核とミサイル開発に集中することになる。

北朝鮮はこんなふうに時期ごとの目標をよく立てる。新しい目標以外に、社会を動かす原動力となるものがほとんどないからだ。たとえば二〇一二年が金日成生誕一〇〇周年なら、そのときまでに必ず何かをしよう、というふうに国民を煽って動員する。そうしなければ社会の安定が保てないのだ。

ところが金正恩は核・経済並進路線を宣言するときに、下からの報告書にはないことを言った。「核兵器を完成させる道は容易ではないだろう。アメリカ、中国などの強国があらゆる手をつくして阻止しようとするだろう。アメリカとの争いが起こるかもしれない。だがアメリカとの戦争より先に、われわれ内部で戦争が起きるかもしれない。内部の思想と意思の対決に勝たなくては、核兵器をつくることはできない」

そのときはみんな「内部の誰と対決するというのだろう」と疑問に思った。その後、起こった状況と照らし合わせてみると、金正恩の言葉は結局、粛清を暗示していたのだが、このときはその意味がわからなかった。

金正恩が改革開放をするかのような態度を捨て、強硬な姿勢に戻ったのがこのころだ。どうしてこのときだったのか、個人的にはこう分析する。金日成がソ連から北朝鮮に戻ったのは一九四五年だ。三三歳で北朝鮮の指導者になった。朝鮮戦争を引き起こしたのも三〇代だった。金正恩も若いうちに何かを成そうとしていたのではないか。

金正恩は二〇一二年に最高指導者に就任した際、二〇一五年を「祖国統一の大事変の年」にしようと言い、この言葉は「労働新聞」にも繰り返し登場した。党内部会議と軍会議でも二〇一五年までに戦争準備を終わらせることが決まる。金正恩は軍部隊を視察し、戦争準備を点検した。だが現実は暗澹(あんたん)としていた。

装備は古く老朽化し、燃料の油はすべてくすねられて帳簿と合わず、兵士たちは飢えていた。決定的なのは経済が回らず、一二〇万人の兵力を維持する資金も装備もないことだった。金正恩は在来型の兵器による戦争は不可能だという結論を出した。そうなると父・金正日が祖父・金日成のときから進めてきた核にすべてを注ぎ込むしかなかった。核を放棄した瞬間、自分の権力も維持できなくなると考えたのだ。

そうするには資金が重要になってくる。すべての財力を核とミサイル開発に注がなくてはならないが、北朝鮮の経済的な利権のほとんどは張成沢(チャン・ソンテク)が握っていた。張成沢は利権を譲り渡すか、握りつづけるか、選ばなくてはならなかった。金正恩が張成沢を容赦なく処刑したのは、その利権を手放さなかったことにもあると思われる。もちろん張成沢に対する根深い憎しみも決定的な理由だったのだろう。

中国が北朝鮮を非核化に追い込めない理由

金正恩が強硬姿勢に戻ったのは、三階書記室の影響もある程度あったようだ。基本的に三階書記室は、金正日・金正恩父子を神格化し、世襲統治を維持するための組織だ。北朝鮮が改革開放に進み、国民に金父子の実体が知られたら、三階書記室は瓦解する。三階書記室の組織を金正日からそのまま引き継いだ金正恩は、彼らの反対を押し切れなかったようだ。

金正恩は、核保有国との憲法への記載、核・経済並進路線の採択によって、北朝鮮の核保有を憲法と党政策に明文化し、国内法で制度化するという作業を終えた。時期としては二〇一三年上半期になる。このときから北朝鮮と中国の核論争の様相が変わりはじめた。北朝鮮の対応論理が進化したからで、これは「核保有の明文化」と関係している。

中朝間で高位級の対話や交流が行われるたび、北朝鮮の核問題は深刻な論争の対象として取りざたされる。中国はこう主張する。

「核兵器を今すぐ撤廃しろというのではない。一定期間は核をもっていてもかまわない。だが北朝鮮の長期的な目標が非核化であることを政策的に宣言し、非核化のための対話の場に戻るべきだ。そのための対話に復帰するだけでも、北朝鮮への援助を増やすことができる。一定期間、核を保有して、アメリカなど周辺国との信頼関係が構築されたら、徐々に核廃棄に向かえると考えている」

中朝交流は党の交流と政府の交流に区分される。党の交流は朝鮮労働党国際部と中国共産党対外連絡部が、政府間交流は北朝鮮外務省と中国外交部が行うものだ。党代表団同士の会談である場合、北朝鮮はこう反撃する。

「帝国主義と戦うことは共産主義者の神聖な義務だ。米帝と戦うにはわれわれも核兵器をもたなくてはならない。中国共産党も核兵器を開発したとき、アメリカとは核でしか対決する方法がないと言っていた。そして核兵器で社会主義を守った。世界の共産党が中国の核開発に反対したときも、唯一、朝鮮労働党だけは中国共産党を支持した。大きな党と小さな党、歴史が長い党と短い党はあるだろうが、高い党と低い党、指示する党と指示される党というのはない。すべての党は平等だ。アメリカの核に核で対応しようとするのは朝鮮労働党の政策だ。この政策にけちをつけるのは内政干渉であり、国際共産主義運動の原則にも違反する」

政府間交流の対話であれば北朝鮮の反駁は違ってくる。

「北朝鮮は核の保有を憲法に明記した。われわれに核を放棄しろというのは、憲法の修正を求めるのと同じ行為だ。世界に大国と小国はあっても、他の国の憲法まで改めろと内政干渉する国は中国だけだ。今は清の時代ではない」

北朝鮮と中国は理論と論理を重視する共産国家だ。論理の争いに会談の勝敗がかかっていることが多い。マルクス・レーニン主義を指導思想とする中国共産党も、既存の理念と理論では朝鮮労働党の核開発政策に反対することができず、途方に暮れている状態だ。現在、中国が北朝鮮を非核化に強く追い込めずにいる理由がここにある。

第6章　亡命前夜、金正哲との六一時間

長男との別れ／金正恩の隠された生母／性奴隷と化した女学生たち／一万人粛清／文字が読めない中学生／北朝鮮軍部がイギリス政府を脅迫／三階書記室の暗号／金正哲の極秘訪問／ギター店巡り／エリック・クラプトンの公演／日本メディアがスクープ

海外滞在を禁止された長男との別れ

私は二〇一三年三月、駐英北朝鮮大使館公使として辞令を受けた。北朝鮮の核・経済並進路線が採択されたその月である。その年の四月二六日、妻と二番目の子と一緒にロンドンに到着した。大学四年生だった上の子は連れていくことができなかった。北朝鮮が大学生の海外滞在を禁止していたからだ。とはいえ、上の子は病気も全快して北朝鮮で大学に通っていたので、はじめから連れていくつもりはなかった。

下の子を連れていくのにも紆余曲折があった。次男は当時満一六歳で、高等中学校に在学していた。このときも「原則的には」許されないことだが、なんとか解決した。

ひどく一緒に行きたがっていた上の子を残して平壌（ピョンヤン）駅を発ったときには、涙があふれて止まらなかった。妻と下の子は言うまでもない。列車がホームを離れ、長男の姿がだんだんと遠ざかっていくのに、涙のせいでその顔をまともに見ることもできなかった。

北朝鮮で海外辞令を受けた外交官が一人でも子どもを残して平壌を発つときには、親子の涙で海ができそうになる。親は置いていく子が可哀想で泣き、残る子は親と別れたくないと泣く。戦地に旅立つのと変わらない。韓国の外交官であれば、海外勤務中にも休暇をとって本国に帰ることができる。あるいは子どもが親に会いに勤務地を訪れたりもする。北朝鮮では想像もできないことだ。子どもを北朝鮮に置いてきた外交官夫人は、子を思って食事ものどを通らないことが多い。

北朝鮮から聞こえてくるのは、心が乱れるうわさばかりだった。その年の八月、銀河(ウナス)水管弦楽団が粛清された。団長を含めた八人が処刑されて、楽団は解散した。銀河水管弦楽団は北朝鮮のテレビにほぼ毎日出ていたほどの有名楽団で、規模も北朝鮮一大きかった。また、金正恩(キム・ジョンウン)夫人の李雪主(リ・ソルジュ)は、もともとこの楽団の歌手だった。表向きには団員が淫乱動画を制作したというのが粛清の理由だったが、李雪主に関係していることは誰の目にも明らかだった。

李雪主は、銀河水管弦楽団ではそれこそ平凡な歌手だった。それがいつの間にか金正恩の夫人になっていたのだから、陰口を言われないはずがない。団員たちのうわさ話はやがて、保衛部まで届いた。保衛部は、李雪主のよくないうわさが広まれば、金正恩の地位そのものが揺るぎかねないと報告した。そこで、金正恩は容赦なく処分を命じたのである。

生年・学歴・生母を公式発表できない金正恩のコンプレックス

金正恩が恐怖政治に頼りはじめたのは、彼の持つコンプレックスのせいだと思う。金正恩は後継者の地位が確実になったあとも今に至るまで、自分の生年と学歴、生母などを公式に発表できないでいる。こういった情報についてはむしろ、韓国の人々のほうがよく知っている。韓国では、正恩の留学時代のパスポートなどを根拠に生まれは一九八四年と結論づけられている。また、スイス、

ベルンの公立中学校などで勉強した経験があり、生母は고영희(コ・ヨンヒ)あるいは고용희(コ・ヨンヒ)である［「ヨン」に当たる字が「영」か「용」で異なっている］ことも明かされている。

生母の名前はどちらが正しいのか私にもよくわからない。日本の産経新聞は、「北朝鮮が本名である고영희(コ・ヨンヒ)ではなく고용희(コ・ヨンヒ)と表記したのは、日本で生まれた高英姫(コ・ヨンヒ)とは別人という印象を与えて在日朝鮮人出身という事実を隠蔽する意図があると思われる」と分析したことがある。ここではひとまず本名とされる「高英姫」の表記を用いることにする。ところで、絶対的な力を持つ金正恩までも高英姫という名前を北朝鮮住民に公開することができないのはなぜだろう。ここに北朝鮮の不安要素がある。

高英姫は金正日(キム・ジョンイル)との間に金正哲(キム・ジョンチョル)（一九八一年生まれ）、金正恩、金与正(キム・ヨジョン)（一九八八年生まれ）を産んだ。金正日の息子が正恩・正哲兄弟と、成蕙琳(ソン・ヘリム)が産んだ金正男(キム・ジョンナム)（一九七一年生まれ）三人だけなのをみれば、息子を二人も産んだ高英姫は堂々と暮らせるはずだった。しかし高英姫は元在日朝鮮人だ。一九六二年の在日朝鮮人北送事業［北朝鮮帰還事業の韓国側の呼称］のときに家族と一緒に北朝鮮に移住したものの北朝鮮でいい待遇を受けられなかった、いわゆる「在胞(ジェッポ)」である。万寿台(マンスデ)芸術団の舞踊家として活動した経歴も、金正日の相手としてはあまり見栄えがするものではない。その上、韓国では彼女の父親が日本軍の協力者として働いていたという報道がある。北朝鮮内でもこの事実を知る人がいるかもしれない。たとえいないとしても、この事実は今後も知られてはならないものだ。

墓碑にも名前が刻まれなかった金正日の愛人

さらに、高英姫が金日成(キム・イルソン)の息子の嫁、すなわち金正日夫人として認められなかったというのも理由の一つだろう。金日成に認められた金正日の公式の夫人は金英淑だった。北朝鮮で聞いたところによれば、一九八〇年代末までは、祭日になると金英淑が娘たち（雪松・春松）を連れて万景台の金日成一族に挨拶に行ったという。高英姫は、金家の嫁としての待遇を受けられない悲しみを経験したのだ。金正日もまた、高英姫の存在を堂々と公表することができなかった。

高英姫は二〇〇四年五月に持病が原因で死亡した。金正恩は金正日死亡（二〇一一年一二月）後の二〇一二年六月、平壌大城山革命烈士陵の高英姫の墓を聖域化して中央機関の幹部たちを参拝させた。ところが不自然なことに墓碑には名前もなく、「先軍朝鮮の母君」とだけ書かれていた。少なくとも二〇一二年秋までは名前がなかったというのが私の記憶だが、先に言及した産経新聞の二〇一二年八月二日付の記事では고용희という名前が記されていると報道された。私の記憶が違ったのか、それともこの新聞の誤報なのかはよくわからない。

注目すべきは、そのまま「朝鮮の母君」と呼ばずに「先軍」という単語を付けている点だ。「先軍朝鮮」は一九九四年の金日成死後に労働党が掲げた綱領で、「軍隊が導く朝鮮」、「軍隊優先の朝鮮」という意味だ。したがって「先軍朝鮮の母君」とは、「金日成死後の朝鮮」という特定の時空でのみ「母君」であると、北朝鮮自ら認めていることになる。

金正恩は、高英姫の墓の聖域化事業と並行して『偉大な先軍朝鮮の母君』という宣伝用記録映画まで制作し、二〇一二年三月に数人の幹部に見せた。幹部たちは、映画が公開されれば北朝鮮社会に大きな動揺が起こるかもしれないと述べた。結局、映画が公開されることはなかったが、その映像はUSBに入れられて密かに市中に出回った。のちに労働党内部会議で「映画を見た者は名乗り出るように」と糾弾があり、中央放送委員会のメンバーの多くが処刑されることになる。この映画は海外に流出して、現在ではユーチューブでも見ることができる。

私が脱北する前の二〇一六年三月、党大会を控えた北朝鮮は、金正恩の革命史を全党挙げて学習させた。ところが、在外公館等に送った金正恩の「革命活動講演提綱（指導案）」にも高英姫の名前はなかった。今でも高英姫の存在を堂々と公表することはできないのだ。これは、金正恩が自己矛盾に陥っていることの表れといえるだろう。「白頭山血統〔金日成の直系血族〕」を自認して後継者としての身分とその正当性を宣伝しているからこそ、自分の生母が金正日の唯一の妻ではなく多くの女性のうちの一人という事実までは公表するわけにいかないのだ。

張成沢の罪はこうして捏造された

北朝鮮の国民が、金正恩には金正男という異母兄がいること、そして金正日には金英淑、成蕙琳、高英姫など多くの妻とその子どもたちがいることを知ったら、何が起こるだろう。金正恩は自分の家族の出自や経歴が北朝鮮の体制の不安要素であることをよく理解している。だからこそ私は、金正恩は金正男を放置しておかないだろうと思っていた。実際、二〇一七年一月に韓国国会で開かれた講演でもそう話した。この講演から一カ月も経たないうちに、金正男はマレーシアのクアラルンプール空港で暗殺された。

自分の生母が金正日の正式な夫人ではないという事実に、金正恩は不安感さえおぼえているようだ。この事実をよく知る幹部たちが、自分をどんな目で見ているかが気になってしかたないのだ。これは金正恩にとって重大な問題に違いない。金正日の本妻である金英淑と、妾にすぎない高英姫のどちらも記憶している幹部が多いからだ。金正日は一九七〇年代末、万寿台芸術団への「現地指導」を何度も行った。そのうちに舞踊家高英姫が急に芸術団から消えたのだが、このときは幹部たちも高英姫の行く先を知らなかった。それなのに、金正恩が自分の生母を神聖化させる過程で高英姫の存在が知られたらどうなるだろうか。

「ああ、それで高英姫がいなくなったのか」と思われるだろう。

金正日は、一九九四年に金日成が死亡すると、高英姫を伴って現地指導を行うようになった。しかし高英姫の姿は、北朝鮮のメディアではいっさい報道されなかった。金正恩が政権を掌握したあとに突然高英姫が登場したことは、金英淑の惨め（みじ）な境遇との対比で国民にさらなる衝撃を与えたに違いない。また高英姫の経歴は、李雪主（リ・ソルジュ）を連想させる。二人とも芸術団出身で、一夜にして最高権力者の女になった。だからこそ、李雪主に対する銀河（ウナス）水管弦楽団団員の陰口が金正恩の逆鱗に触れたのだ。

金正恩は幹部に対する統制を強化するにあたって、一度、何か見せしめが必要だと思ったようだ。金正日の前では緊張しながら手帳にメモを取っていた幹部たちが、金正恩に対してはまったく違った態度を取るように見えたからだ。初めは幹部たちに親しく接していた金正恩が豹変したのも、銀河水管弦楽団に対する無慈悲な処刑を通じて、幹部たちの自分への戦意を失わせようとする計算があったようだ。

銀河水管弦楽団粛清の衝撃もさめやらぬ同年一二月初め、韓国メディアは労働党行政部第一副部長李竜河（リ・リョンハ）と副部長張秀吉（チャン・スギル）が処刑されたと報じた。どちらも張成沢（チャン・ソンテク）の最側近だ。このときは私もさすがに「謀略報道〔意図的に捏造された報道〕」だろうと思った。

一二月九日の夕方、玄鶴峰（ヒョン・ハクポン）大使が突然私を事務室に呼んだ。インターネットで「労働新聞」を見てみろという。画面に映っていたのは「一二月八日に開かれた朝鮮労働党中央委員会で張成沢ら反党分子たちを粛清した」という記事と、張成沢が逮捕される場面を撮った写真だった。高位の幹部が労働党大会の途中で連行される写真が、北朝鮮の新聞に公開されるのは前例がない。

「労働新聞」は、「最近党に潜んでいた偶然分子（能力も資質もないのに現在の地位に上った人々）、異色分子らが、主体（チュチェ）革命の偉業を継承するという歴史的に重大な時期に、党の唯一領導体系の力を削ごうと分派を煽動して自らの勢力を拡大し、党に挑戦しようとする危険きわまりない反党反革命的宗派事件が発生した」と粛清の理由を説明していた。

張成沢はすべての職務を解任されすべての称号を剝奪されたばかりでなく、労働党からも除名された。一二月一二日、張成沢に対する国家保衛部特別軍事裁判が開かれると、死刑が宣告され、執行された。北朝鮮中央通信は、「政権奪取という欲から理性を失って暴れるあまり、軍隊を動員すれば政変を成功させることができると愚かな考えに陥った」と張成沢の罪を発表したが、誰が見ても罪を無理やり捏造したのは明らかだった。金正恩による血なまぐさい粛清だった。

「私が平壌に行ってこの話をくつがえそう」

ここで、「張成沢（チャン・ソンテク）一派粛清事件」前後の事情を探ってみよう。張成沢は金正恩の権力継承の過程を手助けしつつも、金正男との縁も切れずにいた。金正男が海外から送金してくれと言えば、腹心の部下を通じて内密に送ってやった。保衛部はその情報をつかんで金正恩に報告した。張成沢が自分と金正男の間で「二股をかけて」いると感じた金正恩は怒り心頭に発したが、まずは耐えるしかなかった。その程度の問題で張成沢を切ることはできなかったからだ。

二〇一三年秋、金正恩は平安南道（ピョンアンナムド）の温泉（オンチョン）郡にある温泉飛行場を「現地指導」した。戦争準備どころか食事の副菜の供給もままならないことを知った金正恩は、空軍司令部指揮官たちに食糧難の問題を改善する方策があるか尋ねた。指揮官たちは、温泉飛行場近くの五四部傘下の南浦（ナンポ）水産基地を自分たちに引き渡してほしいと要請した。水産基地が稼ぐドルで空軍の食事事情を改善したいという意味だった。

五四部が所有していた南浦水産基地についても説明が必要だろう。二〇〇〇年代末、金正日は「二〇一二年までに平壌に住宅一〇万世帯分を建設する」という計画を立てた。柳京（リュギョン）ホテルから平壌飛行場に向かう道路沿いの数万世帯を撤去して、現代風のマンション群を建設する計画である。金正日はこの一〇万世帯建設事業を、張成沢率いる党行政部に任せた。張成沢がこの事業を遂行するために中心的な役割を与えられたのが、五四部だった。

一九八〇年に発足した五四部は、人民武力省の代表的な外貨獲得機関であるメボン貿易総会社の傘下に置かれていた機関である。メボン貿易総会社にも貿易部は存在したが、実際の貿易業務では五四部が中心となった。二〇〇八年、五四部は勝利会社という名称を使いはじめ、二〇〇九年からは石炭など主要品目の輸出をほとんど独占するようになる。外貨稼ぎがうまくいきはじめると、五四部長の張秀吉（チャン・スギル）は人民武力省より張成沢率いる党行政部と癒着するようになった。張秀吉は張成沢の後ろ盾のもと、石炭、海産物輸出など外貨稼ぎになる部門を独占していった。

一〇万世帯分のマンションを建設するにあたって、五四部はまず、中国からの投資を受けてタイル工場を建設した。その投資金は、石炭と海産物などの輸出で得た利益によって返済することにした。南浦と温泉郡の沖合に大型水産基地を設置したのも返済のためだ。その結果、貝などの海産物を中国に売って毎年一〇〇万ドル以上を儲けた。韓国で一〇〇万ドルといえば事業の売り上げ規模としては取るに足りないが、北朝鮮の水産事業所にとっては相当の額だった。

五四部は、この水産基地の利益を独占した。水産基地周辺の軍の部隊と一般水産事業所が、これを不満に思ったのは当然のことだった。温泉飛行場の士官らが金正恩に飛行場に近い五四部水産基地を引き渡してほしいと要請したのには、こんな背景があった。しかし何も知らない金正恩は、自分の職位である最高司令官の命令として水産基地を空軍司令部に引き渡すように指示する。

平壌でこの報告を受けた五四部長の張秀吉は困り果てた。水産基地を空軍に引き渡せば五四部は海産物の輸出で外貨を稼ぐことができなくなり、中国側との契約を破棄されてしまう。マンションの建設計画にも支障が生じる。張秀吉は現地責任者から状況について詳しく報告を受けたあと、「少しだけ待ちなさい。私が平壌に行ってこの話をくつがえそう」と言って現地を去った。このときの張秀吉は、「くつがえす」というたった一つの言葉がのちに自分を死に追いやることになろうとは、夢想だにしなかったはずだ。

功を焦った保衛司令部の誤報告が粛清の引き金を引いた

当時、金正日や金正恩の指示は「方針」や「命令」として下された。ところがその方針と命令の根拠は、各部署が伝達する「提議書」にあるとされた。部署がそれぞれ利己的に動くというのはどこにでもあるものなので、提議書一つで有利不利が決まることが多い。それによって何らかのダメージを受けた機関は金正日や金正恩に事実を直接報告して、状況をくつがえすことが多々あった。幹部たちはこれを「是正する」、「くつがえす」、「再方針を受ける」などと表現した。このような表現を金正恩が知るはずもなかった。

張秀吉（チャン・スギル）が「くつがえす」と言ったのは、金正恩の命令に逆うということではない。張成沢（チャン・ソンテク）を通じて金正恩に提議書を再提出し、五四部が従来どおり南浦（ナンポ）水産基地を運営できるようにするという意味だった。ところが現地で張秀吉の言葉を聞いた軍の保衛司令部派遣員である「保衛指導員」が、この事実を保衛司令部に報告した。報告を受けた保衛司令官は、自分が金正恩に評価されるためのネタを一つつかんだと思ったようだ。まるで大事件でも起こったかのように「五四部長張秀吉が最高司令官同志の命令をくつがえすと部下たちに言った」と金正恩に報告した。このころ、金正恩は周辺幹部たちが自分を見くびっているのではないかと、ことさらに神経を尖らせていた。金正恩は、張秀吉を今すぐ逮捕して真相を把握するように指示した。

平壌を訪れた張秀吉は、何も知らぬまま党行政部の李竜河（リ・リョンハ）第一副部長と連れだって張成沢に会いにいった。二人が持ってきた提議書を見た張成沢は、どうすることもできなかった。理屈で考えれば二人の言い分が正しいが、最高司令官である甥が下した命令を部下の前で「くつがえそう」と言うこともできなかった。そこで張成沢は、次に金正恩と対面したときに説明しようと決めて、「提議書」をいったん置いていくように言って、二人を帰した。

ほどなくして、張秀吉は保衛司令部によって突然逮捕される。保衛司令部は張秀吉に、最高司令官の命令を「くつがえす」ために誰と何をどのように共謀したのかと問い詰めた。張秀吉はありのままを打ち明けた。実際、隠すこともなかった。なにしろ、それまでいつもしていた「再方針を受ける」過程と同じだったのだから。

外務省でも、これと似たようなことが何度も起こっていた。一度目は金正日が南浦港で「現地指導」したときのことだ。港湾運営の関係者が、南浦港に寄港する船舶から徴収する貨物保管の延滞料を、北朝鮮貨幣ではなく外貨で徴収したいと申し立てた。金正日はそうするように指示し、すべての機関にこの方針が伝達された。だが、「すべての船舶から延滞料を徴収する」というのは、外務省としては受け入れがたいことだった。南浦港に援助物質を運びこんでくれた海外の援助団体に貨物保管料までくれと申し入れることは、国際慣例上正しくないと金正日に建議した。そこで金正日は、延滞料の対象から人道主義による援助物資は除くように指示した。

外務省の言い分が通ったとなると、軍隊も黙っていなかった。軍隊が仕入れてくる物資は戦争準備用なので、延滞料まで外貨で支払うことになれば戦争準備に差し支えると報告した。こうして軍隊が逃れると、他の部署も「再方針」を受けて南浦港運営当局に伝えた。延滞料を何としても外貨で受け取るように指示した金正日の方針は、一カ月後には自然にうやむやにされた。

張秀吉を責め立てた保衛司令部は、張秀吉と李竜河と張成沢が何か政変でも企(たくら)んだかのように拡大解釈して金正恩に報告した。すると、金正恩の積もり積もった張成沢への怒りが、ついに爆発する。張成沢が保衛司令部より先に金正恩を訪ねてきちんと説明していたら、「張成沢一派粛清事件」は起きなかったかもしれない。部下たちの過剰な忠誠心と、それまでの幹部組織の報告のシステムを知らなかった金正恩の過剰反応が、粛清の引き金になったのだ。

金正恩には金日成と一緒に撮った写真が存在しない

張成沢(チャン・ソンテク)は金正日の同母妹、金敬姫(キム・ギョンヒ)の夫である。金正恩にとっては叔父にあたる。金正恩は子どものころから叔父に強い恨みを抱いていたようだ。高英姫(コ・ヨンヒ)は、正恩・正哲兄弟のどちらかが後継者にならなければ、結果として一家が粛清されるという事実を誰よりもよくわかっていた。金日成が生きているうちに自分の子どもたちを挨拶に行かせて、金日成から認められたがっていたのだ。これを阻んだのは誰か。それは、金敬姫と張成沢であったと思われる。

金正日の生前、金敬姫と張成沢が高英姫の存在を疎(うと)ましがっているといううわさが出回った。高英姫とその子どもたちが金日成に一度も顔を見せることができなかったのは、金正日が彼らを隠してきたことも理由の一つかもしれないが、金敬姫が頑として反対したからだという説もある。高英姫と金敬姫は仲が良くなかったようだ。

本妻の金英淑(キム・ヨンスク)を差し置いて成蕙琳(ソン・ヘリム)との間に金正男をもうけた金正日を、金日成は一家の恥さらしだと言って怒ったことがある。成蕙琳には前夫との間にリ・オクトルという娘もいた。張成沢はこの事実を金正日に思い出させて、「首領様に高英姫母子を絶対に会わせてはいけない」と引き止めたと言う。その結果、高英姫は張成沢夫婦に恨みを抱くようになり、その感情はそのまま金正恩に伝わった。

金正恩も、祖父である金日成と撮った写真が一枚もないことが口惜しくてたまらなかった。金日成と撮った写真が一枚でもあったなら、自らが「白頭山（ペクトゥサン）血統」であると一〇〇回叫ぶよりずっと効果的だったのだ。これは高英姫についてもいえる。「先軍朝鮮の母君」にも金日成と一緒に撮った写真はない。私は金正恩が子どものころから張成沢を憎んでいたと見ている。

金正恩が北朝鮮の絶対権力者になると、張成沢は不安に震えた。日ごろから金正恩よりも金正男と親しくしていた張成沢は、自分は金正恩から恨まれているとわかっていたし、身の危険も感じていた。張成沢には党と軍隊と貿易部門で要職を占めている親戚が多かった。彼は二〇一二年ごろ、親戚を集めて「商売をすべて整理しておきなさい。検閲されるかもしれない」と言ったという。彼が言う「商売」とは、利権事業を意味する北朝鮮的表現だ。

私の北京外国語大学の同窓にチョ・ソンギュという友人がいる。夫人の名前はチョン・ウニョン。その父親は張成沢の義兄で前キューバ大使である全英鎮（チョン・ヨンジン）である。チョン・ウニョンは平壌の新都心である倉田（チャンジョン）通りで喫茶店を経営している。この喫茶店を建てるのに、八万ドルを投資したという。ある日チョン・ウニョンが私に「張成沢から喫茶店を閉めるよう言われた」と言って、心配していたのを覚えている。

三日間市場が休止するほどの衝撃

張成沢にとっては隔世の感を禁じ得ない出来事だった。金正日時代まで、彼には死人をも蘇らせるほどの権力があった。実際、金正日の指示で処刑されるところだった全英鎮が、「張成沢副部長の義兄」だという姜錫柱の一言で生き延びたこともある。

一九九二年の初め、北朝鮮が国際的に孤立を深めるなかで、金正日はすべての在外公館に対してこれを乗り越えるための「創意あふれる対策」を考え、報告するように指示した。金正日は「どんな対策でも安心して提示するように」と強調したが、この言葉をそのまま信じてはいけない。部下たちの下心を探ろうという金正日特有のやり方だからだ。

大部分の人は金正日の意図を汲み取り、「私たちは赤旗を最後まで守らなければならない。韓国と中ソの修交は、われわれの自主外交を浮き彫りにする機会である」と言い、極左的な行動に出たが、駐スウェーデン北朝鮮大使の全英鎮だけは非常に大胆な案を平壌に送った。

「ソ連崩壊後、ヨーロッパでは反共の雰囲気がかなり強まった。共産主義という表現を用いるだけでも反感を買う。朝鮮も中国のように改革開放しなければ、ソ連のように崩壊するだろうと言われることもある。内部では赤旗を守るが、外に向けては柔軟で開かれた国家であることを装う必要がある。対外的に共産主義という表現を用いないことを提案する。

また、平壌市民たちの姿には活気がないと、訪朝した外国人たちは一様に言う。平壌市民の自転車利用を許可してみてはどうか。慌ただしい通り、活気に満ちた市民の姿を見せるのに役に立つだろう。ヨーロッパの人々は、われわれの体制が硬直していて長くは持たないと信じているが、われわれも改革開放路線を進むと宣伝したら、わが制度の永久不滅性を認識させることができるだろう」

非常に現実的な案だったが、金正日は激怒した。金正日は姜錫柱に「情勢が困難になると、このように赤旗を降ろそうという奴らが出てくる。改革開放という言葉は口にしてはいけない。駐スウェーデン大使全英鎮は、精神の腐った帝国主義者たちの攻勢に怖じ気づいたに違いない」と激しく罵った。金正日がひとたび処刑という言葉を口にすれば、その決定はくつがえすことができない。そこで姜錫柱は勇気を出して「全英鎮は張成沢の義兄だ」と伝えた。

その言葉に、金正日の怒りは少し収まった。しかしこの後、全英鎮はすぐ召還されて、「農場革命化」の措置を受けた。張成沢の義兄であるという理由で収容所送りを免れたものの、何年間か地方で苦しい生活を送ることになったのだ。そのあとは対外文化連絡協会副委員長として復帰して駐キューバ大使になったが、張成沢処刑をきっかけに彼と一緒に粛清される運命を迎えることになる。ところで全英鎮の提案は、一九九〇年代後半に入ると次第に実現していった。党は共産主義という表現を用いないことになり、平壌市中心部を除いた区域では自転車利用が許可された。

金正恩の張成沢に対する数十年来の憎悪は、結局残忍な処刑という結果に終わった。「労働新聞」を通じて粛清の事実が公表されると、北朝鮮の市民は張成沢の話題で持ちきりになった。誰もが働く手を止め、三日間市場が休みになるほどだった。それほど北朝鮮社会にとって衝撃的な事件だった。金正恩の無慈悲さのためだけではない。張成沢事件の判決文を通して、それまでベールに包まれていた金一族の醜い姿が露(あら)わになったからだ。

北朝鮮の国民が一番怒ったのは張成沢の女性遍歴だった。金日成の娘と暮らしながら、何が不満で遊蕩生活を送っていたのかという憤懣(ふんまん)だった。

判決文には、張成沢が多くの女性と不倫関係を持ち、海外で数百万ドルを賭博に浪費し、麻薬にも手を出したと記されていた。

張成沢の子だけで「バス一台」にもなるという話も出回った。映画『幹は根から育つ』に出演した女優を含め、「張成沢の女」と名指しされた多くの芸能人が逮捕され、そのまま姿を消した。「労力英雄」の称号を受けたオボンサン管理所の所長も拘禁された。張成沢が弄んだあげく殺してしまった女性たちを火葬したという疑いだった。万景台（マンギョンデ）区域の金星（クムソン）高等中学校校長も、「中央党五課」に選抜された若い女学生たちを張成沢に性奴隷として捧げたという理由で捕えられた。

性奴隷と化していた「五課対象」の女学生たち

この事件をきっかけに、北朝鮮では娘を持つ親たちが「中央党五課対象」を敬遠する新しい風潮まで生まれた。「五課対象」とは、北朝鮮で広く知られる用語だ。「五課」は朝鮮王朝時代でいうところの宮中で働く宮女組織と考えればいい。「宮女」を選ぶ機能もあり、中央党組織指導部から道党、市党まで、あらゆる組織に五課が設置されていた。

それぞれの五課が選ぶ対象は、一四歳から一六歳までの女学生だ。疾病検査、書類審査、面接などを通して厳しく選抜される。選抜された女学生は、職種別に専門教育を受ける。そのなかには、楽器、声楽、舞踊などの音楽芸術部門や、看護、警護、家宅管理、電話及び通信などの部門も含まれている。彼女たちは専門校を経て入隊するのと同じように、護衛司令部や烽火（ポンファ）診療所などに派遣される。この中で、とくに容姿の優れた学生は金一族の電話交換手、タイピスト、警護員、喜び組、看護師等として働くようになる。

五課に勤めている期間は家へ帰れないし、家族にも会えない。「いったいどんな親が娘を入れたいと思うのか」という疑問が起こるかもしれないが、張成沢（チャン・ソンテク）事件が起きる前までは一般住民には人気がある勤め先だった。五課に娘を入れた家庭には各種の恩恵が与えられるからだ。新年や金日成の誕生日など北朝鮮の「祭日」には、贈り物まで下賜される。しかし党の幹部やエリート階層は、娘が五課対象に選ばれるのではないかと心配した。「それ以上背が伸びないで」、「美しくならないで」と願う親もいたほどだ。

五課退職の平均年齢は二六～二七歳。退職後には金正日や金正恩をどれくらい近くで補佐したのかによって配偶者が決まる。とくに近くで補佐していた場合、その後も社会に出ることはできず、金一族の護衛軍官と結婚する。その次は外交官、党活動家、貿易機関職員など北朝鮮で人気のある職種の従事者と結婚することになる。機密保持のために、五課を退職した女性は党学校に送られて、卒業後には党機関で働くケースが大半だ。

韓国の「ミス・コリア」に当たる言葉が北朝鮮では「五課対象」だった。「きみは五課に選ばれるよ」、「きみは五課対象だろう」といった言葉もたいていは良い意味で使われた。しかし張成沢事件を通じて、北朝鮮住民たちは「五課対象」の女学生たちが秘密裡に最高階層の慰みものになるという内情を知ることになった。住民の間で「五課対象」に対する否定的な認識が広まり、最近では、美しく育てた娘を奪われてはいけないという意識が急速に広がっている。

北朝鮮の市民は張成沢の非道と醜聞を通して、腐敗し、崩壊した白頭山（ペクトゥサン）血統の実情を目の当たりにした。金一族は共産主義とプロレタリア独裁の表面だけを利用して、けっしてあってはならない奴隷社会を建設したのだ。私は張成沢の粛清が、今後の金正恩政権のアキレス腱になると見ている。

張成沢の側近をはじめ一万名余りを粛清し尽くす

粛清の対象となったのは、張成沢（チャン・ソンテク）一家だけではなかった。「労働新聞」が「張成沢一派」という表現を用いたことがこれを示唆している。党行政部など、彼が責任を担っていたすべての部署が〝焼け野原〟になった。党行政部、軍部五四部、人民保安省九局、人民保安省傘下の工兵総局などだ。彼の側近たちも根こそぎ処分された。

党行政部では副部長と課長級以上の一五人が銃殺され、四〇〇人余りが粛清された。課長以下の職員は家族とともに政治犯収容所に連れていかれた。党中央委員会の一部署を一人残さず粛清したのは、党の歴史上初めてのことだった。その上、文書の受領と発行を主な仕事とするような若い職員でさえ、見逃してもらえなかった。

軍部の五四部でも三〇〇人ほどが追放された。張成沢粛清の判決文に記されていた「張成沢が国の資源を捨値で外国に売ってしまった」という一文は、五四部が石炭輸出権を独占していたことを指している。五四部部長兼党行政部副部長だった張秀吉(チャン・スギル)は、石炭、水産、建設、建設資材の生産など幾多の利権をほしいままにしていたが、張成沢より先に無惨な最期を迎えていた。

張秀吉と李竜河(リ・リョンハ)が銃殺された日、北朝鮮エリートたちは茫然自失の状態だった。この日、党と軍部の中間幹部たちは、平壌郊外の姜健(カンゴン)軍官学校射撃訓練場に集まった。エリートを銃殺する処刑場だ。到着するなり、幹部たちは驚いた。射撃場には、通常銃殺に用いられる自動小銃AK‐47ではなく、初めて目にする四連装高射砲［重機関銃四丁を一つにまとめた北朝鮮独自の対空火器］が八基も設置されていたのだ。正面には白い布がかけられており、その後ろに誰かがいるように見えた。

しばらくしてバスが到着し、中央党書記、部長、副部長たちが降りてきた。続いて党行政部職員たちを乗せたバスが到着した。すると意外なことに、そのバスから降りた面々のなかに、張成沢の姿があった。普段であれば中央党書記ら高位の幹部用のバスに乗るはずの張成沢が一般職員のバスから降りる姿を見て、皆が訝しがった。このときすでに、張成沢の運命は決まっていたのかも知れない。

やがて演壇で「反党反革命分子」張秀吉と李竜河の罪状が朗読され、銃殺が宣告された。白い布が取り払われると、そこでは張秀吉と李竜河が杭(くい)に縛られていた。呆然とする高位幹部の前で、八基の四連装高射砲が二人に向けて放たれた。幹部たちはその後、何日間もまともに食事をできなかったという。

外貨獲得事業を主管する部署である人民保安省九局でも、張成沢事件で二〇〇人余りが追放された。張成沢は北朝鮮が中国で直営するヘダンファ食堂が多くの収益を上げると、食堂を人民保安省九局に配属させて平壌東部に大規模なヘダンファ館を建設した。このほかにも、工兵総局などを含め、多くの機関の幹部が粛清された。張成沢がここまで北朝鮮の経済的利権を独占できたのは、数多くの建設事業を任されていたからだ。平壌市のマンション一〇万世帯建設、南浦(ナンポ)から平壌までの海水路工事、万景台(マンギョンデ)通り建設などを担当したばかりか、金正恩時代に入ってからも、倉田(チャンジョン)通りや万寿台(マンスデ)通りの建設を引き受けていた。

海外公館に出向している外交官たちも、粛清の厳しい風当たりを避けることができなかった。先に言及したキューバ大使全英鎮(チョン・ヨンジン)、張成沢の甥でありマレーシア大使のチャン・ヨンチョル、スウェーデン大使パク・グァンチョル、ユネスコ駐在北朝鮮副代表ホン・ヨンらが北朝鮮に連れ戻された。パク・グァンチョルは党行政部副部長パク・チュヌンの姻戚で、ホン・ヨンは行政部副部長リャン・チョンソンの義弟だった。

外務省職員の家族の中にも収容所に連行された人が一〇人以上いる。全英鎮の家族、チャン・ヨンチョルの家族、パク・グァンチョルの娘、ユン・ヨンイルの娘、キム・ガンリムの舅、ハン・ソンニョル外務次官の娘、リ・ヒチョル情勢資料局長の息子、高坊山(コバンサン)招待所所長キム・ジョンエの娘と娘婿などだ。張成沢粛清と関連していなくとも、全体で一万人は収容所や炭鉱、地方に追放されたと推定される。一九九〇年代末にあった「深化組事件」のときよりも、被害者の数ははるかに多かった。

「朝鮮はそのようにむやみに人を殺す国ではない」

二〇一三年一二月八日、朝鮮中央通信は党中央委員会拡大会議の結果を報道した。その後、海外公館に反党反革命分子一六人の名簿が送られてきた。彼らの写真と「作品」を早急に削除するように、という指示とともにだ。名簿は次のとおりである。張成沢（チャン・ソンテク）、李竜河（リ・リョンハ）、張秀吉（チャン・スギル）、朴春弘（パク・チュンホン）、チェ・グムチョル、キム・ドンイ、リャン・チョンソン、ハン・リョンゴル、キル・ギョンナム、チョン・ソンイル、チェ・ビョンイ、アン・ジョンファン、チョ・ウォンボム、リ・チョロ、キム・ギョンス、チョン・ウンニョル。

このうち、李竜河、張秀吉、リャン・チョンソンなどは張成沢より先に処刑され、残りは張成沢と一緒に処断された。ところで、北朝鮮はこのとき、一つ間違いを犯した。この名簿には、ユネスコ駐在北朝鮮代表として出向していたユン・ヨンイルの姻戚が入っている。本来であれば、北朝鮮は先にユン・ヨンイルを召還してから名簿を送るべきだった。すでに高位外交官らを召還したあとでは、ユン・ヨンイルが脱北してしまう恐れもあったからだ。そこで二〇一四年一月五日、北朝鮮は、金正恩の新年談話で述べられた抱負を貫徹するための会議を開くという名目で、イギリス、フランス（ユネスコ）、ドイツ大使だけ平壌へ戻れという指示をした。ユン・ヨンイルを自ら出向かせるためのカモフラージュ作戦だった。ユン・ヨンイルはイギリス大使の玄鶴峰（ヒョン・ハクポン）、ドイツ大使の李時弘（リ・シホン）とともに平壌に戻り、一人だけ抑留された。玄鶴峰大使が一人でイギリスに戻る様子を捉えた韓国メディアは、彼が粛清を免れて復帰すると報道した。

このときのことは、私も鮮明に覚えている。平壌に向かう前、玄鶴峰大使はかなり興奮した様子だった。新年談話の目標を貫徹するための対策を討議するという名目で大使たちを召集するのは前例のないことだったが、玄鶴峰大使は、国際情勢があまりにも緊迫しているから外務省幹部と主要国にいる大使たちを呼び戻して会議を開くのだろうと見当をつけた。そして、金正恩に接見するかもしれないと考えて背広とワイシャツを新たに購入し、外務省幹部たちに配る口腔スプレーまで数十個購入した。当時、北朝鮮幹部たちは金正恩の前では口を覆って話していた。おそらく金正恩は口臭が嫌いなのだろう。しかし、準備を万全にして実際に平壌に到着してみたら、ユン・ヨンイル召還のための作戦だったのだ。大使はかなり拍子抜けしたことだろう。

玄鶴峰大使がロンドンに帰ってくると、林聖男（イム・ソンナム）駐英韓国大使が一番喜んだ。玄鶴峰大使と、南北軽水炉交渉の際の南側団長を任された経験をもつ林聖男大使は、長年のパートナーだった。ロンドンで他の国の大使館行事が開かれたときに再会すると、林聖男大使のほうから玄鶴峰大使に声をかけた。

「北に帰って何か間違いが起こったのではないかと思って、ずいぶん心配した。こうして無事に帰ってきてくれてうれしい」

玄鶴峰大使は「何のことか。私が粛清されたとでも思ったのか。朝鮮は人をそのようにむやみに殺す国ではない。そんなふうに言われるとは心外だ」と、心にもないことを言うしかなかった。

玄鶴峰大使は行事から戻ると、林聖男大使と交わした会話をそのまま平壌に報告した。その後、林聖男大使が韓国に帰国するとき、玄鶴峰大使は「今までロンドンへ来た南側の大使はみな昇進したが、あなたも帰ったら昇進するのか」と尋ねた。林大使は「帰ってみないとわからない」と答えたが、その後何カ月も経たないうちに外交部次官に昇進した。

玄鶴峰大使は、北朝鮮は人をむやみに殺す国ではないと言ったが、張成沢の粛清の過程で処刑された人のなかには、私の知り合いも多かった。とても胸が痛むことなので、一人ずつ簡単に紹介したい。

張成沢に連座して処刑された友人たち

李竜河（リ・リョンハ）労働党行政部副部長の弟、リ・リョンナムは、私とは国際関係大学の同窓だ。慈江道（チャガンド）道党委員会の宣伝書記だったリ・リョンナムは、家族と一緒に政治犯収容所に送られた。

李竜河と姻戚で外務省情勢資料局長だったリ・ヒチョルは、人民大学習堂［平壌にある国立図書館］に追放された。リ・ヒチョルはスウェーデン大使を勤めたこともあるが、彼の息子が李竜河の娘婿だったのだ。リ・ヒチョルの息子と嫁、孫は収容所に連れていかれた。

行政部副部長のパク・チュヌンはスウェーデン大使パク・グァンチョルと姻戚関係にある。そのパク・グァンチョルは外務省から追放されて平壌市西城（ソソン）区域人民委員会で働いている。彼の娘は、国際映画祭で上映されたこともある北朝鮮映画『ある女学生の日記』の主演俳優パク・ミヒャンだ。パク・ミヒャンは舅パク・チュヌンが処刑されたあと、夫と幼い息子と一緒に収容所に送られた。

リャン・チョンソン行政部副部長の義弟は、ユネスコ駐在北朝鮮副代表のホン・ヨンだ。ホン・ヨンが北朝鮮に召還される姿は、韓国メディアで大きく報道された。リャン・チョンソンの家族は全員収容所に送られ、ホン・ヨンは外務省から追い出されて平壌市周辺の区域人民委員会で働いている。

さいわい処刑は免れた人でも苦しい事情を抱える人は多い。

労働党国際部ヨーロッパ担当課長のリ・ウンギルは、数十年間金日成と金正日のイタリア語通訳として働いた。張成沢（チャン・ソンテク）とも近しい仲だった。彼の写真はインターネットでもすぐに見つかる。

リ・ウンギル本人と妻、息子、嫁、孫が収容所に連れていかれたが、後に嫁だけ解放された。嫁の母親が金日成のパルチザン仲間であった林春秋(リム・チュンチュ)副主席の娘だったからだ。

リ・ウンギルの嫁は、現外務省アメリカ担当次官であるハン・ソンニョルの娘である。リ・ウンギルの娘婿であるキム・ガンリムは外務省イギリス担当課長を解任されたが、外務省から追放されることはなく、今も情勢資料局研究員として働いている。

先に言及したチョ・ソンギュ、チョン・ウニョン夫妻とその家族は、収容所送りを免れることができなかった。チョ・ソンギュの最後の役職は観光総局副総局長だった。チョン・ウニョンの姉であるチョン・ヘヨンはさらに数奇な運命を辿った。張成沢の姪でもあったチョン・ヘヨンは、黄長燁(ファン・ジャンヨプ)先生の長男の妻だった。黄長燁先生の家族たちが収容所に連れていかれたとき、チョン・ヘヨンだけは張成沢が救済してくれた。その後再婚したが、今度は張成沢の姪であるという理由で収容所に送られた。チョン・ヘヨン、チョン・ウニョン姉妹の父親は、キューバ大使を務めていて連行された全英鎮(チョン・ヨンジン)だ。マレーシア大使だったチョン・ヨンチョルの妻は、北朝鮮映画『ホン・ギルドン』のヒロインだった。チョン・ヨンチョルとその家族たちも収容所生活をしている。

外務省が粛清の嵐を回避できた理由

殺伐とした粛清の大嵐のなかでも、外務省は他の部署に比べれば被害が少なかった。外務省職員の処罰された親戚は平壌から追い出されたが、職員本人は平壌に残ることを許された。金桂寛(キム・ゲグァン)外務副相を中心に、外務省が「機転を利かした」からだ。張成沢(チャン・ソンテク)事件で在外公館の大使、参事官たちが平壌に召還されたとき、金桂寛外務副相と外務省は金正恩に次のように報告した。

「張成沢事件が起こったあと、党の措置によって多くの外交官が召還されました。彼らはみな、平壌に向けて出国する際、駐在国の情報機関のメンバーから『脱北しなさい』、『あなたが平壌へ行かないとひとこと言ってくれれば、私たちは助けることができる』と声を掛けられました。しかし、すべての仲間たちは敬愛する金正恩元帥がいらっしゃる平壌の空のみをあおいで、祖国に帰りました。忠誠心の強い者ばかりです。外務省からは追放しても、平壌に残って生活できるように配慮してください」

金正恩は、外務省の提議書のとおりにしろという指示を下した。地方へ追放されると思っていた外務省職員は、地獄の門の前から帰ってきたかのように感謝の涙を流した。しかし、しばらく経つと、収容所に連れていかれた子と兄弟、姻戚を思って血の涙を流したはずだ。他の機関と違い、外務省全体に対する大々的な粛清は一度もなかった。韓国へ来てからこれに関してはかなり質問を受けた。

「北朝鮮のすべての機関で繰り返し粛清が起きているのに、外務省の系列だけは一九九〇年代から今まで、途切れることなくずっとそのまま続いている。秘訣は何か」

北朝鮮内でも他の機関の職員からしばしば訊かれた質問だ。南北対話に関与した北朝鮮幹部のなかで、一九九一年南北基本合意書採択後、現在まで生き延びているのは平昌オリンピックのときに訪韓した金英哲の系統だけだ。金英哲は、軍部を代表して南北対話に参加した。

統一宣伝部系統では、許錟と尹基福、金仲麟が世を去った。死因は病死あるいは老衰だった。金容淳と金養建は、目撃者がただ一人もいない疑惑の交通事故で死亡した。統一宣伝部副部長のチェ・スンチョルと韓時海、貿易省次官のキム・ジョンウ、保衛部副部長の柳京は銃殺された。経済系の金達鉉副総理兼貿易相は、地方に追放されて心身症で亡くなった。

北朝鮮にいながら韓国を相手に仕事をするということは、あの世に片足を突っ込んでいるも同然だ。しかし外務省だけは、私が入省した一九八八年以降、金永南（キム・ヨンナム）、白南淳（ペク・ナムスン）、朴宜春（パク・ウィチュン）、李洙墉（リ・スヨン）、李永浩（リ・ヨンホ）の順に外相がとくに問題なく交代した。外務副相も、姜錫柱（カン・ソクチュ）から金桂寛に大きな問題もなく引き継がれた。中国との事業を担当したキム・ソンギ次官が保衛部に捕まるなど粛清がまったくなかったわけではないが、組織自体が大々的に人員の入れ替えをされたことはなかった。

その理由の一つは、外交という特殊な分野を扱っていることにある。外務省で働くことになれば、世の中の均衡がどうやって保たれているのかについてかなりよくわかるようになる。金一族三世代の心情も人より先に読めるし、おかげで彼らに憎まれるような行動をせずにすむ。

金正日や金正恩の指示を無条件に受け入れてはならない

こんな実例がある。中国共産党幹部らが北朝鮮を訪問して、金日成と金正日に対して「北朝鮮も改革開放に向かうべきだ」と勧めたことがある。金父子は表向きは中国の政策には学ぶべきことがあるというように話したものの、内心では北朝鮮が中国のようにやっては滅びると考えていた。そして、党の幹部が中国の改革開放政策をどのように見ているのかを推しはかるために、ある巧妙な手段を講じた。

人民経済大学や社会科学院などの機関に、「北朝鮮の現経済構造を改革するための代案を出せ」と指示したのである。金父子の内心を知らない幹部たちは、中国の政策と似た案を提議した。すると金正日は、その案には修正主義的要素があると指摘して、幹部たちを地方に追放した。しかし、外務省幹部たちは金正日の気持ちを理解しているため、そんな災難を回避することができるのだ。

外務省職員の「寛容な態度」も、粛清を免れてきた理由の一つだろう。三〜四年の周期で海外を行き来する外務省職員は、北朝鮮社会の不合理性を誰よりもよくわかっている。仲間内で北朝鮮の体制に対する不満を表出する人がいても、外務省職員は笑って受け流す。他の機関の忠誠分子のように、党委員会や保衛部に届けることは滅多にない。相互批判をする場合にも紳士的な態度を守り、その他の機関みたいに紅衛兵のような攻撃は行わない。

一番重要なのは、金正日や金正恩が突発的に下す指示を無条件に執行しないという点だ。外務省には文書で報告して金正日の裁可を受けるという、厳格な秩序が定着している。姜錫柱（カン・ソクチュ）も金正日から突発的な指示をたくさん受けてはいる。しかし他の機関のように無条件に受け入れ、遂行はしない。厳密に計算したあと、たとえ遂行する場合でも金正日に次のような文書を作成して裁可を受ける。「将軍様のご指示を遂行するために対策を論議した。皆が賢明な方針だと言って、このようにすればどうか、いや、あのようにすべきだと意見をたくさん出した」

一方、金正日の指示が非現実的な場合には、こんな文書を作成する。「将軍様の指示どおりにすればこの点はいいが、このような問題が起こる可能性もある。こうすればもっといいかもしれないという意見も一部あった」

報告を受けた金正日はもう一度悩まざるを得ないし、「やめにしよう」あるいは「そのまま推進しろ」と指示を下す。どちらになるにしろ、外務省の負担は減る。

他の機関であれば、「首領様と将軍様の教示とお言葉は至上命令」と考えて、無条件に執行する。そうすると、結果がよくなかった場合には責任を負わなければならない。党除名と失職か、ひどければ処刑だ。たとえば、「貨幣を交換してインフレを収めろ」という金正日の指示を受けた朴南基（パク・ナムギ）は銃殺された。計画の長所・短所を検討せずに貨幣改革を推進し、住民たちの不満を一人で被ったのである。

電気不足を解決するために、金正日が中・小型発電所をたくさん建設するよう指示したこともあった。そのときも、地理的環境を考慮せず、あちこちに中・小発電所を建てたため混乱が起きた。セメントと資材を無駄に消費しただけで、電気がまともに供給されない地域もあった。検閲総括が行われて、関連責任者は失職した。

ただ、このように言葉でいうのは簡単だが、外務省のような事業体系をつくるのは容易なことではない。外務省のように、すべての幹部と職員のあいだに無言の共感が形成されてこそ可能なのだ。一方が計画への絶対的な忠誠と忠実な遂行を主張しているときに、もう一方がその長所や短所を計算しようと考えていては、命が危うくなる。

金父子の肖像画問題はイギリスでも

駐英北朝鮮大使館の外交官は、大使を含めても三人だけだった。大使を除けば、私がイギリスの政治・経済・社会・文化・国防などの部門を管轄し、もう一人の書記官がEU、アイルランド、ベルギー、ルクセンブルクを担当していた。当時は明らかに過重労働だった。夜一二時の前には寝たことがなく、週末も休むことなどできなかった。韓国式にいうと月火水木金金金、北朝鮮式にいうと月火水木金土土だった。

しかし業務量が多いことはまだ我慢できた。一番大変なのは、英国の社会主義政党、共産党との事業だった。彼らは表向きは北朝鮮を支持していたが、個人的に親しくなれば、本音を打ち明けて北朝鮮の体制を批判した。私が脱北した直後、韓国のテレビが繰り返し流したユーチューブの動画がある。「グレートブリテン共産党（マルクス・レーニン主義）」の行事に参加して演説し、歌を歌う私の姿を撮った映像だ。じつは、グレートブリテン共産党のリーダー、ハーパル・ブラールこそ、私がほかの誰よりも頻繁に論争した相手だ。

北朝鮮は二〇一二年四月一五日の金日成生誕一〇〇周年行事をきっかけに、金日成広場に飾られていたマルクスとレーニンの肖像画を撤去した。ハーパル・ブラールがとくに興奮しながら批判した部分だ。彼は私にこんなふうに言った。

「北朝鮮の革命には確かに特殊性がある。金日成一族で指導者が世襲されるのもある程度は理解する。それでも数十年のあいだ、金日成広場に掛かっていたマルクスとレーニンの肖像画まで下ろしたのは、あまりにもひどい仕打ちではないか。いくら時代が変わっても、マルクス・レーニン主義に限界があらわれたと言っても、哲学的な根源は変えることができない。マルクスとレーニンの肖像画を下ろした北朝鮮労働党の措置は、世界中の共産主義者を失望させた」

この批判にどう弁解すべきかについて、平壌から具体的な指示や説明はなかった。ブラールの発言の内容を党国際部に電報で送ったが、返ってきたのは、「そんな挑発的な論争に巻きこまれるな」という指示だけだった。マルクス・レーニン主義では、世襲は封建主義の残滓であると規定して、原則的に反対している。表向きは堂々としているが、社会主義国家を標榜する北朝鮮が世襲について後ろめたさを感じていないはずがない。まして、二度も続いて親子間で世襲が行われたのである。

金日成から金正日への世襲は、長年かけて徐々に行われた。北朝鮮の国民もそれを自然に受け入れた。社会主義国家や西欧左派政党は批判的な見方をしたりもしたが、「そういうこともありうる」と見逃した。この時点では、金日成広場にマルクスとレーニンの肖像画が掛かっていても、それほど不自然ではなかった。

しかし金正日から金正恩への世襲は、北朝鮮国民にとってさえ唐突な出来事だった。世界に誇れることでないのは誰もがわかっており、公園の肖像画をそのままにしておくことに気まずさを感じていた。マルクスとレーニンの肖像画の見守るなかで、彼らが否定した世襲行事を行うことはできなかったのだ。もし肖像画を掛けたまま行事を強行したら、西欧メディアの嘲弄を受けただろう。こんな事情をハーパル・ブラールに説明できるはずもない。

また、イギリスにいるからといって、金父子の肖像画問題を避けられるわけではない。在ロンドン北朝鮮大使館は、金日成と金正日の誕生日など北朝鮮の主要な祝日に、イギリスの左翼政党や団体を招いて慶祝行事を開催する。北朝鮮の規定に従えば、このような行事には必ず金父子の肖像画を会場の正面に掛けておかなければならない。肖像画とともに撮った写真がなければ、行事を行ったと認められないのだ。

問題は、イギリスの左翼政党などが用意した会場で行事を行うときに発生する。金父子の肖像画が原因で摩擦が生じることがたびたびあった。北朝鮮大使館側が金父子の肖像画を会場の正面に掛けようとしても、グレートブリテン共産党などはこれを許容しなかった。どうしても掛けたければ、会場の側面に飾ってあるマルクス、エンゲルス、レーニン、スターリンの肖像画の横に掛けろと言うのだ。金日成と金正日がいくら偉くてもマルクスやレーニンより前にいていいはずがないのだから、最低限のルールは守ってくれという要求だ。

しかし、北朝鮮大使館としては、素直に受け入れることなどできない。そのとおりにしたら首が飛ぶ。仕方なく、他人が用意した会場であるにもかかわらず、スーツ姿の北朝鮮外交官たちが一、二時間前に会場入りし、壁に釘を打ち込んで肖像画を飾ることになった。ただ、そのようにして金父子の肖像画を一、二回と掛けていたら、だんだん要領がわかってきた。そして、イギリスの共産主義者たちと毎回争うこともないと思い、あらかじめ肖像画を掛ける額を購入しておくことにした。その額に釘を打ち込んでおいて、行事があるたびにバンに積んで持っていく。移動式の額に赤い布地をかけて肖像画を吊ってみたら、まったく問題がなかった。

二〇一五年九月、党中央委員会宣伝煽動部が外交官の思想状態を検閲するためにイギリスへ来たことがある。宣伝煽動部に対して、金父子の肖像画に対するイギリス共産主義者たちの態度をそのまま報告することはできなかった。現地事情を知らない宣伝煽動部は、私の仕事を見て「深い感銘」を受けたようだ。他の国の外交官たちに「首領に対する駐英大使館職員の忠誠心を見習え」という指示を下した。しかし、彼らが実際に学ばなければならないのは、私の〝忠誠心〟ではなく、要領だったのだ。

英国共産党の機関紙からも批判される

北朝鮮の主要な祝日のたびに、イギリス社会主義系政党のリーダーから祝賀文を受け取るのも難しい仕事だった。彼らの祝賀文は、朝鮮中央通信と中央テレビなどを通じて北朝鮮体制を北朝鮮国内に宣伝する手段として利用される。世界各国は北朝鮮の祝日を大きく慶祝しており、金正日に続く金正恩も世界人民たちから尊敬と敬慕を受けていると宣伝する手法だ。

祝賀文は北朝鮮外交官の実績の一部になる。個々の事業が総括（評価）の対象となり、祝賀文の件数が減ると追及にあう。問題は北朝鮮には祝日があまりにも多くて、イギリスの左翼たちを非常に苛立たせるという点だ。金正恩に祝賀文を送らなければならない祝日と行事を数えてみると、次のとおりになる。

新年初日、新年談話が出されるとき、金正恩誕生日、金正日誕生日と慶祝集会、金日成誕生日と慶祝集会、金日成著作出版日、朝鮮人民軍創設日、六・一五南北共同宣言記念日と連帯集会、朝鮮戦争勃発記念日と韓国大使館・アメリカ大使館前での反米デモの日、金正日党中央委員会の始業日と行事、戦争勝利記念日と各種行事、朝鮮解放慶祝日と行事、共和国創建記念日と行事、労働党創党記念日と行事、金正淑（キム・ジョンスク）誕生日と行事

こんな日にはイギリスで数人でも集めて慶祝行事を行い、祝賀文を受け取って平壌に送らなければならない。イギリスの左翼が苛立つのも当然だろう。何人かは、すべての祝賀文を一度にすべて送っては駄目なのかと不平を言う。そのたびに私が彼らをなだめるのに使う文句がある。

「朝鮮革命とは、記念日と慶祝行事で革命的雰囲気を鼓舞しながら歩んで来た歴史である。このような行事を通じて、朝鮮人民は革新的な信念と情熱を高めるようになる。イギリスの同志が今後も各種慶祝行事の参加と祝賀文の送付を続けてくれたら、これはメディアを通じて報道されるだろうし、朝鮮人民はさらなる強い信念をもって闘争するようになるだろう」

今では彼らも北朝鮮式の事業方式に慣れたようで、月別の文案をつくっておいて年度だけ変えて送る方法をとっている。そうしながらも、かつてソ連共産党がこんな形式主義的な思想宣伝事業を重視した結果滅びたのに、朝鮮労働党も大変なことにならないかと心配を口にする。

一部共産党が、右派政党より積極的に北朝鮮を責めることも堪えがたかった。イギリスには左派政党がいくつかある。そのなかで最も大きいのが、ロバート・グリフィス率いる「英国共産党」だ。党機関紙の「モーニング・スター」は、世界に向けて共産主義理念を標榜する唯一の英語の日刊紙だ。一九七〇年代まで、金日成総合大学と平壌外国語大学の学生たちはこの新聞をよく読んだ。北朝鮮とソ連を批判しなかったからだ。しかし「モーニング・スター」は、一九七九年ソ連がアフガニスタンに侵攻してから反ソに転換し、その後は北朝鮮の世襲統治を先頭に立って批判している。

この新聞は、マルクス・レーニン主義は真理だが、ソ連の指導者たちと北朝鮮の金一族は、共産

主義という美名の下にマルクス・レーニン主義を汚したと攻撃する。とくに北朝鮮については、張成沢（チャン・ソンテク）処刑が火種になって崩壊するはずだという長編の記事まで載せたことがある。右派政党から非難を浴びても当たり前のことだと思えるが、一時期世界の共産主義運動に対してとくに大きな影響力を持っていた「英国共産党」の機関紙から表立った批判を受けるとなると、気がめいって仕方なかった。

月給で金正恩の著作を一〇〇〇部印刷するも、すべてゴミ箱行き

北朝鮮の外交官は、世界が北朝鮮を中心に回っているかのように、そして平壌が世界革命の中心地であるかのように、虚偽資料をつくって絶えず本国に送らなければならない。私の場合は、金日成と金正日の誕生日に数十人、数百人が集まって誕生慶祝会議を開いたと話を膨らまして報告していた。そうすると北朝鮮メディアは、イギリスで大規模慶祝集会があったと報道する。実際には、ロンドンのやや狭い地下室に年老いたイギリス人共産党員が七人から一〇人ほど集まるだけだ。外部事情がよくわからない私の両親さえ、「イギリスはアメリカと同盟国なのに親北朝鮮団体と人士がそんなに多いなんて驚きだ」と言い、北朝鮮が世界革命の中心だと信じた。

大使館の党書記だった私は、毎年何回か金一家の著作を出版するために大使館職員に月給のうちからいくらかを寄付するよう訴えた。北朝鮮は大使館を資金的に援助することもないのに、各大使館の著作出版部数と配布量を調査する。成果が期待値に及ばなければ間違いなく批判が飛んでくる。

私はイギリス新共産党出版社を訪ねて、大使館職員が捻出した金を使い、金正恩の著作を五〇〇部あるいは一〇〇〇部ずつ印刷した。平壌には、職員別に誰がいくらを寄付し、全部で何部出版したと報告しなければならない。

問題はその次だ。一〇〇〇部にもなる金正恩の著作を配布する対象がイギリスにはいない。イギリスの左翼団体に配布しても何日か経てばすべてゴミ箱に捨てられる。貴重な月給で著作を出版して報告し、その著作はゴミ箱入りになるということが繰り返される。

このような状況下で、イギリス人ダーモット・ハドソンは北朝鮮にとって宝物のような人物だ。北朝鮮メディアに一番よく登場する外国人である彼は、イギリス朝鮮親善協会委員長、イギリス先軍政治研究協会委員長、イギリス主体(チュチェ)思想研究会委員長などを引き受けている。インターネットのホームページを通して毎日親北朝鮮的な記事を書く。ときには北朝鮮に対する支持声明を発表して金正恩に手紙を書いたりする。北朝鮮メディアは、ほぼ毎週のように彼に関する情報を報道している。

ハドソンは北朝鮮の社会主義が勝利すると信じており、北朝鮮が朝鮮半島を統一すると確信している。少なくとも私が見る限りはそうだ。何十年にもわたって北朝鮮を擁護する「連帯活動」にすべてを捧げてきた人物だが、一人の人としては気の毒に見えることが多い。

私財をなげうってでも北朝鮮に尽くすイギリス人の男

ハドソンはもともと、不動産相場を評価する平凡な公務員だった。在職中、イギリスの「サンデータイムズ」の電話インタビューを受けたとき、北朝鮮偏向的な発言をしたという理由で解雇された。わずかばかりの年金で相当つらい暮らしをしながらも、北朝鮮のためなら何でもしてきた。

二〇一五年、彼の母親が死亡した。彼の生活状況をよく知っていた私は、葬式費用として三〇〇〇ユーロを支援するよう平壌に要請した。北朝鮮は一九八〇年代まで親北朝鮮人士の活動を財政的に支援した。しかし、苦難の行軍が始まった一九九〇年代末には財政支援が完全に打ち切られ、金正恩時代に入ると逆に親北朝鮮人士に援助を求めるようになった。本を送れ、芝生の種を送れと負担を強いた。

だが、このときは意外にも、平壌から彼に三〇〇〇ユーロを渡せという指示が下った。私が封筒を渡すとハドソンは、「むしろ私が朝鮮革命を支援しなければならない立場なのだからこのお金は受け取れない」と遠慮した。私は必死に封筒を手に握らせた。

「あなたは朝鮮革命を支援して解雇までされた人だ。私たちがあなたの面倒を見なければならないのに、われわれも苦しいのでそうしてあげられていない。だから今度だけはわれわれの誠意だと考えて受け取ってほしい」

彼は目に涙まで浮かべていた。私より二つ年上の同年輩と言ってよいが、表現することができない同志愛を感じた。あるときは彼が私を訪ねてきてこんなふうに言った。

「母が亡くなって家を相続した。家を売った金を弟と四〇万ポンドずつ分けることにした。その一部を主体(チュチェ)思想を全世界に広めるために使いたい。私の望みを平壌に伝達してほしい」

大変なことになった。彼はイギリス政府が提供する賃貸住宅で、八歳の息子とともに、家にまともな電灯をつけることもできない暮らしをしている。彼の言葉をそのまま報告すれば、主体思想普及資金がなく困窮した状況の平壌からは、今すぐ送金しろと言われるのが目に見えていた。私はたしなめながら言った。

「私たちはそのお金よりも、ハドソン同志がイギリスで何の心配もなく楽に暮らすことを望んでいる。朝鮮革命のために闘って被害を受けた同志を助けてあげることができなくて心苦しいのに、あなたのお母さんの家を売ったお金をわれわれがもらうことはできない。そのお金で早く家でも用意してほしい」

彼はまた涙を流した。その年の夏、彼は北朝鮮に行くことになった。私は平壌に出発する彼をつかまえて頼んだ。

「平壌に行ったら寄付の話は絶対にしないでほしい。その話を出せば、お金を出しなさいと言われるだろう。朝鮮のほうはあなたからお金をもらえば終わりだが、私はあなたとイギリスでずっと働かなくてはならない。あなたの貧しい姿など見ていられない。絶対にお金の話はしないでほしい」

彼はわかったと言ったが、平壌へ行って寄付金を出すと言いだささないか不安だった。私は彼が到着する前に平壌に電報を送った。「ハドソンは経済的に本当に苦しい暮らしをしている。彼が寄付をすると言っても絶対に受けてはならない」という内容を詳しく書いた。案の定、彼は平壌で寄付話を持ち出した。さいわい私が送った電報を幹部まですべて読んだあとだったので、彼の希望は受け入れられなかった。

私が脱北したあと、ハドソンは「太永浩（テ・ヨンホ）は革命の背信者だ」という非難声明を発表したという。しかし、いつも彼に同情して心から心配していた私の本心は彼に伝わっていると信じている。北朝鮮政府にこれ以上騙されずに、幸せな人生を送ってほしい。

障害者青少年芸術団をロンドンとパリへ

二〇一四年初め、北朝鮮障害者連盟から電報が来た。イギリスの民間団体から、障害者連盟への支援を取りつけてくれという内容だった。施設や薬品の支援を希望するとしながら、障害者部門とかかわるイギリス民間団体との交流も斡旋してほしいと言ってきた。

あることが頭をよぎった。外務省副局長時代、ヨーロッパ局の卓球大会を準備しているときに障害者連盟の庁舎に出入りしたことがある。障害者の青少年たちで構成された芸術団の練習を偶然見た。技術はなかなかのものだった。北朝鮮障害者青少年芸術団のイギリス訪問を推進すればいいのではないか。障害者の青少年に希望を与えることができるし、北朝鮮のイメージを高めることができるようにも思えた。

北朝鮮のパラリンピック参加を推進したことも思い出した。文書をうまくつくって報告すれば、北朝鮮障害者青少年芸術団の海外公演を成功させることができると思った。その年の二月、マイケル・カービー国連北朝鮮人権調査委員長が作成を主導した「北朝鮮における人権に関する報告書」[国際連合人権理事会が二〇一三年に決議した「朝鮮民主主義人民共和国における人権に関する国連調査委員会の報告書（Report of the Commission of Inquiry on Human Rights in the Democratic People's Republic of Korea）」]が発表されて、北朝鮮に対する国際世論がとてもよくない時期だった。北朝鮮の人権蹂躙は、ナチスドイツのユダヤ人弾圧や南アフリカ共和国のアパルトヘイトよりも非人道的だとさえいわんばかりの雰囲気だった。

一部の国家は、人権蹂躙の主犯である金正恩を国際刑事裁判所に引き渡さねばならないと主張した。北朝鮮が障害者を隔離して抹殺する政策をとっているという疑惑も提起された。私はそんな状況を逆に利用した。

「朝鮮の障害者青少年芸術団が世界人権世論の中心であるロンドンとパリを訪問すれば、西側の人権攻勢を和らげるのに相当役立つはずだ。朝鮮の障害者たちが差別を受けずいい待遇を受けているという事実を知らせることで、朝鮮社会主義の優越性を世界に誇示するきっかけにもなる。ますます深刻になっている反共和国の人権攻勢を、障害者芸術団公演を通して緩めなければならない」

このような要旨の報告書を平壌に送った。もちろん私は自分が推進しようと思っていることを、直接的に報告書に入れなかった。パラリンピック参加推進で得た教訓で、問題を最大限に政治的にしたのだ。

じつは私には別の意図があった。北朝鮮には、外国に行くことを夢みて、アコーディオンを弾いたりダンスをしたり歌を歌ったりする練習を何年も重ねている障害者の青少年が大勢いる。彼らを教える献身的な教員もいた。彼らの努力が報われるようにしたかったのだ。また、北朝鮮メディアを通じて障害者青少年芸術団の海外公演が報道されたら、家で憂鬱な日々を過ごしている数万人の障害者の青少年に希望を与えることができると思った。

玄鶴峰（ヒョン・ハクポン）大使も積極的な支援を惜しまなかった。数日後、金正恩の承認が下りたという電報が来た。ただ、金正恩の決裁を受けはしたものの、公演の内容について考えると私の心は重くなった。北朝鮮では成人はもちろん、幼稚園の子どもの公演内容も、前もって党宣伝煽動部の検閲を受けなければならない。そして、公演内容に必ず金一族と北朝鮮体制に対する宣伝が入っていなければ承認を得られない。北朝鮮内での公演でもこうなのだから、外国公演については言うまでもない。

しかし、一般学生の芸術団でもない、視覚、聴覚、四肢に障害をもつ中学生たちがイギリスへ来て北朝鮮体制をほめたたえる公演をするくらいなら、いっそ来ないほうがましなくらいだ。私は数日悩み苦しんだあと、「今回の公演はイギリス人、フランス人の興味に合わせた内容、パッと見てもわかる慣れ親しんだ内容で構成するのが効果的だ」という電報を平壌に送った。

何の反応もなく不安だったが、数日後、平壌から「代表部の意見を斟酌（しんしゃく）して、公演内容を非政治的なものに仕上げることを合議した」という内容の電報が来た。

「白雪姫と七人の小人たち」を舞踊で、「You raise me up」を歌で、「オペラ座の怪人」をアコーディオン演奏で準備するなど、北朝鮮公演団がこのように政治色のない演目を披露するのは、このときが初めてだった。

芸術団の出国準備はハイスピードで進んだ。障害をもつ生徒たちの親に外国を訪問する準備をするよう伝えたときには、誰も信じなかったという。健常者でも外国に行くことは難しいのに、それも中国やロシアではなくイギリスとフランスに行くなど、誰が信じるだろう。二〇一五年二月、芸術団が出発する日、平壌駅には人だかりができた。親と親戚、町内の大人たちまで出てきて、涙を流しながら見送った。列車が出発する瞬間、見送りの人々が「金正恩元帥様万歳！」と叫んだのは必須のプロセスだった。そしてこの芸術団の出発情報は、ラジオとテレビ、「労働新聞」を通じて即時報道されたのである。

韓国系移民や脱北者も会場に

私はロンドンで芸術団を迎えた。やってきたのは、視覚、聴覚、四肢などに障害をもつ生徒たちと、障害者連盟キム・ムンチョル副委員長、障害者体育協会リ・プニ書記長など、総勢二〇人余りである。キム・ムンチョル副委員長は、金日成総合大学英語学部を卒業して障害者連盟に配置された。北朝鮮の障害者の処遇を相当に改善した人物だ。リ・プニは韓国のヒョン・ジョンファと南北統一チームを編成して、卓球の世界選手権大会で金メダルをとった北朝鮮体育界の英雄で、夫は北朝鮮の男子卓球の看板スターであるキム・ソンヒである。

リ・プニには身体に障害をもつ息子がいた。彼女は中央体育団の卓球監督を固辞して障害者体育協会を組織した。障害をもつ青少年に夢を与える仕事だと考えたのだ。彼女の名声のおかげで障害者卓球チームがつくられ、今ではほとんど毎年、障害者卓球競技大会が開かれる。北朝鮮の障害者たちが公に体育競技に出ることができるのは、リ・プニの功労が大きい。彼女が平昌冬季パラリンピックのときに訪韓していたら、遠くからでも姿を見られたはずだが、姿がなかったので残念だ。

もしかしたら、彼女の身の上に何か起こったのではないかと心配している。

障害者青少年芸術団の公演は二〇一五年二月下旬から三月初めまで、ロンドンとパリで行われた。イギリスではオックスフォード大学、イギリス王立音楽大学、ケンブリッジ大学で三回公演を行い、フランスでは民間ボランティア団体SPFの施設と、国立聴覚障害者学校に設置された舞台に上がった。

BBCなどイギリスのメディアは、北朝鮮障害者青少年芸術団の到着と公演の情報を多くの時間を割いて報道した。一部の反北朝鮮政治家たちはテレビに出演し、イギリス公演の目的は金正恩体制の人権蹂躙行為から注意を逸らすことにあると批判した。しかし、イギリス政府の反応はとても好意的だった。

イギリス外務省の幹部たちは北朝鮮の生徒たちに会って、外務省内の障害者の就業状況について語り、障害者も外交官になることができると励ました。視覚障害者である一人のイギリス下院議員は、「目が見えなくても不自由なく議員活動をしている」と、自分の生活を生徒たちに具体的に説明してくれた。

多くの韓国系移民たちと少数の脱北者が会場を訪れた。イギリスで暮らすある脱北者のおばあさんは、ネクタイをした少年団の生徒たちの手を取って涙を流した。あるおばあさんは聴覚障害者の生徒の手を握って、「私は咸鏡北道(ハムギョンブクド)から来たが、そこから来た子はいないか」と尋ねた。

開幕公演のときに韓国大使館から「祝いにいきたい」という連絡があったが、北朝鮮大使館は「われわれにとって少し不都合な面がある」と応対するしかなかった。内心ではどうぞと言いたかったが、代表団には保衛員が付いている。韓国の外交官と公演代表団が接触すれば、「どんな会話をしたのか」と根掘り葉掘り訊かれることが目に見えていた。物騒な事態になる可能性もあった。

とはいえ、公演会場自体は統一の場だった。二度目の公演が終わったあと、ニュー・モルデンの韓国系移民たちが芸術団を招待してくれて、食事を一緒にした。「われわれの願いは統一」を歌いながら夜を明かした。

北朝鮮大使館では玄鶴峰（ヒョン・ハクポン）大使の提案によって、すべての職員がこの公演のためにそれぞれ一カ月分の給料を出すことにした。大使館もすべきことが多かった。毎公演、花と食べ物を負担した。大使館職員の子女たちは通訳を引き受けたし、私の子どもたちも芸術団と宿泊をともにして、彼らの目と手足になってくれた。

中学生になっても文字が読めない子どもたち

芸術団には、平壌音楽大学で伽倻琴（カヤグム）を教える視覚障害者の女性教授がいた。北朝鮮では有名な演奏家で、若いころに金日成の前で伽倻琴演奏をしたほどの才能の持ち主だ。六〇歳を過ぎていたが、伽倻琴の弦をつまびく絢爛たる手さばきはため息が出るほどだった。テレビでその手さばきを長く映していたが、指には指輪が見えなかった。指に宝石の指輪を一つでも付けていたら寂しくは見えなかっただろう。玄鶴峰（ヒョン・ハクポン）大使は心が痛んだようで、大使館職員が集めた金で、教授に金の指輪を買ってあげた。生徒たちには、全員に腕時計とかばんを贈り物として届けた。

芸術団に同行しながら、一つ驚くべき事実に気づいた。聴覚障害者の生徒のなかに、ハングル文字がわからない子がいたのだ。北朝鮮にも初等教育課程から聾学校があるので、ハングル文字を知らないとは想像もしていなかった。同行していた教員の話によれば、聾学校は全体として設備や給食の質が下がっているうえに、地方にしかないという。だから聴覚障害児の親は、子どもを聾学校に行かせたがらない。泣く泣く家の近くの学校に行かせるが、障害者のための特殊教育は期待もできない。聴覚障害を持つ児童が、中学生になっても文字を読めない理由がそこにあった。視覚障害者の学校も、似たような状況だという。とても胸が痛んだ。

アコーディオンを独奏した視覚障害者の生徒から受けた質問を忘れることができない。

「平壌に帰ったら、飛行機にどうやって乗ったのか友達に話してあげることにしました。私は飛行機は野外で乗るものだと思っていました。しかし、私の乗った飛行機は室内から飛びました。どうしてですか?」

一瞬呆気にとられたが、すぐにどういう意味なのかわかった。その生徒は北京空港のターミナルに入ったあと、室内だけを移動した。外に出て飛行機に乗る瞬間を待ち焦がれていたが、あちこちに移動して、座りなさいと言われた場所に座ったら、飛行機が飛び立ったのだ。彼に一つ一つ説明してやった。それでも平壌に帰ってどんなふうに説明したらいいか、困り果てた表情だった。

北朝鮮の障害者の青少年たちは生まれて初めて海外ツアーを経験し、一生忘れることができない思い出を抱いて平壌に帰った。芸術団の英仏訪問の成果も期待以上だった。北朝鮮メディアは芸術団の帰国情報を報道した。

「今回の公演は、敵対勢力の反共和国人権騒動を水の泡にする重要なきっかけになった。水準の高い公演を見て、観客たちは朝鮮の障害者教育の水準の高さをよく理解した」

報道がどうであれ、障害者青少年芸術団のイギリスとフランス訪問は、北朝鮮選手のパラリンピック参加に続いて、北朝鮮の障害者の青少年に新しい希望を抱かせた。先天性小児麻痺で歩くことができない娘をもつ外務省の同僚は、私にこう懇願した。

「娘がどうしても外国に行きたいという。障害者連盟に娘を紹介してくれないか。ピアノの実力はちょっと足りないが、あなたは障害者連盟の幹部たちと親交があるから、海外公演に行くチームに娘を入れてやることができないか」

彼の娘は、幼いころから文学が好きで文章がうまかった。その娘が書いた小説は、中国延辺（ヨンビョン）［朝鮮族自治州］にまで紹介された。小説を読んだ延辺の朝鮮族が〝ファンレター〟を送ってきたりもした。身体障害者として奮闘する小説の主人公を見て、自分もがんばって暮らしているという内容だった。

そんな娘が、急にピアノを買ってくれと言ったらしい。小説はいくらうまく書けたところで外国に行くことはできないから、ピアノを学びたいのだという。熱意に負けてピアノを買ってやったら、毎日八時間練習すると言ったそうだ。父としての切なさとやるせなさは十分に理解することができたので、障害者連盟に彼の娘を紹介した。障害者連盟側は、外務省には世話になったので、その子に一度会ってみると言った。その後のことはよくわからない。

北朝鮮核問題を扱うイギリスのドラマに猛抗議

張成沢（チャン・ソンテク）処刑事件をきっかけに、国際世論の目は金正恩の野蛮な恐怖政治に集中した。二〇一四年からだったと思う。国連でも、金正恩を国際刑事裁判所に連れ出さなければならないという声が高まっていた。北朝鮮の立場からすると、核問題よりさらに金正恩に耳目が集中しがちな人権問題のほうが頭の痛い問題だった。

北朝鮮の人権問題が浮上するたびに、「核の脅威を高めて人権に傾いた世論を核問題に移すようにしなければならない」と言った金正日の指示を思い出し、私は金正恩も人権問題を核危機で覆い隠すだろうと予想した。私の予想は間違っていなかった。

この年から北朝鮮核危機が高まり、世界のメディアはもちろん映画制作会社の注目まで集めるようになった。二〇一四年六月、アメリカのコロンビア社が制作した金正恩風刺映画『ジ・インタビュー（The Interview）』の予告篇が公開された。同年八月には、イギリスのチャンネル4が北朝鮮の核問題を扱ったドラマ、『オポジット・ナンバー（Opposite Number）』を制作するという報道が流れた。こういう情報をただちに平壌に報告するというのも、ロンドン駐在北朝鮮大使館の日常業務の一つだ。

私はチャンネル4の報道資料をそのまま翻訳して外務省に送った。報道資料によると、ドラマは六〇分の一〇部作だった。筋書はこんなふうだ。

「イギリス人核科学者が秘密任務を引き受けて北朝鮮へ行き、抑留された。彼は北朝鮮の強圧によって核兵器開発に参加するようになり、これによって国際的な危機が発生する。イギリス首相は自分とは政治信条の異なるアメリカ大統領と協力して、核科学者を救出する」

チャンネル4は、ドラマの放映日も主要な出演者も明らかにしなかった。しかし、北朝鮮外務省もロンドン駐在北朝鮮大使館もまったく予想だにしなかった外交紛争が起こった。八月三一日、北朝鮮国防委員会政策局が、チャンネル4のドラマ制作計画に対して、「政治的挑発であり故意の敵対行為」だと非難する談話を対外的に発表した。さらに談話はこう続く。「私たちの自衛的な核抑止力がまるでイギリスの核技術を不法に奪ってできたかのように見せる、荒唐無稽な筋書きである」と主張して、「このドラマ制作は、イギリスの首相官邸の黙認と庇護、助長の下に成り立っている。イギリス政府は、制作を中断させて制作者たちを処罰せよ」と要求した。

「チャンネル4の建物を爆破する」と北朝鮮軍部がイギリス政府を脅迫

まず、北朝鮮外務省も知らないうちにこのような談話が出ることになった背景について、説明しなければならないだろう。核・経済並進路線の採択以後、北朝鮮では部署間の意思疎通がますます難しくなった。とくに軍部は、国防委員会名義で外交問題にまで干渉するようになった。北朝鮮外交はしばらく混乱を極めた。

アメリカの政治家が北朝鮮を批判したり、米韓合同軍事演習が行われたりするたびに、軍の偵察総局が声明や談話を乱発した。外務省とは事前協議もなかった。金正日時代にはそれなりに秩序があった。総参謀部声明や海軍司令部声明などを発表するときには、必ず外務省との事前協議を経ていた。しかし、二〇一三年から軍部は、外務省の仕事まで横取りして国防委員会名義で声明を発表したりした。忠誠心を競い合うような行動だった。

外務省は軍部がどうしてそんなことをするのかと怪訝(けげん)に思ったが、朴宜春(パク・ウィチュン)外相や金桂寛(キム・ゲグァン)外務副相らは黙って情勢を見守るしかなかった。金正恩からの電話指示もなかった時代なので、外務省の意見を別途報告するにも困った。

聞こえてくる話では、金英哲(キム・ヨンチョル)偵察総局長が文才のある人材を選抜して、偵察総局内に専門部署を設置して各種対外文書を書かせるようになったという。金英哲は平昌(ピョンチャン)冬季オリンピックのときに訪韓し、韓国メディアと政治家から「天安(チョナン)沈没事件の主犯」として名指しされた軍部鷹派だ［「天安沈没事件」は、二〇一〇年三月二六日、韓国海軍の哨戒艇「天安」が黄海上の北方限界線（海上の南北軍事境界線）付近で沈没した事件である。韓国側調査団によって、北朝鮮側の機雷による爆破が原因であるとされた。日本では一般に「韓国哨戒艇沈没事件」と呼称される］。

チャンネル4に対する国防委員会政策局の談話は、談話だけに終わらなかった。金英哲は、駐平壌イギリス大使を呼び出すと、休職中の大使の代わりに派遣されてきた臨時代理大使（女性）に、イギリス首相に送る国防委員会政策局の抗議文書を手渡した。イギリス政府が反北朝鮮ドラマの制作を中止しなければ、イギリス国内で夢にも思わぬ報復行為が起きるであろう、そしてその責任はイギリス首相にある、という内容の文書だ。要するに、チャンネル4の建物を爆破するというのだ。これは、談話が発表された翌日の出来事である。事態は深刻になった。

「北朝鮮軍部はテロを敢行すると宣言した」

イギリス政府は非常に戸惑った。外交の初歩的な常識と慣例も知らない軍部が出てきて、イギリス大使を呼び出したうえに公開テロ行為をすると脅したのである。イギリス政府は、玄鶴峰（ヒョン・ハクポン）大使と私を呼び出した。偵察総局は、平壌でこんなことが起こったという事実さえロンドン駐在北朝鮮大使館に知らせていなかった。経緯もわからぬまま、イギリス外務省アジア太平洋局長の説明を聞いた玄鶴峰大使と私は、驚愕を禁じ得なかった。

アジア太平洋局長は、何時間か前に金英哲（キム・ヨンチョル）偵察総局長が平壌駐在イギリス臨時代理大使に手渡した文書の写しを見せながら、この問題に対する北朝鮮大使館の公式の立場を明らかにしてほしいと訴え、次のように通達をしてきた。

国家同士の関係は、一般的に外務省が管轄する。外務省で管轄することが不可能な状況、武力で解決するしかない状況になれば、軍隊が前に出る。となると、現在は、軍部が前面に出て両国関係を扱わなければならない状況まで来たということなのか。

北朝鮮と違ってイギリスでは、言論の自由が保障されている。イギリスではメディアは政府の統制の外にあり、メディアは独自の判断によってコンテンツを制作している。イギリス政府は勿論、北朝鮮も、イギリスにおける言論活動に干渉することはできない。チャンネル4のドラマ制作をやめさせろという北朝鮮の要求は、言論の自由を保障するイギリスの価値観に対する真正面からの挑戦であり、挑発だ。

北朝鮮の四つ星将軍である金英哲が、平壌駐在イギリス臨時代理大使を呼び出して、ドラマ制作を中止せよと求めた。軍部の独断的な決定なのか、北朝鮮外務省との協議を経た行為なのかを明らかにしていただきたい。

北朝鮮軍部はチャンネル4のドラマ制作が中止されない場合、テロを敢行すると宣言した。その立場は確かなものなのか、再確認を要請する。テロ行為を放棄するという北朝鮮の立場表明がない場合、イギリス政府は北朝鮮国防委員会政策局から受け取った書簡を世界に公開せざるを得ない。そうなると、北朝鮮がテロ支援国に再指定されるなど、大変な結果になりかねない。

北朝鮮がイギリス国内でのテロ行為を取りやめるのであれば、イギリス政府には、上記書簡を公開せず、この問題を穏便に解決する用意がある。

アジア太平洋局長の通達を聞いたときには、驚きのあまり言葉が出なかった。私と大使は本国に報告後、また会おうと言って席を立った。アジア太平洋局長は、「外交的常識のない軍部が興奮して行ったことのようなので、穏便に解決しよう」と言った。私から平壌に報告すると、明くる日に指示が伝達された。

「すべてのテロに反対するという共和国の立場のみを伝達せよ。他のことは一切言わず、静かに問題を解決するように」

玄鶴峰大使は、イギリス外務省アジア太平洋局長に会っても、その言葉をおうむ返しに繰り返すしかなかった。アジア太平洋局長は、「大使の通達をチャンネル4に対するテロの放棄として理解してもいいか」、「金英哲大将のテロの脅迫が北朝鮮政府の立場ではなく、一将校の立場と考えていいか」と問いただしたが、玄鶴峰大使は、「すべてのテロに反対するのが共和国の一貫した立場」という言葉を繰り返した。アジア太平洋局長はこれ以上問い詰めず、「そちら側の通告をチャンネル4に対するテロ攻撃の放棄と理解して、この事件を静かに収めよう」と言った。そうして騒動を穏便にやり過ごしたのである。

金正恩のヘアスタイルをからかった美容室を訪ねて恫喝

金正恩が世界的な注目を集めるようになって、あきれ返るような騒動も起こった。二〇一四年四月一四日午後、駐英北朝鮮大使館は少し騒がしかった。翌日が金日成の誕生日だったからだ。金日成の偉大さについての学習、講演会、金正恩に捧げる祝電の文言採択など、何もかもが慌ただしく動いていた。昼食を食べて大使館に帰ってきたチェ・グンソン国際海事機関駐在副代表が、自分の家の近所の美容室に金正恩の写真が掛かっていると知らせてくれた。〝最高尊厳〟の写真を広告用に使っているというのだった。大使館からは誰も出ていこうとしなかったので、党書記である私がチェ・グンソンと連れ立ってその美容室に向かった。

美容室は大使館の三キロ圏内にあった。チェ・グンソンの子どもたちの通学路にある町角だった。美容室のショー・ウインドーに貼られた広告には、金正恩の写真とともにこのような文句が書かれていた。

〝Bad Hair Day?〟(今日のヘアスタイルが気に入りませんか?)

〝男性のお客さまは一五%割引!〟

数カ月前に世界中のメディアが、「金正恩が北朝鮮の男子大学生に、自分のようにサイドの髪を短く刈り上げるように指示を下した」と報道していた。美容室の主人はこの報道に目を付けて、金正恩の髪型を風刺して客寄せの広告にしたのだ。イギリスでは女王や首相の写真まで広告に使うが、北朝鮮外交官の立場では、これを看過することはできなかった。何の措置も取らずにいてあとから発覚でもすれば、いつクビになるかわからない。

私は美容室の主人の視野に入る位置から、カメラとビデオで美容室の外部と金正恩の写真を撮影した。店主に心理的なプレッシャーを与えるためだ。店主は髪をカットしながらも私たちを見つめていた。私たちは店が不安に思っていることを確認したあと、美容室に入った。洋服にネクタイまでした二人の男が撮影機器を担いで中に入ると、緊張する気配がありありと見えた。私は威嚇するような調子で言った。

「あなたがこの美容室の主人か。あなたが掲げたあの宣伝用写真に映っていらっしゃる方が誰であると思っているのか。朝鮮の最高指導者金正恩元帥である。われわれは朝鮮民主主義人民共和国大使館から来た。朝鮮は最高尊厳を弄ぶ(もてあそ)なら戦争もいとわぬ国だ。あなたはよく知らずにやったようだが、今すぐ写真を下ろしなさい。さもなければ結果は全面的にあなたの責任になる。言うことを聞いたほうがいい」

店の主人は震えながらすぐに写真を剝がした。簡単に問題を解決し、美容室から出てかなり歩いた。すると背後で、店主の叫び声が聞こえた。

「ここは自由民主主義の国だ。北朝鮮のやり方が私に通用すると思うか！」

私たちは聞こえないふりをして大使館に帰ってきた。店主はテロの危機を感じたのか、この事実を警察に届け、イギリスのマスコミに知らせた。その日の夕方の現地夕刊新聞「イブニング・スタンダード」が初めてこの事件を報道した。数時間後、韓国を含む世界中のメディアは「北朝鮮外交官たちがイギリスの美容室店主を脅迫した。北朝鮮は最高尊厳を愚弄すれば核実験までする国だ」と騒いだ。翌日イギリスの大学生たちが群れをなして北朝鮮大使館に集まってきて、シュプレヒコールを叫んだ。

「金正恩は大学生に自分のヘアスタイルを強要するな！　北朝鮮大使館はイギリスの価値観を尊重しろ！」

金日成誕生日に祝賀行進ではなく、抗議デモを誘発したようなものだった。記者たちが美容室の店主をインタビューすると、店主は得意そうに、翌日また金正恩の写真を掲げた。何日か経って美容室に再び行ってみた。店主も内心では北朝鮮のテロにあうのではないかと心配で恐ろしかったのか、金正恩の写真をまた下ろしたようだった。平壌では「駐英大使館職員の忠誠心を見習うように」という指示を、すべての在外公館に伝えた。私の脅迫にガタガタ震える美容室店主の姿を思い出すたびに、彼に本当にすまない気持ちになる。

金正恩とロッドマンをつないだ仲介者は誰だ？

二〇一四年一二月、平壌から至急の電報が飛んで来た。緊急の作戦命令のようだった。

「イギリスのドキュメンタリー制作会社、チーフ・プロダクション（Chief Production）の社長、コリン・オフランドにすぐ会うように。彼はデニス・ロッドマンの平壌訪問を扱ったドキュメンタリー映画を制作している。彼から映画の初回編集版を受け取り、外交行嚢（こうのう）（diplomatic package）として平壌に送れ」

「コートの上の悪童」と呼ばれたデニス・ロッドマンは、奇行と悪事で有名なアメリカＮＢＡのバスケットボール・スターだ。彼は二〇一三年二月から二〇一四年一月にかけて、何回も北朝鮮を訪問して金正恩に会った。私は平壌から至急の電報を受けるまで、彼の北朝鮮訪問に関する映画がイギリスの映画制作会社によって撮影されているという事実を知らなかった。

彼の訪朝を誰が取り持ったのかは、いまだベールに包まれている。姜錫柱（カン・ソクチュ）が主導したという一部の外信報道もあったが、根拠のない話だ。ロッドマンを迎える金正恩の側に姜錫柱が立っていたという事実以外には、何ら論拠がない憶測による報道に過ぎない。金正恩がロッドマンのファンだったとはいえ、彼の「訪朝招請事業」は外務省の基準ではやってはいけないことだった。いわゆる「最高尊厳」のそばに〝悪童〟を立たせるというのは、だれが見ても危険な絵だった。外務省が仕組んだことではないという可能性が濃厚だ。私の見解では、金正恩と近いが、対外事業にはあまり経験がない誰かが仕組んだことだろう。金正恩がロッドマンのファンということを知り、二人の〝友情〟をニュースにして金正恩の人間的な側面を世界に見せようとする意図があったようだ。このような建議をそのまま承認した金正恩の外交感覚も垣間見ることができる。

ロッドマンの招請は、二〇一二年一二月一二日の人工衛星（銀河（ウナ）三号）打ち上げ、二カ月後の翌年二月一二日の三回目の核実験と分けて考えることはできない。国際世論が北朝鮮と金正恩を大いに糾弾した時期だった。金正恩の政権掌握後、一回目の核実験が実施された直後の二月末にロッドマンの初訪朝が実現したのは、核実験に注目する否定的な世論をかく乱するためだった。

金正恩はロッドマンと一緒に笑って拍手し、抱擁する姿を演出しながら、「このようなスポーツ交流が朝鮮とアメリカのあいだの理解促進に寄与するだろう」と語った。核実験はしたが、金正恩自身は非常に開放的なリーダーだというイメージを宣伝しようと思ったのだ。彼の試みはある程度成功した。世界のメディアは困惑していたし、米国務省報道官はこれに関する論評さえ避けた。

ロッドマンは二〇一三年の一年間でさらに二回訪朝して、「金正恩は独裁者ではなく〝いい人（Good Man）〟だ」という言葉を繰り返した。金正恩の立場では、核実験に対する世界の人々の怒りを和らげて自分のイメージを回復する一石二鳥の宣伝だった。金正恩はロッドマンを思いのままに利用した。同年一二月の張成沢（チャン・ソンテク）処刑で国際世論が再び動揺すると、翌年（二〇一四年）一月、ロッドマンの四回目の平壌訪問が実現した。名目上は金正恩の誕生日（一月八日）の来賓としての招待だったが、裏の意図は十分に見当がつく。ロッドマンは金正恩と数万人の平壌市民の前で誕生日の祝歌を歌った。

ロッドマンに対する批判的な世論も同程度あり、彼の訪朝を後援したアイルランドの賭博業者は後援契約を取り消した。私はこうした成り行きをロンドンで静かに見守っていたが、突然平壌から切迫した指示が飛んできたのだ。少し緊張した。私は「チーフ・プロダクション」社長のコリン・オフランドに、「映画の初回編集版が完成したら北朝鮮大使館に持ってくるように」と連絡した。翌日、彼が大使館に駆けつけた。彼は「初回編集版を持って私が平壌に直接行くつもりだったが、どうして私の訪朝は許可されず、映画だけ送れというのか」と言った。そのころ北朝鮮は、エボラウイルス問題ですべての外国人の訪朝を不許可にしていた。彼にそのように説明したら、それ以上問い詰めることはせず初回編集版を渡してくれた。これを受けた平壌のほうからは、何日か経ってもいっさい連絡がなかった。何ごともなく過ぎるのかと思った。

反北朝鮮映画にあらゆる圧力をかけろ

二〇一五年一月、平壌からまた別の指示があった。長文の電報だった。

「オフランドが制作した初回編集版は、全般的に反朝鮮的だ。これは朝鮮と『チーフ・プロダクション』の合意内容に反する。とくに映画の冒頭部分に張成沢（チャン・ソンテク）が逮捕される姿が出てくる。ロッドマンの平壌訪問は一般外国人の訪問とは違う。最高指導者・金正恩元帥の対外的な権威にかかわる重要な訪問だ。張成沢の粛清写真を入れたことは、金正恩元帥の対外的権威を毀損しかねない。この映画はアメリカの『スラムダンス映画祭』に出品される予定なのに、このまま出ると大変なことになる。現地代表部でオフランドに会って、張成沢の写真の場面を絶対にカットするように措置しろ。『首領決死擁護』の見地から、容赦なく臨まなければならない。もしオフランドが言うことを聞かなければ、訴訟も辞さないと脅迫するなど、あらゆる手段と方法をすべて動員しろ」

私はオフランドを大使館に呼んだ。彼とのあいだで論争が起こった。

「あなたは映画を公開する前に、朝鮮と協議をするつもりだと言わなかったか。張成沢の粛清写真は映画からカットしなさい。このままでスラムダンス映画祭に出させるわけにいかない」

「エボラウイルスを理由に私の訪朝を許可しなかったのは北朝鮮だ。許可されていれば私が北朝鮮に直接行って協議をしただろう。そして今、張成沢処刑事件が世界的な注目を浴びている。この問題を扱わなかったら、現実を反映した映画とは認められないだろう。張成沢の写真は映画の序盤に少し出るだけだ。映画の全般的な流れとは関係がない。私たちはもうスラムダンス映画祭にこの映画を出品しており、一月末に上映される予定だ。今になって映画を修正するのは時間的に不可能だ」

「朝鮮と協議を経てから世に出すという約束だった。あなたが約束を守らないのなら、こちらは法的な手続きを踏むしかない。訴訟になってもいいのか」

「約束はしたが、北朝鮮に編集権を与えたのではない。契約書のようなものもない。訴訟をするならすればいい。私はこの事実をメディアに公表する」

ここまで高圧的に出られたら、これ以上の対応はできない。金正恩にロッドマンの招請を建議した人物は、外国人との接触経験もなかったようだ。金正恩をほめたたえる映画をつくるという意欲に駆られて、オフランドを信じすぎた。映画に対する最終編集権が、北朝鮮にあるという契約書さえつくらなかった。それなのに、責任を大使館に押し付けようとしている。

　私はオフランドとの会話の内容をそのまま平壌に報告した。ただ、私がすべての結果の責任を負うことはできないので、こんな説明を付けた。

「西側国家と事業をするときは、必ず書面契約書を締結しなくてはならない。敏感な事案を扱った映画なら尚更そうすべきだった。双方の義務が明記された契約書なしに映画をつくるということ自体が、最初から間違っていた。こんな状態で訴訟すると脅しても、相手側が折れることはないだろう」

　平壌側も執拗にせまった。映画制作のためにオフランドとともに訪朝した「白頭（ペクトゥ）文化交流社」代表マイケル・スペイバーをロンドンに呼び寄せて協力させるようにという指示がまた下った。スペイバーは中国延吉琿春（ヨンギルフンチュン）地域で、非営利団体「白頭文化交流社」を運営していた。ロンドンに呼び出して何日かあとに到着したスペイバーは、「私もこの論争を解決しようと何度も試みた」と言いつつ、このように訴えた。

「私は映画制作には何らかかわっていない。ロッドマンの訪朝を斡旋したのも私ではない。アドバイザーとしてロッドマンの訪朝に同行しただけだ。張成沢の写真をカットしてくれとオフランドに何回も頼んだが、無駄だった。私は今後とも、北朝鮮とずっと事業をしなければならない。重ねて言うが、この映画は私とは無関係だ。どうか、この問題には巻き込まないでほしい」

　こうなってくると、もう大勢は決まりつつあった。彼との対話内容を外務省に報告したら、今度は「何としても映画祭上映を阻止しろ」という指示が下った。やはり「首領決死擁護」の精神を発揮せよという注記が付いていた。オフランドに頼み込んだり、あるいは脅迫したりしてみたが、結局映画は二〇一五年一月に上映され、その後多くの映画祭でも特別賞を受賞するなど注目を集めた。

私は「首領決死擁護」の精神を貫徹できなかったという批判を受ける程度にとどまったが、誰かはわからないが平壌の例の人物は重い処罰を受けたはずだ。ロッドマンを利用した金正恩の「バスケットボール外交」はこんな具合に幕を閉じた。金正恩はその後ロッドマンに会おうとしなかったが、二〇一七年六月、五回目の訪朝を許可した。オフランドが制作した映画は、『デニス・ロッドマンの平壌訪問記（Big Bang in Pyongyang）』というタイトルで同じ月に韓国のテレビ朝鮮でも放映された。

BBCの韓国語放送阻止に挑むなか、同社記者三人が拘禁される

BBCはずいぶん前から平壌に支局を設置する計画を立てており、機会を狙っていた。二〇〇二年ごろにすでに平壌支部を開いて北朝鮮情報を毎日のように送っているAPTNの存在もあり、じっとしてはいられなかったのだ。二〇一五年に入り、BBCは本格的に平壌支局開設をロンドン駐在北朝鮮大使館に打診してきた。

さらに、BBCは平壌支局開設と並行して、二〇一七年から韓国語のラジオ・チャンネルを開局するという情報もあった。韓国語放送をするというのは、北朝鮮に対する〝宣戦布告〟も同然だ。現在韓国語でラジオ放送を実施している外国メディアには、中国の国際放送、ロシアの放送、日本のNHK、アメリカのVOA（Voice of America）、自由アジア放送（RFA）などがある。北朝鮮の立場からすると、中国とロシアの放送はとくに問題がないが、残りは北朝鮮体制に対して批判的な放送ということになる。公営放送であるBBCは、APTNとはとくに色が違う。APTNは

解説と論評がほとんどないニュースを放送するが、ＢＢＣはその反対で、しかも北朝鮮の政策に対してはほとんどが批判的だった。ＢＢＣが韓国語放送を始めるということは、結局北朝鮮の市民を相手に放送するという意味として受け取らざるを得ない。

平壌の指示に従って、玄鶴峰（ヒョン・ハクボン）大使と私が交替でＢＢＣ本社を訪問して、韓国語放送を阻止するための交渉を行った。私たちは、「これまでの対朝鮮ラジオ放送はすべて、アメリカの対朝鮮敵視政策に沿ったものばかりだった。ここに加われば、ＢＢＣの権威と公正性、客観性と正確性が崩れるだろう。ＢＢＣ記者の朝鮮訪問も、永遠に不可能になる」と主張した。

ＢＢＣ側は「私たちの目指す放送は対北朝鮮が目的ではない。朝鮮半島と中国東北地方で暮らす韓国語を使用する住民のための放送だ。放送内容もニュースや文化、スポーツなどで、けっして北朝鮮批判を目的としているわけではない」と答えた。しかし北朝鮮としては、北朝鮮住民に外部情報を知らせること自体が体制を崩壊させる危険要素である。ＢＢＣのソフトパワーは、物理的な武器よりはるかに危険なので、けっして受け入れることはできなかった。ＢＢＣの韓国語放送を阻止、または延期させるために、北朝鮮は平壌支局開設の問題を利用することにした。ＢＢＣ側に、平壌支局を承認してやるから対北ラジオ放送を中止するように言ったのである。ただし、ＡＰＴＮのように北朝鮮人記者を使うことが条件だ。

こんな交渉が進められるなか、二〇一六年四月末、北朝鮮を訪問したルパート・ウィングフィールド＝ヘイズらＢＢＣ取材陣三人が拘禁される事件が発生した。彼らは北朝鮮の大学との科学技術交流のために北朝鮮を訪問する国際平和財団（ＩＰＦ）関係者とノーベル賞受賞者たちに同行して訪朝し、五月初めに開催される労働党第七次大会を取材する予定だった。ルパート・ウィングフィールド＝ヘイズは平壌滞在中に、「太った予測不能のリーダー」として金正恩を描くなど、北朝鮮を刺激した。

労働党第七次大会は、一九八〇年第六次大会以降三六年ぶりに行われる大きな行事だった。多数の外国人記者が平壌に滞在中か、到着予定だった。金正恩に対する〝陰口〟を許容したら、他の記者たちも真似るおそれがあった。そうなれば事態は収拾がつかなくなり、苦労して準備した〝宴〟が台無しになる。

北朝鮮はルパート一行を拘禁して、何日間か恐怖を味わわせてから飛行機に乗せて帰した。ＢＢＣ側は、自社取材陣の抑留に対して北朝鮮の謝罪を要求し、私はイギリス外務省とＢＢＣ本社を訪問してイギリス政府とＢＢＣ側に抗議した。お互いに謝罪を求める攻防戦が繰り広げられた。結局、北朝鮮とＢＢＣの平壌支局開設交渉は決裂した。ＢＢＣは二〇一七年九月、対北朝鮮ラジオ放送を始めた。ＢＢＣとの交渉が決裂すると、ソウル駐在ＢＢＣ特派記者スティーブ・エバンスは非常に残念がった。彼は私の友人でもある。北朝鮮が今後のＢＢＣの訪朝を受け入れるかについては見守ってみないとわからないが、当分のあいだは難しそうだ。

三階書記室から直接送られてきた暗号

二〇一五年三月、フランスのユネスコ駐在北朝鮮代表部にいる同僚から思いがけない電話がかかってきた。彼は、情報機関から盗聴されている可能性を考慮して、わざと曖昧な話し方をした。

「太君(テ)、外務省の金日成広場側の四階で働く女性部員のお父さんがあることを頼んできた。依頼内容をメールに書いて送ったからよく読んでほしい。太君の名前と、きみが外国に行くたびに見る文字列を思い出しながら読めば理解できるだろう」

何のことなのかしばらく考えた。私は一単語、一単語を何度もじっくり考えて、パズルを組み合わせていった。まず、「外務省の金日成広場側の四階」とは党委員会のことを示す。外務省庁舎は「ロ」の字型だが、金日成広場の主席壇の方を向いた四階に党委員会と幹部室があった。党委員会に呼ばれれば悪いこと、幹部室に呼ばれれば良いことがあるが、良いことより悪いことのほうが多いと相場は決まっている。何かのミスを犯して党委員会に呼ばれることになったときには、「四階行きが決まった」と言うこともあった。それで党委員会を別名「四階」と呼んでいた。

「女性部員のお父さん」とは、三階書記室のペク・スンヘンのことだ。当時外務省党委員会の女性部員は二人だけだった。一人は年が私より上で、彼女の父親を私が知るはずもない。もう一人は結婚したばかりの若い部員で、その父親がペク・スンヘンだった。ペク・スンヘンの「頼み」ということは、三階書記室から下った、つまり金正恩の指示という意味になる。

ペク・スンヘンは、平壌外国語学院フランス語科を卒業した。私にとっては七年先輩になる。フランス語が上手で、一九七〇年代後半にパリ駐在貿易代表部に派遣された。このとき、フランス社会党党首だったミッテランの平壌訪問を成功させて、金正日の目に止まった。帰国後は党国際部に入り、一九八〇年代末からは三階書記室で金正恩一家の世話を引き受けた。高英姫(コ・ヨンヒ)がパリに治療を受けにいく際も、すべての任務を監督した。

緻密で失敗知らずという評価を受けたペク・スンヘンは、金正恩時代にも三階書記室で金正恩の政務を直接補佐していた。デニス・ロッドマンが訪朝したとき、金正恩の側に立っていた人物がまさに彼だ。私は駐英北朝鮮大使館参事官であった二〇〇四年から二〇〇八年のあいだ、ペク・スンヘンと仕事でかかわることが多かった。イギリスで、さまざまな物資を購入して平壌に送り、彼と連絡を取ったりもした。一度、英国産の馬を輸入しようとして失敗したこともあった。

どきどきしながらメールを開いた。見慣れないメールが一つ届いていたが、添付されたワードファイルには暗号がかかっていた。いよいよ、「太君の名前ときみが外国に行くたびに見る文字列」について解き明かさなければいけない。私の名前のアルファベットの綴りとパスポート番号を結合してみろという意味だろう。〝thaeyongho〟とパスポート番号を順にパスワードとして入力したら、文書が開いた。

内容は簡単だった。文書を開いたら返事を寄こせということと、私が文書を送るときは私の名前のアルファベットの綴りと送る日付でパスワードをかけろということだった。返事を送ったら五分も経たないうちに別のメールが来た。こうやって何回かメールが行き来したあと、平壌のペク・スンヘンが直接私の携帯に電話をかけてきた。ペク・スンヘンもまた、パスワードを指定する言葉を言った。暗号はもっと複雑になった。次回のメールから、前には「大使」を、後ろには「私」をつけろというような指示があったが、その、細かい説明は省くことにする。

こうして三階書記室、別の言い方をすれば朝鮮労働党中央委員会にある金正恩執務室と私の交信が成立した。三階書記室が電報システムを利用しないのは、ときに外務省幹部にさえ知られてはならない事案があるからだ。国が運営する電報システムを利用すれば、外務省の課長、局長、次官、第一次官（副相）、外相はもちろん、暗号を解く担当の通信員までその内容を知ることになる。隠密裡に非常に複雑な過程を経て、ペク・スンヘンが私に送った最初の指示は次のとおりだった。

エリック・クラプトンの公演チケットを六枚購入せよ

「首領の身辺安全にかかわる特別事項だ。大使はもちろん、あなたの家族にもこの事実を知らせてはいけない。五月二〇日と二一日にロンドンのロイヤル・アルバートホールでエリック・クラプトンのコンサートが開かれる。一番いい席の前売りチケット六枚——中央の席を四枚、サイドの席を二枚購入するように」。北朝鮮でエリック・クラプトンの公演を見にイギリスへ来たがる人といえば、金正哲しかいない。金正哲はかつてエリック・クラプトンの公演を平壌に招こうとしたこともあるが、それとは話の次元が違う。三階書記室から直接指示された、いわゆる「白頭山血統」に随行する仕事だった。私が経験した「金正哲との六一時間」とその準備過程を、できる限り詳細に述べてみようと思う。そうすれば、北朝鮮体制の一面を余すことなく見せることができるはずだ。

まず、私は金正哲がエリック・クラプトンの公演を見るためにイギリスに来るという事実を、玄鶴峰大使に知らせることにした。誰にも知らせるなという三階書記室の指示に背く行動ではあったが、金正哲が来ることになればどのみち大使も知ることになる。北朝鮮の外交官の中には、三階書記室から命じられた仕事を大使に報告せずに遂行しようとして、結果的に大使と衝突する者が多かった。前売りチケットを購入するためにはコンサート会場へ行かなければならないが、一人で外出するのが禁止されている大使館の規定上、大使に何らかの理由を伝えざるを得ない。わざとらしく嘘の理由を告げるのも厄介だ。このような点からも、間違いなく北朝鮮体制の一面が垣間見える。

三階書記室からの指示文書を出力して大使に見せると、彼も緊張で身を固くした。私はただちにコンサート会場に向かったが、一番いい席はすでに、チケットセンターに渡ってしまっていた。そこで大使館に戻ってインターネットに接続し、残っているなかでいい位置の席を選んでチケットを購入した。ところで、三階書記室が中央とサイドで分けてチケットを購入しろと言ったのはなぜだろうか。これはおそらく、金正哲が正面座席に座ってみて、よく見えなければサイドに移動できるようにという配慮だろう。そのあまりの用意周到さにぞっとした。

二つ目の指示は、ロンドンのサボイホテルのスイートルーム二室を予約しろというものだった。

サボイホテルはロンドンでも屈指の最高級ホテルだ。さらに、一般的なスイートルームではなく、真ん中にリビングを挟んで二部屋に分かれているスタイルがいいのだという。金正哲が急に何かを頼んできたらすぐに対応できるように、随行員がリビングで待機するためだ。

インターネットで写真だけ見て予約するわけにはいかなかった。直接確認するためにサボイホテルに行った。リビング付きのスイートルームは一日の宿泊費が二〇〇〇ユーロ以上だったが、ずいぶん前に予約済みになっていた。料金を余分に払うと言っても、ホテル側は無理だと言った。二〇〇〇ユーロといえば私の二カ月分の給料より多い金額だ。世の中にいくら金持ちが多いとはいえ、ひと晩寝るのに二〇〇〇ユーロ以上かかるとは、あきれるし腹も立った。

すでに予約されていたと報告したら、テムズ川を見晴らせるスイートルームを予約しろという新しい指示が伝えられた。もちろんリビングは必須だ。リビングと一室が付いている構造の部屋なら、それほどの苦労なしに見つかった。しかし、リビングの両側に一部屋ずつ、合計二部屋付いているスイートを探すのは、かなり困難な仕事だった。市内から少しずつ郊外に移動し、高級ホテルとされるホテルはすべて探し回った。やっと見つけたのが、ロンドン中心部のテムズ川の北にある五星ホテル、チェルシー・ハーバーホテルだ。スイートルーム一つと個別の部屋を二つ予約した。スイートルームは二五〇万から四〇〇万ウォンだった。

三つめの任務は、ロンドンの観光名所を一〇カ所選定して報告することだった。私はトラファルガー広場、ロンドン・アイ、バッキンガム宮殿などに加えて、イギリス国会も選び出して報告した。イギリスの議会制民主主義がどのように機能するのか、金正哲に説明してやりたかったためだ。当時イギリスは、北朝鮮の公務員二〇人を一カ月間イギリスで研修させるプログラムを毎年実施していた。その際に国会訪問は必須だった。北朝鮮の公務員たちは、イギリス首相と野党議員たちがお互いに揶揄し、怒鳴りあう姿を見ると、疑問でいっぱいになるようだった。

「行政府の長をあのように攻撃したら政府の権威はどうなるのか。イギリスは、あれで世界の強国としての地位を維持することができるのか」

金正哲はそのように思わなければよいのだが。

私が選定した観光名所の写真と説明文を三階書記室に送ると、今度はイギリスの有名なレストランを推薦してくれという指示が下った。月給が一〇〇〇ドルにも満たない私が、そんな場所を知るわけがない。インターネットで検索して、日本料理、イタリアン、フレンチなどを選び、景観がいいレストランとテムズ川を上り下りするクルーズのレストランなどを選んで報告した。これだけでは満足できなかったのか、数日後に「ザ・シャード」にあるレストランとスペイン料理店を予約しておくようにという指示があった。「ザ・シャード」はロンドンで一番高いビルだ。

先発隊がロンドン入り、ユーチューブで音楽を大量ダウンロード

二〇一五年四月末、先発隊がロンドンに到着した。三階書記室芸術担当部長張龍植(チャン・リョンシク)、党国際部部員キム・ジュソン、文化省芸術交流局長の三人だ。

金正恩の芸術担当補佐官である張龍植は、金正恩が観覧するすべての公演を最終審査する人物だ。功勲国家合唱団団長という肩書きで活動しているが、実際には三階書記室に勤めている。一九七〇年代末、モスクワで彼と一緒に音楽を勉強した仲間の大部分がすでに処刑されるか収容所に送られた。まだ生存している人は、万寿台(マンスデ)芸術団団長キム・イルジンだけである。

キム・ジュソンは、党国際部の通訳専門部署である八課部員だ。八課は金正恩の通訳も担当している。平壌外国語大学英語学部を出た彼は、外国語大学同時通訳研究所を経て外務省翻訳局課長と

して働いたあと、党国際部通訳課に入った。彼は、二〇一四年八月、ロンドンで大使館研修課程に通っていた。一年も経たずして、また先発隊としてロンドンへ来たのだ。

文化省芸術交流局長は私も初めて会った人物なので、よく知らない。張龍植は、ロンドンに到着した翌日から私を連れて歩いた。昼はロンドンのレコード店、音大、音楽図書館などを巡って、夕方にはミュージカルと交響楽団の公演を鑑賞した。おかげで私は『レ・ミゼラブル』、『ミス・サイゴン』、ＢＢＣ交響楽団の公演を見る贅沢を味わった。

張龍植は、ロンドンで購入する音源リストを持ってきていた。コンサート、音楽フェス、歌劇、ミュージカルなどが網羅されていたが、これを全部購入することにした。大部分はインターネットで注文しなければならないものだが、ユーチューブで無料で手に入るものも多かった。私は彼に自分のノート・パソコンとＵＳＢを渡して、インターネットで無料でダウンロードするといい、と言った。しかし、彼にはそれがどういうことなのかわからなかったらしい。ユーチューブでダウンロードする方法を教えてやると、彼は一日わずか二、三時間の睡眠で、数十編をコピーした。

ある日、大使館の裏庭で張龍植がたばこを吸っていた。深く考え込んでいるように見えたので、理由を聞いてみた。彼は「私の事務室にインターネットさえあれば、世界的に有名な公演を全部見ることができるんだなあ」と言い、インターネットの力に対する驚きをあらわにした。金正恩の芸術担当補佐官である彼がインターネットに初めて接したということに、私のほうも驚きを禁じ得なかった。

毎日韓国文化コンテンツに接してインターネットを利用する金正恩が、自分の〝音楽の先生〟にさえインターネットを提供していないとは。張龍植の境遇が憐れに思えた。彼は、音楽しか知らない人で、徹夜もつらくないと言い、寝るのも忘れてインターネットの音楽に没頭していた。そんな彼が、平昌冬季オリンピックのとき、三池淵管弦楽団指揮者として訪韓した。ソウルの賑やかな通りと発展した韓国の姿を眺めて、彼は何を思っただろうか。

「金正恩元帥が太永浩同志の生活を精査したうえで、了承なさった」

またある日、キム・ジュソンがこうほのめかした。

「今回の仕事は成功させろ。おまえは金正恩元帥から厚い信頼をうけている。元帥が太永浩同志の生活について精査したうえで、了承なさった」

金正恩が私についてあれこれ問い詰めたというのだ。どういうことかと訊いたところ、キム・ジュソンはこんな事実を教えてくれた。その状況を描写してみよう。

ロンドン訪問のために彼が準備作業をしていると、中央党の電話交換手から電話があった。交換手は、「敬愛する金正恩同志が通話を要請している」と言った。金正恩からの直通電話に出るというのは、たいへんな栄誉だ。

「金正恩だ」

「党国際部八課部員キム・ジュソンが承ります」

キム・ジュソンは立ち上がって返事した。金正恩の質問が続く。

「キム・ジュソン君か。ロンドンに行ったことはあるか」

「はい。行ったことがあります」

金正恩は、キム・ジュソンにロンドン駐在北朝鮮大使館に外務省職員が何人いるのか、大使はどんな人で、公使はどんな人か、英語の実力はどの程度か、ロンドンの実情に詳しいかなどを具体的に質問した。そして、「ロンドンの大使館に重要な仕事を与えようと思うが、誰に任せればいいか」

と言って意見を求めた。

キム・ジュソンによれば、金正恩はメモを見ながら一つ一つ確認しているようだったという。キム・ジュソンは「太永浩に任せればいいのではないかと思います」と言い、金正恩は「きみもそう思うか。わかった」と言って受話器を下ろした。

金正恩は、このように私について直接確認までしたが、その一年後に私は脱北した。私を保証したペク・スンヘン、キム・ジュソンはもちろん、私を信じた金正恩も裏切ったわけだ。

金正哲の極秘訪問がイギリス側に感付かれる

金正哲の訪問日時が近づくと、玄鶴峰（ヒョン・ハクポン）は大使館の大掃除を指示した。大使館構内、事務室、居住部分までくまなく綿密な掃除が行われた。大使館職員の夫人たちまで駆り出されて、ペンキも塗り直した。大使館内の食堂の皿と盃も再点検した。金正哲が大使館内で食事をすることもありえるので、どんな料理を準備するか具体的な計画も立てた。金正哲が来るという事実は、このときはまだ、玄鶴峰大使と私しか知らなかった。

五月初旬、三階書記室から連絡が来た。平壌駐在イギリス大使館に三人のビザを申し込んだので、ビザが早く発給されるようにイギリス側と掛け合うように、という指示だった。金正哲に同行する随行員、ペク・スンヘン、牡丹峰（モランボン）楽団ギタリストのカン・ピョンヒ、烽火（ポンファ）診療所の主治医の三人分のビザだ。金正哲だけは、とくに問題がなかった。仮名を使わなければならなかった金正哲は、仕方なくイギリス大使館を直接訪問したところ、指紋と瞳孔認識を済ますとすぐにビザを発給してもらえたという。

私は三人のビザ発給の件で、イギリス外務省アジア太平洋局副局長を訪ねた。彼はもう金正哲が訪問するということを知っていた。彼は、「最大限協力しよう。必要なことがあれば前もって教えてくれ。もしイギリス政府に会いたい人がいれば、あらかじめ準備しておこう」と言った。私はこの内容を平壌に報告するとともに、そこに意見を添えた。

「イギリス側は誰が何の目的で来るのか気づいたようだ。いっそ代表団の公式警護をイギリス側に要求してはどうだろうか。二〇〇三年に北朝鮮大使館をロンドンに開設するとき、崔守憲（チェ・スホン）外務次官の仲間の警護を要請したことがある。このとき、一〇名余りの警備員と防弾車二台を支援してくれた前例がある」

三階書記室の指示は、「イギリス政府側との公式面談はない。警護を要請すれば訪問が公式化される。何があっても公にしてはいけない」というものだった。金正哲が移動する際も、大使館の車を使わずにレンタカーを利用しろという。また代表団が使うアナログ携帯電話三台と移動用Ｗｉ－Ｆｉ機器をいくつか購入しておくようにという指示も受けた。平壌の金正恩が、金正哲あるいは彼の随行員たちといつでも連絡を取り交わせるようにするためのようだった。

夜九時に到着して早々「ＨＭＶに行きたい」

五月一九日、金正哲一行四名がモスクワ経由でロンドンに到着した。夜九時だった。大使と私は飛行機の昇降口まで出迎えにいった。ファーストクラスに乗っていた金正哲が一番先に降りてきた。大使と私が腰を九十度に曲げて挨拶をすると、彼は「ご苦労様です」と一言いって口を閉じた。非常に疲れているように見えた。

皆、簡単な荷物しか持っておらず、預けた荷物の受け取りのために並ぶ必要がないのでただちにバンに乗った。金正哲は席に着きながら、ロンドンのオックスフォード通りにあるレコード販売店、

ＨＭＶに行きたいと言った。すでに夜一〇時に近い時刻なうえに、ＨＭＶまでは空港から一時間はかかる。もう閉店時間だろう。私は丁重に「この時間には店が開いていないので、明日の午前中に行かれるのがよろしいのでは」という〝お言葉〟を申し上げた。金正哲は懇願するかのように言った。

「ロンドンに来る飛行機の中で、レコード店のことばかり考えていた。閉店なら行ってシャッターをたたくとか、電話をすればいいのではないか。外交官が頼んだら店長が出てくるんじゃないか。それくらいの人脈もないのか」

実に困った。ロンドンは平壌ではない。門をたたけば警察が来るが、金正哲にそうは言えない。私は一応「わかりました。先に店に寄りましょう」と言った。随行員たちも彼が無理な要求をしていると知りながら、誰一人引き止めようとはしなかった。

時刻は夜一一時になろうとしていた。金正哲は時計を見て、また私に「店を開けてもらえそうか」と尋ねた。ようやく私も勇気を出して、「行ってはみますが、現実的には不可能だと思います」と教えた。金正哲はため息をつき、ホテルへ行こうと言った。ロンドン西部のテムズ川辺りにあるチェルシー・ハーバーホテルは、オックスフォード通りと反対方向にある。イギリス人運転手にホテルに向かってくれと言ったら、彼もため息をつきながらハンドルをきった。

ホテルに到着して旅装を解いた。金正哲は私を呼ぶと、すぐにズボンを洗濯してくれと言った。飛行機のなかでワインをこぼしたというのだ。しかも、替えのズボンもないという。彼の荷物はスカスカだった。深夜一時ごろのことだ。ホテル側に問い合わせてみたが、朝にならなければ洗濯物は回収できないと言った。実際わかりきったことだ。金ならいくらでも払うと言っても駄目だった。

私は金正哲に、もう一度〝丁重なお言葉〟を申し上げた。

「今は夜なので、どこに行っても洗濯するところはありません。朝になったらズボンを購入してそれをはき、このズボンを洗濯に出すのがいいように思われます」

金正日や金正恩らに報告する際は、絶対に「〜しましょう」という表現を使ってはいけない。必ず「このようにすればいいと思われます」、「〜という考えが浮かびました」、「〜と考えました」のような表現を用いなければならない。

金正哲は「ロンドンに二四時間営業のランドリーがないなんてことがあるか。このズボンは私がとくに愛用しているズボンなんだ。ほかのズボンははきたくない」と言った。私はひとまず、わかったと言ってズボンを持って出掛けた。遅い時間にもかかわらず、ホテルの外には玄鶴峰（ヒョン・ハクポン）大使とムン・ミョンシン書記官が待機していた。大使館でも国際海事機関に派遣されたチェ・グンソンとユ・グァンソンが待機中だった。

玄大使とムン・ミョンシンが、ロンドンのすべてのランドリーをあたってみることになった。そして明け方四時ごろ、ムン・ミョンシンがホテルにやってきた。さいわいにも、大きいランドリーを探し出してズボンを洗濯してきたという。私は染みが消えたきれいなズボンを見て、「党が決心すれば、何でもできるものだな」と思った。今振り返ってみると、悲しくて情けない考えだ。

朝、金正哲にズボンを差し出したら、彼は目を丸くした。絶対に洗濯してきなさいと言っておきながら、「本当に洗濯してきたのか」と驚いている。一晩中ランドリーを探し回ったのかと尋ねるので、私は「大使館の仲間を総動員してランドリーを探し出しました」と答えた。彼は非常にありがたがり、すぐにズボンをはいた。あれほど喜ぶとは思わなかった。金正哲はみんなを集めるようにと言った。

彼は冷蔵庫からウイスキーを取り出して、随行員と私に一杯ずつ注ぎながら「グッといけ」と言った。「グッといけ」は北朝鮮流の〝イッキ〟の表現だ。随行員たちは言われるがままにウイスキーを飲んだが、私はそんなわけにはいかない。この日から戦闘が始まるのも同然なのに、酒に酔うことなどできない。しらふでなければ、代表団の役目を果たせない。再び勇気が必要だった。

「私が倒れれば今日の仕事はすべて〝無効に〟なります。私だけは飲みません」

「無効になる」とは「台無しになる」という意味で、北朝鮮の人がカード遊びをするときに使う言葉だ。

金正哲は「酒を飲めない外交官もいるのか」と、とにかく飲みなさいと言った。私は内心、「革命の首脳部を護衛するとなると、酒にも強くなければならないのか」と思いながら、少し飲むふりをして途中で杯を下ろした。私が「私も一杯お注ぎします」と言うと、金正哲は意外にも断った。平壌を離れる前日にある人物を訪ねたら、「一杯やろう」と誘われて飲みすぎたというのだ。そして、「あいつは自分はちっとも飲めないくせに、私には一杯やろうと言うんだ」と非難がましく言った。

金正哲が訪ねたのは誰だろう。そして、彼に酒を勧めたのはどんな人物だろう。私は知りたかった。北朝鮮の慣行として、幹部が外国に行くときは上司の元を訪ねて挨拶をしなくてはならない。金正哲が出国の挨拶をする人といえば、金正恩しかいない。また、金正哲に「一杯やろう」と言える人も金正恩だけだ。

まったく不可解に感じた。私は見当がつかなかった。私の知るところでは、金一族は皆酒好きだ。金日成と金正日は、「金一族は酒飲みのDNAをもって生まれてくる」と言ったことがある。金正哲が言った〝誰か〟が金正恩なら、彼は酒があまり飲めないということになる。海外のマスコミは金正恩とロッドマンが一緒に酒を飲む写真を公開し、金正恩が恐怖に打ち勝つために毎夕ワインやウイスキー、コニャックをあおっていると報道してきた。そんな金正恩が酒を飲めないというのは信じがたい。いまだに解けないその日の〝ミステリー〟だった。

金正哲が不意に見せた涙

随行員たちが輪になって座り、杯を傾けて話を交わすあいだ、ペク・スンヘンはパソコンを立ち上げて平壌に何かを報告していた。ペク・スンヘンはいつも小さな手帳を見ながら報告書を書いている。文字暗号の組み合わせと隠語が混じった乱数表のようだった。情報機関にメールを見られても、キーワードはわからないようにするためだという。

しばらくしてペク・スンヘンは、「平壌への報告が終わりました。日程どおり動けという指示が下りました」と金正哲に報告した。金正哲は、まずレコード販売店に行こうと言った。五月二〇日の午前はCDを買うだけで終わった。私は金正哲に、テムズ川のクルーズで昼食をとることを提案した。ロンドン観光としては順当なコースだ。しかし金正哲は、クルーズは嫌いだと言って、どこかで簡単に食べようと言った。そこで私は「ザ・シャード」にあるレストランに一行を案内した。高級料理が出たが、金正哲はあまり食べなかった。

食事中、困ったことが起きた。何口か食べたあと、金正哲がたばこを吸いたいと言いだしたのだ。レストランは三一階にある。金正哲がたばこを吸うために一階に降りるなら、すべての随行員が付いていかなければならない「ロンドンでは屋内完全禁煙が実施されている」。対処が難しい状況だが、随行員は誰も金正哲を引き止めようとしない。再び私が果敢に申し入れた。

「たばこを吸うには一階に降りなければいけませんが、エレベーターに乗るのに少し時間がかかるようです」

金正哲は、トイレで少しだけ吸うと言って席を立った。私は慌てて彼についていった。金正哲はトイレの個室に入ると、悠々とたばこを吸った。一方私のほうは、火災報知機が鳴るのではないかとひやひやしていた。しばらくして、一人の外国人が入ってきた。レストランに通報されるかもしれない。私は彼に、「すまない。友達が愛煙家なのだが、ちょっと一服だけしてしまった。今回だけは見逃してほしい」と頼んだ。彼は笑いながらわかったと言った。さすが、イギリスのジェントルマンだった。

金正哲は自分で言ったとおり、少しだけ吸ってたばこを便器に捨てた。その瞬間、私は、病院でも幼稚園でもところ構わずたばこを吸っていた金正恩を思い出した。金正哲は、ロンドンにいた三泊四日のあいだ、四六時中たばこを吸いたがった。車に乗る前には必ず一本吸う。車に乗っても三〇分ほど経てばまた吸いたいと言うのだ。私は運転手に、車内でたばこを吸えるようにしてくれと頼んだ。運転手は、喫煙は禁止されていて、たばこのにおいが付いたら特別洗車をしなければならないが、その費用が相当かかるのだと言った。だが、私が費用は十分に払うと言うと、運転手も気持ちよく同意した。

車でたばこを吸えるようになると、金正哲は本当に喜んだ。気づかぬうちに鼻歌を歌っていたが、何の曲かはわからなかった。すると、私を見て一曲歌ってみろと言った。少しためらったが、普段から好きだった『My Way』を歌った。私が歌い出したら金正哲も気分がのって一緒に歌い出した。私は歌詞をよく思い出せなかったが、彼は一番に続いて二番まで歌った。『My Way』を歌う彼の目には、少し涙がにじんでいた。一瞬、彼に対する憐憫の情が湧いた。

バンがイギリス国会議事堂の前に到着した。私が心に決めて加えた日程だ。国会前広場にはチャーチルとガンジーの銅像が並んで建っている。私は金正哲に、彼らの世界観について、ガンジーの銅像を国会前広場に建てたイギリス人の寛容の精神について説明した。イギリスの政治機構と国会運営方式についても、熱く説明した。しかし、金正哲はとくに関心がないようだった。もしかしたら、私の言葉が耳ざわりだったのかもしれない。しまった、という気がして、少し怖くなった。

ギター販売店で店主とセッション

次は「ロンドン・アイ」を訪れる予定だったが、そう告げると、金正哲は急に、ロンドンに楽器通りはないかと言い出した。ギターのブランド名を挙げて、そこのギターがあるかどうか見にいきたいという。その分野についてはＦ調べをしていない。金正哲はギタリストの公演を見にきたというのに、どうしてあらかじめ調べなかったのだろうと後悔した。運転手に聞いてみると、ロンドンに世界的に有名な楽器通りがあるという。そして、名前はデンマーク通りだが、なぜなのかはよくわからないと言って笑った。

デンマーク通りに入った瞬間から、金正哲はこの世のすべてを手に入れたかのように幸せそうだった。あるギター販売店に入ると、気に入ったギターを選んで即興演奏をした。見事な腕前だった。三〇代くらいの店主が金正哲に「きみの名前は何だ」、「アルバムを出したことはあるか」と聞いたほどだ。そのうちに二人はセッションまでした。この通りの店主の大半は三〇代から四〇代ぐらいだった。昼は楽器店を経営して、夕方にはパブのようなところで演奏するプロのギタリストが多かった。

残念ながら、金正哲が探していたギターはなかった。店主はロンドンから一〇〇キロほど離れた町の名前を挙げ、そこに金正哲が探すギターがあると言った。金正哲は非常に残念がり、ギターの附属品をたくさん買うだけで終わった。金正哲と店主は、エリック・クラプトンに関する会話を長い時間続けた。ギターの門外漢である私としては、何のことかわからなかった。私は同行したカン・ピョンヒに、「（金正哲が）平壌でもギターを弾くのか」と尋ねてみた。するとバンドを組んでいて、内輪の公演をよくするという答えが返ってきた。

気がつくと午後五時近くになっていた。午後七時に始まるエリック・クラプトンの公演を見るためには、一時間前にコンサート会場に到着する必要がある。今のうちに夕飯を食べておかないといけない。金正哲が昼食には不満だったようなので、いきなり高級店に連れていくのではなく、何を食べたいか意見を求めた。すると意外にも金正哲は、マクドナルドのハンバーガーが食べたいと言った。マクドナルドで私が注文しようとすると、彼は自分で注文するという。ハンバーガーをあまりにもおいしそうに食べる彼の姿を見て、「こんなことなら早くマクドナルドに連れてくればよかった……」と思うばかりだった。

午後六時ごろ、私たちはロイヤル・アルバートホールに到着した。金正哲は、公演会場入口にある売店でTシャツ、カップ、キーホルダー、アルバムなどのエリック・クラプトン・グッズを大量に買いあさった。売店であれこれ見ていると、急にペク・スンヘンが近づいてきた。彼は「早く会場に入ろう。柱のうしろから誰かが写真を撮っている」と言った。このときはまだ、私はペク・スンヘンが過敏になっているだけだと思っていた。周囲を見回したが、私たちを気にかけている人はいないようだった。

金正哲は正面の席に座り、私はサイドのエリアに座った。公演中も、金正哲が席を変えようと言えばただちに応じることができるように、つねに気を張っていた。私は、公演の内容には一瞬も集中することができなかった。金正哲に誰かが近づかないかと思って、双眼鏡を持って周辺を観察しつづけていた。一方、金正哲はすっかり酔いしれているようだった。立ち上がって熱狂的に拍手をしたり、興奮して拳（こぶし）を突き上げたりもしていた。

ホテルに帰ってきた金正哲は興奮冷めやらぬ様子で、また酒を飲もうと言った。これは命令に近い。各自の部屋の冷蔵庫のウイスキーとビールを持ち出してきて、私の部屋に集まった。冷蔵庫にあったすべての酒が、一晩で空になった。

「日本のメディアが金正哲同志に気づいた」

大酒を飲んで眠りこけていたら、五月二一日未明に玄鶴峰（ヒョン・ハクポン）大使から電話があった。興奮した声で、早くネットにつないでみろと言う。

「日本のメディアが金正哲同志に気づいた。会場入口で記念品を買っているところ、公演中に歓喜しているところを撮られた。韓国とイギリスのメディアは言うまでもなく、世界のメディアが金正哲のエリック・クラプトン公演鑑賞について騒いでいる」

ネットにつないでみると、彼の言葉どおりだった。金正日の死後、数年間隠遁（いんとん）生活を送っていた金正哲が、自由に世界を歩き回っているという報道が主だった。随行員全員が緊張した。金正恩も報道を知っているのは明らかだったが、平壌からは何の指示もなかった。金正哲の携帯にも電話がきた様子はなかった。

今すぐ帰ってこいと言われれば、帰らなければならない事態だ。すべては金正哲の決定にかかっていた。ペク・スンヘンが、この日の公演はどうするか婉曲に聞いたが、金正哲の態度は断固としていた。

「ここまで来て、そんな記者風情が怖くて公演を見ずに帰ると思うか。何があっても見る」

地方の都市で念願のギターを見つけ、胸に抱きつづける

　ペク・スンヘンは平壌に状況を報告した。それでも新しい指示がなかったので、予定どおりに三日目の日程を進めることにした。午前中は、デンマーク通りの楽器店から紹介を受けた地方都市に行き、金正哲が欲しがっているギターを買う予定だった。そんな小都市にギター専門店があるなど、いかにも怪しい。無駄骨にならないかと金正哲は心配したが、私がインターネットで検索したところでは、確かに店はあるようだった。

　私たちは、朝食をとってすぐ出発した。本当に小さな町だったが、二階建ての大型ギター販売店があった。店主の言葉では、プロ専用の店だという。こうして探し求めたギターに巡り合った金正哲は、ギターをしっかり抱きかかえた。アメリカで生産されたエレキギターだったが、製品名は思い出せない。私の目には、それほどたいしたギターには見えなかった。

　しかし金正哲は私に、「このギターを買いたくて、あちこちの大使館に電報を送ったのに、どうして今まで見つけられなかったのか」と言って嘆いた。彼はギターを抱いて四〇分ほど演奏した。カン・ピョンヒが手を貸す場面もあった。ギターに疎い私には、プロ級の演奏に聞こえた。ペク・スンヘンがギターの代金を支払おうとしたが、金正哲は自分で直接支払った。どうやら、支払いには決められた区分があるようだった。食事や公演鑑賞に必要な費用は三階書記室が負担して、私的な物品は（たとえたいした額でなくても）本人が支払うようだ。

　ギターの価格は二四〇〇ポンドくらいだった。高いギターではないと思うが、金正哲の嗜好にはぴったりと合ったようだ。私が持ちましょうと言っても、金正哲は自ら肩に掛けると言って車中でもギターを胸に抱いていた。まるで幼い子を抱く父親のようだった。彼はとても喜んで、私に感謝の言葉を繰り返した。訳もなく、私もうれしい気分になった。

公演会場は記者であふれ、イギリス政府が警護要員を投入

ちょうどそのころ、ペク・スンヘンが、平壌から新しい指示を受けた。ペク・スンヘンは、「今日の公演も予定どおり鑑賞する。会場には間違いなく記者たちが陣取っているだろうから、変装しなければならない。サングラスと帽子を買いにいこう」と言った。私は今からでもイギリス側に公式警護を要請しなければならないのではないかと申し立てたが、ペク・スンヘンは頑として聞かなかった。イギリス側に警護を要請すれば、金正哲の訪問が公になるから駄目だという。

眼鏡店でサングラスを購入してから、金正哲は子ども服売場に行こうと言った。ロンドンまで来て子ども服も買わないのは「悪いお父さん」だから、と言うのだ。そこで、彼をオックスフォード通りにあるセルフリッジ百貨店へ案内した。随行員たちも購入する物があるという。金正哲は私が、随行員はムン・ミョンシンが担当した。ペク・スンヘンからは、金正哲が品物を選ぶとき、近くに張り付かないようにと助言を受けた。自分が何を買うのか他人が知るのを嫌がるというのだ。だから私は、金正哲を子ども服売場まで案内し、助言どおり遠くから見守った。ペク・スンヘンらは地下でウォッカとイギリス特産のウイスキーなど、高級洋酒を数十本購入した。

ホテルで簡単に腹ごしらえをしたあとは、全員でまたコンサート会場に向かった。すると、すべての入口に記者たちが陣取っていた。それでもどうにかして入場するしかない。私たちは記者が一番少ないように見える入口の前に車を止めた。素早く降りて会場に入っていこうとしたが、たちまち記者たちが集まってきた。金正哲と私が会場に入る姿、出る姿が、この日の夜、世界中に配信された。

会場の中も記者でいっぱいで、あちこちでフラッシュが焚(た)かれた。この日の公演の主役は、エリック・クラプトンではなく金正哲だった。このときも私は公演に集中することができなかったが、

金正哲は前回と同じだった。彼は緊張した様子もなく公演を満喫した。公演が終わると、金正哲の周辺に記者たちが集まった。会場の外にも群衆が集まりはじめた。

会場の通路で記者たちに囲まれて困り果てていると、体格のいいイギリス人警備員たちが現れた。彼らは記者のあいだに道をつくりながら、私たちを先導してくれた。静観していたイギリス政府当局が、これでは人命被害が出るかもしれないと判断して緊急に警護要員を投入したのだ。

「人民には苦難の行軍を強要しながら、金一族はやりたい放題だ」

私たちは、警備員に導かれながら、作戦どおり、一般車の出入りが禁止された地下駐車場に降りた。車を呼んで乗り込み、地下駐車場をすり抜けて出る瞬間にも記者たちは写真を撮りつづけた。やっとホテルに到着したが、記者にバレたのはここも同じだった。

ホテルの入口にも、報道カメラが設置されていた。もはやホテルにも入っていけない状況だ。話し合いの末、ホテルに置いた荷物は大使館員が持ってくることにして、ロンドン郊外に脱出することにした。そして、ヒースロー空港に近いホリデイ・インに宿を取った。金正哲は緊張がゆるんだのか、部屋に入った途端ベッドに倒れ込んだ。

イギリスから出国するのもまた難題だった。金正哲がモスクワ経由でロンドンへ来たということを知った記者たちは、モスクワ行きの空港出口に待機していた。そこで、私たちは朝早くＶＩＰラウンジを利用することにして、私がヒースロー空港側と交渉をした。空港側はＶＩＰラウンジの利用を許可し、金正哲一行が離陸の四〇分前、ほかの乗客がすべて乗り込んだあとで搭乗できるように便宜をはかるという約束を守ってくれた。

金正哲一行は、五月二二日午前一〇時四〇分に出発するロシアのアエロフロート機に乗った。搭

私が経験した白頭山血統、金正哲との61時間こそが、北朝鮮体制の一側面を余すことなく見せてくれるエピソードである。左側が金正哲、右側が著者太永浩。（ＢＢＣ放送画面キャプチャー）

乗直前、金正哲は私の手をしっかり握ってこう言った。

「公使同志、このたびは本当に御苦労さまでした。帰国したときには私が必ずおごりますよ。会いにきてください」

私は「ぜひまた会いましょう」と言って彼と別れた。これが金正哲と一緒に過ごした六一時間の最後の瞬間だった。

金正哲は私に乱暴な言葉はつかわず、呼びかけるときはいつも「公使同志」という敬称を使った。ところが私は、一度も彼を「金正哲同志」あるいは「大将同志」とは呼ばなかった。同行した随行員たちも「金正哲にはこういう呼称を使いなさい」と言ってはくれなかった。彼を呼ばなければならない状況が生じると、私は「あの……」と言葉を濁したりした。

私は、張成沢（チャン・ソンテク）の娘、張琴松（チャン・グムソン）のことも「大将同志」、「大将姉さん」と呼んでいた。しかし、金正哲には呼称がない。随行員たちも金正哲に特別な呼称を使わなかった。金正哲が金正恩を補佐していると考える人も多いが、それならば一定の役職と呼称がなければならない。私が見た金正哲は、音楽とギターに夢中な、ただの金正日の息子、金正恩の兄だった。

大使館に帰ると、建物の外には記者があふれていた。金正哲がもうモスクワに発ったとは知らなかったのだ。積もりに積もった疲れが押し寄せてきて、とにかく眠りたいという思いでいっぱいだった。大使以外には一度も漏らしたことはなかったが、金正哲がロンドンに来ていたことは大使館員の子どもたちまで知っていた。金一族に関することは話してもいけないし質問してもいけないということは、北朝鮮社会の不文律だった。大使館の人々は私の口から金正哲に関する話が出るのをただ待っていた。家に帰ってみると、子どもたちの反応は冷ややかだった。

「お父さん、どこに行ったのかと思ったら、金正哲を案内しにいっていたんだ」

北朝鮮で金正恩から直接指示を受けて今回のような大仕事をやり遂げれば、周囲から賞賛される。得意になってもおかしくない。私も子どもたちが、お父さんはすごい人だと思い、好奇心をもってあれこれ聞いてくると思った。しかし、子どものほうが冷静な視点をもっていた。

「一般市民には、腐った資本主義の音楽など聴いてはいけないと言って、外国の歌を聞けば大学から追放までされる。人民には苦難の行軍を強要しながら、金一族はやりたい放題だ。ロンドンで一日に何千ドルも浪費して、退廃的な西側の音楽を鑑賞するなんてありえない」

子どもたちは不満を隠さなかった。金一族を〝神様〟のように見上げる私の世代とはまったく違う。私は、何日間か金正哲を補佐したことが急に恥ずかしくなった。誇るに値する仕事ではけっしてなかった。奴隷が主人の世話でもしたようなものだ。妻も私にお疲れ様でしたとは言わなかった。大使館の他の人々の考えも、私の子どもと妻に近いようだった。

何日か後、外務省から公式電報が来た。ロンドン駐在大使館は、重要な任務をよく成し遂げたという内容だった。金正恩の褒め言葉があったようだ。だが、得意になってはいけないという気がした。

訪朝した記者が書いた記事はすべて保存

北朝鮮労働党第七次大会を控えた二〇一六年五月、ソウル駐在ロイター通信特派員ジェームズ・ピアソンから電話があった。彼は北京駐在ロイター通信の報道カメラマン、ダミール・サゴリとともに北朝鮮に入国許可申請をしたが、自分だけ許可されてダミールは許可されなかったと言った。私に、ダミールの訪朝を助けてほしいのだという。ソウルのロイター通信記者が、ロンドン駐在北朝鮮大使館公使に頼むというのは少し妙な状況に思われるかもしれないが、ロイターはイギリスの通信社で、イギリスの報道人と交流が多い私に連絡がくるというのは、当然の流れだった。

ダミール・サゴリは世界的に有名な報道カメラマンだ。彼の訪朝を拒んだら世界中のメディアが北朝鮮の措置を批判するのは明らかだった。北朝鮮が、記者の訪問をいったん不許可にしておきながらそれをくつがえした事例は一度もなかったが、私はとりあえず、彼がなぜ要観察リストに載ったのかを問い合わせてみた。平壌の返事は、「ダミール・サゴリが北朝鮮で撮った写真はインターネット上で数多く見られるが、どれも北朝鮮の体制にあまりにも敵対的だ」というものだった。

そこで私も、インターネットで彼の北朝鮮関連の写真を調べてみた。北朝鮮の立ち後れた農村とぼろぼろの服を着た子どもたちの写真などがあった。しかし、この程度は一般の観光客でも撮るようなレベルで、敵対的だとは思えなかった。私は平壌にこんな意見を送った。

「ダミールの写真を検討してみた結果、敵対的とは思えない。やや否定的ではあるが、この程度の写真はインターネット上には溢れている。世界的に有名なロイター通信記者の入国を阻むには、もう少し説得力のある理由がなければならない。きちんとした理由を示さずに朝鮮訪問を不許可にすれば、ロイター通信との関係が悪くなるだろう」

私に頼みはしたものの、ジェームズ・ピアソンもダミールの訪朝が許可されるとまでは思っていなかったらしい。ひょっとしたらという思いで、親交がある私に一縷の望みをかけたのだろう。ところが、私が報告してから一日で彼の入国許可書が出た。私は脱北したあと、ソウルでジェームズに会った。彼によると、あのときダミールの訪朝許可が出たと本社に伝えても、誰も信じなかったという。ちなみにジェームズは、韓国の英語新聞「コリア・タイムズ」のキム・ヒョジン記者の夫だ。

ロイター通信社側がまったく信じなかった〝奇蹟〟が起きた理由は意外に簡単だ。北朝鮮は訪朝記者が書いた文章と撮った写真を大使館を通じて把握し、保存しておく。その記者がまた訪朝を申請するとファイルを開き、少しでもまずい事項があれば入国を許可しない。こういうとき、現地大使館がその記者の身分を保証してやれば許可が下りるという原則がある。

しかし、北朝鮮外交官のなかでそんな保証をしてやろうという人はほとんどいない。責任を負わなければならないことはしないのだ。私は訪朝が不可能だった多くのイギリス人記者の北朝鮮入国を実現させてやったが、ダミール・サゴリがその最後になった。

「核保有国の地位を強固にする」

金正日時代にも開催できなかった労働党第七次大会は、三六年ぶりに開かれた党大会というだけでなく、北朝鮮の「危険な核疾走」が加速された起点でもあった。この大会で北朝鮮は核保有国であることをあらためて宣言しつつ、二〇一三年三月に金正恩が提示した核・経済並進路線の恒久化を宣言した。また金正恩を党委員長として〝推戴〟し、党内機構と人事を改編した。

党大会後、すべての部門で後続会議が開かれた。もちろん外務省も例外ではなかった。すべての在外公館の大使が労働党第七次大会に参加するために帰国し、平壌で「第四次大使会議」を開いた。

この会議では、「党第七次大会で提示した国家核武装完成のための外交部門戦士の課業」が討議された。党大会で外相に選出された李容浩（リ・ヨンホ）の司会で進行された会議の議題は、大きく三つに分けられる。

「核武装完成までの期間をどのように設定するか」

「制裁はどの程度まで強化されるか」

「核保有国になるためにはどのような行程を通らなければならないか」

会議で大使たちは、制裁が長期化すれば北朝鮮経済がこうむる被害が甚大になるため、短期間に核武装を完成しなければならないという点で合意した。そして、完成の時期は二〇一六年下半期から二〇一七年末までとする目算をたてた。根拠は次のように提示した。

「二〇一六年末にアメリカ大統領選挙が行われる。アメリカの新しい行政府があらゆる政策部局の人選作業を終えるには、二〇一七年半ばまでかかるだろう。そして、今年（二〇一六年）の下半期には南朝鮮が大統領選挙に突入する。南朝鮮の新しい政府が発足する二〇一八年初頭までは、韓国とアメリカの政策協議は容易ではない。結局、二〇一六年末から二〇一七年末までは、南朝鮮とアメリカの政治的空白期間と見ることができる。そのときまでアメリカが北朝鮮に対して軍事的な攻撃を加えることはないだろう」

制裁にはこれまでも耐えてきたし、当分は持ちこたえることもできる。強化されるとしても、北朝鮮にとってそれほど恐れるようなカードはない。残る課題は、どのような行程を経て核保有国になるかという問題だ。大使たちは、インドとパキスタンのモデルに創意工夫をくわえて適用しようという結論を出した。

「南朝鮮に新政権が発足する二〇一八年初めからは、北朝鮮も核保有国の地位を強固にするための平和的環境の創出に向かわなければならない。この時期には北朝鮮もインドとパキスタンのように核実験凍結を宣言して、長期的に南朝鮮とアメリカにわれわれの核に対する〝免疫力〟を付けさせなければならない」

インドとパキスタンは短期間に連続して核実験を実施した後、急に核実験中止を宣言したことがある。アメリカ、ロシアなど五カ国の核保有国は、初めはインドとパキスタンの核保有を認めることができないと言ったが二〇〇一年の九・一一テロが起きて状況が急変した。アフガニスタンで反テロ戦争を行うことになったアメリカは、パキスタンとインドの協力を必要とし、両国はこのような環境を利用して自然に核保有国になった。

しかし大使らが出した結論は、誤った予測に基づいていた。党大会が開かれた二〇一六年五月、北朝鮮は翌年の韓国大統領選挙では進歩勢力が政権を取ると予想していたものの、二〇一六年のアメリカ大統領選挙では民主党候補が当選すると予測を立てていた。二〇一六年九月、北朝鮮の五回目の核実験は、そんな予測に基づいて行われたものだった。

しかし、北朝鮮の予想は外れた。韓国では「崔順実（チェ・スンシル）ゲート事件」が起こって保守政権が九カ月も前倒しで退陣し、二〇一七年五月、文在寅（ムン・ジェイン）政権が成立したが、アメリカ大統領選挙では共和党のトランプ候補が勝利を収めたのだ。二〇一七年までに国家核武装を完成するとしていた北朝鮮は、スピードを上げるしかなかった。この年、北朝鮮が六回目の核実験を断行し、二度のＩＣＢＭ［大陸間弾道ミサイル］の打ち上げによってアメリカ本土を射程圏内に捉える攻撃能力を保有したと宣言したのはこのためだ。

二〇一六年一二月、私は韓国で公的な活動を始め、統一省出入りの記者団と会見を開いた。このとき私は北朝鮮の核開発完成計画を公開して、これを〝核疾走計画〟と表現した。二〇一七年に敢行された北朝鮮の核実験とＩＣＢＭ発射は、私としても十分に予想していたことだった。この計画に基づけば、二〇一八年は北朝鮮が核保有国であることを既成事実化するための平和的環境創出の時期だ。平昌（ピョンチャン）冬季オリンピックと前後して北朝鮮が積極的な和解ポーズを見せるのは、このような側面からも理解することができる。北朝鮮が何をおいても核問題だけには必死にしがみついているという事実を、もっと多くの人によく知ってもらいたい。

「張成沢を思い出す」との理由で巨大公園を突如廃墟に

韓国に亡命する数カ月前の二〇一六年三月、党書記である私のもとに平壌から一通の電報が飛びこんできた。

「反党反革命宗派分子である張成沢（チャン・ソンテク）一派の残滓清算事業の一環として、平壌市大城（デソン）区域に建設した平壌民俗公園を撤去する。あらゆる出版物から民俗公園に関する写真を消し、これに関してイギリス人に配布した対外宣伝出版物も回収して焼却するように」

あきれて言葉がなかった。張成沢が建設を主導した平壌民俗公園は、平壌市民と軍人たちが動員されて、何年もかけて造り上げたものだ。建設費は数億ドルに達した。ソウルの景福宮（キョンボックン）、昌徳宮（チャンドックン）などに外国人観光客が殺到するのをうらやましがった北朝鮮は、平壌民俗公園を造って朝鮮の民俗文化を体験できる名所ができたと国内外に大々的に告知した。このとき、駐英北朝鮮大使館でも平壌民俗公園の広報資料をたくさん配布した。結婚式の日に、新婚夫婦が友達と連れ立って平壌民俗公園を訪れるのは、もはや定番コースとなっていた。こんな名所を竣工して、わずか三年半で解体する理由はただ一つだ。

「民俗公園を見ると張成沢を思い出す」

金正恩の一言でサッカー競技場一〇個分より広い民俗公園が撤去されるというのは、古代ローマの暴君ネロ皇帝の時代くらいでしかありえないことだ。今、グーグル・アースで平壌民俗公園の場所を見てみると、完全に廃墟になっている。憎しみを抱いてきた叔父を処刑して、数万人を残忍に粛清しても、金正恩はまだ満足できないようだ。平壌民俗公園撤去は、金正恩の執念深い性質を如実に見せてくれた。

振り返ってみれば、駐英北朝鮮大使館公使としての毎日は稀有な体験に満ちていた。ロンドンへ来てから数カ月で銀河水(ウナス)管弦楽団が処刑され、また数カ月後に張成沢の粛清が続いた。私の心はボロボロだった。こんな政権の下で働くのが恥ずかしく、同時に怒りもこみ上げた。さらに、情を交わした先輩後輩や仲間たちが処刑されたり、収容所に連れていかれるのを見て胸も痛んだ。

米韓合同軍事演習が実施されるたび、北朝鮮の戦力は弱体化する

イギリスで公使として勤めるあいだ、北朝鮮とイギリスの関係はあまりよくなかった。ただ一つ進展はあった。非常駐武官を交換したことだ。武官の交換はイギリスが先に提案した。イギリスは両国が外交関係を樹立してから一〇年が経ったので、武官をお互いに交換するときが来たと言い、北朝鮮の意思を確認するとともに、北京駐在イギリス武官を平壌駐在非常駐兼任武官として派遣するという案を提示してきた。

北朝鮮としては悩ましい問題だった。イギリスは毎年春に実施される米韓「キー・リゾルブ」合同軍事演習に、在韓国連軍司令部駐在将校や小部隊軍事人員を参加させていた。そのたびに私はイギリス国防省を訪れて、米韓合同軍事演習に参加しないよう要求した。そうすると儀礼的な返事が返ってくる。

「イギリスは韓国だけではなく他の同盟国とも軍事訓練をしている。イギリスが米韓合同軍事演習に参加することは、北朝鮮に対する敵対行為ではない。『キー・リゾルブ』の訓練は毎年実施される防衛訓練だ。あらゆる国家が軍事訓練を行うが、米韓合同演習の水準は非常に高い。イギリス軍もこの訓練に参加して多くのことを学んでいる。軍事強国でありアメリカと特殊な関係にあるイギリスでさえ、米軍との訓練はなかなか実施できない。だからこそ、『キー・リゾルブ』への参加は諦めることができない」

北朝鮮軍部は、米韓合同演習が実施されるたびに仕方なく対抗して軍事演習をしなければならない。そのたびに耐えがたいほど膨大な戦争準備物資を消耗する。米韓合同演習は、実施されるだけでも北朝鮮の戦力を弱体化させる要因になるのだ。北朝鮮軍部はこのような苦労を吐露しながら、ことあるごとに外務省に米韓合同演習を止めさせてくれと要請してきた。

毎年繰り返されることだが、イギリスの「キー・リゾルブ」参加が北朝鮮にとって不都合なことは事実だった。イギリス武官を受け入れると、北朝鮮がこの状況を黙認するように見えるおそれがある。しかし北朝鮮軍の見地からすると、外国軍隊との交流を強化することは軍の地位を高めるいい機会だった。イギリスから軍医官養成の面での協力を引き出すこともできた。北朝鮮は結局、武官交換に同意した。二〇一五年八月、北朝鮮とイギリスは武官交換に署名して、モスクワ駐在北朝鮮武官がイギリスを、北京駐在イギリス武官が北朝鮮を兼任することで合意した。

換気装置が回らず、病気も蔓延するトンネルでの生活

私は米韓合同軍事演習に対する北朝鮮の対抗訓練が、どれほど大変なのか以前から知っていた。こんな経験をしたからだ。

金正日が、ヨーロッパで核戦争への備えが最もよく整っているスウェーデンに行って、トンネル工法を学んでこいと言ったことがある。そこで、一九九七年、一〇人で構成された北朝鮮軍トンネル専門家代表団がスウェーデンを訪問した。私も代表団とともに核戦争準備用のトンネルを見て回り、大いに驚かされた。

戦争の脅威がほとんどないスウェーデンには、全国民が待避することができるトンネル（地下待避所）が揃っていた。トンネル内には食糧と医薬品はもちろん、学校、病院、託児所など厚生施設までが完備されていた。換気装置がとてもよくできているのか、湿気はまったくない。何日間かスウェーデンのトンネルを見回った代表団は、顔を曇らせてこう語った。

「朝鮮とスウェーデンの戦争用トンネル建設方式は、まったく異なる。朝鮮はトンネルの入口から中心まで、通路が直線だ。それでこそ、多くの避難民が集まっても混乱に陥ったり圧死しないと信じていた。しかし、スウェーデンのトンネルは入口から少し入ると九〇度に曲がり、その先も中心までジグザグ式に続いている。核戦争が起きれば、核の爆風被害が一番深刻だ。この被害を最小化するためには、トンネル通路をジグザグにつくって爆風の圧力を減らすのが正しい」

ちょっとした差のようだが、北朝鮮の専門家たちが受けた衝撃は大きかった。朝鮮戦争のとき米軍の爆撃でおびただしい被害を受けた北朝鮮は、戦後に党の全国要塞化方針に従って多くのトンネルを建設した。そして、中核となるべき軍需工業と主要装備、軍の指揮施設と通信施設等をトンネルの中に設けていた。代表団が帰国したあと、北朝鮮はスウェーデン方式でのトンネル建設工法に変更した。

ところが、問題は他の側面で発生した。戦時下ではトンネル戦術が多方面において有効だ。しかし、北朝鮮の経済水準やエネルギー状況では、トンネルを正常に維持しにくかった。停電になれば換気装置が回らなくなり、通信をはじめとする重要な設備に錆がついたし、兵士はさまざまな疾病に苦しんだ。準戦時状態が布告されたり韓国とアメリカが合同軍事演習をしたりすると、人民軍の大半がトンネル生活をしなければならない。その負担と苦痛はたいへん大きい。

北朝鮮軍関係者は、トンネルの換気設備を稼動できなければ、長期的にすべての装備が錆びつくと懸念した。はっきり言いはしなかったが、北朝鮮軍のトンネルに頼った戦術に深刻な問題があるのは明白だ。あのころから二〇年以上が経った今も、北朝鮮のエネルギー事情はあまり好転していない。この歳月のあいだに、北朝鮮軍の装備がどれくらい錆びついているか、想像にかたくない。

長男もロンドン入りし、亡命の条件が整う

イギリス生活で一番うれしかった瞬間がある。二〇一四年二月ごろ、上の子をイギリスに連れてこられる思いがけない機会があった。私は天が与えてくれた機会だと思った。

金正恩が現地指導を通して北朝鮮社会に一番不足していると考えたのは、自分の構想を実現するための高度な人材だった。側近幹部たちは大部分が七〇代、八〇代の高齢であり、金正恩の話を理解することができない。六〇代の幹部たちも世間の事情に疎く、自分の要求に応じる能力がなかった。頭に来た金正恩は、外国に学生をたくさん送るよう指示した。しかし、ただ留学させろと言うだけで、資金は用意しなかった。

教育省は海外大使館に、祖国には資金がないから、学生たちを名門大学で勉強させられるように現地で奨学金を取りなさいと毎日のように督促した。私もイギリスの多くの団体や大学と交渉してみたが受け入れられなかった。奨学金を貰いたければまず対象学生が選定されていなければならず、その学生がどの大学、どの学部に進学するか決まっていなくてはならない。

北朝鮮の学生がイギリスの大学に進学するためには、入学願書と英語実力評価のＩＥＬＴＳ（International English Language Testing System）の成績をインターネットで提出しなければならない。インターネットも使えず、イギリスの試験センターもない北朝鮮では相当の難題だ。また、結核にかかっていないという健康検診書を一緒に提出しなければならないが、イギリスは北朝鮮の病院の文書を認めていない。北朝鮮から一番近い健康検診センターは北京にある。自由に海外に渡航できない北朝鮮の人にとって、健康検診を受けるために北京まで行くのはほとんど不可能だった。たとえこのような過程をすべてクリアしたとしても、インターネットのテレビ電話で行われる面接を受けられない。

北朝鮮政府は二〇一三年末までの二年間、学生たちの留学を試みたがよい方法はみつからなかった。このとき、誰かが金正恩に建議したらしい。海外に常駐している外交官の子をその国の大学に送ればいいと。

二〇一四年一月、金正恩は二人でも三人でもかまわないから、外交官の子の大学生を留学させて人材を育てなさいという指示を下した。外交官たちは熱狂的に歓迎してこれに応じた。私もとてもうれしかった。

この措置によって、私はこの年の三月に平壌に帰り、上の子をロンドンに連れてくることができた。韓国へ亡命するための最低限の条件が整ったのだ。

監訳者解説2　北朝鮮の中枢組織「三階書記室」

第4章から第6章では、本書のタイトルにもなっている「三階書記室」について述べられている。「書記室」という言葉は、日本でも韓国でもあまり聞きなれないものだが、太永浩（テ・ヨンホ）氏によると、日本語で言うならば「執務室」にあたる存在だという。かつては金正日（キム・ジョンイル）が、今では金正恩（キム・ジョンウン）が執務している三階建ての建物が三階書記室だ。米国ではホワイトハウス、韓国では青瓦台（チョンワデ）（ブルーハウス）、日本では内閣官房がそれにあたるだろう。

北朝鮮に三階書記室があること自体は知られていたが、その実態や機能については推測の域を出ず、確かなことはまったくわからなかった。本書の意義の一つは、部分的ではあっても、この三階書記室の正体を知るための手がかりを明らかにしたことにある。

北朝鮮の体制の特徴は、党・政府・軍・諜報機関といった各部署が完全に縦割りで、各機関同士、横の連絡をとることが許されていないことにある。第4章でも「北朝鮮は、金一族という『神』といくつもの下部組織のあいだの縦のつながりだけが存在する社会だ」と書かれている。

これは一体何を意味しているのか。例えば、日本や韓国など西側では、「北朝鮮軍部」について議論がなされることがあるが、そもそも北朝鮮では、私たちがイメージするような〝軍部〟は存在しえない。なぜなら、北朝鮮軍を構成する人民武力省（日本における防衛省に当たる）、総政治局、総参謀部、軍保衛司令部はそれぞれ縦割り組織であり、組織を横断する連絡や打ち合わせをすることができないからだ。各軍組織は、首領への縦方向の報告（直報体系）と、命令・指示の受諾しかできない。これは、北朝鮮でクーデターが困難な理由の一つでもある。

こうした完全な縦割りの党・政府・軍などの全機関を結ぶ結節点が、三階書記室である。だからこそ、ここに権力が生まれる。各機関から首領への報告はすべて三階書記室を通じてなされ、首領への報告の選択は三階書記室が行う。反対に、首領からの指示・命令なども三階書記室を通じて伝えられ、三階書記室の総合的な判断のもとに関係機関に振り分けられる。

三階書記室は、他の機関のように具体的な政策立案はできないものの、各機関からの提案を総合的に判断できる立場にある。北朝鮮のすべての情報がここに集まるのだ。この情報が三階書記室の権力の源泉になるのはいうまでもない。

朝鮮中央テレビは毎晩一一時に三階書記室の庁舎が煌々と明かりがついたままであることを映し出して放送を終了する。人民が寝る時間でも首領は人民のために働いていると暗示しているのだ。三階書記室の存在が首領の神格化をもたらすのである。

三階書記室が実権を持ったのは、金日成（キム・イルソン）が死亡し、金正日が完全に権力を独占できるようになった一九九四年からであると太永浩氏は語っている。金正日は、三階書記室を通じて独裁権力を強化したが、同時に三階書記室は、「模写指示」と称する独自の判断に基づく指令を出すようになった。ファクスを使って各機関に送られたことから「模写指示」と呼ばれたというが、これは金正日の直接の指示に次ぐ力を持つことになった。

金正恩も金正日の死後、三階書記室の権能をそのまま継承した。現在、三階書記室長は金昌善(キム・チャンソン)が務めている。彼は、平昌(ピョンチャン)冬季オリンピック、南北首脳会談、そしてトランプ大統領との米朝首脳会談にも同行し、金正恩の間近で行動しているのがテレビに映し出されていた。興味深いのは、平昌オリンピックと南北首脳会談のとき、金昌善が金与正(キム・ヨジョン)党第一副部長に対して指示を出す様子がテレビに映っていたことである。南北首脳会談のときは、金昌善が赤い絨毯から外れて歩く金与正に、絨毯に戻って歩けと指さすのが見られた。金与正は金正恩の妹であり、党宣伝煽動部第一副部長で、党政治局員候補である。金与正は、血縁的に金正恩と近いだけでなく、党の地位でも金昌善室長より上にいる人物だ。ここに三階書記室の権力が垣間見える。

現在の金昌善室長のもとには、二〇〇名程度の人員がいる。この二〇〇名は北朝鮮でもっとも忠誠心の強い人々であり、各分野にわたって長年経験を積み、専門的知識も豊富なベテランが多いといわれている。韓国が南北関係において、経済的に弱い北朝鮮に常に負けてしまう理由の一つがここにある。五年ごとに大統領から政府の官僚、専門家まで総入れ替えしてしまう韓国と、数十年にわたって同じ人物が第一線に居続けられる三階書記室を擁する北朝鮮とでは、確かに各人員の経験値が圧倒的に違うのだ。

第4章から第6章の中では、金正日から金正恩へと権力が交代していく時期についての記述も大変に興味深い。本書によると、二〇〇八年に金正日が倒れた後、二〇〇九年の新年の辞から「おかしな気配」が漂い始めた。例年と異なり、『パルコルム』という歌が朝鮮中央テレビで放送された直後に、外務省内でもこの歌を歌う合唱団が作られたのだという。後から振り返れば、これが金正恩登場の瞬間であった。北朝鮮では、指導者の登場はしばしば歌から始まる。金日成も金正日も、その登場に歌が関係していた。金日成の場合は、一九四五年一〇月に大衆の前に登場する直前から、「金日成将軍」の歌が北朝鮮各地で歌われたという。金正日も普天堡（ポチョンボ）電子楽団とともに、歌をまとって登場した。

また、張成沢（チャン・ソンテク）粛清事件の経過も注目に値する。張成沢が粛清されたきっかけは、人民武力省傘下の外貨獲得機関、五四部の張秀吉（チャン・スギル）部長が口にした「くつがえす」という言葉であったという。功を急いだ保衛司令部からの報告を受けると、金正恩はすぐさま張秀吉の逮捕を命じた。「くつがえす」というのは、そもそも「提議書を再提出する」といった程度の意味で、各機関幹部がよく使う言葉だったが、取り調べの末に保衛司令部は、張秀吉と張成沢が政変を企んだかのように拡大解釈して金正恩に報告した。これが引き金となり、金正恩が今までの張成沢に対する怒りを爆発させたことで、粛清事件が起きた。金正恩が幹部組織の報告システムを知らず、過剰反応した結果だという。これも今まで明らかになっていない張成沢粛清事件の真相である。

さらに、金正恩には、金日成と一緒に撮った写真が一枚もないという。このことは、母親が在日朝鮮人出身の舞姫（高英姫（コ・ヨンヒ））であることとともに、金正恩の指導者としての正統性に疑問を抱かせる原因となっている。金正恩が金正日の後継者であるという権力の正統性は、「白頭山血統」を継承しているからだ、と説明されているためである。これこそが金正恩体制の最大の弱点なのである。

第二部

南北統一へ

第7章　陸軍中野学校が教科書だった

平壌外国語学院／少年留学生に選抜／思想教育／アサド大統領との取引／身分を偽り中国留学／毛沢東の死／鄧小平の台頭／金日成と記念写真／国際関係大学／北朝鮮流交渉術／陸軍中野学校を模範にせよ／夜間突撃隊／念願の入党／留学生粛清の始まり

少年留学生に選抜され、思想教育を受けた中学時代

私が一四歳だった一九七六年一月、思いがけない幸運が訪れた。通っていた平壌(ピョンヤン)外国語学院に、何カ月か前から中央党の幹部がやってきては、英語・フランス語・アラブ語科の二年と三年の学生を対象に、学籍簿を確認して試験を受けさせていた。また、病院に連れていき身体検査も受けさせた。よくあることではないが、当時中央党はそういう方法で対南工作要員を選抜したりしていた。学生のあいだでは、対南工作要員に選ばれる者がいるかもしれないといううわさが出回った。

父にその話をすると、若干緊張した表情を見せた。対南工作要員に選抜されるということは、死へ向かう道だと考えていたのだろう。

そうだとしても党の命令を拒否することはできない。革命のために命を捧げにいくのだから、光栄なことだと考える人もいなくはなかった。

しかし、身体検査を受けた学生は大半が幹部の家の子だった。幹部がまさか自分の子を死地に向

かわせはしないだろうと思って、私は少し安心もしていた。ある日の夕方、私は緊急父兄会議を開くので父親に出席するよう伝えなさいと言われた。家に電話をかけると、父は「学校で何か問題でもあったのか」と聞いた。ないと答えて家に帰り、学校に向かった父が戻るのを少し落ち着かない気分で待った。

夜遅く帰宅した父に、何があったのかと母が尋ねた。父はおもむろに、わが家にめでたいことがあったから酒を用意しろと言った。中央党幹部は父兄にこう話したという。

「ここに集まった父兄の子女は、党中央の計らいでシリアと中国に留学することになった。一月下旬に出発する予定だから、今から子どもたちを外国に送る準備をしなければならない。洋服をはじめとするすべての準備は党が担当するから、皆さんは子どもの思想的な準備だけしっかりすればいい」

父の話では、幹部の家からは母親だけが出席して、〝平民家庭〟は父親だけが参加したという。次の日から、少年留学生に選抜された学生たちは、南浦（ナンポ）革命学院に出向いて何週間か思想教育を受けた。このとき選抜された幹部の家の子には、金永南（キム・ヨンナム）常任委員会委員長の息子キム・ドンホ、金日成（キム・イルソン）の責任書記である崔英林（チェ・ヨンリム）［崔永林との表記もある］の娘崔善姫（チェ・ソンヒ）、許錟（ホ・ダム）外相の娘ホ・ヨンヒらがいた。幹部部副部長の娘イ・ヨンスク、中央党科学教育部課長の息子チョン・ジェグァンら中堅幹部の子も含まれた。

有力な家の子弟でもない私がどうして選抜されたのか、自分でも不思議だった。私は気になる気持ちを抑えきれず、後日外務省に入省してから、外務省書庫に極秘保管されていた金正日（キム・ジョンイル）の『対外活動部門談話集』を開いてみたことがある。経緯はおおよそ次のとおりだった。

シリア大統領が軍事支援の対価として留学生を招いていた

一九七四年一〇月、シリア大統領ハーフィズ・アル＝アサドが北朝鮮を訪問して金日成に軍事援助を要請した。一九七〇年代、第三世界のリーダーとして浮上し、自主外交を標榜していた金日成は、アル＝アサドの要請をすべて聞き入れると約束した。シリアを中東における堅固な北朝鮮支持勢力にしようという計算だった。アル＝アサドはこれに対して、「シリアが北朝鮮に与えられるものはあまりない。しかし、北朝鮮にアラビア語の専門家が必要であれば、留学生を寄越してくれたらしっかり教育して送り返そう」と言った。

アル＝アサドが去ったあと、金日成は金正日にこう指示した。

「私の経験によると、外国語は幼いうちに学ばなければならない。私も中国語とロシア語を若いころに学んだからまだ頭に残っている。それでも小さな子どもだけ送るわけにもいかないから、中学生と大学生を適度に混ぜて送るように」

金正日はこの機会に、自分が金日成の後継者になることに貢献した側近たちへ恩恵を与えることにした。当時党国際担当書記だった金永南（キム・ヨンナム）と外相許錟（ホ・ダム）は、一九七四年二月、党中央委員会全員会議で金正日が公式後継者に選出されるために、裏側で周到な用意をしていた。金正日は二人に、子どもたちはどの学校の何年生かと尋ねた。外国語学院英語科に通っていた金永南の息子と、許錟の娘が、少年留学生に選ばれた瞬間だ。

金正日はアラビア語を学ぶ学生とともに、英語はもちろんフランス語専攻の学生も選抜するよう指示した。世話をしなければならない幹部がほかにもいたのだ。英語・フランス語を専門に学んでいる選抜学生は、中国に送るつもりだった。ほかに送る国がなかったのだ。さらに金正日は、「幹部の子だけを留学させれば世論の悪い反応を呼び起こすかもしれないから、一般の子もある程度入れたほうがいいだろう」と付け加えた。この計画は文書化され、金日成に報告された。そのため、金日成に上がるすべての報告を担当した責任書記、崔英林（チェ・ヨンリム）もこの事実を知ることになった。それで彼の娘崔善姫（チェ・ソンヒ）も少年留学生に選ばれることになった。

外国語学院フランス語科に通う幹部の子も選抜された。当時の中央党組織指導部副部長の娘アン・ギョンエ、中央党財政経理部副部長の娘チェ・ファソンなどだ。彼らは現在、北朝鮮で陰の実力者として活躍している。

大使館職員の家族と偽って中国に留学

結局私は少し勉強ができたおかげで、幹部の子に混ざって少年留学生に選ばれた。咸興（ハムフン）、清津（チョンジン）、新義州（シニジュ）で選ばれた学生たちも合流して、私たちの班は総勢二四人だった。後になって、当時駐中国北朝鮮大使だったヒョン・ジュングクの息子ヒョン・ヨンイルと公使の息子ソ・グムチョルが現地で追加編入された。

アラビア語科から選抜された学生はシリアに行き、英語とフランス語を学ぶ学生は中国に向かった。フルンゼ軍事大学留学組事件で悲惨な目にあったチェ・ガンスとオム・チョルホは、このときシリアに発った。先に言及したヒョン・ヨンイルとソ・グムチョルとは、外務省で一緒に働いた仲である。

一九七六年一月二一日、私たちの班は汽車で平壌を出発して鴨緑江（アムノッカン）を渡った。私と同級生は皆、満一四歳だったから、韓国でいえば中学二年生だ。保護者が必要な年齢である。留学生の親である幹部たちの影響力が行使されたようで、私たちの班には、党から平壌外国語学院英語教員チェ・グアンベ先生夫妻、蒼光山（チャングァンサン）ホテルのシェフ夫妻、社会安全部運転手夫妻が配属された。名目上、彼らには「大使館職員」の身分が与えられた。

私たちは大使館に到着して旅装を解いた。どういうわけか私は、少年留学生の組織責任者である班長に選ばれた。幹部の子も多かったのに、大使館側が私を班長に指名した理由は今でもよくわからない。

私は中国の学校側との交渉、仲間たちの活動を指導する役目などを担うことになった。中国へ来てから一カ月経っても学校に行くことはできなかった。なぜなのかはわからなかった。数日後、学生一人ずつに後見人が付けられた。後見人は、留学生の伯父または叔父、義理の叔父等ということで口裏を合わせることになった。私の〝義理の叔父〟となったのは、大使館参事官ソ・ジェピルという人だった。

北朝鮮は、中国側に少年留学生を送ることを通知できずにいた。中国留学は最初から、金正日の側近をねぎらうために急ごしらえされたものだったから、その副作用のようなものだ。両国の文化交流協定によって、すでに中国では数十名の北朝鮮の大学生が勉強していた。この負担を中国側が引き受けていたため、協定に含まれていない中学生まで送るという通知など、北朝鮮にはとてもできなかった。中国側が受けてくれるはずもなかった。

そこで北朝鮮は、北朝鮮式パルチザン戦法を駆使した。とにかく押し通すやり方だ。ひとまず学生たちを送ってしまって、外交官の子あるいは親戚だと言い張ることにした。これが、太(テ)という珍しい姓を持った私に、〝義理の叔父〟が後見人として選定された所以(ゆえん)だ。

私たちは実際に外交官の子どもたちが中国語を勉強している北京市第五十五中学校に入った。英語とフランス語を学ぶために留学しているはずなのに、中国語学校で勉強するというおかしな展開になった。北朝鮮で勉強する以上のメリットもなかった。

毛沢東の死と鄧小平の台頭

北京第五十五中学校で、毛沢東死亡の報に触れた。一九七六年九月九日のことだ。日付を忘れられないのは、この日が北朝鮮の共和国建国節だからだ。中国は毎年この日が来ると、人民大会堂に北朝鮮大使館職員と留学生を招待して、昼食パーティを開いてくれる。

その日、大使館職員たちは何か雰囲気が変だとひそひそ話をしていた。中国側の幹部たちは大半が出席せず、担当者たちが食べ物を用意しながら、「今日は朝鮮同志たちだけで思う存分食べて飲んでお帰りなさい」と言っただけだった。皆、尋常ではないことが起こったのだと思って適当に切り上げた。食べ物がのどを通るはずもない。中国側に問い合わせてみたところ、深刻な表情で、もうまもなくわかるだろうと言うだけで、返事は得られなかった。

私たちは大使館に帰った。毛沢東死亡の情報は夕方ごろには報道されはじめた。街の至るところで嘆き悲しむ姿を見た。路上や学校で、声をあげて泣きじゃくっていた中国人の姿が目に浮かぶ。第五十五中学校は何日間か授業を中断し、毎日追悼式を催した。何時間も立って追悼演説を聞くなかで、倒れて運ばれていく子が多くいた。

しかし、毛沢東死亡直後から中国情勢はただならぬ雰囲気になった。権力闘争が起きて「四人組」が排除され、地方に左遷されていた鄧小平が北京にやってきた。何カ月か前には毛沢東の話さえ出れば涙を流したクラスメートたちが、「毛沢東同志には功罪がある」という言葉をためらわずに口にしはじめた。メディアでは毛沢東の功と罪が七対三という〝七・三〟説まで出てきた。北朝鮮の少年留学生たちにとっては大きな衝撃だった。

私たちは第五十五中学校に二年以上通った。英語力が大きく伸びることはなく、父兄会議を開けば偽（にせ）の親や叔母たちが参加して演技をした。北朝鮮の〝芝居〟は限界に達した。ずいぶん前から金永南（キム・ヨンナム）と許錟（ホ・ダム）は、子どもたちがまともに英語を学べるように何らかの対策をとることを北朝鮮大使館に求めていた。そんななか、駐中国北朝鮮大使がヒョン・ジュングクからチョン・ミョンスに交替することになった。一九七七年三月ごろ、外務省次官から大使として赴任することになったチョン・ミョンスは、何らかの対策を取るようにという許錟からの指示を受けて、北京に到着した。

当時、中国の外国語専門家の養成体系は北朝鮮と似ていた。北京外国語大学傘下に附属中学校を置いて、中等教育段階から外国語を教える方式だ。附属中学の卒業生がほとんど北京外国語大学に進学する点も北朝鮮と変わらなかった。

チョン・ミョンスとしても、これといった策があるわけではなかった。解決策なしに時間だけ過ぎていき、最終的に彼は、問題を正面から突破することにした。中国外相の黄華（おう・か）を北朝鮮大使館のパーティに招待したのだ。ほどよく酔いが回ったところでチョン・ミョンスは、「許錟外相から黄華外相に個人的に伝えてほしいと言われたお願いがある」と言って、宴会場の外に待機させておいたホ・ヨンヒに入ってくるよう促した。

チョン・ミョンスが「この子が許錟外相の娘です」と紹介すると、黄華は驚きながら「なぜ北京へ来ているのか」と尋ねた。チョン・ミョンスが事情を話した。

「我々朝鮮も、外国語専門家を英才教育の段階から養成したいと思う。しかしどこにも送り出すところがない。私たちが子どもたちを送って勉強させることができる唯一の国が中国だが、中国の方たちは少年留学生を受け入れてくれそうになかった。仕方なく大使館の子女と偽って北京第五十五中に入学させたが、英語教育がよくできない。北京外国語大学附属中学でこの子たちが勉強できるよう、黄華外相同志に取り計らってもらえるとありがたい」

中国外交部は、北京外国語大学と附属中学校の行政権を握っていた。許錟の娘まで来ているというのだから、黄華も無下に断るわけにはいかない。黄華の指示で、私たちは一九七八年四月に北京第五十五中学校から北京外国語大学附属中学校英語科に転校した。中国へ来てから二年三カ月が経っていた。

中国を訪れた金日成との記念写真

北京外国語大学附属中学校に転校したその月、金日成が中国を非公式訪問した。何のために訪問したのか、具体的な事情はわからなかったが、事前の兆しはあった。数十人の先発隊が北朝鮮大使館に到着し、私たちは大人も子どもも毎日掃除をさせられて、大使館寮を含む庁舎構内を掃いたり磨いたりした。大使館のすべての職員と留学生が参加して公演を準備し、金日成が大使館に入場するときに備えて〝万歳リハーサル〟までした。一日二日のことではなかった。連日夕方になると大使館の窓をすべて閉めて〝万歳〟訓練をし、公演の練習をした。窓を閉めたのは、非公式訪中という機密を保持するためだった。

金日成が他の国を公式訪問するときには、北朝鮮大使館に立ち寄って記念写真を撮る。だが、今度は非公式訪問なので、大使館には訪れない可能性も大きかった。それでも準備をしないわけにもいかないので、大使館はそれなりに最善の迎接準備をしたのだ。しかし、この努力はすべて水の泡になった。

大使館側の予測どおり、非公式訪問中の金日成が自国の公館を訪れることは難しかった。そこで、金日成が泊まっていた北京釣魚台国賓館に来るよう指示が来た。国賓館に行ってみると、もう中国側が写真撮影台を準備していたので、私たちは撮影台の上でしばらく待った。やがて庭園の方から金日成と随行員が歩いてくる姿が見えた。

宣伝映画で見た金日成の姿が少しずつ目の前に迫ってくる。夢か現実か区別がつかなかった。誰もが声を張り上げて万歳を叫んだ。金日成は撮影台に近づいて手を振った。五メートルほどの距離を置いて、生まれて初めて金日成を見た。金日成が大使に「留学生たちか」と尋ねる声まですべて聞こえた。大使が「留学生もいますし大使館員の子もいます」と答えると、金日成は「よく勉強をさせるように」と言いながら撮影台の中央に座った。指示に従って万歳を止め、記念撮影をした。

撮影が終わるやいなや、また万歳の声が響いた。金日成は手を振って私たちに、あるいは大使に何か言ったが、万歳の声があまりに大きくて何も聞こえなかった。しばらくして、金日成は手を振ってゆっくりと退場した。

全部で一〇分もかからなかったはずだ。金日成が去ると、みんなその場で呆然と立ちつくしていた。党書記が、撮影台から下りてバスに乗りなさいと叫んだ。それでようやく我に返って動き始めた。皆、神様に会ったような気持ちだった。その晩は、私に手を振りながら近づいてきた金日成の姿がちらついて眠ることができなかった。

何カ月か後、金日成と撮った記念写真が平壌から送られてきて授与式が開かれた。カラー写真である。初めてのことばかりだった。金日成との記念写真はもちろん、カラー写真自体が北朝鮮にはなかった時代だ。皆うれしくて仕方がなかった。

金一族との写真は権力の証

北朝鮮では、最高指導者との記念写真はそれだけでも大きな権力をもつ。ある家庭がどのくらい核心的な階層に位置するのかを評価する基準になるのだ。家に金日成や金正日との記念写真がたくさん飾ってあれば、胸を張って暮らすことができる。核心階層に属していないと悲観している市民も、運よく最高指導者と記念写真を撮ることができれば、自分はもう動揺階層［北朝鮮の非公式な身分秩序のうち中間の階層。上から、核心階層・動揺階層・敵対階層とされている］から抜け出せたと信じるようになる。金正恩（キム・ジョンウン）が現地指導をするたびに記念写真を撮っているのも、すべて理由があることなのだ。金一族の写真政治は、北朝鮮社会を支える核心要素の一つだ。

金日成との記念写真が私の家の〝免罪符〟として作用したこともある。北朝鮮には、「宿泊検閲」というものがある。平壌には誰でも入ってくることができるわけではない。地方に住む人は、必ず通行証を発給してもらわなければならないのだ。だが、田舎に住む親兄弟や親戚がたとえ通行証を持って平壌へ来たとしても、勝手に泊めることはできない。人民班長を訪ねて宿泊登録をしなければならないのである。泊める人の名前、通行証の番号、本人との関係などを宿泊登録簿に記入して人民班長のサインを受ける。しかもこれだけで終わりではなく、そのサインを持って洞（トン）の分班所を訪ね、登録隊長に名前を伝えて初めて登録が完了する。韓国で言うなら、町内会長にサインをもらってから派出所長に承認をもらう方式だ。

宿泊する日の晩には、分班所の安全員［北朝鮮の警察官。現在の保安員］が任意に人民班を選んで、その人民班に属するすべての家を検閲する。未登録者が宿泊していないか取り締まるのだ。これを宿泊検閲というが、通常は未明二時から三時ごろに行われる。今なら宿泊検閲に引っかかっても金銭や品物を握らせて懐柔することができるが、当時はひたすら詫びるしかなかった。

私の父も宿泊検閲に引っかかったことがある。叔父を黙って泊めて見つかったのだ。安全員に悪かったと泣いて頼んだが、見逃してもらえるとは思えなかった。ところが家に飾ってあった私のカラー記念写真を安全員が見つけて、父に尋ねた。

「こんな写真をあなたがどうして持っているのか。写真のなかに知り合いがいるのか」

「中国に留学中の息子がいる。首領様が中国を訪問した際に撮った」

「そんな家庭でこんなふうに宿泊登録規定を破ってもいいのか」

安全員は口ではそう言いつつも、叔父の公民証を返して静かに出ていった。安全員は初めて見たカラー写真に驚き、それが金日成との記念写真であるという点にもっと驚いたようだ。そんな写真を飾っている家なら、親戚のなかに高位幹部がいると勘ぐったのかもしれない。

父が工事現場の技術者として働いているとき、資材の無駄使い問題で検察の家宅捜索にあったときも、検察がその写真を見て息子が何をしているのか尋ね、捜索を中止して引き上げたという。

北朝鮮にはありとあらゆる検閲があるが、そのなかに電気検閲というのもある。劣悪な電力事情のせいで、電気をむやみに使ってはいけないのだが、電気炊飯器を密かに使っている最中に抜き打ちの「電気検閲隊」が来てひどい目にあうということがたびたび起こっている。

「悪に染まる」として金正日が留学生を帰国させる

中国へ到着した年に毛沢東が死亡し、帰国するころには韓国の朴正熙(パク・チョンヒ)大統領が逝去した。北朝鮮留学生たちはとても喜んだ。

「これで統一に向かう」

「朴正熙のような人物は南朝鮮から絶対に出てこられない」

北朝鮮では、金日成が朴正熙をとても憎んでいるというのが有名だった。新聞、ラジオ、テレビでも朴正熙大統領に対する中傷と悪口が連日流れた。そんな指導者が死んだのだから、私もすぐに統一されるだろうと思った。

あのころは知らなかったが、朴正熙大統領が逝去するころ、北朝鮮では留学生たちの帰国が論議されていた。不穏な中国情勢のためだ。毛沢東が死去してから二年後の一九七八年一二月、中国共産党全体会議が開催された。この会議で「党は文化大革命の失敗と弊害を認めて、中国を改革開放に導く」という宣言が採択された。党が毛沢東の過誤を公に認めると、中国知識人とメディアは毛沢東の文化大革命をわれ先にと批判した。

中国情勢は金日成と金正日に相当な衝撃を与えた。党内の派閥粛清を通して政敵を無慈悲に処刑することにかけては、金日成が毛沢東より上を行っていたといってもいいだろう。金日成は鄧小平が毛沢東の功罪を論じるのを見て、権力を他人に渡してはいけないという決心を固めるようになったのだ。信じられるのは息子、金正日しかいなかった。

金正日も中国の毛沢東格下げ運動を見ながら、北朝鮮の体制の行く末を案じ、中国に送った少年留学生たちが〝悪に染まる〟かもしれないと思って先手を打った。金正日は、中国側が気を遣わないように少年留学生を静かに帰国させるようにという指示を下した。結局私たちは附属中学校を卒業することができないまま、一九八〇年二月、帰国の途についた。

北朝鮮で平壌にある大学、すなわち中央大学に入学しようとすれば、出身成分（身分）が一定の階層以上でなければならない。党傘下の大学は間口がもっと狭く、核心階層しか入ることができない。

北朝鮮の大学は、二つの系統に分けられる。教育委員会が運営する一般高等教育機関と、労働党が管理する党傘下の教育機関である。前者は金日成総合大学、平壌外国語大学、金策（キムチェク）工業大学などの一般大学で、後者は金日成高級党学校、人民経済大学、国際関係大学、そして各市にある共産大学だ。

満一八歳になった一九八〇年四月、私は平壌国際関係大学に入学した。ソ連と東欧の「国際関係大学」に倣って創立された四年制の外交官養成大学だ。平壌国際関係大学では国際関係史、国際法、対外活動方法、対外文書作成法、世界史、世界地理、金日成・金正日の対外活動革命史等を教えていた。外国語別にグループ分けして、英語、ロシア語、フランス語、スペイン語、中国語、アラビア語の教育もする。また、各学年の学生数は一〇〇人前後、一クラスは三〇人位で、学年ごとに三クラスあった。

大半の学生は軍隊で一〇年ほど服務した退役軍人だった。さらに中国少年留学生出身者二〇人と、平壌と地方の外国語学院から上がってきた「直通生」が一〇人余りいた。地方学生が大多数を占め、彼らは寮生活をしていた。平壌の自宅から大学に通う「自宅生」は各学年で三〇%くらいだった。

大学内に大規模農場もあった。学生たちは日曜日でも休むことはできず、農場に出かけて農作業を手伝った。大学は農作業に参加した自宅生に、毎月ジャガイモをリュックサック一個分、または豚肉一キログラムを支給した。私ももちろん農作業をさぼらなかった。母は私がジャガイモや豚肉をもらって帰るたびに、「学生に副食をくれる学校なんてほかにない」ので、国際関係大学は本当にいい学校だと言った。

北朝鮮にとって韓国は共に歩む対象ではない

私が国際関係大学に入学した翌月に、韓国で五・一八光州民主化運動［一九八〇年五月に韓国の光州市を中心に起きた民主化を求める学生や市民らによる大規模な抗議運動。朴正熙(パク・チョンヒ)暗殺後の軍部によるクーターへの反発が引き金となって起こった。戒厳軍に制圧され、多数の死傷者を出した］が起きた。北朝鮮のテレビでは連日関連報道を流した。銃を担いだ市民たちがトラックに乗って市内を疾走する場面は、北朝鮮の大学生にも衝撃を与えた。朴正熙大統領逝去に続いて衝撃的な事件だった。あのとき私たちは、「これでもう統一されるなあ」と思ったのだ。

北朝鮮では光州民主化運動を「光州人民蜂起」と呼んだ。「人民蜂起」は、非常によく知られている「統一戦略戦術」の〝公式〟に出てくる用語だ。人民蜂起→独裁政権打倒→親北朝鮮政府樹立→南北統一へと繋がる公式である。北朝鮮で大学に通った私たちは「人民蜂起」という表現を聞いただけですぐ統一されると期待した。もちろん情勢判断を誤っていたのだ。

誤った情勢判断をしたのは、金日成や金正日も同じだった。北朝鮮政権は「南朝鮮の独裁者さえ追い出せば、南朝鮮人民が蜂起して南北統一を成し遂げられる」と思い込んでいた。金日成が一九六八年に金新朝（キム・シンジョ）ら南側派遣工作員を投入して、朴正熙大統領を排除しようと思ったのもそんな理由からだった。

五・一八光州民主化運動以降では、金正日が誤った判断をした。全斗煥（チョン・ドゥファン）大統領さえ取り除けば、韓国に親北朝鮮政権を樹立することができると信じたのだ。それが一九八三年にラングーン・テロ事件を起こした理由である。しかし、韓国は朴正熙、全斗煥大統領のようなリーダーを排除したからといって急変する体制ではない。金大中（キム・デジュン）政権が発足した際に北朝鮮が自己矛盾に陥ったのも、統一戦略の論理に盲目的に従ったからだ。

この論理によれば、金大中政権は「親北朝鮮政権」だ。北朝鮮に国を捧げるか、もしくは北朝鮮と手を取り合って統一を成し遂げることになっている。だが、そんなふうにことが運ぶわけがない。金大中政権発足後、北朝鮮は既存の統一戦略戦術を諦めた。主体（チュチェ）思想派や反体制勢力が民衆蜂起を起こして親北朝鮮政権を樹立するという方式は、実現不可能だと悟ったのだ。

以前は「統一はこのような方式でやる」という方法論があったが、金大中政権発足以降は、対南赤化統一戦略を北朝鮮の国民向けに宣伝していない。「わが民族同士で」、「六・一五と一〇・四のれば、北朝鮮の新しい統一戦略は核そのものと言える。

含め韓国そのものを一掃してしまえば、北朝鮮の永続が可能になるという結論に至った。言い換え

衆はもはや共に歩む対象ではないのだ。金正日は、核兵器など大量殺戮兵器によって韓国の民衆を

の宣言）のこと」、連邦制統一案といった偽装平和攻勢だけ繰り広げる。北朝鮮にとって、韓国の民

精神」［前者は二〇〇〇年の南北共同宣言、後者は二〇〇七年の南北共同宣言（南北関係の発展と平和のため

大学内で〝人民裁判〟が行われた金聖愛時計事件

光州民主化運動が起きたその年、国際関係大学でも象徴的な事件が発生した。いわゆる「金聖愛（キム・ソンエ）時計事件」だ。

北朝鮮では大学の警備を学生が受け持つ。そのため、何かあったときは、学校に宿泊しなければならない。私の二年先輩に金光燮（キム・グァンソプ）の弟がいた。金光燮は金日成の娘婿で、金日成と金聖愛のあいだに生まれた金慶真（キム・キョンジン）と結婚した。金光燮は現在、駐オーストリア北朝鮮大使である。

金光燮の弟は名前が思い出せないので便宜上「K」とする。Kはある日、学校の警備をしていた。翌日起きたら、寝る前に外しておいた金時計がなくなっていた。誰かが盗んだに違いない。Kはクラスの班長と党細胞書記に訴えた。

「昨夜、金時計を失くしてしまった。うちの兄が金日成首領様の義理の息子なのだが、結婚式のときに金聖愛同志が僕の腕につけてくれた非常に大事な時計なのだ。必ず見つけてほしい」

彼の話に金日成と金聖愛が登場するなり、班長と党細胞書記は興味を示した。二人はこの事件を解決しさえすれば、何か得をすると思ったようだ。クラスの友達に詰め寄るなかで、私の二年先輩のチェ・グァンイルが引っかかった。党会議を開き、とにかく「きみが盗んだんだろ？」と詰め寄

りながら、彼が認めるまで苦しめた。ほとんど人民裁判だった。ある先輩など、チェ・グァンイルの顔を殴りさえした。ところが、チェ・グァンイルの父親は中央党組織指導部課長だった。彼は潰れた顔で帰った息子に一部始終を聞いた。そのときからことが大きくなりはじめた。北朝鮮の一般市民は知らなかったが、その当時、金正日の唯一領導体系が確立されつつあった。金日成の本妻である金正淑（キム・ジョンスク）が生んだ金正日、金敬姫（キム・ギョンヒ）は「幹」だが、金日成の後妻、金聖愛の子である金慶真、金平日（キム・ピョンイル）、金英一（キム・ヨンイル）は「枝」だった。唯一領導体系を確立するということは、「枝」を切る作業だったともいえる。

チェ・グァンイルの父親は、翌日中央党に出向いて金聖愛時計探し騒動を報告した。このことは、もちろん金正日の耳に入った。数日後、金正日の側近である金永南（キム・ヨンナム）国際担当書記が学校に駆けつけた。金永南は学生たちを集めて「時計探し遊びはここで終わらせろ」と告げ、問題になった班長と党細胞書記をその席で脱党、退学させた。

学生たちは呆気に取られた。金正日の唯一領導体系確立とは、ほかでもない「枝」切りを意味するのだということを知らなかったからだ。だからといって、金永南がそう説明してくれるはずもなかった。「金聖愛時計事件」は、金正日が後継者の立場を掌握してゆく過程で出てきた象徴的な事件だった。「わき枝中のわき枝」といえるＫは、この騒動で不利益をこうむらなかったが、卒業後、中央部署に入ることはできなかった。金日成の娘婿の弟だから、その気になればよほどのことがないかぎり入れることはできたはずだ。金正日はそれくらい冷酷な人間だったのだ。

国際関係大学で学んだ北朝鮮流交渉術

私は国際関係大学で外交交渉の方法を学んだ。今考えると、北朝鮮が外交に強い根本的な理由がここにあるのかもしれないという気がする。国際関係大学では、交渉前の肉体的準備、交渉を成功に導く方法、交渉を決裂させる方法、交渉で優位に立つ方法など、外交交渉の方法を区分して非常に具体的に教えられた。

たとえば、重要な交渉に出る前には、三日前から変わったものを食べてはいけないと教えられる。さらに水をたくさん飲むこともタブーだ。交渉途中にトイレへ行ってはいけないからだ。韓国やアメリカなど敵対的な相手と会談する場合はとくにそうだ。過去には、会議の席上で先に立ち上がったほうが負けと見なされたこともあったからだ。

これについては、実際の事例も教わった。板門店軍事停戦委員会会議のとき、北朝鮮とアメリカ代表のあいだで神経戦が繰り広げられた。お互いに先に席を立たずに一三時間、何の言葉もなく座って耐え、結局米国代表が諦めて立ち上がったという。初めから先に立てばよかったのに、一三時間も耐えてから立ったのだから相当な痛手だっただろう。

会談を決裂させる必要があるときにも決まった方法がある。相手の言葉尻に噛み付いて食い下がり、相手を興奮させなければならない。これも南北会談の際に実際あったことだ。会談を控えて米韓合同軍事演習「チームスピリット」が始まった。そこで北側は会談を決裂させると決めて、南側にその責任を押し付けることにした。

南側代表は北側の内心を知らないまま会談を開始し、「朝、会場に来たら蛙の鳴き声が聞こえた。まだ啓蟄(けいちつ)でもないのに蛙が冬眠から覚めたところをみると、例年より春が早く来たようだ。今回の会談もうまくいくだろう」と挨拶の言葉を述べた。

北側団長は、南側の気分を損ねるような返事をした。

「春が早く来たから蛙が土から早く出てきたというのか。チームスピリットの訓練があまりにうるさいから驚いて出てきたのだろう。小さな蛙まで春が来る前に出てきて抗議をするとは、チームスピリットの訓練はどれほどうるさいんだ」

会談前に記者が写真を撮っていた最中に起こったことだ。南側も黙ってはいられなかった。口げんかで始まった会談は、当然のことながら決裂した。

北側の立場のみを明らかにして会談を決裂させる必要があるときには、こんな方法を使った。一九七〇年代の南北赤十字会談の過程で実際に起きたことである。一般に記者たちは、会場で双方が挨拶の言葉を交わすときだけ写真撮影をして、本格的に会談が始まれば会場を出ることになる。北側は記者たちが写真を撮るときに、北側の立場を明らかにして宣伝効果を最大化することにした。

北側のキム・テヒ団長は、会談会場に入って南側のイ・ボムソク団長と握手しながら「こんにちは」という挨拶の代わりに「イ・ボムソク団長が先にお話しください」と打って出た。異例かつ唐突なキム・テヒの提案に、イ・ボムソクは反射的に遠慮しつつ「北側から先にどうぞ」と言った。キム・テヒは席に着きながら、待っていたとばかりに「それでは私が先に発言します」とイ・ボムソクの同意も得ないままにポケットから原稿を取り出して読んだ。慌てたイ・ボムソクは「発言の順序も決めないでこんなことをするなどもっての外だ」と抗議したが、キム・テヒは意に介さず、ただ原稿を読みあげていった。

陸軍中野学校を模範にした教育

大学で姑息で悪辣な方法を教えているかのようだが、「銃声のない戦争」である外交戦線に投入する戦士を養成する機関なので、理解できる面もある。金正日も国際関係大学の教育課程に相当な神経を使った。彼が大学に送った本を見れば、その関心がどこにあったのか見えてくる。主に外国の情報機関と情報要員の活躍の姿を描いた書籍だった。今も憶えているのは日本で活動したソ連のスパイ、リヒャルト・ゾルゲに関する本と、日本軍秘密要員養成所である陸軍中野学校に関する本だ。

大学教員たちは、「日本の中野学校卒業生たちのように祖国のために命を惜しげもなく捧げなければならない」と教育した。共産主義国であり反日感情なら世界最高である北朝鮮が、国際関係大学の学生たちに日本のスパイ学校卒業生を模範としなさいと教育するとは、なんとも皮肉なことだ。とにかく私は中野学校卒業生たちの〝武勲〟から大きな感銘を受けた。

党傘下機関なので、国際関係大学には一般大学にない恩恵が一つある。学業成績がよければ、大学卒業後にそのまま入党させてくれるのだ。党員になるのは本当に難しい。青年たちは軍の服務を終えると入党が容易になる。そして入党後は、大学へ行くか社会に出る。私のように留学してから大学に進学した人は、通常、社会に出て約一〇年は働いて、やっと入党することができる。そうすると三〇代後半くらいになる。

党員になることができなければ昇進が難しく、党員会議に参加することもできない。同じ年齢でも党員は昇進が早く、すぐに高位になる。非党員であると、同じ職場で同じことをしていても党員より下位になって党員の言葉に従わなければならず、屈辱を感じることが多い。幼いころ私は、父が苦労して入党する姿を見た。入党を志願して数年間、建設現場を渡り歩いてようやく入党できたのだ。私が「絶対結婚前に入党しておこう」と決心したのはそのためだ。

卒業年度になる前までに、ほとんどすべての学生を入党させるのが国際関係大学の慣例だった。ところが私が卒業年度を控えるころに状況が少し変わった。党の質的強化の問題が提起されて、入党条件が厳格になった。学業成績が優秀な学生全員を入党させるのではなく、成績以外にも他の学生より優秀な点のある学生のみを選んで入党させるようになったのだ。

私のクラスの非党員は元少年留学生と「直通生」のみだったが、みんな成績は同じくらいだった。成績だけでは誰が党員になるか明言できる人はいなかった。他の学生より先に入党するためには何か優れた点がなければならなかったし、それを示すためなら何でもしなければならなかった。

機会は一九八二年の初めに訪れた。金日成誕生七〇周年を迎える年だ。金正日は、金日成の誕生日である四月一五日の前に主体（チュチェ）思想塔、金日成競技場、凱旋門を建設せよという指示文書を伝達し、全党員と国民がこの建設に参加するよう訴えた。

大学二年が終わろうとするころだった。この機会を逃してはいけないと思った。北朝鮮には、特有の作業動員方式がある。党が主要施設の建設計画を発表して作業参加を奨励する。建設が完了すれば、作業に参加した人々を大量入党させる。何の報酬もないが、社会的成分（身分）の上昇を望む人は喜んで作業に参加する。北朝鮮が大規模建設事業を実施するたびに使った方法だ。

このときも、北朝鮮はすべての党員、会社員、大学生に建設作業への参加を呼びかけた。表向きは訴えだが、実質的には地方党員を「突撃隊」として組織して建設現場に投入し、平壌市民を「夜間突撃隊」として入隊させて作業に動員するようなものだった。それでも、入党のためなら何でもするという人が多かった。地方の党員は突撃隊や建設隊に、平壌市民は夜間突撃隊に志願する。一度志願すれば、夕方八時から一二時まで建設現場で働かなければならない。

夜間突撃隊は、軍隊のように連隊、大隊、中隊、小隊単位で編成されている。毎日出欠確認を受けなければならず、作業課題も遂行しなければならない。働いた状況（作業成果）はそれぞれの職場や大学に通達される。私は夜間突撃隊に「入隊」した年、一九八二年一月初めから四月まで金日成競技場建設現場で働いた。放課後夕飯を食べて、八時から夜の一二時まで働くと一日が終わった。

授業時間に居眠りをすることが多かったが、大学教員たちは叱責しなかった。むしろ私の入党意志を殊勝に思ってくれた。

こんなふうに何カ月か働いたおかげで、一九八四年二月に入党の募集が始まったとき、私はクラスで一番先に入党した。幼いころから負けん気が強かったので、他の人より先に労働党に入党できたことが本当に気持ちがよかった。その後、私は入党ができずに一〇年ほども苦労している外務省の仲間にたくさん会った。気の毒でもあったが、二〇歳のときに夜間突撃隊に入って入党の基礎を積んだ日々を誇らしくも思った。

改革開放に沸き立つ中国を目撃する

一九八四年三月、平壌国際関係大学を卒業した。卒業生の多くは外務省、貿易省、対外文化連絡協会など対外事業機関に配置されたが、少年留学生出身者は待機するようにという指示が下った。訝しく思ったが、中央党幹部が来て理由を説明した。彼は少年留学生出身者を召集した席で、「親愛なる指導者金正日同志の計らいで、きみたちはまた留学することになった」と各々の留学先の国を発表した。

皆でまた中国に行くのかと思ったが、一部はアフリカと、中国以外のアジア諸国に割り当てられた。私が所属した英語科からは、ハン・ドンチョルがシエラレオネ（アフリカ西部大西洋沿岸にある共和国。人口七五六万）、イ・チョルソクがザイール（現コンゴ民主共和国）、イ・ホジュンがベトナムに派遣された。ハン・ドンチョルはシエラレオネ留学を終えて帰ってきて、対南工作部署に入った。後に中国で一、二回会ったきり、今も彼の行方はわからない。わざわざ名前も聞き慣れないようなアフリカの小国に彼を送る必要があったのか、疑問が残るところだ。イ・ホジュンは現在駐ベトナム北朝鮮大使館参事官であり、イ・チョルソクはこのあいだまで北朝鮮国家経済開発委員会副委員長を務めていた。彼らは皆一般家庭の出身だ。

残りは中国北京外国語大学だった。私たちは一九八四年九月、中国に向かって出発し、北京外国語大学に入学した。

五、六年前にこの大学の附属中学校に通った私たちにとって、北京の外国語大学は母校のようなものだ。結局またそこに帰ってきたわけで、なじみ深く感じてもおかしくなかったが、その間の変わりように大きな衝撃を受け、頭が混乱するほどだった。

中国は見違えるほど変わっていた。どこを見ても改革開放に沸き立っていた。共産主義国ではないようだった。劇場とテレビで流れる映画やドラマは、全部アメリカか、さもなければ日本でつくられたものだった。大学の講義の内容もアメリカの現状に沿っており、アメリカ人教授らが直接アメリカ式のデモクラシーと二大政党制を教えていた。私としてはまったく予測していなかった変化だ。毛沢東に対する学生の評価も完全に変わっていた。今では歴史における毛沢東の評価がかなり回復しているものの、当時は彼の過ちに関する話が次々に出てくる状態だった。

中国人学生は皆こんな話をした。

「韓国は驚くほどの規模で経済的な奇跡を成し遂げた。ところが今の北朝鮮はどうか。既存の社会主義計画経済理論では共産主義に移行することができない。中国のように社会主義市場経済路線で経済力を向上させてから共産主義に向かわなければならない」

そのたびに北朝鮮留学生たちはこのように反論した。

「中国のようにしたら革命の戦利品を失うかもしれない。今の中国の方向性は、人々を金銭しか知らない存在にするだろう。朝鮮は最後まで赤旗を守る」

中国の学生は、韓国の朴正熙（パク・チョンヒ）大統領とシンガポールのリー・クァンユーの国家主導の産業化による経済政策に強い憧れを抱いていた。彼らが朴正熙と金日成を比較する言葉を口にするたび内心怒りがわいた。授業の討論時間のたびに中国人学生とのあいだで自然に起こる論争が終わると、北朝鮮留学生たちは知らず知らずのうちに憂鬱な気持ちになっていた。

「北朝鮮は朝の起床まで統制する国なのか？」

現実として、中国は日々発展していたが、北朝鮮経済は日に日に沈滞していた。北京外国語大学外国人寮にいる北朝鮮留学生は六〇人ほどに過ぎず、アメリカ、日本、イギリスなど西側から来た留学生が圧倒的多数を占めていた。韓国からの留学生は、北京語言学院に少数いただけで、ほかにはまったくいなかった。

夕方には寮の庭で外国人留学生たちとビールを飲んだりした。はじめは出身国の話から始まって、結論は常に「北朝鮮は何の自由もない国」で終わった。外国人留学生の嘲笑を受け、物理的なけんかもしばしば起こった。

当時は北京以外にも、上海、南京、天津、広州など中国主要都市に四百余名の北朝鮮留学生がいた。大半は英語・フランス語学部で勉強し、一部がカンボジア語、スリランカ語、インドネシア語を学んだ。彼らは寮内でも軍隊のような生活を送った。北朝鮮で身についた習慣ではなく、当然そうしなければならないと考えていたのだ。ただし、完全に自発的なわけではなく、統制も存在した。朝六時には全員が起床して、集団体操とジョギングをする。季節も関係なかった。これも外国人留学生たちの嘲笑の的になった。

「北朝鮮は朝の起床まで統制する国なのか？」

夜一〇時には、北朝鮮留学生全員が寮の閲覧室に集まって「人員点検」をした。図書館に行っても、一〇時前には帰ってきて人員点検に参加しなければならなかった。一人でも現れなければ非常事態だ。私は大使館の党委員会留学生担当副書記に、こう提案したことがある。「外国人留学生からからかわれるので、朝の集団起床だけは中止してはどうか。自主的に起床すればいい。国の評判にも影響を及ぼす問題だから考慮してほしい」

留学生担当副書記は、「留学生準則なので変えるのは難しい」と言った。外国人留学生たちからは「軍事独裁」と嘲笑われながらも、私たちの毎日の生活準則はそのまま残った。ところでおもしろいのは、外国人の女学生たちが北朝鮮留学生にかなり好感を示したという事実だ。なかでも、北朝鮮に対してとくによくないイメージをもっているはずのアメリカと日本の女学生たちが、一番先に北朝鮮の男子学生に近づいたという点も興味深い。

女学生と付き合っているのが見つかれば北朝鮮へ召還される

毎週日曜日の午前、北朝鮮留学生たちが集まって体育行事をすると、その場には外国人女学生たちが寄り集まった。グループ分けしてサッカーとバレーボールをよくしたが、女学生が見物して拍手をして歓声を上げた。競技が終わると女学生たちはこっそり声を掛けながら近づいてきた。校内で「北朝鮮留学生は全員処女童貞だ」といううわさが広がったことも好奇心を刺激したようだ。

そんなうわさが広がったのには、私にも責任の一端があるようだ。外国人留学生たちとビールを飲んだりすると、私的な話もするようになる。何人かがセックス経験について聞いてきたが、ない経験をあると言うのもおかしなことだ。ないと言うと大半が「嘘だ」と言って信じようとしない。

私と親しかったあるフランス人留学生が「おまえは本当に二〇歳を過ぎてもセックスしたことが

ないのか」と聞くので、「天に誓って言う。本当に経験がないんだ」と言った。天にまで誓うことではなかったが、あまりに信じてくれないからそんな返事をしたのだ。すると、北朝鮮留学生たちはほとんど性経験がないといううわさが広がった。その後、何人もが「大学生活のあいだ、セックスしないでいられるものなのか」としつこく聞いてきた。それでカッとなって、こんなふうに言ったことがある。

「朝鮮は儒教文化がとても強い。結婚の前に男女関係が乱れていたら批判される。男もそうだが、女性の場合は一度関係を持った男と結婚に至らなければ悪いうわさが立って致命的なことになる。結婚が難しくなるかもしれない。朝鮮では男女の大学生が恋愛してうわさが立つと、退学処分まで受けることもある。また大学内では風紀の取り締まりがとても厳しい。正直言って、結婚の前に好奇心で女性と関係を持つというのは想像もできないことだ」

外国人留学生たちも徐々に北朝鮮留学生のセックス文化に対して理解しはじめた。自分たちならそんな社会では絶対暮らすことができないと言いつつも、北朝鮮の学生は純粋だといって付きまとった。フランス人留学生Aとアメリカ人女学生クリスは、私たちが北朝鮮に帰国するとき、「きみたちと一緒に過ごしたい。北朝鮮へ行きたい」とねだった。二人は北朝鮮留学生が取り持ってくれた外国語校閲員の席を得て北朝鮮にやってきた。

もちろんAとクリスは、実際に北朝鮮に来てみると、ひどくがっかりした。平壌へ行けば北朝鮮の友達と楽しい時間を過ごせると思っていたのに、急にひとりぼっちになってしまった。すべての外国人に保衛部の監視が付くせいで、北朝鮮の友達があまり会ってくれなかったからだ。二人にとっては、平壌に一度到着したら外国にいたときのような生活を続けてはいけないことを理解するのは、難しかったはずだ。

Ａは外務省庁舎の前を通るたびに、朝鮮人の友達の名前を一人一人呼びながらこんなふうに叫んだと言う。

「ねぇ、金日成広場に早く来なさいよ。平壌で一緒に遊んでビールを飲もうって言ってた奴は皆どこに隠れたの」

私はこの言葉を、Ａの案内を引き受けたパク・キョンナムからあとで聞いた。パク・キョンナムは平壌外国語学院の同窓だ。Ａが外務省庁舎の前で私の名前も呼んだのだろうと思うと、無性にすまない気持ちになる。それでも私は、Ａと高麗(コリョ)ホテルで密かに会って何回かビールを飲んだりはした。クリスはその後、寂しくアメリカに帰った。今は多分、五〇代前半の主婦だろう。

外国人女学生がたくさん寄ってきたが、ほとんどの北朝鮮の男子学生は言葉でやんわりと断った。女学生と付き合っているのが見つかれば、北朝鮮へ召還されるからだ。それは人生を台無しにすることだった。今考えてみると、日曜の午前、寮に残った女学生たちにとって北朝鮮留学生の体育行事は悪くない見世物だったのだろう。他の国の学生たちは映画鑑賞だのデートだのといって外出するケースが多かった。ちょうど二〇歳を過ぎた血気盛んな北朝鮮男子学生にとって恋愛経験を積むことができるいい機会であったが、過ぎた歳月はもう戻らない。

北朝鮮の体制に疑問を持ち始めた学生たち

一九八〇年代後半、中国の大学ではアメリカと日本、韓国に関する研究と討論が活発に行われていた。中国の新しい道を模索していた時期だ。多くの中国人学生が、韓国の朴正熙(パク・チョンヒ)大統領やシンガポールのリー・クァンユーの国家主導型発展モデルを好感を持って眺めていた。

ある日、北京外国語大学でイギリスの映画『動物農場』を放映してくれた。ジョージ・オーウェルの同名小説を脚色したアニメーションだが、中国人学生にたいへん好評だった。しかし、北朝鮮の学生たちの心は非常に重かった。とくに「すべての動物は平等だ。しかし一部の動物はもっと平等だ」という映画のなかのメッセージは、北朝鮮の変化する現実を痛切に反映しているようだった。

平壌では、一九八〇年代初頭からあちこちに外貨商店が立ち並んだ。これは「外貨交換票」が威力を発揮する時代が到来したことを意味する。人の価値が「外貨交換票」をいくら持っているかで評価されるようになりはじめていた。北朝鮮の学生たちは『動物農場』を見て、「金持ちになればもっと平等になれる」という現実を今さらながら自覚した。多くの学生が衝撃を受け、一部の学生はジョージ・オーウェルはどうしてあんなに共産主義の変化発展を生き生きと描くことができるのかと密かに感嘆した。

当時の中国は金正日が心配したように、留学生たちが「悪に染まる」しかない環境だった。改革開放、アメリカ映画、アメリカ式講義、共産主義展望論争、自由恋愛など何種類かの単語を並べてみるだけでわかるだろう。

北朝鮮の現体制に対して疑問を抱く学生たちも現れはじめた。酒を飲みながら「中国の改革開放政策が正しいと思う。わが党も政策的修正をしなければならない」と言う学生もいた。本当なら、そんな発言は大使館党委員会に報告してその学生を北朝鮮に送還しなければならないが、たいていの留学生は会話に巻きこまれないように避けていた。私もそうだ。一部の学生が北朝鮮の体制について話し合う声が聞こえると、そっと席を外したりもした。

一度味わった自由は忘れることができないし、一度抱いた懐疑を捨てるのは難しい。一九八八年七月、私たちは中国留学を終えて帰国したが、徐々にその後遺症が現れはじめた。中国留学生出身者のなかには連行された先輩もいた。また、帰国後一年も経たないうちに逮捕された友達もいる。

金日成総合大学読書会事件が留学生粛清へとつながった

帰国後、私は外務省ヨーロッパ局に入り、イ・ウィソンは外務省条約局に入省した。ソ・グムチョルは一年前から国家観光総局で働いていた。

ソ・グムチョルは私の幼なじみで、少年留学生のころから国際関係大学、北京外国語大学でも一緒に勉強した。イ・ウィソンは開城(ケソン)外国語学院で成績優秀者として選ばれて、北京に留学した友達だ。この二人が逮捕されると、私と仲間は外務省担当保衛員に呼び出された。保衛員は、中国留学時代にイ・ウィソンがどんなアメリカ人学生と仲がよかったかと私たちを問い詰めた。

イ・ウィソンは英会話の勉強のためにアメリカ人学生のグループと行動をともにしていたが、私は彼が北朝鮮の体制について悪く言うのは一度も聞いたことがなかった。そこで「イ・ウィソンに変なところは見当たらなかった」と答えると、簡単に解放された。あとでわかったところによると、イ・ウィソンには、アメリカのＣＩＡに取り込まれたという嫌疑がかけられていたという。今でも私は、彼がアメリカのスパイをしたとは信じていない。ただ彼は、北朝鮮の体制の未来についての心配をよく口にしたし、帰国後に体制に反する発言を少ししたことはある。私は保衛部がこれをもって彼をスパイに仕立て上げたのではないかと疑っている。

ソ・グムチョルの場合は少し事情が違った。逮捕された当時、ソ・グムチョルの父親はソ連ナホトカ駐在北朝鮮総領事で、外務省内でも叩き上げのベテラン外交官として知られていた。それ以前の経歴は駐中国北朝鮮大使館公使、労働党国際部課長などだが、一九七〇年代末に私が北京にいるときの大使館公使が彼だった。

ソ・グムチョルは留学時代から北朝鮮の体制に非常に懐疑的な見解をもっていた。彼の言葉を直接聞いたこともある。

「金日成・金正日体制は長続きしない。もう若い大学生とインテリ層に不穏な動きがある。一度爆発したら一気に拡がるだろう」

私は彼がとてもロマンチックに考えている気がして、何も返事をしなかった。内心そんなに簡単にいくだろうかと半信半疑だった。私が何も返事をしなかったので、彼も私の感情を読んだのかそれ以上は話さなかった。どうして彼がそんな言葉を口にして私の意中を察したのか、今でも理解できない。

彼は北京外国語大学の一年先輩で、私より一年早く北朝鮮に帰り、国家観光総局対外事業所に配属された。私が平壌に帰ってきたときは、すでに逮捕されていた。帰国直後に私は「ソ・グムチョルら何人かの留学生が捕まったから、発言には絶対気をつけろ」という助言をたくさん受けた。結局ソ・グムチョルの父親とすべての家族は地方に追放された。あとから聞いた事件の内幕は、おおよそ次のとおりである。

一九八八年、保衛部は内部協力者を通じて金日成総合大学の学生が秘密裏に読書会を開いているという情報提供を受けた。はじめは分別のない大学生が集まって自分たちなりに政治論争をしているのだろうと思っていたが、実際に調査してみたらまったく違った。

まず、読書会参加者のレベルが高く、各々が学部の秀才クラスとされる学生たちだった。また読書会で論議される問題がかなり敏感で深刻なものだった。たとえばこんな議題である。

「金日成独裁体制はこれ以上朝鮮を発展に導くことができない。今でも朝鮮には封建社会の残滓である身分制度が残っている。これは無階級社会を志向する共産主義理念とは完全に相反する制度だ」

保衛部はただちに読書会に参加した学生たちを逮捕し、絞り上げた。調査の結果、金日成総合大学の学生だけではなく、すでに社会生活をしている海外留学生出身者らが読書会に介入していたという実態が明らかになった。金正日は金日成総合大学読書会事件に外国情報機関がかかわっている可能性があるため、留学生たちを全面的に調査しろという指示を下した。

はじめは中国留学生が何人か逮捕された。そうするうちにこの事件は全国的に広がった。先に言及したとおり、カザンへの留学生が大きな被害を受けた。その後も留学生粛清は絶えなかった。この事件以後北朝鮮では新しい風潮が生まれた。幹部らの娘婿候補一位だった留学経験者が、厄介者とされるようになったのだ。一時は猫も杓子も子どもを海外へ送っていた幹部たちの熱意は、一瞬のうちに冷めた。

金正日は、「体制を守護する柱を育成しなければならない金日成総合大学が、反体制勢力の温床になることもありうるのだ」と述べて指示を下した。金日成総合大学のなかに国家保衛部の部署が一つ開設された。通常大学内に担当保衛員は一人か二人ずつ常駐するが、金日成総合大学のように国家保衛部の部署まで設置されたところはほかにない。もし北朝鮮の体制が崩壊したら、なぜそうなったのかについて、さまざまな原因が議論され、分析が行われることだろう。私は金日成総合大学の出身者が、重要な役割を担うことになるだろうと確信している。

第8章　「地上の楽園」の実像

貧農だった祖父／土地改革で地主一掃／一族の運命を変えた朝鮮戦争／韓国軍に村が占領される／近代化に沸いた六〇年代／金日成の写真で作ったメンコ／エリート教育の実態／金賢姫は同窓生／大韓航空機爆破事件／金日成政治軍事大学総長の娘と結婚

文字を知らない貧農だった祖父

じつは私の出自と家系、そして成長の過程と結婚について話すのはあまり気が進まない。なにしろ私はまだ満五六歳で、これまでの人生も平凡このうえないものだ。私の生涯に興味を持つ人など、多くはないだろう。しかし、別の角度から考え直してみたところ、私の人生について語ることを通して、そこに否応なしに染みついた北朝鮮の時代背景、社会のあり方、人々の暮らしぶり、そしてそれらすべての変遷を、韓国社会というスクリーンに投影できるのではないかという思いに至った。

そうすれば、韓国社会という絵の上に北朝鮮社会という新しい絵を重ねてみることになる。重なる部分もあり、ずれてはみ出す部分もあるはずだ。ここは似ているが、そこは違うということもあるだろう。北朝鮮社会と対比してみることで、韓国人が知らない韓国社会の実像に気づく例もあるだろうし、その逆もあるに違いない。

私は一九六二年七月二五日、平壌（ピョンヤン）市中区域鍾路洞（チョンノドン）で生まれた。平壌にも、韓国と同様鍾路（チョンノ）という地名がある。ソウルの鍾路は東大門（トンデムン）から始まるが、平壌の鍾路は大同門（テドンムン）から始まる。大同門は平壌の東大門だ。私が生まれた当時のわが家は、万寿台（マンスデ）芸術劇場と平壌学生少年宮殿（青少年たちの芸術体育と科学教育分野の課外活動を指導する機関）のあいだにある平屋の住宅群のなかの一軒だった。一軒につき二〇平方メートルほどの小さな建物だ。私はその家で、一歳上の姉と五歳下の弟と一緒に育った。

父、テ・ヒョンギルは、一九三五年に咸鏡北道明川郡阿間面黄谷里（ハムギョンブクドミョンチョンぐンアガンミョンファンゴッリ）で生まれた。父方の家は、明太（ミョンテ）［「明太子」の明太。スケトウダラのこと］の語源になった「明川の太氏」である。明太という名前は、明川の太氏が魚を捕って王に献上したことに由来しているという話だ。母、キム・ミョントクは一九三七年生まれで、故郷は咸鏡北道明澗郡（ミョンガン）だ。明川郡と明澗郡は隣接している。

私が生まれたとき、父は平壌建設建材大学施工講座教員、母はソムン人民学校（小学校）の教員だった。私は人民学校に入るまで、ほとんど明川郡の祖父宅で育ったようなものだった。母の健康状態がよくなかったからだ。

祖父のテ・ドンシクは、一九一八年生まれだと記憶している。祖父は文字を知らなかったが、貧しい農民だったせいか、日本の植民地期から左翼思想にはまって明川農民組合に加入した。「明川農組」の活動のせいで日本の警察に捕まって鞭（むち）で打たれたという話を、幼いころから何度も聞かされた。しかし祖父が、社会主義や共産主義思想を理論的に深く理解していたとは思えない。

私は韓国へ来てから、祖父の足跡を探して日本植民地時代の民間紙を検索してみたことがある。祖父の名前で検索したときは一件もヒットしなかったが、「明川農組」で検索すると多くの記事が見つかった。一つだけ例を挙げるなら、一九三五年三月二日付の東亜日報は、「明川警察署が吉州（キルジュ）警察署の支援のもとで、農村青少年一三〇余名を検挙した」として、「農村を中心にした農業組合工作が露見したようだ」と報道した。祖父が日本の警察に逮捕されたのも、この前後の出来事なのかもしれない。

東亜日報の記事が出た一九三五年、祖父は満一七歳だった。このとき、もう祖父は二つ年上の祖母イ・スンヒャンと結婚していて、この年に長子（私の父親）が生まれている。その後さらに、娘一人（チュクスン）と息子二人（ジョンギルとジュンギル）が生まれた。当時としては子どもが多いほうというわけではないが、それでも四人いたおかげで、金日成（キム・イルソン）の土地改革の際にかなりの恩恵を受けたようだ。

金日成の改革で地主と資本家階級が一掃される

一九四五年八月一五日の朝鮮独立で、ソ連軍は、独立運動の英雄であった金日成を前面に押し出す形で朝鮮北部に進駐した。その金日成は、一九四六年三月五日、無償没収・無償分配の原則のもとに土地改革を断行する。さらにその際に、農民を四階層に分類した。五町歩以上の土地を所有している人は地主、それ以下は富農、中農、貧農の順である。

当然ながら祖父は貧農に属していた。一方祖父の兄、つまり私の大伯父であるテ・ドンチャンは中農に分類された。理由は簡単だ。曽祖父から祖父は石だらけの土地を、大伯父は祭祀を執り行う立場の長男であるという理由で、いい土地を受け継いでいたからだ。

しかし、金日成の土地改革で二人の運が逆転した。貧農の祖父にはいい土地が、しかも扶養家族数が多いのでかなり広い土地が与えられた。中農の大伯父は相対的に不利だった。中農は革命過程の動揺分子［体制の安定にとって不確定要素とみなされる人々］とされたからだ。同じ家で暮らす兄弟であっても貧農と中農に分けられて、ある者はいい土地をもらい、ある者は不利益をこうむったのである。完全な悲劇とは言い切れないまでも、これも紛れもない悲劇であろう。今思えば、改革前も、中農ばかりか富農でさえもやっと雑穀飯を食べられるような生活をしていたのだ。しかし金日成は、農民を厳密に階層分けすることで統治の土台を築いた。

金日成はすべての貧農に土地を与えて、共産党に入党することを求めた。祖父は共産主義の理念はよくわからなかったものの、急に土地が手に入りすっかり気分をよくして、村で一番先に共産党に入党した。しかし大伯父は違った。大伯父も入党はしたが、事情は大いに異なった。大伯父の長男であるテ・セギルは、日本の植民地期に満洲の瀋陽（シェンヤン）に行き中学校まで出た、当時の明川郡では数少ない知識人だった。大伯父は、その長男に懇願されて仕方なく入党したのだ。

祖父が大伯父に先立って入党したことは、私としても十分に理解ができる。祖父は共産党から与えられた土地で一九四六年の一年間農業をして、子牛一頭を買う資金を手に入れた。もともと持っていた石だらけの土地では、何年も骨身を惜しまず働いても拝むことのできない大金だ。ところが、その金で子牛を買おうと意気揚々と市場に出た祖父が、肩を落として手ぶらで帰ってきた。もしかして子牛ではなく牡牛を買えるかもしれないと目算をつけて、花札の賭博場に行って失敗したのだ。祖父は非常に悔やんで、翌年また農業に専念して結局子牛一頭を手に入れた。働けば働いた分だけ稼ぐことができた時代だ。祖父は、共産党がそんな時代をつくってくれたのだと信じ、共産党がやれということなら何でも、我先にと名乗り出るつもりでいた。

これに関連して触れておくと、私は幼いころ、祖母からよく言い聞かされたことがある。第一に、男は食事を残してはならず、第二に賭博は絶対にしてはいけないということだ。この二つさえ肝に銘じていれば失敗はしないという。私は祖母の言いつけを今までよく守って生きてきたと自負している。独立後、北朝鮮ではしばらく賭博が許容され、多くの人が賭博にはまっていたという。金日成は過ちも多く犯したが、北朝鮮で妾制度を廃止し、賭博と麻薬をする人々を厳罰に処したことはよかったと思う。

植民地解放から朝鮮戦争までの五年間は、北朝鮮の歴史上、社会発展段階において全盛期だったと考えられる。土地改革と産業国有化法施行で、土地と工場を所有していた地主と資本家階級が一掃された。彼らの大半は恨みを抱えたまま南側に移住したが、社会全体の雰囲気は高揚した。「民主朝鮮建設」の掛け声の下、国を発展させようという熱意で沸き立っていたという。

朝鮮戦争で村が韓国軍に占領される

朝鮮解放直後の土地改革がそうであったように、朝鮮戦争も多くの人の運命を変えた。咸鏡北道(ハムギョンブクド)の奥地に住んでいた祖父も例外ではなかった。

一九五〇年一〇月一七日、国防軍（韓国軍）が平壌を占領すると、北朝鮮人民軍の全面的な撤退が始まった。すると、静かだった明川(ミョンチョン)郡の山里にも嵐がやってきた。明川郡党はすべての里（村）の党組織に撤退命令を下した。撤退命令が下ると、祖父が暮らす黄谷里(ファンゴッリ)の里党委員長は党員一二人を集めて、「党から撤退指示が出たので、夜九時までに郡党庁舎に集まるように」と指示した。祖父はその一二人のうち一人だった。

家に帰った祖父は、祖母に荷物を用意してくれと言ったが、祖母は引き留め、こう答えた。

「もうすぐ寒さが押し迫ってくるというのに、逃げる場所がありますか?」

「党が撤退を命じたのだから、従わなければならない」

「どうしても行くというなら、ヒョンギル（私の父親）を連れていってください。ヒョンギルは少年団委員長をしていたこともあるのだから、国防軍が見つけたら放っておかないでしょう」

「国防軍もさすがに子どもまでは傷つけないだろう。私一人で歩くのも大変なのに、どうやって子どもを連れていけというんだ」

こんなやり取りの末、祖父は阿片一塊を荷物の中に入れた。あのころはまだ、北朝鮮では阿片を植えることが許されており、下痢、風邪などの治療に利用していた。若いころから虚弱体質だった祖父は、阿片に頼って厳しい行軍に耐えようと思ったのだ。

結局、祖父は家族を置いて一人で撤退した。これは私が祖父から直接聞いた話だ。約束の時間に郡党庁舎の前に行ってみると、黄谷里党員一三人中、集まったのは里党委員長と祖父のみだったという。郡党委員長が出発を命じ、その瞬間から各地の党員たちは清津（チョンジン）方向に行軍を始めた。なぜ行くのか、どこに行くのかもわからず、ひたすら北を目指す。一〇日間歩いて、やっと咸鏡北道の茂山（ムサン）に到着した。そこでは中国に行けという指示が下るかもしれないといううわさが流れた。

一〇月二五日、中国人民解放軍（中共軍）が鴨緑江（アムノッカン）を越えてきた。すると、上層部からまったく違う指示が届いた。米軍が撤退しているから、進撃する中共軍と人民軍について故郷に帰れという指示だ。祖父ら党員は、隊列を組んで明川郡まで行軍した。祖父は行軍から脱落しそうになるたびに、そっと隊列から下がって阿片を吸ったという。そうするとまた気力が湧き、結局阿片のおかげで「敵軍占領地域」に残らずにすんだというのだ。その話をする祖父の口調と表情からは、誇らしさと自負心が感じられた。

祖父は郡党の命どおりに明川から茂山まで行き、また明川に帰ってきた。往復の直線距離は一四二キロほどになる。車に乗れば半日で行って帰ってくることのできる距離を、祖父は一カ月をかけて歩いた。しかしその一カ月が、祖父と多くの人の運命を変えたのである。

明川郡党が撤退した際に明川邑は国防軍に占領され、少数兵力だったが、国防軍の指示に従って明川郡にわずかな兵力ながら治安隊が組織された。治安隊に加入しなければ銃殺すると脅迫されたという証言もある。敢えて撤退しなかったか、撤退ができなかった明川郡の住民の大半が治安隊に加入した。大伯父もこのとき治安隊に入り、労働党員たちもそうするよりほかなかった。結果として党員の大多数が治安隊に加入したが、大伯父の長男であるテ・セギルもその一人だった。

一族の運命を変えた祖父と父の選択

銃殺すると脅されることまではなかったものの、当時満一五歳だった父も圧力を受けた。里治安隊隊長が尋ねてきて、「もうすぐ阿間面(アガンミョン)中学校が始業する。少年団委員長だったきみが登校すればほかの子どもたちも登校するかもしれないから、必ず学校に来なさい」と言ったのだという。里治安隊隊長は、祖父とも親しい仲だった。

父が少年団委員長に選ばれたのは、朝鮮戦争が起こる一年前のことだ。一九四六年六月六日、金日成は「朝鮮少年団」を組織した。学校内のボーイスカウトのようなものだと考えればいいだろう。一九四九年、全国少年団連合団体の集会が開かれたとき、父が通っていた阿間面中学校からも代表者を送らなければならなくなった。そのとき、勉強が一番できた父が少年団委員長に選ばれたのである。少年団委員長は、普段から赤い星三個と赤いライン三本が入ったマークを腕に付けておく。少年団委員長になるということは、当時はとても誇らしいことだった。

ところが、急に全国少年団委員長の集まりに参加することになった父には、着ていく服も靴もなかった。そこで、それなりに裕福だった大伯父の家に借りにいくことにした。大伯父は「太(テ)家にとってめでたいことだ」といって靴を貸そうとしたが、土地問題のことでずいぶん前から私の家に冷たかった大伯母は、「大人の靴を子どもにやるなんて」と言って強く反対した。結局父は、靴も服も借りることができずに帰ってきた。祖母は涙を流して、家に一つしかない布団をほどいて服を縫い、翌日父に着せた。生前父はよく、「私は全国少年団委員長累計番号七二番だ」と誇らしげに話し、「おまえも大きくなったら必ず少年団委員長になりなさい」と言っていた。私は父のように少年団委員長になることはできなかったが、父の誇らしげな様子を、年を取るにつれてよく思い出すようになった。

里治安隊隊長に登校するように強要されたが、父はためらった。祖父は労働党について北に撤退して、テ・セギルを含む村の大人たちは治安隊に加入した。どちらの側につくべきか悩まざるを得なかった。当時は何の政治思想ももっていなかった父は、学校へ行くのも嫌だったので「まぁ、ちょっと遊ぼうか」ぐらいの気持ちで一カ月間登校しなかった。この一カ月も、のちに私の運命を大きく左右することになる。祖父と父の選択が、将来私が外交官になることにこれほど有利に働くとは、二人とも想像もできなかったはずだ。

国防軍は、明川邑(ミョンチョン)を占領してから一カ月も経たないうちに咸興(ハムフン)方面に撤退した。父の話では、このような騒動を経験したにもかかわらず、国防軍を見かけたことは一度もなかったという。国防軍が撤退するとまた労働党がやってきて、大々的な調査を実施した。まず調査対象になったのは、治安隊に加入した人々だ。しかし明川では、ほかとは違い、殺し合いにまで発展することはなかった。小さな村に長いあいだ集まって住んでいたので、橋を一つ渡ったところで、みな親戚や姻戚関係だったのだ。

祖父と一緒に撤退した黄谷里(ファンゴッリ)党委員長は、そっと祖父を訪ねてきて、こんな口裏合わせをしようと提案した。

「私たちは撤退するときにわざと党員を村に残していった。党員全員が撤退すれば、残った家族の面倒を見る人がいなくなる。里党委員長である私の指示を受けた一部の党員が、治安隊に入って村の人々を保護してくれた」

里党委員長は、こんな内容の調査文書を作って郡党に報告しようと言った。事実とは異なるが、テ・セギルを含む党員を救うために偽りの文書を作成して郡党に送ったのだ。彼らが治安隊に入って党員と人民軍の家族を保護したのは事実であり、そのおかげで、国防軍の占領中も一件の虐殺事件も起こらなかった。郡党がその文書を信じたかどうかはわからないが、テ・セギルら治安隊に入った党員は除名にならずにすんだ。国防軍と治安隊の要求に従って学校に通った学生の名簿も作成されたが、このときはまだ、この名簿がもつ意味を誰も知らなかった。

明川郡で初めて平壌中央大学に入った父

父は休戦翌年の一九五四年、阿間面（アガンミョン）高等中学校を卒業して平壌建設建材大学の入学試験を受けた。韓国ではソウルにあるすべての大学の総称として「イン（in）ソウル大」という表現があるらしいが、当時北朝鮮では、平壌にある大学を総称して「平壌中央大学」と呼んだ。成績優秀なほかの多くの学生も金日成総合大学などの「平壌中央大学」を受験したが、合格したのは父だけだった。国防軍占領期に学校に行った学生たちは、党から「中央大学」に推薦することを拒まれたからだ。

父は、明川郡（ミョンチョン）で初めて中央大学に入った学生である。休みのとき、明川郡古站（コチャム）駅で降りて、黄谷里（ファンゴッリ）まで約四〇キロの道のりを大学帽をかぶって歩くと、通り過ぎるすべての人が羨望の眼差しで見たという。村に到着すると、畑で働いていた近所の人々が次々に寄ってきて喜んだ。その日の夕方は、村中の人が卵や山菜の包みを手に持って、あるときはひさご一杯の米を持ってやってきた。ラジオもなく、電気も新聞もなかった時代だから、父の平壌話が不思議で仕方なかったのだ。一晩中、蚊避(よ)けのもぐさを焚きながら、大人も子どもも寄り集まって笑い話に興じていた。父もその場を楽しんでいた。

「今、平壌では、戦争の傷跡を洗い流すために住宅用のアパートを一四分に一軒のペースで建てています」

「本当かね？」

「間違いありません」

「いやあ、世の中もよくなったもんだ」

「そのうち私たちの黄谷里の村でも電気がつくようになるでしょう」

父の話によれば、繰り広げられたのはこんな会話だった。電気が通るはずだという話を聞くと、村中の人が万歳を叫んだという。

しかし父の故郷の村は、戦争が終わって何年か経っても相変わらず貧しかった。わが家の暮らし向きも大きく変わることはなかった。祖父は身体が不自由で、父はまだ稼ぎがない苦学生。貧乏から抜け出すのは当分不可能に見えたが、わずか数年のうちに北朝鮮の農村社会は一変することになる。

党の政治活動と協同組合の経済活動が緊密に結びつく

金日成は、農業生産量を増大させるためには協同組合を通した社会主義経営形態を実現しなければならないと確信した。当時は労働党内で自由な討論が許されていたので、金日成の考えに対して、崔昌益(チェ・チャンイク)らは「工業化もできていない北朝鮮で、トラクターのような大型農機具が必須となる協同化はまだ早い」と反論した。

だが、金日成はこの反論を退け、モデルとして先にいくつかの地域で組合を組織し、徐々に拡大していくという政策を展開することにした。まず貧農、除隊軍人、子どもが地元を離れて人手が足りない農家などを優先して組合を組織し、必要に応じた貸し出しや肥料支給などの支援を行った。農村の協同化は急速に進んだ。

そして一九五〇年代末、黄谷里（ファンゴッリ）にも協同化の波がやってきて、村の里党委員長が祖父を訪ねてきた。重要な事案が生じるたびに、里党委員長が祖父に相談したのには、二つの理由がある。一つは祖父が有力な党員だったこと、もう一つは黄谷里で太家（テ）が有力な家だったということだ。黄谷里にはもともと太氏と東（トン）氏が多く住んでおり、どちらも有力な家として知られていた。里党委員長は東氏だった。彼は祖父にこんな話をしたという。

「党から協同組合を組織しなさいという指示が下った。それぞれが党から分配された土地をいったんこちらで回収して、すべての土地を共同で耕作する方式だ。牛と農機具も集めて共同で使うのだ。協同組合を組織しようという趣旨の会議をすぐに開くから、あなたは協同組合に積極的に参加したいという意見を述べてほしい」

祖父は、協同組合とは何なのか、一度分配した土地をどうしてまた回収するのか理解できなかったが、党がやれというのなら喜んでやろうと言った。数日後会議が開かれると、祖父は事前のシナリオどおりの意見を述べ、黄谷里協同組合が組織された。

いい土地と牛、農機具を持っていた住民は、少し不満気な反応だった。一部の裕福な農家は協同組合に加入する前に家畜をひそかに売ったりもしたが、そういう人物のことは村の総括で批判するなど、所有している家畜の数をごまかせないように措置を取った。大きな抵抗はなく、ほぼ皆が従った。組合に加入しなければ、反動として追及を受けるかもしれないからだ。強制性はなかったが、国からの支援がすべて協同組合に集中したため、大多数の農民が組合に加入した。金日成がまだ独裁者としての片りんを見せる前だったので、加入をためらう農家に対しても、監獄や労働鍛錬隊［処罰として強制労働をさせられる部隊］に送るなどの処罰や制裁はなかった。

耕作地が不足しているわりに人口が密集している北朝鮮で、耕作地を統合して労働力を効率的に投入すれば生産量が増えるのは、当たり前のことだった。協同化は施行初期には大成功だった。そして一九五八年八月、政府は農村経営の社会主義的改造が終わったと発表した。つまり、すべての農家が協同組合員になったということだ。

組合で、祖父は牛を引き受けて育てた。実際には育てるというより放牧に近く、山から野へと牛を引き連れていき、草を食べさせる仕事だ。きつい農作業よりはずっと楽な仕事だった。祖母も組合はいいものだと言っていた。祖母は虚弱な夫、働きたがらない幼い息子たち、そして娘と一緒に農業をしていたが、きついし楽しくもないと感じていた。ところが組合に加入すると、農畜産班に入り、豚を飼うことになった。その仕事が性に合ったらしい。

私の叔母のテ・チュクスンは、村の娘のだれもがうらやむ里商店の売り子になった。農業ではなく、朝からきれいな服を着て商店で品物を売るのだ。お客さんもあまり訪れず、一日中一人で働きながら時折帳簿を整理するだけでよかった。叔父のテ・ジョンギルとテ・ジュンギルは、放課後に農業を手伝う代わりに、たまに木を伐(き)ってくるだけでよくなった。

協同化は、少なくとも私の家族には非常にいい方向に作用した。党の命令に従って撤退行軍まで敢行した祖父が、党によって核心階層に分類されたおかげだろう。しかし、協同化はあらゆる人を満足させたわけではない。非核心階層が相対的に不利益を受けたことは言うまでもない。

行政単位と同じく、協同組合も里（村）単位で組織されたため、党の政治活動と協同組合の経済活動が緊密に結びつくことになった。党が里単位で商店、託児所、幼稚園、小学校を新設したのは、政治的妥当性と経済的効率性を同時に追い求めた結果といえるだろう。また党は、政治と経済を有機的に管理するために、里人民委員長が協同組合管理委員長の役職を兼任するようにした。今振り返ってみると、一大革命である。

政治と経済を有機的に結合した措置を「一大革命」と表現したのは、今の北朝鮮の国民の意識が、その程度のことを「革命」として受けとめるほど懐古的になっているからだ。韓国には「五〇年、六〇年前のほうがよかった」と言う人などいるだろうか。

農村に集団居住地を作って住民を監視する

協同化によって農村運営の秩序も変わった。里党委員会が大きな力を持っているという点は協同化の前後で変わりはなかったが、協同化以前は私の大伯父のように有力な家の年長者や富農、そして男性を中心とした伝統的権威が相当な影響力を発揮していた。しかし協同組合が組織されると、その影響力が組合の幹部に移った。組合農場管理委員長、作業班長、組長の指示が、村の名士、元老、下手をするとそれぞれの父親の言葉よりも重要な時代になったのだ。新しい社会秩序が構築されたといえるだろう。象徴的な事例がある。それまで、結婚式や還暦祝いの主賓席に座るのは、家の年長者や村の名士と相場が決まっていた。しかし協同化以降は、里党委員長、農場管理委員長のような幹部がその席に座るようになったのである。

似たようなことは家庭内でも起きた。私の祖父は貧しく身体も虚弱で、一族の行事では冷遇されてきた。基本的に正式な席には座ることができず、違う部屋でみじめに食事をしたりしていた。しかし、時代が変わり境遇が変わると、祖父は堂々と主賓席に座るようになった。誰が何と言っても祖父は核心党員だった。その上、平壌中央大学に通う息子と商店の売り子を育てた尊敬すべき大人でもある。北朝鮮風に表現すると、作男が国の主人になったわけだ。

女性の発言権が強くなったことも、協同化が引き起こした大きな変化だ。それでも、祖母が他人の家の主人に口を出すことは難しかった。祖母はもとから頭脳明晰で話もうまかったし、祖父よりもずっと優秀だった。しかし組合に入ったあとでは、仕事ができるという評価を受けて班長になり、男に指示も下して総括（批判）もする〝女傑〟になった。班は二〇人前後の組織で、その上には作業班、組合がある。

戦争で多くの男性が死んで、頼りになる青年たちはまだ軍で服務中だった。そうすると当然、女性の役割が重要になる。資料によれば、一九五〇年代末の北朝鮮農業協同組合作業班長のうち、四〇％が女性だった。それを考えると、戦争の時期から村のリーダーだった黄谷里(ファンゴッリ)党委員長が病死したとき、女性の里党委員長が任命されたのも時代の自然な流れだったのかもしれない。新たな里党委員長は、若い未亡人だった。軍隊に行った夫が朝鮮戦争で戦死したのである。党は早くから彼女に目をつけ、咸鏡北道(ハムギョンプクド)共産大学で一年ほど勉強をさせたのち、村の全権を任せた。〝寡婦里党委員長〟は村最高の実力者になってすべてを牛耳った。

協同化を達成すると、北朝鮮は大々的な農村文化革命に取りかかる。あらゆる村に電気を敷設したのである。あちこちに散らばった家に電気を引くなかで、党は思わぬところに目をつけた。農村に集団居住地を作れば、電気工事が楽になるだけでなく、住民を管理監視するのにも便利だという点である。

一九五九年から、黄谷里でも「社会主義文化住宅建設」事業が始まった。里人民委員会が敷地を選定して、そこを中心に集落を形成することにしたのである。ところが、敷地選定にも新しい秩序が反映された。村の大人たちは、それまでどおり風水によって集団居住地を決めようとした。しかし管理委員会は、風水に基づいて住居を建てることを「封建主義の残滓」として批判し、村の入口にあったトーテムポールさえ〝迷信〟だとして壊してしまった。そして、地下水が出る敷地を選んで文化住宅建設事業を本格的に施工しはじめた。

すべての家が同じ設計だった。北朝鮮では不動産の個人所有権が認められず、住宅使用権のみが付与される。このとき祖父も家を一軒割り当てられたため、古いわらぶきの家を捨てて、瓦屋根の大きな家に引っ越した。大きな台所と倉庫、牛小屋、鶏舎と豚小屋、便所、精米所が備わった二間ほどの家だった。精米所まであったという点が特徴的だ。家の前には三〇坪ほどの菜園もあった。

近代化に農村が沸いた六〇年代

私は幼稚園時代を祖父の家で過ごし、小学校になってからも夏休みには祖父宅に遊びにいった。祖父宅は、平壌のわが家の二倍も大きかった。一八坪はあったと思う。わが家は平屋で水道もなく、町の集団水道を利用していたが、祖父の家の台所にはパイプを埋め込んだ手動揚水機があった。水をひとすくい入れて上下に振れば、台所で水が出た。

テレビはまだなかった時代だが、電気を引いたらラジオが聴けて、映画も見ることができた。村に文化住宅を建設するのと並行して宣伝室が作られたのだが、毎週土曜日には映写機を持ってきて映画を流した。映画が上映される日には子どもたちは何時間も前から宣伝室に押しかけて、ふざけて遊んだものだ。私もそんな子どもの一人だった。映画が始まると舞台の上、画面の裏に回ってみては、その仕組みを不思議に感じていたことを思い出す。

父は故郷に帰るたびに、村の急激な変化を感じ、新しい姿を見たという。私も休みのときに祖父宅に行くと、祖母が毎朝卵を茹でてくれ、夕方にはひな鶏を食べさせてくれた。平壌のわが家では、卵も毎日食べることができなかったし、鶏肉は一週間に一度食べるのも難しかった。つまり当時は、平壌と農村の生活水準が近かったか、むしろ農村のほうが経済事情がよかったのである。

労働党はこれ以降も、農村に肥料などを持続的に支給した。やがてはトラクターまで支給するようになり、農業生産量がさらに増えた。電気はもう村じゅうに通っていたし、社会主義文化住宅建設も完了して、北朝鮮の農村は完全に〝近代化〟された。それとともに、金日成と労働党に従っていれば何でもできるという集団主義的観念が徐々に拡散していった。

しかしこれは、一九五〇年代末から一九六〇年代までの話だ。金正日(キム・ジョンイル)が政権を掌握してからは、資源の大半は平壌に集中するようになった。金正日は地方の近代化をほとんど放棄したようだ。やがて、平壌に残るためには離婚も辞さないという人も出るほど、平壌と地方の格差が広がった。今の平壌市民にとって、地方追放は奈落に落ちるも同然である。これも、共産主義の虚構性と、金王朝独裁のもたらした悲劇に違いないだろう。

「社会主義の地上の楽園」に近づいた幸せな時代

父は一九五九年に大学を卒業し、平壌建設建材大学施工講座教員の職につくと、その年に母と結婚した。北朝鮮の結婚式は、新郎、新婦の家でそれぞれ一回ずつ行われる。当時父の家は咸鏡北道(ハムギョンブクド)明川(ミョンチョン)郡に、母の家は両江道恵山(リャンガンドヘサン)市にあった。先に父の家で式を挙げて、翌日汽車に乗って恵山に行ってまた結婚式を挙げた。

二人が初めて出会ったのは明川だった。母は高等中学校に進学するために故郷の明澗(ミョンガン)を出て明川郡に来た。明澗には高等中学校がなく、母の母方の叔父が明川で暮らしていたために、ここで高等中学校に通うことになったのだ。父と知り合ったのもこのころのことだ。父のクラスの友達のイ・ジンギュが紹介してくれたという。父の〝勉強のライバル〟だったイ・ジンギュは、勉強もできて家も裕福で、父親は明川郡阿間面(アガンミョン)の病院に勤める医者だった。明川郡の有名な名家の息子だったわけだが、彼の従妹(いとこ)にあたるのが母だったのだ。

貧しい家で育った父は、裕福な家の息子イ・ジンギュに心を開かなかったようだが、イ・ジンギュのほうは、父に従妹を紹介してくれるほど好感を持っていたようである。ある日、彼が父を訪ねてきてこう言った。

「なぁ、僕の年下の従妹と一度付き合ってみないか？　そこそこ綺麗だぞ」

彼の従妹が誰なのか、父もすでに知っていた。父も嫌ではなかったので、そうしようと言った。イ・ジンギュは母にもすでに、「うちのクラスのヒョンギルが勉強もできて人柄も真面目だけど、付き合ってみるか」とけしかけていた。母も嫌だとは言わなかった。そうして父と母は、学校の裏山で初めて会い、縁が結ばれた。母は高等中学校を卒業して両江道恵山師範学校に入学したあとも、父との恋愛を続けた。

結婚はしてもすぐには家を用意できなかった。北朝鮮では住宅は国家が無償で提供してくれるのが原則だが、戦争のときに多くの住宅が破壊されて、とても支給を受けられるような状態ではなかったのである。父は結婚するとまず母を平壌に呼びよせた。平壌駅の近所には、父の再従兄弟(はとこ)にあたるテ・ウルヒョクが住んでいた。たった一間に子どもが六人もいるような家だったが、父はその狭い家に母を連れていくと、テ・ウルヒョクに一カ月間だけ泊めてくれと頼んだ。

父は平壌中区域人民委員会を訪れて、「家は自分で建てるから土地をください」と要請した。父が建築専門家であるのに加えて、社会主義社会だから可能な要請だ。人民委員会は、平壌の学生少年宮殿近くの土地約三〇平方メートル（九坪）を割り当てた。後日私が働くことになった外務省も、このすぐ近所にあった。

父が家を建てるといううわさを聞きつけると、教員仲間と学生たちが誰彼なく手伝おうと言った。なにしろ当時は「社会主義建設」で盛り上がっていた時期だ。建設現場で施工指導をしていた仲間と学生たちが、それぞれに煉瓦とセメント、その他の建設資材を持ってやってきた。ほかの建設現場に散らばった資材を持っていくと言っても、止めたり阻（はば）もうとする人もいなかった。共産主義がそのまま純粋に機能していた時代だからこそできたことだ。

一カ月後に新居が完成した。仕事を終えたあとと週末しか働かなかったのに家が完成したのは、父を含む建設の専門家たちが総出で作業したおかげだろう。父は母を連れてきて、この家で新婚生活を始めた。長くは続かなかったものの、このころの北朝鮮は戦争の傷跡を克服して、再び全盛期を迎えていた。「社会主義の地上の楽園」という表現が出てきたのもこの時期だ。北朝鮮の国民はみな体制に対する信頼と矜持を感じていたし、日常の些細な楽しみと幸せを味わっていた。

そんな雰囲気のなか、私が生まれた。鍵を閉めなくても泥棒の心配はなく、隣近所の人の心もおおらかだった。教員だった母は忙しくて昼休みに家に帰る余裕がなかったので、町内のおばあさんたちがわが家に立ち寄り、炭を替えてくれたりもした。町内全体で一つの家族のような時代だった。

私は七歳になると、毎朝早くに母から起こされるようになった。町内に一つしかないごみ捨て場に練炭を捨てにいくのが、私の役目だった。今でも私は朝早くに起きるほうだが、これはあのころ身についた習慣だろう。九歳になると、自分で炭火を入れ替えるようになった。わが家は平壌の中心にあっても明川の祖父の家より環境が悪く、共同水道と共同トイレを利用しなければならなかった。不便はあったものの、皆がそうやって暮らすものだと思っていた。豊かではなかったが、寒くてお腹が空いているといった記憶はない。幸せな時代だった。

大伯母家族が行方不明になり、父が左遷される

しかしそんな幸せのなかに、すでに北朝鮮の体制の悲劇の萌芽はあった。私が四歳だった一九六七年五月二五日、労働党中央委員会第四期第一五次中央委員会が開かれた。そしてこの日、あの「五・二五教示」が出された。この会議を契機に金日成の権力が絶対化され、党の唯一領導体系を築く事業が公式に承認された。いわゆる「隊伍整備事業」――金日成の政敵を粛清すると同時に、全国的な住民登録を進める事業である。国民の出身成分をあらためて選り分けて、独裁体制を築こうという意図だったのだろう。

すべての国民が、朝鮮戦争後に変化した家族関係を再度申告しなければならなかった。その過程で、父の大伯母（父の祖母イ・スニャンの姉）一家が行方不明だという事実が発覚した。大伯母の息子は軍隊に行って以降行方不明で、残った家族も国防軍が撤退するころに行方がわからなくなった。党はこの一家が南側に越境したのだろうとみなし、父は核心階層から基本階層へと地位が落ちた。

幼いころの出来事で、今もよく覚えていることがある。ある日、父の机を眺めていると妙なことに気づいた。父は、建設大学教員として働くかたわら、教科書や本を何冊も書いていた。ところが、ある本を見たら、父の肩書きが「中央科学技術通報社建設編集部記者」になっていた。中央科学技術通報社は外国の先進科学技術を北朝鮮に伝える重要機関で、記者も社会的に認められている職業ではあるが、私はなぜそうなったのか気になってたまらず、父に聞いてみた。

これもやはり、大伯母家族の南側への越境が原因だった。建設大学党委員会は、家族のなかに南

へ越境した人がいる教員が学生を教えるのは不適切だとして、父に中央科学技術通報社への異動を発令した。今の北朝鮮では大学教員の人気が非常に低く、みな教員職を避けたがる。しかし当時、大学教員の地位は中央機関の幹部より高かった。これは明らかな左遷である。実際に父も、非常に名残惜しがっていた。

それでも父は党に反感を持ったり、不平を言ったりすることはなく、革命の過程で不可欠な措置なのだと受けとめた。父はそれ以後、記者として働きながら入党するために努力したが、大伯母家族の越南問題がいつも足枷（あしかせ）となった。そんな父を見た祖母は、身体が不自由で党の役に立てない祖父の党証を父に譲与できないかと里党委員長に聞いたりもした。今でもそのときの祖母の姿を思い出す。その後しばらくして、父は平壌市の建設現場に派遣してほしいと嘆願し、数年間現場の技師として働いてから、ようやく入党を果たした。

試験で金日成の故郷を書き間違えた叔父の没落

父が大学の教壇を退くころ、私の叔父も建設建材大学建築設計学部数学講座教員から農業省果樹設計局指導員に配置換えされた。やはり左遷だったが、叔父も父と同様に反感や不平をあらわさなかった。

母方の叔母の夫であるキム・セグォンは、父と同じ大学、同じクラスの同期だった。あだ名は「数学の天才」だった。勉強が非常によくできて、一日中数学の問題を解いてばかりの〝ガリ勉〟だったという。叔父は見た目も田舎くさく、服装にも全然気を使わない典型的な数学者だった。そのころ私の叔母は、両江道恵山（リャンガンドヘサン）師範専門学校舞踊学科に在学中だった。踊りが上手だと恵山市でもっぱらの評判で、朝家を出ると、多くの独身男たちの視線を集めたという。

叔父と叔母は父の紹介で出会った。父は母に「人は実力が基本だ。キム・セグォンは真面目な秀才だ。結婚相手として彼ほどの人物はそういない」と言ったが、実際に彼を初めて見た母は、外見があまりに冴えないので叔母が断らないかと心配したという。しかし、それこそ小綺麗で澄ましていた叔母が、叔父を一目見ていい反応を見せた。

「一緒に大学に通ったお義兄さんが認めた人なのに、私に異論があると思いますか。お義兄さんが気に入っているなら、絶対いい人ですよ」

叔母と叔父は、その年のうちに結婚した。その後、叔父は平壌建設建材大学を卒業して、この大学の建築設計学部数学講座の教員として勤めはじめたが、一九六七年、金日成の五・二五教示ののちに農業省果樹設計局指導員に左遷された。しかし、有能な設計士という評価を受けて、北朝鮮では誰もが暮らしたがる平壌市中区域鍾路洞（チョンノドン）の外廊式（家屋の外側に廊下がある建築様式）のアパートを支給された。一九七〇年ごろだったと記憶している。

当時私たち一家は、鍾路洞の平屋に住んでいた。叔母の家までわずか一〇分で行けたので、私の家族は毎日のように立ち寄った。アパートに住む叔母一家をうらやんでいたのだと思う。当時叔母は、私が通っていたチャンジョン人民学校に教員として勤めていた。ある日叔母の家で、父が叔父をきつく咎（とが）めたのを覚えている。記憶をたどって整理してみると、その日の状況はこうだった。

農業省で金日成の革命活動に関する試験があった。「金日成の故郷はどこか」という質問項目があったが、叔父は万（만）景台と書かなければならないところを望（망）景台と書いた。党委員会は批判討論の準備をするように指示した。しかし叔父は、パッチム［ハングル文字で下にくる子音（ㄴ、ㅇなど）］を間違えただけなのに、何の問題があるのかと反発した。当時はまだ金日成の唯一思想体系が確立されておらず、万景台（マンギョンデ）を「望景台」と書いたことがどれほどの〝大罪〟なのかわからなくても仕方

なかったのだろう。帰宅した叔父は、父から賛同を得られると期待して、試験の話をした。しかし父は「おまえは正気か」と咎め、「首領様の故郷さえまともに書けないから大変なことになったんだろう」ときつく叱った。叔父はこの事件のせいで、後日入党するときも苦労したという。

アメリカとの戦争を二度覚悟した

北朝鮮で暮らしていたころ、アメリカが本当に北朝鮮を攻撃すると思ったことが二度あった。

一度目は一九六八年一月、北朝鮮が米海軍所属偵察艦プエブロ号を拿捕（だほ）した直後だ。そのとき私は満五歳で、平壌で暮らしていた。母が私のリュックサックに服とおやつを入れながら涙をぬぐっていたのを思い出す。上層部から、子どもを地方に疎開させろという指示が下ったのだ。

二度目は、八・一八ポプラ事件のあとだ。一九七六年八月一八日、板門店でポプラ事件が勃発した。北朝鮮の軍人三〇人余りが斧を振り回し、ポプラの剪定作業を監督していた在韓米軍将校二人を殺害したという事件である。この事件のあと、金日成総合大学に通っていた金平日（キム・ピョンイル）が志願入隊した。金平日は金日成の二人目の妻、金聖愛（キム・ソンエ）が生んだ金正日の腹違いの弟だ。金日成が自分の息子を軍隊に送ったのだから、幹部たちも息子を送らざるを得ない。幹部の子に加えて、大学生の大半が軍隊に入隊した。平壌市内では毎日空襲警報が鳴り、市民は退避訓練を繰り返した。

北朝鮮は、アメリカの攻撃から平壌を防衛すると言いながら、「敵対階層」に属する数万人を地方に行かせた。平壌で戦闘が起こった場合に備えて、敵側に付くかもしれない動揺階層あるいは敵対階層をあらかじめ選り分けておくための措置だった。平壌には、「生粋の共産主義者」だけが残ることになった。

叔母の家族は黄海北道黄州（ファンヘブクドファンジュ）郡黒橋（フッキョ）に行けという指示を受けた。叔母は慟哭した。叔父は「党が戦争準備のために行けというのに、何が不満なんだ」と急いで荷造りをした。叔母は私の父に「どうしてあんな人に嫁がせたのか」と文句を言ったが、父は「くだらないことを言うな」と撥ねつけた。

叔母の幼い息子と二人の娘は、状況を理解できずにただ呆然としていた。叔母は荷物を積む車が到着すると、涙をぬぐって無理に笑顔をみせ、さっそうと車に乗りながら「仕事をがんばってまた平壌に戻ってくるから、そのときはまた寄り合って幸せに暮らしましょう」と言って去っていった。

平壌で暮らせるのは選ばれた者の特権

叔父は黒橋(フッキョ)に移ってからは本当に熱心に働いた。家族がまた平壌に住めるように各地への出張を続けて、全国の果樹園建設現場はすべて視察にいった。そのおかげで、平壌市の中心ではなかったが、平壌市力浦(リョクポ)区域農業省果樹設計事業所設計員として上京することになった。しかし、その小さな喜びも長続きしなかった。叔父は脳出血で亡くなったのだ。自分が生きているうちに子どもたちが平壌市中心部に住めるようにするのが夢だと話していた叔父は、結局それを実現することができなかった。

それでも叔母一家は、その気になればわが家に遊びにくることができるからいいと言っていた。地方から平壌に来るには、通常難しい手続きではないものの、通行証が必要である。しかし平壌市郊外の力浦区域居住者なら、市民証さえあればよかった。叔母の子ども、つまり私の従兄弟たちは、日曜日にはバスに乗って何時間もかけてわが家に遊びにきたりした。

幼いころ平壌で育った従兄弟たちは、平壌に思い出と憧れを持っていた。高層ビル、アスファルトの道路、ネオンサインと街路が整然と並ぶ平壌を歩いて、満足感を味わっていたようだ。平壌に一度でも行ったことがあるというのを、地方の人々がどれほど誇らしく思うか、韓国の人にはおそらく理解できないだろう。

そして、地方の娘たちにとって、どれほど〝平壌男子〟が憧れの対象か。まさに〝黄金の値打ち〟である。北朝鮮は、平壌男子と結婚して平壌にやってくる地方の女子たちを阻むために、彼女らの平壌居住をほとんど承認していない。しかし、結婚していったん地方に住んでから党の措置で平壌に配置替えされる場合には、夫婦での平壌居住を承認してくれる。家庭を壊すことはできないという理由からだ。

後日私は、父に叔母一家が平壌から地方に「疎開」させられた理由を聞いた。父は、叔父の父親が日本の植民地時代に区長を務めていたからだと言った。平壌にいるとき、叔母の家では上京してきた叔父の父親も一緒に暮らしていた。叔父の父親は、鍾路洞（チョンノドン）の近所の人たちに「老党員」と呼ばれて尊敬を集めていた。鍾路洞で開かれる集会や作業動員の過程の討論にも参加して、経験と見識を見せた。

叔父の父親は解放後に村で一番先に入党し、朝鮮戦争時の撤退も党に従った。当然核心階層として評価されていいはずだったが、五・二五教示のあと、植民地時代の区長の経歴が問題視されて核心階層からは外された。追放ではなく疎開処分ですんだのは、それでも叔父の父親が植民地解放後、党のために忠実に働いたからだ。

追放された家庭は、平壌市周辺区域にも戻ることはできない。しかし疎開処分になった人は、地方で忠実に働いて、党の承認を受ければ平壌市郊外には戻ってくることができる。ただし、子どもが平壌中央大学に入れないという制約はあった。私が従兄弟たちに「お父さんのように数学の勉強をがんばって大学へ行きなさい」と言ったら、こんな返事が返ってきた。

「地方の大学に行ったら、卒業後も平壌市周辺区域には配置されずに地方に行くはめになる。それくらいなら大学になんか行かないほうがましだ。今のように平壌市周辺に住みたい」

結局従兄弟たちは大学へ行かず、現在は力浦区域果樹農場で農場員として働いている。

宇宙飛行士に憧れた小学校時代

鍾路(チョンノ)幼稚園を卒園した私は、一九七〇年九月一日、チャンジョン人民学校に入学した。

人民学校は小学校にあたり、現在は北朝鮮でも小学校と称している。北朝鮮は幼稚園から高等中学校まで居住地でクラスを分ける。そのため、幼稚園のとき同じクラスだった友達は人民学校、高等中学校を卒業するまで同じクラスで勉強することになる。だから、幼馴染と学校の友達の区別がない。

人民学校に入学した翌年の四月になると、各クラス一人か二人ずつ選抜して少年団に入団させるのが当時の慣例だった。私も当時選抜されて、金日成の誕生日で国民の祝日である四月一五日に、金日成の故郷万景台(マンギョンデ)で入団の宣誓をして、少年団に入団した。幼稚園のときからずっと学級委員長だったことが、選抜された理由だった。少年団に入団すれば、首に少年団の赤いネクタイをすることになる。私はクラスで唯一赤いネクタイをして学校に通ったが、子ども心に得意な気分だった。

入団式は四月一五日に一回目が実施され、少年団の創立記念日である六月六日に二回目、七月二七日に三回目、九月九日に四回目という順で続いていく。一位から最下位まで並べて、まず先進分子［共産党用語で、仕事や生活態度が優秀で模範的な人のこと］から入団させて、その次、またその次の先進分子という順序で入団させる方式である。結局はクラスのすべての子が少年団に入団することになる。少年団入団を、一回で一律に行わない理由は明快である。このように順番をつけることで、徹底的に大衆を分断して統治するためなのだ。党とあらゆる勤労団体への加入もこのような方式をとる。

幼いころ、私の夢は宇宙飛行士になることだった。人類で最初に宇宙旅行に行ったソ連の宇宙飛行士、ユーリ・ガガーリンが大好きだった。当時は「労働新聞」でソ連の経済成果が紹介されることがあったので、その紙面でユーリ・ガガーリンを知ったのだと思う。あのころは毎晩、空とそこに散らばる星を端から端まで見渡していた。ユーリ・ガガーリンが、まさにその空を何回も回ったというのが信じられなかった。父は私が星に関心を持つと、「おまえは大きくなったらユーリ・ガガーリンのような宇宙飛行士になりなさい」と言った。

トヨタ車に乗っていた日本からの帰国者

チャンジョン人民学校のときに経験した出来事のなかでも、とくに記憶に残っているものが二つある。学校の近くに大きな一軒家があった。住んでいたのは日本から帰国した元在日朝鮮人だ。その家の主人はトヨタの自家用車に乗っていた。ソ連製のヴォルガしか見たことのない町内の子どもたちは、派手なトヨタ車が通り過ぎるたびに追いかけ回したものだ。偶然車が停まっていると、みなで車の中をのぞき込んでバカ騒ぎをした。

その日も友達と一緒にトヨタ車を追いかけ回していた私を、ちょうど帰宅した父が見つけた。父は私を家に連れ戻して「他人の家の車をうらやましがるな。おまえが大きくなるころにはわが家にも車は来るはずだ」ときつく叱りつけた。父の言葉は続いた。

「今、この国は急速に発展している。党の第五次大会で首領様が六カ年計画を示されただろう。六カ年計画が完成したらうちにもテレビが来る。そしてマンションに引っ越すことになる。おまえのおばあさんが暮らしている明川（ミョンチョン）郡にもバスが通る。これからおばあさんの家へ行くときは、明川邑から黄谷里（ファンゴッリ）まで歩かずにバスに乗ればいい。おまえが大きくなって父さんの年になるころには、日本のように各家が自家用車を持ち、週末には南浦（ナンポ）や元山（ウォンサン）、咸興（ハムフン）に海水浴に行けるようになっているだろう」

練炭を焚く小さな平屋で聞いた父の話は、まるで夢のなかの話のようだった。私たちもマンションに住めて、自家用車も手に入るという話を聞いただけで、胸がいっぱいになった。その後は二度と「在胞（ジェッポ）」の自家用車を追い回さなかった。

それまでは夕方になると町内中の子どもと一緒に近所の金持ちの家に押し掛けてテレビを見ていたが、わが家にもテレビが来るという父の言葉を思い出せば、もううらやましくはなかった。父の確信が一〇歳そこそこの私にも伝わったということは、社会全体の体制に対する信頼がそれほど確固たるものだったということだろう。皆が月給と配給で生きていた時代だった。特別よい暮らしをする人もいなかったが、生活ができない人もいなかった。北朝鮮の発展過程で、一九六〇年代半ばから一九七〇年代半ばまでが一番いい時代だったと思う。この時期が私の幼少年期と重なる。

金日成の肖像写真でメンコをつくり、地方に追放された友人

もう一つは痛ましいエピソードだ。当時、私にはスンチョルという友達がいた。サッカーが上手で、ひどいわんぱく小僧だった。スンチョルはメンコ遊びのチャンピオンでもあった。町内や学校の友達のメンコをかっさらい、誰よりもメンコをたくさん持っていた。私もメンコ遊びが大好きだった。

その日もスンチョルとほかの何人かの友達と一緒にメンコ遊びをしていると、通りすがりの安全

員が、急にメンコを見せろと言った。安全員はメンコをいくつか拾って、誰のものかと訊いた。安全員の手にある白い紙で作ったメンコは、スンチョルのものだった。メンコを広げてみると、それは、金日成の著作の一番前に載っていた金日成の肖像写真だった。

〝父なる首領様〟の肖像画でメンコを作ってはいけないということは、その歳でもみなわかっていた。スンチョル以外の子どもたちは口々に「大故（テゴ）（おい、大変な事になったぞ）！」と叫んだ。私たちも、まさかスンチョルが金日成の肖像写真でメンコをつくるとは夢にも思わなかった。安全員はスンチョルの家はどこかと尋ねると、どこかに消え、しばらくして数人で戻ってきた。彼らはスンチョルの家に入っていき、少ししたらまた出てきた。スンチョルのお母さんがスンチョルを殴打する音、そしてスンチョルが痛々しい悲鳴を上げて泣くのが聞こえた。子どもたちはみな、恐くなって家に帰った。

何日か経って、スンチョルが地方に追放されるという知らせを聞いた。みなどういう意味なのかわからなかったし、私も地方に追放されるということがそれほど深刻なことだとは思わなかった。引っ越しの荷物を積んでスンチョルが町を発つ日、見送りにいく大人はいなかった。子どもだけ集まって別れの挨拶をしたのだが、スンチョルが車の中でずっと泣いていた姿が今でも目に焼きついている。後日父は、金日成の肖像を雑に扱ったら、スンチョルのように田舎に追放されるから絶対にやめなさいと、私によく言って聞かせた。

「これからは成功したければ英語ができなければならない」

一九七四年七月、私は人民学校を卒業した。韓国の小学校とは違い、人民学校は四年制だ。成績は四年間通してクラスで一番から三番のあいだで推移していたと思う。中学校進学を控えても、私は自分の将来について具体的に考えたことがなかった。町内の〝お兄さん〟たちのように、チャンジョン人民学校を卒業したらソムン中学校に行けばいいと漠然と思っていた。

ソムン中学校は、母が働くソムン人民学校から塀を一つ隔てたところにあった。

父と母が私の進路について言い争った日のことは今もよく覚えている。母は私を「平壌外国語学院に行かせたほうがいい」と言い、父は「長男を通訳官にするのか。私のような建設技師か機械工学博士、そうでなければ宇宙飛行士に育てるべきだ」と言った。母の主張はこうだった。

「科学者、技術者は将来の見込みがない。これからは政治幹部や外交官にならないと成功できない。ソムン人民学校を卒業する幹部の子は、みな外国語学院の試験を受ける準備をしている。幹部のみなさんのほうが当然、国の未来をよく見据えているはず。それとも、あなたのほうがわかっているとでも言うの？」

幹部のほうが未来を見通しているという話に、父が負けたようだった。当時、ソムン人民学校周辺には、中央党幹部の家族や金日成の主治医のような医者が大勢暮らしていた。幹部だけを専門に診療する南山（ナムサン）病院が近所にあったからだ。彼らのなかにはソムン人民学校の父兄も多かった。母は父兄から「私の子を平壌外国語学院に推薦してほしい」という頼みを数えきれないほど受けたという。

だからこそ母は、「これからは成功したければ英語ができなければいけない。有力な家の子はみな、英語科を志望する」と父を説得した。父は「外国語を学ぶと言っても、ロシア語を話せたらソ連に行けるのに、アメリカ野郎の言葉を学んでどうするんだ」と苛立ったが、母の強い意思を退けることはできなかった。私の将来はこうして決まった。当時は人民学校別に平壌外国語学院の受験生数の制限があった。もしチャンジョン人民学校の父兄に中央党幹部や南山病院の医者が多かったら、私に受験の機会は訪れなかったはずだ。さいわいチャンジョン人民学校周辺に住んでいたのは人民武力省の幹部が多く、当時まだ軍の幹部は、外国語を学ぶと有利になるということを知らなかった。

私のクラスでは、私を含む四人が平壌外国語学院を受験し、三人が合格した。北朝鮮副主席だった崔庸健（チェ・ヨンゴン）の運転手の息子と幼馴染のチョン・インチョルが私と一緒に合格し、中央党運転手の息子は落ちた。チョン・インチョルと私は希望どおり英語科に入り、崔庸健の運転手の息子のチェ・ヨンハはフランス語科に入った。チャンジョン人民学校全体では、少年団委員長を務めたハン・チョルボムら一一人が合格した。

ハン・チョルボムについては特筆すべきことがある。フランス語科に入学したハン・チョルボムは卒業後に貿易省で働きはじめたが、一九九〇年代初めに駐仏北朝鮮貿易代表部書記官として派遣された。二〇〇〇年代後半には、ある特殊機関に入って中国で活動した。金正男（キム・ジョンナム）の財政サポート役をしていた彼は、金正恩（キム・ジョンウン）が政権を掌握する過程で平壌に召還され、銃殺された。金正男と近しい仲だというだけで、である。夫人と子どもも収容所に送られた。夫人は北朝鮮の有名声楽俳優であるチュ・チャンヒョクの次女だった。ハン・チョルボムの義理の兄弟のパク・ミョンホは、運よく左遷を免れて現在駐中国北朝鮮大使館公使として勤務している。そのまま大使館で勤めてよいという金正恩の〝特別配慮〟があったという。

エリート養成学校の生徒は幹部の子どもばかり

私は、一九七四年九月一日から平壌外国語学院英語科一年二組で勉強を始めた。人民学校には歩いて通ったが、平壌外国語学院には地下鉄で通学したので、毎日平壌市を一周りしているような気分だった。「ベントー」と呼ばれる昼食も買っていかなければならなかった。しかし、こんなことは小さな変化に過ぎない。平壌外国語学院で私は初めて新たな北朝鮮の現実を目(ま)の当たりにした。幹部の子だけで、入学生の二五%に達していた。英語科の一年生は三クラスだったが、最高階層の子女だけを挙げても、許錟(ホ・ダム)外相の娘ホ・ヨンヒ、金日成の責任書記の娘崔善姫(チェ・ソンヒ)、金永南(キム・ヨンナム)常任委員長の息子キム・ドンホらがいた。呉振宇(オ・ジヌ)人民武力相の娘オ・ソナと三階書記室長リ・ミョンジェの娘も途中編入してきた。崔善姫は現外務省アメリカ担当外務次官であり、キム・ドンホは現在駐中国北朝鮮大使館参事官である。あまりに高い階層の幹部の子が多いので、党内で強い勢力を誇る中央党組織指導部副部長の娘ソク・ヨンヒさえも、〝幹部の家の子〟の名簿には載らないほどだった。

チャンジョン人民学校では幹部の子を見かけなかったし、父親が乗用車に乗っているという話も聞かなかった。当時北朝鮮は、幹部の子女を南山(ナムサン)人民学校と南山中学校で教育していた。一般市民の子と隔離するためだ。金日成の子の金正日、金敬姫(キム・ギョンヒ)、金平日(キム・ピョンイル)、金慶真(キム・キョンジン)、金英一(キム・ヨンイル)も南山学校を卒業している。私は、平壌外国語学院で幹部の子たちを見て衝撃を受けた。幹部の子は父親のコネを信じて勉強などしないのかと思っていたが、むしろ一般の子どもよりも熱心だった。家で何を言われていたのかは知らないが、とくに英語の勉強に熱心だった。そんな彼らの姿を見て、私も将来幹部になりたかったら勉強をがんばらなくてはいけない、という自覚が芽生えた。

どの国のどんな社会にもエリート教育はある。北朝鮮も例外ではない。北朝鮮のエリート養成は中学校から始まる。一九六〇年代まで、中等教育段階のエリート養成拠点は二カ所しかなかった。一つは金日成が植民地解放後に万景台(マンギョンデ)に建てた万景台革命学院、もう一つが平壌外国語革命学院だ。二つの学校の名前に「革命」という語が入っていることは注目に値する。

植民地解放後、金日成は満洲で抗日武装闘争をしていたときに戦死した戦友の子女を育てるために、万景台に寄宿学校を建てた。このときに革命家遺児学院という名前を付け、それ以降、学院という単語の前にはかならず革命という修飾語を付けるのが慣例になった。金日成は戦死者の子女たちを満洲に連れてきて、万景台革命学院に入学させた。北朝鮮の体制を支える柱として彼らを育てる考えだった。

　金日成は朝鮮戦争を起こすと、自分の属する最高司令部の護衛を万景台革命学院出身者に任せた。「親衛中隊」と呼ばれる部隊だ。金日成は「親が日帝と戦って死んだのに、その子どもまで戦死者にするわけにはいかない」と、戦場に送らずに警備要員として配置し、戦争が終わるころに彼らをソ連と東欧の国々に留学させた。実際に彼らは、戦後復興と、一九七〇年代の金日成・金正日後継体制の構築において中心的な役割を担った。万景台革命学院出身者のうちで高位に就いた人物としては、姜成山（カン・ソンサン）（総理）と延亨黙（ヨン・ヒョンムク）（総理）、金渙（キム・ファン）（副総理）ら党幹部と、人民軍総参謀長を勤めた呉克烈（オ・グンニョル）、金永春（キム・ヨンチュン）らがいる。

　平壌外国語革命学院には朝鮮戦争などの戦争孤児が大勢入学した。初めは彼らもソ連と東欧に行かせたが、全員送ることはできなかった。そこで、各地に孤児院を建てて国家が孤児を育てながら、一部の優秀な児童を平壌外国語革命学院に入学させて外国語を教えることにした。つまり、一九六〇年代まで、外国語学院と外国語大学の卒業生はほとんどが戦争孤児出身だったのである。戦争で親を失い、韓国とアメリカに対する敵対心がとても強い人々が、外交官集団となって、金日成が意図したとおりに外交戦士の役割を忠実に遂行するようになるわけだ。

　一九七〇年代に入ると少しずつ戦争孤児がいなくなったので、平壌外国語革命学院には幹部の子がいっせいに入学し始めた。幹部らは、すでに北朝鮮社会には新しい階級分化が起こりつつあり、外国語の専門家が経済的に有利になると予測していたのだ。

一九六〇年代、中小の紛争を経験した金日成は、一九七〇年の労働党大会を通して対外政策の方向を第三世界の国々との関係強化に向けはじめた。これに伴い、外国語の専門家の需要が急激に増えた。一般人はこのような流れになるとは予想だにしていなかったが、幹部はこれを見抜いていた。一九七〇年代初頭から、幹部の子が平壌外国語革命学院に押し寄せたのには、こんな背景があった。一方、軍幹部や党幹部になるために進学する万景台革命学院の人気は徐々に落ちていった。平壌外国語革命学院は、戦争孤児入学生が姿を消す一九七〇年代初めに、校名から「革命」の文字が取り去られることになる。

一般市民は視聴が禁止されている外国映画を授業で鑑賞

北朝鮮の外国語専門家養成の体系は、二つの系統に分かれる。うち一つは、平壌外国語学院を卒業して平壌外国語大学や金日成総合大学外国語文学部に進学するコースだ。平壌外国語学院へ行けば、可能なら外国語大学までそのまま行く。外国語学院が実質的に外国語大学準備課程の役割を果たすのだ。一九七〇年代の初頭になると、直轄市と各道に設立された外国語学院から両大学に上がってくる生徒も出はじめた。外国語学院で英語とロシア語を専攻した者のうち、勉強ができて身分がいい者は、平壌外国語大学や金日成総合大学外国語文学部に進学できるのである。

実際に通ってみると、平壌外国語学院では他の中学校とは異なる厳格なエリート教育を行っていた。すべての生徒が成績を競い合い、毎月一位から最下位までを掲示板に掲示する。徹底した相対評価だ。私たちの学年の一位は、現在保衛部で働いているファン・ソンピルと平壌外国語大学教務担当副学長チャ・チョロが取ることが多かった。私にとって手強い競争相手だった。一方私は、一位から五位のあいだを常に行き来していた。

平壌外国語学院だけにしかない特別な点もある。まず、外国の教科書も教材として使うことだ。授業時間にイギリスＢＢＣのリンガフォン（Linguaphone、英会話教育プログラム）の教材を暗誦するのである。テープをかけて、イギリス人が話す発音をそのまま模倣するのだ。のちに多くの韓国の外交官に会ったが、英語の発音だけは北朝鮮外交官のほうが正確なことが多かった。南北間のリスニング教育の差なのだろう。このような教材は、北朝鮮の一般市民には手に入らず、入手してもいけない。外部の人に見せたり、流出させてもいけない。

リンガフォンの教材にはさまざまな絵が描かれていた。イギリス人の家庭風景、朝食の様子、ショッピングの様子などだ。居間にはソファーとペットの犬がいて、自動車でショッピングに行く。パン、バター、チーズ、ベーコンなども初めて接する単語で、イギリス人が毎日朝食に紅茶や牛乳を飲むというのもこのとき初めて知った。世の中にはこんな生活もあるのかと、衝撃を受けた。幼いころは月に行くのが夢だったが、英語教材を見て、イギリスという国に一度行ってみたいと思った。

父も絵を見ながら「ヨーロッパでは本当にいい暮らしをしているな」と感嘆していた。当時の北朝鮮は、各種の宣伝手段を動員して「世界にうらやむことがない」という歌を絶えず流していた。北朝鮮がこの世で一番住みやすい国だという内容の歌である。国民も毎日その歌ばかり歌っていたが、平壌外国語学院では学生たちが本当にうらやましく思う別世界を見せてくれたのだ。

平壌外国語学院ではときおり外国映画を鑑賞することもあった。英語科はアメリカやイギリス映画、ロシア語科はソ連映画、フランス語科はフランス映画を見るという具合だった。『サウンド・オブ・ミュージック』、『メリー・ポピンズ』のような映画は今でも記憶に鮮やかだ。外国映画に登場する名曲も学校で学んだ。卒業後は外国人を相手にするのだから、外国の歌も何曲かは歌えなければならないというわけだ。北朝鮮が閉鎖的な社会ではないことを見せるための教育だったが、こういう歌は、北朝鮮の一般市民の前で歌ってはいけないと教えられた。

北朝鮮では、一般人が外国映画をひそかに見ることは重罪だ。ひどいときには処刑される場合もある。私が学校でアメリカ映画を見たと言ったとき、父さえ半信半疑だったほどである。しかし、エリート教育のためならアメリカ映画さえ許される。エリート教育と一般教育は、徹底的に分離されているのだ。

二番目に珍しい点は、先輩尊重の文化だ。ほんの一年先輩であるだけでも、後輩たちは無条件に従わなければならない。先輩がたまに下の学年の後輩を殴る事件があったが、たいていの場合、教員は見て見ぬ振りをする。大人になってから会っても、この関係は維持される。外務省内でも学院の先輩たちに会えば、たとえ後輩のほうが地位が高くても敬語を使った。

三番目は体育文化だ。たとえば平壌外国語学院には金日成総合大学にもないプールがあり、しかもオリンピックができるほどの規模だった。平壌外国語学院では、体育ができなければ〝中心に入る〟ことができない。「中心に入ることができない」というのはいい待遇を受けられないという意味だ。勉強よりは体育ができる生徒のほうが人気があった。こんな環境なのだから、他の中学校や専門学校と体育競技をして負けるはずがなかった。昼休みには必ず運動場に出てサッカー、卓球、バスケットボールをしなければならないし、他の科とサッカーをするときには、ほとんど戦争だ。競技で負ければ英語科の先輩たちがやってきて毒づかれたりもした。

金賢姫も平壌外国語学院の同窓生

現在北朝鮮で、外交官や貿易関係の仕事に就くための一番早い道は、平壌外国語学院に入学することだ。そうしないと、外国語大学や金日成総合大学に入るのは難しい。だから当然、平壌外国語学院には人材が殺到し、卒業生には有名人も多い。まず李洙墉(リ・スヨン)現労働党副委員長、李容浩(リ・ヨンホ)外相、党書記室で金正恩を直接補佐しているペク・スンヘン書記室副部長などの名前を挙げることができる。ここに何年か前処刑された国家安全保衛部の実力者、柳京(リュ・ギョン)副部長、金桂寛(キム・ゲグァン)現外務副相、アメリカ担当外務次官の崔善姫(チェ・ソンヒ)などが加わる。

平壌外国語学院、外国語大学出身者の中には韓国に亡命した人もかなり多い。一番先に韓国へ来たのは、一九八七年に大韓航空機爆破事件を起こした金賢姫(キム・ヒョンヒ)だ。私と同い年(一九六二年生まれ)だったと思うが、だとすれば私と同学年か一年先輩だったはずだ。外国語学院で金賢姫を見た記憶はない。ただ、大韓航空機事件のあと、金賢姫が平壌外国語学院日本語科に通っていたこと、対外経済委員会に勤めていた彼女の父親をはじめ全家族が失踪したことなどをうわさに聞いた。

その次の亡命者が、前国家安保戦略研究院高英煥(コ・ヨンファン)副院長である。その後、フランス語科の康明道(カン・ミョンド)、英語科の金光鎮(キム・グァンジン)、ドイツ語科のチェ・セウンなどが続いた。すでによく知られている方々なので名前を列挙したが、亡命の事実が公表されないまま統一のために力を尽くしている同窓生も多い。

今や、平壌外国語学院韓国同窓会を結成するときが来たのではないかとさえ思う。その日が来たら、私はもちろん妻と二人の息子も正会員として加入するだろう。私の家族は全員が平壌外国語学院に通った。やりきれないのは、平壌外国語学院卒業生のなかにはすでに粛清されたり生死や行方がはっきりしない同窓生も多いという点だ。妻の場合、級友のうち半数とは連絡がつかないという。夫と一緒に粛清されたり、地方に追放されたのだと思われる。

外務省の中から見た大韓航空機爆破事件

〝大韓航空機爆破事件〟は私が外務省に入ってから起こった事件だったため、とくに印象に残っている。それまで私は、党のすべての政策と宣伝をいっさいの疑念なしに受け入れていた。しかし金賢姫（キム・ヒョンヒ）の大韓航空機爆破事件をきっかけに、北朝鮮労働党の政策には公開されている部分だけでなく非公開の部分があるという驚くべき事実に気づいた。

事件後、北朝鮮メディアは、大韓航空機爆破事件は韓国の自作自演だと主張して毎日韓国とアメリカを責めたが、外務省ヨーロッパ局は正反対の状況にあった。大韓航空機事件の主犯である北朝鮮工作員グループは、事件前にヨーロッパで訓練を行っていた。これを受けて、ヨーロッパの関係国が北朝鮮に強く抗議したため、外務省ヨーロッパ局はこれをなだめるのに必死だったのである。オーストリア、ユーゴスラビアなどはインターポールと協力して、北朝鮮工作員グループの現地滞在過程を全面的に調査した。

東欧諸国は同じ共産主義体制なので公に抗議することはなかったが、オーストリアだけは在ウィーン北朝鮮大使館の外交官の数を減らす制裁措置を取った。それまで在ウィーン北朝鮮大使館は西側国家に駐在する在外公館の拠点の役割を果たしており、相当数の専門外交官と北朝鮮労働党調査部を含めた特殊機関要員が、外交官の肩書きで常駐していた。

北朝鮮は大韓航空機爆破事件を起こしたのは北朝鮮ではないと反論し、外交官追放措置を取り下げることを求めた。しかしオーストリアは、北朝鮮が否認しつづけるならば、北朝鮮工作員グループのウィーン滞在の記録を公開するしかないと脅した。北朝鮮は仕方なく、一歩退いて沈黙を守るしかなかった。その後、オーストリアが北朝鮮工作員グループの適応訓練の過程をメディアに公開することはなかった。北朝鮮としてはさいわいだった。

私はこのような経過を見守りながら、「すべてのテロに反対する」という党の政策が事実ではないということを悟った。私が中国で留学生活をしているときに起こった「ラングーン・テロ事件」に際して、世界のメディアは北朝鮮によるものだと報道したが、私はこれを「反北朝鮮宣伝攻勢」だとする党の主張を固く信じた。しかし大韓航空機爆破事件後、外務省で繰り広げられていることを目の当たりにして少し複雑な気分になった。

「いくら南朝鮮が憎く、ソウルオリンピックを前に悔しい思いをしているとはいえ、なぜ罪のない人々まで殺すことができるのだろう」

ただし、このような違和感を覚えながらも、私は「革命過程の犠牲は不可避だ」という北朝鮮式暴力革命理論を信じていた。私は「ソウルオリンピックを破壊するには、こうせざるを得なかったのだろう」と党の事業を正当化した。苦々しい記憶と言わざるを得ない。

金日成政治軍事大学総長の娘と結婚する

北朝鮮には職業選択の自由がない。留学経験者でも例外ではない。党幹部部が留学経験者の学業成績と出身成分などを検討して、外務省、保衛部、人民武力省、貿易省、対外文化連絡協会などの対外事業機関に配置する。

留学経験者が一番行きたがらない部署は、大学教員や科学研究機関、外国文出版社や朝鮮中央通信社のようにとくに〝儲け〟にならない部署だ。一方、貿易省や対外保険総局、武器取り引きをする九九号総局のように、外貨を扱うことのできる機関を一番好む。

今では少々事情が変わったが、外務省も留学経験者に人気の就職先の一つであった。一九八八年一〇月、外務省から入省の辞令を受けた私には、幹部の家から見合い話がしばしば入ってくるようになった。誰々の娘と結婚すれば、スウェーデンやスイスのようないい国に配属してもらえるとか、前途洋々だとか言われたのを覚えている。私が外務省に入ったのは満二六歳のときだが、当時の北朝鮮では当然家庭を築かなければならない年だった。それ以前にも見合いの機会は多少あったが、そのなかに幹部の娘はほとんどいなかった。

　両親が挙げる「私にちょうどいい相手」の条件は非常に具体的だった。結婚後は外交官の妻になるのだから、外国語大学あるいは金日成総合大学で英語を専攻した女性がよく、年の差も少しあるほうがいい。私よりは若く、私の弟（一九六七年生まれ）よりは年上だといい……。つまり、一九六三年から一九六六年のあいだに生まれ、外国語大学や金日成総合大学で英語を勉強した女子を探さなければならないということだ。平壌にそんな女性がたくさんいるはずがない。何人かと見合いをしたが、うまくいかなかった。

　そんなところに、キム・ドンホという男が現れた。当時、外国語大学英語科に通うイ・ミョンヒという女性と付き合っていたドンホは、イ・ミョンヒのクラスの友達のオ・ヘソンという女性を私に紹介してくれると言ったが、彼女の家柄はあまりにも〝仰々しく〟、私の家とは釣り合いそうになかった。

　オ・ヘソンの父は人民軍中将のオ・ギスで、当時金日成政治軍事大学の総長を務めていた。住んでいるのは二四時間武装哨兵が立っている一戸建てで、金日成政治軍事大学の構内にあった。これだけでも十分〝仰々しい〟が、さらにオ・ギスは呉白龍（オ・ペンリョン）の甥でもある。呉白龍は金日成と一緒に抗日パルチザン闘争に参加した一人だ。呉白龍の長男呉琴鉄（オ・グムチョル）は空軍司令官、次男呉鉄山（オ・チョルサン）は海軍政治委員であった。つまり、オ・ギスの従兄弟が空軍と海軍のトップだったということになる。呉白龍の家が北朝鮮軍を牛耳っているとすら言える時期だった。

私はあまり気が向かなくて、ドンホの提案を断った。両親も、もう少し平凡な家の娘がいいと言った。しかしドンホは、幹部の家の子とはいえ人柄は落ち着いていていいなど、あらゆる言葉で彼女を褒めた。そのなかで私が気になったのは、彼女が一九八一年にタンザニア大統領ジュリアス・ニエレレが訪朝した際に、朝鮮少年団を代表して「迎接報告」をしたという話だ。

朝鮮少年団の迎接報告は、外国首脳が訪朝した際に行われる。外国の首脳が訪朝すると、まずは金日成が首脳を飛行場まで出迎えにいき、そのまま一緒にオープン・カーに乗って平壌市内を一周する。その後、金日成と首脳は、四・二五文化会館前広場や凱旋門広場のような歓迎行事会場で、待機していた数万人の青少年に迎えられる。

このとき、朝鮮少年団連合団体委員長の男子学生と女子学生の二人が前に出る。男子学生は朝鮮語で、女学生は英語で「閣下のわが国の訪問を歓迎します」と歓迎の挨拶をすると、金日成と外国首脳が二人の学生の手を取って歓迎する群衆のなかを通り、またオープン・カーに乗ることになる。国賓を迎え入れる歓迎行事で金日成に迎接報告をしたということは、ルックスが抜群だということを意味した。

私は根負けしたふりをしてドンホの提案を受け入れた。両親も会うだけ会ってみなさいと言った。しかし何も考えずに幹部の娘に会ったら、困ったことになりそうでもあった。相手は私がいいと言うのに私のほうは嫌だと言えば、外務省の幹部を通じて圧力がかかることもありえるからだ。

そこで、まずは外国語大学英語教員のチェ・グムソン先生を訪ねてみることにした。私の恩師でもあったチェ先生は、当時オ・ヘソンの担当教員だったのである。チェ先生とはある時期同じ町内に住んでいたことがあり、両親ともよく知る仲だった。オ・ヘソンはどんな学生かとチェ先生に聞いてみたところ、開口一番いい子だと請け合い、「生涯の契りを結んでも後悔しないだろう」と言った。

そして一九八九年四月のある日、牡丹峰(モランボン)の花咲く道で妻オ・ヘソンに初めて会った。少し言葉を交わしただけですぐにわかった。言葉は必要なかった。当時の私は自信にあふれていた。大学卒業、二度の中国留学、いい職場、労働党員など、北朝鮮の基準で〝満点の新郎〟の条件をすべて取り揃えていたからだ。じつは妻に会う前に何人かと見合いをしたが、あまり気に入る女性はいなかった。それでも妻には一目で惚れたから、天がくれた縁というものはあるのだろう。

その日、彼女を家に連れて帰ると、両親もとても気に入ってくれた。妻が行こうと言うので、妻の家にもその日のうちに行くことになり、妻の父が急いで車に乗って迎えにきてくれた。妻の母はすでに、ドンホの恋人から私に関する話をよく聞いていたようだった。こうして、一気にことは進んだ。

そのころ妻はまだ、卒業予定者として大学に通っていたので、両家の大人たちは、まず婚約式を挙げようと言った。見合いをしてから一カ月で婚約をして、その年の一〇月一七日に結婚式をあげた。

私たち夫婦は結婚前の七月に、平壌で開かれた世界青年学生祝典に朝鮮青年学生代表団メンバーとして参加した。韓国の林秀卿(イム・スギョン)が参加した祝典だ。若者たちが参加した祝典の会場で、私たちは代表団メンバーから次々と祝福を受けた。これも忘れることのできない思い出だ。

貿易省に勤務する妻との幸せな結婚生活

妻の祖父であるオ・ドヒョンは六人兄弟の長男だった。そのおかげで兄弟のなかでただ一人、中学校まで通ったという。すぐ下の弟が呉白龍(オ・ベンリョン)。元の名前はオ・スヒョンだったが、白龍のように立派に闘うようにという意味を込めて、金日成が「ペンリョン」と名づけてくれたという。

妻の祖母のシン・イルは、金日成パルチザン部隊で作食隊員（調理員）として働いていた。金日成の回顧録『世紀とともに』にも出てくる女性パルチザンだ。祖父は日本軍討伐隊の犠牲になったが、祖母は私たちが結婚した翌年に亡くなった。妻の実家に行くとお祖母さんは私を座らせて満洲に住んでいたときの話をした。妻の家族にとっては耳にタコができるほど聞いた家族史なので誰も聞こうとしなかったが、私はお祖母さんの話を非常に楽しんで聞いた。あるときには、当時まだ生存していたパルチザン女隊員たちがお祖母さんを訪ねてきたりした。お祖母さんの話はこんなふうだった。

オ・ドヒョン夫婦が住んでいた村には、ときおり金日成が訪ねてきて、武装闘争組織に関する問題などで青年たちと会議をすることがあった。文字が読めない人が大半だった村で、中学校まで出たオ・ドヒョンは金日成と話が通じた。金日成がオ・ドヒョンの家で昼食を食べたこともある。そのときまだ二歳か三歳だった義父は、金日成にずっとくっついていた。金日成は袋から弾丸を取り出して義父に握らせ、それで遊ばせたという。その後オ・ドヒョンは日本軍との戦闘で犠牲になった。長兄が死ぬと、上から二番目の呉白龍が金日成遊撃隊に入隊し、三番目と四番目もあとに続いた。兄弟は金日成に付いて東満洲に行ったが、三番目と四番目は犠牲になり、呉白龍だけが生き残った。

植民地解放後、金日成は万景台（マンギョンデ）革命家遺児学院を設立して義父を含むパルチザン孤児たちを満洲に連れてきて勉強させた。義父は、朝鮮戦争のときに最高司令部「親衛中隊」として服務したのち、ソ連のモスクワに留学した。「革命家遺児」が歩んだ典型的な道筋だ。留学後にはしばらく外務省ソ連担当者として働いていたが、金日成が人民武力省をパルチザン二世で構成するなかで、人民武力省総政治局幹部局長としてまた入隊した。その後も運に恵まれて一〇五戦車師団政治委員、板門店軍事停戦委員会北側次席代表、金日成軍事大学政治担当副総長を経て、北朝鮮軍の政治幹部を養成する金日成政治軍事大学総長になったのだ。

　こんな家で生まれ育ち、ずっと一軒家で楽な生活をしてきた娘が、平凡なわが家に嫁入りしてきたのだから、妻は大変な苦労をした。当時わが家は牡丹峰（モランボン）区域凱旋洞（ケソンドン）にある三間のやや狭いアパートだった。幹部の家にだけあったガスコンロを使って育った妻は、わが家の石油コンロを扱うことができず、私も何度か手助けをした。初めは母の心配も大きかったが、妻はすぐに順応していった。料理がうまくて父に褒められたりもした。

　義父も私をとても気に入ってくれていた。週末には妻と一緒に妻の実家で過ごしたが、義父は私がビール好きだと知って、義弟たちも飲めないように隠しておいたビールを持ち出してきたりした。外務省のソ連担当者として勤務した経歴のある義父は、国際情勢について私にいろいろ訊いてきた。閉鎖された社会である北朝鮮では、軍事大学総長でさえも外部情報とは隔離されていた。義父は私の話を興味をもって聞き、とくに米朝会談の過程に関心を示した。

　妻は一九八九年九月、大学を卒業して貿易省に入った。外務省と貿易省は金日成広場を隔てて隣り合っていた。私たち夫婦は毎朝一緒に出勤し、時間の約束をして地下鉄勝利（スンニ）駅の前で待ち合わせて一緒に帰ったりもした。本当に幸せな日々だった。後日私は、妻が金日成とタンザニア大統領の前で迎接報告をしたときの写真を居間の壁に大きく掲げた。同僚が家に遊びにくると何度か自慢もしたため、同僚たちからよく〝一等馬鹿〟と言われた。北朝鮮では妻の自慢をする人のことを〝一等馬鹿〟という。

　一九九〇年、上の子が生まれた。私の両親にとっては初孫なので、名前は父が付けてくれた。

「自分の運命に自分が責任を負う」という意味と、「世に名を馳せる」という意味の漢字を使った名前だ。北朝鮮は、金氏三代以外の誰も自らの主人にはなれない社会だった。上の子が将来、北朝鮮を去って自由主義国に住むようになることを考えると、父にはどこか先見の明があったのかもしれない。

第9章　金王朝の崩壊が始まった

金日成と李舜臣／金日成の回顧録／〝黄金期〟を知らない子どもたち／中国での集団脱北／長男への帰国命令／家族で脱北／奴隷社会と化した国／中国製メディア・プレーヤーと携帯電話の普及／経済制裁は効いている／市場と韓国コンテンツが統一の鍵

デンマークの小学校で息子が味わった南北分断

子どもたちの成長を見ると、歳月が流れるのは早いと改めて感じさせられる。ドイツが統一された一九九〇年に生まれた上の子も、考えようによっては波乱に富んだ人生を送ってきた。平壌(ピョンヤン)で生まれ、デンマーク、スウェーデンで小学校に通ってから北朝鮮に戻り、その後またイギリスに渡り中学校に通ったのだから。

上の子がデンマークで大使館近くのカトリック系のインターナショナルスクール（小学校）に通っていたころのこと、同じクラスに韓国人の女の子がいた。この学校ではすべての教育が英語で行われていたので、〝North Korea〟と〝South Korea〟の違いくらいは子どもたちも十分にわかっていた。そのためか、うちの子と韓国人の女の子はほとんど口をきかなかったという。悲しい現実だが、子どもにまで分断の意識があったのだ。

ある日上の子が学校から帰ってくると、李舜臣(イ・スンシン)とは誰なのかと聞いてきた。北朝鮮でも李舜臣について教えはするが、上の子は当時まだ満六歳で、北朝鮮で初等教育を受けたこともない。どうやって李舜臣のことを知ったのか不思議だったが、上の子は、学校で「自分の国の一番偉い人物は誰で、なぜ偉いのか」を発表する時間があったと言った。

上の子は当然、「私たちの国で一番偉大なのは金日成(キム・イルソン)大元帥だ。国を奪った日本を追い出した」と言った。そのあと、韓国の子の発表の順番が来ると、彼女は「私たちの国では李舜臣将軍様が一番偉い。国に攻め入った日本を追い出した」と言った。クラスの教師は金日成のことは知っていたが、李舜臣は知らなかったようだ。教師は上の子と韓国の子を立たせて、「どうして北朝鮮と韓国は、日本を追い出した立役者として別の人物を挙げるのか」と尋ねてみたが、子ども二人がまともに答えられるはずもない。もしそこに日本の子までいたとしたら、もっと困った状況になっていただろう。

上の子があのときのことを憶えているかどうかはわからない。だが、あの子が経験したアイデンティティの混乱を思うと心穏やかではない。その後も上の子はロンドンの中学校に通ってから北朝鮮に帰って平壌外国語学院に通い、再びイギリスに戻った。人格と性格が形成される幼少年期と、おおいに勉強しておおいに楽しまなければならない二〇代前半を、特別な形で過ごしたのだ。

それでも私の家族は、大半の外交官の家族とは違い、親子が離れて暮らした時期はほとんどない。二〇一三年四月、私が英国駐在公使を務めていたときに、上の子と一年ほど離れたぐらいだ。このときも下の子は連れていけたし、運のいいことに、上の子も翌年三月にはイギリスにやってきた。

下の子は、イギリスでかなり勉強をがんばった。上の子はロンドンで公衆保健経営学を勉強しているうちに、イギリスの保健福祉システムに強い関心をもったようだ。最後の学びの機会になるかもしれないと感じていたのか、実習期間には、現地の患者たちを手厚く世話してあげていた。

下の子はサッカーが好きで、イギリスに来たばかりのころには、プロのサッカー選手になる夢を持っていた。平壌外国語学院中国語科四年に在学していたときは「民族語科チーム」のストライカーとして出場し、英語科チームを負かした。学院創立数十年の歴史において、民族語科チームが優勝したのはこのときが初めてだった。下の子が平壌を発つとき、教員たちは冗談まじりに、「きみが行ってしまったら民族語科のサッカーは終わりだ」と言って別れを惜しんだという。

ロンドンへ来てからも毎日サッカーをしていた下の子だったが、ひと月ほど経って急に「ぼくはサッカー選手としては見込みがないから勉強をしないと」と言った。イギリスの子のサッカーの実力についていけないというのだ。そのときから、下の子は勉強に専念するようになった。イギリスに渡って一年が経ったころ、父兄総会に行ったときの誇らしさは忘れることができない。英語担当の教師は、下の子の英作文が優秀作に入選したと説明し、「ぜひ一度ご両親に会ってみたいと思っていた」と言った。担任の数学教師からも、すばらしい努力家なので将来は明るいでしょうと褒められた。数学の成績が全学年で一位二位を争うというのである。

北朝鮮の現実に気づきはじめた子どもたち

子どもたちは、幼いころとは大きく変わりつつあった。北朝鮮の現実に気づきはじめていたのだろう。私が育った時代とは違うのだ。思い返してみると、私が母から買い与えられた本は、「思想的な鍛錬」を目的とするものばかりだった。小学校教員だった母が私のために初めて買ってきた本は、『鋼鉄はいかに鍛えられたか』、『鉄の流れ』、『母』などのソ連小説だった。とてもおもしろくて何度も読み返した。

とくに『鋼鉄はいかに鍛えられたか』は、のちに映画とドラマでも何度も見たが、そのたびに楽しめた。プロレタリア革命のため、平等な無産階級社会を建設するために自分の持てるものをすべて捧げる主人公パーヴェルの行動と台詞は、今でも記憶に鮮やかだ。パーヴェルが恋人トーニャを抱いて、「ぼくが夫になれば、きみを殴ったりはしないよ」と愛を告白した場面は、幼い私の胸をも震わせた。

母はその後も多くの外国小説を買ってくれて、私が読み終えるたびに感想を聞いたりした。そしてこんなふうに言った。

「永浩（ヨンホ）、小説の主人公たちのように、おまえも大きくなったら人類の解放と自由のために闘うんだよ」

父も母と同じ気持ちだったようだ。父は金日成の抗日武装闘争の実話を扱った、抗日パルチザン参加者たちの回想記を買ってきた。私は数日ですべて読みきった。人類の解放と、国の独立のために闘った共産主義闘士たちの話に胸が躍った。

そんな過去を思い出して感傷的になり、子どもたちに私と同じ経験を強要したことがある。毎日夕方に、金日成の回顧録『世紀とともに』をかならず何時間か読んで、感想を言いなさいという宿題を出したのである。うちの子どもたちはヨーロッパで育ったので、北朝鮮の体制に対する絶対的な服従精神が足りないと思ったのだ。そういう精神が正しいからではなく、それくらいは持っていないと、のちのち危険な目にあったり苦難を経験する羽目になったりするかもしれないと心配したからだ。

だが、子どもたちに『世紀とともに』を最後まで読ませることはできなかった。回顧録の内容と北朝鮮の現実の差が大きかったので、子どもたちは何のおもしろみも感じることができなかったのだ。今も北朝鮮は学生たちに『世紀とともに』や抗日パルチザン参加者たちの回想記などを強制的に読ませ、感想を書かせている。しかし現在の北朝鮮社会で、共産主義の書籍や小説を自発的に読む学生はほとんどいない。私はこれが北朝鮮の新しい世代の現実であり、南北統一の土台になると信じている。

誰が何と言おうとも、私が生まれ育ったころの北朝鮮は、〝黄金期〟だった。国家が衣食住と医療、福祉問題を解決してくれるという社会主義のシステムが、ある程度機能していた。私は国に対する自負心と忠誠心を感じていたし、今でもそれを大きく恥じることはない。しかし、私の子どもたちはまったく違う。黄金期どころか、苦難の行軍の時期に生まれて成長した。国家の恩恵を受けることができなかったのはもちろんのこと、国家から自尊心と愛国心を傷つけられるような数々の事例を経験してきた世代だ。子どもたちは、外国の学校では冷やかしの対象になった。北朝鮮から来たと言うと、まず反応からして違う。「へえ、そうなの」ではなく、「ええ、ほんとう？」と聞き返される。親しくなってからも冷やかしは続く。

「北朝鮮にはインターネットがないらしいけど、どうやって暮らしてるの」

「みんな、金正恩（キム・ジョンウン）みたいに髪を刈り上げないといけないのか」

「処刑された張成沢（チャン・ソンテク）の死骸を犬に食べさせたってほんとうか」

答えにくく、困惑するような質問ばかりで、ときには屈辱感を味わうような質問もあった。私が毎日味わっていた苦労を、子どもたちも経験することになったのだ。

子どもたちは本や映画、インターネットに触れながら、北朝鮮に対して批判的な、そして悲観的な視点をもちはじめた。北朝鮮の人権状況についてため息もついた。しかし子どもたちから「どうして私たちは朝鮮人に生まれたの」と言われたことは一度もない。だからこそ、なおさらつらかった。

長男への帰国命令で脱北を決意

上の子がロンドンへ来てから二年と少しが過ぎたころのことだ。二〇一六年三月、中国にある北朝鮮食堂の女性従業員たちが集団脱北した。衝撃的な事件だった。家族単位や親戚同士で脱北した例は多くても、一つの組織が集団で脱北した事例は初めてだった。大きな城は一気には崩れない。まず小さな石がこぼれ出して、大きい石が抜き取られてから全体が崩壊する。私は女性従業員たちの集団脱北が、北朝鮮の体制崩壊の端緒になると信じている。

北朝鮮社会が騒然となったのは当然である。女性従業員のうち脱北しなかった人たちは、ただちに平壌に召還されて取り調べを受けた。その結果、女性従業員たちが普段から韓国映画やドラマを楽しんで見ていて、韓国に憧れていたと判明した。

駐英北朝鮮大使館にも、大使館と宿舎のすべてのコンピュータを調査して、韓国映画やドラマを見ている職員を摘発するよう指令が出た。五月になると、また新しい指示が下った。背筋がぞっとした。北朝鮮流の表現を用いて書けば、こんな命令だ。

「女性従業員集団脱北の原因は、インターネットを通じて南朝鮮コンテンツを見過ぎたせいで、頭がおかしくなってしまったからだ。大使館員の子のうち二五歳以上の者は、全員七月中に帰国させなさい」

これでは、上の子はまた平壌に戻らなければならない。外交官の子女を海外に留学させて人材不足問題を解決するという金正恩の計画は、二年も経たずに破棄された。外交官を務めてきた身としては、北朝鮮の意図がわからなくもなかった。じつは、留学したあと北朝鮮の大学に編入した青年が問題を起こすケースはかなりあった。私も子どもたちに、イギリスであったことをぜったいに口外してはいけないと口を酸っぱくして言い聞かせたものだ。しかし、イギリスで懸命に勉強している上の子を北朝鮮にまた帰すと思うと、激しい怒りを禁じ得なかった。

北朝鮮の外交官のなかには、子どもの問題で頭を悩ます人が多い。離れて暮らしていると、子どもがとても恋しくなるし、心配にもなる。親が海外にいて子どもが平壌で一人で暮らしていると、教育的な問題も生じたりする。簡単に言ってしまえば、子どもが非行に走るケースがかなりあるのだ。親のいない家に異性の友達を呼び入れるとか、飲酒、賭博をすることもあるという。子どもを平壌に残してきた外交官夫人が鬱病にかかることも稀（まれ）ではない。

私はこの世で最も悪いことは、親子の情を何らかの目的に利用することだと思う。いかなる理屈をつけようが、平壌に残してきた子は海外で勤める外交官にとって〝人質〟でしかない。

私は玄鶴峰（ヒョン・ハクポン）大使に、「七月には長男の学期が終わるから、そのときまで勉強することができるようにしてくれ」と頼んだ。平壌に私の申し立て事項が伝わり、何日か後に、どうしても七月中には帰すようにという上部の指示が伝わった。平壌からの催促は、その後も繰り返された。七月が近づくと上の子の顔色が曇りはじめ、妻の言葉数も目に見えて減った。私は決心した。

「こんな暮らしはもうたくさんだ。親子が一緒に住む権利もないのか。もうこんな生き方はやめよう。これが人間の暮らしといえるのか」

私は自分の一生を北朝鮮の体制のために捧げてきた。特別待遇や恩恵もたくさん受けた。しかし、子どもの未来をかけてまで、これ以上の忖度（そんたく）はしたくなかった。親の思いどおりに自分の子と一緒に住むこともできない体制など、もうこりごりだった。私は子どもと一緒に暮らすために、何度も政府と闘ってきた。子どもと一緒に暮らすためには、どんなことでもした。子どもを立派に育てるのが一生の目標でもあった。これ以上は耐えられない、そう思った。「子どもにだけは自由を与えたい。奴隷の鎖を切って、夢を探してやろう」

「これ以上奴隷のように暮らすことはできない」

今こそ北朝鮮を去ろうと決意を固めた私は、上の子の平壌行きを目前に控えて、家族と大使館周辺の公園に散歩に出かけた。妻にはもう脱北について相談したあとだった。いくら自分の子でも、いざ脱北の決意を話そうと思うと、胸がどきどきして言葉が出てこなかった。何かを察して緊張する子どもたちの前で、高鳴る胸を落ちつけてやっと口を開いた。

「父として上の子だけを平壌に帰すことはできない。政府の指示に従わざるを得なかったこれまでの日々が悔やまれる。これからは、人間としての権利を追求することにした。これ以上奴隷のように暮らすことはできない。これまで奴隷のように生きてきただけでも十分だ。私は脱北を決意した。私たちが脱北すれば、うちの兄弟や一族が大きな不利益をこうむるだろうが、まずは私たちが自由を求めよう。彼らのためにも一生懸命生きればいい。父として、おまえたちに与えることができる遺産は自由だ。韓国へ行っても私たちの思いどおりになるわけではないだろうが、おまえたちが自由に暮らすことはできるだろう」

妻と二人の息子も意見を言った。そのすべてを書き出すのは適切でないと思うので、一部だけ記すことにする。まず妻の言葉だ。「機会があったにもかかわらずおまえたちをまた北朝鮮に連れていったら、私たちも後悔するだろうし、おまえたちも私たちをずっと恨むだろう。私たちが脱北したらおばあさんと親戚が耐えがたい苦痛にあうだろうし、そのことを考えたら胸が張り裂けそうだ。だけど、その罪は母さんが全部引き受ける。自由を求めて先に旅立った自分たちのことを、いつかかならず誇らしく思う日が来るだろうと信じてる。彼らの分まで一生懸命生きよう」

子どもたちは、「親戚のことを考えると胸が痛いけど、僕たちも自由に暮らしたかった。かならず成功して、統一されたら北に帰って従兄弟たちの面倒をしっかりみる。お父さん、お母さん、ありがとう」と言った。

誰にも告げず大使館を去る

家族で脱北を決意したとき、実の兄弟のように過ごしてきた玄鶴峰(ヒョン・ハクポン)大使の姿が脳裏に浮かんだ。とてもすまない気持ちだった。平壌外国語学院の六年先輩である玄鶴峰は、外務省時代から親しい同僚であり、友達でもあった。彼は外務省五局（アメリカ局）副局長、私はヨーロッパ局（一二局）副局長で、二人とも部門書記だった。お互いに問題を共有し、外務省で喜怒哀楽をともにした。一九九〇年には統一通り建設現場に外務省突撃隊として一緒に出向き、六カ月間住宅建設に参加した。その年にうちの妻が上の子を生んだのだが、母乳がよく出ないと聞くと、玄鶴峰はみずから漁師を探して鯉を買ってきてくれた。北朝鮮では、母乳が出にくい女性に鯉の血を飲ませる慣習があるのだ。

イギリスでも、玄鶴峰と私は夜を徹して情熱的に働いた。彼は率直な性格の持ち主で、私に隠しごとはしなかった。しかし私は、同僚たちにはもちろん、彼にも脱北計画を話せなかった。統一が実現したら、旅立つことを告白もできなかった私の仕打ちについて彼らに許しを請いたいと思う。

私たち家族は、日付を決めて綿密に脱北を計画した。大使館員は誰も気づかなかった。いよいよその日が来た。大使館を出て、四〇〇メートルほど歩いたとき、私は振り返って大使館を眺めずにはいられなかった。これまでの人生を捧げてきた北朝鮮の体制と、永遠に決別する瞬間だった。こんなふうに去るために五〇年間暮らしてきたのかと思うと、とめどなく涙が流れた。大使館がだんだん遠ざかっていく。私の脱北を知らないまま、大使館で笑って話す仲間のことを思うと、胸がつぶれそうだった。どうか無事で、どうか彼らが無事であるようにと願うばかりだった。

金日成に従えばユートピアが訪れると信じていた

脱北直前、私は家族にこんなことを話した。

「金正恩は長続きしないだろう。しかし、じっとしていたら、朝鮮の体制が私たちが考えるより長続きすることもありえる。私は南朝鮮に行ったら統一のために働こうと思う。奴隷の境遇におかれた親戚を解放するためにも、一生懸命に闘いたい」

韓国へ来てからも、私はその誓いを一瞬たりとも忘れたことがない。さいわいにも統一のために働くことができる役割が与えられたし、敢えて言うが、今日も一分一秒を惜しんで働いている。韓国へ来て驚いたことの一つが、若い世代が統一にあまり関心がないことだった。統一を切実な民族的課題と考えている北朝鮮の学生とはまったく違った。

しかし、私は失望はしていない。統一のために一歩ずつ黙々と歩めば、韓国の若い世代も統一を切に望む時期がすぐに来るだろうと信じている。重要なのは、統一をどのような方法で達成するか、あらかじめ準備しなければならないということだ。これは私が力になることができる部分であり、私の使命でもある。

私が五〇代後半という年齢にもかかわらず自叙伝に近い本を書くことを決心したのは、現在の北朝鮮社会の姿を正しく知ってもらうためだ。韓国では北朝鮮社会を社会主義、共産主義という理念と結びつけて見ている。そのような捉え方では、対北朝鮮政策で右派と左派、保守派と進歩派が分断されざるを得ないし、対北朝鮮政策論争でも議論の幅が広がらざるを得ない。では果たして、北朝鮮は社会主義社会、共産主義国家といえるのだろうか。

社会主義社会とは、身分的平等と経済的平等が実現した社会を意味する。人類が本当にユートピア的な社会主義社会を建設することができれば、それほどいいことはないだろう。私の家と妻の家の祖父母たちは、金日成の命令に従えば朝鮮半島に社会主義の理想社会を建設することができると信じていた。しかし彼らは、北朝鮮の社会主義社会がなぜ社会主義封建社会に変化し、さらに奴隷社会にまで後退したのかを理解できないままこの世を去った。それくらい北朝鮮社会主義の退行過程は隠密裏に進行したのだ。

朝鮮戦争は同じ民族同士の数百万名の殺傷という悲劇だけを残して終わったが、戦後も朝鮮半島を統一しようとする北朝鮮共産主義者たちの情熱は冷めなかった。金日成は共産主義者たちの理想と情熱を利用して、一九六〇年代末までに党内のすべての派閥を粛清して唯一領導体系を樹立した。さらに、東アジアで初めて社会主義福祉体系を構築した。

私の記憶にも鮮やかだ。家に鍵をかけなくても泥棒は入らなかった。両親が遅く帰るときは隣家のおばあさんが来て炭を替え、ご飯もつくってくれた。六、七歳のころ、私は一人で汽車に乗って、平壌から明川(ミョンチョン)の祖父の家や恵山(ヘサン)の母方の祖父の家まで行ったことがある。約一〇時間ほどかかった。私がとりわけ賢かったわけではない。父が平壌駅で明川郡や清津(チョンジン)まで行く乗客を探して「この子を明川古站(コチャム)駅で降ろしてくれ」と頼み、明川の祖母に「子どもがそちらに行く」と電報を打てば、叔父が早朝に古站駅に来て、駅で降りる私を拾って父の実家に連れていってくれるのだ。

日曜日には父が生ビールを〝バケツ〟に入れて買ってきた。小さな部屋で町内の人と蚊取りのもぐさを焚いて一晩中ビールを飲んだ。豊かではなかったが、近所の人と笑いあって未来を描いた時期である。一九七〇年代初頭には、まだ平壌と地方の格差はほとんどなかった。

世襲統治を進めるなかで北朝鮮は監獄と化していった

こんな社会主義国北朝鮮の姿が、変わりはじめたのはいつだろう。私は金正日(キム・ジョンイル)が大学を卒業して労働党に入り、世襲統治を確保するための理論的な体系を打ち立てるなかで起こったことだと思う。金正日は父である金日成の存在を前面に押し出して、一九六七年五月二五日、いわゆる「五・二五教示」という北朝鮮式共産主義理論を発表した。社会主義社会である北朝鮮がさらに前進するためには、階級闘争とプロレタリア独裁をさらに強化しなければならないという内容だ。

それは平穏で幸せな村に突然訪れた事件であった。一九六〇年代末から北朝鮮式〝文化大革命〟が起こる。これは世界史の普遍的な流れに逆らうものだった。理論的には、金正日がレーニンとスターリンのプロレタリア独裁論を受け継ぐかのようにも見えたし、分断された朝鮮半島の特殊性を考慮した措置にも思えた。しかし実際には、北朝鮮社会を再び多くの階級に分けるという、歴史的側面から見れば「後退」であった。金日成を人間ではない超人的なリーダーに仕立て上げて、絶対的に崇拝させようとする意図だったのだ。

五・二五教示後、北朝鮮国民は核心階層と動揺階層、敵対階層の残党に分けられることになった。核心階層に入ることができなかった国民は、地位の上昇が不可能だった。一方、能力が足りなくても、核心階層に属しさえすれば自動的に地位が上がっていく。朝鮮王朝時代のように両班(ヤンバン)、中人(チュンイン)、常民(サンミン)、賤民(チョンミン)に分かれていく流れが始まった。

朝鮮戦争の際に人民軍に入って闘ったとか、労働党に付いて撤退した人は上層に上がった。偶然故郷に残って米軍と国防軍を迎えた人は動揺階層に分類され、地主や資本家の子や南側への越境者がいる家族、またはいわゆる「南韓反逆勢力」の家族は敵対階層のレッテルを貼られた。

さらに悲惨なのは、北朝鮮のために闘った南朝鮮労働党出身者たちや、日本から「社会主義祖国」に帰ってきた元在日朝鮮人さえ核心階層ではなく一般の動揺階層に区分されたことだ。抗日パルチザン活動をしたといえども、金日成部隊出身でなければ「革命の伝統をむやみやたらに拡張しようとする反党勢力」に分類されて、その子とともに党と国家の要職から追放された。

核心階層でなければ党、外交、防衛、安全、検察、軍官など党と国家の中心的な部署に入ることができなかった。実例として、私が通った国際関係大学は党幹部養成機関なので、核心階層の子でなければ入学が不可能であった。一九七六年の板門店ポプラ事件をきっかけに、金正日は核心階層ではない市民は平壌から地方へ追放するか疎開させた。私の叔母一家もこのとき、平壌から地方に疎開させられた。敵対階層の中で北朝鮮社会に抵抗したり反発した市民は、処刑されたり収容所に送られたりした。全国が徐々に監獄、兵営と化していった。

金正日によって国が詐欺と虚偽で覆われた

五・二五教示後に金正日は「党の唯一思想体系確立の一〇大原則」を発表して、金日成を神格化する作業に入っていった。党と社会を一つに団結させ領導するリーダーとして金日成が必要なのではなく、金日成という首領のために党、国家、軍隊、経済など国のすべてのものが必要なのだという「首領絶対論」を打ち立てたのだ。数十万人に及ぶ北朝鮮の真の共産主義者たちの闘いの歴史はすっかり否定され、金日成の革命の歴史、万景台(マンギョンデ)一族の歴史だけが朝鮮の歴史であるかのように修正された。

一九七〇年代初頭からは、金日成に対する「忠誠と孝行」という封建道徳が打ち出された。このころから金正日は、金日成神格化のために歴史を捏造することはもちろん、あちこちで首領偶像化を行うようになる。一九七二年には、還暦を迎えた金日成を内閣首相から国家主席の座につけた。建前としては金日成に「よく仕えなければならない」ということだったが、本心では彼を形だけの君主に仕立てるつもりだった。実際に金正日は、金日成に対外活動しかさせなかった。

金日成が内閣首相のときは内閣が経済を掌握していて、社会主義の本旨に合うように、国家計画委員会が立てた計画によって経済が動いた。しかし金正日は、内閣から軍需経済を引き離して党経済をつくり上げた。党内に三九号室と錦繡山（クムスサン）経理部など、自分と金一族の贅沢な生活を保障するための部署を設置したのである。

社会主義計画経済体系が崩れはじめた。幹部らは経済の破綻を阻むために、金正日に内閣の運営を任せることを要請した。しかし金正日は、金日成から経済事業に携わるなと言われたとして、自分は党と軍隊だけを引き受けると言った。こうして国の経済が、金一族の享楽のためだけの経済へと転落した。

金正日は金日成に対する忠誠と親孝行を強調しながら、すべての芸術活動の方向性を金日成賛美に向けた。どんな映画や歌も、金日成賛美に関するものでなければ検閲を通らなくなった。さらに金正日は、金日成の健康長寿を願うと言って景観のいいところに特閣（別荘）、招待所を建設し、全国的に若くてきれいな女性を徴用する五課体系を立ち上げた。

金正日は、党の正常な機能さえ麻痺させた。金正日が党の事業に携わる前は、党内には「集団討議体制」があった。金日成の唯一独裁ではあったが、政策は集団で討議して決定していた。しかし、金正日はすべての事案を首領に報告し、首領の結論を受けて処理する党の強い領導体系を確立するとして、「提議書体系」を打ち立てた。党組織の書記である金正日自身が提議書を通して金日成に報告して結論を出すから、自分にすべての事案を報告しなさいという意味である。この体系もやはり、金日成を見かけだけの君主に据えて、国の情報と権力を金正日が独占するという結果をもたらした。金正日の独断によってすべてが牛耳られる体系が形成されたのだ。

一九八〇年代からの北朝鮮は、提議書統治、方針統治の時代だった。党の政策と国法の上に金正日の提議書や方針が君臨した。部署間の水平的な討議や協議はほとんどなくなり、垂直的な事業体系だけが残った。ただ金正日に報告して、指示を受けて処理するという方式である。

全人民を金正日のためだけに服務する存在として、奴隷思想で教育しはじめたのもこの時期だ。「金日成同志を首班とする党中央委員会を命をかけて死守しよう」というような掛け声は、金正日のために命を捧げる「八〇〇万銃爆弾精神」に変質した。すべての青少年が、「将軍様は狙撃の名手、私は弾丸」の精神を学ばなければならなかった。

北朝鮮はもはや実質的に封建社会、または王朝国家だった。社会全般を迷信的な首領絶対論が支配していた。ロシアで生まれたはずの金正日が、突如として白頭山（ペクトゥサン）で生まれた光明星（クァンミョンソン）として生まれ変わり、国全体が詐欺と虚偽で覆われた。食糧四〇〇万トンを生産したら八〇〇万トンの穀物高地を占領したと宣言したし、地方に飢える人々が増えて経済が破綻しかけていたのにもかかわらず、一九八〇年代には社会主義完全勝利の門の前に到達したと宣言した。首領を神のような存在として、北朝鮮を成功した社会主義国家としてでっち上げるために、すべての部署が過剰な忠誠を示さなければならなかった。そうしなければ、反党反革命分子の烙印を押されるかもしれないからだ。

北朝鮮は封建社会どころか、奴隷社会まで退行した。私はその時期を、金日成が死去した一九九四年以降と見ている。金日成の死後に金正日が打ち立てた先軍政治は、軍事独裁を越えて奴隷社会のような体系をつくりあげた。人の命が、奴隷主である金正日の気分と感情によって左右された。金正日はフルンゼ軍事大学事件、カザン留学生事件、ドイツ留学生事件、深化組事件などを起こして無慈悲な処刑と粛清を濫発（らんぱつ）し、いつも最後には部下にすべての責任を被せた。ヨーロッパに北朝鮮貨幣を大量に売却して極度のインフレに陥ったときも、貨幣改革に対して北朝鮮史上初めて市民が反旗を翻したときも、金正日は責任を回避して部下の命を奪った。

奴隷とは、他人の所有物になって使われる人、すべての権利と生産手段を奪われて品物のように売り買いされる人のことを指す。北朝鮮の国民には、人間の基本権利である意思表示の自由、移動の自由、生産手段を保有する自由、自分の子を自分で監督する自由さえない。断言するが、今日の北朝鮮は現代版奴隷社会だ。

正統性の欠如が金正恩を暴走させている

金正日はそれでも、一五年以上かけて後継者の地位を築き上げた。一九六四年に党中央委員会に入り、一九七四年、党全員会議で抗日革命闘士たちの後押しを受けて後継者に浮上し、一九八〇年、労働党第六次大会を通じて後継者の地位を確実にした。

金正日は、北朝鮮王国の後継者になるためにかなりの努力はした。金正日が後継者に公式指名されるとき、労働党が「金正日同志は一〇年間、党中央委員会で働きながら後継者としての能力を証明してきた」と説明したのはこのためである。金正日はそれまでに、党と金一族内部を自分の支持勢力にし、叔父金英柱（キム・ヨンジュ）、継母金聖愛（キム・ソンエ）とその兄金光俠（キム・グァンヒョプ）、金聖愛の実子である異母兄弟金平日（キム・ピョンイル）などを主要な役職から追い出した。

この過程で金正日は、血統的に「父はパルチザン大将、母は抗日の女性英雄」というアイデンティティを浮き上がらせようとした。金日成のパルチザン仲間と一族内の支持を得るためだ。金正日が金英柱や金平日を後継争いから排除することができた決定的な要因は、彼が金日成の長男であると同時に、本妻の実子であったことだ。北朝鮮は、共産主義と朱子学の概念が結合された特殊な社会構造をもっている。朱子学の基本は「伝統性」と「名分」である。すべてのことが問答無用で実行されているように見えるかもしれないが、じつは北朝鮮も、伝統性と名分を重視する。北朝鮮社会に根深く残る儒教意識が、金正日に後継者としての伝統性と名分を付与してくれたのだ。

その結果、金正日は金日成がまだ活発に活動していた一九八〇年代の初めから、北朝鮮の実質的な支配者として君臨していた。金正日は、自ら政敵を排除して後継者の座を勝ち取った。これは金日成から金正日への世襲移行が、「上昇方式」で行われたということを意味する。

一方金正恩は、金日成が構築した北朝鮮の体制を受け継いだという点では金正日と同じだが、その方式が「下降方式」だったという違いがある。言い換えれば、金正恩は自分の努力ではなく金正日から権力をただで譲渡されたということだ。

金正恩は、権力掌握過程でカリスマ性を新たにつくりだすことができなかったことに加え、出生コンプレックスがある。白頭山（ベクトゥサン）血統を名乗ってはいるが、金日成から公式に認められたことのない、突如現れたおかしな白頭山血統だ。その上金正恩は、非常に若い歳で最高権力を握った。金正恩自身が、幹部と北朝鮮の国民は自分を認めてくれるだろうかと不安と焦燥を感じているに違いない。神格化どころかリーダーとしての伝統性と名分が不足した金正恩が、結果的に選択せざるを得なかったのが核と大陸間弾道ミサイル（ＩＣＢＭ）、そして恐怖政治だ。これによってカリスマ性をつくり上げ、神的な存在になれなければ、体制が崩壊するのはもちろん金正恩自身が追い落とされることになる。金正恩があれほど核とＩＣＢＭに囚（とら）われて、張成沢（チャン・ソンテク）粛清に代表される恐怖政治を行う理由がここにある。その事例は、すでにかなりの部分を紹介したとおりである。

激しい感情と冷静な頭脳を併せ持つ

金正恩はまた、とても性急で、即決的かつ激しい性格だ。その反面、頭脳と論理に秀でてもいる。つまり、彼の過激な行動には性格的な側面と戦略的な側面があり、ときにはその二つが混在することもあるのだ。まずは性格的な側面が現れた事例を二つ挙げてみよう。

休戦協定が結ばれた日である七月二七日は、北朝鮮では戦勝記念日と呼ばれている。二〇一三年七月、リニューアルを控えた祖国解放戦争勝利記念館（戦争記念館）に火災が発生した。報告を受けた金正恩が急いで駆けつけ、まだ水浸しの状態の地下に土足で入っていった。数百人が鎮火と整理作業をしていたが、金正恩は「私があれほど火災に気をつけろと言ったのに、注意もしないでいったい何をやってるんだ」と大声で罵った。

作業中の人がみな集められ現場の空気は凍りついていた。そうこうするうちに、金正恩が火の手を逃れた金日成の写真を見つけた。北朝鮮では有名な写真である。金正恩は「それでもこの写真は無事だったか。これだけでも残ったのはよかった」と言いながら興奮を鎮め、現場の雰囲気も和らいだ。

二〇一五年五月、金正恩はスッポン養殖工場を「現地指導」した。工場はとんでもない状況だった。スッポンの子がほとんど死んでいたのだ。工場の支配人は電気とエサ不足を理由に挙げたが、金正恩は「電気、エサ、設備の問題で正常に生産できないというのは話にならない」ときつく責めた。金正恩に随行した高位幹部たちも、うなだれたまま彼の指示をメモすることしかできなかった。帰りの車に乗り込むと、金正恩は支配人の処刑を指示し、すぐに銃殺が行われた。

金正恩の過激な行動が、計算と論理に基づいていた例もある。二〇一六年五月、アメリカ大統領選挙が盛り上がっていたときのエピソードだ。共和党候補ドナルド・トランプが、「金正恩と話すことに何の異存もない」という発言をして世界的な話題になった。北朝鮮はその年三月、アメリカ人の大学生オットー・ワームビアに労働教化刑一五年を、四月には韓国系アメリカ人キム・ドンチョルに懲役一〇年を宣告していた。北朝鮮と金正恩に対するアメリカの世論が非常に厳しい状況だった。
トランプの発言直後の五月一八日、北朝鮮を訪問中のイギリスAPTN代表団が、最高人民会議常任委員会楊亨燮（ヤン・ヒョンソプ）副委員長にインタビューをした。APTNは、平壌に常設支局があるイギリスの通信社だ。楊亨燮はトランプの発言についてどう思うかというAPTNの質問に、「われわれは対話自体には反対しない。対話は戦争の際にもするものだ。対話ができない理由はない」と述べた。外務省が前もって作成した原稿どおりに、「われわれはいつでも対話に臨む用意ができている」という主旨で述べた発言だ。

ところがAPTNは、この発言を金正恩もトランプとの会談を望んでいるという意味に受け止めた。APTNは当日の平壌発のニュースで、北朝鮮がトランプの対話提起を歓迎したと報道した。自分の執務室で世界の主要メディアをリアルタイムで見ていた金正恩が、このニュースに接した。彼は夜中に金桂寛（キム・ゲグァン）外務副相に電話をかけ、このように叱責した。

「おい、あの老いぼれ（楊亨燮）がどうして私の承認もなしにトランプとの対話に臨むなどと言えるんだ。私を代弁してそんなことを語る権限を誰が与えたのか。私は朝鮮の指導者だが、トランプはまだ大統領にもなっていない一候補なのだから対等ではない。外務省があの老いぼれにそう言えと書いて渡したのか」

楊亨燮は一九二五年生まれとされており、金日成の従姉妹の夫だ。そんな人物を「老いぼれ」と呼んだことからは、確かに金正恩の気性の荒さがうかがえる。ただし、彼の言葉にそれなりの論理と計算が隠されているという点も、見過ごしてはならないと思う。

APTNはイギリスの通信社なので、駐英北朝鮮大使館が事態を収拾するようにという外務省の指示が伝えられた。玄鶴峰（ヒョン・ハクポン）大使は「一大統領候補が我々の最高指導者と対話の場を持ちたいというのは礼儀を欠いている」と反駁して、事態を収拾した。

平壌では、楊亨燮に原稿を書いて渡した外務省関係者が中央党組織指導部から厳重な警告を受けた。みな内心、悔しい思いだった。対話には対話で、軍事攻撃には報復で応じるというのが北朝鮮の一貫した対応方針だったからだ。楊亨燮が金正恩の性格をあらかじめ知っていたなら、ＡＰＴＮの質問に「その問題はわれわれの最高指導者同志が決めることだ」と返事したことだろう。この事件をきっかけに、今では誰でも金正恩に関する質問を受ければ、「それは最高指導者同志が決める問題だ」と返答するようになった。

二〇一七年九月二〇日、トランプ大統領は国連総会の演説で「北朝鮮を完全に破壊してしまうこともできる」という超強硬発言をした。翌日、金正恩は関連声明を発表して、トランプを「老いぼれ」と名指しした。その瞬間、私は金正恩が楊亨燮を「老いぼれ」と呼んだエピソードを思い出し、これは金正恩本人が入れた表現だろうと直感した。

一般家庭に普及した中国製メディア・プレーヤー

韓国で、かなり知られた北朝鮮の写真がある。二〇一〇年一〇月一〇日、労働党創建六五周年記念観兵式で金正日と金正恩が並んで映った写真だ。写真のなかの金正日は、病に侵されているのがひと目でわかるほどで、少し残酷な表現を用いるならば、死期が近いように見える。そんな金正日が、息子金正恩に非常に心配そうな視線を送っている。自分の健康よりも息子の未来を案じている表情だ。私にはこれが、金正日死後の金正恩体制の未来を象徴しているように思える。

核とＩＣＢＭ、恐怖政治でカリスマ性を演出しようとした金正恩だが、失敗に向かって疾走している。政権掌握以降、四回の核実験を実施して、ＩＣＢＭは打ち上げられるだけ打ち上げた。叔父の張成沢（チャン・ソンテク）と異母兄の金正男（キム・ジョンナム）を処刑してしまった今では、もう誰を処刑してもこれ以上の恐怖は与えることができない。彼のカリスマ性は失墜する一方である。つまらない想像だが、金正恩が自分に釣り合うような、若さ、覇気、開放性、海外留学で得た国際的視野などを強調する方法でカリスマ性をつくり上げたなら、別の結果が出たかもしれない。

金正恩がカリスマ形成に失敗すれば、彼自身が権力の座から転落するのはもちろん、体制自体が崩壊する。金日成・金正日の代には指導者のカリスマ性を揺るがすことが起こっても、外部情報の遮断、移動統制、洗脳教育、政治組織生活などによって体制を維持することが可能だった。しかし現在、金正恩の代になってからは、このようなやり方はすべて成り立たなくなっている。

今では韓国の人気ドラマや映画が、ＤＶＤやＵＳＢの形態で何週間かのうちに北朝鮮市場に入ってきている。このような状況になったのは、北朝鮮の市民生活が豊かになったからではなく、一〇年少し前から電力事情が悪化して、テレビを自由に見られなくなったからだ。テレビに代わる映像が必要だったのである。中国業者がこの隙を狙ってきた。一二ボルトのバッテリーでＤＶＤやＵＳＢを再生するメディア・プレーヤー「ノーテル（ＮＯＴＥＬ）」を生産して、北朝鮮に売り込んできたのだ。

ノーテルは、一日に一時間から二時間しか電気がつかなくても、バッテリーの充電ができた。たとえ停電が続いても、市場で新しいバッテリーを購入すればいい。価格も三〇ドルから七〇ドルと安価なほうなので、北朝鮮のほとんどすべての家庭がノーテルを保有するようになった。ＤＶＤやＵＳＢに入った韓国コンテンツが、北朝鮮全域に広まった理由がここにある。

また携帯電話の導入で、価格と需要に関する情報共有が、北朝鮮全域でリアルタイムに行われるようになった。命をかけた脱北の行列が続き、北朝鮮に残った家族が北朝鮮国境地帯で、携帯電話を使い韓国の脱北者と通話する時代が来ているのだ。

移動も、以前よりは自由にできるようになった。北朝鮮全土に総合市場ができるようになると、都市を連結するバス交通網が政府の黙認の下につくられた。今では、中小都市や郡からも主要都市へのアクセスが可能だ。基本的に非武装中立地帯や中朝国境地域を除けば、北朝鮮全域を旅行できる。

現代の北朝鮮の子どもは、もう金日成の著作のようなものには目もくれない。洗脳教育も通用するわけがない。

組織生活の基本である自己批判と相互批判も、旧時代の遺物になって久しい。地方では言うまでもなく、外務省のような中央機関内でさえ、相互批判に参加する人は非常に珍しい。各々が党委員会の部員にたばこや金銭を渡して、自分を相互批判の名簿から除外してくれるよう取り引きする。先に言及したように、党会議記録簿につくり話を書かなければならないほどである。

会議中にうたた寝する人も多く、休憩時間のたびに、寝てはいけないと警告される。今では会議の主催者も、気づかぬふりをして講演資料を読みあげているだけだ。

二〇一六年五月の党大会では、金正恩が主賓席に座っているにもかかわらず、党代表者たちがしきりに居眠りをした。そこで会議室の温度を一四℃に下げて冷風を流したら、多くの人が風邪を引いてしまった。

この大会では、平壌鉄道局政治部長と局長が反党分子として糾弾されて、党代表職を剝奪された。うち一人はのちに自殺している。この事実は韓国メディアにも報道された。最高幹部の集まる党大会がこんな調子である。

エリート層も金正恩と距離を置きはじめた

北朝鮮の体制の不安定な状況は、エリート層の動向を通しても知ることができる。エリートは今や、北朝鮮の体制と金正恩に背を向けている。二〇年間経済危機から脱することができなかったのは、共産圏でも北朝鮮だけだからだ。苦難の行軍は、北朝鮮が朝鮮戦争後初めて経験する経済危機であり、弁明も合理化も可能だった。金正日は、「社会主義は科学である。苦難の行軍は、労働党の政策的失敗から始まったのではなく、すべての東欧諸国が経験した難関だ」と説明した。それと同時にテレビなどを通して、ソ連と東欧の状況を絶えず流しつづけた。北朝鮮の国民も「戦後の荒廃をくぐり抜けてきた北朝鮮なら、すぐに苦難の行軍を乗り越えることができるだろう」と信じた。

何年か経つと東欧諸国はみな経済的危機を克服して軌道に乗ったが、北朝鮮だけはそのままどころか、時が経つにつれて悪化の一途をたどった。かつて北朝鮮が援助していたベトナムとラオス、カンボジア、アンゴラなどに、むしろ北朝鮮の労働者がドル稼ぎのために派遣されるほどだ。今では幹部たちも、自分たちはこんな未来を目指して革命をしてきたのかという疑問を呈している。そして、このような奴隷生活が、あと三〇年、四〇年も続くのかと思い、悲惨さを感じている。

金正恩の恐怖政治下で、北朝鮮の幹部たちは「太陽にあまり近づくと焼け死ぬが、あまり遠ざかると凍え死ぬ」という格言を思い出して、金正恩との適当な距離を維持しようとしている。幹部たちはこれ以上北朝鮮に未来はないと見ており、みなひそかにドルを集めることに必死になっている。権力を手にした者は、子どもたちを外貨獲得機関に入れてドルを稼がせようとしている。

これ以外にも、金正恩体制にとって最大の脅威となりうる存在がある。それは市場(いちば)だ。じつは、私の幼いころの一九六〇年代にも市場はあった。当時は市場とは言わず農民市場と呼んでいた。農民たちが自分の畑で生産した物を売る場所で、一カ月あるいは一〇日単位で開かれ、平壌のような都市にはなかった。

北朝鮮に今日のような市場が形成されたのは、苦難の行軍を経験したのちの一九九〇年代末だ。地方はもちろん、平壌の町と路地にも違法な商売人が現れるようになった。初めは個人菜園で生産したニンニク、野菜、じゃがいも等と、工場からひそかに搬出されたビール、パン、靴などが売られていた。

そのうち、米とともに国家が流通を徹底的に統制しているはずの食糧まで出回り始めた。私は一九九六年六月にデンマークに行ってから、スウェーデンを経由して二〇〇〇年七月に北朝鮮に帰ってきた。デンマークに発つころには、まだ平壌市に公式の市場はなかった。四年後に戻ってきて、家の近くの牡丹峰（モランボン）区域仁興（インフン）市場に行ってみて、大きな変化を感じた。国営商店の商品棚はがらんと空いていたが、市場と外貨商店には品物が一杯だったのである。貧富の差も激しくなっていた。人々は金儲けのためにせわしなく動き回っていた。

金正恩の政権掌握後、北朝鮮の総合市場の数はかなり増加した。金正日時代にも市場はあったが、国家はその存在を無視していた。しかし金正恩時代に入り、市場は事実上取り締まらないことに決められた。北朝鮮の市民は相変わらず市民としての権利を享受することはできないが、個人で商品を販売する権利を含む経済的権利は次第に拡大していく模様だ。

人は、一度手に入れた権利を侵害されれば、命をかけても闘うようになる。市場では商人と保安員（警察）の争いがしばしば起きた。初めのうちは保安員を避けてバッタのようにあちこちへ散っていった商人たちが、今ではダニのように保安員と正面衝突する。私は外国記者懇談会で「北朝鮮でも市民の抵抗はあるのか」という質問を受けたとき、「バッタがダニに変わった」と答えたことがある。

実際に貨幣改革に失敗したとき立ち上がった市民の抵抗は、北朝鮮史上、例のないことだった。市場はこのように、金正恩にとって危険な存在なのだ。

北朝鮮にもし宗教が広がったら

性格は異なるが、北朝鮮体制と金正恩を脅す危険な存在はまだある。宗教だ。金正恩がいくら神のような存在になったところで、本物の神を信じる信心深い信者の前では、非力な人間でしかない。もちろん現在、北朝鮮の国民のあいだに信仰や宗教活動はほとんど見られない。しかし北朝鮮にも宗教の信者がいて、宗教活動が行われているということだけは、忘れてはいけない。これは、宗教の自由があるというのとはまた別の意味である。

韓国へ来てから、私は北朝鮮を訪問したことのある宗教界の人にたくさん会った。この、北朝鮮を何度も訪れた人々から私が一番よく受ける質問はこうだった。

「北朝鮮には本当に信仰の自由はあるのか」

「鳳水(ボンス)教会、長忠(チャンチュン)聖堂などに行ってきたが、そこにいる人々は本物の信者たちか」

「北朝鮮に家庭礼拝所が数百カ所あるというが、これは本当か」

韓国の宗教人が北朝鮮を訪問すれば、当然ながら北朝鮮宗教界の人士が宗教施設を案内して、さも信仰の自由があるかのように宣伝する。宗教施設に行って宗教儀式を見学してみると、北朝鮮にも宗教の自由があると勘違いするかもしれない。しかし、これはまさに錯覚だ。

北朝鮮の社会主義憲法にも宗教の自由が明記されているが、北朝鮮には憲法より上位の法がある。金氏三代の「お言葉」、「党の唯一領導体系確立の一〇大原則」、「朝鮮労働党規約」のような首領と党の政策である。党の政策で、主体(チュチェ)思想または金日成・金正日主義だけを信じなければならないと規定されているので、北朝鮮で宗教をもつということは党の政策に反する行為だ。

北朝鮮は朝鮮戦争以後、アメリカに対する北朝鮮住民の敵がい心を利用して、徹底的に宗教を弾圧した。信者は敵対階層に分類されて監視統制を受けた。北朝鮮は宗教を「人民を抑圧し搾取する道具」「帝国主義の思想や文化を浸透させるための道具ないしは走狗（そうく）」であるとして攻撃し、教会を「反動統治階級が人民の階級意識を麻痺させる思想を宣伝してまき散らす拠点」と規定した。「宗教は阿片」という共産主義の一般的な宗教観をさらに進めた形だ。

一九七〇年代、金日成は北朝鮮の国民は労働党だけを信じて暮らしているため、宗教問題は解決したと宣言する。しかしその一方で、有名無実化していた宗教団体の活動を再開させた。宗教を手段にして、赤化統一戦略の統一戦線を構築しようとするねらいがあったのだ。このときが、南北対話が始まった時点だということに留意しなければならない。

一九八〇年代、韓国の宗教団体が以前より積極的に民主化闘争に参加するようになると、北朝鮮はさらに一歩踏み出した。北朝鮮にもキリスト教が存在していることにしたのだ。このころから北朝鮮は、「キリスト教は帝国主義思想文化伝播の手先」という文句を出版物から削除し、教会についても「さまざまな宗教儀式を行う場所」と客観的に表現しはじめた。

一九八八年以降、平壌には鳳水教会と長忠聖堂が建設された。よく言えば韓国の反政府宗教団体との交流を拡大しようとする意図のもと、悪く言えば彼らを取り込もうという計算のもとでのことである。

ところで、教会や聖堂を平壌にだけ建てて地方には建てないのには理由がある。もともとは元山（ウォンサン）や江界（カンゲ）など地方主要都市に宗教施設を建設する計画があったが、結局取り消すしかなかった。管理も維持もできないからだ。

賛美歌を書きとめていた音大生たち

北朝鮮で教会を運営したいと思ったら、満たすべき最低限の条件がある。それは、牧師とにせ信者がいることだ。牧師は党が適当に調達するかもしれない。しかし、にせ信者は教会や聖堂周辺の住民のなかから選抜するしかなかった。一九八〇年代末には、日曜日にバスが運行されていなかったからだ。

党は、鳳水(ボンス)教会や長忠(チャンチュン)聖堂の近くに居住する「共産主義者女性」を選び、信者を演じさせることにした。本物の信者が出てくる危険を、あらかじめとり除いたのだ。初めのうちは、彼らを教会や聖堂に向かわせるのはじつに難しいことだった。出席率を上げるために、出席簿までつくったこともある。出席率の低い人は、生活総括で自己批判をして、相互批判を受けなければならなかった。こんなことを教える特別講習もした。

「教会や聖堂に行って賛美歌を歌い、宗教儀式に参加するのは単純な活動ではない。社会主義制度の優越性を見せつけるための活動だ。米帝との反米聖戦に乗り出した南朝鮮宗教界人士を獲得するための、そして祖国の統一のための崇高な闘いだ」

それでも出席率はよくならなかった。多くの女性が体調が悪い、家で急用ができたと言って逃れようとするのだ。しかし、ある時点から変化が見えるようになった。出席に対する統制が緩んだにもかかわらず、教会や聖堂に行く女性の数はむしろ増えた。

女性たちは宗教活動には短所もあるが、長所もあることに気づいたようだ。牧師の説教を聞いて歌を歌うと心が楽になるし、自然と社交の場にもなる。

礼拝と賛美の真似ごとをしていた彼女らに、信心が生まれたことですべてが変わった。礼拝時間の前から教会や聖堂に現れる人が多くなった。高熱にうなされても宗教活動は欠かさなかった。少し調子が悪いだけで休んでいた人々が、である。

彼女たちの自発的な姿を見て、本当の信仰心が生まれたことを党は見抜いた。〝危険要素〟が表出するや否や、党は鳳水教会周辺のアパートに望遠鏡を設置した。教会周辺に近づく人々を見張るためだ。言い換えれば、隠れた信者をあぶり出そうとする試みだったといえる。

すると、驚くべきことが目撃された。教会から賛美歌が聞こえると、何人かの青年が現れて、教会の塀にもたれて何かを熱心に書きとめていたのだ。保衛部が彼らを逮捕したところ、音大の作曲科の学生たちだった。

一九八〇年代、北朝鮮の音大では自由主義国家の名曲を教えていなかった。ある日賛美歌のメロディーを聞いた音大生が、そのことを級友たちに知らせた。級友たちは賛美歌を採譜したかったが、教会に入ることはできない。そこで塀の外でひそかに採譜をしていたところを、保衛部が捕らえたのだ。学生たちは保衛部の警告だけ受けて釈放された。

その次に目撃された事例も、党としては衝撃的なことだった。教会で宗教儀式を行う時間にかならず現れて、その周辺の道をうろつく人々がいた。逮捕して調査してみると、それは、元信者だった。金日成は、北朝鮮にはもう信者がいないので宗教問題は解決したと宣言したが、信者の信仰心は変わらなかったという証拠だ。政府の弾圧が恐ろしくて信仰を捨てたと言っただけのことだったのである。

党はこれ以上、教会や聖堂を建てないことに決めた。外部に見せるために地方に教会や聖堂を建てたら、将来的に体制を脅かす恐れがあるのは明らかだった。韓国の宗教界は、このような点に留意しておく必要がある。北朝鮮に新しい宗教施設ができ、にせ信者をつくらなければならないとすれば、そしてにせ信者が本物の神を信じるようになったら、どんなことが起きるだろう。その結果は言わずと知れたことである。

金永南は平昌オリンピックでなぜ涙を流したのか？

北朝鮮社会を支えた主体（チュチェ）思想と共産主義理念が、北朝鮮国民の心を離れてずいぶん経つ。今も北朝鮮は首領にすべてを頼り、運命も未来も任せればいいと宣伝しているが、今や北朝鮮国民は自分の力と頭だけを信じている。現在北朝鮮社会で起こっている最も大きな変化は、国民が事実と真理を求めているという点だ。

金正恩が一番恐れているのも真理の力だ。金正恩は北朝鮮社会に真理が伝わることを必死に阻んでいるが、あまり効果はないだろう。真理を求める北朝鮮国民の熱望はますます強くなっている。全国民が真理を知り、共感が形成されたとき、金正恩体制は脆（もろ）くも崩れるだろう。

真理といっても、とりたてて特別なことではない。情報を遮断された北朝鮮では、世界の実態こそが真理なのだ。

可能な限りすべての方法を動員して、韓国をはじめとする外部世界の実態を北朝鮮の国民に見せて、彼らの心に比較の観念を植えつけなければならない。北朝鮮の国民が韓国と北朝鮮、世界と北朝鮮を比べたら、その結果は明らかだ。

私は平昌（ピョンチャン）冬季オリンピック開会式を見て大きな衝撃を受けた。世界的なＩＴ強国である韓国が主催する冬季オリンピックだから、立派なものに違いないと考えてはいた。しかし、あのような幻想的な開会式を演出するとは、想像すらできなかった。北朝鮮の金永南（キム・ヨンナム）と金与正（キム・ヨジョン）ら四百余名が、訪韓して開会式を見たのはじつにいいことだという気がした。

平昌オリンピックの開催期間中、私は毎日朝鮮中央テレビを視聴した。金正恩が、開会式を録画放送形式でもいいから北朝鮮の国民に見せてやりはしないだろうかと期待を抱いていた。しかし、中央テレビは写真何枚かを報道したのみで、しかも、まるで北朝鮮代表団が参加したからこそオリンピックがうまくいったかのように事実を歪曲して伝えた。金正恩は真実を恐れているのだ。

韓国に滞在中、金永南は何度も涙を流したし、金与正は何度も薄笑いを浮かべていた。この場面は、韓国メディアによって数えきれないほど報道された。その涙とほほ笑みの意味は何だったのだろうか。

金永南は外交専門家として多くの国家を訪問したが、韓国は初めてだった。彼は植民地解放後、ソ連軍が北朝鮮に建てたマルクス・レーニン主義学校に入って共産主義思想を学び、朝鮮戦争の際にはソ連で留学生活を送った。九〇年の人生を、北朝鮮に真の共産主義、社会主義社会を建設するために捧げたといえる。

私の知る金永南は非常に冷徹な人で、よほどのことでない限り涙など流さない。北朝鮮では、人事権、表彰権、処罰権の有無でその人物の影響力を判断するが、中央党の国際担当書記、外相、常任委員会委員長など高位の役職を歴任した金永南は、この三権限のいずれも行使する機会があった。しかし、けっしてその権限を使わなかった。権限を使った瞬間、周囲に人が集まってごますりをするようになる。そうすれば金正日や金正恩の牽制を受けるかもしれないし、一瞬にしてクビになるかもしれないということを、よく心得ていたのだ。彼は少なくない処刑と粛清の危機を逃れ、よくある革命化処分さえ受けなかった。

金永南は、いうなれば冷徹で世渡り上手の共産主義者だ。そんな彼が涙を流したのは、いったいなぜだったのだろう。見当はつくが、あえて説明はしないでおこうと思う。

金与正は、発展した韓国の姿を見た北朝鮮応援団と芸術団メンバーが、はたして北朝鮮の体制を支持しつづけるかどうか、かなり憂慮したようだ。体制維持のためには核とミサイルを諦めてはいけないという覚悟も、さらに強固になったことだろう。そんな感情の交錯から、いくつかのメディアが表現した「モナリザのほほ笑み」のような微妙な表情を浮かべたのではないかと思う。

韓国を去る北朝鮮芸術団と応援団の表情は、明るくなかった。彼らが韓国で過ごした時間の記憶は、彼らの頭のなかから一生消えないだろう。

経済制裁で北朝鮮は内部から崩れる

アメリカの南北戦争は、奴隷解放のための戦争だった。人類史において正義の戦争として記憶されているのはそのためだ。最近私には、韓国の大学生に会う機会がある。統一に関心もなく、統一は必要ないと考える学生が多いが、アメリカの南北戦争については肯定的に見ている人が大半だった。多くの人が犠牲になったとはいえ、奴隷を解放するための戦争なのだから、意義があったという。

私たちは朝鮮半島の統一を道徳的な基準から、人間の普遍的な権利と尊厳を取り戻すための側面から考察する必要がある。金正恩の代になり、北朝鮮はますます奴隷社会化が進んでいる。金正日とは違い形式的な手続きもなく一気に後継者になった金正恩は、父親よりさらに残忍な〝奴隷主〟として君臨している。五四部水産基地事件、張成沢(チャン・ソンテク)処刑、銀河水(ウナス)楽団団員銃殺、平壌民俗公園撤去などがその例だ。言葉の選択を一つ間違っただけで人を殺し、個人的に憎いからと叔父を処刑する。立派な民俗公園まで、張成沢を思い出させるという理由で廃墟にした。数多くの奴隷を殉葬させた古代奴隷社会ではありそうなことだし、タリバンやイスラム原理主義勢力だったら敢行しかねないことだろう。

重ねて言うが、北朝鮮は国全体が金正恩一族のためだけに存在する奴隷制国家だ。したがって、朝鮮半島の統一は北朝鮮の国民を奴隷社会から解放する「奴隷解放革命」なのである。北朝鮮の国民の人間としての固有の権利を取り戻すことが「統一」だ。南北の分離した体制と理念を統一して、民族文化の融合と民族の同質性を回復することは、その後に重要となってくる。

奴隷状態である北朝鮮の国民をそのまま放っておくわけにはいかない。アメリカの南北戦争のように物理的な方法を使うことはできないが、朝鮮半島の奴隷解放の戦いを始めなければならない。そのためには、北朝鮮の国民を統一運動の主体として考える必要がある。北朝鮮の国民は自力で立ち上がる力と意識を持ち合わせているし、すでにおびただしい情報も北朝鮮に入ってきている。

北朝鮮内部の変化はすでに進行形である。あとはその変化がどんな姿で、どんな速度で訪れるのかという問題だけだ。

一〇年前なら想像できなかったことが起こっている。北朝鮮に市場が数百個という規模で増え、北朝鮮の市民が韓国映画やドラマを見るなどということを、誰が予測できただろう。それでも韓国が静観していてはいけない。韓国の主導で、そのような変化を前倒しにするためには、制裁を持続しなければならない。

制裁の効果は、単純に経済指標で測れるものにとどまらない。北朝鮮の市場を成長させ、資本主義的要素を流入させる装置として制裁を捉え、取り組んでいくべきだろう。たとえば、北朝鮮が石炭を輸出できなくなれば、国内で売るしかなくなる。輸出価格は国際市場の基準だろうが、内需価格は北朝鮮当局が決める。ところが当局が決めた価格は、国際市場基準の数百分の一、いや数千分の一だ。

こんな状況だから、石炭は市場に流れることになる。市場では国定価格より数百倍以上も高く売ることができるからだ。

石炭だけ例にとってもこうなのだから、すべての物資が市場に集まってくるようになれば、市場経済が拡大するほかない。これを政権が統制しようとすれば、政権と市場の衝突は不可避で、結果的には市場が勝利を収めることになるだろう。

また、北朝鮮最大の経済主体は軍隊である。建設現場やさまざまな生産現場に動員されるのが軍人だ。制裁が続けば、戦時に備えて備蓄しておいた軍糧米倉庫を開けるしかない。これでは戦争は諦めざるを得なくなる。

北朝鮮の国民は韓国のソフトパワーに取り込まれている

次の段階として、韓国のコンテンツ、すなわちソフトパワーを絶えず北朝鮮に流入させるべきだ。

私は、金正恩が一番恐れているのはこれだと思っている。二〇一七年一一月の「労働新聞」に長文の記事が掲載された。青年は新しいものに敏感なので、青年に対する思想教養事業をうまくやらなければ、北朝鮮社会の大きな懸念材料になるかもしれないという内容だ。北朝鮮は、今まで一度もアメリカの軍事的攻撃によって体制が崩壊するかもしれないと述べたことはないが、思想と文化的浸透を体制の脅威になる要素と見なしたのだ。北朝鮮がこれをどれほど恐れているかを端的に見せてくれる事例だ。

北朝鮮社会が死に向かっていることは、ここのところ北朝鮮で映画やドラマの新作が出ていないという事実からもわかる。現在放映されている北朝鮮の映画やドラマは、ほとんどが一〇年以上前に制作されたものだ。

以前は毎年数十編ずつは新作が出ていた。金正恩は、今も映画やドラマを制作するように急き立てているが、あまり効果がない。制作しても見る人がいないことを、脚本家や演出家はよく知っているからだ。

北朝鮮当局は苦肉の策として、映画マニアだった金正日の映画コレクションを放出することにした。倉庫に保管されていた数千本の映画のなかからおもしろいものを選んで、ＤＶＤにしたのだ。ユーチューブを通じてわかるが、平壌にはこんなＤＶＤを扱う売場がいくつかある。しかし、戦争物やスパイ物、愛国心を鼓舞する社会主義映画では、韓国のソフトパワーに勝つことができない。ついには、党もアメリカ製アニメの『トムとジェリー』や『ライオン・キング』まで配給している。さもないと、国民が韓国映画やドラマを見てしまうからだ。ひと言でいえば、韓国コンテンツでさえなければいいというわけだ。

一九六〇年代は言うまでもなく、一九七〇年代や一九八〇年代に韓国コンテンツが北朝鮮に流入したとしても、あまり人気が出なかったはずだ。あのころは、北朝鮮が韓国より貧しいとはいえなかった。

しかし、二〇〇〇年代の初めから韓国コンテンツが北朝鮮に密輸されて、北朝鮮の国民たちは韓国の現実が当局の宣伝とは違うということを知るようになった。とくに韓国人の生活水準が、北朝鮮と比較できないほど高いということに衝撃を受けた。

「どうして南側はあんなにいい暮らしをしているのに、私たちはこんなに貧しい暮らしをしているんだろう?」

北朝鮮の首領論によれば、革命と国家建設の過程では首領が決定的な役割を果たす。北朝鮮が発展してきたのも、首領の賢明な領導のおかげだと説明してきた。その理論のとおりなら、今日北朝鮮が韓国と比較もできないほど貧しい暮らしをしているのも、首領のせいだということになる。北朝鮮の指導部が、韓国の実際の姿が北朝鮮に伝わることを極度に警戒するのはこのためだ。

北朝鮮の市民は中国ドラマや、さらにはアメリカドラマを見ることさえ、ある程度許されている。しかし韓国コンテンツを見れば、重い処罰を受ける。北朝鮮の国民が海外に出て一番気をつけなければならない対象は、アメリカ人でも日本人でもなく韓国人だ。外国に行って戻ると国家保衛省の総括を受けることになるが、まず確認の対象となるのは海外に滞在しているあいだ、韓国人に会ったかどうかだ。アメリカや日本に居住する親戚から送金してもらってもいいが、韓国の親戚から受け取ってはいけないのも同様の理屈である。

しかし北朝鮮の国民は、もう韓国のソフトパワーに取り込まれてしまった。金正恩は「不純録画物」との戦いを宣言し、韓流遮断を専門にする取り締まり班「一〇九号」という常設組織を創設した。このような「一〇九号」による取り締まりも、今では金儲けの手段に転落している。韓国コンテンツを見て摘発された場合にはいくら、携帯電話から韓国のゲームや本、韓流の用語が発見された場合にはいくらという具合に、取引の価格まで決まってきている。大学生の場合、半年に一回ずつ父兄総会を開いて不純録画物の取り締まり事項を確認しているが、根絶されていない。北朝鮮の若い層のあいだに〝チャギヤ〟〔韓国語で恋人同士が愛情をこめて呼びかけるときに用いられる言葉〕、〝オッパ〟〔韓国で、女性が親しい年上の男性や年上の恋人に呼びかけるときに使われる。「お兄ちゃん」という意味で、実の兄に対しても使う〕、〝〜コヤ〟〔未来のことを希望をこめて推測したり、自分の意思を示すときに用いられる語尾。「(きっと)〜するよ」という意味でカジュアルに用いられる〕などの韓国式表現があまりにも多く出回っていて、統制不可能な状況だ。

私が知る北朝鮮国民のなかで、韓国コンテンツを見たことがない人はいない。北朝鮮が統制することができないのが麻薬と韓流だ。これは、韓流が麻薬のように強烈だという意味にもなる。銃殺にあっても、首に刃を突きつけられようとも韓国映画とドラマは見るのである。

私たちは、北朝鮮の国民の意識を変えるのに十分な手段と方法を保有しており、これを提供することができる。北朝鮮の国民の奴隷のような生活と世襲統治の非合理性をあらわにするコンテンツを「オーダーメイド」形式で制作して、北朝鮮の人々に見せつけなければならない。娯楽と文化はもちろん、政治、経済、社会、教育など多様な部門の「オーダーメイド」型コンテンツを生産し、北朝鮮の国民が二四時間視聴することができるようにすれば、朝鮮半島の平和と統一、北朝鮮の民主主義と改革開放を促進することになるだろう。そのためには、ラジオと衛星テレビのインフラ、Ｗｉ－Ｆｉを含むインターネット利用環境を整えることが必須となる。

ドイツが統一されたのは、東ドイツの市民が数十年間、西ドイツのテレビを視聴したからだ。しかし、ドイツの事例にそのまま従ってはいけない。東ドイツの人々とは違い、北朝鮮の国民は自由民主主義体制、三権分立、人権などに関する初歩的な観念さえ持ち合わせていない。衝撃的な内容ではなく、北朝鮮の市民意識に穏やかに浸透するようなコンテンツの開発が必要なのだ。韓国と国際社会の多様な姿、とくに自由と平等を基盤として運営される市場経済と民主政治の原理を、北朝鮮の国民情緒と経験に合わせてやさしく知らせることが重要だ。

脱北者はひと足先に訪れた「統一」の姿である

北朝鮮の体制崩壊を促進するためには、より多くの住民が脱北するようにしむけなければならない。それでこそ、統一に向けての動きが加速する。現在、数万人の脱北者が中国で隠れて暮らしながら、韓国へ来る日をただ待ち望んでいる。より多くの人が韓国に来ることができるように、国を挙げて運動を繰り広げなくてはならない。脱北者が韓国へ来ること自体が、統一の過程である。私は韓国社会が、脱北者を「統一民」と呼んでくれるよう願う。彼らは、ひと足先に訪れた「統一」なのだ。

私は二〇一六年末に盛り上がった韓国の「ろうそく革命［二〇一六年一〇月下旬から始まり、全国へ広がった朴槿恵（パク・クネ）前大統領の退陣を求める抗議デモと、その結果としての朴大統領退陣にいたる過程を肯定的に評価した表現］」のとき、韓国人と市民社会が持つ計り知れない力を目撃した。統一を達成するためには、全国的な市民ネットワークを形成しなければならない。今まで韓国政府の統一政策が大きな成果をあげることができなかったのは、歴代政府の政策が左派か右派かによって二分されて、一貫した政策展開をすることができなかったからだ。

この問題は、市民社会の影響力を強化することで乗り越えられる。統一運動のために、巨大な市民ネットワークを形成する必要がある。市民社会が統一運動の主導勢力になって、政府の対北政策を牽引したり牽制したりしなければならない。それでこそ、対北政策の一貫性と永続性を保つことができる。

私は統一自体よりも、統一後に北朝鮮内でどうやって階層間の和解を成し遂げるかについて憂慮している。金正恩政権が崩壊しても、核心階層や指導部の人々に対する政治的報復が行われないことを知らせつづけなければならない。統一は金一族を除いた北朝鮮のすべての国民にとって喜びと安定、新しい出発の機会にならなければならない。新たな恐怖と不安が与えられるようなことがあってはいけない。

もし統一の過程で、過去に関する壮絶な復讐と報復が横行したら、北朝鮮は今日のイエメンやシリア、リビアのようになるかもしれない。南アフリカ共和国のネルソン・マンデラ式の和解と協力、容赦と寛容に倣わなければいけないと思う。

私は統一の過程を、北朝鮮の奴隷たちがろうそくを持って立ち上がる過程として想い描きたい。奴隷たちがろうそくを持つその日は遠くない。その日まで、私は「実践する統一」、「動く統一」、そして「行動する統一運動」をつくり上げるために、微力ながらも力を尽くそうと思う。

監訳者解説3　太永浩氏とその一族

本書の第二部（第7章から第9章）で最も注目されるのは、太永浩（テ・ヨンホ）氏個人と、その家族の話である。彼は外務省に入ってから、現在の夫人であるオ・ヘソン氏を紹介されたという。だがオ・ヘソン氏は、太永浩氏にとって「不釣り合い」ともいうべき相手であった。なぜなら彼女は、抗日パルチザンの一族であったからである。

抗日パルチザンとは、満州事変以降の満州国において、中国共産党の指導のもとゲリラ闘争を展開した人々のことをいう。当時、中国共産党満州省委員会は東北抗日聯軍を結成し、指導した。聯軍には漢族や満州族、そして朝鮮人などが参加したが、そこで第一路軍第六師長だったのが金日成（キム・イルソン）だ。やがて聯軍は関東軍と満州国警察軍部隊に追われ、一九三〇年代末にはほとんどが壊滅。生き残った部隊はソ連に逃れていった。

だが、一九四五年八月にソ連軍が三八度線以北の北朝鮮に進駐すると、彼らの特殊な境遇は政治的に極めて有利に働いた。ソ連軍を後ろ盾として、北朝鮮建国の中心的役割を担うことになったのだ。金日成は首相になり、抗日パルチザンたちも党・政・軍の有力な地位に就いた。その後の激しい権力闘争のなかで一部の抗日パルチザン派は粛清されていったが、聯軍時代に金日成の側近として戦っていた人々は優遇された。彼らは金日成体制の中核を担い、金正日（キム・ジョンイル）後継体制を生み出した。

太永浩氏が結婚したオ・ヘソン氏は、この金日成を間近で支えた抗日パルチザンの血を引く人物だった。彼女の父親は、金日成政治軍事大学総長のオ・ギスであった。彼の父親、すなわちオ・ヘソン氏の祖父はオ・ドヒョンといい、金日成とともに抗日ゲリラ活動に従事し、その戦闘中に死亡していた。その弟（オ・ヘソン氏の大叔父）の呉白龍（オ・ペンリョン）は、四兄弟で唯一生き残り、北朝鮮建国後は朝鮮労働党政治局員、中央軍事委員会副委員長など、党・軍で最高位に近い地位を得た。北朝鮮では元勲ともいえる人物のひとりである。オ・ヘソン氏の祖母シン・イルも金日成部隊で料理を担当しており、彼女は祖父母ともに抗日パルチザンという、北朝鮮では「由緒正しい」一家系にあり、特別な存在であった。

一方、太永浩氏は大学教員の父と人民学校教員の母という、「平凡な」両親のもとで育った。学業が優秀であったことから、幹部の子弟とともに少年留学生に選ばれ、その後のキャリアを築いていった彼にとって、オ・ヘソン氏との結婚は人生を変える大きな出来事だった。それと同時に、二〇一六年に太永浩氏が韓国に亡命した際、オ・ヘソン氏という抗日パルチザン血統の夫人も一緒だったという事実は、北朝鮮が根幹から揺らぎ始めたことを示唆している。

金王朝の崩壊を指摘している第9章もまた、圧巻だ。崩壊の原因としては、市場の形成、宗教の影響、韓国のソフトパワー、そして制裁があげられている。

北朝鮮で闇市場が拡大し始めたのは、一九九四年に金正日が権力を完全に掌握した後だという。とくに、「苦難の行軍」という飢餓状態のなかで、闇市場が人々の生活を支え始めたのである。このときの闇市場では、外務省の一カ月分の給料で、米一キロも買えない実態があった。一方、海外の大使館は自力更生を迫られ、現地で大使館員自ら経費や生活費を稼ぐ必要があったという。
それ以前は、曲がりなりにも配給制度が北朝鮮の体制を支えていた。首領からの愛（贈り物・配給）と幹部・人民の忠誠の交換が成立している間は、この体制も安定していた。しかし、「苦難の行軍」により配給制度が瓦解したことで、人々は幹部を含めて市場に依存して生きていかなければならなくなった。市場の拡大とともに生まれたのは、「トンジュ（金主）」と呼ばれる富裕層たちだ。トンジュは単なる金持ちではなく、物流を支配する人々である。中国から北朝鮮に入る物資を動かしているのだ。彼らは「苦難の行軍」世代であり、生まれてからずっと、配給制度が崩壊した北朝鮮しか知らない。首領に対する忠誠心など、初めからない世代なのだ。

物流が動き出すと、情報も流入してくる。インターネットが禁じられていても、携帯電話やスマホ、USBなどの電子媒体を通じて国外の情報は入ってくる。中国や欧米の情報だけではない。韓国の情報、とくに文化コンテンツが衝撃的な影響を北朝鮮の人々に与え続けている。金正恩（キム・ジョンウン）がどんなに禁止しても、その浸透を抑えることはできない。高級幹部でさえ、今や韓国のドラマを見ている。これでは、北朝鮮の洗脳は崩れざるを得ないだろう。

また、日本では北朝鮮専門家を中心に「制裁には効果がない」と一時騒がれたが、実際には太永浩氏が指摘する通り効果をあげている。制裁は、皮肉にも市場の力を強化した。少量の配給さえ不可能になるからである。また、外貨の獲得が困難になり、北朝鮮は年に四回の首領からの贈り物にも事欠くようになっている。

太永浩氏は、家族とともに亡命した最大の理由として、子供の教育の問題をあげている。親も子も、北朝鮮では教育を受けたくないのである。私も海外にいる北朝鮮の高級幹部から、「何とか日本や米国で子供に教育を受けさせられないか」と相談をされたことがある。高級幹部の子弟ならば、北朝鮮で教育を受ければ必ず幹部への道が保証される。それなのになぜ嫌なのか、とその幹部の子供（一〇代後半）に質問したところ、「北朝鮮には未来がない」と言われ、私は驚いた。だがその感覚は、平壌でも一般化しているという。

また、海外に出ている子供たちは、スマホで互いに連絡を取り合うネットワークをもっている。彼らは外の世界とつながる厄介な存在であり、当局も頭を悩ませている。

この他に興味深いのは、太永浩氏が外務省に入るために、国際関係大学で「リヒャルト・ゾルゲに関する本と、日本軍秘密要員養成所である陸軍中野学校に関する本」を学んでいたことである。中野学校については、金正日の料理人であった藤本健二氏が、金正日は中野学校について敬意をもっていたと語っている。南北朝鮮の諜報工作機関の闘いは、ＣＩＡから学んだ韓国諜報機関と、陸軍中野学校とソ連のＫＧＢから学んだ北朝鮮の各諜報機関による闘いである、ともいわれている。

本書で太永浩氏が紹介する詳細で豊かなエピソードを読んでいると、その記憶力に驚くとともに、北朝鮮政治・外交の発想や行動様式が深く理解できる。本書は、北朝鮮政治・外交の専門家だけでなく、北朝鮮外交に携わる日本の関係者にも必須の教科書になるだろう。そして一般の読者もまた、本書によって北朝鮮という国をこれまでにないほど鮮明に捉えることができるはずだ。

終章　私の罪と償い

今、私は五〇代後半だ。世界経済協力開発機構（ＯＥＣＤ）が発表した資料によると、二〇一五年現在、韓国の平均寿命は女性が八四・六歳、男性が七八・〇歳である。北朝鮮の平均寿命は女性が七三・三歳、男性が六六・三歳で、韓国と比べるとそれぞれ一一・三歳と一一・七歳短い。私は韓国へ来たが、私の友人たちは北朝鮮に残っている。

ＯＥＣＤの資料そのままとはいかないだろうが、私はこれから二〇年以上生きることができて、北朝鮮の友人たちは一〇年経つとこの世を去ることになる。年をとるほど気持ちばかりが急かされるのは、仕方ないことのようだ。韓国で五〇代後半は、年寄りの部類にも入らないだろうが、首丘初心（スグチョシム）「狐が死に際に、首を自分が住んでいた洞穴に向けるという言い伝えから、歳をとって故郷を懐かしむ心のこと」とは、こういうことなのかもしれない。

私の故郷、明川（ミョンチョン）に最後に行ったのは二〇一二年八月だ。北朝鮮外務省ヨーロッパ局副局長の資格で、平壌駐在外交官一行を連れて、七宝山（チルボサン）を観光する道中に故郷に立ち寄った。七宝山は明川郡上古面（サンゴミョン）にある名山で、核実験が実施された豊渓里（プンゲリ）からも遠くない。外交官一行をその場所へ連れていくのは、核実験が環境に悪影響を及ぼしてはいないと国際社会に示すためだ。

あのとき私は、叔父と叔母を訪ねた。それが最後になるとは夢にも思わなかった。当時明川には、太（テ）氏が数百人の集落を形成して暮らしていた。今でもとくに変化はないだろう。北朝鮮で族譜を調べることは、封建社会の旧習としてタブー視されている。韓国に来たので、一度だけ「お家自慢」をしてみるつもりだ。読者も理解してくださることと思う。

私が幼いころ、父は「太氏は渤海を建国した大祚栄（テ・ジョヨン）の子孫である王族の系譜だ」と言いながら、次のような話を聞かせてくれた。渤海の滅亡後、皇太子大光顕（テ・グァンヒョン）が流民数万人を率いて高麗に亡命した。高麗の太祖は大光顕に官職とともに「太」氏を下賜し、その後太氏は俠溪（ヒョプケ）系と永順（ヨンスン）系に分かれる。私の家は俠溪として全羅北道南原（チョルラプクドナムウォン）に本籍を置いて続いてきたが、のちにその一部が咸鏡北道（ハムギョンプクド）明川郡に移住して明川太氏を形成した。

私の先祖である南原太氏は、二度目の朝鮮出兵の際に多くの戦死者を出した。南原城を死守するために全羅道のすべての太氏が入城し、大半の人が果敢に戦って戦死した。万人義塚は、南原城の戦いで倭軍に殺された民官軍一万余名を合葬した廟だ。万人義塚忠烈祠には、当時手柄を立てた大将五二名の位牌が祀られているが、このうち五名が太氏の祖先である。

韓国へ来たあと、二〇一七年の秋夕（チュソク）〔旧暦の八月一五日にあたる韓国の盆〕に私は妻と二人の息子とともに万人義塚の前に立った。あのときの心情は、万感が交錯したという表現でしか形容しようがない。私の原点である太氏の家、渤海の歴史の復元、民族の受難と苦痛、国のために命をかけた先祖、北朝鮮に残っている友人と同僚たち、私の子どもとわが同胞の子どもたち、統一などの単語が、脳裏をかすめた。

無力だが、温かい血が流れる一人の人間としての願いがある。いつかその日が来たら、自分の足で平壌を訪れたい。友人と親戚、わが身のごとく私を世話してくれた外務省の先輩、後輩、同期の仲間たちに会いたい。彼らの前にひざまずいて赦（ゆる）しを求めたい。彼らを置いて、私だけ大韓民国へ来ていることが無念で仕方ない。それだけでも、私には負い目がある。

親戚の子どもたちの姿もありありと浮かぶ。ソウルでバスを一台借りて、彼らを皆乗せて連れてきたい。彼らを韓国の大学で勉強させたら、親戚に対する私の心の重荷も少しは軽くなるだろう。そして平壌に眠る両親を、いつかは私も帰るべき明川の「太氏聖山」にお祀りしたい。

著者

太永浩（テ・ヨンホ）

1962年平壌市生まれ。平壌建設建材大学教員を務める父と、ソムン人民学校教員を務める母のもとで育つ。74年、母の強い勧めで平壌外国語学院英語科に入学。同校での成績が評価され、中央党幹部の子弟である多くの同級生たちとともに少年留学生に選ばれ、76年北京市第五十五中学校に入学。78年には北京外国語大学附属中学校英語科に転校するも、中国の毛沢東格下げ運動に懸念を示した金正日の指示で80年に帰国。同年、外交官養成大学である平壌国際関係大学に入学。同校を卒業した84年、中央党の指示で再び中国の北京外国語大学に留学し、改革開放に沸く中国を目撃する。

88年に帰国し、外務省（外交部）に入省。ヨーロッパ局イギリス・アイルランド担当に任命される。89年、金日成政治軍事大学総長の娘であるオ・ヘソンと結婚。96年駐デンマーク北朝鮮大使館三等書記官に選任。食糧危機が深刻化する本国を支援するため、デンマーク政府から援助を引き出すなど、「食糧工作活動」に従事。その活動が認められ、金正日から「金日成尊名時計」を贈られる。98年より駐スウェーデン北朝鮮大使館二等書記官。スウェーデンでは、イスラエルから10億ドルを引き出すべく、極秘のミサイル交渉を行った。

2000年帰国。ヨーロッパ局イギリス及び北欧課長として、イギリスとの国交樹立を成し遂げる。駐英北朝鮮大使館や、APTN平壌支局開設にも深く携わる。04年、参事官として駐英北朝鮮大使館に赴任。08年に帰国し、ヨーロッパ局副局長兼部門党書記に。ロンドンパラリンピックへの北朝鮮選手派遣などを主導。13年より駐英北朝鮮大使館公使として再びイギリスへ渡る。15年にはエリック・クラプトンのライブを見にイギリスを訪れた金正哲を61時間にわたってアテンド。16年、長男に対して帰国命令が出たことを機に脱北を決意し、妻子とともに韓国へと亡命した。

韓国では一貫して南北統一に向けて活動。17年には訪米し、アメリカ合衆国下院の外交委員会公聴会にも出席。18年、北朝鮮での外交官生活と、その中で見聞きした平壌中枢部の知られざる実態を明かした本書が韓国で発売されると、3週間で10万部を超えるベストセラーとなる。現在は自身のブログ「太永浩の南北同行フォーラム」でも、日本語・英語・中国語・韓国語で情報を発信している（https://thaeyongho.com/ja/）。

監訳者

鐸木昌之（すずき・まさゆき）

1951年生まれ。政治学者。専門は北朝鮮政治。76年慶應義塾大学法学部政治学科卒業。同大学院法学研究科博士課程在学中に、韓国延世大学校社会科学大学院へ留学。駐中国日本大使館専門調査員、聖学院大学政治経済学部助教授、尚美学園大学総合政策学部教授などを務める。著書に第5回アジア・太平洋賞特別賞を受賞した『東アジアの国家と社会3　北朝鮮――社会主義と伝統の共鳴』（東京大学出版会）、『北朝鮮首領制の形成と変容――金日成、金正日から金正恩へ』（明石書店）などがある。

訳者

李柳真（イ・ユジン）

東京都在住。ソウル大学言語教育院にて韓国語を学ぶ。行政機関を中心に翻訳、通訳を数多く経験。訳書に『マンガ金正恩入門』（TOブックス）などがある。

黒河星子（くろかわ・せいこ）

京都大学大学院文学研究科博士後期課程単位取得退学。韓日・英日翻訳者。共訳書に『世界の核被災地で起きたこと』（原書房）などがある。

装丁

石崎健太郎（いしざき・けんたろう）

三階書記室の暗号　北朝鮮外交秘録

2019年 6月15日　第1刷発行
2019年10月15日　第3刷発行

著　者　太永浩
訳　者　李柳真　黒河星子
監訳者　鐸木昌之
発行者　花田朋子
発行所　株式会社　文藝春秋
　　　　東京都千代田区紀尾井町3-23（〒102-8008）
　　　　電話　03-3265-1211（代）
印　刷　萩原印刷
製　本　加藤製本

ISBN 978-4-16-391038-3　　Printed in Japan